KB034689

William Shakespeare's famous comedy

셰익스피어 지음 | 박수남 · 김재남 옮김

셰익스피어 5대 희극

완역판

육문사
Yukmoonsa

세상을 움직이는 책

셰익스피어 5대 희극

초판 1쇄 | 2016년 4월 25일 발행

지은이 | 셰익스피어
옮긴이 | 박수남 · 김재남
교　정 | 이정민
디자인 | 인지숙
펴낸이 | 이경자
펴낸곳 | 육문사

주소 | 서울 마포구 월드컵로 11길 35 101동 502호
전화 | 02-336-9948
팩시밀리 | 02-337-4315
출판등록 | 제313-2011-2호 (1974. 5. 29)

ISBN　978-89-8203-138-0 (04840)
　　　　978-89-8203-000-0 (세트)

국립중앙도서관 출판시도서목록(CIP)

셰익스피어 5대 희극 : William Shakespeare's famous comed
y / 지은이: 셰익스피어 ; 옮긴이: 박수남, 김재남. -- 서울
: 육문사, 2016
　　p. ;　　cm. -- (세상을 움직이는 책 ; 38)

원표제: Taming of the shrew
원표제: Midsummer night's dream
원표제: Merchant of Venice
원표제: As you like it
원표제: Twelfth night
원저자명: William Shakespeare
영어 원작을 한국어로 번역
ISBN　978-89-8203-138-0 04840 : ₩20000
ISBN　978-89-8203-000-0 (세트) 04080

영국 희곡[英國戱曲]

842-KDC6
822.33-DDC23　　　　　　　　　CIP2016009364

셰익스피어
5대 희극

序文

우리가 알고 있는 셰익스피어(William Shakespeare)의 생애는 그의 작품 세계와도 일치한다. 그의 천재성은 상식에 뿌리박고 있다. 이러한 현실적인 사고방식에 근거한 그의 천재적 상상은 낭만적 환상보다 월등히 높은 차원을 날고 있다.

엘리자베스 시대의 전기관(傳記觀)으로 보든지 또는 당시의 극작가의 미천한 사회적 위치라는 점에서 볼 때 셰익스피어는 놀라울 만큼 풍부한 전기의 자료를 남겨두었다. 첫째 자료는 교회·관공서·궁정 등에 남아 있는 기록, 둘째 자료는 동시대인들이 셰익스피어에 대해서 언급한 기록, 셋째 자료는 전해져 내려온 전설이다. 여기에 그의 작품 또한 중요한 자료가 되었는데, 이것은 다른 작가들의 경우처럼 작품 속에 자서전적인 요소가 들어 있다는 뜻이 아니라 작품 전체에 일관하여 흐르고 있는 셰익스피어의 정신과 그의 내면적인 상(像)을 보여주고 있는 것이다.

윌리엄 셰익스피어는 1564년 4월 26일, 중부 워릭셔 주의 소도시 스트랫퍼드 어폰 에이번의 홀리 트리니티 교회에서 세례를 받았다. 세례에 얽힌 당시의 상황들로 미루어 볼 때 그가 태어난 날짜는 23일로 추정되고 있다. 그가 죽은 날짜 또한 공교롭게도 1616년 4월 23일이다. 그의 아버지 존 셰익스피어는 다른 고장에서 이주해 와서 잡화상·푸줏간·양모상(羊毛商) 등을 경영하여 부유해졌고, 사회적 지위에 있어서도 이 시(市)의 재무관과 시장까지 지낸 바 있다. 존은 이렇게 축재의 수완과 사회적인 출세의 수완을 겸비한 인물이었다. 존은 슬하에 자녀를 열 명이나 두었다. 그 셋째가 윌리엄 셰익스피어이다. 셰익스피어의 교육 과정은 그 고장 그래머 스쿨을 5학년 과정에서 중퇴했으리라고 추측된다. 셰익스피어가 그래머 스쿨을 마치지 못한 것은 가세가 기운 탓으로 보고 있다. 시인 벤 존슨은 후일 셰익스피어를 가리켜 '라틴어는 조금 알고 그리스어는 거의 모르는 사람'이라고 평한 바 있다. 그러나 셰익스피어는 그래머 스쿨에서 익힌 라틴어를 토대로 라틴어 고전들을 충분히 읽어낼 만큼 명민한 두뇌의 소유자였다.

셰익스피어는 1582년 11월 28일 스트랫퍼드의 서쪽 약 1마일 지점에 있는 쇼터리라는 마을의 지체 높은 농부의 딸 앤 해서웨이와 결혼한다. 그때 그는 열여덟 살이었으며, 신부는 여덟 살 위인 스물여섯이었다. 결혼한 지 5개월 뒤인 1583년 5월 23일에 큰딸 수잔나가 태어났다. 그리고 1585년 2월에는 쌍둥이 아들 햄넷과 딸 주디스가 태어났다. 여기서 기록은 일단 중단되고 있다. 셰익스피어의 결혼생활에 대해서는 논쟁이 분분하다. 연상의 여인과의 결혼생활이 불행했다고 논증하는 학자들도 있지만 반드시 그렇지만은 않을 것이다.

런던의 극계에 발을 들여놓은 셰익스피어는 직책의 선택 여부가 있을 수 없었다. 그는 우선 '레스터 백작 소속 극단'에 취직하여 관객이 타고 온 말을 지키는 말지기를 했다. 《맥베스》에서 밤중의 문지기의 훌륭한 대사는 이

시절의 생생한 체험이었는지도 모른다. 이 무렵 그의 직책은 비록 말지기였으나 극단의 일원(一員)으로 가끔 극에 관여할 기회가 있었다. 그는 그 기회를 잘 이용하여 재능을 인정받게 되고 배우로 등용된다. 그러나 배우로서의 셰익스피어는 그리 뛰어나지는 못했던 것 같다. 후일에 《햄릿》의 유령 역이나 《뜻대로 하세요》의 아담 노인 역 등 단역으로 분장했다고 전해 오고 있다.

셰익스피어는 그 후 극단 전속작가가 되었다. 당시 극단 전속작가란 대개 타인의 인기 있는 작품을 개작(改作)하는 직책이었다. 일종의 표절이다. 당시에는 표절 판이 가능할 정도로 판권이 보장되어 있지 않았기 때문에 타인의 작품을 어떠한 형태로든지 개작할 수 있었다.

그리인의 비우호적인 1592년의 기록과는 달리, 1598년 젊은 학자 프랜시스 미어즈라는 《지식의 보고(寶庫)》라는 책에서 셰익스피어의 극을 관람한 사실을 들어 격찬을 아끼지 않았다. 《베로나의 두 신사》, 《착오 희극》, 《사랑의 헛수고》, 《사랑의 수고의 보람》(이것은 셰익스피어의 어느 극을 두고 말한 것인지 알 수 없다), 《한여름 밤의 꿈》, 《베니스의 상인》, 《리처드 2세》, 《리처드 3세》, 《헨리 4세》, 《존 왕》, 《타이터스 앤드로니커스》, 《로미오와 줄리엣》 등은 그가 관람한 작품들이다. 이 기록으로 보아 셰익스피어는 초기에 사극 · 희극 · 비극에 모조리 손을 댄 것이 된다. 그가 최초로 제작한 사극 《헨리 6세》 제1 · 2 · 3부와 《리처드 3세》, 이 4편의 사극은 하나의 체계를 이루고, 왕권을 둘러싼 귀족들의 갈등에 의한 질서와 무질서의 대립이 빚어내는 국가의 혼란과 불안, 권불십년(權不十年), 인과응보(因果應報) 등의 외적인 양상이 추구되고 있다.

이 습작기에 셰익스피어는 말로의 영향을 받아 솜씨를 발휘하기 시작했다.《착오 희극》을 비롯하여《말괄량이 길들이기》,《베로나의 두 신사》,《사랑의 헛수고》등이 그것이다.

만인(萬人)의 마음을 가진 셰익스피어는 고귀한 정신의 상승과 몰락의 묘사에 그치지 않았다. 또한 어두운 고독이나 비극만을 추구하지도 않았다. 그는 인생의 즐거운 면에도 주목했다. 초기의 희극들은 인생의 밝은 면, 즐거운 면을 그리고 있다.

셰익스피어는 습작기가 끝나고 제2기에 접어들면서 그의 집념이었던 비극을 시도한다. 그의 최대 관심인 사랑을 주제로 한《로미오와 줄리엣》이 그것이다. 그러나 이 극은 아름다운 서정성에도 불구하고 한낱 운명 비극으로 그치고 말았다. 아직 그의 역량으로는 성격 창조에까지는 미치지 못했다.

셰익스피어의 발전기인 제2기에 사극의 체계를 매듭짓고 낭만 희극을 완성했음은 앞에서 밝힌 바와 같다.《리처드 2세》,《헨리 4세》제1·2부,《헨리 5세》, 이 4편의 사극은 셰익스피어의 이른바 제2군(群)의 사극으로, 제1군의 사극과 마찬가지로 질서와 무질서의 대결이 전개되고, 제1군의 사극에서 벌어지는 장미전쟁의 치욕적인 역사의 원인으로 파악되고 있다.

셰익스피어의 비극은《줄리어스 시저》를 필두로 막이 열린다. 고매한 이상을 가진 브루투스는 로마의 독재화를 막기 위해 시저를 쓰러뜨린다. 그러나 냉혹한 정치세계에서 이상주의는 현실에 패배할 수밖에 없는 것이다. 셰익스피어가 비극을 쓰게 된 내적인 동기에 대해서는 앞에서 지적했지만, 그 동기를 외적으로 추구하는 학자들이 있다. 그것은 에섹스 백작의 실각사건(1601년) 때문이다.

그의 문학적 생애를 4기로 나누어 볼 때 제1기(1591~1595)는 습작 시대로서 특히 말로의 영향을 받았다. 《말괄량이 길들이기》등의 희극과《로미오와 줄리엣》의 비극이 나왔다. 제2기(1596~1600)는 희극과 사극의 완성기로서 인간 관찰의 눈이 뚜렷해지고 기법이 숙련되어 당시의 극단에 뚜렷한 존재가 되었다. 이 시기의 희극은 낭만적 경향을 보여 준다.《한여름 밤의 꿈》,《베니스의 상인》,《줄리어스 시저》등이 있다. 제3기(1601~1609)는 심각한 비극이 쓰인 시대로서 4대 비극이 잇달아 발표되었다. 컴컴한 심연을 들여다보는 듯한 인생 응시의 표정, 전율할 정도의 심각한 비극성, 장대한 스케일 등은 일찍이 유례를 보지 못했던 작품들이다. 4대 비극 중《햄릿》은 일종의 복수극으로 덴마크의 왕자 햄릿이 부왕을 죽이고 그 어머니를 왕비로 삼아 왕위에 오른 숙부에게 복수를 하고, 본인도 죽게 된다는 줄거리로 햄릿의 사색적 성격은 19세기 낭만주의에 의해 한층 높이 평가되었고 이 비극을 셰익스피어의 대표작으로 여기게 했다. 특히, 햄릿의 독백 "죽느냐 사느냐 그것이 문제로다(To be or not to be That is the question)."는 널리 알려진 명언이다. 제4기(1610~1611)는 마지막 시기로 폭풍이 지난 다음의 잔잔한 심경이라고 표현할 수 있다. 체념과 화해의 심경을 반영한 작품들을 보여준 전기극의 시기이다.

1607년 6월 5일 셰익스피어는 고향에 돌아왔다. 장녀 수잔나는 유능한 의사 존 홀과 결혼했다. 1608년 2월 7일 외손녀 엘리자베스의 탄생을 보았다. 이 무렵 영국의 극장은 종래의 노천극장보다 옥내 소극장으로 그 취향이 변해갔다. 셰익스피어 극단은 이미 오래 전부터 '블랙 플라이어스' 옥내 소극장에서 겨울철이나, 야간이나, 우천에도, 귀족 등 소수의 고급 관객들을 상대로 공연을 하고 있었다.

셰익스피어가 만년에 몰두한 것은 낭만 극이었다. 낭만 극은 이 무렵의 조류(潮流)이기도 했다. 그의 낭만 극은 음모·배신에 의한 골육의 이산(離散)으로부터 그 재회와 상봉, 그리고 관용과 화해를 주제로 한 것이었다. 《페리클리즈》, 《심벨리인》, 《겨울밤 이야기》 등은 골육의 상봉과 관용의 극들이다. 마지막 낭만 극 《태풍》의 주인공이 마(魔)의 지팡이를 바다에 버리고 귀향하는 모습은 극작의 영필(靈筆)을 버리고 귀향하는 작가 자신을 연상케 한다. 비극으로부터 낭만 극으로의 변천을 두고 셰익스피어의 자신의 신교로의 귀의라고 논하는 상징 주의적 해석도 있다. 비극시대와 같은 고뇌와 부조리는 가셔지고 신에게 귀의한 종교적 신앙의 은총이 돋보인다.

셰익스피어는 젊어서부터 건실하고 실리적인 경제관념을 지니고 절도가 있으며, 언행이 일치하며, 성품은 온화하였다. 고향에 은퇴할 무렵의 생활은 윤택했다. 은퇴한 뒤 얼마 있다가 벤 존슨이 영국 최초의 계관시인이 된 것을 축하하여 친구들과 모여 주연을 가진다. 이것이 원인이 되어 사망했다고 전해지고 있다. 향년 52세, 1616년 4월 23일이 그의 기일이다. 그의 유해는 고향의 홀리 트리니티 교회 가장 안쪽에 가족들의 유해와 함께 잠든다.

《말괄량이 길들이기》는 1593년에서 1594년경에 집필한 작품으로, 총 5막으로 구성된 셰익스피어의 초기 작품으로 이탈리아 희극을 차용한 습작 과정의 작품으로 호탕하고 쾌활한 신사 페트루치오가 소문난 말괄량이 카타리나에게 청혼하여, 일부러 방약무인한 행동을 하며 말괄량이 카타리나를 온순한 아내로 길들인다는 이야기이다.

전체가 극중극(劇中劇)의 구성을 취하고 있다. 《말괄량이 길들이기》는 셰익스피어 작품 중 여타 다른 서극 작품들도 있지만, 극을 시작하기 전에 그 극의 해설과 스토리 개요 등을 말하는 프롤로그가 확대, 발전된 정통 서극(序劇:induction)으로 뽑힌다.

서극의 극중극이 본막으로 구성되는 독특한 희극 구조를 갖게 되는데 본극의 말괄량이 카타리나와 부 줄거리인 비안카의 이야기가 대조적인 성격으로 밝고 명랑한 소극이다.

《한여름 밤의 꿈》은 1594년에서 1595년경 작품으로 1600년에 출간된

5막으로 된 희극 작품이다. 이 극은 귀족의 결혼 축하용으로 만든 것으로 오월제와 하지제에 관련된 민간 전승에서 소재를 얻어 쓴 작품이다.

《한여름 밤의 꿈》의 등장 인물들은 서로 다른 세 개의 집단으로 되어 있다. 첫째, 아테네 사람들과 둘째, 보톰과 연극을 준비하는 그의 동료들, 셋째, 요정들이다.

또한 거의 비슷한 시기에 쓰여진 비극 《로미오와 줄리엣》의 줄거리는 이 희극 중간에 연극으로 상연되는 피라머스와 티스비 이야기와 소재가 동일하다. 같은 소재로 희극과 비극 두 작품을 쓴 것이다.

다양한 소재의 집합체인 이 희극의 주제는 한여름 밤의 꿈의 형식을 빌려 젊은이들의 진실한 사랑을 그린 것으로 셰익스피어 자신의 코미디 창작의 완성도를 높였으며, 이 상이한 세 집단을 유기적으로 잘 연결하여 환상과 낭만적인 분위기를 이루는 청년기 셰익스피어의 대표적인 희극이다.

《베니스의 상인》은 1596년경 작품으로 1600년에 초판 발간된 셰익스피어의 희극 중 가장 대표적인 작품이다. 이탈리아의 옛날이야기에서 취재한 총 5막으로 이루어진 이 작품이 가장 유명한 희극이 된 이유는 작품 속에 등장하는 유대인 고리대금업자 샤일록의 성격 때문일 것이다. 상업이 발달한 베니스의 거리를 배경으로 돈 대신 1파운드의 살을 받겠다는 황당한 재판, 아버지의 유언에 따라 결혼 상대자를 고르는 유쾌한 수수께끼, 유대인과 그리스도교도와의 사랑의 도피, 남자로 변장한 재판관에게 준 반지 때문에 곤욕을 치룬 에피소드 등을 그린다.

　재판의 형식을 활용하여 주인공 인물과 반대 인물의 생각과 삶의 자세를 관객 스스로 비교하여 판단하게 한다. 동기야 어떻든 결과적으로 샤일록은 비극적인 인물이 되고 재판 장면에서 포셔의 자비론 또한 유명한 대사이다. 이 희극은 악덕에 대한 미덕의 승리라고 하기보다는 결혼 상대자를 찾는 상자 고르기에서 상징적으로 보여 주듯 번지르르한 외관이나 낭만적인 편견에 속지 말아야 하며 외관과 실제를 혼동하지 말라는 교훈을 남겨 준다.

　이 극에는 종교적인 대립이 강조되어 있어 작품 전체가 그 시대 상황을 반영하듯 유대교 대 그리스도교의 대결이 흥미롭게 표현되었다.

　《뜻대로 하세요》는 1599년경 작품으로 1623년 출간된 동시대 작가 토마스 로지의 소설 《로잘린드》(1590)를 취재하여 만든 5막 22장으로 구성된 작품이다.

　이 극은 로맨스와 함께 영지를 둘러싼 혈육간의 분쟁을 다룬다. 전원극에 속하는 낭만 희극이면서도 개막 초부터 무질서가 난무하는 험악한 궁 분위기가 펼쳐진다. 동생이 형을 추방하여 공작의 자리를 찬탈하고, 형이 유산도 주지 않고 동생을 내쫓는 등의 분쟁이 적나라하게 다뤄지고 있다. 이 극의 중심적 배경인 아덴 숲의 이상적 전원 생활과 궁의 부패한 사회가 대조되며 그 안에서 벌어지는 로맨스와 인간 사회를 비판하는 면을 보인다. 인간의 선악과 어리석음이 여실히 드러나나 이 극은 선과 악, 흑과 백을 가려낼 수가 없으며 그에 대한 대비는 무의미하다.

《십이야》는 1600년경 발표한 작품으로 발칸 반도 서부 아드리아 해 동쪽에 있었던 고대 국가 '일리리아'를 배경으로 전개되는 5막으로 된 희극이다. 이탈리아와 영국에서 많이 알려진 이야기를 1601년 1월 6일 이탈리아의 오시노 공작을 환영하기 위하여 엘리자베스 여왕 궁에서 초연된 작품이다. 십이야는 크리스마스로부터 12일째 되는 1월 6일을 의미하며 이 주현절은 셰익스피어 시대에 크리스마스만큼이나 큰 축제일 이었는데 이 극을 축제일에 공연할 목적으로 썼다.

셰익스피어는 이 극에서 쌍둥이 남매가 빚어내는 사건의 얽히고설키는 복잡한 이야기를 여러 장치를 통해 숨기는 수법을 사용했다. 시동으로 변장한 아가씨가 공작을 위해 청혼 심부름을 다니다가 오히려 그 여자의 사랑을 받게 되는 어처구니 없는 상황이 발생한다. 그러다 죽은 줄 알았던 쌍둥이 오빠가 나타남으로써 복잡하게 얽힌 모든 사건이 풀린다.

쌍둥이 남매를 두고 서로 엇갈려 사랑하게 되는 진부한 소재이지만 구석구석 숨겨 놓은 뒤죽박죽인 상황이 재미있게 펼쳐진다. 또한 셰익스피어 본인의 연상 여자와의 결혼의 불편함을 오시노 공작의 대사를 통해 눈치챌 수 있다.

차 례 / 셰익스피어 5대 희극

〈일러두기〉

1. 이 책에 수록된 작품은 〈동서 세계문학〉 시리즈로 번역된 것을 개정된 '한글 맞춤법'에 따라 재개정·편집하여 제작하였다.
2. 본문에 나오는 인명과 지명은 '외래어 표기법'을 따르며 관행상 굳어진 표기는 그대로 실었다.

말괄량이 길들이기

The Taming of the Shrew

장 소

패듀어 광장 및 페트루치오의 시골 별장

등장인물

〈서극〉
영주(領主)
슬라이   술취한 땜장이
주막 안주인
그 밖의 시동, 사냥꾼, 하인, 배우 등
〈본극〉
밥티스타   패듀어의 귀족
빈센쇼   피사의 거상
루센쇼   빈센쇼의 아들, 비안카를 사랑하는 청년
페트루치오   베로나의 신사, 카타리나의 구혼자
그레미오 }
호텐쇼 } 비안카의 구혼자

트래니오 }
비온델로 } 루센쇼의 하인

카타리나   밥티스타의 큰딸
비안카   밥티스타의 작은 딸
커티스   페트루치오의 별장 관리인
그루미오
너댄엘
필립
요셉 } 페트루치오 하인
니콜라스
피터
그 밖의 교사, 재봉사, 가게 주인, 미망인, 하인들

줄거리

패듀어의 귀족 밥티스타의 큰딸 카타리나는 사나운 성질의 말괄량이 천방지축의 아가씨다. 어떤 남자도 그녀에게는 청혼을 하려 하지 않는다. 반면에 동생 비안카는 언니에게 구박을 받기는 하지만 멋진 남자들에게 청혼도 많이 들어오고 아버지의 사랑도 독차지한다. 이 때문에 언니 카타리나는 더욱 말썽을 피우게 된다. 하지만 밥티스타는 큰딸 카타리나를 시집보낼 때까지는 작은딸 비안카를 시집보내지 않겠다고 선언한다.

한편 피사의 거상인 빈센쇼의 아들 루센쇼가 패듀어로 유학을 왔다가 비안카를 보고 첫눈에 사랑하게 된다. 그로 인해 비안카와 결혼을 하고 싶은 루센쇼는 언니 카타리나의 남편감을 찾으려고 동분서주한다. 그러던 중 호텐쇼의 친구 페트루치오가 사나운 성질에 말괄량이지만 많은 지참금을 가져올 수 있으며 게다가 예쁘다는 말을 듣고 밥티스타에게 찾아와 허락을 얻어 결혼을 하게 된다.

페트루치오는 그녀가 욕을 하면 공손한 말이라고 칭찬을 하면서도 그녀보다 더 난폭하고 거친 행동으로 일관한다. 카타리나의 모든 말과 행동을 트집잡고 식사도 못하게 하고 잠도 못 자게 하면서 현명하고 정숙한 아내로 바꿔 놓겠다고 결심하며 드디어 길들이기에 성공한다. 남편의 부름에 카타리나가 제일 먼저 응하면서 다른 아내들에게 정숙한 아내의 본보기를 보인 것이다.

서극 제1장

히드가 우거진 벌판의 어떤 술집 앞.

문이 열리며 술집 안주인에게 내쫓겨 거지꼴을 한 슬라이가 휘청휘청 걸어 나온다.

슬라이 두들겨패 줄까 보다. 제기랄, 어디 두고 보자.

안주인 감옥에나 들어가라, 요 악질아!

슬라이 뭐가 어쩌고 어째? 이 떠버리 할망구야! 슬라이 집안에 악질은 없어. 족보를 뒤져 봐. 우리 조상은 옛적에 정복 왕 리처드 와 함께 건너 온 명문가야. 그러니까 주둥아리 함부로 놀리지 말라고……. 에이, 모르 겠다. 덧없는 세상이니 될 대로 되라지. 제기랄!

안주인 유리잔을 깨고서도 물어내지 않을 테야?

슬라이 천만에, 한 푼도 못 내겠어. 삼십육계 줄행랑치는 것이 현명하겠 다. 내 방으로 가서 푸근히 잠이나 자야지. (비틀비틀 걸어 나가다가 덤불 옆에 쓰러진다.)

안주인 그러면 내가 가만있을 줄 알고? 가서 지서장을 불러올 테다. (퇴 장)

슬라이 지서장이고 분서장이고 겁날 것 없어. 법으로 할 테면 당장 불러 와, 당장! (잠이 들어 코를 골기 시작한다.)

뿔피리 소리. 영주와 그의 시종들이 벌판을 가로질러 온다. 사냥에서 돌아오는 길이다.

영주 여봐라, 사냥꾼들. 사냥개들을 잘 돌봐주어라. 메리먼은 좀 풀어주는 게 좋겠다. 입에서 거품이 나는구나. 클라우더는 암놈하고 같이 놔두어라. 그런데 실버가 하는 거동을 보았나? 글쎄 아까 울타리 모퉁이에서 금세 냄새를 맡지 않더냐? 그 개는 이십 파운드하고도 바꿀 수 없지.

사냥꾼 1 벨먼도 그 개에 못지않습니다. 오늘도 거의 다 놓칠 뻔한 것을 그놈이 두 번이나 찾아냈습니다. 정말 그놈이 더 낫습니다.

영주 바보 소리 마라. 에코만 해도 좀더 잘만 뛴다면 벨먼의 열 배쯤은 가치가 있는 개야. 아무튼 먹이를 잘 주고 잘 돌봐줘. 내일 또 사냥할 계획이니까. 알겠나?

사냥꾼 1 예, 잘 알겠습니다.

여기서 모두 슬라이를 발견한다.

영주 이건 뭐냐? 죽었나, 취해 있나? 어디, 숨은 쉬나?

사냥꾼 2 숨은 있습니다. 술기운이 아니고서는 차디찬 맨바닥에 이렇게 곤히 잠이 들 수는 없는 일입니다.

영주 허허, 이 짐승 같은 것! 돼지같이 나자빠져 있는 꼴 좀 보게…… 무서운 죽음도 이렇게 놓고 보니 그저 더럽고 지긋지긋한 것으로밖에 보이지 않는군. 그런데 이 주정뱅이에게 장난 좀 쳐야겠어. 자네들은 어떻게 생각하나? 이 녀석을 침실로 떠메다가 좋은 옷으로 갈아입히고 반지도 끼워 주고 머리맡에는 산해진미를 갖다 놓고 그럴 듯한 시종들도 대기시켜 놓는다면, 이 거지가 잠에서 깨어나 자기 신분을 감쪽같이 착각하지 않을까?

사냥꾼 1 그러면 정말로 착각할 수밖에 없을 것입니다.

사냥꾼 2 잠이 깨면 아마 어리둥절할 것입니다.

영주 달콤한 꿈을 꾸고 있을 때나 또는 허망한 망상에 잠겨 있을 때와 같겠지. 그럼 이자를 가장 좋은 방에 조용히 옮겨 놓고 잘해 봐. 방 안에는 온통 음탕한 그림들을 걸어 놓고, 이 더러운 머리에는 따뜻한 향수를 뿌려 주고, 향목을 태워 방 안을 향기롭게 하고, 그리고 음악을 준비해 두었다가 눈을 뜨거든 미묘한 음악을 상쾌하게 들려주란 말이야. 혹 이자가 무슨 말을 하거든 빨리 대답하고 공손하게 낮은 음성으로, '무슨 분부하실 말씀이?' 하고 물어보라고. 그리고 누구 한 사람은 가득 담은 장미수에 꽃을 띄워 은쟁반을, 다른 사람은 물병을, 또 한 사람은 물수건을 들고 대령하면서 '시원하게 손을 씻지 않으시렵니까?' 하고 물으란 말이야. 그리고 누구는 값진 옷을 준비해 있다가 어떤 것을 입으시겠는가 물어보고, 또 누구는 사냥개와 말 얘기를 해 주고, 또 부인께서는 나리님의 병환을 슬퍼하고 계시다고 말하란 말이야. 이렇게 자기를 실성한 사람으로 믿게 만들어서 그가, 하긴 내가 그랬었는지도 모르지, 하거든 당장에 이렇게 말해 주라고. '그건 꿈을 꾸신 것이고 사실은 훌륭한 영주님이 틀림없습니다.' 라고 말이야. 그런 식으로, 조심해서 잘해 봐……. 적당히 잘 진행된다면 그거 참 굉장한 구경거리가 되겠는걸.

사냥꾼 1 예, 저희들이 열성을 다하여 이자가 우리가 꾸미는 바와 같은 사람인 줄로 여기도록 해 보겠습니다.

영주 살며시 옮겨다 재우고 눈을 뜨거든 내가 시킨 대로 하라. (슬라이를 들여간다. 나팔 소리) 아니, 저 나팔 소리는? 가서 보아라. (하인 한 사람 나간다.) 어떤 귀족이 여행을 하다가 이 근처에서 좀 쉬려는 것이나 아닐까…….

아까 그 하인이 다시 들어온다.

영주   그래, 누구더냐?

하인   배우들인뎁쇼. 영주님 앞에서 상연을 하겠답니다.

영주   이리 불러들여라.

　배우들 등장.

영주   아, 다들 잘 왔네.

배우들   감사합니다.

영주   오늘 내 집에 머물러 주겠나?

배우 1   예, 분부시라면.

영주   그렇게들 하게. 저 사람과는 나도 안면이 있네. 언젠가 농부의 맏아들 역을 했지……. 그때 아마 귀부인을 그럴듯하게 설복하는 장면이었것다. 누구 역인지 이름은 잊었지만 그 역은 꼭 어울리는 역이었어, 분장도 자연스러웠고.

배우 1   소토 역 말씀인가 봅니다.

영주   옳아, 그래. 그때 참 잘했었지……. 그런데 자네들 마침 잘 와 주었네. 실은 심심풀이를 꾸미고 있는 중인데, 자네들의 멋진 솜씨의 도움만 받는다면 한결 흥겨워질 수 있을 거야. 글쎄, 오늘 밤 어떤 영주님께 자네들의 연극을 보여 드릴 생각인데, 내가 염려하는 건 연극이라곤 생전 처음인 그 영주님의 기묘한 행동을 보고 자네들이 예절도 잊고 우스워서 못 견디는 바람에 그분의 기분을 상하게 하지나 않을까 하는 점이야. 자네들이 웃으면 그분은 화가 날 테니까.

배우 1   염려 마십시오. 저희들이 행동을 조심하겠습니다. 비록 그분이 천하에 둘도 없는 어릿광대라도 말입니다.

영주   좋아, 여봐라, 이 사람들을 식당으로 안내하여 극진히 대접하라. 내 집에서 할 수 있는 거라면 뭐 하나 부족함이 없도록 대접하라. (하인이 배우들을 안내하여 들어간다.) 여봐라, 너는 시동 아이 바돌러뮤한테 가서 귀부인 차림으로 갈아입힌 다음 아까 그 주정뱅이 방으로 데리고 가서 그 시동 아이에게 마님, 마님, 하면서 굽실대란 말이다. 그렇게 하면 그만한 보수는 있을 테니 시키는 대로 하라고 일러 다오. 주정뱅이를 대하되 귀부인이 남편에게 하듯 품위 있게 말도 고분고분, 허리도 나지막하게 굽히라고 일러라. '무슨 분부든지 말씀하세요. 당신의 부인으로 부족한 아내지만 소녀는 정성과 애정을 보여 드리기 위해 이렇게 대령하고 있습니다.' 이렇게 말이다. 그리고 정답게 안고 볼에 키스를 하면서 머리를 그자의 가슴에 파묻고 눈물을 짜내라고 일러라. 글쎄 가엾게도 실성한 것으로만 생각했는데 이제 건강이 회복되어 정말 기쁘다고 말하는 거다. 그애가 자유자재로 소낙비 같은 눈물을 쏟는 재주가 없다면 내게 묘안이 있다. 양파를 헝겊에 싸서 눈에 비비면 눈물이 나올 것이다. 가능한 빨리 시작해 다오. 잠시 후에 곧 다음 지시를 내리겠다. (하인 퇴장) 시동 아이는 품위로나 음성이나 태도나 몸가짐 등으로 봐서 넉넉히 귀부인을 흉내 낼 거야. 빨리 들어가서 시동 아이가 주정뱅이에게 남편이라고 부르는 것을 보고 싶구나. 또 내 시종들이 우스운 것을 참고 그 바보 같은 농군에게 굽실거리는 꼴은 참으로 가관이 아니겠는가. 안에 들어가서 주의를 시켜야겠다. 내가 참석한다고 너무들 흥겨워하다가 설마 일을 그르치는 일은 없을 테지. (모두 퇴장)

서극 제2장

영주의 저택

호화스러운 침실, 잠옷을 입은 슬라이가 의자에 기대어 자고 있다.

그 주위에 시종들이 혹은 의복을, 혹은 대야와 물병을, 혹은 그 밖의 물건들을 들고 서 있다. 여기에 영주가 등장한다.

슬라이 (잠이 덜 깬 얼굴로) 제발 맥주나 한 잔 다오.

하인 1 나리, 백포도주로 하시면 어떠하시겠습니까?

하인 2 설탕조림 과일을 들지 않으시겠습니까?

하인 3 나리, 오늘은 어떤 옷을 입으시겠습니까?

슬라이 난 크리스토퍼 슬라이야. 날 나리, 나리, 하지 말라니까. 백포도주 따윈 생전 마셔 보지 못했어. 설탕조림 과일을 주려거든 쇠고기조림이나 줘. 무슨 옷을 입겠느냐고? 두 다리가 양말이고 신은 발이고 아니, 발이 신이라니까. 그래, 글쎄 이렇게 발가락이 쑥 삐져나와 있지 않나.

영주 아이고, 우리 나리의 이 까닭 모를 병환을 속히 낫게 해 주시옵소서! 그렇게도 훌륭한 혈통과 그렇게 많은 재산에다가 이렇게 귀하신 분께 이런 흉악한 악령이 들리다니.

슬라이 아니, 당신네들은 생사람을 미치게 할 작정이우? 내가 크리스토퍼 슬라이가 아니란 말인가? 버튼 히드에 사는 슬라이 영감의 자식이 아니라고? 원래는 행상이었는데 솔 공장에 취직했다가 곰지기로 바꿔치고, 그마저 그만두고 지금은 땜장이 노릇을 하고 있는 슬라이가 아니란 말인가? 윙커트 술집의 저 뚱뚱한 안주인 매리언 해케트한테 가서 날 아느냐고 물어보구려. 외상 술값이 십사 펜스 달려 있는데 그런 일이 없다고 그 안주인이 잡아뗀다면 나야말로 그리스도교도의 나라에 제일가는 거짓말 쟁이지 뭐야……. (하인이 맥주를 들고 등장) 내가 미치다니, 천만에, 그 증거로……. (하인이 내민 맥주잔을 받아서 마신다.)

하인 3 아, 이러시기 때문에 마님께서도 슬퍼하고 계십니다.

하인 2 이러시기 때문에 하인들도 근심하고 있습니다.

영주 이러시기 때문에 일가친척들도 실성을 두려워하여 겁을 먹고 영주님과 발을 끊은 것입니다. 아, 영주님, 가문을 생각하셔서 쫓아냈던 예전 마음을 도로 불러들이시고 이 비참한 악몽일랑 몰아내십시오. 보십시오. 이렇게 하인들이 곁에서 영주님의 분부를 기다리고 있지 않습니까. 음악은 어떻겠습니까? 악성 어폴로가 연주하는 음악을 들어 보십시오. (음악이 연주된다.) 꾀꼬리들도 스무 마리나 새장에서 노래를 하고 있습니다. 아니, 졸리십니까? 자리를 깔아 드릴까요? 저 아시리아의 시미러미스 여왕을 위하여 마련했다는 음란한 침상보다 더 푹신하고 달콤한 침상입니다. 산책하시겠다면 산책길에 꽃을 뿌려 놓겠습니다. 아니면 말을 타시겠습니까? 황금과 진주로 꾸민 마구를 채워 말들을 대기시켜 놓겠습니다. 매 사냥은 어떠십니까? 아침의 종달새보다도 높이 날 매들이 준비되어 있습니다. 혹 사냥은 어떠십니까? 씩씩하게 짖어대는 사냥개들의 소리에 하늘도 메아리치고 드넓은 대지도 날카로운 메아리를 울릴 것입니다.

하인 1 달리라고 하시면 사냥개들은 수사슴처럼 숨도 안 쉬고 쏜살같이 달릴 것입니다. 날쌔기로는 사슴도 어림없습니다.

하인 2 그림은 어떻겠습니까? 지금 당장이라도 내오겠습니다. 졸졸 흐르는 개울가엔 미소년 아도니스가 서 있고, 향부자 덤불 속에는 아름다운 여신 시데리어가 누워 있고, 그리고 그 입김에 요염하게 움직이는 향부자들이 마치 바람에 산들거리는 듯 보이는 그림말입니다.

영주 또 다른 그림도 보여 드리겠습니다. 숫처녀 아이오가 주피터 신한테 속아 습격당하는 광경이 생생히 그려진 그림도 있습니다.

하인 3 또는 여신 다프네가 아폴로 신에게 쫓기어 찔레 밭을 헤매다가 다리를 긁히고 피가 나올 지경이어서 그 광경에 아폴로마저 슬퍼하고 눈물을 자아내는 모습을 그린 그림은 어떠십니까?

영주 영주님, 영주님은 정말로 저희들의 영주님이십니다. 영주님께는 이 세상에 다시없이 아름다운 부인이 계십니다.

하인 1 영주님 때문에 흘리신 눈물이 밉살스러운 폭포수같이 그 아름다운 얼굴에 흘러내리기 전에는 동서고금을 두고 유례없는 천하의 미인이셨습니다! 아니, 지금만 해도 누구보다 못지않으십니다.

슬라이 내가 영주이고 내게 그런 부인이 있었던가? 꿈결이 아닐까? 아니, 지금까지 내가 꿈을 꾸고 있었을까? 확실히 잠결은 아니야. 음, 내 눈에 보이고 내 귀에 들리고 내가 말을 하고 있어. 좋은 향기도 나고 만져봐도 보드랍군. 정말 내가 영주일까, 땜장이 크리스토퍼 슬라이가 아니라……. 그럼 어서 부인을 모셔오너라. 맥주도 한 잔 더 가져오고.

하인 2 (대야를 내밀며) 영주님, 손을 씻으십시오. (슬라이가 손을 씻는다.) 영주님께서 정신을 회복하시고 다시 신분을 알아보시니 저희들은 참으로 기쁩니다. 지난 열다섯 해를 꿈속에 계시다가 마치 잠에서 깨어나시듯 이제 눈을 뜨셨습니다.

슬라이 열다섯 해나! 제길, 많이도 잤네. 그동안 아무 말도 하지 않던가?

하인 1 웬걸요, 영주님. 헛소리밖에 하시지 않았습니다. 이렇게 훌륭한 방에 누워 계시면서도 밖으로 쫓겨났다고 말씀하시며 술집 안주인을 야단치셨습니다. 그리고 마개를 따지 않은 술병을 가져오라는데 돌솥을 가져왔다고 고소를 하시겠다는 둥, 혹은 이따금 시실리 해케트란 이름을 입에 올리셨습니다.

슬라이 음, 그건 술집 안주인이야.

하인 3 아닙니다. 영주님께선 그런 술집이나 그런 여자를 아실 리가 없으십니다. 그리고 스티븐 슬라이니 그리스 마을의 존 내프스 영감이니 이 밖에 스무나문 명의 이름을 입에 올리셨지만, 그런 사람들은 이 근처에 살고 있지도 않고 만나 보시지도 않은 사람들입니다.

슬라이 그렇다면 모두 하느님의 덕분이군. 하느님, 참으로 감사합니다!

모두 아멘!

슬라이 다들 고맙소. 여러분의 기원이 헛되지 않게 하겠소.

    부인으로 변장한 시동이 시종을 거느리고 등장. 그중의 한 시종이 슬라이에게 맥주를 권한다.

시동 나리, 좀 어떠세요.

슬라이 아, 좋소, 좋아. 이젠 여간 기운이 나지 않는구려. 그런데 내 아내는? (맥주를 마신다.)

시동 여기 있어요, 나리. 무슨 말씀이라도?

슬라이 당신이 내 아내요? 그런데 왜 남편을 여보라고 부르지 않소? 시종들은 나리, 나리 해도 좋지만 난 당신의 남편이 아니오?

시동 저의 남편이며 어른이에요. 나리, 전 당신의 아내로서 뭐든지 당신 뜻대로 하겠어요.

슬라이 잘 알았소. 그럼 나는 당신을 어떻게 불러야 하오?

영주 부인이라고 부르십시오.

슬라이 앨리스 부인이요, 존 부인이요?

영주 그냥 부인이라고만 부르십시오. 영주들은 자기 부인을 다 그렇게 부른답니다.

슬라이 이봐요, 부인. 듣자니 난 열다섯 해 이상이나 잠을 자며 꿈을 꾸고 있었다는데 그게 정말이오?

시동 네, 그 시간이 저에게는 삼십 년이나 되는 것만 같아요. 그 동안 저는 쭉 독수공방이었어요.

슬라이 그거 참 안됐군……. 여봐라, 하인들은 물러가고 우리 두 사람만 있게 해 다오. (하인들이 물러간다.) 부인, 옷을 벗고 잠자리로 들어갑시다.

시동 귀하고도 귀하신 영주님, 부탁입니다. 제발 한두 밤만 참아 주세요. 그것조차 안 되시겠다면 해가 질 때까지만이라도요. 의원님들의 말씀이 병환을 다시 유발시킬 우려가 있으니 동침은 삼가라고 하셨어요. 이만하면 저의 변명을 이해해 주실 거예요.

슬라이 음, 한시도 참을 수가 없는걸. 하지만 또다시 그런 악몽 속에 떨어지는 것은 싫으니 참기로 하지. 피가 끓고 살이 뛰기는 하지만.

하인 한 사람 들어온다.

하인 1 영주님의 전속 배우단이 영주님께서 쾌유하셨다는 소식을 듣고 희극을 상연하기 위해 문안 왔습니다. 의원님들도 모두 찬성하십니다. 극심한 슬픔이 피를 굳어지게 하고 우울증이 실성의 보금자리였으니만큼, 연극을 보시고 흥겨운 일에 마음을 돌리시면 많은 해악도 미리 방지되고 수명도 늘릴 수 있다고 합니다.

슬라이 음, 그럼 곧 시작해 보라고 해. 그런데 그 희극인가 뭔가는 크리스마스 춤인가 아니면 곡예사의 재주인가?

시동 아녜요. 영주님. 이건 훨씬 더 재미있는 것이에요.

슬라이 그럼 음악인가 보군?

시동 아니, 옛날 얘기 같은 것이에요.

슬라이 음, 아무튼 구경해 보자꾸나. 자, 부인. 내 곁에 와서 앉구려. 우리가 두 번 다시 이처럼 젊어질 수야 있겠나.

제1막

제1막 제1장

시동이 슬라이 곁에 앉는다. 나팔 소리. 《말괄량이 길들이기》 극이 시작된다.

패듀어의 광장.

밥티스타의 집과 호텐쇼의 집, 그 밖에 다른 집들이 광장을 면하고 있다. 광장에는 나무들이 서 있고 벤치가 놓여 있다. 루센쇼와 그의 하인 트래니오 등장.

루센쇼 트래니오, 문화의 요람지인 이 아름다운 패듀어를 꼭 한 번 구경하고 싶었는데, 이탈리아의 낙원이라 할 이 기름진 롬바르디아 평야에 드디어 도착했구나. 아버지의 호의와 승낙 아래 너처럼 믿음직한 시종과의 동행이라 모든 일이 다 잘 되어 간다. 자, 여기서 좀 쉬자꾸나. 쉬면서 천천히 학문과 문화의 길을 찾기로 하자. 점잖은 시민들로 유명한 피사에서 태어나 천하를 주름잡는 호상인 벤티보리오 가문의 빈센쇼를 아버지로 모시고, 피렌체에서 교육을 받은 나 아니냐. 그러니 세상의 기대에 어긋나지 않기 위해서는 그만한 행운을 그만한 인격으로 장식해야지. 지금 내가 배우고 싶은 것은 덕이니 이 철학을 몸에 익히고 나면 덕으로 말미암아 행복에 도달할 길도 자연 알게 될 것이 아닌가. 내가 피사를 떠나 패듀어에 온 것은 얕은 웅덩이 물을 벗어나 깊은 못에 몸을 담고 흐뭇하게 갈증을 없애고 싶은 마음에서인데 그래, 네 생각은 어떠냐.

트래니오 예, 도련님. 전 뭐든지 도련님과 같은 마음이라 참 기쁩니다. 달디 단 학문의 단물을 빨아 잡수시겠다는 그 결심을 제발 계속하십쇼. 하지만 도련님, 도덕이니 수양이니 그런 것들만 숭상하다 제발 저 금욕주의자인지 돌대가리인지는 되지 말아 주십쇼. 엄격한 아리스토텔레스의 말만 듣고 계시다가 달콤한 오비드의 부드러운 가락을 내던지게 되시면 안되니까요. 친구 사이의 대화는 논리학의 공부로 삼으시고 평소 대화도 수사학의 연습으로 삼으십쇼. 그리고 기분을 되살리기 위해선 음악이나 시가 좋고, 수학이니 형이상학 같은 것도 입맛이 당기실 적에는 해 보셔도 좋습죠. 흥미가 없는 곳엔 소득도 없는 법입니다. 요는 도련님이 가장 하고 싶은 공부를 하십쇼.

루센쇼 고맙다, 트래니오. 네 말이 옳고말고! 그런데 비온델로가 일찍 도착했다면 우린 당장 여관을 정하고 패듀어에서 만날 수 있는 친구들을 모두 초청하여 대접할 수 있었을 텐데. 그런데 가만있자, 저 사람들은?

트래니오 도련님, 저분들은 우리를 마중 나온 행렬 같습니다.

문이 열리고 밥티스타가 두 딸 카타리나와 비안카를 데리고 등장. 늙은 그레미오와 젊은 호텐쇼가 그 뒤에 등장. 두 사람은 비안카의 구혼자이다. 루센쇼와 트래니오는 나무 그늘에 숨는다.

밥티스타 이젠 제발 그만 조르시오. 내가 단단히 결심한 것을 당신네들도 알고 있잖소. 글쎄 큰딸의 신랑을 정하기 전에는 작은딸을 시집보낼 수가 없습니다. 만약 두 분 중에 카타리나를 사랑하는 분이 있다면, 그야 나와는 잘 아는 사이고 나의 호의를 받고 계신 두 분이니 사양 마시고 제발 그 애와 직접 담판해 보시구려.

그레미오 담판이 아니라 재판을 해야 할 판이외다. 큰따님은 내 힘으로 다룰 수가 없어서요. 그런데 호텐쇼, 당신이야말로 어떤 아내든 상관없지 않겠어?

카타리나 아버지, 절 이런 작자들 앞에서 웃음거리로 만드시려는 거예요?

호텐쇼 작자들이라구? 그래, 그게 무슨 뜻으로 하는 소리요? 좀 처녀답고 얌전하게 굴지 않으면 당신의 남편이 될 녀석은 아무도 없어요, 없어!

카타리나 누가 그런 걱정해 달래요? 난 결혼할 생각이 조금도 없어요. 하지만 만약 결혼을 하게 되는 날엔 정말이지, 세 발 의자를 빗 삼아 당신의 머리털을 빗겨 주고 얼굴에는 색칠을 해서 바보 취급이나 해줄 테야.

호텐쇼 아이고, 하느님. 제발 이런 악마 같은 여자한테서 저를 구해 주시옵소서!

그레미오 하느님, 제발 저도…….

트래니오 (방백) 쉿, 도련님! 이거 여간한 구경거리가 아닙니다. 저 말괄량이는 완전히 미쳤거나 그렇지 않다면 굉장한 고집쟁이 같습니다.

루센쇼 그런데 말수 없는 다른 쪽은 처녀답게 아주 얌전하고 온순하구나.

트래니오 그 말마따나 얌전하군요. 쉿, 아무 말씀 마시고 실컷 구경하십쇼.

밥티스타 그럼 두 분, 내가 지금 한 말에 거짓은 없습니다. 그걸 분명히 하죠. 비안카야, 너는 안으로 들어가라. 그렇지만 언짢게 생각해서는 안 된다. 내가 널 사랑하는 마음에는 변함이 없으니까. (비안카의 머리를 쓰다듬는다.)

카타리나 흥, 귀염둥이 아가씨. 까닭을 알면 손가락을 눈에 대고 울고 말걸.

비안카 언닌 내가 잘못 되면 시원할 거야. 아버지, 전 아버지 분부대로 하겠어요. 책과 악기를 친구 삼아 혼자 읽고 악기 연습을 하겠어요.

루센쇼 (방백) 저걸 봐, 트래니오. 미네르바 여신이 입을 열지 않느냐.

호텐쇼 밥티스타님, 그건 너무 하지 않습니까. 저희들의 호의가 도리어 비안카의 슬픔의 씨가 되다니 참으로 섭섭합니다.

그레미오 밥티스타님, 이런 지옥의 마녀 때문에 작은따님을 가둬 놓고 그 독설의 벌을 동생이 받게 할 작정이십니까?

밥티스타 아무튼 두 분 양반, 양해해 주시오. 난 이미 결심했소. 얘, 안으로 들어가라, 비안카야. (비안카 퇴장) 글쎄 그 애는 무엇보다도 음악과 악기와 시를 좋아합니다. 미숙한 그 애를 가르쳐줄 가정교사를 둘 생각입니다. 그러니 호텐쇼님이나 그레미오님, 누구 적당한 분이 있거든 좀 소개해 주시오. 재주 있는 분 같으면 잘 대접해 드리고 자식들의 교육에 돈은 아끼지 않을 생각이오. 그럼 나중에 또 봅시다. 카타리나, 넌 여기 더 있어도 좋다. 난 비안카에게 가봐야겠다. (퇴장)

카타리나 어머나, 나도 들어갈 테야, 내가 왜 못 들어가? 그래, 내가 일일이 지시를 받아서 행동을 해야 하나? 내 맘대로 오가는 것조차 못하는 사람이람? 흥! (획 돌아선다.)

그레미오 악마 어미에게나 가보려무나. 성품이 그렇게 알뜰해서 누가 붙잡을 줄 알고? (카타리나가 안으로 달려 들어가 문을 탁 닫는다.) 호텐쇼, 저래서야 부녀간 사이도 별로 좋지 않을 것 같소. 우리는 손끝이나 후후 불면서 진득하니 참아 봅시다. 지금 형편으로는 아직 밥이 설익었소, 설익었어……. 하지만 사랑스러운 비안카를 생각하니 안됐군그래. 비안카를 생각한다면 어떻게 해서든지 적당한 가정교사를 찾아내 비안카의 아버지께 추천해야겠는걸.

호텐쇼 나도 그렇게 할 생각이오. 그레미오씨, 한마디 상의해야겠소. 우린 서로 경쟁자의 입장이라 오늘까지 의논이라곤 하지 않았지만 이렇게 되고 보니 생각을 좀 달리 해 봐야겠습니다. 우리가 다시 그 아가씨의 사랑을 다투는 행복한 경쟁자가 되려면 한 가지 특별한 일을 준비해야 할 것 같습니다.

그레미오 대체 무엇을 말이오?

호텐쇼 방법은 딱 한 가지, 언니 쪽의 신랑을 구하는 일이오.

그레미오 신랑? 악마 말인가요?

호텐쇼 아니, 신랑 말이오.

그레미오 아냐, 악마야. 글쎄 생각 좀 해봐요. 아버지가 아무리 부자라고 해도 지옥으로 장가를 들 쓸개 빠진 녀석이 어디 있겠냐 말이오?

호텐쇼 쯧쯧, 그레미오씨도 참! 당신이나 나는 그 말괄량이의 독설을 순순히 받아넘기지 못하지만, 세상에는 호인도 있으니 그런 사람을 만나면 설사 아무리 흠집이 많은 처녀라 할지라도 지참금도 있겠다 그 말괄량이는 시집을 갈 수 있을 것입니다.

그레미오 글쎄요. 나 같으면 그런 신부를 맞느니 차라리 매일 아침 네거리에서 매를 맞는 편이 낫지.

호텐쇼 하긴 댁의 말마따나 썩은 사과를 고를 사람은 별로 없을 것입니다. 그렇지만 자, 이렇게 같은 운명에 놓이고 보니 피차 친구가 될 수밖에요. 그러니 당분간 서로 협력하여 밥티스타님의 큰딸에게 신랑을 구해 주고 작은딸도 자유로이 결혼할 수 있게 해 줍시다. 그러고 나서 경쟁하기로 합시다. 아름다운 비안카여! 그대를 얻는 남자는 행복하도다! 가장 빨리 뛰는 자가 반지를 차지하렷다! 자, 어떻습니까, 그레미오씨?

그레미오 찬성이오. 누구든지 그 말괄량이한테 구애하여 완전히 설복하고 결혼해서 침실로 데리고만 가 주면, 그러니까 친정집에서 몰아내 주면 난 그 사람에게 패듀어에서 일등 가는 말을 선사할 테요. 자, 가봅시다.

(두 사람 퇴장)

트래니오 맙소사, 도련님. 그게 정말이십니까? 그렇게 순식간에 사랑에 붙들리다니!

루센쇼 아, 트래니오. 지금까지만 해도 설마 그런 일은 절대로 있을 것 같지가 않았다. 그런데 그녀를 멍하니 바라보고 서 있는 동안 그만 사랑에 빠지고 말았구나. 이렇게 되었으니 네게 솔직히 고백하겠다. 카르타고의 여왕 디도는 동생 애너에게 비밀을 고백했다지만 너와 나는 그보다 더한 사이가 아니냐. 그러니 트래니오, 그 얌전한 처녀를 얻지 못하는 날엔 내 가슴은 타고 메말라서 끝내는 죽고 말 거야……. 이것 봐, 트래니오. 어떻게 하면 좋겠느냐? 너라면 좋은 지혜가 있을 거다. 날 좀 도와다오. 너 같으면 그만한 일은 할 수 있을 것 아니냐!

트래니오 도련님, 지금은 도련님을 책망할 단계가 아닌 것 같습니다. 한번 생긴 연심이란 힐책을 받아도 마음에서 떠나지 않으니까요. 하지만 라틴어 속담에도 있지 않습니까, '보석금은 되도록 싸게' 라구요.

루센쇼 고맙다. 자, 어서, 본론을 말해 다오. 지금 그 충고도 그럴듯하니 다음 말에는 위안이 될 것 같구나.

트래니오 도련님은 그 처녀에게만 넋이 빠져 있으시니 아마 문제의 핵심은 미처 못 보셨을 거예요.

루센쇼 아, 그 아름다운 얼굴은 아게노르의 딸 에우로페를 방불케 했다. 제우스 신이 소로 둔갑하여 크레타 해안에 이르렀을 때, 공손히 무릎을 꿇고 그녀의 손에 키스를 청했다는 그 에우로페 말이다.

트래니오 그 밖에 다른 건 못 보셨습니까? 떠들고 고래고래 소리를 지르며 사람의 귀로는 도저히 듣지 못할 소동을 일으킨 언니는 못 보셨습니까?

루센쇼 음, 봤어. 그녀의 산호 같은 입술이 달싹이고 그 입김은 주위에 향기를 풍기더군. 그녀에게서 보인 것은 모두 거룩하고 감미로웠어.

트래니오   이거 꿈결에서 좀 깨워 드려야겠는걸. 도련님, 정신을 차리십시오. 그렇게도 그 아가씨를 사랑하신다면 지혜를 짜내어 손에 넣을 궁리를 하셔야죠. 사태는 이렇습니다. 그 아가씨의 언니는 이만저만한 말괄량이가 아니라서 아버지가 언니 쪽을 치워버리기 전에는 도련님이 사모하시는 아가씨는 처녀로 집에만 틀어박혀 있어야 합니다. 구혼자가 귀찮게 굴지 못하도록 아버지가 딸을 꼭 가두어 놓을 것이니까요.

루센쇼   아, 트래니오. 참 지독한 아버지도 다 있구나! 그런데 넌 듣지 못했느냐? 딸애를 교육하기 위해 좋은 가정교사를 물색 중이라고 하지 않던?

트래니오   저도 들었어요. 마침 좋은 계획이 있습니다.

루센쇼   나도 그렇다.

트래니오   그렇다면 틀림없이 우리 두 사람의 계획은 같은 것입니다.

루센쇼   그럼, 어디 네 계획 좀 들어 보자.

트래니오   도련님이 가정교사가 되셔서 그 아가씨의 교육을 맡는 것입니다. 그런데 도련님 계획은?

루센쇼   나도 같아. 그런데 잘 될까?

트래니오   좀 어려울 것 같은뎁쇼. 그렇게 하면 도련님의 할 일은 누가 합니까? 빈센쇼님의 아들로 패듀어에 머물면서 살 집을 구하며 책을 읽고 친구들을 대접하고, 이런 역할은 도대체 누가 합니까?

루센쇼   염려할 것 없다. 마침 좋은 생각이 났어. 우리는 아직 누구의 집에도 들어가 보지 않았으니 어느 쪽이 하인이고 어느 쪽이 주인인지 우리를 분간할 사람은 없지 않나. 그러니까 이렇게 하자꾸나, 트래니오. 네가 주인이 되어 내 대신 집도 얻고 주인 행세를 하며 하인도 거느리란 말이야. 난 딴 곳에서 온 사람처럼 행세할 테다. 피렌체 사람이나 나폴리 사람이나 혹은 미천한 피사 사람처럼 말이다. 이제 계획이 섰으니 실행에 옮기자. 트래니오, 얼른 옷을 벗고 화려한 이 모자와 외투를 입어라. 비온델로가 오면 네 하인 역을 맡게 하겠다. 그 전에 먼저 그 녀석의 입을 봉해야지.

트래니오 그럼 어쩔 수 없군요. (두 사람이 옷을 바꾸어 입는다.) 도련님이 정 그러시다면 전 복종할 수밖에요……. 떠날 때에 아버님께서 신신당부하시며 '내 아들을 잘 돌봐줘라.' 고 하셨으니까요. 설마 이런 의미에서는 아니었을 것입니다만……. 아무튼 제가 기꺼이 루센쇼가 되어 드리죠, 소중한 도련님을 위해서라면.

루센쇼 트래니오, 그렇게 해 다오. 이제 이 루센쇼는 사랑에 눈을 떴으니 그 처녀를 얻기 위해서라면 난 노예가 되어도 좋다. 세상에, 한 번 보자마자 느닷없이 눈이 멀어 사로잡히고 말다니……. (비온델로가 들어온다.) 저 녀석이 오는구나. 얘, 너 어디에 가 있었어?

비온델로 어디에 가 있었냐구요? 그럼 도련님은 어디 계셨어요? 아니, 이거 트래니오 녀석이 도련님 옷을 훔쳐 입었나요? 아니면 도련님이 트래니오 녀석의 옷을 훔쳐 입었나요? 아니, 서로서로 훔쳐 입었나요? 이게 대체 무슨 영문입니까?

루센쇼 얘, 이리 와 봐. 위급한 상황에 지금 농담하고 있을 때가 아니다. 네 동료 트래니오는 지금 내 목숨을 구하기 위해 내 옷차림으로 내 행세를 하고, 난 트래니오 옷을 입고 도주하려는 거다. 이곳에 도착하자마자 싸움에 말려들어 사람을 죽게 했는데 아마 발각될 것 같다. 명령이니 네가 트래니오의 하인이 되어 내가 안전하게 도피할 수 있게 해야 한다. 어때, 잘 알겠지?

비온델로 뭐가 뭔지 알 수가 없는뎁쇼.

루센쇼 절대로 트래니오라고 부르면 안 돼. 트래니오는 이제 루센쇼가 되었으니까.

비온델로 참 부럽군. 나도 그렇게 되어 봤으면!

트래니오 다음에는 나도 정말 그렇게 되어 소원을 풀어 봤으면! 밥티스타의 작은딸을 얻고파 하는 도련님이 되어서 말이야. 그런데 이것 봐, 어딜 가더라도 탄로되지 않도록 조심하란 말이야. 단둘이 있을 땐 그야 물론 트래니오지. 하지만 그 밖의 경우에는 언제든지 네 주인 루센쇼란 말이야.

루센쇼 트래니오, 이제 가보자. 한 가지 더 부탁이 있다. 네가 구혼자들의 한 사람으로 행세를 해야 한다. 그 이유는 묻지 마라. 허나 안심해. 나쁜 일은 아니고 까닭이 있어서 그러는 것이니까. (모두 퇴장)

서극의 관람자들이 상단에서 이야기를 한다.

하인 1 영주님은 졸고 계시는데 연극이 마음에 안 드시는 모양이군요.

슬라이 (잠을 깨며) 아냐, 천만에, 여간 걸작이 아닌걸. 다음에 또 뭐가 있나?

시동 어머나, 영주님도. 이제 겨우 시작인걸요.

슬라이 이봐요, 마누라. 이거 참 대단한 걸작이구려. 제기, 얼른 끝났으면 좋겠네. (모두 자리에 앉고 다시 연극이 시작된다.)

제1막 제2장

패듀어의 광장.
페트루치오와 그의 하인 그루미오가 등장하여 호텐쇼의 집 문 앞으로 다가온다.

페트루치오 베로나를 잠시 떠나 패듀어의 친구들을 찾아왔으니 그중에 제일 친한 친구인 호텐쇼를 만나 봐야지. 이게 틀림없이 그의 집이렷다. 얘, 그루미오. 두들겨 봐라.

그루미오 두들기다뇨? 누굴 두들겨요? 누가 주인님께 실례라도 했습니까?

페트루치오 이 촌놈아, 여길 쿵쿵 두들기란 말이야.

그루미오 여기 주인님을요? 여기 주인님을 두들기면 제가 뭐가 되겠습니까요?

페트루치오 이 바보 보게, 이 문을 두들기란 말이야. 쿵쿵 두들기라니까. 머뭇거리면 네 머리통을 두들겨 줄 테니까.

그루미오 왜 그렇게 시비조예요. 그런데 제가 주인님을 두들긴다고 치면 제가 무슨 봉변을 당할 것인가는 뻔한 일이 아닙니까?

페트루치오 그래도 거스를 테냐? 그러면 이놈아, 내가 널 두들겨서 소리를 내게 해 주겠다. 어디 '도, 레, 미.' 소리 좀 내봐라. (그루미오의 귀를 비튼다.)

그루미오 아이구, 사람 살리슈. 우리 주인님이 미쳤답니다!

페트루치오 이놈아. 어서 시키는 대로 두들겨!

　호텐쇼가 문을 열고 나온다.

호텐쇼 이거 웬일들인가? 아니, 그루미오, 그리고 페트루치오 아냐! 그래, 베로나는 어떤가?

페트루치오 여, 호텐쇼, 자넨 싸움을 말리는 역이란 말이군? 그럼 난 '참 잘 만났소.' 이렇게 말할까?

호텐쇼 그럼 난 '진심으로 환영하오, 페트루치오님.' 이라고 해 두지. 자, 그루미오, 어서 일어서게. 이 싸움은 화해하기로 하지.

그루미오 그렇게 어려운 문구들을 쓰셔도 소용없어요. 이래도 하직할 만한 정당한 이유가 안 된단 말씀이십니까, 호텐쇼 나리? 주인님은 절 보고 실컷 쿵쿵 두들겨 달래지만 하인이 어떻게 주인님께 그렇게 할 수 있겠습니까, 그런 짓을 어떻게 하겠어요? 제기, 차라리 내가 먼저 실컷 두들겨 줬더라면 이 그루미오가 이런 지독한 꼴은 당하지 않았을 것을.

페트루치오 요 멍텅구리 같으니! 여보게, 호텐쇼. 내가 이 녀석보고 자네네 집 대문을 좀 두들기라고 했는데 이 녀석이 어디 그걸 알아들어야지.

그루미오 문을 두들기라고 하셨다고요? 아이고, 주인님은 똑똑히 이렇게 말씀하시지 않았어요? '이놈아, 여길 두들겨, 여길 두들기라니까, 실컷 쿵쿵 두들기라니까.' 라고. 문을 두들기라는 말씀은 이제야 하시면서!

페트루치오 이놈아, 가버려. 그게 싫거든 잠자코 대꾸나 말든지!

호텐쇼 여보게, 페트루치오. 좀 참게나, 내가 그루미오의 보증인이 되어 줄 테니. 원, 이거 주인과 하인 사이에 굉장한 싸움이군. 그런데 여보게, 쾌활한 충복 그루미오를 데리고 무슨 좋은 바람이 불어서 고향 베로나를 뒤로 하고 이렇게 패듀어를 찾아왔나?

페트루치오 고향이 좁다고 싫증내는 젊은이들이 부추기는 바람에 나도 외국에서 신세 좀 고쳐 보려고 왔지. 여보게, 호텐쇼. 사실은……. 우리 아버지가 돌아가셨다네. 그래서 난 운명에 몸을 맡기고 다행히 행운이 따른다면 아내도 얻고 돈도 벌어 보려는 생각일세. 지갑에는 돈을, 고향에는 유산을. 그렇게 세상 구경을 나온 것이라네.

호텐쇼 여보게, 페트루치오. 그렇다면 솔직히 할 얘기가 있네. 심술 사나운 말괄량이가 하나 있는데 아내로 맞을 생각 없나? 이런 얘긴 그리 달갑지 않을는지 모르지만 그 여자가 부자라는 것만은 말해 두지. 이만저만한 부자가 아니라네. 그야 물론 소중한 친구인 자네에게 그런 여자를 권하고 싶지는 않지만.

페트루치오 여보게, 호텐쇼. 우리 사이에 빈말은 그만두세. 어쨌든 재산은 구애의 반주가 될 수 있으니 이 페트루치오의 마누라로서 부족하지 않을 재산만 있다면……. 그녀가 저 플로렌티어스의 애인처럼 못생겼건 백 살 먹은 무당 같은 할망구건 아니, 소크라테스의 아내 크산티페를 뺨칠 정도로 고약한 잔소리쟁이건 상관없네. 가령 그녀가 저 아드리아 바다의 파도같이 사납게 굴더라도 난 꼼짝도 않을 것이고 내 감정은 달싹도 안 할 것이네. 부자 여편네를 얻으려고 패듀어에 온 사람인데 돈만 생긴다면야 이 패듀어는 천당이지.

그루미오 호텐쇼 나리, 주인님의 지금 말씀은 정말 본심입니다. 돈만 생긴다면 상대가 꼭두각시건 난쟁이건 상관없답니다. 말 쉰 마리 몫의 병을 혼자 짊어지고 이빨은 한 개도 없는 할망구라도 우리 주인님은 마누라로 삼을 겁니다. 그야 만사형통이죠, 돈만 생긴다면.

호텐쇼 여보게, 페트루치오. 처음에는 농담이었는데 얘기가 여기까지 나오고 보니 계속할 수밖에 없군그래. 자네 중매를 들고 싶은데 돈은 많아, 그리고 젊고 미인이야. 어디다 내놔도 부끄럽지 않을 교육도 받았어. 그렇지만 한 가지 흠은, 굉장한 흠이긴 하지만……, 지독한 왈패면서 사납고 말괄량이라 도저히 손을 댈 수 없을 지경이라는 거지. 그러니 나 같으면 황금 덩어리를 준대도 그런 여자와 결혼할 생각은 없다네.

페트루치오 잠깐만 호텐쇼, 자넨 황금의 위력을 모르는군. 그녀의 아버지 이름이 뭔가? 그것만 알면 당장 찾아가 보겠네. 그 여자가 가을철 천둥벼락처럼 왈패 짓을 한다 해도 상관없어.

호텐쇼 아버지는 밥티스타 미놀라라고 하는데 아주 호인이구 점잖은 신사야. 딸 이름은 카타리나 미놀라라고 하는데, 그 지독한 입 때문에 패듀어에서 유명하지.

페트루치오 딸은 모르지만 아버지 쪽하고는 안면이 있네. 그분은 돌아가신 아버지하고 잘 아는 사이였지. 여보게, 호텐쇼. 이제 난 그녀를 만나기 전에는 잠을 자지 않겠네. 자네에게 실례인 것 같지만 날 그 집으로 안내해 주겠나? 싫다면 만나자마자 작별할 수밖에······.

그루미오 제발 우리 주인님이 변덕이 나기 전에 얼른 안내해 드리십시오. 호텐쇼 나리님은 우리 주인님을 잘 모르시지 않습니까. 정말이지 그 아가씨가 나만큼 주인님을 안다면, 아무리 욕을 퍼부어 봤자 막무가내란 것을 깨닫게 될 것입니다. 아마 악당이니 뭐니 하고 욕을 퍼부어 대겠지만 다 쓸데없지요. 주인님이 한번 시작했다 하면 지독한 술책을 쓰실 겁니다. 그 아가씨가 대꾸라도 하는 날엔 주인님은 그 아가씨 면상에다 근사한 말을 내던져 온 얼굴을 근사하게 만들어 버릴 겁니다!

호텐쇼 잠깐 있게, 페트루치오. 내가 같이 가 줄게. 밥티스타의 집에는 내 보물이 숨겨져 있거든. 정말 목숨보다 소중한 보물인 작은딸 아름다운 비안카가 있단 말이야. 그런데 그녀의 아버지는 날 얼씬도 못하게 해. 아니, 나뿐만 아니라 나의 경쟁자가 되는 다른 구혼자들도 접근하지 못하고 있어. 아까 말한 그런 결점을 가진 큰딸 카타리나를 데려갈 사람은 아무도 없을 거라고 생각하는 모양이야. 그 때문에 말괄량이 카타리나를 치우기 전에는 아무도 비안카에게 접근할 수 없게 됐어.

그루미오 말괄량이 카타리나! 처녀의 별명치고 이렇게 가혹한 별명이 또 있을까요.

호텐쇼 (페트루치오를 한쪽으로 데리고 가서) 그런데 페트루치오, 날 좀 도와주지 않겠나? 내가 점잖은 옷을 입고 비안카를 가르칠 음악 선생으로 변장을 할 테니 밥티스타 영감에게 나를 추천해 주게. 그렇게만 된다면 비안카에게 자연스럽게 접근하여 사랑을 고백할 수 있을 거야.

그루미오 (방백) 이건 음모도 뭣도 아무것도 아니야. 글쎄 늙은이를 속여 먹으려고 젊은이들이 머리를 맞대고 지혜를 짜내는 것뿐이지.

그레미오가 광장으로 들어온다. 그 뒤에 가정교사로 변장하고 캠비오라고 이름을 바꾼 루센쇼가 들어온다.

그루미오 주인님, 주인님, 저기 누가 옵니다.

호텐쇼 쉿, 그루미오! 저자는 내 연적이야. 페트루치오, 이리 물러서게.

그루미오 잘생긴 젊은이군요. 게다가 멋쟁이고.

그레미오 아, 좋소. 목록은 한번 훑어 봤소. 잘 제본해 주시오. 그 연애소설 책은 잘 만들어야 하오. 그녀에게 다른 강의는 하지 마시오. 아시겠소? 밥티스타님보다 훨씬 더 많은 사례를 해 드리리다. (목록을 돌려주면서) 자, 이 목록은 도로 넣어 두시오. 그리고 책에는 향수를 듬뿍 뿌려 놓으시오. 그 책을 받을 여자는 얼마나 좋은 향기를 풍기는지 모른다오. 그래, 무슨 책을 읽어 주기로 했소?

루센쇼 내가 그녀에게 무엇을 읽어 주더라도 내 후원자이신 당신에 대해 좋은 말을 해 드리리다. 그러니 안심하십시오. 그 자리에 계신 것처럼 아니, 그 이상으로 교묘하게 전하리다. 댁이 진짜 학자는 아니니까요.

그루미오 오, 학문이라니 기가 막혀.

그레미오 이놈아! 입 닥쳐!

호텐쇼 그루미오, 조용히 해! (앞으로 나오면서) 안녕하십니까, 그레미오 씨!

그레미오 아, 잘 만났소, 호텐쇼 씨. 지금 내가 어디를 가는 줄 아시오? 물론 밥티스타 미놀라님 댁에 가는 중이지요. 아름다운 비안카의 가정교사를 물색해 주겠다고 약속을 했는데 마침 이 청년을 만나게 됐지요. 학식이나 품행이 비안카에겐 안성맞춤이고 시는 물론 그 밖의 좋은 책들을 많이 읽으신 분입니다.

호텐쇼 그거 참 잘 되었군요. 나도 어떤 신사를 만났는데 우리의 아가씨에게 음악을 가르쳐줄 훌륭한 가정교사를 추천해 주겠다는군요. 그러니까 내가 사랑하는 저 아름다운 비안카를 위해서라면 나 역시 조금도 소홀히 하지는 않을 생각입니다.

그레미오 사랑하는 비안카라는 말보다 우리의 행동으로 증명합시다.

그루미오 (방백) 그건 돈지갑이 증명할 문제지.

호텐쇼 이보시오, 그레미오 씨. 우리가 지금 사랑을 다투고 있을 때는 아닌 것 같소. 자, 내 말씀 좀 들어 보시오. 당신이 솔직히 말씀해 주신다면 나도 피차에 해롭지 않을 얘기가 있소. 여기 이분의 요구에만 응한다면 그 말괄량이 카타리나한테 구혼하시겠답니다. 게다가 지참금의 액수에 따라서 결혼까지도 하시겠답니다.

그레미오 그렇게 말씀하셨습니까? 정말로 그렇게 하시겠답니까? 정말 잘 된 일이군요. 그런데 호텐쇼 씨, 그 여자의 결점은 말씀드렸나요?

페트루치오 잘 알고 있습니다. 아주 진절머리 나는 떠버리 말괄량이라는 건. 그까짓 것이라면 조금도 상관없습니다.

그레미오 아, 그러십니까? 고향은 어디신지요?

페트루치오 베로나입니다. 아버지 성함은 안토니오인데 얼마 전에 돌아가셨습니다. 유산이 있으니 평생 즐겁게 살고 싶습니다.

그레미오 그런 신분으로 그런 아내라니, 참 기묘한 짝이 되겠습니다. 그래도 입맛이 당긴다면 어쩔 수 없는 노릇이죠. 제가 성의껏 도와드리겠습니다. 그런데 정말 그 살쾡이한테 구혼하시겠소?

페트루치오 아무렴요. 구혼하고말고요.

그레미오 구혼하지 않는다면 제가 그 살쾡이 목을 졸라버리고 말랍니다.

페트루치오 그럴 생각이 없다면 무엇 하러 여기까지 왔겠소? 사소한 소리에 내 귀가 겁낼 줄 아시오? 나는 사자의 으르렁대는 소리도 들어 본 사람이오. 부상을 입은 멧돼지가 땀범벅이 되어 미쳐 날뛰는 것 같은 바람에 들끓는 파도 소리도 들어 본 이 사람이오. 대지를 뒤흔드는 대포 소리, 하늘을 울려대는 천둥 소리는 안 들어 본 줄 아십니까? 난투하는 전쟁터에서 병사들의 아우성이며 말들의 울음소리며 나팔 소리도 들어 보았소. 그러니 여편네의 혓바닥쯤은 아무렇지도 않습니다. 그까짓 것은 농부네 화로에 군밤 껍질 터지는 소리의 절반만큼도 못합니다. 쯧쯧, 아이들이나 도깨비를 무서워하지요.

그루미오 우리 주인님은 원래 무서운 것이 없답니다.

그레미오 아, 호텐쇼 씨. 이분은 정말 잘 오셨습니다. 이분은 자신을 위해서뿐만 아니라 우리 두 사람을 위해서도 잘 오셨지요. 안 그런가요?

호텐쇼 그래서 이렇게 약속했답니다. 이분의 구혼에 필요한 비용이 얼마가 들든지 모두 우리가 부담하기로요.

그레미오 좋소, 그 여자를 넘어뜨려 주기만 한다면야.

그루미오 그럼 확실히 잔치도 벌어지게 되겠군.

트래니오가 좋은 옷을 입고 주인 루센쇼로 변장하여 등장. 하인 비온델로를 데리고 있다.

트래니오 여러분, 안녕하십니까. 실례지만 밥티스타 미놀라님 댁에 가려면 어느 길로 가야 가장 빠른지 알려주시겠습니까?

비온델로 예쁜 자매를 두신 분 말입니다. 그렇습죠? 주인 나리?

트래니오 음, 맞다. 비온델로.

그레미오 댁에서도 역시 그 여자를 목적으로?

트래니오 글쎄, 아버지와 딸, 양쪽에 다 볼일이 있습니다. 그런데 댁과는 무슨 관계가?

페트루치오   제발 그 말괄량이 쪽은 아니기를 바라오.

트래니오   난 원래 말괄량이는 싫어하는 사람이오. 자, 비온델로, 가 보자.

루센쇼   (방백) 제법인데, 트래니오.

호텐쇼   이보시오, 잠깐 한마디만. 지금 말씀하신 아가씨한테 구혼하실 생각이십니까? 가부를 말씀해 주시오.

트래니오   그렇다고 대답한다면 무슨 실례라도?

그레미오   천만에, 더 이상 아무 말씀 없이 물러가 주신다면…….

트래니오   아니, 여보시오. 여긴 큰길이 아니오? 당신이 이 길을 독점했단 말이오?

그레미오   어쨌든 그 처녀에 관한 한은 안 되오.

트래니오   왜요? 이유를 좀 들어 봅시다.

그레미오   정 그러시다면 말씀드리죠. 그 여자는 나 그레미오가 연모하고 있으니까요.

호텐쇼   나 호텐쇼도 그 여자를 사모하고 있다오.

트래니오   조용히 좀 하십시오. 당신들도 신사라면 내 말을 들어 보셔야 할 것 아닙니까? 밥티스타님은 점잖은 신사분이고 우리 아버지와도 모르는 사이가 아니오. 그런데 그분 따님이 그렇게 미인이라면 구혼자는 얼마든지 나서도 상관없을 것이며, 나도 그중 한 사람이 될 수 있는 것 아니겠소. 레다의 딸 헬렌에게는 천 명의 구혼자가 있었다지 않습니까? 그렇게 아름다운 비안카에게 구혼자가 한 명쯤 붙어도 상관없는 일 아니겠소. 사실 그렇게 될 것입니다. 이 루센쇼가 그 한 사람이 될 테니까요. 설사 파리스가 이 자리에 나타나 독점을 하겠대도 말입니다.

그레미오   허, 참. 이 사람 입심도 좋군!

루센쇼   가만두시죠. 머지않아 정체를 드러내고 말 테니…….

페트루치오 호텐쇼, 대체 무슨 일로 그렇게 떠드는 건가?

호텐쇼 그런데 실례의 말씀이지만 밥티스타님의 따님을 만나 보셨소?

트래니오 아니오. 그런데 듣자니 자매 한쪽은 사납기로 유명하고 또 한쪽은 아주 미인이고 얌전하다던데요?

페트루치오 그렇소. 먼저 말한 한쪽은 내 것이니 손 대지 마시오.

그레미오 좋소, 그 대사업은 위대한 허큘리즈한테 맡겨 두겠지만 그건 저 열두 가지 어려운 일보다 더 힘들 것이오.

페트루치오 그런데 이것만은 알아 두시오. 당신이 소원하는 그 작은딸 말인데, 그녀의 아버지는 그녀 곁에 구혼자들을 조금도 얼씬대지 못하게 하고 큰딸을 치울 때까지는 누구에게도 주지 않겠다는 거요. 큰딸을 치우고 난 뒤에는 작은딸도 자유롭게 되겠지만 지금으로서는 도저히…….

트래니오 그렇다면 당신은 우리에게 아니, 특히 내게 중요한 분이오. 우선 돌파구를 찾아내어 언니를 손에 넣은 다음 우리에게 동생을 자유롭게 풀어 주시면 누구의 손에 그 복이 떨어지든 설마 우리가 배은망덕할 사람들은 아닙니다.

호텐쇼 그 말씀 참 잘하셨소. 정말 좋은 생각을 하셨습니다. 당신도 구혼자로 나선 이상 우리처럼 이분에게 보답을 해야죠. 우린 다 같이 저분의 혜택을 입을 사람들이니까요.

트래니오 물론 은혜를 잊을 이 사람은 아닙니다. 그 증거로 오늘 오후에 애인의 건강을 축복하는 의미의 주연을 열고 건배를 올리시죠. 싸울 때는 싸우더라도 지금은 친구로서 먹고 마시기로 합시다.

그루미오, 비온델로 이거 참 굉장한 제안인걸.

호텐쇼 물론 좋은 제안이오. 그렇게 합시다. 여보게, 페트루치오. 자네 일은 모두 내게 맡기게. 이제 그만 가봅시다. (모두 퇴장)

제2막

제2막 제1장

밥티스타 집 어느 방.

매를 든 카타리나, 비안카에게 달려든다. 비안카는 두 손을 묶여 벽 쪽에 웅크리고 있다.

비안카 언니, 제발 날 모욕하지 말아요. 이러면 언니 자신을 모욕하는 셈이에요. 노예처럼 이렇게 날 묶어 놓다니 정말 너무해요. 손만 풀어 주면 지니고 있는 싸구려들은 내가 내 손으로 떼어버릴게요. 아니, 입고 있는 옷도 속치마까지도 언니가 하라는 대로 할게요. 나도 손윗사람에게 해야 할 의무쯤은 알고 있어요.

카타리나 그럼 말해 봐. 네 구혼자들 중에 누구를 제일 좋아하니? 거짓말하면 풀어 주지 않을 거야!

비안카 언니, 정말로 구혼자들 중에 내가 반할 남자는 아직 한 명도 만나지 못했어요.

카타리나 요 계집애가, 거짓말 마! 호텐쇼를 좋아하지?

비안카 참 언니두, 언니가 그분께 맘이 있다면 내가 주선해 줄 테니 그분과 결혼하세요.

카타리나 아, 그럼 넌 부자가 더 마음에 드나 보구나. 그래, 그레미오에게 시집가서 호화판으로 살아 볼 속셈인 거야.

비안카 그럼 그분 때문에 날 이렇게 긁히는 건가요? 아냐, 언니는 장난

일 거야. 이제 보니 언니는 아까부터 쭉 날 놀리고 있었던 거야. 언니, 제발 내 손 좀 풀어 줘요.

카타리나   (비안카를 매로 때리면서) 그럼 이렇게 때리는 것도 장난이게?

아버지 밥티스타 등장.

밥티스타   이게 웬일들이냐? 별일 다 보겠다! 비안카, 이리 오너라. 가엾게도 울고 있구나. (손을 풀어 주면서) 들어가서 뜨개질이나 하고 네 언니는 상대하지 마라. (큰딸에게) 애, 염치도 없느냐, 못된 것아. 가만히 있는 애를 왜 그렇게 못살게 구는 거냐? 그 애가 그래, 네게 무슨 나쁜 말이라도 했느냐?

카타리나   아무 말도 하지 않으니 더 울화가 치밀어요. 내가 널 가만둘 줄 알아? (비안카에게 달려든다.)

밥티스타   (붙들면서) 아니, 내 앞에서까지! 애, 비안카야. 넌 안으로 들어가거라.

카타리나   아버지까지 저 애를 두둔하세요? 좋아요, 알았어요. 저 애는 아버지의 귀염둥이니 꼭 좋은 신랑을 얻어 주겠다는 거군요. 저 애 결혼식 날 나는 노처녀답게 맨발로 춤이나 춰야죠. 아버지는 저 애만 귀여워하시니 난 역시 노처녀답게 원숭이들을 끌고 지옥으로나 가겠어요. 이젠 아무 말도 하기 싫어요. 분이 풀릴 때까지 혼자서 울 테예요! (방을 뛰쳐나간다.)

밥티스타   버젓한 내 신분에 이 무슨 팔자냐! 아니, 누가 오나?

그레미오, 교사로 변장한 루센쇼, 페트루치오, 음악 교사 리치오로 변장한 호텐쇼, 루센쇼를 가장한 트래니오, 류트와 책을 든 비온델로 등장.

그레미오 안녕하십니까, 밥티스타 씨.

밥티스타 아, 어서들 오시오. 그레미오 씨. (인사를 한다.) 여러분, 모두 잘 오셨습니다.

페트루치오 안녕하십니까? 그런데 밥티스타님께는 예쁘고 얌전한 카타리나라는 따님이 있다죠?

밥티스타 예? 틀림없이 카타리나라고 있기는 합니다만.

그레미오 너무 퉁명스럽지 않소, 좀더 점잖게 얘기하시오.

페트루치오 그레미오, 참견 말고 날 가만 놔두시오. 난 베로나에서 온 사람입니다만, 듣자니 미인에다 재주 있는 따님이 있다죠? 게다가 상냥하고 얌전하다고요. (밥티스타는 당황한다.) 경탄할 마음씨며 온순한 거동이며, 귀로 들은 소문의 진위를 이 눈으로 확인하고 싶어서 이렇게 실례를 무릅쓰고 댁을 찾아왔습니다. 그런데 초면에 이분을 소개하겠습니다. (호텐쇼를 소개한다.) 음악과 수학에 능숙한 분인데 따님이 소질이 있다니 충분히 가르칠 수 있을 겁니다. 나를 무시하지 않으신다면 이분을 채용해 주십시오. 이름은 리치오라고 하는데 맨튜어 출신이랍니다.

밥티스타 아, 잘 오셨소. 그리고 댁의 소개라면 이분도 잘 오셨소. 하지만 큰딸 카타리나로 말하자면 댁 역시 당해 내지 못할 겁니다. 그게 이 아비의 한이외다.

페트루치오 그럼 따님을 결혼시키기 싫으시다는 말씀입니까? 아니면 제가 마음에 안 드셔서 그러시는 것입니까?

밥티스타 오해는 마시오. 나는 사실을 말한 것이오. 그런데 어디서 오셨소? 성함은 어떻게 되는지?

페트루치오 내 이름은 페트루치오, 안토니오의 아들입니다. 저의 아버지는 이탈리아에서 모르는 사람이 없을 겁니다.

밥티스타 나도 그분을 잘 안다오. 그 어른의 아들이라니 당신을 환영하오.

그레미오 이보시오, 페트루치오. 당신은 그만 떠들고 이 가엾은 구혼자들에게도 말할 기회를 좀 주게. 이제 교대하자구! 당신은 굉장한 수다쟁이군그래.

페트루치오 아, 그레미오, 미안하오. 사실 쇠뿔도 단김에 빼자는 생각으로…….

그레미오 그야 그럴 테지. 하지만 방금 한 구혼은 후회하게 될 거요. (밥티스타에게) 밥티스타 씨. 저분이 추천하신 선생은 틀림없이 고마운 선물이 될 것입니다. 그렇지만 나로 말하자면 평소에 댁의 신세를 누구보다 많이 지고 있는 처지이니 나의 성의를 충심으로 보여 드리겠습니다. (루센쇼를 내세우며) 이 젊은 선생은 프랑스에서 오랫동안 공부하신 분인데 저분이 음악과 수학에 능통하듯이 이분은 그리스어, 라틴어, 그 밖의 외국어에 능하십니다. 이름은 캠비오라구 하는데 부디 채용해 주십시오.

밥티스타 뭐라고 감사해야 좋을지 모르겠소. 그레미오 씨, 캠비오 씨, 잘 오셨습니다. (트래니오를 보고) 그런데 댁은 초면인 듯한데 실례지만 오신 용건을 좀 말씀해 주시겠소?

트래니오 인사가 늦었습니다. 이 도시에는 처음입니다만 댁의 저 아름답고 얌전한 따님 비안카에게 구혼을 하러 온 사람입니다. 큰따님을 먼저 출가시키겠다는 댁의 결심을 저도 모르는 바는 아닙니다. 제가 청하고 싶은 것은 먼저 저의 가문을 밝히게 해 주신 다음 구혼자들 중의 한 사람으로 대우하여 자유로운 교제와 호의를 허락해 주십사 하는 것입니다. 우선 따님의 교육을 위하여 이렇게 하찮은 악기를 갖고 왔습니다. 그리고 그리스어와 라틴어 책도 몇 권 갖고 왔습니다. (비온델로가 앞으로 나와 류트와 서적을 내민다.) 그만한 값어치가 있는 물건이니 받아 주십시오.

밥티스타 루센쇼 씨라 하셨죠. 그래, 고향은 어디시오?

트래니오 피사입니다. 아버님 성함은 빈센쇼올시다.

밥티스타 피사의 귀족이시군요. 소문으로 잘 알고 있습니다. 참 잘 오셨소. (호텐쇼에게) 그럼 당신은 류트를 들고, (루센쇼에게) 당신은 책을 들고 딸애들한테 가보시오. 여봐라, 안에 누구 없느냐! (하인 등장) 얘, 이두 분을 아가씨들 있는 곳으로 안내해 드리고, 선생님들이니 실례가 없도록 하라고 전해라. (호텐쇼, 루센쇼, 하인 퇴장) 그럼 우리는 정원이나 산책할까요. 그러고 나서 식사를 합시다. 모두 잘 오셨습니다만 너무 서두르지는 마십시오.

페트루치오 밥티스타 씨, 난 바쁜 몸이라 날마다 구혼하러 올 수는 없습니다. 우리 아버님을 잘 아신다니 그러시다면 내가 어떤 인물인지도 짐작이 가실 것입니다. 토지고 재산이고 모두 상속을 받았는데 지금 더 형편이 좋아졌답니다. 그런데 댁의 말씀을 좀 들어 보고 싶은데……. 내가 따님의 사랑을 얻게 된다면 지참금은 얼마쯤 주실 생각이십니까?

밥티스타 내가 죽으면 토지의 반을, 그리고 현금은 이만 크라운을 나눠줄 생각이오.

페트루치오 그만한 지참금이라면 따님이 과부가 되는 경우 즉, 내가 먼저죽는 경우에는 내 토지며 권리 등을 따님에게 모두 양도하겠습니다. 자, 그럼 당장 자세한 목록을 작성하여 계약을 이행할 수 있게 합시다.

밥티스타 좋소. 그렇지만 그보다 먼저 첫째 조건은 당사자의 사랑을 얻는 일이오. 문제의 핵심은 바로 거기에 있습니다.

페트루치오 그까짓 것 문제없습니다, 장인. 따님이 아무리 고집이 세더라도 내 성미는 못 당해냅니다. 타오르는 불이 만나면 순식간에 다 타버리고 재만 남는 법입니다. 작은 불은 작은 바람에 견뎌내지만 엄청난 질풍에는 꺼져버리죠. 제가 그 질풍이라면 따님은 작은 불이니 나한테는 못당합니다. 난 원체 거칠어서 어린아이 같은 구애는 하지 않을 겁니다.

밥티스타 잘 설득하여 부디 성공하시오! 그렇지만 각오는 단단히 해 두시오. 혹시 욕을 볼지도 모르니까.

페트루치오 물론 각오는 되어 있습니다. 태산에 부는 바람처럼 연거푸 불어오더라도 끄떡없습니다.

　호텐쇼가 얼굴이 창백해져서 되돌아온다.
　호텐쇼의 머리에는 상처를 입었다.

밥티스타 아니, 무슨 일이오, 그렇게 창백한 얼굴로?

호텐쇼 내 얼굴이 창백하다면 그건 확실히 공포 때문입니다.

밥티스타 그건 그렇고, 어떻소, 딸애는 음악에 소질이 있는 것 같습디까?

호텐쇼 차라리 군인에 소질이 있을 것 같은데요. 따님 손에 쇠붙이나 맞을지 몰라도 류트는 도저히…….

밥티스타 그럼 도저히 그 애 마음을 류트에 처넣지는 못한다는 말씀이오?

호텐쇼 처넣다니, 오히려 따님이 류트를 내 머리빡에 처넣었답니다! 글쎄 손가락을 잘못 짚기에 손목을 붙들고 가르쳐주려고 하는데 그 순간 악마같이 성을 내며, '잘못 짚는다고? 그건 내가 가르쳐주지.' 하고는 악기로 대뜸 내 머리빡을 딱 때리니, 내 머리빡은 악기를 뻥 뚫어 류트를 목에 찬 꼴은 마치 칼에 채인 죄수 꼴이 되었지요. 내가 한참을 멍하니 서 있자, 따님은 날 엉터리 악사니 코맹맹이니 놈팡이니 하며 그동안 미리 연구라도 한 것처럼 갖은 욕설을 냅다 퍼부었답니다.

페트루치오 아이구, 정말 씩씩한 아가씨로군. 점점 더 좋아지는걸. 아, 어서 좀 만나 봤으면 좋겠군.

밥티스타 (호텐쇼를 보고) 자, 나와 함께 다시 들어가 봅시다. 그렇게 비관하지 마시오. 이젠 작은 딸을 좀 부탁합니다. 그 아이는 공부할 의향도 있을 뿐더러 수고에 대해서는 감사할 줄도 안다오. 자, 페트루치오 씨. 당신도 같이 들어가 봅시다. 아니면 큰딸 아이를 이리 보낼까요?

페트루치오   이리 보내 주십시오, 여기서 기다리겠습니다. (혼자 남는다.) 그녀가 들어오면 맹렬하게 설득해야지. 욕을 하면 태연히 소쩍새처럼 곱게 노래한다고 말해 줄 테다. 얼굴을 찌푸리거든 아침 이슬에 젖은 장미같이 맑은 얼굴이라고 말해 줘야지. 입을 다물고 한마디도 없으면 그 웅변, 참 심금을 울릴 지경이라고 말해야겠다. 냉큼 돌아가라고 하면 오히려 더 머물러 있으라고나 한 것처럼 고맙다고 말해야지. 구혼을 거절하면 교회에는 언제 결혼 예약을 하겠는가, 결혼식은 언제 올리겠는가 물어봐야지. 드디어 나오는구나. 당장 말을 걸어 보자.

카타리나 등장.

페트루치오   아, 케이트 양. 그런 이름이라고 들었는데요.

카타리나   잘도 들으셨네요. 당신은 귀머거리인가 보죠. 온전한 사람이라면 다들 카타리나라고 불러요.

패트루치오   그건 새빨간 거짓말이오. 사람들은 모두 케이트라고 부르더군요. 어떤 땐 난폭한 케이트라고 부르고 어떤 땐 말괄량이라고도 부르고. 그렇지만 이봐요, 케이트 양. 그리스도교도 천하의 일등 미인 케이트 양, 엘리자베스 여왕님이 계신 케이트 홀의 케이트 양, 과자같이 먹고 싶은 케이트 양. 내 말 좀 들어 봐요, 내 맘의 위안이 되는 케이트 양. 당신이 상냥하다고 곳곳마다 칭찬이 자자하고, 얌전하고 예쁘다는 소문이 온 세상에 퍼져 있소. 그렇지만 그 소문도 실물에 비하면 아무것도 아니라고 한다오. 그 소문을 들은 나는 당신을 아내로 맞으려고 이렇게 발을 옮겨 찾아왔지요.

카타리나　옮겨서라고? 흥! 그렇다면 그렇게 옮겨 온 발로 도로 돌아가 주실까요. 얼핏 봤지만 난 단박에 알았어요. 당신이 옮기기 쉬운 가구 같은 사람이라는 것을요.

페트루치오　아니, 옮기기 쉬운 사람이라구?

카타리나　접었다 폈다 할 수 있는 걸상처럼 말예요.

페트루치오　그 말 참 잘했소. 그럼 이리 와서 걸터타시오.

카타리나　당나귀에나 걸터타는 법이에요. 당신이 바로 그건가요?

페트루치오　여자에나 걸터타는 법이오. 당신이 바로 그거야.

카타리나　그렇다 치더라도 난 당신같이 금방 지치진 않아요.

페트루치오　아이구, 착한 케이트 양! 나도 당신을 그렇게 지독하게는 걸터타지 않을 테요. 당신은 순진하고 가벼우니까…….

카타리나　하긴 당신 같은 시골뜨기가 걸터타기엔 너무나 가볍고말고요. 하지만 이래봬도 뼈대 있는 가문이라 무게는 있는 여자예요.

페트루치오　무게가 있다구요, 무게가? 허허.

카타리나　그럼 잡아 봐요, 바보같이.

페트루치오　아이구, 느림보 산비둘기 같은 것 좀 보게! 바보같이 잡아 보라고요?

카타리나　내가 비둘기 같다고요? 오히려 그놈이 바보를 잡을걸요.

페트루치오　말벌처럼 지독하게 성이 났군.

카타리나　말벌이라면 침이 있으니 조심하시죠.

페트루치오　침을 뽑는 방법이 있지.

카타리나　흥, 침이 어디 있는 줄도 모르는 주제에.

페트루치오　그걸 모르는 사람이 어디 있어? 꽁무니에 있지.

카타리나　미안하지만 혀에 있는걸.

페트루치오　누구의 혀에?

카타리나   당신 혀에 있지 어디에 있어요! 아까부터 남의 말꼬리만 물고 늘어지고 있군요. 제발 썩 꺼져요.

페트루치오   아니! 내 혀를 당신 꽁무니에? 안 될 말이지. 걱정 말고 이리 와요, 케이트. 난 신사니까…….

카타리나   그럼 이렇게 맛 좀 봐야 알겠수? (페트루치오의 뺨을 친다.)

페트루치오   한 대 더 때려 주시오. 다음엔 내가 때려 줄 테니.

카타리나   그래, 팔이 들먹들먹하나 보지? 나만 때려 봐요, 당신은 신사가 아닐 테니. 신사가 아니면 명예인들 있을까.

페트루치오   우리 집 문장을 두고 하는 말인가요, 케이트? 아, 그럼 내 문장도 당신 장부에 기입해 주시오.

카타리나   그건 어떻게 생겼지요? 볏 모양의 광대 모자같이 생겼나요?

페트루치오   당신은 볏 없는 닭, 그러니 내 암탉이 될 것이오.

카타리나   그럼 당신은 수탉이게? 겁쟁이 수탉처럼 소리만 빽빽 지르면서…….

페트루치오   아니, 케이트. 정말 그렇게 신 얼굴은 하지 말아요.

카타리나   신 능금을 보면 난 언제나 이래요.

페트루치오   아니, 신 능금이 어디 있다구? 그러니 그런 신 얼굴은 하지 말아요.

카타리나   있어요, 있어.

페트루치오   그럼 어디 좀 봐요.

카타리나   거울만 있으면 보여 드리죠.

페트루치오   아니, 그럼 내 얼굴이 그렇단 말인가요?

카타리나   잘 맞히는군요. 젊으시니.

페트루치오   그야 난 정말로 젊고말고.

카타리나   금방 시들고 말 걸. (손으로 페트루치아의 이마를 민다.)

페트루치오　(카타리나의 손에 키스하며) 이제 됐소.

카타리나　(겨우 빠져 나와서) 뭐가 됐단 말이에요?

페트루치오　이봐요, 케이트. 그렇게 달아나지 말아요. (다시 붙든다.)

카타리나　이러시면 가만 안 있을 테예요……. 썩 놔요! (빠져 나오려고 물고 할퀸다.)

페트루치오　못 놓겠어. 이제 보니 당신은 참 상냥하군. 소문에는 난폭하고 퉁명스럽고 무뚝뚝하다는데 그건 새빨간 거짓말이고, 알고 보니 쾌활하고 명랑하고 품행도 단정하고 게다가 말씨는 얌전하고……, 더구나 봄철의 꽃처럼 예쁘지 않은가. 불쾌한 얼굴은 할 줄 모르고 곁눈으로 남을 멸시하지도 않고, 화난 계집애처럼 입술을 깨물지도 않고 남의 얘기를 가로채며 쾌감을 느끼는 그런 여자도 아니란 말이야. 그러기는커녕 당신은 상냥한 태도와 보드랍고 얌전한 말씨로 구혼자들을 대접하지 않은가! (카타리나를 놓아 주면서) 남의 욕이나 하기 좋아하는 세상 좀 보게! 사람들은 왜 케이트를 절름발이라고 말할까? 케이트는 개암나무 가지처럼 쪽 곧고 날씬하지 않은가. 살결은 개암나무 열매처럼 윤이 잘잘 흐르고 그 속처럼 맛도 신선하지 않은가! 어디 좀 걸어 보시오. 케이트가 절룩거리다니 당치 않은 소리지.

카타리나　명령을 하고 싶으면 바보같이 그러지 말고 당신네 집에서나 해요.

페트루치오　아, 당신의 여왕과 같은 걸음걸이에 방 안이 다 환해집니다. 달의 신 다이애나도 이렇게까지 숲을 빛나게 하지는 못했을 것이오. 오, 당신이 다이애나가 되고 다이애나더러는 케이트가 되라고 하죠. 케이트는 순결한 여자가 되고 다이애나보고는 놀아나라고 하죠.

카타리나　그런 능청은 어디서 그렇게 배워 왔어요?

페트루치오　즉흥으로. 우리 어머니한테서 배운 타고난 재주요.

카타리나 알뜰한 어머니시군요. 하마터면 바보 아드님을 낳을 뻔 하셨어.

페트루치오 그래, 날 바보라고 생각하시오?

카타리나 그래요. 그러니까 복대 속에 넣어 따뜻하게 간수나 잘 하시지.

페트루치노 그러니까 내가 당신을 이불 속에 넣어 따뜻하게 간수나 잘 하겠다는 거요. 그러니까 허튼 소릴랑은 이제 집어치우고 솔직하게 얘기하겠소. 당신 아버지도 승낙했지만 당신은 내 아내가 되어야 하오. 지참금의 액수도 합의를 봤소. 당신이 싫건 좋건 난 당신과 결혼하겠소. 자, 케이트. 이제 난 당신 남편이오. 태양 아래 드러난 당신의 미모, 그 미모가 날 녹이고 있다오. 아무튼 그 태양을 두고 약속하건대 당신은 나 이외의 다른 남자와 결혼해서는 안 되오. 다시 말해서 난 당신을 길들이기 위해 태어난 사람이오. 살쾡이 케이트를 애완 고양이처럼 온순한 케이트로 길들이는 것이 나의 임무란 말이오.

  밥티스타, 그레미오, 트래니오 세 사람이 들어온다.

페트루치오 마침 아버지께서 오시는군. 싫다고는 마시오. 난 기어이 카타리나를 아내로 맞겠으니.

밥티스타 아, 페트루치오 씨. 그래, 딸애와는 어느 정도 얘기가 진척되었소?

페트루치오 어느 정도라고요? 그거야 뻔한 일 아니겠습니까? 내가 실패한다는 건 있을 수 없는 일이니까요.

밥티스타 아니, 왜 그러느냐? 카타리나! 이게 정말 내 딸이란 말인가, 네가 왜 이렇게 새침해져 있니?

카타리나 그래도 딸자식이라고 생각하긴 하세요? 그렇다면 우리 아버지는 참 친절하게 아버지 구실을 하셨군요. 이런 반미치광이한테 시집보내려고 하시다니……. 무식한 왈패, 험구쟁이, 욕설이면 다인 줄 아는 그런 사내인 줄도 모르시구.

페트루치오 장인어른, 사실은 이렇습니다. 장인 자신이나 세상 사람들은 카타리나에 대하여 전혀 엉뚱한 소문을 퍼뜨렸더군요. 설사 따님이 고집쟁이라고 하더라도 그건 하나의 전략이오. 실은 고집쟁이가 아니라 비둘기처럼 온순하고 성미가 급하기는커녕 상쾌한 아침 같은 따님입니다. 게다가 참을성 많기로는 데카메론에 나오는 유명한 양처 그리셀다 못지않을 것이며, 정조는 로마의 열녀 루크레치아보다 못하지는 않을 것입니다. 그래서 저희 두 사람은 이렇게 합의를 봤습니다. 일요일에 결혼식을 올리기로요.

카타리나 그 일요일에 당신이 교수대에서 처형 당하는 거나 보고 말겠어요.

그레미오 들었소, 페트리치오? 당신이 교수형 당하는 거나 보고 말겠다고 하지 않소.

트래니오 이게 당신의 성공이란 말이오? 이래서야 우리가 분담금을 어떻게 내겠소!

페트루치오 여러분, 조용히! 난 이 여자를 택했소. 당사자들이 만족한다면 여러분은 왈가왈부할 것 없지 않소? 지금 우리 두 사람은 이런 약속을 했소. 남들 앞에서는 여전히 말괄량이인 체하기로요. 사실 케이트가 날 무척 사랑하고 있다고 여러분들께 말하면 거짓말 같을 것입니다. 오, 상냥한 케이트! 내 목에 매달려 키스에 키스를 퍼부으며 굳은 맹세를 연발하더니 어느 틈에 날 녹여 놓고 말았답니다. 아, 당신들은 풋내기들이요! 세상을 잘 모르니까요. 부부끼리 있을 때엔 아무리 바보 같은 사내도 지독한 고집쟁이 아내를 손쉽게 녹이고 마는 법이오. (갑자기 케이트의 손목을 잡으면서) 자, 케이트. 우리 악수합시다. 그럼 난 베니스로 돌아가서 결혼식 날 입을 옷을 마련하겠소! 장인은 피로연 준비를 해 주시고 손님들도 많이 초대하십시오. 내 장담하지만 케이트는 멋진 신부가 될 것입니다.

밥티스타   글쎄 뭐라고 말해야 좋을지……. 아무튼 손을 내밀어 신의 축복을 받으시오! 이건 약혼을 축하하는 거요.

그레미오, 트래니오   아멘, 저희들도 신의 축복을 빕니다. 그리고 우리가 증인이 됩시다.

페트루치오   장인어른, 내 아내인 케이트, 그리고 여러분들, 안녕히 계십시오. 베니스에 가봐야겠소. 일요일은 코앞으로 닥쳐오지 않습니까? 가서 반지니 예복이니 필요한 물건들을 마련해야겠습니다. 케이트, 키스 안 해 주겠어? 우리 일요일에 결혼합시다.

카타리나를 안고 키스를 한다. 카타리나 골이 나서 떼밀어내고 달아난다. 페트루치오도 방을 나간다.

그레미오   이렇게 갑작스러운 약혼도 있을까요?

밥티스타   여러분, 난 지금 솔직히 말해서 바다 건너편의 무역상과 거래하는 것처럼 성공이냐 실패냐 이판사판이오. 운명에 걸어 보겠소.

트래니오   딴은 간수해 봤자 썩고 말 물건이라면 팔아서 덕을 보든지 아니면 최악의 경우라도 바다 속으로 사라지는 것뿐 아니겠소?

밥티스타   덕은 무슨 덕! 그저 조용히 가져가 주기만을 바랄 뿐이오.

그레미오   확실히 그자가 끽소리도 못하게 해 두었나 보죠? 그런데 밥티스타 씨, 작은따님 말입니다만, 이제 우리가 고대해 온 날이 드디어 온 셈입니다. 나로 말하자면 이웃인 데다가 최초의 구혼자랍니다.

트래니오   나로 말하자면 말로는 표현할 수 없을 정도로 아니, 도저히 상상도 못할 정도로 비안카를 사모하고 있습니다.

그레미오 이것 봐, 당신처럼 젊은 사람의 사모하는 마음 같은 건 나하고 비할 바가 못 된다네.

트래니오 당신처럼 반백 노인의 사랑이란 얼음이지 뭐요!

그레미오 당신처럼 젊은 사람의 사랑이란 팔랑개비 같단 말이야. 깡충대지 말구 물러가. 그 나이에 여자를 먹여 살릴 수 있을 것 같은가?

트래니오 당신 같은 나이라면 여자들이 먹을 생각도 하지 않을걸요.

밥티스타 자, 조용히들! 자리 가운데는 내가 맡겠소, 승부를 지어야 할 테니……. 그러니까 두 분 중에 어느 분이 내 딸에게 유산을 더 많이 줄 수 있을 것인지, 그것으로 결정을 하겠소. 그럼 그레미오 씨, 당신은 내 딸에게 무엇을 줄 수 있겠소?

그레미오 첫째, 댁에서도 아시다시피 시내에 있는 내 집에는 은 접시며 금패물이며 따님의 예쁘장한 손을 씻을 대야며 물병 등이 가득 쌓여 있소. 선물로 드릴 비단들은 모두 타이야산이고 궤짝에는 금화가 가득 들어 있답니다. 그리고 삼목 옷장에는 아라스 무늬의 이불이며 값진 의복이며 장막, 방장, 고급 린넨, 진주를 박은 터키 방석이며 금실로 수놓은 베니스산의 능직이 가득 차 있죠. 또 양은 그릇, 놋그릇 등 이 밖에도 필요한 가재도구들이 모두 갖추어져 있습니다. 그리고 농장에는 젖소 백여 마리가 여기저기에서 놀고 있고 우리 안에는 살찐 황소가 백이십 마리나 있습니다. 이 밖에도 무엇이든 충분히 갖추어져 있습니다. 사실 난 늙었습니다. 그러니 내일이라도 내가 죽으면 내 재산은 모두 따님의 것이 됩니다. 물론 내가 살아 있는 동안에는 따님이 내 것이라고 치고요.

트래니오 그까짓 것으로 독점이라니 안 될 말……. 자, 그럼 내 말도 들어 보십시오. 나는 외아들이고 상속자요. 만약 따님을 제 아내로 주신다면 저 활기찬 피사의 성안에 있는 좋은 집 너덧 채를 따님에게 주겠습니다. 물론 그 한 채 한 채가 다 패듀어의 그레미오 씨네 집보다는 훌륭한 집들입니다. 게다가 기름진 농토에서 매년 거둬들이는 공물 이천 크라운도 따님에게 주겠습니다. 어떻소, 그레미오 씨. 이제 손들었소?

그레미오 (방백) 연공의 수입이 이천 크라운이라고? 내 토지를 다 해도 그 액수엔 어림없군……. (소리를 높이며) 그렇지만 아무튼 따님에게 모두 주겠소. 게다가 지금 내 상선 한 척이 마르세유 항구에 정박하고 있소. 어때, 내 상선에는 당신도 할 말이 없지?

트래니오 그레미오 씨, 다들 아시겠지만 우리 아버지의 대상선은 3척 이상이오. 게다가 중상선이 2척, 소상선이 열두 척이오. 이것들도 물론 그녀의 것이 되오. 당신이 또 무엇을 내놓을지 모르지만 나는 그것의 두 배를 약속하겠소.

그레미오 이제 모두 털어놨으니 더 내놓을 것은 없소. 내 능력 이상을 줄 수는 없는 일이니까. 그렇지만 바라신다면 내 재산과 더불어 나를 따님에게 주겠습니다.

트래니오 따님은 이제 틀림없이 내 것입니다! 그렇게 약속하지 않았습니까. 그레미오 씨는 경쟁에 진 셈이니.

밥티스타 솔직히 말해서 당신의 조건이 훨씬 더 낫군. 그럼 당신 아버지의 승인이 필요하오. 우리 애를 얻어도 좋다는 승인 말이오. 그게 없다면 미안한 말이지만 당신이 아버지보다 먼저 죽는 경우에 우리 애가 받을 유산은 어떻게 되겠소?

트래니오 그건 잘 모르시는 말씀. 우리 아버지는 이미 늙고 나는 이렇게 젊지 않습니까?

그레미오 아니, 젊다고 반드시 늦게 죽는다는 법이 어디 있나?

밥티스타 자, 그럼 두 분, 이렇게 합시다. 오는 일요일에는 큰딸 카타리나가 결혼을 하니 그 다음 일요일에 비안카를 당신에게 드리겠소. 아까 그 승인을 얻는다는 조건으로 말이오. 만약 그것이 안 된다면 그레미오 씨에게 드리겠습니다. 그럼 이만 실례하겠소. 두 분 다 고맙소. (절을 하고 퇴장)

그레미오 안녕히 가십시오. 알고 보니 괜찮은 분이군. 그런데 이것 봐, 젊은 사기꾼. 그래, 당신 아버지가 아들에게 전 재산을 주고 늙어서 뒷방살이나 할 어리석은 사람인 줄 알아? 쳇, 바보 수작 하지 말게. 이탈리아의 늙은 여우가 자식한테 그렇게 만만할까 봐? (퇴장)

트래니오 흥, 교활한 낯짝의 가죽을 잘 벗겨 주었지? 내가 마구 값을 올리는 바람에 무안해졌을 거야! 이런 게 다 우리 도련님을 위해서지. 그런데 이제 가짜 루센쇼가 아무래도 아버지를, 가짜 아버지를 마련해야 되겠는걸. 참 기묘한 얘기로구나. 원래대로라면 애비가 자식을 만드는 법인데 이번 경우에는 여자를 넘어뜨리기 위해서 자식이 애비를 만들어야 하니……. 물론 내 계획이 실패하지 않는다면 말씀이야. (퇴장)

제3막

제3막 제1장

밥티스타 댁 비안카의 방.

리치오로 변장하고 류트를 든 호텐쇼가 비안카와 마주 앉아 있고, 조금 떨어진 곳에 캠비오로 변장한 루센쇼가 자기 차례를 기다리고 있다. 호텐쇼는 류트를 가르치는 것을 핑계 삼아 비안카의 손목을 잡는다.

루센쇼 (안전부절 못하면서) 이봐요, 악사. 좀 삼가시오. 너무 심하지 않소! 벌써 잊었단 말이오, 이분의 언니 카타리나한테 그만큼 혼이 나고서도?

호텐쇼 샌님 같은 현학자 선생, 이 사람은 신묘한 음악의 애호가요. 그러니 내게 우선권을 주시오. 음악 수업에 한 시간만 사용할 테니 당신도 나중에 그만큼 강의를 하시오.

루센쇼 앞뒤도 모르는 이 바보 같은 사람 좀 보게. 음악이 생긴 이유도 모를 정도로 음악에 문외한인 자가! 음악이란 연구를 한 뒤나 고된 일을 한 뒤에 다시 생기를 얻기 위해 필요한 것 아니겠소? 그러니 내게 먼저 양보하시오. 철학 강의를 할 테니 그 다음에 음악 수업을 하시죠.

호텐쇼 (일어나면서) 어쩌고 어째? 그렇게 건방지게 굴어 봐, 가만히 안 있을 테니.

비안카 (두 사람 사이에 가로막고 서서) 두 분 선생님! 이러시면 절 이중으로 모욕하는 셈이에요. 뭘 택하든 저의 자유가 아니겠어요? 아이들처럼 교사의 매는 필요치 않아요. 시간표에 얽매어 꼬박꼬박 시간을 지키는 건 싫어요. 뭘 배우든 제 마음대로 아닌가요? 그러니 다툼의 뿌리를 뽑기 위해 자, 이리들 와서 앉으세요. 선생님은 그동안 악기를 살펴보세요. 조율이 다 될 무렵에는 이분의 강의도 끝날 거예요.

호텐쇼 그럼 악기의 조율이 다 되면 강의는 끝내 주겠소?

루센쇼 조율이 그리 쉽나……. 아무튼 조율이나 해 놓으시오.

비안카 지난번에는 어디까지 했지요?

루센쇼 네, 여기까지 했습니다.

　　　　Hic ibat Simois hic est Sigeia tellus,

　　　　Hic stetrat Priami regia celsa senis.

(여기는 시모이강이 흐르고 있다. 여기는 시게이아의 땅, 프리암의 옛 궁전은 여기 있었느니라.—오비드의 라틴어 시)

비안카 번역해 주세요.

루센쇼 'Hic ibat' 전에 말한 바와 같이……, 'Simois' 내 이름은 루센쇼……, 'hic est' 아버지는 피사의 빈센쇼……, 'Sigeia tellus' 당신의 사랑을 얻기 위해 이렇게 변장하고……, 'Hic steterat' 나중에 정식으로 구혼하러 올 루센쇼는……, 'Priammi' 내 하인 트래니오로……, 'regia' 나를 가장하고 있지만……, 'celsa senis' 실은 영감의 눈을 속이기 위해서지요…….

호텐쇼 자, 이제 조율이 다 됐습니다.

비안카 그럼 들려주세요. (호텐쇼, 연주를 해 본다.) 어머나, 아이, 시끄러워!

루센쇼 구멍을 잘 맞춰서 다시 조율해 보시오. (호텐쇼 물러선다.)

비안카 이번에는 제가 번역해 보겠으니 맞는지 보세요. 'Hic ibat Simois' 전 당신을 몰라요……, 'hic est Sigeia tellus' 전 당신을 믿지 않아요……, 'Hic steterat Priami' 저분께 들리지 않도록 조심하세요……, 'regia' 우쭐대면 안 돼요……, 'celsa senis' 그렇지만 체념하지는 마세요…….

호텐쇼 (돌아보면서) 이제 조율이 다 됐습니다.

루센쇼 아직 저음부가 좀…….

호텐쇼 저음부는 괜찮아, 시끄럽게 떠드는 자가 저능아지. (혼잣말로) 저 현학자 녀석이 구애를 하고 있는가 보다. 이 샌님아, 내가 감시할 줄 몰랐지? (두 사람 뒤로 살금살금 다가온다.)

비안카 나중에 믿게 되는지 모르지만 지금은 믿지 않겠어요.

루센쇼 믿지 않겠다니요? (호텐쇼가 있는 것을 눈치채고 큰 소리로) 그 까닭인즉 확실히 이야시디즈는 조부의 이름을 따서 에이잭스라구 불렸습니다.

비안카 (일어서면서) 그럼 선생님의 말씀을 믿을 수밖에요. 안 믿는다면 언제까지나 의심하면서 기묘한 논쟁이나 해야 할 판이니까요. 그건 그렇고 자, 이제 리치오 선생님……. (호텐쇼를 한쪽으로 데리고 가서) 선생님, 기분 나빠 하지 마세요, 네? 이렇게 제가 두 분 선생님께 다 호의로 대한다고 말예요.

호텐쇼 (뒤돌아보면서) 당신은 잠깐만 나가 줬으면 좋겠소. 내 음악은 삼부합주로는 장단이 맞지 않으니까.

루센쇼 그렇게 격식을 차려야 하오? 난 괜찮으니 나가서 기다리겠소. (혼잣말로) 그렇지만 잘 감시해야지. 내가 속을까 봐? 저 멋쟁이 악사 녀석이 저렇게 호색가로 변하는 것을. (좀 뒤로 물러선다. 호텐쇼와 비안카 앉는다.)

호텐쇼 자, 그럼 악기를 다루기 전에 손가락 쓰는 법을 먼저 가르쳐드리겠습니다. 그럼 우선 처음부터 시작해야 되는데, 음계를 과거의 어떤 음악 선생보다도 간단한 방법, 즉 즐겁고 요령 있게 효과적인 방법으로 가르쳐드리겠습니다. 자, 이렇게 아름답게 씌어 있답니다.

비안카 어머나, 음계는 벌써 다 떼었는걸요.

호텐쇼 하지만 나의 음계는 좀 색다르니 읽어 보세요.

비안카 (읽는다.)

　　　〈음계〉 나는 모든 화음의 기초,

　　　〈도〉 호텐쇼의 뜨거운 한숨은

　　　〈레〉 그대의 몸을 부드럽게 감싼다오.

　　　〈미 · 파〉 아, 비안카여, 결혼 약속을 해 주오.

　　　〈솔 · 라〉 음은 두 개라도 마음은 하나.

　　　〈시 · 도〉 사랑이 이루어지지 않는다면 보람 없는 목숨이오.

이게 음계라구요? 기가 막혀! 이런 건 싫어요. 전 예전 것이 더 좋아요. 전 까다로운 취미가 아니라서 기묘한 새 유행 때문에 예전 규칙을 바꾸고 싶지 않네요.

　하인 등장.

하인 아가씨, 아버님의 분부십니다. 오늘은 공부 그만하시고 큰아가씨 방을 같이 좀 꾸미라는데요. 결혼식이 내일이지 않습니까?

비안카 그럼 두 분 선생님, 안녕히 가세요. 전 이만 실례하겠어요. (비안카와 하인 퇴장)

루센쇼 알았습니다, 아가씨. 그럼 나도 가봐야지. 더 있을 이유가 없으니까. (퇴장)

호텐쇼 저 현학자 녀석의 동정을 좀더 살펴봐야겠어. 아무래도 그 녀석 눈치가 수상한 것 같아. 그녀가 반한 모양이야. 하지만 비안카여, 당신이 엉터리 사기꾼한테 눈이 팔릴 만큼 싸구려라면, 좋소, 마음대로 하구려. 그렇게 흔들리는 여자라는 것이 판명되면 이 호텐쇼는 당신과는 손을 끊고 다른 여자를 찾아봐야지. (퇴장)

제3막 제2장

광장.

밥티스타, 그루미오, 트래니오, 루센쇼, 결혼 예복을 입은 카타리나, 비안카, 하인들, 그 밖에 군중들 등장.

밥티스타   (트래니오에게) 루센쇼 씨, 오늘은 카타리나와 페트루치오의 결혼식 날인데 사위 될 사람이 아직 깜깜무소식이구려. 이게 무슨 창피요. 목사님이 오셔서 식을 올려야 하는데 신랑이 나타나지 않으면 무슨 웃음거리겠소? 루센쇼 씨. 이거 우리 집안의 수치가 아니오?

카타리나   창피를 당하는 사람은 저예요. 마음에도 없는데 억지로 결혼을 강요했단 말이에요. 그런 반미치광이 녀석, 급한 성미에 기분 내키는 대로 구혼하고서는 결혼식을 올리려는 순간에 꽁무니를 빼는 녀석한테……. 그러기에 제가 말씀드리지 않았어요? 그 남자는 겉으로는 쾌활한 체 가장하고 있지만 천연덕스러운 태도 속에 독설을 감추고 있는 미치광이 같은 녀석이란 말이에요. 간 곳마다 여자한테 구혼해서 결혼식 날을 받아 놓고 약혼 피로연을 하고, 손님들을 청하고 교회에 결혼 예약을 하기도 하지만 정말로 결혼할 생각은 눈곱만큼도 없는 녀석이에요. 이제 두고 보세요. 세상 사람들이 이 카타리나를 손가락질하면서 이렇게 말하지 않나. '저것 봐, 미치광이 페트루치오의 마누라지 뭐야. 그 녀석이 어서 돌아와 제발 결혼해 주면 좋으련만.' 하고 말예요.

트래니오 아, 진정하시오. 카타리나 양, 그리고 밥티스타 씨. 페트루치오 씨가 무슨 일로 약속을 못 지키고 있는지는 모르지만 그에게 악의가 없는 것만은 내가 보증하겠습니다. 보기에는 무뚝뚝한 것 같지만 실은 참 총명한 분입니다. 쾌활하면서도 성실한 분이지요.

카타리나 이 카타리나가 그 남자를 만나지 않았더라면 좋았을 것을…….
(울면서 안으로 들어간다. 비안카와 신부의 들러리들도 쫓아 들어간다.)

밥티스타 할 말이 없구나. 네가 그렇게 우는 것도 당연하다. 이런 모욕을 받고서야 누군들 가만히 있겠느냐? 참을성 없던 아이라 더욱 참지 못할 테지.

비온델로가 달려 들어온다.

비온델로 나리님, 나리님, 드디어 소식이 왔습니다. 아주 굉장히 낡은 새 소식입니다!

밥티스타 소식은 소식인데 낡은 새 소식이라니, 어떤 소식이기에?

비온델로 지금 페트루치오님이 오고 있습니다. 굉장한 소식이 아닙니까?

밥티스타 그럼 도착했단 말이냐?

비온델로 아니, 아직 멀었습니다.

밥티스타 그럼?

비온델로 지금 오고 있는 중입니다.

밥티스타 그렇다면 언제 도착하지?

비온델로 그건 제가 이렇게 서서 나리님을 보고 있는 바로 이곳에, 그분이 나타나는 바로 그 시각이 되겠죠!

트래니오 그런데 낡은 새 소식이란 건 뭐냐?

비온델로 그건 지금 오고 있는 페트루치오님의 차림새 때문입죠. 모자는 새 것인데 낡은 가죽조끼를 입고 바지는 세 번이나 뒤집어 다시 지은 것이고, 폐품을 이용한 건지 촛대를 담았던 헌 장화 한쪽은 죔쇠로 죄어 있고 다른 쪽은 끈으로 묶여 있더군요. 그리고 읍내 무기고에서 뒤져서 꺼내 온 듯한 녹슨 칼을 차고 있는데 칼자루는 부러지고 칼집 끝의 쇠덮개도 없고 칼끝은 두 갈래가 갈라졌습니다. 엉덩이가 주저앉은 말에 걸터앉은 건 좋으나 낡은 안장은 좀이 먹고 등자는 천하에 걸작이며, 그 말로 말하자면 비창증에 걸려 등뼈까지 곪았고 위턱은 헐고 전신은 퉁퉁 붓고 발뒤꿈치에는 종기가 났으며, 관절염 때문에 절룩거리고 황달로 귀밑까지 부었고 현기증으로 벌렁 넘어지는가 하면 기생충이 우글우글하고 등은 휘청휘청하고 어깻죽지는 금이 가고 뒷다리는 딱 붙어버렸습니다. 재갈은 다 끊어지고 양 가죽 고삐는 허청거릴 때마다 잡아당기는 바람에 몇 번이나 끊어져 다시 이은 것이고, 낡은 비로드로 만든 밀치끈에는 원, 여자 이름의 머리글자가 장식용 단추같이 뚜렷한데 그것도 새끼로 몇 군데 이어댄 것입죠.

밥티스타 누구와 같이 오던가?

비온델로 예, 마부와 같이 오고 있습니다만 그 마부란 자 역시 말과 똑같은 꼬락서니입죠. 글쎄 한쪽 다리에는 리넨 양말을 끼고 다른 쪽 다리에는 거친 모직 바지를 끼운 곳에 빨강과 파란색 대님을 매고 있답니다. 낡은 모자에는 깃털 대신 괴상한 장식이 마흔 가지나 달려 있어 글쎄, 옷을 입은 괴물이라고나 할까요. 도저히 그리스도교 나라의 하인이나 마부의 꼴이라고 할 수 없습죠.

트래니오 무슨 이상한 기분 때문에 그런 차림을 한 것이겠죠. 하기야 그분은 가끔 그런 천한 옷차림으로 나타나는 때가 있긴 합니다만……

밥티스타 아무튼 와 준다니 고맙구려, 차림새는 어떻든 간에.

비온델로　아닙니다. 아직 오지 않았습니다.

밥티스타　왔다고 지금 네가 말하지 않았느냐?

비온델로　누구 말씀입니까? 페트루치오님 말씀입니까?

밥티스타　그야 페트루치오 말이지.

비온델로　아닙니다. 전 그분의 말이 그분을 등에 태우고 온다고 말했을 뿐입니다.

밥티스타　결국 마찬가지 아니냐?

비온델로　그렇지가 않습니다. 십 페니를 걸고 내기를 해도 좋습니다. 말과 사람이 하나가 아닙니다. 하기야 그럴 수 있는 일이 많지는 않습죠.

페트루치오와 그루미오가 몹시 꼴사나운 차림을 하고 시끄럽게 떠들면서 등장.

페트루치오　안에는 아무도 없느냐? 여, 손님들은 어디 계신가?

밥티스타　(차갑게) 아, 잘 왔네.

페트루치오　잘 왔을라고요.

밥티스타　아무튼 어서 오게.

트래니오　내 마음 같아선 좀더 좋은 옷차림으로 와 주었으면 싶었는데…….

페트루치오　아니, 이렇게 차린 것이 더 좋지 않습니까? 그런데 케이트는? 내 귀여운 신부는 어디 있소? 장인어른, 왜 그러십니까? 훌륭한 귀족 나리들이 왜 이렇게 날 노려보고 계실까? 마치 특별한 사건이나 굉장한 혜성이라도 눈앞에 나타난 것처럼.

밥티스타　여보게, 오늘은 자네 결혼식 날이 아닌가. 아까까지만 해도 혹시나 자네가 나타나지 않으면 어쩌나 하고 걱정을 했지만, 이왕에 온 사람이 이렇게 형편없는 복장을 하고 있어서야 어디 되겠는가. 자, 그 옷은 얼른 벗어버리게. 자네 신분에도 창피하고 이 엄숙한 결혼식에도 꼴사나우니 말일세.

트래니오 말 좀 해보시오. 그래, 무슨 까닭으로 신부를 이렇게까지 기다리게 하고 결국에는 당신답지 않은 괴상한 차림을 하고 오셨소?

페트루치오 지루한 얘기는 그만둡시다, 들어도 소용없을 테니······. 아무튼 약속대로 왔으니 불평은 없겠지요? 잠깐 어디를 좀 들렀다 오느라고 이렇게 됐습니다만 나중에 시간이 나면 충분히 납득이 가도록 설명하리다. 그건 그렇고 케이트는 어디 있소? 너무 늦지 않았습니까? 시간이 마구 지나가고 있답니다. 지금쯤은 교회에 가 있어야 할 시간이군요.

트래니오 그렇게 꼴사나운 옷차림으로 신부를 만나실 테요? 자, 내 방으로 가서 옷을 갈아입으시오, 내 옷을 빌려드리겠으니······.

페트루치오 천만에요. 이대로 만나겠소.

밥티스타 설마 그 꼴로 식을 올리자는 것은 아니겠지?

페트루치오 아니오, 이대로 하겠습니다. 그러니 더 이상 쓸데없는 말은 그만둡시다. 신부는 나하고 결혼하는 것이지 내 의복하고 결혼하는 것이 아니니까요. 이 옷을 갈아입는 일은 어렵지 않지만 그보다는 신부에게 마음의 옷을 갈아입혀 주고 싶군요. 그렇게만 한다면 케이트를 위해서도 좋고 나를 위해서도 더욱 좋은 일이오. 하지만 지금은 바보처럼 당신네들과 쓸데없는 얘기를 하고 있을 때가 아닙니다. 어서 신부한테 가서 아침 인사로 사랑의 키스를 하여 남편의 권리를 확인해야겠습니다. (뒤에 서 있는 그루미오를 데리고 서둘러 퇴장)

트래니오 그 미치광이 같은 옷차림에 무슨 이유가 있는지 모르지만 어쨌든 교회에 가기 전에 바꿔 입으라고 권합시다.

밥티스타 아무튼 뒤쫓아가서 좀 살펴봅시다.

밥티스타, 그레미오, 그 밖에 모두 퇴장하고 트래니오와 루센쇼만 남는다.

트래니오   그런데 도련님, 당사자의 승낙 외에도 아버지의 승인이 필요하답니다. 그 승인을 얻기 위해서는 요전에 말씀드린 바와 같이 사람을 하나 구해야겠습니다. 누구라도 상관없으니 그리 어려운 일도 아닙니다. 우리의 목적에 맞기만 하면 되니까요. 그 사람을 피사의 빈센쇼님으로 위장시켜 여기 나타나게 해서 내가 약속한 액수보다 더 많은 재산을 물려준다는 의사 표시만 하게 하면 됩니다. 그렇게만 되면 도련님은 손쉽게 목적을 달성하시고 아름다운 비안카와 결혼할 수 있게 되십니다.

루센쇼   그런데 다른 가정교사 놈이 비안카의 일거일동을 감시하고 있어서 탈이야. 그렇지만 않다면 남들 몰래 둘이서만 결혼해 버리면 좋겠어. 일단 신전에서 맹세만 하면 온 세상이 아니라고 외치더라도 절대로 내 것을 놓치지는 않을 테니까.

트래니오   그 점도 미리 연구해서 우리 계획이 잘 되도록 합시다. 저는 우선 그 반백의 그레미오와 빈틈없는 그녀의 아버지 미뇰라와 그리고 교활한 호색가인 음악 교사 리치오, 이 세 사람을 감쪽같이 속여 넘겨야만 하겠습니다. 이것도 모두 도련님을 위해서 하는 노릇입니다만.

이때 그레미오가 되돌아온다.

트래니오   아니, 그레미오 씨. 교회에서 돌아오시는 겁니까?

그레미오   예, 학교에서 돌아오는 아이처럼 즐겁게.

트래니오   신랑 신부도 돌아옵니까?

그레미오   신랑이라고요? 그 녀석이 어찌나 큰 소리로 으르렁대는지……,

그 아가씨도 이제는 꼼짝달싹 못할걸.

트래니오 그럼 그 여자보다 한술 더 뜬단 말이오? 설마 그럴 리가…….

그레미오 아니, 그 녀석은 악마요, 악마. 정말 마귀요.

트래니오 아니오, 그 여자야말로 악마요, 악마. 악마의 어미죠.

그레미오 쳇! 그 남자 앞에서는 새끼 양이요, 비둘기요, 바보요……. 글쎄 루센쇼씨, 교회에서 목사님이 카타리나를 아내로 삼겠느냐고 묻자마자 그 작자는 어찌나 큰 소리로 '그야 물론이오!' 하고 대답했던지, 목사님은 깜짝 놀라서 성서를 떨어뜨리고 말았지요. 목사님이 성서를 주워들려고 허리를 구부리니 그 미치광이 같은 신랑이 느닷없이 목사님을 때리지 않겠소. 덕분에 목사님과 성서는 함께 나가떨어졌지요. 그러더니 그 작자가 '야, 어느 놈이든지 덤빌 테면 덤벼 봐!' 하며 소리를 지르더란 말이오.

트래니오 목사님이 그러고 있을 때 그 말괄량이는 뭐라고 하던가요?

그레미오 그저 벌벌 떨고만 있었다오. 목사가 큰 실수나 한 듯이 신랑이 발을 구르고 악을 쓰는 바람에 말이오. 그러다 결혼식이 끝나자 그 작자는 술을 내오라고 하더니 '건배!' 하고 소리를 지르더군요. 마치 동료들과 함께 탄 배에서 태풍을 겪은 후에 모두 무사한 것을 축복이라도 하는 것처럼요. 그러더니 술을 꿀꺽꿀꺽 마시고는 찌꺼기를 교회지기 얼굴에다 버렸는데, 무슨 별다른 이유가 있어서가 아니라 교회지기의 수염이 성글고 굶주린 것 같은 데다가 술 찌꺼기만이라도 먹고 싶어하는 눈치이기 때문이라는 것이오. 그러더니 그 작자는 신부의 목을 붙들고 요란스럽게 키스를 했는데 입술이 떨어지는 순간 교회 안이 울릴 지경이었소. 난 여기까지 보고 하도 창피해서 그냥 나와 버렸습니다만 좀 있으면 일행들이 돌아올 거요. 그런 미치광이 같은 결혼식은 처음 봤소. 아, 저 악대 소리가 들리는 것이 돌아오는것 같군.

악대를 선두로 결혼식 행렬이 들어온다. 페트루치오와 카타리나, 그 다음에 비안카, 밥티스타, 호텐쇼, 그루미오 등 등장.

페트루치오 여러분, 수고하셨습니다. 그런데 여러분은 아마 오늘 나와 피로연을 즐길 생각으로 여러 가지 음식을 마련하신 모양입니다만, 실은 좀 급한 볼일이 있어서 지금 곧 떠나야겠습니다. 미안하게 되었습니다.

밥티스타 아니, 오늘 밤에 떠나겠다고?

페티루치오 지금 떠나겠습니다. 밤까지 기다릴 수는 없습니다. 이상하게 생각하실 건 없습니다. 장인어른도 무슨 일인지 아신다면 오히려 어서 가 보라고 권하실 것입니다. 그런데 친절한 여러분, 여러분들께 감사드립니다. 여러분 덕택에 세상에 둘도 없는 참을성 많고 상냥하고 정숙한 여자를 아내로 맞게 되었으니까요. 그럼 피로연은 장인어른과 함께 하시고 나의 건강을 축복해 주십시오. 이제 그만 가봐야겠습니다. 그럼 다들 안녕히 계시오.

트래니오 아니, 피로연이나 끝나거든 가도록 하시지…….

페트루치오 그럴 수는 없어서요.

그레미오 제발 부탁하오.

페트루치오 안 됩니다.

카타리나 제발 부탁이에요.

페트루치오 아, 고맙소.

카타리나 그럼 머무르시겠어요?

페트루치오 당신의 청은 고맙소. 그렇지만 당신이 아무리 부탁을 하더라도 여기 머물러 있을 수는 없소.

카타리나 절 사랑하신다면 가지 마세요.

페트루치오 그루미오, 말을 준비해라.

그루미오   예, 주인님. 말은 다 준비됐습니다.

카타리나   흥, 그럼 당신 마음대로 해요. 전 오늘 가지 않을 테니. 아니, 내일도 안갈 테예요, 제 맘이 내키기 전에는. 문은 열려 있으니 잘 가세요. 그 장화가 헤질 때까지 아무데나 터벅터벅 돌아다녀요. 난 맘이 내킬 때까지는 아무데에도 가지 않을 거예요. 처음부터 이래서야 앞으로 얼마나 뻔뻔스럽고 심술궂은 본성을 드러낼지 누가 알겠어요?

밥티스타   케이트, 안심해라. 그리고 그렇게 성내지 말아라.

카타리나   이런데도 성을 내지 말라고요, 아버지? 아버지는 좀 가만히 계세요. 누가 자기 마음대로 하게 가만있을 줄 알고!

그레미오   아이구, 이제 드디어 시작하는군.

카타리나   여러분, 연회장으로 들어가세요. 이제 보니 여자라도 마음이 여간 단단하지 않고서는 바보 취급 당하고 말겠어요.

페트루치오   여보, 케이트. 그야 누구 명이라고 연회장으로 안 들어갈 수 있나. 들러리들도 명령에 복종하시오! 자, 연회장으로 들어가서 실컷 마시고 재미있게 보내시오. 그리고 신부의 처녀성이나 실컷 축복해 주시오. 미치든 떠들든 목을 매든 자기 마음대로 하시오. 그렇지만 나의 귀여운 케이트만은 내가 데리고 가야겠소. (카타리나에게) 이것 봐, 그렇게 두 발을 동동거리고 위협적으로 나오지 마. 당신이 아무리 노려보고 안달을 해도 내 소유물에 대해서는 내가 주인이 아니냔 말이야! 이 여자는 내 소유물이오, 재산이나 집이나 살림도구나 전답이나 창고나 말이나 소나 당나귀처럼 어쨌든 내 것이란 말이오. 지금 저렇게 서 있지만 누구든지 감히 손만 대 봐요! 패듀어의 아무리 거만한 자라도 내 앞길을 막는다면 가만 있을 내가 아니니까……. 야, 그루미오, 칼을 빼라! 우린 도둑들한테 포위 당해 있구나. 자, 너도 사내대장부라면 아가씨를 구해내야 할 거 아니냐? 케이트, 아무 걱정하지 마. 당신에겐 아무도 손을 대지 못하게 할 테야.

누가 와도 당신만은 꼭 지켜낼 테니까! (카타리나를 안고 퇴장. 그루미오는 호위하는 태세로 그 뒤를 따라 퇴장)

밥티스타 아, 여러분, 내버려둡시다. 저렇게 의좋은 부부이지 않소?

그레미오 얼른 떠나 줘서 다행이었소. 하마터면……, 난 하도 우스워 죽을 뻔했다오.

트래니오 나 원 참! 별 미치광이 같은 결혼을 다 봤군요.

루센쇼 아가씨, 언니를 어떻게 생각하십니까?

비안카 언니 자신이 평소에 미치광이 같으니 저렇게 미치광이 같은 결혼을 한 거겠지요.

그레미오 페트루치오와 케이트는 틀림없이 천생연분입니다.

밥티스타 여러분, 신랑 신부와 좌석은 비었어도 음식은 많이 차려져 있습니다. 자, 루센쇼, 당신이 신랑 좌석에 앉아요.

트래니오 비안카에게 신부 연습을 시키시려는 것입니까? (비안카의 손을 잡는다.)

밥티스타 그렇다고 해 둡시다, 루센쇼. 자, 그럼 여러분, 들어가 봅시다.

(모두 퇴장)

제4막

제4막 제1장

페트루치오의 시골 별장.

2층 복도로 통하는 계단. 커다란 난로, 탁자, 벤치, 걸상. 입구가 3개인데 그 하나는 현관으로 통하고 있다. 그루미오가 바깥에서 들어온다. 어깨에는 눈이 묻어 있고 다리에는 진흙이 튀어 있다.

그루미오 (벤치에 털썩 걸터앉으면서) 제기, 이 무슨 팔자냐! 늙어빠진 말에다 주인님 내외는 온통 발광을 하고 길도 진창이고, 세상에 이렇게 지독한 꼴을 당한 사람이 또 있을까? 이렇게 혼이 나고 이렇게 욕을 본 사람도 있을까? 나보고는 먼저 가서 불을 피워 놓으라고 하고서는 내외분은 나중에 와서 몸을 녹이겠다는 심산이지. 내가 작은 항아리처럼 금방 더워지니 다행이지, 그렇지 않았다면 내 입술은 당장 이빨에 얼어붙고 말았을 것 아닌가. 불을 지펴서 몸을 녹일 겨를도 없이 말이야. 이런 날씨엔 나보다 키가 큰 사람 같으면 감기에 걸리기 십상이겠구먼. 여보게, 커티스!

커티스 등장.

커티스 누구요, 그렇게 얼어붙은 목소리를 내는 사람이?
그루미오 얼음 조각일세. 내 말을 못 믿겠거든 내 어깨를 좀 만져 보게. 손이 금방 발꿈치까지 미끄러져 머리와 모가지 정도의 거리밖에 느껴지지 않을 테니……. 여보게, 커티스. 불 좀 지펴 주게.

커티스　주인님 내외분이 오시는 중인가, 그루미오?

그루미오　응, 그렇다네, 커티스. 그러니까 불을 피워, 불을. 어서 불을, 물을. 아니, 물은 끼얹지 말구.

커티스　그래, 부인께서는 소문처럼 지독한 말괄량이던가?

그루미오　틀림없는 사실이었어, 오늘 아침 서리가 내리기 전까지는. 하지만 자네도 알다시피 겨울이 오면 남자고 여자고 짐승이고 모두 풀이 죽어 오그라들지 않던가? 글쎄, 우리 주인님과 부인도 그렇고 나 자신이나 내 단짝인 자네도 그렇단 말일세.

커티스　자네 단짝이라니, 요 세 치밖에 안 되는 땅딸보 같으니! 내가 자네 같은 짐승인 줄 아나?

그루미오　아니, 내가 세 치밖에 안 된다구? 그럼 자네의 그 질투 많은 뿔이 한 자는 된단 말이지. 그렇다면 내 뿔 역시 석 자는 될걸. 그건 그렇고, 불 좀 지피지 않겠나? 싫다면 부인께 고자질 좀 해 줄까? 그러면 지금 눈앞에 다가오고 계시는 부인 손에 한 대 철썩 얻어맞아 불을 피우지 않은 대가로 자네의 눈에서 불이 날 걸세.

커티스　(난로에 불을 지피면서) 그루미오, 세상 돌아가는 얘기나 좀 하게.

그루미오　어딜 가나 자네가 맡은 일 말고는 다 차디찬 세상이더군. 그러니 어서 불이나 지피게. 할 일을 다 하면 복이 돌아온다고 하지 않던가. 주인님 내외분은 지금 얼어 죽게 생겼어.

커티스　(일어서면서) 자, 불은 피웠네. 그런데 여보게, 정말 무슨 재미있는 소식은 없나?

그루미오　없긴 왜 없어. 자네가 싫증낼 정도로 얼마든지 있지.

커티스　딴은 못된 장난을 얼마든지 알고 있는 자네니까.

그루미오 (손을 불에 쬐면서) 우선 몸을 좀 녹여야지, 꽁꽁 얼었으니 말이야. 그런데 요리사는 어디 갔나? 저녁은 준비됐지? 집 안은 치워 두었나? 양탄자도 깔아 두고 거미줄도 걸었겠지? 심부름 하는 아이들은 새 옷으로 갈아입었나? 흰 양말로 갈아 신겼나? 하인들도 다들 예복으로 갈아입었지? 남자들은 밖을 깨끗이 하고 여자들은 안을 깨끗이 한다고들 하지 않나? 테이블보는 깔아 두었어? 모든 준비는 다 되어 있는 건가?

커티스 다 되어 있어. 그러니 제발 재미있는 소식이나 얘기해 달라니까.

그루미오 첫째 소식인즉, 말은 지쳐 빠지고 주인님 내외는 낙마를 했다네.

커티스 어쩌다가?

그루미오 글쎄 안장 위에서 진창으로 굴러떨어졌다네. 거기에는 까닭이 있지.

커티스 그 얘기 좀 들려주게나.

그루미오 그럼 귀를 좀 이리.

커티스 자.

그루미오 이거야. (커티스의 귀를 때린다.)

커티스 아니, 갑자기 왜 때리나? 까닭을 들려준다고 하지 않았어!

그루미오 그러니까 누구나 금방 알 수 있는 까닭이 없는 얘기란 말이야. 이렇게 자네 귀를 갈겨 놓으면 귀가 정신을 차릴 것 아닌가. 자, 그럼 얘기를 시작하겠네……. 먼저 우리 일행은 산의 진창길을 내려오고 있었지. 주인님은 부인 뒤에 걸터타고서 말이야…….

커티스 내외분이 같은 말에 탔단 말인가?

그루미오 그게 어쨌단 말인가?

커티스 그야 말이 한 필이니까.

그루미오 그럼 자네가 한번 얘기해 보게나. 자네가 내 말을 가로막지만 않았더라면 말이 어떻게 넘어졌는지 부인이 어떻게 말 아래에 깔리고 말 았는지 내가 다 얘기해 주었을 것 아닌가. 그리고 그곳이 얼마나 지독한 진창인지, 부인이 어떻게 진창 속에 빠졌는지, 부인이 말에 깔린 채 내버 려두고 말을 넘어뜨리게 했다고 주인님은 얼마나 날 때렸는지, 날 못 때 리게 막으려고 부인이 진창에서 어떻게 기어 나오셨는지 그걸 다 얘기해 줬을 것 아닌가. 주인님은 욕을 하고 생전 빌지 않던 부인은 빌고 나는 울 고, 말은 달아나고 말고삐는 끊어지고 밀치끈은 떨어져 나가고……, 이 모든 중요한 얘기들을 자세하게 들려줬을 텐데. 결국 모두의 망각 속에 파묻혀 버리고 자네는 그런 얘기들을 듣지도 못한 채 무덤 속으로 들어가 야 하는 것이 아닌가.

커티스 지금 얘기로 봐선 주인님 쪽이 부인보다 한술 더 뜨나 보네.

그루미오 그렇다니까. 주인님이 돌아오시면 자네나 이 댁의 아무리 거만 한 청지기나 집사도 당장 알게 될 거네. 허나 지금 이런 얘기를 하고 있을 때가 아냐. 모두 이리 불러들이게. 너댄엘, 요셉, 니콜라스, 필립, 월터, 슈가소프, 이 밖에도 다 불러들이게. 모두 들 머리는 반질반질하게 빗질 하고 파란 코트를 손질해서 입고 대님은 단단히 잘 매야 하고, 왼쪽 다리 를 앞으로 내밀어서 인사하고 손에 키스하기 전에는 주인님이 탄 말의 말 총에조차 손을 대서는 안 된다네. 그럼 준비는 다 됐지?

커티스 다 됐고말고.

그루미어 그럼 다 이리 불러오게.

커티스 (부른다.) 여보게들! 어서 이리 와서 주인님을 맞이하고 새로 오 신 부인의 얼굴을 세워 드리도록 하게나.

그루미오 뭐라구? 부인은 원래 얼굴이 똑바로 서 있어.

커티스 누가 모르나?

그루미오 하지만 자네는 방금 하인들에게 부인 얼굴을 세워 드리라고 하지 않았나?

커티스　그거야 부인에 대한 하인들의 마음가짐을 말하는 거지.

그루미오　그런데 부인께서 오시면 하인들한테 아무것도 요구하지 않으실 것만은 확실하네.

　하인들 너덧 명이 등장하여 그루미오를 에워싼다.

너댄엘　잘 돌아왔네, 그루미오.

필립　그래, 어떤가?

요셉　야, 그루미오!

니콜라스　오래간만일세, 그루미오.

너댄엘　여보게, 여행은 어떻던가?

그루미오　아이구, 자네들도 잘 있었나? 자네들은 재미가 좋았나? 인사는 이만하고……. 여보게들, 준비는 다 됐나? 모든 준비가 다 되어 있어?

너댄엘　준비가 다 됐고말고. 그런데 주인님은 언제 오시나?

그루미오　지금 곧 오신다네. 그러니까 알았나? 제발 입들을 다물라구. 방금 말을 내리는군. 저기 들어오시는 소리가 들리지?

　이때 난폭하게 문이 열리고 페트루치오와 카타리나가 들어온다. 두 사람 다 머리부터 발끝까지 온통 진흙투성이다. 페트루치오가 방 한가운데로 걸어 들어온다. 카타리나는 거의 까무러칠 것 같으면서도 겉으로는 아무렇지도 않은 체하고 벽에 기대어 있다.

페트루치오　이 녀석들이 다 어디로 갔나? 그래, 문 앞에 마중 나와 등자를 붙들고 말고삐를 잡아 주는 놈이 한 놈도 없단 말이냐! 너댄엘은 어디 있나! 그레고리와 필립은?

하인들 (달려와서) 여기들 있습니다, 주인님! 여기 있습니다, 나리.

페트루치오 여기들 있습니다, 주인님! 예, 여기 있습니다? 에잇! 이 멍텅구리 바보자식들아! 아니, 마중도 안 나오고 인사도 하지 않고 할 일도 안 하면서 그래도 좋단 말이냐? 그래, 내가 먼저 보낸 그 바보 녀석은 어디 있나?

그루미오 예, 여기 있습니다. 여전히 미련한 놈이긴 합니다만.

페트루치오 이 촌뜨기 농군 같으니! 방아깨비 같은 빌어먹을 녀석아! 공원까지 마중을 나오라고 내가 이르지 않았느냐, 이 망할 자식들을 모두 데리고!

그루미오 글쎄 주인님, 너댄엘의 코트는 미처 준비되지 않았고 가브리엘의 구두는 뒤축이 빠져 있고 피터의 모자를 검게 그을리자니 장작은 없고 월터의 단도는 녹이 슬어 칼집에서 빠지지 않고, 게다가 애덤과 랄프와 그레고리 외에는 모두가 꼴이 말이 아니게 다들 헌 누더기에 거지꼴이라서요. 그렇지만 어쨌든 이렇게 다들 주인님을 맞으러 나오긴 나왔습죠.

페트루치오 듣기 싫다, 이 망할 녀석들아. 어서 가서 저녁 식사를 가져오너라! (하인들 서둘러 퇴장. 페트루치오 혼자서 노래조로) 〈어제 하던 생활은 어디로 갔나, 이 녀석들은 다 어디로 갔나~〉 (문 앞에 서 있는 케이트를 보며) 자, 케이트. 어서 들어와 여기 앉아요. (케이트를 난롯불 곁으로 데리고 간다.) 식사 가져와, 식사, 식사! (하인들이 저녁 식사를 들고 들어온다.) 아니, 지금까지 뭘 그렇게 꾸물거리고 있었나? 케이트, 기운을 내요. (케이트의 곁에 앉으면서) 이 녀석들아, 내 신이나 벗겨라! 이놈들아, 뭘 꾸물거리고 있어? (하인 한 사람이 신을 벗기려고 무릎을 꿇는다. 페트루치오 다시 노래조로) 〈어떤 수도원의 신부가 길을 걸어갈 때에~〉 이놈아, 내 발을 뽑아낼 작정이냐? (하인의 머리를 때린다.) 맛이 어떠냐?

알았으면 이쪽은 잘 벗기란 말이다. (양쪽을 다 벗긴다.) 이봐, 케이트, 기운을 좀 내요. 누가 물 좀 가져오너라. 이놈아, 여기다! (하인이 물을 가지고 들어온다. 페트루치오는 그것을 못 본 체하고) 내 사냥개 트로일러스는 어디 있나? 이놈아, 넌 얼른 가서 내 숙부 퍼디넌드를 이리 모시고 오너라. (하인 한 사람이 나간다.) 케이트, 그분한테 꼭 키스를 해 드리고 잘 좀 모셔 봐. 내 슬리퍼는 어디 있어? 도대체 물은 언제 가져오는 거냐? (하인이 또 물 대야를 내민다.) 케이트, 이리 와서 손을 씻어요. 우리 집에 와 줘서 정말 고마워. (이렇게 말하면서 하인과 부딪쳐 물을 쏟아지게 한다.) 이 망할 자식 좀 보게! 네가 물을 다 쏟을 작정이냐? (하인을 때린다.)

카타리나 제발 용서해 주세요. 일부러 그런 건 아니잖아요, 네?

페트루치오 이 빌어먹을 얼간이 딱정벌레 대가리에 개의 늘어진 귀를 한 녀석 좀 보게. 자, 케이트, 앉아요, 배고프겠소. (케이트가 테이블 앞에 앉는다.) 감사의 기도를 올려주겠소, 케이트? 아니, 내가 올릴까? 뭐야, 이건, 양고기인가?

하인 1 예.

페트루치오 누가 가져왔나?

피터 예, 제가 가져왔습니다.

페트루치오 음식이 모두 탔구나. 이 개 같은 자식들 좀 보게……. 요리사 녀석은 어디 있느냐? 그래, 너희도 너희들이지, 내가 싫어하는 줄 뻔히 알면서 이걸 일부러 가져와 내게 억지로 먹일 심보냐? 썩 들고 나가, 접시고 컵이고 뭐고 다! (하인 머리에 음식을 내던진다.) 이 조심성 없는 미련퉁이들 같으니, 버릇없는 것들 같으니! 무슨 불평이 있어? 썩 말해 봐! (일어서서 하인들을 내쫓는다. 커티스만 남는다.)

카타리나 제발 그렇게 화내지 마세요, 네? 그 고기는 멀쩡하잖아요. 당신만 좋다면…….

페트루치오　아냐, 케이트. 그건 다 타서 바삭바삭하잖소. 그런 건 입에 넣지 말라고 의사가 금하고 있소. 글쎄 그런 걸 먹으면 답답증이 생기고 화증이 생긴다나? 그러니 우리는 단식을 하는 편이 나을 거야. 안 그래도 우리는 원체 화를 잘 내는 성미잖소. 그렇게 탄 고기는 먹지 않는 게 좋을 거야. 배고파도 그냥 참읍시다. 내일이면 어떻게 되겠지. 오늘 밤은 둘이서 단식을 합시다. 그럼 침실로 가요.

두 사람이 계단을 올라간다. 그 뒤에 커티스가 따라 올라간다. 하인들이 발소리를 죽이고 나타난다.

너댄엘　피터, 전에도 이런 일을 본 적이 있나?
피터　독을 독으로 다스리는 셈이지.

커티스가 계단을 내려온다.

그루미오　주인님은?
커티스　부인 방에 계시네. 지금 절제에 관해서 설교하시는 중인데, 고래고래 악을 쓰며 욕을 하고 야단을 치는 바람에 부인께서는 가엾게도 어디에 서 있어야 좋을지 어느 쪽을 봐야 할지 무슨 말을 해야 좋을지 갈피를 못 잡고 마치 꿈에서 막 깨어난 사람처럼 멍하니 앉아 계실 뿐이라네. 달아나세, 달아나! 주인님이 내려오시네. (다 나가버린다.)

페트루치오 계단 머리에 나타난다.

페트루치오　이렇게 교묘하게 기선을 제압해 놓으면 어쨌든 성공할 것 아닌가. 나의 매는 지금 지독하게 배가 고파 있지. 식사에 달려들 때까지는 배부르게 먹이지 말아야 해. 배가 부르면 마음대로 길들일 수 없으니 말이야. 또 한 가지, 아무리 사나운 매라도 길들여서 주인이 부르는 대로 오게 하는 방법이 있지. 다른 게 아니라 잠을 못 자게 하는 거야. 날개를 사납게 푸드덕거리고 말을 듣지 않는 솔개라는 놈에게도 그런 방법을 쓴다지 않는가. 아내는 오늘 아무 것도 안 먹었어. 물론 앞으로도 못 먹게 할 테다. 그리고 어젯밤은 한잠도 자지 못했는데 물론 오늘 밤도 못 자게 해야지. 아까 그 저녁 식사 때와 마찬가지로, 잠자리에 관해 생트집을 잡아 베개는 저리로 이불은 이리로 시트는 저리로 모두 내던져 버려야지. 그러면서도 이런 소동을 일으키는 것이 다 아내를 끔찍하게 생각해서 그러는 것처럼 보이게 하는 거야. 요는 긴 밤을 눈도 못 붙이게 하고 조는 기척만 보여도 마구 떠들고 악을 써서 도무지 잠을 자지 못하게 해야지. 이건 눈물을 머금고 버릇을 잡는 법이라고나 할까. 이렇게라도 해서 저 미치광이 같은 고집을 바로 잡아야 하지 않겠냐 말이야. 말괄량이를 휘어잡는 다른 묘안이 있거든 누가 좀 나서서 가르쳐 주시지, 적선이 될 테니까. (휙 돌아서서 침실로 들어간다.)

제4막 제2장

패듀어의 광장.
루센쇼와 비안카, 나무 밑에 앉아서 책을 읽고 있다. 트래니오와 호텐쇼, 광장에 면한 어떤 집에서 나온다.

트래니오　이봐요, 리치오 씨. 어떻게 그럴 수가 있겠소, 비안카 양이 이 루센쇼 이외에 다른 남자를 사랑하다니! 겉으로 보기에는 내게 호의를 보이는 것 같았는데…….

호텐쇼 내가 한 말을 정 못 믿겠다면 이 근처에 숨어서 저 작자가 하는 태도를 좀 살펴보시오. (둘은 나무 뒤에 숨는다.)

루센쇼 그럼 아가씨, 지금 읽으신 것을 이제 이해하시겠습니까?

비안카 선생님이 무엇을 읽어 주셨지요? 그것부터 먼저 대답해 주세요.

루센쇼 그건 내 전문인 연애법입니다.

비안카 그걸 가르쳐주실 수 있다면!

루센쇼 어렵지 않은 일입니다. 진지하게 배우고자 하는 마음만 있으시다면 저의 불타는 이 마음을 읽어내는 방법은 쉬운 일이죠. (두 사람 키스한다.)

호텐쇼 우수한 학생들이잖소. 자, 이래도 비안카에게 루센쇼 이외에는 애인이 없다고 감히 말할 수 있겠소?

트래니오 오, 더럽군, 연애란! 믿지 못할 것은 여자로군요! 리치오 씨, 정말 어안이 벙벙하오.

호텐쇼 이제 가면을 벗겠소. 난 리치오가 아니오. 음악가도 아니오. 그건 가면이었소. 나 같은 신사를 버리고 저런 천한 녀석을 신처럼 생각하는 계집애를 위해 더 이상 이런 가면 놀이를 계속할 수는 없소. 사실 나는 호텐쇼라는 사람이오.

트래니오 호텐쇼 씨, 당신이 비안카를 사모하고 계시다는 얘기는 전부터 듣고 있었소. 그런데도 당신이 포기하시겠다면 내 눈으로 저 여자의 경박함을 목격한 이상 나도 당신처럼 비안카를 포기하겠습니다, 영원히.

호텐쇼 저것 좀 봐요. 저렇게 키스를 하며 사랑을 주거니 받거니 하고들 있지 않소? 루센쇼 씨, 자, 우리 악수합시다. 굳게 맹세하지만 앞으로 저 여자에게는 절대로 사랑을 구하지 않고 영원히 포기하겠소. 그만한 가치가 없는 여자인 줄도 모르고 오늘까지 괜히 애만 태웠군요.

트래니오 그렇다면 나도 진정으로 맹세를 하겠습니다. 저 여자와는 절대로 결혼하지 않겠습니다. 설령 저쪽에서 청혼을 하더라도 말이오. 쳇, 더러운 계집 같으니, 저 교태 좀 보게.

호텐쇼 저 작자 말고는 온 세상 사람들이 저 여자를 거들떠보지도 말기를! 맹세를 지키기 위해 나는 사흘 안에 부자 미망인과 결혼하겠소. 그 미망인은 나를 오랫동안 사랑해 온 여자요. 내가 저 거만하고 사람을 업신여기는 계집을 사랑해 온 것처럼 말이오. 안녕히 계시오, 루센쇼씨. 여자는 미모보다 마음씨가 중요합니다. 이제는 마음씨에 애정이 끌립니다. 그럼 아까의 굳은 맹세를 안고 이만 가보겠습니다. (퇴장. 트래니오는 두 애인 곁으로 간다.)

트래니오 비안카 양, 축하합니다. 행복한 여인이란 당신을 두고 한 말인가 봅니다. 두 분의 정다운 모습을 보고 나나 호텐쇼는 이제 단념하기로 했답니다.

비안카 트래니오 씨, 농담은 그만둬요. 정말로 두 분 다 절 단념하셨나요?

트래니오 예, 그렇습니다.

루센쇼 그럼 우린 리치오를 치운 셈이군.

트래니오 예, 그분은 정력이 왕성한 미망인을 찾아갔소. 당장 구혼을 하고 그날로 결혼식을 올린다나요?

비안카 제발 잘 되길 빌어요.

트래니오 하긴 그분은 여자를 잘 길들일 것입니다.

비안카 아마 그러실 거예요.

트래니오 그렇습니다. 훈련 학교에 들렀다 간다니까요.

비안카 훈련 학교? 그런 곳이 다 있나요?

트래니오   있고말고요. 페트루치오가 그곳 선생님이랍니다. 그분은 묘법을 얼마든지 가르쳐준답니다. 말괄량이를 길들여 독설로 꼼짝달싹 못하게 하는 묘법 말입니다.

　비온델로가 달려 들어온다.

비온델로   아이구, 주인님, 주인님, 주인님! 얼마나 오랫동안 지키고 서 있었던지 피곤해 죽을 지경입니다만 마침내 찾아냈습니다. 글쎄, 천사 같은 한 늙은이가 산길을 내려오고 있는 중입니다. 이제 됐습니다.
트래니오   그게 누군데?
비온델로   글쎄, 상인인지 교사인지 잘은 모르겠습니다. 옷차림은 단정하고 걸음걸이며 인상이 부친과 많이 닮았습니다.
루센쇼   그런데 트래니오, 그분을 어떻게 할 셈인데?
트래니오   만약 그분이 제 말을 쉽사리 들어준다면 그분을 빈센쇼님으로 가장 시켜서 밥티스타 미놀라님에게 보증을 해 주는 부친 역할을 맡기겠습니다. 자, 아가씨를 모시고 먼저 들어가십쇼. (루센쇼와 비안카는 밥티스타의 집으로 들어간다.)

　교사 등장.

교사   안녕하시오.
트래니오   아, 안녕하십니까. 그런데 어디까지 가시는 길입니까? 이곳에 온 건가요??
교사   이곳에 잠깐 머물렀다 한두 주일 후에 다시 길을 떠날 생각이오. 로마로 말이오. 그리고 죽지만 않는다면 트리폴리까지 가 볼 생각이외다.

트래니오 고향은 어디십니까?

교사 맨튜어요.

트래니오 뭐라고요? 맨튜어에서 일부러 패듀어에? 안 될 말씀! 목숨이 아깝지 않습니까?

교사 목숨이오? 왜요? 큰 야단이 났나 보군.

트래니오 맨튜오에 사시던 분이 패듀어로 오는 것은 전쟁터로 뛰어드는 거나 마찬가지입니다. 그 이유를 모르십니까? 맨튜어의 선박들은 지금 베니스에 억류 당해 있답니다. 공작이 —맨튜어의 공작과 이곳 공작 사이에 무슨 시비가 있어 그런 모양인데— 아무튼 그런 포고를 공공연하게 내렸답니다. 하기야 지금 갓 오셨으니 무리는 아닙니다만 포고를 전혀 듣지 못하셨다는 것은 이상하군요.

교사 이거 참, 야단났네. 난 이곳에 사는 사람에게 줄 어음을 갖고 피렌체에서 오는 길인데…….

트래니오 그렇습니까? 그럼 이렇게 하시면 어떻겠습니까? 당신을 도와주고 싶은데 먼저 물어볼 말이 있습니다. 혹시 피사에 가보신 일이 있으신지요?

교사 예, 피사에는 가끔 가봤지요. 피사의 사람들은 모두 다 성실하다는 소문이더군요.

트래니오 혹시 빈센쇼라는 분을 아십니까?

교사 잘 모릅니다만 소문은 들었지요. 굉장한 호상이라던데요.

트래니오 실은 그분이 저의 부친입니다. 그런데 댁의 얼굴이 부친과 어딘지 모르게 비슷합니다.

비온델로 (방백) 사과와 조개가 비슷하다면 모를까. 아무튼 나와는 상관없는 일이지.

트래니오 어쨌든 댁이 우리 부친을 닮은 것은 참 다행입니다. 이 생사의 기로에서 댁을 도와드리겠습니다. 그것은 우리 부친의 이름과 신용을 이용하여 내 집에서 거리낌없이 묵으시고 반드시 우리 부친처럼 행동하십시오. 아시겠습니까? 이곳에서 일을 다 보실 때까지 그렇게 머무르셔도 좋습니다. 도와드리고 싶은 제 마음을 알아주신다면 부디 제 호의를 받아주십시오.

교사 받아들이고말고요. 일생을 두고 생명의 은인으로 여기고 이 은혜는 잊지 않겠소.

트래니오 그럼 같이 가서 일을 시작합시다. 이건 미리 알아 두십시오. 지금 다들 제 부친이 오시기를 기다리는 중이랍니다. 나는 밥티스타라는 분의 따님과 결혼하기로 되었는데 제 부친이 유산 보증과 결혼 승낙을 하러 오시기로 되어 있답니다. 그동안의 사정은 차차 말씀드리겠습니다. 아무튼 같이 가서 의복부터 우리 부친처럼 갈아입으시죠. (모두 퇴장)

제4막 제3장

페트루치오의 시골 별장
카타리나와 그루미오 등장.

그루미오 안 됩니다. 그런 일은 저로서는 도저히 못합니다.

카타리나 내가 궁지에 빠질수록 그이는 점점 더 심해지는 것 같아요. 아니면 그인 날 굶겨 죽이기 위해서 나와 결혼했을까? 친정집 대문 앞에 나타난 거지들도 애걸을 하면 먹을 걸 얻어가요. 못 얻어 가면 다른 곳에 가더라도 자비를 만나요. 그런데 한 번도 애걸이라고는 해 보지 않은 내가 아니, 애걸할 필요조차 느껴 보지 못한 내가 배가 고파 죽을 지경이고, 게

다가 한잠도 자지 못하여 머리는 빙빙 도는데 그이는 줄곧 소리를 질러대 눈도 붙이지 못하게 하다니……. 그렇지만 무엇보다 가장 싫은 것은 그이의 태도예요. 그렇게 하는 게 모두 애정 때문이라나? 글쎄 내가 먹거나 잠이라도 자면 죽을 병에 걸리든가 당장에 목숨을 잃을 것 같은 말투란 말이에요. 그루미오, 제발 먹을 것 좀 갖다 줘요. 독만 들어있지 않다면 무엇이든 상관없으니…….

그루미오   우족은 어떻겠습니까?

카타리나   정말 좋아요. 그걸 갖고 와요.

그루미오   그건 너무 자극적인 음식이 아닐까요. 소의 간을 구운 것은 어떠십니까?

카타리나   그것도 좋아요. 어서 좀 가져와요.

그루미오   그것도 좀 자극적이 아닐까요. 불고기에 겨자를 바른 것은 어떻습니까?

카타리나   그건 내가 정말 좋아하는 요리예요.

그루미오   하지만 겨자가 좀 맵습니다.

카타리나   그럼 불고기만 가져오고 겨자는 빼면 되잖아요.

그루미오   안 될 말씀입니다. 겨자를 뺄 수는 없습니다. 이 그루미오가 불고기만 가져올 수야 있겠습니까?

카타리나   그럼 양쪽 다 가져오든가 한쪽만이든가 가져올 수 있는 대로 가져와요.

그루미오   그럼 불고기를 빼고 겨자만 가져오겠습니다.

카타리나   꺼져 버려, 요 사기꾼 같으니! (그루미오를 때린다.) 음식 이름이나 먹일 셈이야? 가만두지 않을 테다. 모두들 덤벼들어서 날 못살게 굴 셈이냐? 다 가버리라니까.

페트루치오와 호텐쇼가 고기 접시를 들고 등장.

페트루치오 아, 케이트. 왜 그렇게 기운이 없소?

호텐쇼 부인, 무슨 일이십니까?

카타리나 아, 내가 이렇게 욕을 보다니…….

페트루치오 기운을 내고 즐거운 얼굴을 해요. 이것 봐, 이렇게 내가 애를 써서 손수 요리를 만들어 오지 않았어? (요리를 내려놓자 카타리나가 그것을 집어 든다.) 이봐, 이 정도면 치하쯤 받아도 좋을 법한데……. (카타리나가 요리를 입에다 넣는다.) 아니, 인사 한마디 없다니 맛이 없나 보군. 괜히 헛수고만 했어. (요리 접시를 뺏으며) 여봐라, 물려라!

카타리나 제발 그냥 놔두세요.

페트루치오 아무리 맛이 없는 요리일지라도 고맙다는 말 한마디는 하는 법이오. 내가 손수 만든 요리에 손을 대기 전에 고맙단 말쯤은 있어야 할 것 아니오!

카타리나 고마워요. (페트루치오, 접시를 도로 내려놓는다.)

호텐쇼 여보게, 페트루치오. 자네 너무 심하지 않나! 부인, 제가 같이 먹어 드리겠습니다.

페트루치오 (호텐쇼에게 방백) 여보게, 호텐쇼. 날 생각한다면 제발 좀 모두 먹어치워 주게. 자네의 그 친절한 마음씨가 효력을 보여 주기만 바라네. (큰 소리로) 케이트, 어서 먹어요. 그러고 나서 당신 친정에 갑시다. 가장 좋은 옷을 근사하게 차려 입고 한번 흥청거려 봅시다. 비단 코트에다 비단 모자와 보석 반지, 주름 잡힌 깃과 소매장식, 스커트의 버팀대 등, 그리고 스카프와 부채, 갈아입을 옷 두 벌, 호박 팔찌, 장식용 구슬 등 진짜 가짜 뒤섞어서……. (카타리나가 얼굴을 든 틈에 페트루치오가 눈짓을 하자 그루미오가 요리 접시를 얼른 치운다.) 벌써 다 먹었소? 재봉사가 기다

리고 있소. 당신의 옷차림을 아주 멋있게 꾸미기 위해서 말이오……. (이
때 재봉사 등장) 어디 좀 구경합시다. 그 옷을 좀 보여 주시오.

　재봉사가 테이블 위에 그것을 편다. 이때 가게 주인이 상자를 들고 등
장.

가게 주인　(상자를 열며) 나리께서 주문하신 모자를 가져왔습니다.
페트루치오　(모자를 잡아채면서) 아니, 이건 나무 그릇을 틀 삼아 만든 것
아닌가. 비로드 그릇 같군. 쯧쯧, 이따위 상스럽고 추한 물건이 어디 있
어! 가리비조개나 호두 껍데기 같지 않나! 아니, 이게 만두야, 노리개야?
장난감이야, 아기 모자야? (모자를 방구석에 내던진다.) 이건 집어치우고
좀더 큰 걸 갖고 와!
카타리나　더 큰 건 싫어요. 지금 그런 게 유행이라구요. 얌전한 부인네들
은 다 그런 모자를 써요.
페트루치오　당신도 얌전해지면 씌워 주리다. 그때까진 안 돼.
호텐쇼　(방백) 서두를 이유는 없겠군.
카나리나　뭐라구요? 이제 더 이상 저도 가만히는 못 있겠어요. 할 말은
해야겠어요. 난 어린애가 아니에요. 당신보다 더 훌륭한 분들도 내가 하
고 싶은 말을 가로막지는 않았어요. 듣기 싫으면 귀를 막아요. 내 혀는 가
슴속에 쌓인 말을 해야 하는데 억지로 참고 있으니 가슴이 터져버릴 것
같아요. 그러느니 속 시원한 말이나 실컷 할 거예요.
페트루치오　정말 그렇소. 당신 말마따나 이건 보잘것없는 모자요. 커스터
드푸딩 같다고나 할까, 장난감 같다고나 할까, 파이 같다고나 할까. 당신
이 이걸 싫어하니 난 더욱 당신이 사랑스럽구려.
카타리나　사랑스럽고 뭐고, 전 이 모자가 좋아요. 그러니 이 모자로 하겠

어요. 다른 건 싫어요.

페트루치오   그럼 드레스는? 재봉사, 구경 좀 합시다. (테이블 쪽으로 간다. 그루미오가 가게 주인을 돌려보낸다.) 맙소사, 이걸 입고 가장 무도회나 나가란 말인가? 이게 뭐야? 소매야, 대포의 총구야? 허허! 위나 아래나 똑같은 꼴이 꼭 애플파이 같지 않나. 여기를 싹둑 저기를 싹둑, 온통 여기저기를 잘라내서는 이건 마치 이발소의 주전자 꼬락서니가 아닌가! 이봐, 재봉사, 이건 대체 뭐하는 물건이오?

호텐쇼   (방백) 이래서는 모자고 드레스고 부인 손에 아무것도 들어가지 못할 것 같은걸.

재봉사   주문하실 때에 유행에 맞춰 잘 만들라는 말씀이었지 않습니까?

페트루치오   물론 그렇게 말했지. 그렇지만 생각 좀 해 봐. 누가 유행에 맞춰 물건을 못 쓰게 만들라고 그랬나? 썩 물러가 빈민굴이나 다니라고! 이제 내 집에는 얼씬도 하지 마. 그따위 물건은 필요 없으니 어서 싸가지고 돌아가라고!

카타리나   하지만 전 이렇게 좋은 드레스는 처음 봐요. 모양도 좋고 유행에도 맞고 어디로 보나 맘에 들어요. 당신은 절 꼭두각시 취급하실 셈이에요?

페트루치오   글쎄 말이오. 재봉사가 당신을 꼭두각시 취급을 하고 있구려.

재봉사   아닙니다. 부인은 나리께서 부인을 꼭두각시 취급하신다고 말씀하셨습니다.

페트루치오   요 건방진 놈 좀 보게? 거짓말 마! 이 실밥 같은 놈, 요 골무 같은 놈, 요 석 자, 두 자, 한 자가웃, 여덟 치, 두 치 아니, 고작 서 푼밖에 안 되는 누더기 헝겊 같은 놈, 벼룩 같은 놈, 서캐 같은 놈, 겨울철의 귀뚜라미 같은 놈아! 그래, 내 집에 와서 실 꾸러미를 휘두를 참이냐? 썩 나가! 요 넝마 같은 놈, 눈곱만한 실밥 같은 놈아, 꾸물거리면 네 재봉자로 갈겨 줄 테다! 그래, 죽는 날까지 그렇게 서서 조잘댈 참이냐? 내 아내의 옷을 요렇게 못 쓰게 만들어 놓는 법이 어디 있어!

재봉사　나리께서 착각을 하고 계시나 봅니다. 이 옷은 나리께서 주문하신 그대로 만들었습니다. 그루미오가 그렇게 만들라는 주문을 전달해 왔습죠.

그루미오　난 아무 주문도 하지 않았는뎁쇼. 다만 옷감을 가져다줬을 뿐입니다.

재봉사　하지만 이렇게 저렇게 만들라고 말하지 않았소?

그루미오　그야 말했습죠. 바늘과 실을 가지고 하라고요.

재봉사　이런 모양으로 재단하라고 요구하지 않았단 말이오?

그루미오　참 많이도 붙여댔군.

재봉사　그렇소.

그루미오　날 책하지 말아요. 당신이 지금까지 여러 사람들을 얕봐 왔다고 해서 나까지 얕보지는 마. 만만하게 문책을 당하거나 얕잡히거나 할 내가 아냐. 잘 들어 두시오. 나는 당신네 주인보고 옷을 조각내라는 부탁을 하지 않았어. 그러니 당신은 거짓말쟁이요.

재봉사　여기 확실한 증거가 있소. 어떤 모양으로 만들라는 주문이 적힌 쪽지 말이오.

페트루치오　어디 읽어 봐.

그루미오　그 쪽지는 새빨간 거짓말일걸, 내가 그런 주문을 했다고 적혀 있다니.

재봉사　(읽는다.) "첫째, 품이 넉넉한 부인복을 만들 것."

그루미오　주인님, 제가 품이 넉넉한 부인복을 주문했다면 절 그 스커트 속에 꿰매 실패로 저를 때려도 좋습니다. 전 그냥 부인복이라고만 했습니다.

페트루치오 다음을 읽어 봐.

재봉사 "반원형의 작은 케이프를 달 것."

그루미오 케이프는 확실히 말했습니다.

재봉사 "소매는 넓게 지을 것."

그루미오 소매를 두 개 만들라고는 확실히 말했습니다.

재봉사 "소매는 멋지게 재단할 것."

페트루치오 거기가, 거기가 돼먹지 않았단 말이야.

그루미오 이 쪽지는 엉터리입니다. 주인님, 이 쪽지는 엉터리예요. 내가 이렇게 이르지 않았어? 소매는 재단해서 다시 꿰매라고! 이것 봐, 재봉사, 당신은 그 작은 손가락을 고무로 무장하고 있지만 일이 일이니만큼 좀 따져 봐야겠어.

재봉사 제가 한 말은 정말입니다. 거리에 나가 보면 당신도 알게 될 겁니다.

그루미오 그럼 자, 나가 보자고, 칼 대신 그 쪽지를 갖고! 잣대는 이리 줘. 자, 덤벼!

호텐쇼 여보게, 그루미오! 그래서야 재봉사가 불리하지 않겠나?

페트루치오 아무래도 좋아. 어쨌든 그 옷은 내 취향이 아니야.

그루미오 딴에는 그러실 테죠. 그건 부인 것이니까요.

페트루치오 도로 갖고 가서 자네 주인 마음대로 처분하라고 해!

그루미오 제기, 그건 절대로 안 됩니다. 부인의 옷을 당신네 주인 맘대로 될 줄 알아?

페트루치오 아니, 그건 또 무슨 뜻이냐?

그루미오 아, 거기엔 이유가 있습니다. 글쎄 부인의 옷을 저 작자 주인이 함부로 써서야 되겠습니까? 당치도 않은 일이지요.

페트루치오 (작은 소리로) 여보게 호텐쇼, 재봉사하고 지불 얘기 좀 하게.

(재봉사를 보며 큰 소리로) 자, 가지고 가, 어서. 이제 말도 하기 싫으니까.

호텐쇼 (작은 소리로) 재봉사, 옷 대금은 내일 치르리다. 저분의 성급한 말을 괜히 오해하지 마시오. 자, 이제 가서 당신 주인한테 잘 말하시오. (재봉사 퇴장)

페트루치오 자, 그럼 케이트, 친정 부친한테 가봅시다. 그냥 이 옷을 입고 갑시다. 이만하면 되지 않소? 지갑은 두둑하고 의복만이 빈약할 뿐이오. 육체를 풍부하게 하는 것은 뭐니 뭐니 해도 정신이오. 태양이 시커먼 구름을 헤치고 비치듯이 의복이 아무리 남루하다 해도 덕은 저절로 비치는 법이오. 언치 새의 깃털이 아무리 곱다 해도 종달새보다 소중히 여기지는 않거든. 빛깔이 곱다고 해서 독사를 장어보다 좋다고 할 사람은 없소. 이봐요, 케이트. 다 그런 것처럼 장신구가 빈약하고 의복이 남루하다고 해서 당신을 얕볼 사람은 없소. 그런 게 창피하다면 다 내 책임으로 돌리구려. 자, 그럼 기운을 내고 당장 친정집으로 가서 한번 흥청대는 잔치를 열어 봅시다. 누가 가서 하인들을 불러오너라. 당장 떠납시다. 말은 길모퉁이에 매 두어라, 거기서부터 타고 가겠다. 케이트, 그곳까지는 걸어갑시다. 그런데 지금 오전 7시쯤 되었으니 저녁 식사 때까지는 도착할 거요.

카타리나 아니에요, 지금은 오후 2시예요. 그러니 저녁 식사 전에는 도착하지 못할 거예요.

페트루치오 말 있는 곳까지 가면 7시가 될 거요. 원, 당신은 내 말이나 행동이나 내 생각까지 일일이 트집을 잡는군. 여봐라, 그만두자! 오늘은 가지 않겠다. 내가 말한 시간이 아니라면 길을 떠나는 건 그만두겠다!

호텐쇼 아니, 이 호걸은 태양에게조차 명령을 하겠다는 거로군. (모두 퇴장)

제4막 제4장

패듀어의 광장.

트래니오, 빈센쇼로 가장한 교사 등장. 교사는 이 지방에 갓 도착한 것처럼 장화를 신고 있다. 두 사람은 밥티스타의 집으로 다가간다.

트래니오 이 집이 그 댁입니다. 잠깐 들렀다 가도 괜찮겠습니까?

교사 그러기 위해 이렇게 온 것이 아닌가? 밥티스타 씨가 박정한 사람이 아니라면 날 기억하고 있을 거네. 한 이십여 년 전 제노바에 있는 페가수스라는 여관에 같이 든 적이 있었지.

트래니오 됐습니다. 어느 경우에라도 그런 식으로 해 주시고 아버지와 같은 위엄을 보여 주십시오.

교사 걱정 말게. (비온델로 등장) 아, 저기 자네 하인이 오는군. 저 하인에게도 얘기해 두는 것이 좋을 것 같은데.

트래니오 염려 마십시오. 비온델로, 부탁하네, 알았나? 이분을 진짜 빈센쇼 나리처럼 생각해야 해.

비온델로 예, 염려 맙쇼.

트래니오 그런데 밥티스타 댁에 말씀은 전했나?

비온델로 예, 전했습니다. 아버님께서 베니스에 와 계신데 오늘 패듀어로 오시게 될 것이라고요.

트래니오 아, 그래야지. 자, 이것으로 가서 술이나 마시게. (돈을 준다. 문이 열리고 밥티스타가 나타난다. 그 뒤에 루센쇼.) 밥티스타 씨가 나오는군. 자, 아버지인 체하십시오. 밥티스타님, 마침 잘 만났습니다. (교사에게) 아버지, 이분이 제가 말씀드린 분입니다. 인사 나누시고, 아버지께서 직접 유산에 대해 말씀을 드려서 비안카 양과 결혼을 할 수 있게 승낙해 주십시오.

교사 애, 넌 좀 가만있어라. 인사드립니다. 초면에 실례의 말씀 입니다만 빚을 준 돈을 받을 것이 있어 이번에 패듀어까지 오게 됐습니다. 그런데 자식 놈 루센쇼의 말을 듣자니 자식 놈과 댁의 따님 사이에 사랑이라는 중대사가 벌어졌나 보죠. 댁의 명성은 나도 듣고 있었소. 자식 놈은 댁의 따님을 사랑하고 따님도 우리 애를 사랑한다고 하니, 자식 놈을 너무 애태우는 것도 그렇고 애비의 입장으로서 결혼을 시켜 주는 것이 좋을까 하오. 그러니 댁에서도 별 의의가 없으시다면 따님에게 줄 유산을 확실한 약속 하에 기꺼이 동의하겠습니다. 명성이 자자하신 밥티스타님이니 따로 알아 볼 필요는 없을 것 같습니다.

밥티스타 솔직하고 간명한 말씀 정말 고맙습니다. 실례의 말씀이나 나도 한마디 말씀드릴까 합니다. 사실 댁의 아드님 루센쇼는 내 딸애를 사랑하고 있고 우리 애도 댁의 아드님을 사랑하는 것 같습니다. 설마 겉으로만 사랑하는 것은 아니겠지요. 그러니까 이 말씀만 해 주시면 되겠습니다. 즉 아버지로서 아드님과 합의하셔서 우리 딸애에게 충분한 유산을 주시겠다는 말씀만 해 주시면 이 결혼은 성립된 거나 마찬가지라는 말씀입니다. 그렇게만 한다면 기꺼이 우리 애를 아드님에게 드리겠습니다.

트래니오 감사합니다. 그럼 약혼식은 어디서 하는 것이 좋겠습니까? 그리고 피차간에 계약서도 교환해야 하는데 어디서 하면 좋겠습니까?

밥티스타 우리 집은 좀 난처합니다. 아시다시피 주전자에도 귀가 있다는 말이 있으니까요. 집에는 하인들이 많고 게다가 그레미오 영감쟁이가 늘 엿듣고 있어서 방해를 받을 우려가 없지 않습니다.

트래니오 그러시다면 저희 집이 어떠실는지요. 아버지도 묵고 계십니다. 오늘 밤 저희 집에서 아무도 몰래 일을 성사 시키죠. 사람을 보내어 따님을 오라고 하십시오. (루센쇼에게 눈짓을 한다.) 하인을 시켜 곧 중개인을 불러오게 하겠습니다. 그런데 워낙 일이 갑작스러워서 대접해 드릴 것이 별로 없어 죄송스럽습니다.

밥티스타 염려 마시오. (루센쇼에게) 이봐요, 캠비오. 얼른 집에 가서 비안카더러 곧 나올 준비를 하라고 좀 전해 주오. 그리고 그간의 사정도 좀 전해 주시오. 루센쇼네 부친이 패듀어에 도착했으니 이제 곧 루센쇼의 아내가 될 것 같다고 말이오. (루센쇼 퇴장. 그러나 트래니오의 눈짓으로 나무 뒤에 숨는다.)

비온델로 제발 하느님, 그렇게만 되게 해 주십시오.

트래니오 하느님과 빈둥거리지만 말고 어서 좀 다녀오라니까. (비온델로에게 루센쇼 있는 곳으로 가라고 눈짓을 한다. 하인이 트래니오 집의 대문을 연다.) 밥티스타님, 이리 들어오십시오. 요리 한 접시밖에 나올 게 없을 것 같습니다. 나중에 피사에 오시면 잘 대접해 드리겠습니다.

밥티스타 괜찮소. 그럼 들어갑시다. (트래니오, 밥티스타, 교사, 들어간다. 루센쇼와 비온델로가 앞으로 나온다.)

비온델로 이봐요, 캠비오!

루센쇼 왜 그래, 비온델로?

비온델로 우리 주인님이 나리에게 웃으며 눈짓을 하는 것 보셨죠?

루센쇼 그래, 그게 어쨌단 말이냐?

비온델로 아무것도 아닙니다. 그런데 우리 주인님은 저에게 여기 있다가 나리께 그 눈짓과 신호의 뜻을 설명해 드리라고 하던뎁쇼.

루센쇼 그렇다면 좀 알려 다오.

비온델로 그 뜻은 이렇습니다. 밥티스타는 가짜 아들에 대해 가짜 아버지와 회담 중입니다.

루센쇼 그래서 어쨌단 말이냐?

비온델로 나리가 가서 그분의 따님을 모셔오라고 하던뎁쇼.

루센쇼 그래서?

비온델로 성 누가 성당의 늙은 신부님이 기다리는 중입니다. 언제든지 일을 봐 드리려고요.

루센쇼 그래서 대체 어떻다는 거지?

비온델로 모르겠습니다. 저는 이것밖에 모릅니다. 글쎄 지금 다들 모여서 가짜 계약서 작성에 바쁘십니다. 나리도 어서 아가씨와 '판권 독점' 계약을 해버리시죠. 어서 성당의 신부님께 서기와 몇 명의 입회인을 데리고 가십쇼. 이것이 나리가 바라던 게 아니시라면 이제 전 아무 말도 드릴 수 없으니 비안카 양에게 가서 영원한 작별 인사나 하시구려. (나가려고 한다.)

루센쇼 이봐, 비온델로!

비온델로 여기서 어물거릴 새가 없습니다. 전 이런 얘길 알고 있어요. 글쎄 토끼에게 먹이려고 양미나리를 뜯으러 간 아가씨가 그날 저녁에 벌써 시집을 갔다나요? 나리도 그렇게 하시면 되잖아요. 그럼 안녕히 계십쇼. 전 주인님 명령으로 성 누가 성당으로 가봐야겠습니다. 가서 신부님께 주인님이 하인들을 거느리고 오시기 전에 준비를 하라고 전해야겠습니다.

루센쇼 나도 그렇게 되길 바라고말고, 그녀만 동의해 준다면. 그녀는 승낙할 거야. 그렇다면 내가 염려할 필요는 없지. 일이 어떻게 되든 그녀에게 솔직하게 얘기를 해야겠어. 이제 이 캠비오는 그녀 없이 도저히 살아갈 수 없으니까. (퇴장)

제4막 제5장

패듀어로 향하는 산길.

페트루치오, 카타리나, 호텐쇼, 하인들, 길가에서 쉬고 있다.

페투루치오   (일어서며) 자, 갑시다. 이제 당신 친정집도 그리 멀지 않았소. 그런데 거 참 밝은 달이군!

카타리나   달이라구요? 태양이지 지금 이맘때에 달이 다 뭐예요!

페트루치오   아냐, 저건 달이라니까 그래.

카타리나   아녜요, 저건 태양이에요.

페트루치오   아, 우리 어머니의 아들, 즉 나 자신에 걸고 단언하지만 저건 달이오, 별이오. 아니, 내가 말하는 것 전부요. 적어도 당신 친정집에 도착할 때까지는. (하인에게) 여봐라, 말 머리를 돌려라. 내 말에 일일이 반대하는군. 당신은 반대할 줄밖에 모르지?

호텐쇼   (작은 목소리로 카타리나에게) 맞는 말이라고 하세요, 안 그러면 어느 세월에 도착할는지 모르니까.

카타리나   그렇다면 제발 갑시다, 기왕에 여기까지 왔으니. 달이건, 태양이건, 무엇이든 좋아요. 정 뭣하면 촛불이라고 하셔도 좋아요.

페트루치오   글쎄, 달이라니까.

카타리나   네, 달이에요.

페트루치오   아니야, 당신은 거짓말쟁이야. 저건 분명히 태양이오.

카타리나   아, 그러시다면 저건 확실히 태양이에요. 하지만 당신이 태양이 아니라고 말씀하시면 물론 태양이 아니고말고요. 당신 마음처럼 달님은 변하니까요. 당신이 뭐라고 이름 지으시든 상관없어요. 저도 그렇게 부를 거예요.

호텐쇼   (낮은 음성으로) 페트루치오, 이제 가세. 드디어 자네가 이겼네.

페트루치오   그럼 가보자꾸나, 앞으로! 물은 높은 데서 낮은 데로 흘러 내려가는 법. (카타리나의 팔을 잡는다.) 순순히 자연의 순리에 따라야지.

그런데 가만있자, 이게 누구야? (빈센쇼가 여행자 차림을 하고 반대쪽 산길에서 올라오고 있다. 빈센쇼에게) 안녕하세요, 아가씨, 어딜 가세요? 케이트, 정말 이렇게 청순한 귀부인을 본 적이 있소? 저 볼 좀 봐요. 흰 피부에 발간 볼이 서로 다투고 있는 것 같지 않소? 천사 같은 얼굴에 어울리는 두 눈, 그 어떤 별도 저렇게 밤하늘을 아름답게 비추지는 못할 것이오! 아름다운 아가씨, 다시 한 번 인사드립니다. 케이트, 저렇게 아름다운 분을 한번 포옹해 드리구려.

호텐쇼   (방백) 노인을 여자 취급하다니, 아내를 미치게 할 작정인가?

카타리나   봄날의 꽃망울같이 젊은 아가씨, 밝고 아름다운 아가씨, 어딜 가세요? 집은 어디세요? 이렇게 예쁜 따님을 가진 부모님은 정말 행복하실 거야. 게다가 이 세상에 태어나 아가씨 같은 분을 침실의 친구로 삼을 수 있는 남자는 얼마나 행복할까!

페트루치오   아니, 케이트. 당신 미쳤소? 이분은 남자요, 노인이란 말이오! 늙어서 쭈글쭈글한 노인을 아가씨라구? 당치않은 소리!

카타리나   할아버지, 용서해 주세요. 태양빛이 어찌나 눈부시던지 모두가 초록으로만 보이는 바람에 그만 제가 잘못 봤어요. 이제 보니 정말로 나이 드신 할아버지군요. 용서해 주세요. 제가 큰 실수를 했군요.

페트루치오   영감님, 용서해 주세요. 그런데 어디까지 가시는 길인지 가르쳐주실 수 있겠습니까? 같은 방향이라면 기꺼이 동행해 드리겠습니다.

빈센쇼   아, 두 분은 참 재미있는 분이구려. 인사가 하도 괴상한 바람에 깜짝 놀랐소이다. 난 빈센쇼라는 사람인데 피사에서 살고 있습니다. 한동안 만나 보지 못한 자식 놈을 보러 지금 패듀어로 가는 길이외다.

페트루치오   아드님 이름은?

빈센쇼   루센쇼라고 합니다.

페트루치오   정말 반갑습니다. 그렇다면 저는 법적으로나 영감님의 연세로 봐서나, 영감님을 다정한 아버님이라고 불러야겠습니다. 이유인즉슨, 여기 내 아내의 여동생과 영감님 아드님의 결혼이 지금쯤은 끝나 있을 겁니다. 놀라지 마십시오. 안타까워하지도 마십시오. 정말 훌륭한 여성으로서 지참금도 많고 집안도 좋답니다. 게다가 신사의 아내로서도 부족함이 없으며 모든 자격을 갖추고 있는 여성이랍니다. 자, 빈센쇼 영감님, 우리 포옹합시다. (두 사람이 포옹을 한다.) 그럼 얼른 아드님을 만나러 갑시다. 아버지가 가시면 아드님은 정말로 기뻐할 것입니다.

빈센쇼 내 아들이 결혼을……, 그게 정말이오? 장난 아니오? 유쾌한 여행가들이 아무한테나 수작하는 그런 장난 아닌가요?

호텐쇼 영감님, 내가 보증하겠습니다. 장난이 아닙니다.

페트루치오 아무튼 가봅시다. 가보시면 판명될 거니까요. 만나자마자 장난을 쳐서 믿지 못하는 모양이시구려. (호텐쇼만 남고 모두 퇴장)

호텐쇼 음, 페트루치오, 나도 이젠 용기를 얻었어. 그 미망인한테 그 수법을 써 봐야겠다. 자네한테 배운 대로 상대가 고집 센 여자라면 이쪽은 억세게 나가야지. (뒤쫓아 산길을 올라간다.)

제5막

제5막 제1장

패듀어의 광장.

그레미오가 나무 그늘에 앉아서 졸고 있다. 밥티스타의 집 문이 조용히 열리고 비온델로 등장. 그 뒤에 변장하지 않은 루센쇼와 몸을 감싼 비안카가 등장.

비온델로 (낮은 소리로) 조용히 얼른 오십쇼. 신부님이 기다리고 계십니다.

루센쇼 비온델로, 넌 어서 집으로 돌아가라. 누가 널 찾을는지도 모르니. 내 발은 지금 허공을 날고 있는 것 같아. (이렇게 말하며 비안카와 황급히 퇴장)

비온델로 (뒤를 쫓아가면서) 아니지, 성당으로 안전하게 들어가시는 거나 보고 얼른 돌아가야지.

그레미오 (일어서면서) 웬일일까, 캠비오가 아직까지 돌아오지 않으니.

이때 페트루치오, 카타리나, 빈센쇼, 그루미오, 하인들 등장. 모두 트래니오의 집으로 다가간다.

페트루치오 여기가 루센쇼네 집 현관이고 우리 장인의 집은 번화가 쪽으로 좀더 가야 합니다. 난 그리로 가보겠습니다. 그럼 여기서 실례하겠습니다.

빈센쇼   아니, 한잔 드시고 가시오. 댁을 대접할 정도는 준비되어 있을 것이오. (노크를 한다.)

그레미오   (다가와서) 안에서 바쁜 모양이오. 좀더 세게 노크하셔야 될 것 같습니다. (페트루치오가 세게 노크를 한다.)

교사가 창문으로 내다본다.

교사   누구요, 노크하는 사람이. 문을 부술 작정이오?

빈센쇼   안에 루센쇼가 있소?

교사   있긴 있소만, 아무도 만나지 못합니다.

빈센쇼   즐겁게 살 수 있도록 이백 파운드나 되는 돈을 갖고 왔어도?

교사   그런 돈일랑 잘 간수해 두시구려. 내가 살아있는 동안 그 애는 그런 것이 필요 없으니까.

페트루치오   자, 보십시오. 아드님은 패듀어에서 대단한 인기 아닙니까? (교사를 향해) 이보시오, 그런 경솔한 수작은 그만두고 루센쇼에게 말 좀 전해 주오. 피사에서 부친이 오셔서 지금 문 앞에서 기다리고 계시다고.

교사   쓸데없는 소리 말아요. 그 애 아버지는 벌써 패듀어에 도착해서 지금 이렇게 창밖을 내다보고 있다오.

빈센쇼   그럼 당신이 그 애 아버지란 말이오?

교사   그렇소. 그 애 어머니가 그렇다더군요. 정말인지 거짓말인지는 모르지만.

페트루치오   (빈센쇼에게) 대체 어떻게 된 영문이오? 이보시오! 정말 악질이군. 남의 이름을 사칭하다니!

교사   그 악당을 좀 잡아 주시오. 그놈이 아마 내 이름을 사칭하여 이 도시에서 누군가에게 사기를 쳐 먹을 배짱인 것 같소.

비온델로가 돌아온다.

비온델로 (혼자말로) 두 분은 무사히 성당으로 들어가셨어. 제발 하느님의 은총을 받으시길……. 아니, 저분은? 큰 주인님 빈센쇼 나리가 아니신가! 아이고, 이제 다 글렀다, 글렀어.

빈센쇼 (비온델로를 보며) 이놈, 이리 와! 이 죽일 놈 같으니!

비온델로 (그 옆으로 슬쩍 지나가면서) 실례하겠습니다.

빈센쇼 (비온델로를 붙잡는다.) 이 악당 같으니, 이리 썩 오지 못해? 네가 그래, 날 잊었단 말이냐?

비온델로 잊었느냐고요? 천만에요. 잊을 리가 있겠습니까, 생전 보지도 못한 분을?

빈센쇼 아니, 이 악당 좀 보게. 네 주인의 아버지인 나를 생전 보지도 못한 분이라고?

비온델로 제 주인님의 아버님 말씀입니까? 예, 그야 잘 알고 있습죠. 저기 창문으로 내다보고 계시는 바로 저분입죠.

빈센쇼 계속 그럴 테냐? (비온델로를 때린다.)

비온델로 사람 살려요, 사람 살려! 미치광이가 사람을 죽이려고 하네! (달아난다.)

교사 루센쇼, 좀 도와줘라! 밥티스타님, 좀 도와주시오! (창문을 닫고 나온다.)

페트루치오 케이트, 우린 물러서서 어떻게 되어 가나 잘 살펴봅시다. (나무 밑에 앉는다.)

교사가 하인들을 데리고 나온다. 그 뒤에 밥티스타와 트래니오, 몽둥이를 들고 나온다.

트래니오　대체 누가 내 하인을 때리려고 하는 거야?

빈센쇼　누구냐고? 아니, 넌? 허, 기가 막혀. 이 요망할 녀석 좀 보게! 비단 윗저고리에 빌로도 바지에 새빨간 외투에 운두 높은 모자까지! 아이고, 내 신세야, 내 신세 좀 보게! 애비는 집에서 열심히 절약하고 있는 터에 자식 놈과 하인 놈은 유학한답시고 돈을 마구 탕진하구 있다니!

트래니오　대체 누구요?

밥티스타　아니, 미친 사람인가?

트래니오　이봐요, 당신 옷차림으로 봐서는 점잖은 노인 같은데 하는 말을 들어 봐서는 미치광이로밖에 안 보이는구려. 내가 진주와 금을 달고 있건 말건 무슨 상관이오? 이것도 다 우리 아버지 덕택인데 댁이 이러고 저러고 할 건 없지 않소?

빈센쇼　아버지 덕택이라고? 이 녀석아, 네 애비는 베르가모에서 돛을 만들고 있지 않느냐!

밥티스타　사람을 잘못 본 것 아니오? 저 사람이 대체 누군 줄 알고 그러시는 거요?

빈센쇼　누구인 줄 아냐고요? 내가 저 녀석을 모를 줄 아오? 난 저 트래니오 녀석을 세 살 때부터 길러왔소.

교사　가시오, 가! 미친 바보 같은 작자가! 애 이름은 루센쇼이고 이 빈센쇼의 외아들이며 상속자라오!

빈센쇼　루센쇼라구? 맙소사, 그럼 이 녀석이 내 아들을 죽여 버린 게로군! 그렇다면 공작님의 이름으로 널 체포하겠다. 아이고, 내 아들, 내 아들아……. 이 녀석아, 말해 봐라! 내 아들 루센쇼는 어디 있느냐?

트래니오 치안관 좀 불러요. (곧 치안관이 나타난다.) 이 미치광이를 감옥에 처넣어 주세요. 장인어른, 이 작자를 감옥으로 보내도록 조치해 주십시오.

빈센쇼 날 감옥으로 보낸다고?

그레미오 치안관님, 잠깐만. 감옥에 데리고 갈 것까지는 없을 것 같소.

밥티스타 참견하지 마시오, 그레미오 씨. 이자를 기어코 감옥으로 보낼 테니.

그레미오 괜히 속지 마시고 조심하시오, 밥티스타님. 내가 보기에는 이분이 진짜 빈센쇼 같으니.

교사 정 그렇게 생각한다면 어디 맹세를 해 보구려.

그레미오 아니, 맹세까지는 못하오.

트래니오 그렇다면 내가 루센쇼가 아니라는 말씀이시오?

그레미오 아니오, 당신은 틀림없이 루센쇼요.

밥티스타 요 주책없는 영감쟁이도 저 늙은이와 함께 감옥행이다!

빈센쇼 낯선 고장에 가면 가끔 이런 욕을 보고는 하지……. 에이, 지독한 악당들 같으니!

비온델로가 루센쇼와 비안카를 데리고 등장.

비온델로 맙소사! 모든 게 뒤죽박죽이군. 저기 아버님을 보십쇼! 모르는 체하시고 잡아떼십쇼. 안 그러시면 모두 들통 나고 맙니다.

루센쇼 (무릎을 꿇으며) 용서해 주십시오, 아버지.

빈센쇼 내 아들아, 살아있었느냐?

비안카 (무릎을 꿇고) 용서해 주세요. 아버지. (그러자 비온델로, 트래니오, 교사, 허겁지겁 루센쇼의 집 안으로 도망)

밥티스타 아니, 네가 무슨 잘못을 했단 말이냐? 그런데 루센쇼는 어디로 갔나?

루센쇼 여기 있습니다. 지금 따님과 결혼식을 마치고 왔습니다. 가짜들이 장인어른의 눈을 속이고 있는 틈에요.

그레미오 이런 음모가 어디 있어? 우린 모두 감쪽같이 속아 넘어갔구나!

빈센쇼 어디 갔느냐, 그 망할 자식 트래니오! 끝까지 뻔뻔스럽게 나한테 대들던 그 트래니오 녀석은?

밥티스타 대체 어떻게 된 영문이냐? 이 사람은 우리 집의 가정교사 캠비오가 아닌가?

비안카 루센쇼가 캠비오로 변장했었어요.

루센쇼 사랑이 이런 기적들을 가져온 것입니다. 비안카에 대한 사랑 때문에 제 신분을 트래니오와 바꾸고 트래니오는 그동안 이곳에서 제 역할을 하고 다닌 것입니다. 덕분에 전 마침내 행복의 항구에 도착했습니다. 트래니오의 소행은 모두 제가 시킨 것이니 아버님은 절 용서해 주십시오.

빈센쇼 그 녀석의 코를 찢어 놓을 테다! 감히 날 감옥에 보내겠다구?

밥티스타 그런데 가만있자, 그렇다면 자네는 내 승낙도 없이 내 딸과 결혼을 한 셈이 되지 않나?

빈센쇼 그건 염려 마시오, 밥티스타 씨가 바라는 대로 해 드리리다. 일단 안에 들어가서 그 악당 녀석을 혼 좀 내줘야지. (루센쇼네 집 문을 열고 들어간다.)

밥티스타 나도 가만있을 수는 없지. 이 음모의 밑바닥을 캐 봐야겠다. (자기 집으로 들어간다.)

루센쇼 비안카, 그렇게 창백한 얼굴로 불안해 하지 말아요. 우리 아버지가 화를 내지는 않으실 거야. (두 사람은 밥티스타의 뒤를 따라간다.)

그레미오 내 과자만 덜 구워졌구나. 그렇지만 나도 들어가 보자. 희망은

없어졌다 해도 떡고물이나 좀 얻어먹자꾸나. (뒤따라 퇴장)

  페트루치오와 카타리나, 일어선다.

카타리나 우리도 들어가 봐요. 이 소동이 어떻게 되어 가는지 구경 좀 하게요.

페트루치오 먼저 키스를……. 그러고 나서 가봅시다.

카타리나 아니, 이렇게 큰길에서요?

페트루치오 상대가 나라서 창피하다는 거요?

카타리나 아녜요, 천만에요……. 키스하기가 부끄러워서요.

페트루치오 좋소, 그럼 우리 집으로 돌아갑시다! (하인에게) 여봐라, 돌아가자!

카타리나 아니에요, 키스해 드릴게요. 제발 돌아가지는 마세요. 네? (키스한다.)

페트루치오 이렇게 좋잖아? 자, 갑시다, 케이트. 무엇이든 망설이지 말고 부딪쳐 보는 거지. (두 사람은 밥티스타의 집으로 들어간다. 카타리나는 페트루치오의 팔에 매달려 있다.)

제5막 제2장

  루센쇼 집의 어느 방.

  하인이 방문을 연다. 밥티스타, 빈센쇼, 그레미오, 교사, 비안카, 페트루치오, 카타리나, 호텐쇼, 미망인, 차례로 등장. 끝으로 트래니오와 하인들이 식탁을 들고 등장.

루센쇼 상당히 오랜 시간을 끌어왔지만 결국 불협화음도 잘 해결되고 격전도 잘 마무리 된 마당에, 위기를 극복한 이야기를 나누며 웃으면서 지난 일을 돌이켜 봅시다. 비안카, 아버지를 환영해 주시오. 나도 당신 아버지를 잘 대접하리다. 페트루치오 동서와 카타리나 처형, 그리고 호텐쇼와 같이 오신 아름다운 미망인, 모두 마음껏 드십시오. 잘 오셨습니다. 이 조촐한 식탁은 아까의 야단법석 뒤의 시장기를 달래기 위해서입니다. 여러분, 앉으세요. 마음껏 먹으면서 얘기나 합시다. (모두 좌석에 앉는다. 하인들이 술을 따르고 음식, 과일 등을 차려 놓는다.)

페트루치오 이거 앉아서 먹고 즐기는 자리로군요.

밥티스타 여보게, 사위 페티루치오. 이 호의는 패듀어가 베푸는 것일세.

페트루치오 패듀어가 베풀 수 있는 것은 호의밖에 없으니까요.

호텐쇼 저희들 내외를 위해서도 그 말씀이 진실이길 바랍니다.

페트루치오 아니, 호텐쇼, 자네가 미망인께 겁이 나는 모양이지?

미망인 천만에요, 제가 겁을 내다니요.

페트루치오 댁은 생각이 깊으신 분인 줄 알았는데 내 말을 잘못 들으셨군요. 내 말은 호텐쇼가 댁을 무서워한다는 뜻입니다.

미망인 현기증이 나는 사람은 세상이 돌고 있는 줄로 알죠.

페트루치오 빙 돌려서 대답을 하시는군요.

카타리나 잠깐만, 방금 그 말씀은 무슨 뜻이에요?

미망인 글쎄 페트루치오 씨를 보니 생각이 나서요.

페트루치오 날 보니 생각이 나서라고요? 그런 말씀을 호텐쇼 앞에서 하셔도 괜찮습니까?

호텐쇼 아니, 이 사람 말은 자네를 보니 그런 말이 생각났다는 뜻이야.

페투루치오 됐소. 그럼 미망인께서 키스해 드리시오.

카타리나 '현기증이 나는 사람은 세상이 돌고 있는 줄로 알죠.' 이 말의 뜻을 얘기해 주세요, 네?

미망인　댁의 남편은 말괄량이한테 욕을 보고 계시잖아요. 그래서 자신의 비참한 심정 때문에 남의 남편도 그러려니 하고 생각한다는 뜻이에요. 이제 아시겠어요?

카타리나　참 시시하군요.

미망인　그야 당신이 그렇지 않은가요?

카타리나　그야 난 그렇지 않죠, 당신의 시시함에 비한다면.

페트루치오　케이트, 이겨라!

호텐쇼　미망인, 이겨라!

페트루치오　백 마르크 걸겠어. 케이트가 미망인을 쓰러뜨리고 말걸.

호텐쇼　쓰러뜨리는 건 내 일이야.

페트루치오　자네 일이라고? 말 참 잘했네. 자, 건배! (호텐쇼와 건배한다.)

밥티스타　어떻게 생각하오, 그레미오 씨? 속사포 같은 기지를 쏘아대는 저 사람들을?

그레미오　정말이지, 멋진 박치기 같군요.

비안카　박치기라고요? 하지만 재치가 있는 분 같으면 박치기한다고 하지 않고 뿔로 들이받는다고 할 거예요.

빈센쇼　허허, 아가, 너까지 기지에 눈을 떴니?

비안카　네, 그렇지만 놀라서 눈을 뜬 게 아니니 금방 또 잠잠해질 거예요.

페트루치오　그렇게는 안 될 걸요. 처제가 먼저 시작하지 않았소? 그러니 한두 개 좀더 짭짤한 기지를 안 받아 보시겠소?

비안카　그럼 제가 형부의 새가 되는 건가요? 그럼 다른 덤불로 옮겨가겠어요. 자, 활을 들고 쫓아오세요. 여러분 모두 잘 오셨어요. (일어나서 모

두에게 인사를 하고 방을 나간다. 카타리나와 미망인이 그 뒤를 따라 퇴장)

페트루치오 보기 좋게 선수를 빼앗겼군. 트래니오, 저건 자네가 노렸던 새였지. 결국 맞히지 못했지만……. 그렇지만 맞힌 사람이나 못 맞힌 사람 모두를 위해 건배!

트래니오 아, 그거야 루센쇼 도련님이 절 사냥개처럼 풀어 놓아 주인을 위해 사냥을 했을 뿐이었지요.

페트루치오 멋진 비유기는 하지만 좀 치사스럽군.

트래니오 하긴 페트루치오님은 손수 사냥을 하셨지만 사냥해 온 그 사슴한테 물리신 모양인데요.

밥티스타 페트루치오, 트래니오한테 한 대 얻어맞았네그려.

루센쇼 고맙다, 트래니오, 멋있게 복수를 해 줘서.

호텐쇼 이제 손들게, 손들어. 정통으로 얻어맞지 않았나?

페트루치오 약간 스쳤다고나 할까. 그런데 내게 겨냥된 그 화살이 빗나가 자네들 두 사람을 푹 찔렀을 텐데, 자네들은 그것도 모르고 있군그래.

밥티스타 이보게, 페트루치오. 섭섭한 말이겠지만 자네는 세상에 둘도 없는 지독한 말괄량이를 얻었나 보네.

페트루치오 절대로 그렇지 않습니다. 그 증거로 제각기 자기 아내를 불러 보기로 합시다. 제일 먼저 오는 아내가 가장 순한 아내입니다. 우리가 거는 돈을 그녀의 남편이 모두 갖기로 합시다.

호텐쇼 좋아, 얼마씩 걸까?

루센쇼 이십 크라운씩.

페트루치오 이십 크라운? 매나 사냥개한테도 그만한 돈은 건다네. 아내라면 그 이십 배는 걸어야지.

루센쇼 그럼 백 크라운으로 합시다.

페트루치오 좋아, 그렇게 하지.

호텐쇼 누가 먼저 하겠나?

루센쇼 내가 먼저 하겠소. 비온델로, 가서 부인께 내가 좀 나오시라고 한다고 전하게.

비온델로 예.

밥티스타 여보게, 사위, 건 돈의 절반은 내가 책임지겠네. 비안카는 금방 나올 걸세.

루센쇼 반은 싫습니다. 제가 전부 책임지겠습니다. (비온델로가 돌아온다.) 오, 왔구나, 뭐라고 하시든?

비온델로 예, 부인 말씀이 지금 바빠서 나갈 수 없다고 그러던뎁쇼.

페트루치오 아! 바쁘다고, 그래서 나올 수 없다고! 그게 대답인가?

그레미오 여간 친절한 대답이 아니군요. 제발 당신 부인한테서는 그보다 더 심한 대답이나 듣지 않도록 하느님께 기도드리시지.

페트루치오 내 차례가 기다려지는데요.

호텐쇼 이보게, 비온델로. 가서 내 아내보고 곧 와 달라고 한다고 전해다오. (비온델로 퇴장)

페트루치오 아이구, 와 달라고 한다고! 그렇게 청하면 나오실까?

호텐쇼 안된 말이지만 자네 아내는 부탁을 해도 나오지 않을 거네. (비온델로가 돌아온다.) 내 아내는 어떻게 됐지?

비온델로 장난을 꾸미고 계신 것 같다며 안 나오시겠다고 하는데요. 도리어 나리께 들어오시라고 하던뎁쇼.

페트루치오 갈수록 태산이로군. 그러니까 안 나오시겠단 말이지? 제기랄, 이거 어디 참을 수 있겠나! 그루미오, 당장 가서 부인한테 내 명령이니 나오라고 그래라. (그루미오 퇴장)

호텐쇼 대답은 뻔하지.

페트루치오 뭐가?

호텐쇼 절대로 안 나올 거네.

페트루치오 그렇게 되는 날엔 볼 장 다 본 거지. (이때 카타리나가 문 앞에 나타난다.)

밥티스타 이거 참, 카타리나가 나오고 있지 않나?

카타리나 무슨 일로 절 부르셨어요?

페트루치오 비안카는 지금 어디 있소? 호텐쇼의 부인은?

카타리나 난로 곁에서 수다를 떨고 있는 중이에요.

페트루치오 가서 좀 불러와 주오. 싫다고 하거든 때려서라도 끌고와요, 남편들한테로. 자, 얼른 가서 데리고 와요. (카타리나 퇴장)

루센쇼 기적이 있다면 이거야말로 기적인데…….

호텐쇼 정말 그렇군. 그런데 이게 무슨 징조일까?

페트루치오 그거야 평화의 징조, 사랑의 징조, 평온한 생활의 징조지. 위엄 있는 지배, 올바른 지배의 징조지. 요컨대 별다른 게 아니라 사랑과 행복, 그것이지 무엇이겠나?

밥티스타 여보게, 페트루치오. 행복을 고이 안도록 하게! 내기는 자네가 이겼네. 나도 이천 크라운을 더 보태 주겠네. 새로운 딸에게 새로운 지참금일세. 그 애가 전혀 다른 사람으로 변했으니 말일세.

페트루치오 이 승리에 덧붙여 제 아내의 순종과 새로 지닌 정숙함을 보여 드리겠습니다.

카타리나가 비안카와 미망인을 데리고 등장.

페트루치오 저것 보게! 고집쟁이 아내들을 설복시켜 포로로 데리고 나오지 않았나? 카타리나, 당신에게 그 모자는 어울리지 않는군. 자, 그 장난감 같은 걸 벗어서 발로 짓밟아 버리구려. (카타리나가 시키는 대로 한다.)

미망인 어머나, 이런 엉터리 수작을 보여 주려고 일부러 불러냈어요? 여태껏 이런 바보짓은 처음 봤어요.

비안카 흥! 어리석게도 이렇게 불러내서 어쩔 셈이에요?

루센쇼 당신이 조금만 어리석었더라면 좋았을 것을. 당신이 경솔한 덕분에 난 백 크라운이나 손해를 봤어.

비안카 참 미련도 하셔라, 절 미끼로 내기를 거시다니.

페트루치오 카타리나, 이 완고한 부인네들에게 얘기 좀 해 드리시오. 아내 된 자는 남편에게 어떻게 해야 하는지.

미망인 아니, 사람을 조롱하는 건가요? 그런 얘기는 듣고 싶지 않아요.

페트루치오 자, 얘기해 드리라니까, 먼저 이 부인부터.

미망인 누가 들어 준대요?

페트르치오 글쎄, 얘기해 드리라니까……. 이 부인에게 먼저.

카타리나 그런 험상궂은 이맛살은 좀 펴고 멸시의 눈매는 하지 마세요. 그건 자기 남편을 상처 내는 짓이에요. 왕이며 지배자이신 자기 남편뿐만 아니라 자신의 아름다움을 망치는 짓이죠. 서리가 목장을 망치는 것처럼 자기 이름을 더럽히는 짓이에요. 회오리바람이 아름다운 봉우리를 뒤흔드는 것처럼 어느 모로 보나 좋지 않고 사랑스러운 짓이 아니잖아요? 성난 여자는 흐린 샘물 같다고나 할까? 진흙탕이라 탁하고 아름다움도 사라져 보기도 흉하고……, 그러니 아무리 갈증이 나고 목이 마른 남자라도 마실 생각은커녕 손 댈 생각은 감히 나지 않을 게 아니겠어요? 남편이란 우리의 주인이고 생명이며 수호자면서 머리이고 군주예요. 아내를 위해 걱정하고 아내를 편하게 해 주려는 생각으로 바다에서나 육지에서나 뼈가 빠지게 일을 하시잖아요. 태풍 부는 밤이나 혹한에도 주무시지 않고 일을 하시는 덕분에 우리는 집에서 안심하고 안락하게 있을 수 있는 거예요. 그렇다고 해서 남편이 아내한테 다른 것을 바라지 않아요. 그저 사랑과 고운 표정과 진실한 순종말고는……. 그렇게 큰 빚에 비하면 지불은 참으로 하찮아요. 신하가 군주에 대해 지는 의무, 그것이 곧 아내의 남편에 대한 의무라고나 할까요. 그렇게 말하자면 아내가 고집을 부리고 짜증을 내며 시무룩해 하고 불쾌한 얼굴을 하며 남편의 착한 의사에 반항하는 것은, 인자한 군주에게 반역을 꾀하는 망은의 무뢰배가 아니고 무엇일까요? 평화를 구하여 무릎을 꿇어야 할 순간에 감히 선전 포고를 하거나, 사랑과 순종으로 봉사해야 할 경우에 지배나 권력을 요구하는 것은 여자로서 어리석고 창피한 노릇이에요. 왜 여자의 살결이 부드럽고 약하며 매끄러워서 세상의 고된 일에는 적합하지 않을까요? 역시 우리들의 기운과 마음이 부드러워 그런 육체적인 조건들과 일치한 것이 아닐까요? 자, 자, 이 무식한 고집쟁이들! 나도 처음에는 당신들과 마찬가지로 교만하고 고집이 세어, 말에는 말로 고집에는 고집으로 대하고는 했지요. 하지만 깨닫고 보니 결국 여자의 창이란 지푸라기처럼 약해요. 아무리 강한 체해 봤자 비교도 되지 않을 정도로 너무 약하죠. 그러니 어서 모자를 벗어요. 그런 용기는 쓸데없으니까요. 그리고 남편 발 아래로 손을 놓아요. 남편이 원한다면 난 언제라도 순종의 증거로 남편 앞에 엎드릴 참이에요.

페트루치오 암, 그래야지! 자, 키스해 주오, 케이트.

루센쇼 승리는 형님 것이니 실컷 맛보시오!

빈센쇼 정말 좋은 말이군. 자라나는 아이들한테 들려주고 싶은 얘기야.

루센쇼 하지만 고집 센 여자에게는 귀에 거슬릴 겁니다.

페트루치오 자, 케이트. 우린 이만 자러 갑시다. 세 사람이 결혼했지만 자네 두 사람은 낙제네. (루센쇼를 보며) 자네도 쏘아서 잘 맞히긴 했지만 우승자는 나일세. 자, 그럼 다들 안녕히 주무시오!

호텐쇼　그럼 가서 재미 보게. 어쨌든 지독한 말괄량이를 길들인 자네 솜씨가 대단하군그래.

루센쇼　꼭 기적 같군요. 실례의 말씀이지만 저렇게 순한 여자로 길들이다니. (모두 퇴장)

한여름 밤의 꿈

A Midsummer Night's Dream

아테네 및 그 근교에 있는 숲

테세우스 아테네의 공작
히폴리타 테세우스의 약혼녀
아이게우스 헤르미아의 아버지
헤르미아 아이게우스의 딸.
라이샌더 헤르미아를 사랑하는 청년
데메트리오스 헤르미아를 사랑하는 청년
필로스트레이트 테세우스의 의전관
헬레나 데메트리오스를 사랑하는 아가씨
퀸스 목수
보텀 직조공
플루트 풀무 수선공
스타블링 재봉사
스나우트 땜장이
스너그 가구장이
퍼크 작은 요정
오베론 요정의 왕
티타니아 요정의 여왕
콩꽃
거미줄 ⎫
모기 ⎬ 요정들
겨자씨 ⎭

그 밖의 요정들, 테세우스와 히폴리타의 시종들

아테네의 공작 테세우스가 그의 약혼녀인 히폴리타와 나흘 남은 결혼식준비로 대화를 나누고 있던 중에 아이게우스가 그의 딸 헤르미아를 고소하러 왔다. 데메트리오스라는 귀족 청년에게 시집을 보내려고 하는데 딸 헤르미아는 사랑하는 라이샌더만 고집한다. 아이게우스는 딸이 말을 듣지 않자 아테네의 국법으로 다스려 달라고 한다.

헤르미아의 친구 헬레나는 데메트리오스를 사랑하지만 그는 헤르미아와 결혼하기 위해 헬레나는 거들떠보지도 않는다. 헤르미아와 라이샌더는 공작의 결혼식 당일까지 결정하라는 아버지의 종용을 피해 숲에서 만나 같이 아테네를 떠나기로 결정한다. 떠나기로 한 밤에 이를 알게 된 데메트리오스와 그를 말리려는 헬레나가 그들의 뒤를 쫓는다.

한편 숲에 살던 요정 나라의 왕 오베론은 왕비 티타니아가 귀여운 시동 아이를 무척 사랑하자 그 아이를 뺏기 위하여 장난꾸러기 요정 퍼크에게 사랑의 꽃즙을 만들어 자고 있는 티타니아에게 바르게 한다. 그 꽃즙을 자는 사람의 눈꺼풀에 바르면 눈을 떴을 때 처음 만난 사람을 사랑하게 되는 사랑의 묘약이다.

오베론은 꽃즙으로 헬레나를 도와주려 했지만 퍼크의 실수로 데메트리오스와 라이샌더 둘 다 헬레나를 사랑하게 된다. 그러나 사랑의 꽃즙으로 라이샌더는 다시 헤르미아를 사랑하게 되고 데메트리오스는 헬레나를 사랑하게 되어 결국 커다란 혼란 끝에 아이게우스도 딸과 라이샌더의 결혼을 허락한다.

세 쌍의 결혼식 피로연에 유명한 피라머스와 티스비의 이야기로 만든 엉터리 연극이 상연되고, 한여름 밤의 꿈 같은 얘기는 요정들의 축복의 인사로 끝을 맺는다.

제1막

제1막 제1장

테세우스 저택의 홀.
테세우스, 히폴리타, 필로스트레이트, 그 밖에 몇 사람의 시종 등장.

테세우스 아름다운 히폴리타, 우리의 결혼식 날도 멀지 않았군. 나흘만 기쁘게 기다리면 초승달이 뜨오. 그런데 이 그믐달은 왜 이렇게 더디게 지날까! 정말 지루하군. 대를 이을 젊은 아들에게 재산을 상속해 주기 아까워 질질 끌며 미루는 계모나 돈 많은 과부같이 좀처럼 내 소원을 이루게 해 주지 않는구려.

히폴리타 나흘쯤은 금방 지나가요. 네 번의 해가 어둠 속에 지고 네 번의 밤이 와서 꿈을 꾸면 되는 걸요. 그러다 보면 하늘에 은으로 된 활 같은 초승달이 떠올라 우리들의 결혼식 날 밤을 축하해 줄 거예요.

테세우스 필로스트레이트, 너는 가서 아테네 젊은이들의 흥을 돋워 한바탕 신바람 나게 해 다오. 우울한 기분은 장례식 때나 어울리지 창백한 낯짝들은 우리의 결혼식에는 필요 없으니까. (필로스트레이트 퇴장) 그런데 히폴리타, 난 칼을 들이대면서 구애를 하여 당신의 사랑을 얻기는 했지만 결혼식은 전혀 다른 분위기로 성대하고 화려한 잔치를 벌려 한껏 흥겹게 할 생각이오.

아이게우스, 헤르미아, 라이샌더, 데메트리오스 등장.

아이게우스 문안드립니다, 고명하신 공작님!

테세우스 오, 아이게우스. 웬일이오?

아이게우스 이렇게 원통한 일이 세상에 또 어디 있겠습니까? 딸년 헤르미아 때문에 말입니다. 이보게, 데메트리오스, 이리 나오게. 공작님, 딸과 약혼한 청년입니다. 라이샌더도 이리 나오게. 공작님, 이자가 딸애의 넋을 빼놓았습니다. 라이샌더, 자네는 저 애한테 사랑의 노래를 불러 주고 선물을 주고받았지. 달밤이면 그 애의 방 창문 밖에서 그럴싸한 목소리로 거짓 사랑을 노래했것다. 그리고 자네의 머리카락으로 만든 팔찌부터 반지나 장식물, 아니면 예쁜 장난감, 꽃다발, 달콤한 과자 따위 등 어린 것의 마음을 녹일 갖가지 선물들을 이용하여 어느새 저 애 마음속에 환상을 심어 놓고야 말았어. 그렇게 간사한 수단으로 저 애의 마음을 빼앗은 뒤부터는 이 아비에게 순종해야 할 아이가 고집쟁이 골칫덩어리가 되어버렸지. 그러니 공작님, 딸년이 공작님 앞에서까지 데메트리오스와의 결혼 약속을 순순히 하지 않는다면, 제발 부탁입니다. 예전부터 내려온 아테네의 법률을 발동시켜 내 딸년을 마음대로 처분할 수 있도록 제게 맡겨 주십시오. 이 청년과 결혼을 하든가 죽음을 택하든가 당장 국법을 적용하도록 해 주십시오.

테세우스 그래, 넌 어떻게 할 셈이냐, 헤르미아? 잘 생각해 보도록 해라. 아버지는 네게 하느님과 같으시다. 너의 아름다운 육체를 만드신 분이 아니냐. 네가 밀랍 인형이라면 아버지는 그걸 만드신 분, 부수는 것도 간직하는 것도 아버지의 마음대로다. 게다가 데메트리오스는 훌륭한 신사가 아니냐.

헤르미아 라이샌더도 훌륭한 분이에요.

테세우스 물론 그렇다. 하지만 네 아버지처럼 없는 사람이니 남편으로서는 데메트리오스가 더 훌륭한 셈이다.

헤르미아　아버님께서는 저의 시선으로 보아 주셨으면 좋겠어요.

테세우스　그보다는 너의 눈이 네 아버지처럼 분별력을 가져야 할 것이다.

헤르미아　공작님, 절 용서해 주세요. 무슨 힘이 절 이렇게 대담하게 하는지 모르겠어요. 그리고 이렇게 공작님 앞에서 제 생각을 토로하는 것이 당돌할 수도 있어요. 그런데 제가 끝까지 데메트리오스를 거절한다면 어떤 벌이 내릴지 알고 싶어요.

테세우스　죽음을 당하거나 이 사회와 영원히 등져야 한다. 그러니 헤르미아, 욕망을 자제하고 너의 젊음에게 물어봐라, 정열에게 따져 봐라. 아버지의 뜻을 거역한다면 수도복에 싸여 어두컴컴한 수녀원에 갇힌 채 차디찬 달님을 향해 가냘픈 찬송가를 올리면서 영원히 독신녀의 일생을 보내야 할 텐데 그걸 네가 감당할 수 있겠느냐? 그렇게 정열을 누르고 신앙의 길을 걸을 수 있다는 것도 참으로 행복한 일이다. 그렇지만 저 혼자 고독한 축복을 누리다 시들어 죽는 가시나무보다는 장미꽃으로 피어나 향기를 인간 세상에 전하는 쪽이 훨씬 더 행복하지 않겠느냐?

헤르미아　마음에도 없는 남자에게 저의 순결을 내던지고 일생을 속박 당하느니 차라리 그 가시나무처럼 살다가 시들어 죽겠어요.

테세우스　잘 생각해 보아라. 나의 결혼식 날이 되는 초승달이 뜨는 밤까지 여유를 주겠다. 그날이 되면 아버지의 뜻을 받들어 데메트리오스와 결혼을 하든지 아니면 아버지의 뜻을 거역한 죄로 죽음을 당하든지 그렇지 않으면 달의 여신 다이애나에게 영원히 독신으로 지내겠다는 맹세를 하든지 결정해야 한다. 마음을 바꿔요, 헤르미아. 그리고 라이샌더, 자네도 그 부당한 요구를 철회하고 나의 정당한 권리를 인정해 주게.

라이샌더　여보게, 데메트리오스. 자넨 헤르미아 아버지의 총애를 얻었네.

헤르미아의 마음은 나에게 맡기고 자네는 그녀의 아버지하고 결혼하면 어떤가?

아이게우스   이 고얀 놈 같으니! 그렇다, 데메트리오스는 나의 총애를 받고 있으니 내 것을 내가 좋아하는 데메트리오스에게 주겠다. 딸은 내 것이니 딸에 관한 모든 권리를 데메트리오스에게 양도할 테다!

라이샌더   공작님, 저 또한 가문이나 재산 등 조금도 데메트리오스에 못지않습니다. 헤르미아에 대한 사랑은 제가 더 큽니다. 장래성을 말하면 제가 더 유리하다고는 못할지라도 저 사람과 비슷합니다. 그리고 무엇보다 중요한 사실은 헤르미아가 저를 사랑한다는 것입니다. 그렇다면 제가 제 권리를 주장하지 못할 이유는 없습니다. 게다가 본인 앞에서 직접 털어놓고 말하겠습니다만, 데메트리오스는 레다의 딸 헬레나에게 구애하여 그녀의 사랑을 받고 있습니다. 아름다운 헬레나는 이 바람둥이한테 홀딱 반해 이 사람을 신처럼 숭배하고 있답니다.

테세우스   나도 소문은 벌써 듣고 있었다. 데메트리오스와 얘기 좀 하려고 했으나 원체 바빠서 잊었구나. (일어서면서) 어쨌든 데메트리오스, 아이게우스, 나와 같이 갑시다. 두 사람과 할 얘기가 있으니……. 헤르미아는 아버지의 의사를 받들도록 다시 한 번 잘 생각해 봐라. 아테네의 법률에 의하여 죽음이 아니면 독신의 맹세를 택해야 하는데 이건 내 힘으로도 바꿀 수 없는 문제다. 히폴리타, 괜찮소? 갑시다. 데메트리오스와 아이게우스도 같이 갑시다. 우리의 결혼식에 자네들의 수고를 빌려야 하고 또 당신들의 문제에 관해서도 상의해야 하니까.

아이게우스   예, 기꺼이 가겠습니다. (라이샌더와 헤르미아만 남고 퇴장)

라이샌더   아니, 웬일이오? 안색이 창백하군. 장미꽃 같은 당신 얼굴빛이 이렇게 빨리 시들다니!

헤르미아   비가 오지 않아서 그렇겠지요. 비가 눈언저리까지 와 있지만 꾹 참고 있답니다.

라이샌더 슬픈 일이오. 이야기를 듣거나 책을 읽어 봐도 진정한 사랑이 순탄하게 진행되는 법은 없더군. 가문의 차이라든가…….

헤르미아 아, 지독해라! 가문이 높다고 신분이 낮은 사람을 사랑하지 못하다니.

라이샌더 혹은 나이 차이가 많다든가…….

헤르미아 아, 불쌍해라! 나이가 너무 많다고 젊은 사람과 맺어지지 못하다니.

라이샌더 혹은 집안사람들의 선택에 좌우된다든가…….

헤르미아 아, 심술궂게도! 다른 사람의 눈으로 사랑을 택해야 하다니.

라이샌더 혹은 짝을 만나더라도 전쟁이나 죽음, 질병 같은 것들이 사랑을 훼방 놓으니 사랑은 소리처럼 빠르고 그림자처럼 허무하고 꿈처럼 짧지요. 사랑은 어두운 밤의 번개처럼 한순간 천지를 비추고는 "저것 봐!" 하고 말할 틈도 주지 않고 다시 암흑의 아가리 속에 삼켜져 버리거든. 빛나는 것이란 그렇게 순식간에 사라지는 법이오.

헤르미아 진정한 사랑을 하는 사람들이 늘 방해만 받는 것이라면 그야말로 숙명이 아닐까요. 그렇다면 우리들의 시련은 인내를 가르쳐주는군요. 걱정이나 한숨, 또는 실망이나 눈물 등 연인들에게 불가결한 사랑의 그림자처럼 어쩔 수 없는 방해라면 할 수 없죠.

라이샌더 좋은 생각이 났어요. 헤르미아, 내 의견을 들어 보오. 내게는 미망인이 되어 많은 유산을 물려받은 고모가 한 분 계십니다. 아테네에서 조금 떨어진 시골에 살고 계시는데 날 친아들처럼 위해 준다오. 이봐요, 헤르미아. 그곳에서라면 아테네의 엄한 법률도 거기까지는 미치지 못하니 우리 둘이 결혼을 할 수 있을 거요. 그러니 정말로 날 사랑한다면 내일 밤 몰래 집을 빠져나와요. 언젠가 당신이 5월 축제를 보러 가기 위해 헬레나를 만났던 그 숲에서 기다리겠소.

헤르미아 네, 좋아요, 라이샌더. 맹세하겠어요. 큐피드의 가장 강한 활에 걸고, 비너스의 티 없이 맑은 비둘기에 걸고, 영혼과 영혼을 결합하여 사랑을 승화시키는 여신에 걸고, 그리고 또 트로이 장군 아이네이아스가 돛을 달고 떠나자 카르타고의 왕비 디도가 몸을 내던졌다는 불꽃에 걸고, 여자들이 한 말보다 더 많은 남자들이 깨뜨린 온갖 맹세에 걸고……, 내일 꼭 방금 말씀하신 곳에서 만나요.

라이샌더 약속 잊지 마오, 헤르미아. 그런데 저기 헬레나가 오는군.

헬레나 등장.

헤르미아 안녕, 아름다운 헬레나. 어딜 가니?

헬레나 내가 아름답다고? 아름답다는 그 말은 취소해! 데메트리오스는 네 아름다움에 넋이 빠졌더구나. 아, 행복한 미인이여! 네 눈은 북극성, 네 혀는 산들바람, 네 목소리는 찔레꽃 피는 계절에 목동의 귀를 간질이는 종달새 소리보다 더 감미롭구나. 맵시도 전염이 된다면 얼마나 좋을까. 그러면 지금 당장 너의 예쁜 모습이 내게 전염될 텐데. 내 귀에는 너의 음성이, 내 눈에는 너의 눈길이, 내 혀에는 너의 달콤한 노래가 전염이 되면 얼마나 좋을까. 그렇게만 된다면 너에게 데메트리오스만 빼놓고 온 세상을 몽땅 주고 말 텐데. 가르쳐 다오. 넌 도대체 어떤 눈길로 그이를 보니? 어떻게 그이의 마음을 흔들어 놓은 거니?

헤르미아 낯을 찌푸려도 그 사람은 나를 사랑한다는구나.

헬레나 나의 미소가 네 찌푸린 얼굴에서 노련함을 배운다면!

헤르미아 내가 저주를 퍼부어도 그 사람은 나를 사랑한다는구나.

헬레나 나의 기도가 그런 힘을 가져다준다면!

헤르미아　내가 미워할수록 그 사람은 날 쫓아다니는구나.

헬레나　내가 사랑할수록 그이는 날 싫어한단다.

헤르미아　하지만 헬레나, 그 사람이 어리석은 건 내 탓이 아니잖니?

헬레나　그래, 바로 네 미모 때문이야. 아, 나도 너처럼 아름답다면!

헤르미아　안심해, 다시는 그 사람을 볼 일이 없을 테니. 라이샌더와 난 이곳에서 달아나기로 했어. 라이샌더를 알기 전에는 낙원처럼 보이던 아테네였는데 도대체 나의 사랑이 무슨 힘을 가졌기에 라이샌더는 천당을 지옥으로 바꾸어 놓았을까?

라이샌더　헬레나, 당신한테만 우리의 계획을 털어놓겠소. 내일 밤 달의 여신이 은빛 얼굴을 거울 같은 수면에 비추고 풀잎에 진주 이슬이 맺힐 무렵, 도망치는 연인들의 발자국 소리조차 들리지 않을 바로 그때, 우리는 아테네의 성문을 빠져나가기로 했소.

헤르미아　가냘픈 앵초 꽃밭에 너랑 누워 서로의 마음속 비밀을 즐거이 얘기하던 바로 그 숲에서 라이샌더를 만나 아테네를 등지고 새로운 친구를 찾아 낯선 곳으로 떠나기로 했어. 잘 있어, 그리운 헬레나. 우리들을 위해서 기도해 줘. 네게도 행운이 와서 데메트리오스와 잘 되기를 기도할게. 약속 꼭 지켜야 해요, 라이샌더. 내일 밤까지만 보고 싶은 마음을 참아요.

라이샌더　그래야지, 헤르미아. (헤르미아 퇴장) 그럼 헬레나도 잘 가요. 당신이 사랑하는 만큼 데메트리오스도 당신을 사랑하기를 비오! (퇴장)

헬레나　행복을 느끼는 게 사람에 따라 이렇게도 다를 수 있을까! 아테네에서 나도 그 애 못지않게 예쁘다는 소문이 있지만 그게 다 무슨 소용이야? 누구나 다 아는 것을 데메트리오스는 그렇게 생각해 주지 않는걸. 그이가 헤르미아의 눈에 이끌려 넋을 잃듯이 나 역시 그이의 장점만을 동경하고 있는 건 아닐까? 아무리 하찮고 비천한 것이라도 사랑하는 사람이

보면 아름답게 보이는 거야. 사랑은 눈으로 보지 않고 마음으로 보는 것. 그러기에 날개 달린 큐피드를 장님으로 그린 거지. 게다가 사랑의 마음에는 분별심도 없어. 날개는 있는데 보이지 않으니 이거야말로 물불 안 가리는 사랑을 나타낸 거야. 그러기에 사랑의 신 큐피드를 늘 엉뚱한 짓만 하는 어린아이라고 하잖아. 장난꾸러기들이 일부러 맹세를 지키지 않듯이 사랑의 신 큐피드도 늘 거짓 맹세만 하거든. 데메트리오스도 헤르미아의 아름다운 두 눈을 보기 전까지는 애인은 나뿐이라고 맹세를 우박처럼 쏟더니 헤르미아에게 열정을 느낀 뒤로는 우박 같은 맹세도 그만 녹아 버렸지. 빨리 그이에게 가서 헤르미아가 도망간다는 걸 알려 줘야겠다. 그러면 그인 숲으로 그 애를 쫓아가겠지. 그걸 알려 주고 고맙다는 말을 듣는다 해도 나로선 값비싼 대가지. 그 애를 쫓아다니는 그이를 봐야 하니 말이야. (퇴장)

제1막 제2장

아테네. 퀸스의 집.
퀸스, 보텀, 스너그, 플루트, 스나우트, 스타블링 등장.

퀸스 다들 모였나?

보텀 명단대로 한 사람씩 이름을 불러보는 게 가장 좋을걸.

퀸스 이 명단은 우리들이 공작 내외의 결혼식 날 밤에 상연할 연극에 한 몫 할 수 있을 만한 자들의 이름을 적은 거네. 아테네 시내를 샅샅이 뒤져서 뽑은 거지.

보텀 피터 퀸스, 우선 그 연극의 내용을 말해 주게나. 그 다음에 배역들

이름을 부르고 본론에 들어가야지.

퀸스 알았네. 우리들이 상연할 이 연극은 슬프디 슬픈 희극인데 피라머스와 티스비의 비참한 죽음을 내용으로 한 것이네.

보텀 그거 아주 좋은 연극이군, 재미도 있겠고. 그럼 피터 퀸스, 명단의 배우들 이름을 부르게. 자, 자리를 좀 넓혀라, 넓혀.

퀸스 이름을 부를 테니 대답하게. 직조공 니크 보텀.

보텀 여기 있네. 내 역할은 무엇인가?

퀸스 니크 보텀, 자넨 피라머스 역이네.

보텀 피라머스가 누군데? 사랑하는 남자인가, 폭군인가?

퀸스 사랑하는 남자인데, 사랑 때문에 용감하게 자살을 한다네.

보텀 잘만 하면 관중들의 눈물을 짜내는 역이 되겠군. 멋들어지게 잘해서 관중들의 눈을 퉁퉁 붓게 만들어 줘야지. 억수 같은 눈물을 쏟게 해서 비탄에 젖게 하겠어. 하지만 난 역시 폭군 역이 제일 맞아. 나의 허큘리즈 역은 천하일품이거든. 큰소리로 호통을 치는 역도 잘해. 그런 역할을 연기하면 관중들이 열광을 하지.

노한 바위의
진동이 울려퍼져
지옥문의 빗장이
드디어 부서졌다.
해님이 탄 수레가
멀리 나타나니
어리석은 악당들은
겁에 질려 떠는구나!

아주 그럴싸하지 않은가? 다음 배역을 부르게. 지금 것은 역시 허큘리즈 장사나 폭군의 대사에나 어울리지. 사랑하는 남자 역이라면 좀더 애절한 분위기로 해야겠지?

퀸스 풀무 수선쟁이, 프란시스 플루트.

플루트 여기 있네. 피터 퀸스.

퀸스 플루트, 자넨 티스비 역할이네.

플루트 티스비라니? 방랑 기사 말인가?

퀸스 피라머스가 사랑하는 여자일세.

플루트 싫어, 여자 역할이라니. 나도 수염이 나는데…….

퀸스 괜찮아, 가면을 쓰고 하니까. 가능한 가냘픈 목소리를 내게.

보텀 가면을 쓰고 한다면 티스비 역도 내가 맡겠네. '아, 피라머스. 나의 그리운 사람! 나는 당신의 티스비, 당신의 소중하고 소중한 티스비예요.'

퀸스 그만, 그만! 자넨 피라머스 역이야. 플루트, 자네가 티스비 역이네.

보텀 할 수 없지, 다음을 부르게.

퀸스 재단사, 로빈 스타블링.

스타블링 여기 있네.

퀸스 로빈 스타블링, 자넨 티스비의 어머니 역을 맡게. 땜장이. 톰 스나우트.

스나우트 여기, 피터 퀸스.

퀸스 자넨 피라머스의 아버지 역이네. 난 티스비의 아버지 역이고. 가구장이 스너그, 자넨 사자 역이야. 이렇게 배역을 정했어.

스너그 사자 역의 대사는 뭔가? 있다면 써 주게, 난 머리가 둔해서 말이야.

퀸스 즉석에서도 할 수 있어. 으르렁대기만 하면 되니까.

보텀 사자 역도 내가 맡겠어. 내가 으르렁대는 걸 들으면 다들 속이 후

련해질 거야. 내가 으르렁대면 공작님은 이렇게 말하실걸. '한 번 더 으르렁거려 봐, 한 번 더.'

퀸스　너무 사납게 으르렁대면 공작부인과 귀부인들이 놀라 자빠지면서 소리를 지를 거야. 그렇게 되면 우린 모두 교수형감이네.

모두　그렇고말고, 우린 모두 교수형감이지.

보텀　물론이지. 귀부인들이 하도 놀라서 정신을 잃어버리면 어디 분별이나 있겠나, 그저 우릴 교수형에 처하는 것 말고는. 그렇다면 난 속삭이는 소리로 비둘기 새끼처럼 조용히 으르렁댈 테야. 소쩍새처럼 으르렁댈 테야.

퀸스　자넨 피라머스 역만 할 수 있네. 피라머스는 누구나 반할 만큼 멋있는 사내야. 평범한 사람이 아니라 아주 멋쟁이 신사양반이란 말이야. 그러니 피라머스 역은 어쩔 수 없이 자네가 맡아 줘야겠어.

보텀　그럼 내가 맡지. 수염은 무슨 빛깔로 하는 게 제일 좋을까?

퀸스　자네 마음대로 하게나.

보텀　보릿짚 색이나 황갈색 아니면 자주색으로 할까 보다. 아니, 아주 노란 프랑스 금화 빛깔로 할까.

퀸스　프랑스 사람들은 매독 때문에 대머리가 많다네. 그러니 자네도 수염 없이 하게나. 여보게들, 이건 각자의 대본이네. 자네들에게 간청하고 요구하고 부탁하네만 내일 밤까지 꼭 외어 주게나. 그리고 달도 밝으니 시내에서 1마일 가량 떨어진 숲속에 있는 공작님의 저택에서 만나 연습을 하세. 시내에서 연습하면 구경꾼들이 모여들고 우리 연극이 드러나니까 안 되지. 그때까지 난 연극에 필요한 소품 목록을 만들어 놓겠어. 그럼 잘들 부탁하네.

보텀　알았네. 그곳에서라면 마음대로 실컷 연습을 할 수 있지. 수고들 하게. 완벽하게 해 보자고. 모두들 잘 가게.

퀸스 공작님 저택의 도토리나무 밑에서 만나세.

보텀 알았어. 비가 오건 화살이 쏟아지건 꼭 가겠네. (모두 퇴장)

제2막

제2막 제1장

공작의 저택이 있는 숲.
좌우로부터 퍼크와 요정 등장.

퍼크 요정 아니냐! 어딜 가니?

요정 산 넘어 골짜기 넘어

　　　　덤불 뚫고 찔레 뚫고

　　　　마당 넘어 담 넘어

　　　　물과 불을 지나서

　　　　달님보다 더 빨리

　　　　어디에나 가보자.

　　　　요정나라 왕비님의 분부를 받아

　　　　풀밭 잔디에 이슬을 뿌리자.

　　　　키가 큰 노란 앵초는

　　　　왕비님의 시동이요,

　　　　그 황금 외투엔

　　　　왕비님의 선물인

　　　　루비가 번쩍번쩍

　　　　향기도 그윽해.

이제 난 이슬을 찾으러 가야겠어. 앵초 꽃잎 끝에 진주처럼 달아 줄 거야. 장난꾸러기, 잘 있어. 난 갈게. 왕비님과 요정들 일행이 곧 이리로 오실 거야.

퍼크 왕께서 오늘 밤 이곳에서 잔치를 하신단다. 왕비님은 얼씬대지 않는 것이 좋을 거야. 오베론 왕은 성미가 매우 급한 분이거든. 글쎄 왕비님의 시동 중에 인도 왕한테서 훔쳐온 소년이 있잖니? 그렇게 귀여운 아이는 처음 보셨대. 그랬더니 오베론 왕은 질투가 나서 왕비님에게 그 아이를 빼앗아 숲속을 다니실 때 시동 우두머리로 삼으려고 했지. 하지만 왕비님은 그 귀여운 아이를 영 놔주지 않고 화환을 만들어서 씌워 주는 둥 이만저만 예뻐하시는 게 아니야. 그 때문에 왕과 왕비님은 숲에서나 들에서나 맑은 샘가에서나 반짝이는 별들 아래서나, 만나기만 하면 싸우거든. 두 분이 이러니 시중드는 요정들은 겁을 먹고 도토리 껍질 속으로 기어들어가 숨어버린다는 거야.

요정 네 모습으로 보아 내 판단이 틀림없다면 넌 저 장난꾸러기 요정 로빈 굿펠로우로구나. 마을 처녀들을 혼비백산하게 만드는 게 너지? 아낙네들이 일껏 교반기로 버터를 만들어 놓은 것을 망치거나 우유의 웃국을 슬쩍 건져내서 골탕을 먹이는 게 바로 너지? 잘 빚은 술을 망치게 하고 행인들의 밤길을 헤매게 하고는 고소해 하는 놈이 바로 너지? 그러면서도 널 꼬마 도깨비니 귀여운 장난꾸러기 요정이니 하고 부르는 사람들에게는 힘이 되어 주기도 하고 행운도 안겨 준다는 요정이 바로 너지?

퍼크 맞아. 난 즐거운 밤의 방랑자란다. 오베론 왕의 어릿광대 노릇을 하지. 내가 암말로 둔갑하여 히힝 하고 울면서 콩을 먹어 살이 오른 수말을 골탕 먹이는 것을 보면 왕께서는 빙그레 웃으신단다. 어느 때는 구운 사과로 둔갑하여 할망구들의 맥주잔 속에 숨어 있다가 마시려는 순간 입술을 툭 차서는 그 쭈글쭈글한 모가지에 술을 쏟아 붓기도 한단 말이야. 어느 날은 헛똑똑이 아낙네가 나를 걸상으로 착각하고 걸터앉으려는 순간 내가 슬쩍 피하자 이 아낙네가 쿵 하고 나가떨어지면서 '아이쿠!' 하고 엉덩방아를 찧고는 쿨룩쿨룩 기침을 하겠지. 이걸 보고 할망구들은 모두들 볼기짝을 치며 깔깔대며 하도 웃어대 재치기를 하면서 이렇게 신난 적은 처음이라고 떠들었지. 그건 그렇고 이제 비켜서라! 저기 오베론 왕이 오신다.

요정   우리 왕비님도 오시는군. 오베론 왕은 가 주시면 좋으련만!

오베론이 한쪽에서 시동들을 데리고 등장.
티타니아가 다른 쪽에서 역시 시동들을 데리고 등장.

오베론   이렇게 좋은 달밤에 거만한 티타니아와 마주치다니.

티타니아   아니, 질투 많은 오베론이시군요! 요정들아, 돌아가자. 난 이이의 잠자리에는 물론 옆에도 가지 않기로 맹세했으니.

오베론   잠깐만, 성급하기는. 난 당신의 남편이 아닌가?

티타니아   그렇다면 난 당신의 부인이어야 하게요. 나는 다 알고 있어요. 당신이 요정의 나라를 몰래 빠져나가 목동 코린으로 변해 진종일 보릿짚 피리로 연가를 노래하며 시골 처녀 필리더를 꾀어내려고 했죠? 저 머나먼 인도의 초원에서 이곳에 돌아오신 이유가 다 뭐겠어요. 바로 당신이 좋아하던 말괄량이 여장부 아마존 계집과 테세우스 공작과의 결혼에 주례를 서고, 두 사람에게 기쁨과 행복을 안겨주기 위해서가 아니에요?

오베론   여보, 부끄럽지도 않소? 히폴리타와의 관계를 그렇게 억측하다니. 당신과 테세우스와의 관계를 내가 뻔히 알고 있다는 것을 당신도 모르지는 않을 텐데……. 그자가 폭력까지 쓰며 아내로 삼은 페리게니아를 버린 것도 별 반짝이는 밤 당신이 그자를 꾀어냈기 때문에 아니오? 그뿐인가, 공작으로 하여금 어여쁜 아이글레와의 언약을 깨뜨리게 한 것도, 생명의 은인 아리아드네나 아마존의 여왕 안티오페를 버리고 떠나게 한 것도 당신이 아닌가?

티타니아 그건 당신의 질투 때문에 지어낸 터무니없는 말씀! 초여름에 접어들면서부터 산이나 계곡이나 숲에서, 목장이나 맑은 샘물 곁이나 왕골이 무성한 시냇가에서, 혹은 바닷가 모래사장에서 산들 바람에 맞추어 우리 요정들이 손을 맞잡고 춤을 추려고 하면 당신이 나타나 시비를 걸고 흥을 깨곤 했어요. 그러니 불어도 보람이 없는 산들 바람이 심술이 나서 바다의 독기 찬 안개를 뿜어다 육지에 쏟아 놓아 작은 강들까지 범람하고 대지는 온통 물바다가 됐지요. 그러니 소가 쟁기를 끌었던 것도 헛일이 되고 파릇파릇한 보리는 이삭도 나기 전에 썩어버렸어요. 물에 잠긴 들판의 가축 우리는 텅 비어 있고 죽은 가축들 덕분에 까마귀들만 배가 불렀지요. 아이들의 놀이터도 진흙에 덮이고 무성한 풀밭에 교묘하게 만들어 놓은 미로도 이제는 걷는 사람이 없어 알아볼 수가 없어요. 여름인데도 사람들은 겨울옷이 생각나고 밤이 되어도 노랫소리는 들리지 않아요. 밀물 썰물을 지배하는 달님도 노기로 창백해지면서 대기를 습하게 하니 덕분에 류머티즘 환자만 늘어요. 그 때문에 계절이 온통 망령이 난 모양이에요. 갓 피어난 진홍색 장미꽃 위에 허연 백발 같은 서리가 내리는가 하면, 동장군의 차디찬 대머리를 조소나 하듯이 여름철의 향기로운 꽃봉오리가 화환처럼 장식하는군요. 봄, 여름, 풍요로운 가을, 몹시 추운 겨울이 의복을 서로 바꿔 입으니 세상은 어리둥절하고 자연 현상만 봐서는 어느 계절인지를 모를 수밖에요. 그런데 이 모든 화근은 바로 우리 둘의 언쟁과 불화에서 비롯된 것이지요. 우리들이 이 재앙의 장본인이며 원인이에요.

오베론 그럼 당신이 바로잡구려. 원인은 당신한테 있어. 티타니아는 왜 남편인 오베론에게 반대하느냐 말이오? 나는 다만 그 아이를 내 시동으로 달라는 것뿐인데.

티타니아 그것만은 단념하세요. 그 아인 요정 나라 전부하고도 바꿀 수 없으니까요. 그 애 엄마는 인도에서 날 섬기던 여자였어요. 향기로운 바람이 부는 밤이면 아이 엄마는 내 곁에 앉아 세상 얘기를 해 주었지요. 낮에는 바다의 노란 모래사장에 앉아 항해하는 상선들의 돛이 바람을 받아 아이를 밴 여자의 불룩한 배처럼 부푼 모습을 보고는 함께 깔깔대며 웃었어요. 만삭이었던 그 애 엄마가 그 상선을 흉내 내면서 예쁜 걸음걸이로 바닷가를 쏘다니며 여러 가지 물건을 주워다 주었지요. 상선이 상품을 잔뜩 싣고 항해에서 돌아오듯이 말예요. 하지만 슬프게도 그 애를 낳다가 죽고 말았지요. 아이 엄마를 봐서라도 난 그 애하고 헤어질 수 없어요.

오베론 이 숲에는 언제까지 있을 작정이오?

티타니아 글쎄요, 테세우스 공작의 혼례가 끝날 때까지 있겠어요. 혹시 우리와 춤을 추며 달님의 향연을 보시려거든 오셔도 좋아요. 그럴 의향이 없으시다면 아무데나 가버려요. 저도 방해는 하지 않을 테니…….

오베론 그 아이를 내놓으면 같이 따라가지.

티타니아 당신이 요정 나라를 다 준대도 싫다니까! 요정들아, 가자. 더 있다가는 큰 싸움이 되겠다. (티타니아, 요정들을 데리고 퇴장)

오베론 갈 테면 가라고 해! 하지만 이 숲을 무사히 빠져나갈 수 있게 내가 가만히 있을까 보냐? 얘, 퍼크. 이리 와. 너 기억하지? 언젠가 내가 곶에 앉아 있다가 돌고래 등을 탄 인어가 노래하는 것을 들었지. 어찌나 달콤하고 고운 노래였던지 거센 파도도 잔잔해지고 하늘의 별들도 그 노래를 들으려고 정신없이 내리비췄지.

퍼크 예, 기억하고 있습니다.

오베론 그때 얼핏 보니 큐피드는 차디찬 달과 이 대지 사이를 날며 활을 겨누었지. 목표는 서쪽 옥좌에 앉아 계신 베스타성의 아름다운 처녀왕이었어. 큐피드의 저 불타는 화살은 수천 수만의 마음을 뚫을 것 같았지만 물처럼 차고 맑은 달빛에 그만 차갑게 식어버리고, 경건한 처녀왕의 사랑에 대한 번민도 그냥 스러지고 말더라. 난 그때 큐피드의 화살이 떨어진 곳을 눈여겨봐 두었었지. 서쪽에 작은 꽃이 있었는데 처음에는 우윳빛이던 것이 큐피드의 사랑의 화살을 맞고는 금방 보랏빛으로 변하겠지. 처녀들은 그 꽃말을 '사랑'이라고 부르더군. 언젠가 네게도 보여준 적이 있던 그 꽃을 꺾어 오너라. 그 꽃의 즙을 짜서 잠든 사람의 눈에 바르면 남자든 여자든 미칠 듯한 연심에 불타올라 잠을 깨어 처음 보는 상대에게 홀딱 반해버린단다. 얼른 가서 그 꽃을 꺾어 오너라, 고래가 헤엄치는 것보다 더 빨리!

퍼크 눈 깜짝할 새 지구 한 바퀴도 돌 수 있습니다요. (퍼크 퇴장)

오베론 그 꽃즙만 손에 들어오면 티타니아가 잠든 틈을 타 그걸 눈에 발라 놓을 테다. 그래서 그녀가 눈을 뜨고 처음 보는 것이 사자든 곰이든 늑대나 여우든 장난이 심한 원숭이든 간에 사랑에 미쳐 쫓아다니게 할 테다. 그렇게 되면 그 시동 아이를 내게 보내 준다고 하기 전에는 해독 약초로 마법을 풀어 주지 않을 거야. 그런데 누가 오는군. 난 사람들 눈에 띄지 않으니 무슨 얘기를 하는지 어디 좀 엿들어 볼까.

데메트리오스, 그 뒤를 쫓아 헬레나 등장.

데메트리오스 이제 널 사랑하지 않으니 날 쫓아오지 마! 라이샌더와 헤르미아는 어디 있어? 내 손으로 죽이고 싶은 라이샌더와 그녀의 손에 내가 죽고 싶은 헤르미아는 어디로 갔을까? 두 사람이 여기로 도망왔다고 해서 이곳까지 쫓아왔는데 이 숲속에 헤르미아가 보이지 않으니 미칠 것 같아.

그만 따라오고 어서 돌아가라니까!

헬레나　당신이 절 이끄는 걸요. 당신은 차디찬 심장을 가진 자석이에요! 하지만 당신이 끌어당기는 것은 강철이 아니라 강철처럼 진실한 저의 심장이랍니다. 그 자석으로 절 이끌지 마세요. 그러면 저도 당신을 그만 쫓겠으니.

데메트리오스　내가 널 꾀어 내나? 말이라도 곱게 하나! 사랑하지도 않고 사랑할 수도 없다고 분명히 말하잖아?

헬레나　저는 그래서 당신이 더 좋아져요. 데메트리오스, 전 당신의 강아지예요. 애완견은 때리면 때릴수록 더욱 꼬리를 흔들며 달라붙거든요. 절 당신의 강아지로 생각하시고 걷어차든가 때리든가 모르는 척하든가 무시하든가 마음대로 하세요. 다만 하찮은 여자이지만 당신 곁에만 있게 해주세요. 더 이상 당신의 사랑을 바라지는 않겠어요. 그것만으로도 제게는 과분하니까요.

데메트리오스　내 영혼마저 널 싫어하게 될 말은 하지 마. 정말이지 난 너만 봐도 구역질이 난다니까.

헬레나　전 당신을 못 보면 구역질이 나는 걸요.

데메트리오스　정말이지 처녀다운 부끄러움도 모르는군. 이렇게 시내를 벗어난 숲속에서 보배처럼 귀한 처녀의 몸으로 자기를 사랑하지도 않는 남자의 꽁무니를 쫓아다니다니. 더구나 밤에 으슥한 숲에서 남자가 무슨 사심을 일으킬지 어떻게 알겠어?

헬레나　당신은 훌륭한 분이니 걱정하지 않아요. 당신의 얼굴이 제 앞에 있는 이상 지금은 밤이 아니에요. 그리고 이 숲은 으슥한 곳이 아니에요. 저로서는 당신이 이 세상의 모든 것이니까요. 그러니 제가 혼자 있다고는 할 수 없어요. 온 세상이 절 보고 있는 걸요.

데메트리오스　그럼 난 도망쳐 덤불 속에 숨어버리겠어. 네가 들짐승들 밥이 되든 말든 내버려두고 말이야.

헬레나 아무리 사나운 맹수라도 당신처럼 가혹하지는 않아요. 언제라도 달아나세요. 사납고 가혹한 당신이 도망치다니 이야기가 거꾸로군요. 아폴로는 달아나고 오히려 다프네가 뒤쫓게 되겠네요. 비둘기가 독수리를 쫓고 순한 암사슴이 호랑이를 잡으려고 마구 쫓아가고요. 이게 다 무슨 일인가요? 약한 놈이 쫓고 강한 놈이 달아나다니!

데메트리오스 너와 입씨름하고 있을 수 없으니 그만 가겠어! 기어코 쫓아오겠다면 할 수 없지. 숲속에서 어떤 봉변을 당할지 누가 알겠어?

헬레나 신전에서나 시내에서나 들에서 제게 봉변만 주는 당신이 너무해요. 데메트리오스! 당신이 나를 모욕하는 행위는 다른 모든 여인들에 대한 모욕이에요. 남자들과 달리 우리들은 사랑에 도전할 수가 없어요. 구애를 받아야지 구애를 할 수는 없으니까요. (데메트리오스 퇴장) 그래도 당신을 따라가겠어요. 이렇게라도 사랑하는 사람의 손에 죽을 수만 있다면 이 지옥 같은 고통도 천당의 기쁨으로 변할 거예요. (헬레나 퇴장)

오베론 잘 가오, 아가씨. 저 사내가 이 숲을 벗어나기 전에 아가씨에게 사랑을 애걸하는 순간이 오게 하겠어. (퍼크 등장) 꽃은 가져왔느냐? 수고했구나.

퍼크 예, 여기 있습니다.

오베론 이리 다오. 저곳에 백리향이 만발하고 앵초와 오랑캐꽃이 바람에 살랑거리는 언덕이 있다. 풀밭에는 향기로운 인동 덩굴과 사향 장미와 찔레꽃 등이 지천으로 덮여 있고 뱀은 윤기 흐르는 허물을 벗어 요정들이 입을 옷을 남겨 놓기도 하지. 티타니아는 가끔 그곳에 가서 즐거운 춤과 노래에 취하다 꽃밭에 누워 잠이 들고는 하는데 바로 그때 이 꽃즙을 그 여자 눈에 바르는 거야. 그러면 그 여자 마음속에 가증스러운 환상이 가득 차게 되지. 너도 할 일이 있다. 이 숲속을 샅샅이 살펴보면 아테네의 오만한 청년이 가엾은 한 여인의 사랑을 거절하고 있을 것이다. 이 즙을 조금 가지고 가서 그 청년의 눈에 이것을 발라라. 아테네 사람 복장을 하고 있어서 금방 알아볼 수 있을 것이다. 청년이 눈을 뜨고 처음 보는 것이 그 여인이 되어서 여인이 청년을 사랑하는 것 못지않게 청년이 여인을 사랑하도록 해야 한다. 조심하고 첫닭이 울기 전에 돌아와야 한다.

퍼크 염려 마세요. 그렇게 하겠습니다. (두 사람 퇴장)

제2막 제2장

숲속, 다른 곳.
티타니아, 요정들을 거느리고 등장.

티타니아 이번에는 빙 둘러서서 요정의 노래를 하며 춤을 추어라. 그러고 나서 너희는 사향 장미 봉오리에 있는 벌레를 잡아. 꼬마 요정들의 외투를 만들어 줘야 하니 너희들은 박쥐들의 날개를 빼앗아 가져오고. 그리고 너희는 시끄러운 저 올빼미를 쫓아내라, 밤마다 울어대서 귀여운 요정들을 놀라게 하니 말이야. 모두들 각자 맡은 일을 해. 이제 한숨 자야겠으니 자장가를 불러 줘, 난 좀 쉴 테니까.

요정의 노래

요정 1 두 혓바닥의 얼룩 뱀아,
가시 돋친 고슴도치야, 나오지 마라.
도롱뇽과 도마뱀도 나오지 말고.

우리의 왕비님 곁에는 얼씬대지 마라.

코러스   듣기 좋은 꾀꼬리야

자장가를 불러 다오.

자장 자장 잘 자오

자장 자장 잘 자오

해악도 오지 마라.

요술도 오지 마라.

우리 왕비님 곁에는.

자장 자장 잘 자오.

요정 1   거미들아, 이곳에 줄을 치지 마라.

저리 가라, 긴 다리의 왕거미들아.

딱정벌레도 오지 마라.

털벌레도 달팽이도 장난 말아라.

코러스   듣기 좋은 꾀꼬리야,

자장가를 불러 다오.

자장 자장 잘 자오.

자장 자장 잘 자오.

해악도 오지 마라,

요술도 오지 말라,

우리 왕비님 곁에는 .

자장 자장 잘 자오.

요정 2   이제 되었으니 그만 가고 하나만 남아 보초를 서라. (요정들 퇴장. 티타니아 잠이 든다.)

오베론 등장. 티타니아의 눈에 꽃즙을 바른다.

오베론 잠을 깨어 무엇을 보든 당신의 진실한 연인이 되어 사랑의 번뇌를 맛보라고. 그것이 살쾡이나 고양이나 곰이든 표범이나 털투성이 멧돼지든 당신이 잠을 깨어 처음 눈에 띄는 것이 당신의 연인이 되리라. 제발 흉악한 것이 곁에 있을 때 깨어나기를. (오베론 퇴장)

　라이샌더와 헤르미아 등장.

라이샌더 헤르미아, 숲속을 헤매다가 지친 모양이군. 사실 나도 길을 잘 모르겠소. 좀 쉬면 괜찮겠지. 날이 밝으면 나아질 테니 그때까지 기다립시다.

헤르미아 네, 그렇게 해요. 어디 누울 곳을 찾아보세요. 전 여기에 기대어 눕겠어요.

라이샌더 잔디를 베개 삼아 자도록 합시다. 마음도 하나, 침대도 하나, 가슴은 두 개라도 사랑의 진실은 하나.

헤르미아 안돼요, 이러시면. 제발 저만큼 떨어져서 누워요. 이렇게 가까이는 싫어요.

라이샌더 나의 순수한 마음을 오해하지 마시오. 내 말은 내 마음이 당신과 맺어져 있으니 우리는 한마음 한뜻이라는 것이오. 이 두 가슴은 하나의 맹세로 맺어져 있으니 하나의 진실이라는 뜻이오. 그러니 당신 곁에 누워도 괜찮지 않소? 곁에 누워도 허튼 수작은 하지 않을 테니까.

헤르미아 말씀은 참 재치가 있으시지만. 제 입에서 당신이 그런 허튼 수작을 할 것이라는 말이 나온다면 저야말로 무례하고 나쁜 여자가 되지요! 그러니 제발 사랑과 예의를 위해 저만큼 가세요. 순결한 연인들에게 걸맞게 적당한 거리를 두어야 떳떳하지요. 이제 됐어요. 안녕히 주무세요. 당신의 사랑이 영원히 변하지 않게 되기를 기도드립니다.

라이샌더   아멘, 그 기도가 이루어지길 진심으로 빌겠소. 내 마음이 변하는 날엔 벼락을 맞아도 좋소! 난 여기에 눕겠소. 헤르미아가 편히 잠들게 하여 주소서!

헤르미아   그렇게 기원해 주시는 분에게 평화로운 잠이 깃들게 하여 주소서! (두 사람이 다 잠이 든다.)

　퍼크 등장.

퍼크   숲속을 샅샅이 뒤져 보았지만 아테네 사람은 꼴도 볼 수 없군. 눈에 바르면 정말로 사랑이 샘솟는지 이 꽃즙의 힘을 시험해 봐야 할 텐데 지금은 밤중이라 사방이 고요하구나. 어, 이게 누구냐? 옷을 보니 아테네 사람이구나. 바로 이자다. 오베론 왕의 말씀에 따르면 이 청년이 아테네 처녀를 영 싫어한다나. 여자는 이 무정하고 오만무도한 놈 옆에 눕지도 못하고 더럽고 습한 땅바닥 위에서 곤히 잠들어 있군, 가엾게도! (라이샌더의 눈에 꽃즙을 바른다.) 이 녀석, 네 눈에 신비한 효력을 가진 꽃즙을 잔뜩 발라 놓았으니 눈을 뜨면 사랑에 미쳐서 편안한 잠을 이루지 못할 것이다. 난 물러갈 테니 잠에서 깨어나라. 이제 난 오베론 왕께 가봐야지. (퍼크 퇴장.)

　데메트리오스와 헬레나 뛰어들어 온다.

헬레나   기다려 주세요, 데메트리오스. 절 죽여도 좋으니 제발 기다려 주세요.

데메트리오스   저리 가라니까 그래. 이렇게 귀찮게 쫓아다니지 마!

헬레나   이 어둠 속에 절 내버려둘 생각이세요? 제발 그러지 마세요.

데메트리오스　따라오기만 해 봐라, 혼을 내줄 테니까! 나 혼자 가겠어.
(데메트리오스 퇴장)

헬레나　바보처럼 뒤쫓기만 하다 숨도 못 쉬겠어. 그이의 마음은 애원할수록 멀어지네. 어디에 있는지는 몰라도 헤르미아는 지금 행복하겠지. 타고난 예쁜 눈 덕분이지 뭐야. 헤르미아의 눈은 어쩌면 그렇게 반짝일까? 짠 눈물 때문은 아니겠지. 만약 눈물 때문이라면 내 눈이야말로 훨씬 더 자주 눈물에 젖었는걸. 아니야, 그게 아니야. 난 곰처럼 못생겼어. 짐승들마저 나를 보면 질겁하고 달아나잖아. 그러니 데메트리오스가 나만 보면 괴물이라도 만난 것처럼 달아나는 건 조금도 이상한 게 아냐. 망할 놈의 거짓말쟁이 거울 같으니, 어쩌자고 헤르미아의 샛별 같은 눈과 비교하게 했을까? 그런데 저게 누굴까? 라이샌더가 저렇게 땅바닥에! 죽은 건가, 잠을 자고 있는 건가? 피나 상처는 보이지 않는데. 이보세요, 라이샌더. 살아 있다면 일어나세요.

라이샌더　(잠에서 깨어 눈을 뜨면서) 오, 당신을 위해서라면 불속에라도 뛰어들 테요. 햇빛처럼 눈부시게 아름다운 헬레네, 자연이 부린 마술처럼 내 가슴을 통하여 당신의 마음이 환히 비쳐 보이오. 데메트리오스는 어디 갔소? 그 더러운 녀석, 내 칼에 죽어야 마땅해!

헬레나　그러지 말아요, 라이샌더. 그런 말씀 하지 마세요. 그이가 당신의 헤르미아를 사랑한다고 해서 어떻게 그러세요. 헤르미아는 여전히 당신만을 사랑하고 있으니 만족하실 수 있잖아요.

라이샌더　헤르미아에게 만족하라고? 천만에, 그 여자와 함께 보낸 긴 시간들이 정말로 후회되는군. 내가 사랑하는 여자는 헤르미아가 아니라 헬레나요. 누가 까마귀를 비둘기와 바꾸지 않겠소? 의지란 이성에 의해 좌우되는 것으로 내 이성은 당신이 더 훌륭하다고 말하고 있소. 자라는 것은 때가 되어야 무르익는 법. 내가 그랬소. 젊기 때문에 아직 미숙했던 것이오. 이제 지혜의 높이에 키가 닿아 이성이 의지를 지배할 수 있게 되어 이렇게 당신이 눈에 들어오게 된 것이오. 당신의 눈이야말로 향기로운 사랑의 진실들이 적혀진 책이오. 나는 그 책에서 수많은 사랑을 읽어 낼 것이오.

헬레나　대체 내가 무슨 악운을 타고 났기에 이렇게 조롱 당해야 하나요? 제가 무슨 짓을 했다고 당신마저 나를 이렇게 멸시하는 거지요? 데메트리오스에게 다정한 눈길 한 번 받아 보지 못했어요. 그 정도의 가치도 없는 여자인 것도 부족해서 당신마저 이 못난이를 조롱하시는 건가요? 정말 너무하세요. 그렇게 야비한 구애를 하다니! 전 당신을 예의 바른 분으로 알고 있었어요. 한 남자한테는 거절당하고 다른 남자한테는 조롱을 당하다니! 아, 내 신세야. 그만 가겠어요. (헬레나 퇴장)

라이샌더　헬레나는 헤르미아를 미처 보지 못했나 보다. 그럼 헤르미아, 계속 거기서 자고 내 곁에는 영영 오지 말아 다오! 맛있는 음식을 너무 많이 먹으면 위장에 부담을 가져오고, 이단의 종교에서 깨어난 사람들은 속 았던 만큼 증오심이 무럭무럭 일어나는 법이지. 이처럼 이 여자는 나에게 맛있는 음식이요 이단이었다. 이제 헤르미아는 수많은 사람들한테 미움을 받겠지만 특히 내가 증오할 것이다. 이제는 나의 모든 사랑과 힘을 다하여 헬레나를 숭배하고 그녀의 기사가 되어야겠다. (라이샌더 퇴장)

헤르미아　(잠을 깨면서) 사람 살려요, 라이샌더, 살려 주세요! 뱀이 가슴 위를……, 얼른 떼어 주세요! 아이, 무서워. 세상에, 이게 무슨 꿈일까! 라이샌더, 너무 무서워서 지금도 이렇게 떨려요. 꿈에서 뱀이 제 심장을 삼키려고 하는데 당신은 절 내버려두고 앉아서 웃고만 있었어요. 라이샌더! 안 들려요? 어디 계세요? 들리거든 대답해 봐요, 제발 대답해 봐요! 이 근처에 안 계시나 봐. 그이를 찾아 봐야지, 죽을 변을 당하더라도. (헤르미아 퇴장)

제3막

제3막 제1장

숲속. 티타니아가 잠들어 있다.

퀸스, 스너그, 보텀, 플루트, 스나우트, 스타블링 등장.

보텀 다들 모였나?

퀸스 좋아, 연습하기에는 이곳이 아주 안성맞춤이야. 이 잔디밭을 무대로 하고 이 산사나무 덤불 뒤를 분장실로 하세. 공작님이 보신다고 생각하고 연기를 해 보자구.

보텀 여보게, 피터 퀸스!

퀸스 왜 그러나? 보텀.

보텀 이 피라머스와 티스비의 희극에 좀 언짢은 대목이 있네. 첫째, 피라머스가 칼을 뽑아 자살하는 대목 말인데, 귀부인들에게는 질색일 거야. 자넨 어떻게 생각하나?

스나우트 그건 그럴 거야. 다들 놀라 자빠지겠지!

스타블링 그렇다면 자살 장면은 없애버리는 게 어떻겠어?

보텀 아냐, 그럴 것까지는 없어. 내게 묘안이 있네. 해설을 붙이면 어떻겠나? 우리가 칼을 쓰지만 상처는 입히지 않을 테니 피라머스가 정말로 죽는 건 아니라고 미리 말해 두자는 말일세. 더 확실하게 안심을 시키자면, 피라머스역을 맡은 이 사람은 사실 피라머스가 아니라 직조공 보텀이라고 말하는 걸세. 그렇게 하면 아무도 놀라 자빠지지는 않을 것 아닌가.

퀸스   해설을 붙인다면 운은 8,6 조로 하지.

보텀   아니, 둘을 더 붙여 8,8 조로 하세.

스나우트   한 가지 더, 귀부인들이 사자를 무서워하지는 않을까?

스타블링   그러게 말일세.

보텀   여보게들, 이건 좀 신중히 생각해 볼 문제네. 귀부인들 앞에 함부로 사자를 끌어내는 건 위험천만이거든. 살아 있는 사자보다 무서운 짐승이 또 어디 있느냐 말이야. 생각해 봐야겠는걸.

스타블링   이건 진짜 사자가 아니라고 해설을 하나 더 붙이자구.

보텀   그것보다는 사자 역할을 맡은 사람이 이름을 공개하고 사자 탈 목 부분에서 얼굴을 반쯤 내놓고 말하면 되지, 이렇게 말이야. '숙녀 여러 분', 아니면 '아름다운 숙녀 여러분, 부탁입니다만 부디……,' 혹은 '간청 하오니 제발 놀라거나 무서워 떨지 마십쇼. 제가 여러분들을 지켜 드리겠 습니다! 절 무서운 사자로 생각하신다면 이거야말로 제 평생의 유감이외 다. 저는 절대로 그런 짐승이 아닙니다. 저도 다른 사람들처럼 사람입니 다.' 이렇게 말하고 이름을 알리게. 대놓고 가구장이 스너그라고 말하는 거야.

퀸스   그러는 게 좋겠어. 그런데 난처한 일이 두 가지 더 있네. 그게 뭐냐 면 어떻게 무대 안으로 달빛을 끌어오느냐가 문제란 말이야. 알다시피 피 라머스와 티스비는 달밤에 만나거든.

스나우트   우리들이 연극을 하는 날 밤에 달이 뜨나?

보텀   달력, 달력을 가져와! 달력을 보게, 달님이 있는지.

   퀸스가 소품 상자에서 달력을 꺼내어 들춰본다.

퀸스   음, 그날 밤 달이 뜨는군.

보텀　그럼 문제 없어. 극장 창문을 열어 놓고 연극을 하면 달빛이 창문으로 비쳐들 것 아닌가.

퀸스　그래도 좋지. 그게 안 되면 누가 가시덤불과 등불을 들고 들어와서 달님 역을 하는 거라고 말하면 되지. 그런데 또 다른 문제가 있어. 무대 안에 돌담이 있어야 해. 얘기 줄거리를 볼 것 같으면 피라머스와 티스비는 돌담 틈으로 말을 나누거든.

스나우트　돌담을 가져올 수는 없겠지. 자네 의견은 어떤가, 보텀?

보텀　그거야 누가 돌담 역을 맡으면 되지 않겠나? 그가 돌담이라는 것을 다들 알도록 몸에다 벽토든지 진흙이든지 석회 등을 바르고 들어오게 하세. 돌담 틈처럼 손가락을 벌리고 그 사이로 피라머스와 티스비가 소곤대도록 하면 되지 않겠나?

퀸스　그렇게 하면 만사 문제 없겠네. (연극 대본을 펴면서) 자, 다들 앉아서 각자의 역을 연습하게. 피라머스, 자네부터 시작해 봐. 대사를 다 하고 나면 저기 덤불 속으로 들어가는 거야. 그 다음도 각자 자기 대사를 놓치지 말고!

　퍼크가 도토리나무 뒤에서 나타난다.

퍼크　(방백) 아니, 요 망나니 같은 것들이 어디서 이렇게 떠들고 있나, 우리 요정 나라 왕비님이 주무시는 곳 옆에서? 연극을 하려나 보군! 구경 좀 할까, 잘 하면 나도 낄 수 있고…….

퀸스　피라머스, 시작해! 티스비도 앞으로 나오고!

보텀　"아, 티스비여, 감미롭고 양긋한 향기 지닌 꽃이여……."

퀸스　(대본을 들여다보면서) 양긋한이 아니야, '향긋한'이야, '향긋한……'

보텀   "감미롭고 향긋한 꽃이여. 아, 그리운 티스비처럼 향기로운 당신의 입김. 아, 사람 소리가! 여기 잠깐 서 계시오. 이내 곧 돌아오리다."(덤불 속으로 퇴장)

퍼크   (방백) 이런 괴상한 피라머스는 처음 보는걸. (퍼크 퇴장)

플루트   이제 내 차례인가?

퀸스   그래, 티스비 차례야. 피라머스는 무슨 소리가 들려서 보러 갔으니 곧 돌아올 거야.

플루트   "아, 햇살 같은 피라머스님, 백합 같은 살결에 덩굴장미 같은 얼굴빛, 늠름하신 그 모습, 더할 나위 없이 사랑스러운 분, 지칠 줄 모르는 말처럼 충직하신 피라머스님, 니니스의 무덤에서 기다리겠어요."

퀸스   이봐, "니누스의 무덤"이라네. 그리고 그 대사는 아직 말하면 안 돼. 그 대목은 피라머스에게 대답하는 대사인데 다음 대사까지 한꺼번에 말해 버리면 어떡하나? 피라머스 등장하게. 그럼 다시 시작해. "지칠 줄 모르는" 여기서부터.

플루트   그렇군! "지칠 줄 모르는 말처럼 충직하신 피라머스님."

피라머스 역의 보텀이 당나귀 머리로 변한 채 등장. 퍼크가 뒤따라 들어온다.

보텀   "오, 티스비여, 내가 그만한 미남이라면 나는 오직 당신의 것."

퀸스   세상에, 괴물이다! 아이고, 큰일났다! 도깨비다! 달아나자, 달아나! 어서 빨리!

다들 덤불 속으로 달아나고 보텀만 남아 있다.

퍼크 달아나긴 어딜 달아나! 저놈들을 끌고 늪이나 덤불 속으로, 숲속이나 가시밭길로 한 바퀴 돌아다녀 보자. 나는 내 마음대로 변할 수 있지. 말도 되어 보고 개도 되어 보고 돼지가 될 수도 있지. 머리가 없는 곰도 되어 보고 불도 될 수 있지. 나는 말처럼 히힝 울어도 보고 개처럼 짖어도 보고 돼지처럼 꿀꿀거릴 수도 있지. 곰처럼 으르렁거리기도 해 보고 불처럼 활활 타오를 수도 있지. (퍼크 퇴장)

보텀 왜 모두들 달아날까? 아마 나를 곯려 줄 생각을 한 모양이지. 그럴 셈으로 장난을 꾸미고 달아난 거야.

스나우트가 다시 등장.

스나우트 세상에, 보텀. 자네 모습이 변했어! 그게 무슨 꼴인가?

보텀 무슨 꼴이냐고? 자네처럼 당나귀 대가리 꼴이라도 됐단 말인가? (스나우트 퇴장)

퀸스 다시 등장.

퀸스 이것 참. 여보게, 보텀! 자네 모습이 변했단 말일세. (퀸스 퇴장)

보텀 저것들의 장난을 누가 모를까 봐? 날 당나귀 취급을 하고 겁주려는 심보겠지? 무슨 짓이든 할 테면 해 봐! 난 여기서 꼼짝도 하지 않을 테다. 왔다 갔다 하면서 노래나 부르고 있으면 내가 조금도 무서워하지 않는다는 걸 저 작자들이 알겠지? (콧노래를 부르며 이따금 당나귀 소리를 낸다.)

　　황갈색 부리의
　　시커먼 새.

　　　　목소리 가늘어도

　　　　노래 잘하는 개똥지빠귀.

티타니아 　(잠을 깨며) 어떤 천사가 꽃밭에서 자는 나를 깨울까?

보텀 　(노래를 한다.)

　　　　멋쟁이 새, 참새와 종달새,

　　　　잿빛 뻐꾸기의 노래는 솔직하다네.

　　　　뻐꾸기의 노래를 들으면서도

　　　　남편들은 한마디도 변명 못하지.

그런 바보 같은 뻐꾸기 말을 믿을 사람이 어디 있겠나? 그놈의 뻐꾸기가 '당신 마누라가 바람났다네.' 하고 울어봤자 어떤 남편이 곧이듣겠느냐 말이야…….

티타니아 　점잖은 분, 부디 한 번 더 노래해 주세요, 네? 제 귀는 당신 노래에 반했답니다. 당신의 준수한 모습이 절 감동시켜 사랑의 고백과 맹세를 하지 않을 수 없게 되는군요.

보텀 　글쎄요, 부인. 그렇게까지 생각하실 이유는 조금도 없는 것 같습니다. 사실인즉 요즘 이성과 사랑은 그리 잘 조화가 되지 않더군요. 유감스럽게도 이 둘을 화의시킬 만한 선량한 이웃도 없고요. 나도 경우에 따라 농담쯤은 할 수 있습니다만.

티타니아 　당신은 용모도 훌륭하지만 지혜도 훌륭하시네요.

보텀 　천만에요. 하지만 이 숲을 빠져나갈 방법만 있다면 나로서는 충분하겠습니다.

티타니아 　이 숲에서 빠져나간다는 생각은 하지 마세요. 당신이 원하지 않더라도 이곳을 떠날 수는 없답니다. 전 보통 요정이 아니에요. 어딜 가나 제 주위엔 여름 요정이 따라다녀요. 그런 제가 당신을 사랑하잖아요. 그러니 항상 저와 함께 있어야 해요. 요정들에게 당신의 시중을 들게 할

게요. 그리고 깊은 바다의 보배를 가져오라고 할게요. 또 꽃밭에서 주무시면 노래를 부르게 하겠어요. 언젠가는 죽게 마련인 인간의 운명을 거둬내고 당신을 불사의 요정들처럼 어디든 갈 수 있게 해 드릴게요. 애, 콩꽃아, 거미줄아, 모기야, 겨자씨야! (요정 넷이 등장한다.)

콩꽃 예!

거미줄 예!

모기 예!

겨자씨 예!

모두 어디로 갈까요?

티타니아 너희들은 이분을 공손하게 잘 모셔야 한다. 이분이 외출하시면 그 앞에서 춤을 추어 즐겁게 해 드려라. 이분이 식사하실 때에는 살구와 나무딸기, 보랏빛 포도와 푸른 무화과와 뽕나무 오디를 드리고 꿀벌 집에서 꿀을 가져와 드시게 해라. 침실의 촛불로는 밀랍이 잔뜩 붙은 땅벌 넓적다리에 반짝이는 개똥벌레의 눈으로 불을 붙여 이분의 침실에 갖다 놓아라. 그리고 주무실 때는 눈에 비치는 달빛을 오색나비의 날개로 가려 드려야 한다. 요정들아, 예의를 갖추고 인사를 드려라.

콩꽃 안녕하세요, 인간 세상에서 오신 분!

거미줄 안녕하세요!

모기 안녕하세요!

겨자씨 안녕하세요!

보텀 여러분, 반가워요. 그런데 실례지만 이름이?

거미줄 거미줄입니다.

보텀 우리 좀더 친하게 지내세, 거미줄 양반. 나중에 손가락에 상처가 나면 신세 좀 지겠네. 그리고 이 요정 이름은?

콩꽃 콩꽃입니다.

보텀 그러면 어머님 콩꼬투리 부인과 아버님 콩꼬투리 어른께 안부를 여쭈게. 콩꽃님, 앞으로 우리 친하게 지내세. 그리고 이 요정은?

겨자씨 겨자씨입니다.

보텀 아, 겨자씨. 참을성이 대단한 자네를 잘 알지. 덩치가 커다란 겁쟁이 황소들이 자네 일족을 모조리 삼켜 버렸지. 나도 자네들 덕분에 지금까지 어지간히 눈을 적시긴 했지만. 우리 잘 지내자고, 겨자씨.

티타니아 어서 이분의 시중을 잘 들어 드리고 내 침실로 안내해 드려라. 어쩐지 달님이 눈물을 머금으신 것 같구나. 달님이 우시면 온갖 꽃들도 운단다. 아마 어디선가 빼앗긴 순결을 슬퍼하시나 보다. 어서 이 소중한 분을 조용히 모셔라. 아무 말도 시키지 말고. (모두 퇴장)

제3막 제2장

오베론 지금쯤 티타니아가 잠을 깼을까? 깼다면 처음 눈에 띈 것에 홀딱 반해 있을 테지. (퍽크 등장) 심부름 보낸 녀석이 오는구나. 야, 말썽꾸러기 요정 놈아! 대체 어떻게 된 일이냐? 숲속에 인간들이 나타나 밤새도록 북새통이 벌어진 모양인데 대체 어떻게 되었느냐?

퍽크 왕비님이 괴물한테 홀딱 반해 있습니다. 왕비님이 아늑한 침실에서 곤하게 주무시고 있는데, 마침 아테네 시내에서 날품팔이나 하는 어중이 떠중이 직공 녀석들이 테세우스 공작의 결혼식 날을 축하하기 위한 연극을 연습하려고 모여 있었습니다. 그런데 그 바보 녀석들 중에 가장 바보 같은 녀석이 피라머스 역을 맡았는데 마침 연극 대본에 따라 덤불 속에 들어와 숨었습니다. 전 이 기회를 놓칠세라 그자 머리에 당나귀 머리를 씌웠습니다. 이후에 연인 티스비의 대사가 있을 차례라 이 어릿광대 녀석이 다시 무대로 나타났습니다. 그러자 동료들이 이 녀석을 보고는 혼비백산하여 도망치기 시작하였습니다. 살금살금 접근하는 포수를 본 들오리 떼나 총 소리에 놀라 까옥거리며 미친 듯이 하늘로 날아오르는 까마귀 떼처럼 이 녀석의 모습을 보고 질겁하며 달아나는데, 여기저기 나무 그루터기에 걸려 넘어지는 놈도 있고 아테네의 하늘에 대고 사람 살리라고 소리 지르는 놈도 있었답니다. 원체가 멍청한 녀석들인 데다가 두려움에 빠져 정신이 나갔기 때문에 무심한 나무들까지 그놈들한테 장난을 치기 시작했습죠. 찔레꽃 가시는 옷을 찢고 저기서는 소매를, 여기서는 모자를, 이러면서 멍청한 무리들의 껍데기를 홀딱 벗기는 형편이었습니다. 전 이렇게 공포에 넋을 뺀 녀석들을 적당히 내몰고 몰골이 흉측하게 변한 피라머스 녀석만 남겨 놓았습지요. 그런데 그때 마침 운수 좋게 티타니아 왕비님이 눈을 뜨더니 당나귀 머리를 뒤집어쓴 그 녀석한테 한눈에 반해버린 거지요.

오베론 그거 의외로 성공이로구나. 좋아, 그건 그렇고 내가 말한 대로 그 꽃즙을 아테네 청년의 눈에 발라 놓았겠지?

퍼크 마침 그자가 잠을 자고 있기에 말씀대로 했습니다. 그 아테네의 처녀도 옆에서 잠을 자고 있었으니 청년이 잠을 깨면 반드시 그 처녀를 보게 될 것입니다.

데메트리오스와 헤르미아 등장.

오베론 이쪽에 숨어서 살펴보자. 내가 말한 아테네 청년이다.

퍼크 여자는 맞지만 청년은 다른 청년인데요.

데메트리오스 오, 당신을 이처럼 사랑하는 사람을 왜 비난하시오? 그렇게 독한 말은 밉살스러운 원수에게나 하시오.

헤르미아 지금은 입으로만 욕을 하지만 이보다 더하게 될지도 몰라요. 당신은 저한테 저주 받을 만한 짓을 했잖아요. 당신이 잠든 라이샌더를 죽였지요? 이왕 피의 강에 뛰어들어 시작한 일이니 내친김에 나까지 죽여 버리시죠. 낮에게 충실한 해님도 저에 대한 그이의 사랑만큼은 못해요. 그런 분이 제가 자고 있는 동안에 슬그머니 달아날 리 없어요. 그 말을 믿느니 차라리 단단한 대지에 구멍이 뻥 뚫려 달님이 그 구멍을 통하여 지구 저쪽으로 튀어나와 오라버니인 해님을 노하게 한다는 얘기를 믿겠어요. 필경 당신이 그이를 죽였을 거예요. 당신을 보니 무섭고 험상궂은 살인자의 얼굴빛이에요.

데메트리오스 살인자의 얼굴빛이 그럴 거요. 당신의 냉혹한 처사에 마음을 난도질 당한 내 얼굴빛도 그럴 거요. 하지만 그렇게 한 당신의 얼굴빛은 저 하늘에 빛나는 샛별처럼 맑고 빛나는군요.

헤르미아 그게 라이샌더와 무슨 관계가 있어요? 그인 어디 있어요? 아, 데메트리오스, 제발 그이를 제게 돌려주세요.

데메트리오스 그러느니 차라리 그 녀석의 시체를 개에게 던져 주겠소.

헤르미아 오, 개 같은, 짐승 같은 사람! 당신은 정숙한 아가씨의 예의까지 잃게 만드는군요. 역시 당신이 그일 죽였어! 아, 저를 위해서 한 번만이라도 사실을 말해 주세요, 네? 낮에는 그이 얼굴을 똑바로 볼 수 없어서 잠들어 있는 사람을 죽인 건가요? 참 장하시군요! 뱀이나 독사도 무색할 지경이군요. 그래요, 그이를 죽인 건 독사예요. 당신이라는 독사예요. 어떤 독사라도 거짓말하는 당신의 혀보다는 지독하지 않을 거예요.

데메트리오스 얼토당토않은 말을 하면서 화를 내는군. 난 라이샌더의 피를 흘리지 않았소. 아니, 그자는 죽지 않았소, 내가 아는 한.

헤르미아 그렇다면 그이가 무사하다고 말씀해 보세요.

데메트리오스 말한다면 그 대가로 뭘 주시겠소?

헤르미아 상을 드리죠, 다시는 절 보지 말라는 상을. 그리고 전 밉살스러운 당신 앞에서 떠나겠으니 이제 다시는 제 앞에 나타나지 말아요. 그이가 죽었든 살았든. (헤르미아 퇴장)

데메트리오스 저렇게 화가 나서 서슬 퍼런 여자를 따라가 봤자 아무 소용없지. 여기서 한숨 자면서 기다려 보자. 슬픔의 무게가 점점 더 가슴을 짓누르는구나. 잠은 부족한 데다가 슬픔을 위로해 주는 사람도 없으니……. 한숨 자고 나면 슬픔이 조금은 가시겠지. (눕는다.)

오베론 이게 어떻게 된 일이냐? 이건 큰 실수다. 넌 정말로 사랑을 원하는 사람의 눈에 사랑의 꽃즙을 발랐구나. 너의 실수로 외면했던 여인을 사랑하게 되기는커녕 원하던 여인에게 구애하느라 더욱 정신없이 들뜨게 되어버렸다.

퍼크 이제는 운명의 여신에게 맡겨야죠. 이렇게 되면 진실을 지키는 자는 오직 단 한 명뿐이고 백만 명은 맹세를 깨뜨리는 거짓말쟁이가 될 겁니다.

오베론 바람보다 더 빨리 숲속을 뒤져 헬레나라는 아테네 처녀를 찾아내라. 그 여자는 상사병에 걸려 얼굴은 창백해지고 사랑의 탄식으로 피를 말리고 있다. 환상이라도 보이게 하여 그 여자를 이리 데려오너라. 그 여자가 올 때까지 난 이 청년의 눈에 마법을 걸어 놓겠다.

퍼크 예, 예! 알았습니다. 타타르인의 화살보다 더 빨리 다녀오겠습니다. (퍼크 퇴장)

오베론이 자고 있는 데메트리오스를 들여다본다.

오베론 큐피드 화살에 맞은 보랏빛 꽃의 즙이다. 자, 이 눈동자 속으로 스며들어라! 깨어나면 그 여자의 얼굴은 하늘의 샛별처럼 찬란하게 빛나리라! 눈을 뜰 때 그 여자가 옆에 있으면 너는 사랑의 갈증에 애걸하게 되리라.

　퍼크 다시 등장.

퍼크　요정 나라의 왕이시여, 헬레나가 지금 곧 올 것입니다. 제가 실수로 꽃즙을 바른 다른 청년도 뒤따라오며 사랑을 구걸하는 중입니다. 그들의 바보 같은 사랑 놀음이나 구경할까요? 아, 인간들은 왜 그렇게 어리석을까!

오베론　물러서라. 그들의 소란스러움에 데메트리오스가 잠을 깨겠다.

퍼크　그러면 두 사람이 한 여자에게 동시에 사랑을 호소하게 되겠군요. 정말 가관이겠군. 황당한 사건들로 일이 뒤죽박죽되는 것도 정말 신나겠어.

　라이샌더와 헬레나 등장.

라이샌더　어째서 당신을 조롱하여 사랑을 고백한다고 생각하시오? 조롱이니 조소로는 눈물이 나오지 않는 법입니다. 그런데 보시오, 맹세를 하면서 이렇게 눈물을 흘리지 않소? 이런 맹세는 오로지 진실만이 있는 것이오. 나의 맹세에는 눈물이 진실을 보증하는데 이것이 어떻게 당신 눈에는 조롱으로만 보인단 말이오?

헬레나　말솜씨가 여간 아니시군. 하나의 진실이 다른 진실을 죽인다면 그야말로 마귀가 말하는 성스러운 싸움 같군요! 그런 맹세는 헤르미아에게나 해야 하는 거예요. 그런데 그 맹세를 버린다는 말이세요? 그 애와 저에 대한 맹세를 저울에 올려 놓으면 저울은 양쪽 무게가 똑같이 나타날 거예요. 양쪽 다 거짓 맹세뿐이라…….

라이샌더 내가 그 여자에게 맹세를 했을 때는 분별이 없었소.

헬레나 그 애를 버리려고 하는 걸 보니 지금도 분별이 없으세요.

라이샌더 그 여자는 데메트리오스가 사랑하고 있소. 게다가 그자는 당신을 사랑하지도 않았소.

데메트리오스 (눈을 뜬다.) 오, 헬레나여, 여신이며 숲의 요정, 완전무결하고 신성한 존재여! 아, 당신의 눈을 무엇에 비교할까? 빛나는 두 눈에 비하면 수정도 흐린 편이오. 오, 무르익은 앵두 같은 그 입술, 달콤한 두 개의 앵두처럼 사람의 마음을 유혹하는군요! 당신이 손을 들어 보이면 동풍에 얼어붙은 토러스의 높은 산꼭대기의 흰 눈도 까마귀 빛깔이 되어버린다오. 오, 숭고하리만큼 흰 이 손에 행복의 표시로 키스를 하게 해 주오!

헬레나 아이고, 분해! 아휴, 망측해라! 당신네들 둘이 공모해서 날 조롱감으로 삼기로 작정을 한 모양이로군. 도리와 예의를 아시는 분들이라면 이렇게까지 절 바보 취급을 하진 않을 거예요. 미워하는 것도 모자라 두 분이 합심하여 절 조롱하지 않고는 못 배기는 건가요? 당신네들이 겉모습처럼 사내대장부라면 정숙한 여자를 이렇게 대하지는 않으실 거예요. 당신들이 나를 좋아하지 않는다는 것을 알고 있는데 이렇게 사랑의 맹세니 선서니 야단에 저에 대해 넘치는 칭송을 읊어대다니……. 당신네들은 헤르미아의 사랑을 놓고 경쟁하던 연적이었으면서 이제는 이 헬레나를 조롱하는 경쟁을 하시는군요. 실컷 조롱하여 이 가엾은 처녀의 눈에 눈물이 고이게 하다니 참 장하시고 대장부다우세요. 점잖은 신사들이라면 이렇듯 심심풀이로 숙녀를 놀려 기어이 분통을 터뜨려 놓지는 않을 거예요.

라이샌더 자네가 나빴네, 데메트리오스. 그러지 말게! 자넨 헤르미아를 사랑하고 있잖나. 그 사실을 내가 알고 있다는 것을 자네도 알지 않나? 그러니 진심을 다한 헤르미아에 대한 사랑을 기꺼이 자네에게 양보하겠네. 대신 헬레나를 내게 양보하게. 내가 헬레나를 사랑하겠네, 죽는 날까지…….

헬레나 조롱에도 분수가 있어야지! 그렇게 거짓말만 늘어놓다니.

데메트리오스 여보게, 라이샌더. 헤르미아는 자네가 맡게, 나는 필요 없으니까. 과거에는 사랑했지만 이젠 그 사랑도 다 사라졌어. 그 여자에 대한 내 마음이 잠시 들르는 길손이라면 헬레나에 대한 사랑은 고향과 같으니 그곳에 영원히 머물겠네.

라이샌더 헬레나, 저건 거짓말이오.

데메트리오스 알지도 못하면서 남의 진심을 함부로 모욕하지 말게. 그러다 혼쭐 날 테니. 보게나, 자네 애인이 저기 오네. 저 여자가 자네 애인일세.

헤르미아 등장.

헤르미아 캄캄한 밤이 눈의 역할을 빼앗으니 귀만 더욱 예민해지는구나. 사물을 보는 감각이 둔해지니 소리를 듣는 감각이 두 배로 늘어나는 모양이야. 아, 라이샌더. 제 눈이 당신을 찾아낸 것이 아니라 고맙게도 당신의 목소리를 들은 제 귀가 절 이리로 오게 했어요. 그런데 왜 절 혼자 두고 가버렸어요?

라이샌더 (등을 돌리면서) 사랑이 떠나라고 채찍질하는데 어떻게 가만히 있을 수 있겠소?

헤르미아 제 곁을 떠나라고 채찍질하다니, 그 사랑이 누군데요?

라이샌더 내 사랑을 몰아세운 연인이란 바로 아름다운 헬레나요! 저 하늘의 반짝이며 빛나는 별들보다 더 아름답게 빛나는 이 여인 때문이오.

당신은 왜 날 쫓아다니오? 이래도 내가 당신이 싫어져서 달아났다는 것을 모르겠소??

헤르미아   마음에도 없는 말씀 하지 마세요. 절대 그럴 리가 없어요!

헬레나   세상에, 헤르미아까지 공모자였구나! 너무한다, 헤르미아! 인정 머리 없는 애 같으니, 이제야 알겠다. 세 사람이 이런 못된 장난을 꾸며내어 날 곯려 주려는 것이구나. 너까지 저 사람들과 한통속이 되어 날 놀림 거리로 만들고 괴롭히려고 했지? 단둘이 나눈 비밀 얘기며 자매처럼 살자 던 맹세며 같이 지낸 나날들이며, 시간이 순식간에 지나가 헤어짐을 아쉬 워했던 때를 모두 잊어버렸니? 수도원 시절의 우정도, 천진난만했던 어린 시절도 잊어버렸니? 헤르미아, 수놓는 두 여신들처럼 우리는 한 송이의 꽃을 함께 수놓았잖아. 방석에 함께 앉아 노래를 부르면서 말이야. 그때 는 마치 우리의 손과 발, 몸과 목소리와 마음까지 하나로 된 것 같지 않았 니? 하나의 줄기에 붙어 있는 두 개의 쌍둥이 앵두처럼 그렇게 우리는 함 께 자랐잖아. 결혼하면 두 사람의 가문이 합쳐져 하나가 되듯이 몸은 둘 이라도 마음은 하나 되어 함께 자라지 않았니? 그랬던 네가 그렇게 오래 된 우정에 금을 내고 남자들과 한통속이 되어 이 가엾은 친구를 조롱하는 거니? 그건 친구답지도 않고 숙녀답지도 않은 짓이다. 해를 입은 사람은 나지만 나뿐만 아니라 모든 여자들이 너를 비난할 거야.

헤르미아   기가 막혀! 그런 말이 어디 있어? 난 널 조롱하지 않았어. 도리 어 네가 날 조롱하는 것 같아.

헬레나   날 조롱할 작정으로 라이샌더를 시켜 날 따라다니게 하면서 나의 눈과 얼굴을 칭송하도록 한 사람이 네가 아니었어? 그리고 얼마 전까지만 해도 날 거들떠보지도 않고 너만 쫓아다니던 데메트리오스가 날더러 갑 자기 여신이니 숲의 요정이니 신성하고 귀한 보배 같고 천사 같다고 말한 것도 다 네가 시켜서 한 짓이지? 그게 아니라면 그토록 싫어하던 여자에게 왜 그렇게 말하겠어? 라이샌더 역시 마찬가지야. 널 진심으로 사랑하는 그가 갑자기 너와의 사랑을 외면하고 나를 사랑한다는 말이 어떻게 나오겠니? 네가 시키고 동의했으니 그럴 수 있는 거지. 나는 남을 짝사랑만 하는 불행한 여자이고 너는 남자들의 사랑을 받아 무척 행복한 여자라고 해서 나를 무시하고 조롱할 게 아니라 오히려 동정을 해 줘야 하는 것 아니야?

헤르미아　네 말이 무슨 뜻인지 도대체 모르겠어.

헬레나　모르겠다고? 그렇게 시치미를 떼다가 내가 뒤돌아서면 입을 씰룩거리고 서로 눈짓하면서 신나게 조롱하렴. 이런 장난, 나중에 이야깃거리로 남을 테지. 당신들이 조금이라도 인정이나 호의나 분별이 있는 사람들이라면 날 이렇게 놀림거리로 삼지는 않았을 거예요. 그럼 잘 있어요. 내게도 잘못은 있으니 죽든가 만나지 않게 되면 저절로 잊혀지겠지.

라이샌더　이봐요, 헬레나! 내 얘기도 좀 들어봐요. 나의 사랑, 나의 생명, 내 영혼인 아름다운 헬레나여!

헬레나　좋아하시네!

헤르미아　라이샌더, 헬레나를 그렇게 놀리지 마세요.

데메트리오스　헤르미아의 말을 듣지 않겠다면 내가 폭력을 써서라도 듣게 하지.

라이샌더　자네의 폭력은 헤르미아의 말보다도 못하네. 자네의 위협도 헤르미아의 부탁만큼 무력하다네. 헬레나, 난 당신을 사랑하오! 당신을 위해서라면 당장이라도 버릴 수 있는 이 목숨에 걸고 맹세합니다. 내가 당신을 사랑하지 않는다는 놈이 있다면 그 녀석의 낯가죽을 벗겨 놓고 말겠소.

데메트리오스　단언하지만 저 사람보다는 내가 더 당신을 사랑하오.

라이샌더　그렇다면 칼로써 증명해 보자구.

데메트리오스 그럼 가자!

헤르미아 라이샌더, 도대체 어떻게 되어 가는 거예요?

라이샌더 비켜, 이 시커먼 에티오피아 여자 같으니!

헤르미아 (라이샌더를 붙잡는다.) 가면 안 돼요. 가면 죽어요!

데메트리오스 아니, 아니오. 괜히 이러는 거요. 진짜로는 따라오지도 못하면서 내게 덤비는 척하는 거요. 실력도 없는 놈이, 어딜!

라이샌더 놔, 이 고양이 같은 것아, 놓으라니까! 놓지 않으면 뱀처럼 패대기치고 말 테다.

헤르미아 왜 이렇게 난폭해지셨어요? 왜 이렇게 변하셨어요, 나의 라이샌더!

라이샌더 나의 라이샌더라고? 저리 비켜, 이 시커먼 타타르 여자 같으니. 비켜, 보기 싫은 독물 같은 것! 속이 뒤집어질 것 같다, 저리 비키라니까!

헤르미아 그 말 농담이시죠?

헬레나 그럼 농담이겠지, 너도 농담하고 있잖아.

라이샌더 데메트리오스, 대장부의 약속은 지키겠다. 어서 가자.

데메트리오스 네 말을 믿으려면 증거가 있어야 하는데 보아하니 헤르미아의 손에 꼭 붙들려 있군. 자네의 약속은 못 믿겠어.

라이샌더 아니, 그럼 나보고 헤르미아를 밀치고 때리고 죽이란 말이냐? 밉긴 하지만 그렇게까지는 못하겠네.

헤르미아 아니, 밉다고요? 그보다 더한 말이 어디 있어요! 제가 밉다니요? 왜요? 그게 무슨 말씀인가요? 저는 당신의 헤르미아, 당신은 저의 라이샌더가 아닌가요? 전 지금도 예전처럼 아름답잖아요. 어제 저녁까지만 해도 당신은 절 사랑하셨는데 밤중에 떠나며 절 버리셨군요. 왜 절 버리셨나요?

라이샌더 그래, 목숨을 걸고 맹세하지! 이제 당신을 만나고 싶지 않아졌어. 그러니 희망도 버리고 의심도 하지 마! 이건 정말 농담이 아닌 진심이야. 당신이 싫어졌고 난 헬레나를 사랑하고 있어.

헤르미아   (헬레나에게) 아, 이 사기꾼! 꽃을 갉아먹는 벌레 같은 것! 밤에 몰래 와서 내 연인의 마음을 훔쳐갔구나?

헬레나   잘한다, 잘해! 넌 예의도 부끄러움도 없고 낯을 붉힐 줄도 모르는 거냐? 나의 정숙한 입에서 기어코 험한 말이 나와야만 되겠니? 내가 말 못할 줄 알고? 이 거짓말쟁이 땅꼬마 인형 같은 게!

헤르미아   땅꼬마 인형이라고? 어머, 기가 막혀! 그래, 그걸 말하고 싶었구나. 이제야 알겠어. 내 작은 키와 비교해 제 키를 자랑하고 싶었던 거지? 날씬한 몸매와 큰 키를 미끼로 저이의 마음을 홀린 거야. 나는 작고 볼품없는데 네 키가 크다는 저이의 칭찬에 더욱 으쓱해졌겠지! 그래, 내 키가 얼마나 작단 말이냐? 이 분칠해 놓은 장대 같은 계집애야! 말해 봐, 내 키가 얼마나 작단 말이냐? 키가 아무리 작아도 내 손톱이 네 눈을 후벼내지 못할 정도는 아니다.

헬레나   절 조롱해도 좋지만 두 분께 부탁 드릴게요. 이 애가 내게 손을 대지 못하게 좀 말려 주세요. 전 성질이 사나운 여자가 아니에요. 심한 짓은 도저히 못하는 겁 많은 숙녀라구요. 저를 못 때리게 해 주세요. 이 애의 키가 저보다 작아 당해낼 수 있을 거라고 생각하실지 모르지만요.

헤르미아   키가 작다고? 저것 봐, 또 키 타령이군.

헬레나   헤르미아, 내게 그렇게 심하게 굴지 마. 난 항상 널 사랑하고 언제나 네 비밀을 지켜왔어. 한 번도 네게 잘못한 일도 없어. 데메트리오스를 사랑한 나머지 너와 라이샌더가 이 숲으로 몰래 달아난다는 얘기를 그이에게 귀띔했을 뿐이야. 그래서 그이가 널 이곳으로 쫓아왔고 나 역시 사랑하는 데메트리오스를 따라온 거야. 그랬는데 그이는 날더러 욕을 하며 가지 않으면 때리겠다느니 걷어차겠다느니 심지어는 날 죽이겠다느니 하며 위협했단다. 난 더 이상 쫓아다니지 않을 거야. 나의 어리석음을 후회하며 아테네로 돌아갈 테니 날 내버려둬. 보다시피 난 어리석은 바보잖아.

헤르미아 가고 싶으면 가려무나. 누가 널 잡을 줄 알고?

헬레나 그래도 미련이 남는구나.

헤르미아 아직도 라이샌더에게 미련이 남는다는 거야?

헬레나 아니, 데메트리오스에 대한 미련이야.

라이샌더 헬레나, 무서워할 것 없어요, 헤르미아가 당신을 해치지는 못할 테니까.

메트리오스 그야 물론이지. 자네가 헤르미아의 편을 들더라도 안 될 말이지.

헬레나 헤르미아는 한번 화를 내면 지독하게 악착스러워요. 소녀시절에는 심술쟁이였어요. 키는 작아도 사납지요.

헤르미아 또 작다고 말하는 것 봐. 키가 작으니 낮으니 아니면 할 말이 없나 봐. (라이샌더에게) 저 애가 절 이렇게 조롱하는데 당신은 가만히 보고만 있을 거예요? 그럼 저도 가겠어요.

라이샌더 가버려, 난쟁이 같으니, 이 땅꼬마 같으니! 키가 작아지는 풀을 달여 먹었나? 구슬만한 게, 도토리 같은 게!

메트리오스 너무 까불지 마. 역성을 들어봤자 헬레나는 도리어 경멸하잖아. 헬레나를 가만히 놔 둬. 헬레나 편을 든다는 핑계로 헬레나의 이름을 입에 올리지 말라구. 헬레나에게 조금이라도 그 따위 애정 표현을 할 것 같으면 내가 가만히 두지 않을 테다. (칼을 빼다.)

라이샌더 (칼을 빼다.) 이것 봐, 이제는 아무도 나를 막을 자가 없다. 둘 중에 누가 헬레나를 차지할 권리가 있는지 승부로 정하자. 용기가 있거든 따라오너라!

데메트리오스 따라오라고? 그 따위 소리 마라. 너와 나란히 갈 테다. (라이샌더와 데메트리오스 퇴장)

헤르미아 이 소동은 전부 너 때문이야. 거기 있어, 도망가지 말고.

헬레나 난 널 믿지 않아. 더 이상 네가 하는 욕을 듣고만 있지 않겠어. 싸움이라면 네 손이 더 날쌔겠지만 다리는 내가 더 기니 냉큼 달아나야지. (헬레나 퇴장)

헤르미아 기가 막혀 말도 못하겠네. (헤르미아 퇴장)

오베론 (앞으로 나온다.) 이게 다 네 경솔함 때문이다. 여전히 넌 실수 아니면 일부러 장난을 치는구나.

퍼크 아닙니다, 오베론 왕. 이건 실수입니다. 글쎄 아테네 복장을 한 청년이라고 말씀하시지 않았습니까? 확실히 전 아테네 청년의 눈에 꽃즙을 발랐으니 저는 왕의 명대로 임무를 마친 것입니다. 그렇지만 이렇게 되고 보니 저 사람들의 사랑싸움이 재미있는 구경거리가 된 셈이라 도리어 좋지 않습니까?

오베론 네가 보다시피 젊은이들이 결투를 할 장소를 찾고 있구나. 그러니 얼른 가서 밤의 장막을 둘러치고, 지금 당장 별들이 반짝이는 하늘을 저 지옥의 아케론의 시커먼 안개로 내리덮어라. 성난 저 두 젊은이들이 길을 잃고 서로 만나지 못하게 해야 한다. 어느 때는 라이샌더의 목소리로 지독한 욕을 하여 데메트리오스를 화나게 하고, 또 데메트리오스인 것처럼 상대방을 욕하라는 말이다. 그렇게 두 사람을 떼어 놓다 보면 마침내 납덩이처럼 무거운 다리와 박쥐의 날개를 가진 죽음과도 같은 깊은 잠이 그 젊은이들의 눈꺼풀 위에 살그머니 깃들게 될 것이다. 그때 이 약초를 라이샌더의 눈에 발라라. 이 약즙은 굉장한 효험을 가지고 있어서 잘못된 것들을 바로잡아 라이샌더의 눈을 예전으로 회복 시켜 줄 것이며, 눈을 뜨면 이 어리석은 소동이 모두 허무맹랑한 꿈처럼 여겨질 것이다.

두 쌍의 연인들은 사이좋게 아테네로 돌아갈 것이며, 그들의 언약은 죽을 때까지 변하지 않을 것이다. 이 일은 네게 맡기고 난 티타니아 왕비를 찾아가 그 인도 소년을 달라고 해야겠다. 왕비의 눈을 마법에서 풀어 주고 그 괴물을 보지 못하게 하면 결국 모든 일이 원만하게 해결될 것 아니냐.

퍼크 요정 나라의 왕이시여, 서둘러야 하겠습니다. 밤의 여신을 실은 수레는 구름을 뚫고 저렇게 빨리 지나가고 있으니까요. 그리고 저쪽 하늘에 새벽의 여신 오로라의 등장을 알리는 샛별이 반짝이지 않습니까. 저 별이 나타나면 여기저기 헤매던 유령들은 묘지로 돌아가고, 거리나 물웅덩이에 숨어 있던 온갖 잡신들도 구더기 들끓는 잠자리로 물러갑니다. 그것들은 대낮에 부끄러운 모습을 드러내기가 두려워, 빛을 피하는 검은 얼굴의 밤과 항상 같이 있어야만 하니까요.

오베론 우리는 그런 망령들과는 종류가 다른 정령들이야. 나는 가끔 아침의 연인인 새벽의 여신과 함께 흥겹게 지낸 적도 있고 산지기처럼 숲속을 걸어 다닌 적도 있었지. 그때는 온통 빨갛게 불타는 듯한 동녘에서 아름다운 축복의 햇살이 쏟아져 나와 바다 위에 비치니 초록빛 바닷물이 황금빛으로 변하더구나. 아무튼 지금은 서둘러야겠다. 꾸물대고 있을 때가 아니다. 날이 밝기 전에 빨리 일을 끝내야 하니. (오베론 퇴장)

안개가 끼기 시작한다.

퍼크 내 맘대로 요리조리 그 녀석들을 끌고 다니자꾸나. 들에서나 마을에서나 나라면 다들 무서워하지. 요리조리 끌고 다니자. 저기 한 놈이 오는군.

라이샌더 다시 등장.

라이샌더   야, 건방진 데메트리오스. 어디 있느냐? 어서 대답해!

퍼크   (데메트리오스 목소리로) 여기 있다. 악당 놈아! 칼을 빼들고 기다리고 있다. 너야말로 어디 있느냐?

라이샌더   좋다, 그리 가겠다.

퍼크   어서 따라오너라. 좀더 넓은 평지로 가자. (라이샌더, 퍼크의 목소리를 따라가며 퇴장)

   데메트리오스 다시 등장.

데메트리오스   라이샌더, 대답을 해 봐! 이 비겁한 도망자야, 어디로 도망쳤냐? 말을 해 봐! 덤불 속으로 도망쳤냐? 어디다 대가리를 처박은 거야?

퍼크   (라이샌더의 목소리로) 비겁한 놈 같으니! 그래, 내게는 감히 덤비지를 못하겠으니 별을 보며 큰소리치고 덤불을 상대로 싸울 테냐? 요 비굴한 놈 같으니! 요 애송이야! 너 같은 것은 칼을 더럽힐 필요 없이 회초리로도 충분하겠다.

데메트리오스   그래? 그 자리에 꼼짝 말고 있어라!

퍼크   내 목소리를 따라와, 여기서는 실컷 싸울 수가 없으니까. (데메트리오스와 퍼크 퇴장)

   라이샌더 다시 등장.

라이샌더   그 녀석이 나를 앞질러 가서 시비를 거니 소리 나는 곳으로 가보면 벌써 사라지고 없어. 그 악당 녀석은 내 발보다 훨씬 가볍고 빠른가 보다. 나도 상당히 빠른 편인데 그 녀석은 더 빨리 도망치거든. 이런, 캄캄하고 험한 곳이라 길을 잃은 것 같으니 여기서 잠깐 쉬어야겠다. (언덕 위에 눕는다.) 친절한 아침이여, 어서 밝아오라. 날이 새어 희미한 새벽빛이 비치면 난 데메트리오스를 찾아내어 꼭 복수해 줄 테다. (잠이 든다.)

　퍼크와 데메트리오스 다시 등장.

퍼크　하하! 요 겁쟁이야, 왜 따라오지 않느냐?

데메트리오스　네게 용기가 있다면 거기 멈춰. 내 앞을 요리조리 피해 달아나면서 당당히 맞설 용기는 없다는 것을 누가 모를까 봐! 그래, 넌 어디 있느냐?

퍼크　이리 오라니까, 난 여기 있으니.

데메트리오스　날 조롱하는 거냐? 갈 테면 가라. 날이 밝으면 이 대가를 톡톡히 치르게 해 주겠으니 나중에 두고 보자. 아이고, 피곤하다. 이제 더는 갈 수 없어. 이 차디찬 땅바닥 위에 누워 잠시 쉬자. 날이 새면 너를 붙잡아 혼을 내 줄 테니 각오하고 있어. (데메트리오스가 누워 잠이 든다.)

　헬레나가 다시 등장.

헬레나　오, 어두운 밤이여, 길고 지루한 밤이여, 어서 지나가라! 동쪽 하늘의 햇살을 비춰 날 위로해 주길……. 날이 밝아 오면 무정하고 싫은 저 사람들을 피해 아테네로 돌아갈 수 있을 거야. 이렇게 슬플 때 눈을 감겨 주는 잠아, 살그머니 찾아와 잠시 내 마음을 잊게 해 주렴. (헬레나, 누워서 잠이 든다.)

퍼크　아직 세 명인가? 한 명만 더 오면 남녀가 두 명씩 네 명이 되는데. 저기 화가 잔뜩 나 비참한 꼴로 오는 여자가 한 명 더 있구나. 큐피드는 못 말리는 장난꾸러기야. 약한 여자의 마음을 그렇게까지 미치게 만들다니…….

헤르미아 다시 등장.

헤르미아 이렇게 힘들고 이처럼 슬픈 적은 처음이야. 이슬에 젖고 가시에 찢겨 이제는 더 이상 걸어갈 수가 없어. 다리가 말을 안 들으니 날이 밝을 때까지 여기에서 쉬었다 갈 수밖에. 두 사람이 기어코 결투를 한다면 하느님, 라이샌더를 보호해 주소서! (헤르미아도 누워서 잠이 든다.)

퍼크 대지 위에 누워 곤히들 자라, 연인들아. 너의 눈에 약즙을 발라 놓겠다. (라이샌더 눈에 약즙을 짜 바른다.) 눈을 뜨면 진심으로 사랑했던 여인의 눈을 다시 볼 수 있을 테니 잠을 깨면 알게 되겠지. 짚신도 짝이 있다는 속담대로 청년들은 자신의 짝인 아가씨를 되찾게 되고, 그러면 조그만 실수도 없게 되는 거야. 만사형통이지. (퍼크 퇴장)

제4막

제4막 제1장

숲속.

티타니아와 보텀이 나타난다. 보텀의 당나귀 머리에는 화환이 장식되어 있다. 오베론 왕이 눈에 띄지 않게 나타난다.

티타니아 이 꽃밭에 앉으세요. 당신의 사랑스러운 뺨을 어루만져 드리고 반들반들한 머리에 사향 장미를 꽂아 드릴게요. 그리고 그 커다랗고 예쁜 귀에 키스해 드릴게요. 내가 제일 좋아하는 분!

보텀 콩꽃은 어디 있나?

콩꽃 예, 여기 있습니다.

보텀 머리 좀 긁어 다오. 그런데 거미줄은?

거미줄 예, 여기 있습니다.

보텀 이봐, 거미줄. 무기를 들고 가서 엉겅퀴 꽃 꼭대기에 앉아 있는 꽁무니가 빨간 꿀벌을 내쫓고 꿀주머니를 빼앗아 오게. 서두르지 말고 조심해서 꿀주머니를 터뜨리지 않게 해야 해! 자네가 꿀주머니를 뒤집어쓰면 안 되니 말일세. 겨자씨는 어디 있나?

겨자씨 예, 여기 있습니다.

보텀 이봐, 겨자씨. 인사는 그만 하고 악수나 하세.

겨자씨 무슨 일이신지?

보텀 뭐 별것은 아니고, 콩꽃을 도와 내 머리 좀 긁어 주게. 아무래도 이 발을 하러 가야겠는걸. 내 얼굴에 털이 굉장히 많이 나 있는 것 같아. 이래 봬도 난 여간 민감한 당나귀가 아니라오, 털 하나만 간질여도 긁지 않고는 못 배긴다니까.

티타니아 음악을 들려드릴까요?

보텀 아이고, 여물이나 많이 주시오. 말린 귀리를 우물우물 씹고 싶구려. 그리고 맛있는 건초가 한 다발 있어야 할 것 같소. 아주 잘 말린 건초, 달짝지근한 건초보다 더 맛있는 것은 세상에 없거든.

티타니아 용감한 요정들을 시켜 다람쥐 곳간을 뒤지게 하여 햇호도를 가져오라고 할까요?

보텀 그것보다는 두어 줌의 마른 콩이 먹고 싶군. 그런데 부탁이 있소. 아무도 얼씬대지 못하게 좀 해 주오. 슬며시 잠이 오는군.

티타니아 제 팔에 안겨 포근하게 주무세요. 애, 요정들아, 물러가거라. 아무도 얼씬대지 마라. (요정들 퇴장) 담쟁이덩굴은 달콤한 인동덩굴을 부드럽게 꼬아 감는구나. 고운 아가씨 같은 담쟁이덩굴이 건장한 청년 같은 느릅나무의 가지를 이렇게 휘감겠지. 아, 사랑스러워라! 홀딱 반하겠어! (둘 다 잠이 든다.)

퍼크 등장.

오베론 (앞으로 나와서) 오, 로빈! 마침 잘 돌아왔다. 이런 가관이 또 어디 있겠느냐. 사랑에 넋이 빠진 티타니아가 이젠 가엾게까지 여겨지는구나. 방금도 숲 뒤에서 만났는데 이 흉측한 바보 녀석에게 줄 꽃을 찾는 걸 보던 내가 비난을 퍼부었다가 싸움이 벌어지고 말았단다. 티타니아가 싱싱한 향기를 풍기는 화환을 만들어 저 바보 녀석의 텁석부리 당나귀 머리에 씌어 주려고 하지 뭐냐? 그리고 저 이슬을 좀 봐라. 커다란 동방의 진주처럼 한때는 꽃망울 위에 맺혀 있던 것들이 지금은 신세 한탄하는 눈물 방울처럼 가련한 작은 꽃들 속에 서려 있지 않느냐. 내가 실컷 욕을 하니 왕비가 나직한 말로 참으라고 애걸하기에 나는 냉큼 인도 아이를 달라고 했지. 왕비는 순순히 응낙하고 요정을 시켜 내가 있는 요정 나라로 그 아이를 보내왔더라. 이제 그 아이를 얻었으니 보기 흉한 왕비의 망령은 풀어 줘야겠다. 너는 저 아테네 바보에게서 당나귀 머리를 벗겨 주어라. 정신이 들어 아테네로 돌아가면 오늘 밤에 있었던 이 모든 일이 한바탕 꿈처럼 생각될 게 아니냐. 나는 우선 티타니아부터 마법을 풀어 줘야겠다……. (꽃즙을 티타니아의 눈에 바른다.) 원래의 눈으로 보라, 순결한 다이애나의 꽃망울은 큐피드의 화살보다 훨씬 더 많은 효험과 축복을 가졌느니라. 티타니아, 요정의 왕비여. 이제 눈을 뜨시오.

티타니아 오, 오베론 왕. 전 괴상한 꿈을 꾸었어요! 글쎄, 당나귀한테 반했었나 봐요.

오베론 저기 당신 애인이 누워 있군.

티타니아 세상에나, 어떻게 이런 일이? 아, 꼴만 봐도 구역질나는 저 낯짝이라니!

오베론 쉿! 로빈, 저 당나귀 머리를 벗겨라. 그리고 티타니아, 음악을 연주하라고 일러 주오. 이 다섯 남녀가 죽은 듯이 곤히 잠들도록.

티타니아 얘들아, 음악을 연주해라, 곤히 잠이 오는 음악을! (조용한 음악)

퍼크 잠이 깨거든 원래의 네 바보 같은 눈으로 똑똑히 들여다 봐. (당나귀 머리를 벗겨 준다.)

오베론 어서 음악을 연주해라! 자, 티타니아. 우리 손을 맞잡고 이들이 자고 있는 대지를 요람처럼 흔들어 줍시다. 이제 당신과 화해했으니 내일 밤에는 테세우스 공작 댁에 가서 흥겹게 춤을 추어 공작 내외분 자손들의 번영을 축복해 줍시다. 그리고 저 두 쌍의 진실한 연인들도 테세우스 공작과 함께 축복된 결혼식을 올리게 합시다.

퍼크 요정의 왕이시여, 저것 좀 들어 보세요. 아침의 종달새 노래소리가 들립니다.

오베론 그럼 티타니아, 우리는 엄숙한 밤의 그림자를 좇아 단숨에 지구를 빙 돌아서 하늘의 달보다 더 빨리 날아갑시다.

티타니아 오베론님, 가면서 말씀해 주세요. 간밤에 제가 어떻게 저 인간들과 함께 숲에서 잠이 들었는지. (오베론, 티타니아, 퍼크 퇴장)

뿔피리 소리, 테세우스, 히폴리타, 아이게우스, 그 밖의 사람들 등장.

테세우스 누가 가서 산지기를 불러오너라. 이제 5월의 축제가 시작되고 날도 밝아오니 히폴리타에게 사냥개들 짖는 소리를 들려줘야겠다. 서쪽 계곡에 모두 풀어 놓아라. 어서 가서 산지기를 불러오라니까. (시종이 한 명 나간다.) 히폴리타, 우린 산봉우리에 올라가 개들이 짖는 소리에 메아리가 뒤섞여서 울리는 근사한 음악을 들읍시다.

히폴리타 저도 전에는 허큘리즈랑 카드모스와 함께 크레타 섬의 숲에서 스파르타 사냥개를 풀어 멧돼지 사냥을 한 적이 있어요. 그렇게 용감하게 짖는 소리는 처음 들어 봤어요. 숲뿐만 아니라 하늘과 샘물 그리고 근처의 모든 자연과 하나가 되어 울부짖는 것 같았어요. 불협화음이 그렇게도 음악적이고 소음이 상쾌하게 들린 적은 생전 처음이지요.

테세우스 내 사냥개도 스파르타 종이오. 입술은 축 늘어지고 털 빛깔은 갈색에다가 머리에 늘어진 귀는 아침 이슬을 단번에 털어버릴 수 있고 다리는 구부정하면서 목살은 축 늘어져 흡사 테살리아 황소 같다오. 달리는 속도는 조금 느리지만 짖는 소리만큼은 가지각색의 종소리처럼 장단이 잘 맞소. 어찌나 잘 짖는지 소리를 질러 격려할 필요도 없고 뿔피리를 불

필요도 없어요. 이런 개들을 가진 사냥꾼은 크레타나 스파르타나 테살리아 등 어디를 찾아봐도 없을 거요. 직접 들어 보고 판단해 보시오. (잠든 남녀들을 내려다본다.) 잠깐만! 숲에 있는 이 요정들은?

아이게우스 공작님, 여기서 자고 있는 애는 저의 딸년입니다. 이 청년은 라이샌더, 이쪽은 데메트리오스입니다. 그리고 이 아가씨는 레다 노인의 딸 헬레나입니다. 그런데 애들이 어떻게 같이 있게 되었는지 알 수가 없는데요.

테세우스 아마 5월의 축제 때 사냥이 있다는 소문을 듣고 일찍 온 모양이지. 그리고 우리의 결혼식을 축하해 주러 왔나 보군. 그런데 아이게우스, 오늘은 헤르미아가 가부간 신랑을 선택해야 하는 날이 아니던가?

아이게우스 예, 그렇습니다.

테세우스 몰이꾼들에게 뿔피리를 불게 해서 이들을 깨우도록 해라. (뿔피리 소리, 아우성 소리에 네 사람이 눈을 뜨고 일어난다.) 이제들 일어나나? 성 밸런타인 축제는 벌써 지났는데 이 숲속의 새들은 이제야 겨우 짝을 찾기 시작한단 말이냐?

라이샌더 죄송합니다, 공작님. (네 사람이 공작 앞에 무릎을 꿇는다.)

테세우스 괜찮다. 다들 일어서라. 너희들 두 사람은 분명히 앙숙이었는데 도대체 어떻게 화해를 했느냐? 상대를 조금도 의식하지 않고 앙심을 품은 채 나란히 잠을 잘 수 있다니!

라이샌더 공작님, 지금이 꿈결인지 깨어 있는지 하도 어리둥절해서 대답을 못하겠습니다. 어떻게 이곳에 와 있는지 사실 잘 모르겠습니다. 정확하지는 않지만 지금 상황을 대충 말씀드리자면 저는 헤르미아와 함께 이곳으로 온 것이었지요. 저희들은 아테네 법률의 위협이 없는 곳으로 달아날 생각이었습니다.

아이게우스 이만하면 충분합니다, 공작님. 더 이상 들어 볼 필요도 없습니다. 제발 법대로 이자를 처벌해 주십시오. 저것들이 도망을 치려고 했답니다. 이보게, 데메트리오스. 저것들이 도망을 쳐서 나와 자네를 속일 생각이었다네. 자네는 아내를, 나는 딸년을 자네의 아내로 허락해 줄 아버지 되는 자의 권리를 빼앗길 뻔했네그려.

데메트리오스 공작님, 실은 두 사람이 숲속으로 도망칠 계획이라는 걸 헬레나가 귀띔해 주었습니다. 저는 화가 치밀어 이 숲까지 뒤쫓아 왔지요. 저를 사랑하는 헬레나도 이곳까지 뒤쫓아왔고요. 그런데 공작님, 무슨 마력 때문인지 분명히 어떤 힘에 이끌려 헤르미아에 대한 저의 사랑은 눈 녹듯이 가셔버리고, 지금은 어린 시절에 갖고 놀던 보잘것없는 장난감에 대한 추억처럼 희미합니다. 이제는 오직 헬레나만이 저의 진심이며 마음이 향하는 사람, 제 눈을 기쁘게 하는 사람입니다. 원래 헤르미아를 만나기 전에는 헬레나와 약혼을 한 사이였는데 마치 병이라도 걸린 것처럼 헬레나라는 음식이 싫어졌던 것입니다. 그렇지만 이제 다시 건강이 회복되어 평소의 입맛이 돌아오니 헬레나가 탐이 나고 갖고 싶어졌습니다. 이제는 죽을 때까지 그것에 충실하려고 합니다.

테세우스 서로들 잘 만났다니 다행이군. 자세한 이야기는 나중에 또 듣기로 하지. 어쨌든 아이게우스, 자네의 청은 들어줄 수 없게 되었네. 이 두 쌍의 남녀는 우리와 함께 신전에서 백년가약을 맺게 하겠어. 벌써 아침이 한참 지났으니 사냥은 미루도록 하세. 그럼 모두 함께 아테네로 돌아가자! 세 명의 신랑과 세 명의 신부가 동시에 엄숙한 결혼식을 올리고 결혼 피로연을 열기로 하지. 갑시다, 히폴리타. (테세우스, 히폴리타, 아이게우스 그 밖의 사람들 퇴장)

데메트리오스 모든 일들이 흐릿해서 분명치가 않은 것 같군. 먼 산들이 구름 속에 가물거리듯 말이오.

헤르미아 글쎄 말예요. 저도 어리둥절해서 뭐가 뭔지 잘 모르겠어요. 모든 일들이 겹쳐 보이는 것 같아요.

헬레나 나도 그래. 데메트리오스가 돌아오기는 했지만 주운 보석처럼 내 것 같기도 하고 아닌 것 같기로 하고.

데메트리오스 우리가 확실히 깨어나기는 한 걸까? 내 생각에는 아직도 비몽사몽을 헤매고 있는 것 같은걸. 그런데 조금 전에 공작님을 만났고 우리더러 따라오라고 하신 것 같은데.

헤르미아 그래요, 우리 아버지도 오셨댔어요.

헬레나 히폴리타님도.

라이샌더 공작님은 우리들에게 신전으로 오라고 말씀하셨어.

데메트리오스 그렇다면 모두 다 깨어 있었군. 일단 공작님을 따라가자구. 가면서 꿈 얘기나 자세히 해 보세. (모두 퇴장)

보텀 (눈을 뜨면서) 내가 등장할 차례가 되거든 날 불러 주게나. 그러면 내 대사를 할 테니까. 이번에 "절세의 미남 피라머스 씨."를 받아서 시작이렷다. 여보게들……, (하품을 하면서 주위를 두리번거린다.) 퀸스! 풀무장이 플루트! 땜장이 스나우트! 스타블링! 제기랄, 다들 달아나고 나만 혼자서 자고 있었나? 거참, 별 희한한 꿈을 다 꾸었군. 그 꿈은, 글쎄 내가 꾼 꿈은 사람의 지혜로는 도저히 알 수 없는 꿈이야. 사람이 그런 꿈을 알려고 해 봤자 당나귀처럼 어림없는 일이지. (일어나면서) 글쎄 꿈에 내가……, 그건 아무도 모를 테지만……, (손을 머리에 가져가 귀를 만진다.) 꿈에 내가, 글쎄……, 내가 내 꿈을 가지고 뭐라고 할 녀석이 있을지 모르지만 사람이란 참 어릿광대밖에 못 되지 뭐야. 아무도 내 꿈을 눈으로 엿듣지도 않고 귀로 엿보지도 않았으며 손으로 맛보지도 않고 혀로 상상하지도 않고 심장으로 전달하지도 않았잖아. 퀸스에게 찾아가 내 꿈 이야기를 노래로 만들어 달라고 할까? 제목은 '보텀의 꿈'이 좋겠군. 참 밑도 끝도 없는 꿈도 다 있군그래. 연극이 끝난 다음 공작님 앞에서 그 노래

를 불러 보자. 아니, 티스비가 죽을 때 부르면 연극이 좀더 색다른 맛이 날려나? (퇴장)

제4막 제2장

퀸스의 집.
퀸스, 플루트, 스타블링 등장.

퀸스 보텀의 집에 사람을 보내 봤나? 이젠 집에 돌아왔겠지?

스타블링 보텀 소식은 깜깜한걸. 틀림없이 무엇인가로 둔갑해 있었단 말이야.

플루트 보텀이 돌아오지 않으면 연극은 다 글렀군. 어쩔 도리가 없잖나?

퀸스 어렵겠지. 아테네 시내를 다 뒤져도 피라머스 역을 할 수 있는 사람은 그 친구밖에 없어.

플루트 아무렴, 아테네 직공들 중에서 누구보다도 재치 있는 사람이라니까.

퀸스 음, 생김새도 제일이고 더구나 그 달콤한 음성도 맛따라지거든.

플루트 그럴 땐 멋들어지다고 하는 거야. 맛따라지다는 말이 어디 있나?

스너그 등장.

스너그 여보게들, 공작님이 신전에서 돌아오시는 길이라네. 그리고 다른 두 쌍도 결혼식을 올렸다는군. 연극만 할 수 있다면 우리들 수입도 꽤 짭짤할 텐데…….

플루트 그러나 저러나 보텀은 어떻게 된 노릇일까! 이제는 평생 받을 수 있는 하루 6펜스의 수당을 아주 놓쳐 버린 셈이군. 피라머스 역만 잘해낸다면 공작님이 하루 6펜스의 수당을 내리시고말고. 안 그러면 내가 교수형을 받아도 좋지. 피라머스 역이라면 그만한 걸 받을 만하거든……. 피라머스 역에 일당 6펜스는 틀림없을 텐데 말이야.

보텀 등장.

보텀 이 사람들이 어디 있나? 다들 어디 간 거야?

퀸스 보텀이다! 세상에, 이렇게 기쁠 수가!

보텀 여보게들, 내가 아주 재미있는 얘기를 가져왔다네. 하지만 지금은 아무것도 묻지 말아 주게. 말하면 거짓말쟁이라고 할 테니. 곧 자초지종을 얘기할 생각이니 그렇게 알게.

퀸스 그러지 말고 지금 얘기해 주게나, 보텀.

보텀 난 한마디도 하지 않겠어. 다만 내가 하고 싶은 얘기는 공작님이 식사를 마쳤다는 것뿐이야. 모두들 의상을 입고 수염을 튼튼한 끈으로 매달고 신발에는 새 리본을 달고 당장 공작님의 성으로 모이게. 저마다 자기가 맡은 역할을 복습해 주게……. 아무튼 공작님이 우리들의 연극을 택했다네. 무슨 일이 있어도 티스비에게는 산뜻한 모시옷을 입혀야 하네. 그리고 사자 역으로 나오는 사람은 손톱을 깎아서는 안 돼. 사자의 발톱은 길어야 하니까 말이야……. 그리고 무대에 오르는 친구들에게 부탁이네만 양파를 먹어서는 안 돼. 마늘도 먹지 마. 향긋한 입김을 내야 하니까. 내가 장담하지만 우리 연극이 달콤한 희극이라는 평을 꼭 들어야 하겠으니 말일세. 이제 더 이상 말하지 않겠네. 가세! 빨리 가자구! (모두 퇴장)

제5막

제5막 제1장

테세우스 공작의 저택.

테세우스, 히폴리타, 필로스트레이트, 그 밖의 귀족, 신하들 등장.

히폴리타   저 젊은 연인들의 얘기는 참 신기하죠, 네?

테세우스   거짓말처럼 정말 기묘한 얘기요. 그런 신기하고 동화 같은 얘기는 도저히 믿어지지 않는구려. 연인들이나 미치광이는 뇌 속이 복잡한 탓인지 터무니없는 환상을 그려 내어 마침내 냉정한 이성으로는 어림도 없는 일들을 생각하기 마련이오. 미치광이와 연인들과 시인들의 공통점은 머릿속이 상상으로 가득 차 있다는 것이오. 광대한 지옥을 꽉 채우고도 남을 만큼 수많은 악마를 만나는 사람이 바로 미치광이들이오. 이런 미치광이들처럼 사랑에 빠진 연인들 역시 시커먼 계집의 얼굴을 절세미인처럼 보이게도 한다오. 시인의 눈 또한 하늘에서는 땅을 내려다보고 땅에서는 하늘을 우러러보면서 상상의 나래를 펴지요. 이렇게 시인의 상상력이 미지의 사물에 일정한 형체를 부여하면 시인의 펜은 그걸 구체화 시키며 공허한 환상에 장소와 명칭을 일러주는 것이오. 탁월한 상상력에는 그러한 마력이 있어서, 기쁨을 누리고 싶으면 그 기쁨을 가져다줄 실체를 생각해 내며 어두운 밤에 무서운 것을 상상하면 덤불도 곰으로 보이는 법이오.

히폴리타   그렇지만 지난밤의 얘기를 자세히 들어 보고 연인들의 마음이

동시에 바뀐 사실을 미루어 보면 상상력이 빚어낸 환상 때문만도 아닌 것 같고 필연의 큰 힘이 작용한 게 아닌가 싶어요. 아무튼 기적 같은 얘기예요.

테세우스　아, 행복한 연인들이 저기 오는구려.

　라이샌더, 헤르미아, 데메트리오스, 헬레나 등장.

테세우스　자네들, 축복하네! 언제까지나 풍요로운 사랑이 나날이 이어지기를 비네!

라이샌더　그보다 더한 기쁨과 행복이 공작님 내외분의 산책 길이나 식탁이나 침실에 깃들기를 축수합니다.

테세우스　그런데 식사가 끝나고 잠자리에 들 때까지 지루한 시간을 메우기 위한 연극이나 춤이 마련되었나? 향연을 맡은 사람은 어디 있어? 견딜 수 없이 지루한 시간을 때울 연극 같은 것은 없나? 필로스트레이트는 어디 있느냐?

필로스트레이트　예, 여기 있습니다, 공작님.

테세우스　오늘 밤을 위한 여흥으로 뭐가 있나? 가면극은 어떻게 되었나? 음악은? 여흥거리 없이 이 지루한 시간을 메울 수는 없을 것 아닌가?

필로스트레이트　만반의 준비를 갖춘 여러 가지의 공연 목록이 여기 있습니다. 어떤 것부터 보실지 말씀하십시오. (목록을 내보인다.)

테세우스　(읽는다.) 〈괴물 켄타우로스족과의 전쟁. 출연:아테네의 환관. 반주:하프〉 이건 집어치우게. 이건 나의 사촌 허큘리즈의 무훈을 자랑하면서 히폴리타에게 벌써 얘기해 주었다네. (읽는다.) 〈주신 바커스를 제사지낼 때 신도들의 노여움으로 트라키아의 시인 오르페우스를 찢어 죽인 이야기〉 낡은 구상이야. 이건 지난번 테베에서 개선했을 때에 이미 구경했네. (읽는다.) 〈궁색하게 작고한 현인을 애도하는 9명의 뮤즈 여신〉 이 건 여간 예리한 풍자가 아닌걸. 그렇지만 결혼 축하연에는 적합하지 않아……. (읽는다.) 〈젊은 피라머스와 연인 티스비와의 비극적 환락의 일장, 지루하고도 간단한 이야기〉 비극적이면서 환락이라고? 지루하고 간단한? 이건 꼭 뜨거운 얼음이나 불타는 눈과 같은 표현이군. 이런 모순을 누가 어떻게 조화시킬 수 있다는 말인가?

필로스트레이트   공작님, 이 연극은 대사가 열 마디 정도밖에 안 됩니다. 제 견문이 좁긴 하지만 이렇게 짧은 연극은 처음 봤습니다. 그러나 그 열 마디의 대사를 가지고도 너무나 길 정도랍니다. 원체 지루하거든요. 처음부터 끝까지 적절한 대사는 한 마디도 없고 적절한 배역 또한 한 명도 없으니 말입니다. 그리고 비극적이라고 하는 까닭은 극 중에 피라머스가 자살을 하기 때문입니다. 제가 연습하는 것을 구경했습니다만 정말 눈이 눈물에 흠뻑 젖었습지요. 그러면서도 우스워 죽을 지경이어서 그렇게 눈물을 쏟으면서 웃어본 적은 처음이었답니다.

테세우스   대체 어떤 자들이 나오는데?

필로스트레이트   이곳 아테네에서 일하는 직공들로서 지금까지 머리라고는 써 본 적이 없는 자들입니다. 생전 처음으로 기억력을 동원하여 공작님의 결혼식 축하를 위한 이 연극 대사를 외우느라 진땀을 뺀 모양입니다.

테세우스   그럼 그걸로 구경해 볼까?

필로스트레이트   그만두시지요, 공작님. 구경할 만한 것이 못 됩니다. 저도 한 번 봤습니다만 이만저만한 엉터리가 아닙니다. 고생하여 외운 대사를 억지로 짜내어 공작님의 마음에 들도록 노력하는 그들의 뜻이 그나마 가상하다고 할까요.

테세우스   그 연극을 보기로 하겠네. 소박한 사람들의 정성을 외면하면 되겠나? 어서 배우들을 불러들여라! 부인들도 자리에 앉으시오. (필로스

트레이트 퇴장)

히폴리타 전 별로 내키지 않는군요. 당신께 무리한 충성을 보이려다가 실수하면 가엾잖아요.

테세우스 그런 일은 없을 것이오.

히폴리타 하지만 엉터리 연극 같지 않나요?

테세우스 엉터리라도 봐주는 것이 너그러운 마음씨 아니겠소? 남의 실수를 너그럽게 봐주는 것도 재미있는 일이오. 아랫사람이 정성껏 해도 안 되는 일이라면 윗사람들은 그 정성만을 취하고 결과는 불문에 붙이면 되지 않겠소. 언젠가 내가 어느 곳을 방문했더니 환영사를 바친다며 훌륭한 학자들이 미리 준비한 환영사를 읽는데 얼굴이 창백해지면서 달달 떠느라 읽다가 막히면 황공한 나머지 말을 못하더니 결국 벙어리처럼 환영사를 못하고 말았다오. 그렇지만 난 그 침묵 속에서 오히려 환영의 마음을 읽었소. 마구 조잘대는 건방지고 맵시 있는 달변보다는 그처럼 겸손하고 황공해 하는 충심이 나로서는 훨씬 더 순수하게 느껴졌소. 꿀 먹은 벙어리의 경애심이란 말이 없으면 없을수록 더욱 웅변처럼 들리는 법이오.

필로스트레이트 다시 등장.

필로스트레이트 오래 기다리셨습니다. 지금 해설자가 등장하겠습니다. (나팔소리)

해설자 역을 맡은 퀸스 등장.

퀸스 "만약에 여러분들의 기분을 상하게 하는 일, 이 있을지라도 원하옵건대 혜, 아려 살펴주시기 바라오며, 저희들이 출연하게 된, 것은 여러분의 기분을 상하게 하기 위해서가 아니라 성의를 가지고 표현하, 고자 하는 서툰 연기 때문에 그런 것, 이온즉 조금도 악의는 없사옵니다. 그러하오니 부디 그, 렇게 생각하지 말기 바, 랍니다. 오직 만족시켜 드리는, 것이 저희들의 목적이며 여러분을 놀리, 고자 하는 게 아닙니다. 여러분들을 실망, 시켜 드릴 생각은 조금도 없습니다. 잠시 후 배우들이 등장하겠습니다. 우선 그들의 연기를 보시면 연극의 전후 관계를 상세히 아시게 될 것입니다." (채찍으로 커튼 뒤에다 신호를 한다.)

테세우스 구두점을 계속 틀리는군. 무슨 소리인지 도무지 모르겠는걸.

라이샌더 서막 읽는 꼴이 사나운 망아지 같군요. 띄어야 할 곳에서 띄지 않으니 저렇습니다. 덕분에 좋은 교훈을 하나 얻었습니다, 공작님. 말을 많이 하기보다는 바르게 말하는 것이 중요하다는 것을 알았습니다.

히폴리타 어린애가 피리를 불어대는 것처럼 소리는 나지만 운율이 하나도 맞지 않는군요.

테세우스 끊어지지는 않았지만 엉클어진 쇠사슬처럼 뒤죽박죽이군. 이번엔 누가 등장하려나?

   피라머스, 티스비, 돌담, 달빛, 사자 등장.

퀸스 "여러분, 혹시나 이 연극을 이상히 여기실는지 모르겠으나 앞뒤가 명백해질 때까지 당분간 이상하게 생각하셔도 좋습니다. 등장인물들을 소개하자면 이 사람이 피라머스, 이쪽의 미인은 틀림없는 티스비올시다. 이쪽에 석회로 흙투성이가 된 사람은 두 연인을 가로막고 있는 바로 그 고약한 돌담입니다. 가엾은 두 연인은 겨우 돌담 틈으로 사랑을 속삭일 수밖에 없습니다. 이걸 부디 이상히 여기지는 말아 주십시오. 이쪽에 개를 데리고 등불과 가시덤불을 들고 있는 자는 달빛이올시다. 사연인즉 두 연인은 부끄러운 줄도 모르고 달빛 아래 니누스의 묘지에서 만나 사랑을 속삭이도록 되어 있습니다. 이쪽의 무시무시한 짐승의 이름은 사자라고 하는데, 피라머스와의 약속을 지키기 위해 어두운 밤을 뚫고 먼저 도착한 티스비는 이 사자를 보고 놀라서 허겁지겁 달아납니다. 달아나면서 망토를 떨어뜨리자 망할 놈의 사자는 그 망토를 피 묻은 입으로 더럽혀 놓습니다. 이내 나타난 늠름한 대장부 피라머스는 그리운 티스비의 망토가 피에 젖어 있는 것을 발견하고 티스비가 사자 밥이 되었다고 생각합니다. 순간 피라머스는 칼을, 피에 굶주린 칼을 빼들어 자신의 피 끓는 가슴을 푹 찌릅니다. 한편 뽕나무 그늘 밑에 숨어 있던 티스비는 뒤늦게 달려와 피라머스의 가슴에 꽂힌 칼을 빼어 자살해 버립니다. 그 나머지는 사자, 달빛, 돌담 그리고 두 연인이 무대 위에 올라와 제각기 상세한 말씀을 드리기로 되어 있습니다." (퀸스, 피라머스, 티스비, 사자, 달빛 퇴장)

테세우스　사자가 어떻게 말을 하나?

데메트리오스　이상한 얘기는 아닙니다, 공작님. 요즘 세상에는 말하는 당나귀도 있으니 말하는 사자도 얼마든지 있을 수 있지요.

　돌담이 세 걸음 앞으로 나온다.

돌담　"이 연극에서 소생 스나우트가 돌담 역을 맡았습니다. 그런데 미리 말씀드리고자 하는 것은 돌담은 돌담이지만 금이 간 구멍, 즉 틈이 나 있는 돌담입니다. 그 구멍으로 연인 피라머스와 티스비는 자주 은밀히 만나 속삭였습죠. 이 진흙과 벽토, 이 돌들을 보시면 제가 바로 돌담인 것을 알 수 있을 겁니다. 사실입니다. 그리고 이렇게 오른쪽에서 왼쪽으로 틈이 나 있는데 (손가락을 펴 보인다.) 이 틈바구니 사이로 두 연인이 가슴을 조이면서 사랑을 속삭이도록 되어 있습니다."

테세우스 석회와 머리카락으로 되어 있는 돌담 치고는 말솜씨가 제법이 군.

데메트리오스 저도 이렇게 똑똑한 돌담은 처음 보았습니다.

피라머스 다시 등장.

테세우스 피라머스가 돌담 옆으로 다가오는군. 다들 조용히!

피라머스 "오, 보기에도 무서운 밤! 오, 칠흑처럼 어두운 밤! 해가 지면 반드시 찾아오는 밤! 밤이여, 밤이여! 아아, 혹시 티스비가 약속을 잊지는 않을까……. 돌담이여! 정들고 그리운 돌담이여! 우리 부모님들의 집 사이 에 가로막고 있는 돌담이여! 정들고 그리운 돌담이여! 네 구멍은 어디 있 니, 내 눈으로 좀 들여다보자꾸나! (돌담이 손가락을 편다.) 고맙구나, 친 절한 돌담이여, 너에게 제우스신의 가호가 있기를! 그런데 잠깐, 뭐가 보 이나. 티스비는 보이지 않는군. 이 나쁜 놈의 돌담 같으니, 내 행복의 원 천은 보이지 않는구나. 이 망할 놈의 돌담 같으니, 날 속이다니!"

테세우스 저 돌담이 살아 있는 한 반드시 대꾸를 할걸.

피라머스 그렇지 않습니다, 공작님. 대꾸는 하지 않을 겁니다. "날 속이 다니!"는 티스비에게 나오라는 신호로 이제 곧 등장할 겁니다. 그러면 전 돌담 틈으로 들여다볼 겁니다. 두고 보십시오, 틀림없이 지금 말씀드린 것처럼 될 테니까요. 마침 들어옵니다.

티스비 등장.

티스비 "오, 돌담이여! 우리 님 피라머스와 나와의 사이를 가로막고 서 있는 넌 나의 한탄을 수없이 들었었지. 석회와 머리카락을 이겨 쌓아올린 너의 돌에 나의 앵두 같은 입술은 수없이 키스를 했었지."

피라머스 "말소리가 보인다. 돌담 틈바구니는 티스비의 얼굴이 잘 들릴지도 몰라. 티스비!"

티스비 "그리운 이, 우리 님, 틀림없이 당신이지요?"

피라머스 "틀림없는지 어떤지 모르지만 난 당신의 연인이오. 레만드로스(레안드로스)처럼 나의 사랑에는 변함이 없소."

티스비 "저도 헬렌(헤로)처럼 운명의 여신이 날 데려갈 때까지 영원히 변함없어요."

피라머스 "프로크루스(프로크리스)를 사모한 세팔러스(케팔로스)도 이렇게까지 진심은 아니었을 것이오."

티스비 "프로크루스를 사모한 세팔러스와 같은 사랑을 당신에게."

피라머스 "아, 키스해 주오, 이 망할 놈의 돌담 구멍으로!"

티스비 "이렇게 돌담 구멍에 키스를 하지만 당신 입술에는 닿지 않는군요."

피라머스 "오늘 밤에 니누스의 묘지에 나와 주시겠소?"

티스비 "목숨을 걸고 꼭 가겠어요." (피라머스와 티스비 퇴장)

돌담 "소생 돌담은 이렇게 소생의 역을 완수했습니다. 완수한 이상 이처럼 썩썩 물러가겠습니다." (돌담 퇴장)

테세우스 두 사람 사이를 가로막던 돌담도 이렇게 쫓겨나게 되는군.

데메트리오스 쫓겨나도 할 수 없죠. 천연덕스럽게 남의 말을 엿듣는 돌담이니까요.

히폴리타 이런 엉터리 연극은 처음 봐요.

테세우스 연극이란 아무리 잘해도 인생의 그림자에 불과한 것이오. 또한 아무리 나쁜 연극이라도 상상력으로 보충하면 꽤 볼 만한 법이지요.

히폴리타 그렇더라도 그건 당신의 상상력이지 배우들의 상상력과는 관계가 없잖아요.

테세우스　아니오. 배우들처럼 우리도 상상력을 발휘하면 다들 훌륭한 배우로 통할 수 있을 거요. 오, 훌륭한 동물이 등장하는군, 달과 사자라.

　사자와 달빛 등장.

사자　"숙녀 여러분께 한 말씀 올리겠습니다. 여러분께서는 마룻바닥을 살살 기어 다니는 작은 생쥐조차도 흉측하다고 무서워할 만큼 여린 심성을 가지고 계십니다. 그래서 사자가 마구 으르렁대면 아마 대단히 놀라시고 두려움에 떨 것이라 생각됩니다. 따라서 미리 말씀드립니다만 소생 스너그는 가구장이로서 우연히 무서운 사자 역으로 등장했을 뿐이고, 실은 절대로 암사자도 수사자도 아니오니 그 점을 잘 양해해 주시기 바랍니다. 만일 소생이 정말 사자가 되어 이곳에서 포악을 부린다면 그건 정말로 비참한 일이 될 테니 말입니다."

테세우스　매우 온순한 짐승이군. 더구나 어지간히 양심적이고.

데메트리오스　이렇게 점잖은 짐승은 처음 봅니다, 공작님.

라이샌더　그렇지만 용맹스러움은 여우만큼도 못한 사자군요.

테세우스　사실 그렇군. 지혜롭기는 거위만큼도 못한 사자고.

데메트리오스　그렇지 않습니다, 공작님. 용맹스러움은 지혜로움을 잡을 수 없지만 여우는 거위를 잡거든요.

테세우스　아니, 저 사자의 지혜는 용기를 잡을 수 없을 것 같아. 거위는 여우를 잡지 못하니 말이다. 그렇지만 아무래도 상관없어. 그건 저 사자의 분별에 맡겨 두고 우리는 달의 말이나 들어 보자.

달빛　"이 등불은 초승달의 뾰족한 뿔이올시다."

데메트리오스　뿔이라면 머리에 있어야 할 텐데……

테세우스　저 배우의 머리는 아무리 봐도 초승달이 아닌데. 뿔은 둥근 얼굴 안에 가려진 모양이지?

달빛　"이 등불은 초승달의 뾰족한 뿔이올시다. 소생은 달나라의 사람이라고나 할까요."

테세우스　세상에 이런 엉터리가 어디 있나. 사람이 등불 속에 들어가 있어야 하지, 그렇지 않고서야 어떻게 달나라의 사람이 된담?

데메트리오스　촛불이 켜져 있어 그 속에 들어갈 수는 없을 겁니다. 저것 보세요. 지금 촛불이 한창 타고 있지 않습니까?

히폴리타　아, 보기 싫어. 저런 달은 빨리 퇴장해 주었으면!

테세우스　분별의 빛이 저렇게 희미한 것을 보니 머지않아 달이 기울 거요. 그러니 예의로 보나 이치로 보나 참고 끝나는 시간을 기다릴 수밖에 없겠구려.

라이샌더　이보시오, 달빛, 어서 계속해 봐요.

달빛　"소생이 여러분께 말씀드리고 싶은 것인즉, 이 등불은 달님이고 이 가시나무 다발은 소생의 계수나무, 이 개는 소생의 개라는 점이올시다."

데메트리오스　그것들은 모두 달님 속에 들어 있는 것들이니 다 등불 속에 들어가 있어야 하는 것 아닌가요? 어쨌든 그냥 두죠. 지금 티스비가 들어오니까요!

티스비 다시 등장.

티스비　"이곳이 니누스의 묘지인데 우리 님은 어디 있지?"

사자　(으르렁댄다.) "어훙!"

티스비가 허겁지겁 달아나며 망토를 떨어뜨린다.

데메트리오스 잘 으르렁대는군, 사자란 놈이!

테세우스 잘 달아나는구나, 티스비가!

히폴리타 잘 비추네요, 달님이! 저 달님이 이번에는 제법 잘 빛나네요.
(사자가 티스비의 망토를 물어뜯는다.)

테세우스 잘 물어뜯는군, 사자란 놈이!

라이샌더 결국 사자는 물러가게 되겠군요.

데메트리오스 이번에는 피라머스가 등장할 모양이지요.

피라머스 등장. 사자 퇴장.

피라머스 "정다운 달아! 네 덕분에 대낮처럼 밝구나. 이렇게 밝게 비춰
주니 고맙다. 달아, 너의 친절한 황금빛의 번쩍이는 빛 덕분에 내 사랑 티
스비를 곧 만날 수 있을 것 같구나. 그런데 잠깐! 아이고, 맙소사. 이것 좀
보게, 가엾은 기사여! 이게 무슨 끔찍한 광경이냐! 두 눈으로 보고 있느
냐? 어떻게 이런 일이! 오, 사랑하는 사람, 내 사랑이여! 당신의 아름다운
망토가 이렇게 피에 더럽혀지다니! 오라, 잔인한 복수의 신들아! 오라, 운
명의 신들아! 어서 와서 내 목숨의 줄도 잘라 가라! 이 몸을 두들겨패고
마구 치고 때려서 죽여 다오!"

테세우스 열정적이군. 사랑하던 연인이 죽었으니 저렇게 비통한 표정이
되는 것도 당연할 테지.

히폴리타 야단법석이긴 하지만 몹시 가엾게 느껴져요.

피라머스 "오 조물주여! 어쩌자고 사자를 만드셨소? 포악한 사자란 놈이
꽃다운 내 연인의 목숨을 빼앗아갔소. 아름다운, 아니지, 아름다웠던 내
연인을. 방금 전까지도 세상에 살아 있어 만인에게 사랑을 받고 우러러보
았던 내 연인을. 눈물이여, 쏟아져라! 칼이여, 찔러라! 칼집을 나와 이 피

라머스의 가슴을, 그렇지, 심장이 뛰는 왼쪽 가슴을! (칼로 가슴을 찌른다.) 이렇게 난 이렇게, 이렇게 죽는다! 이제 난 죽었다. 이제 난 사라졌다. 내 영혼은 하늘로 올라간다. 해는 빛을 잃고 달은 달아나는구나! (달빛 퇴장) 아, 죽음이 닥쳐오는구나. 이제 죽는다, 죽어, 죽는다." (자기 얼굴을 가리며 쓰러진다.)

데메트리오스 죽네 사네 해 봤자 1점밖에 줄 수 없어. 이 따위 연극을 공짜라면 볼까, 누가 보겠는가?

라이샌더 1점의 가치도 없어. 사라졌으니 하나도 없게 되었네.

테세우스 의사의 치료를 받은 후에 당나귀로 소생하여 더욱 바보짓을 할지도 모르지.

히폴리타 달빛은 왜 들어갔을까? 티스비가 돌아와 피라머스의 시체를 알아봐야 할 텐데.

테세우스 그야 별빛으로 알아보겠지. 이제 티스비의 등장이군. 비탄으로 막이 내리겠지.

티스비 등장.

히폴리타 피라머스가 저렇게 해버려서 그리 길게 비탄하지는 않을 거예요. 제발 얼른 끝났으면……

데메트리오스 저런 피라머스에다 이런 티스비, 둘의 연기력을 저울에 달면 먼지 하나의 차이라고나 할까요. 제기, 저런 남자 역할이 어디 있나, 여자 역할도 그렇고. 피장파장이군.

라이샌더 티스비가 벌써 피라머스를 알아보았군. 눈이 밝기도 하지.

데메트리오스 그래서 비탄이 시작된다는 말씀이로군.

티스비 "주무세요, 우리 님? 아니, 이게 웬일일까? 죽어 있다니! 그리운 피라머스, 일어나요! 말을 하세요! 벙어리도 아닌데 왜 말을 안 하세요? (남자의 얼굴을 일으킨다.) 죽었나요? 죽었나요? 당신의 고운 눈을 무덤 속에 묻어야 하나요? 이 치자 빛의 입술, 분홍 빛의 코, 노란 앵초 같은 볼이 모두 사라져버렸네. 온 세상의 연인들이여, 같이 슬퍼해 줘요. 이이의 눈은 부추처럼 파랬는데……. (운다.) 운명의 여신들아, 어서 나에게로 와서 젖빛처럼 하얀 너희들의 손에 피를 적셔라. 우리 님의 비단실 같은 목숨줄도 너희들이 끊어 놓지 않았느냐. 혀야, 이젠 아무 말도 하지 마라. 칼아, 내 가슴을 찔러라. (피라머스의 칼을 찾다가 없자 칼집으로 찔러 자살을 한다.) 모두 안녕히 계세요. 티스비는 이렇게 죽어요. 안녕히, 안녕히……." (피라머스 시체 위에 털썩 쓰러진다.)

사자, 달빛, 돌담 등이 등장하고 니누스의 묘지는 커튼으로 가려진다.

테세우스   달빛과 사자가 남아서 무덤을 파는 수밖에.

데메트리오스   돌담도 같이요.

사자   아니지요, 그렇지 않습니다. 양쪽 집을 가로막고 서 있던 돌담은 벌써 허물어지고 없습니다. (품에서 종이쪽지를 꺼낸다.) 그럼 이제 맺음말을 보여 드릴까요, 아니면 저희 두 사람이 베르가모 지방의 춤이나 보여 드릴까요?

테세우스   맺음말은 제발 빼 주게……. 자네들의 연극은 변명의 여지가 없으니 맺음말로 변명일랑 제발 하지 말게. 등장인물들은 모두 죽고 비난당할 사람은 아무도 없으니 말일세. 하긴 이 연극의 대본을 쓴 작가가 피라머스 역에 출연하여 티스비의 양말 대님으로 목을 매 죽는 것이었다면 썩 멋진 비극이 되었을 텐데……. 어쨌든 모두들 수고했네. 맺음말은 생략하기로 하고 베르가모 지방의 춤이나 보여 주게. (달빛과 돌담이 베르가모 지방의 춤을 추면서 퇴장하고 사자도 퇴장한다. 테세우스가 일어서면서 계속 말한다.) 한밤의 종소리가 자정을 알리는구나. 이제 곧 요정들이 나타날 시간이니 연인들은 신방으로 들어가 잠자리에 들게나. 오늘 밤에 이렇게 늦었으니 내일 아침에는 늦잠을 잘 것 같군. 서툴게 꾸민 연극이기는 했지만 덕분에 지루한 밤이 가는 줄도 몰랐다. 이제 자러 갑시다. 피로연은 두 주일 동안 계속 되니 매일 밤 이렇게 잔치를 열고 여러 가지 여흥도 있을 것이오.

테세우스가 히폴리타를 데리고 퇴장. 그 뒤를 따라 연인들도 서로 손을 잡고 퇴장. 이어 모두들 퇴장. 등불이 꺼지고 무대는 컴컴해지고 타다 남은 모닥불만이 보인다. 퍼크가 빗자루를 들고 등장.

퍼크   지금은 밤중, 굶주린 사자는 으르렁대고 늑대는 달을 보고 울부짖는다. 종일 노동에 지쳐 곤하게 잠든 농부는 코를 골며 타다 남은 장작불은 번쩍이며 타고 있다. 올빼미의 불길한 울음소리는 임종을 앞둔 이에게 수의를 연상 시킨다. 지금은 밤의 세계, 무덤이 아가리를 딱 벌리고 망령들을 내보내어 묘지를 배회한다. 우리네 요정들은 태양빛을 피하여 암흑을 쫓아 달님의 마차와 나란히 달려간다. 이제 우리 세상이니 희희낙락해 보자. 오늘 밤 이 댁은 경사스러운 날이니 생쥐 한 마리도 얼씬대지 마라. 내 임무는 빗자루를 들고 앞에 나서서 문 뒤의 먼지를 터는 일이다.

별안간 오베론과 티타니아와 요정들이 몰려든다. 모두 초가 꽂힌 모자를 쓰고 있는데 난로 옆으로 지나가며 초의 불을 붙인다. 무대가 환하게 밝아진다.

오베론　꺼져가는 난롯불에 촛불을 붙여 이 댁에 밝은 불빛을 주자. 요정
들아, 모두들 덤불에서 날아오르는 새들처럼 경쾌하게 춤을 추어라. 내가
노래할 테니 함께 따라 부르고 발걸음 가볍게 춤들을 추어라.

티타니아　(오베론에게) 당신이 먼저 한마디 한마디마다 리듬을 맞춰 노래
부르면 모두들 손에 손을 맞잡고 아름다운 곡조로 노래 부르죠. 우리 모
두 이 댁에 축복을 내립시다.

　　오베론이 먼저 노래를 부르고 그 뒤에 요정들이 합창을 한다. 노래를
부르면서 손을 맞잡고 춤을 추며 무대 뒤를 돈다.

오베론　(노래한다.)

　　　　요정들아, 날이 샐 때까지
　　　　온 집 안을 돌며 춤을 추어라.
　　　　우리 둘은 새색시 신방에 가서
　　　　축복을 내리련다.
　　　　태어날 아이에게도
　　　　행운을 빌어 주련다.
　　　　세 쌍의 신랑 신부에게
　　　　백년해로 빌어 주련다.
　　　　태어날 아이들은
　　　　아무 탈 없이 태어나라.
　　　　사마귀, 언청이, 흉터처럼,
　　　　행여 세상에 태어나
　　　　멸시를 받게 될
　　　　불길한 흠은 없게 하라.

요정들아, 저마다

들판의 이슬을 따다

이 댁의 방마다 뿌려

흐뭇하게 축복하고

이 댁 주인을 영원히 축복하라.

머뭇거리지 말고 뛰어가라.

새벽까지는 돌아오너라.

요정들 퇴장, 무대는 어두워지고 다시 조용해진다.

퍼크　혹시 저희 요정들이 한 짓이 마음에 안 드시거든 이렇게 생각해 주십시오. 잠시 조는 동안에 꿈을 꾸신 거라고요. 그래야 화도 풀리실 것 아닙니까? 이 빈약하고 요령도 없고 허황된 연극을 부디 심하게 꾸짖지 마십시오. 용서하시면 앞으로 힘써 고쳐 나가겠습니다. 다행히 비난의 힐책을 모면한다면 머지않아 좀더 나은 솜씨를 보여 드리겠습니다. 모두를 대표하여 이 정직한 퍼크가 약속 드리겠으니 그렇지 못한다면 저를 거짓말장이라고 부르셔도 좋습니다. 마음에 드셨다면 박수를 쳐 주십시오. 다음에는 더 나은 무대 위에서 뵙겠습니다. 그럼 안녕히 돌아가십시오. (퍼크 퇴장)

베니스의 상인

The Merchant of Venice

장 소

베니스, 벨몬트에 있는 포셔의 집

등장인물

베니스의 공작

모로코 왕 ⎫
아라곤 왕 ⎭ 포셔의 구혼자

안토니오 베니스의 상인(商人)

바사니오 안토니오의 친구, 포셔의 구혼자

그라시아노 ⎫
살레리오 ⎬ 안토니오의 친구
솔라니오 ⎭

로렌조 안토니오의 친구, 제시카의 애인

샤일록 유대인 고리대금업자

튜발 샤일록의 유대인 친구

란슬럿트 어릿광대, 샤일록의 하인

고보 노인 란슬럿트의 아버지

레오나르도 바사니오의 하인

밸더자 ⎫
스테파노 ⎭ 포셔의 하인

포셔 벨몬트의 부잣집 딸

네리사 포셔의 하녀

제시카 샤일록의 딸

베니스의 공작 포셔의 구혼자

그 밖의 베니스의 고관들, 법정의 관리들, 간수, 하인들, 시종들 바사니오는 벨몬트에 사는 미모의 유산 상속녀인 포셔에게 구혼하기 위한 비용을 친구인 베니스의 상인 안토니오에게 빌려 달라고 부탁을 한다. 안토니오는 친구를 위해 자신의 배를 담보로 하여 유대인 고리대금업자 샤일록에게 돈을 빌리게 되는데 돈을 갚지 못하면 1파운드의 살을 베어 주겠다는 약속을 하고 차용 증서를 써 준다.

한편 포셔는 구혼자들에게 금·은·납 세 개의 상자 중에 자신의 초상이 들어 있는 상자를 선택하는 사람과 결혼을 하겠다고 했는데 바사니오는 포셔의 초상이 들어 있는 납으로 된 상자를 선택하여 결혼에 성공한다. 친구 바사니오의 결혼 비용을 위해 빌린 돈을 갚기로 한 기한이 되었지만 안토니오의 배들은 심한 풍랑을 만나게 된다. 이 사고로 안토니오는 샤일록에게 빌린 돈을 갚을 수가 없게 되었고 샤일록은 안토니오를 법정에 서게 하여 1파운드의 살점을 도려내려 한다.

이 소식을 들은 바사니오의 아내인 포셔가 남자로 변장을 하고 법정의 재판관으로 등장해 1파운드의 살점은 도려내되 한 방울의 피도 흘려서는 안 된다고 판결을 내린다. 또한 샤일록의 모든 재산을 몰수하고 그리스도교로 개종하라고 명령한다. 이에 안토니오는 샤일록에게 그리스도교도인 사위 로렌조와 개종한 딸 제시카에게 유산을 물려주라고 한다.

그 후 안토니오의 배는 무사히 돌아와 재산을 지키게 되었으며, 판결에 대한 보답으로 바사니오가 재판관에게 준 결혼 반지가 포셔에게 돌아간 경위 등 즐거운 에피소드로 끝난다.

제1막

제1막 제1장

베니스의 부두.

안토니오, 살레리오, 솔라니오 등장.

안토니오 아, 왜 이렇게 마음이 우울할까. 답답해 죽겠어! 나 때문에 자네들까지 답답하다고? 대체 이 답답증은 어디서 어떻게 걸린 것인지 또 어떻게 만나게 된 것인지 그리고 대체 이 병은 무엇으로 되어 있고 어디서 튀어 나온 것인지 도무지 알 수가 없어. 이 답답증 때문에 난 멍청이가 되어버려 내 자신조차 가누지 못할 지경이라네.

살레리오 자네 마음은 망망대해에서 흔들리고 있는 걸세. 자네의 상선들은 당당하게 바다의 귀족이나 부호들처럼 —아니, 바다의 꽃수레라고나 할까?— 굽실대고 황공해 하는 작은 배들을 본체만체 날개와 같은 돛을 달고 쏜살같이 날아가니 말일세.

솔라니오 나 같은 사람이 그런 모험을 한다면 대부분은 마음이 바다 위에 떠 있을 거야. 풀잎을 뽑아 풍향을 알아보고 부두나 정박할 곳을 찾느라고 지도와 씨름을 하겠지. 그러니 선박에 조금이라도 걱정될 만한 일이 생기면 마음이 우울해지고말고.

살레리오 나 같은 사람은 수프를 후후 불어 식히는 입김만 보더라도, 이게 만일 바다에서 일어나는 큰 태풍이라면 어쩌나 하는 생각에 학질에 걸리고 말 거네. 모래시계에서 모래가 흘러내리는 것을 보면 여울이나 갯바닥을 연상하게 될 거고, 물건을 가득 실은 나의 앤드루 호가 모래에 박혀 돛대 꼭대기가 늑재 아래로 쓰러지면 무덤에 키스하는 장면을 상상하게 될 거야. 또 교회의 성스러운 석재 회당만 보더라도 험한 암석이 눈앞에 선할 테고……. 이 암석이 배 옆구리에 닿기만 하면 향료는 바다에 몽땅 흩어질 것이고 파도는 비단옷으로 장식될 것이 아닌가? 말하자면 지금까지 쥐고 있던 막대한 재산이 순식간에 날아가 버릴 판국이니 그런 사고를 상상하면 우울해지지 않을 수 없다는 것쯤은 나도 안다네. 안토니오, 자네가 상선이 걱정되어 답답해 하고 있다는 것쯤은 나도 알고 있어.

안토니오   그런 것이 아니네. 다행히 나는 배 한 척에만 투자를 한 것도 아니고 돈을 빌려 준 곳도 한두 군데가 아니라네. 게다가 전 재산이 금년 한 해의 운수에만 달려 있는 것도 아니야. 그러니 내가 사업 때문에 답답한 건 아닐세.

솔라니오   그럼 연애를 하고 있나 보군?

안토니   원, 천만에!

솔라니오   연애도 아니라고? 그렇다면 즐겁지가 않으니 답답한 거라고 해 둘까? 말하자면 슬프지 않은 게 즐거운 거나 같지 않겠어? 그건 그렇고 쌍두의 제이너스 신에게까지 맹세하지 않더라도 조물주는 정말 묘한 인간들을 만들어 놓았지. 글쎄, 우습지도 않은 자루피리 소리만 들어도 앵무새처럼 눈을 가늘게 뜨고 깔깔대는 자가 있는가 하면, 어떤 자는 저 현명한 네스터가 재미있다고 보증하는 농담조차도 이맛살을 찌푸리면서 절대로 웃지 않는 자도 있거든.

바사니오, 로렌조, 그라시아노 등장.

솔라니오   자네의 가장 친한 친구인 바사니오가 오는군. 그라시아노와 로렌조도 같이……. 마침 좋은 친구들이 왔으니 우리는 이만 실례하겠네.

살레리오　나도 좀더 같이 있으면서 자네의 마음을 위로해 줄까 했지만 더 훌륭한 친구들이 왔으니 이만 가봐야겠네.

안토니오　자네들도 훌륭한 친구들이네. 볼일들이 있었는데 마침 잘됐다 하고 달아날 모양이지?

살레리오　어서들 오게. 반갑네.

바사니오　(다가오면서) 여, 친구들! 오래간만일세. 언제 한잔하지 않겠나? 언제가 좋을까? 어색하게 정말 그러기야?

살레리오　나중에 틈 나면 다시 만나세. (살레리오와 솔라니오 퇴장)

로렌조　바사니오 씨, 안토니오 씨를 만났으니 저희들 두 사람은 이만 가보겠습니다. 그렇지만 점심때는 약속 장소를 부디 잊지 마십시오.

바사니오　염려 말게.

그라시아노　안토니오, 안색이 좋지 않군그래. 세상사를 너무 지나치게 걱정하기 때문일세. 모처럼 손에 넣어 봤자 마음고생을 하면 결국은 손해거든. 사람이 이렇게 변해버려서야 원.

안토니오　여보게, 그라시아노. 나는 세상사를 그저 세상사로밖에 보지 않네. 말하자면 이 세상은 하나의 무대라고나 할까, 누구나 한 가지 역을 맡고 있지. 내가 맡은 역은 우울한 남자 역할이야.

그라시아노　그렇다면 난 광대역이나 맡아서 즐겁게 웃으며 주름이나 잔뜩 잡히게 해야겠군. 상심한 채 심장을 차갑게 식히느니보다는 차라리 술이라도 마셔서 간을 뜨겁게 하겠어. 따뜻한 피가 흐르는 인간이라면 석고상같이 가만히 앉아 있는 노인처럼 눈을 뜬 채 졸면서 심술 때문에 황달병에 걸릴 필요는 없을 테니 말이야. 그런데 안토니오, 난 자네를 좋아하네. 좋아하니까 이런 말도 하네만……, 세상에는 신기한 사람도 다 있다네. 물이 고인 연못처럼 얼굴에 막을 쓰고서는 지혜롭다느니 신중하다느니 사려 깊다느니 하는 세상의 평을 얻고 싶어 일부러 침묵을 지키며, '나는 예언자다, 내가 입을 열 때는 개도 못 짖게 하라.'고 말하는 족속들 말일세. 오, 안토니오, 난 그런 작자들을 알고 있는데 말을 하지 않는 것으로 현명한 사람이라는 평을 얻지. 그런데 그것들이 일단 입을 열었다 하면 곁에서 듣고 있던 사람은 그 어리석은 소리에 귀를 틀어막을 수밖에 없다네. 아니, 이런 얘기는 나중에 더 자세히 하겠네. 그러니 우울증의 미끼를 가지고 세상의 평이라는 멍청한 잉어 새끼를 낚지는 말게……. 여보게, 로렌조. 우린 이만 가세. 내 설교는 점심 후에나 끝맺기로 하지.

로렌조　그럼 이따가 다시 뵙겠습니다. 저는 방금 말한 그 벙어리 군자나 될 수밖에요. 이 그라시아노 씨가 어디 말할 기회를 줘야죠.

그라시아노　앞으로 나와 이태만 더 사귀어 보게. 자네는 자네 목소리조차 잊고 말 테니까.

안토니오　잘들 가게. 이젠 나도 좀 수다스러워져야 하겠는걸.

그라시아노　고맙네. 침묵이 칭찬받는 건 암소의 마른 혀나 안 팔린 노처녀밖에 없다네. (그라시아노와 로렌조 퇴장)

안토니오　그런 걸 다 말이라고 하다니!

바사니오　그라시아노는 어지간히 허풍을 떠는군. 그 점에 있어서는 베니스에서 최고일 거야. 그자의 말 가운데 이치에 맞는 말이라고는 겨 속에 섞여 있는 두 알의 밀알 찾듯이 온종일 수고를 해야만 찾아볼 수나 있을까? 하긴 그렇게 찾아내 봤자 그만한 가치도 없는 것이지만…….

안토니오　그건 그렇고, 어서 얘기해 보게. 자네가 찾아가 보겠다던 그 처녀 말일세. 오늘은 얘기해 주겠다고 약속하지 않았나?

바사니오　여보게, 자네도 모르는 바 아니지만 미약한 내 재력을 도저히 감당하지 못할 정도로 한 호화스러운 생활 덕분에 내 재산은 거의 탕진되고 말았네. 지금 나의 큰 근심은 그 호화스러운 생활과 작별하고 싶지 않아서 그런 게 아니라 어떻게 해서든지 빚을 청산하려는 것일세. 지나친 낭비로 짊어진 빚 말이야……. 여보게, 안토니오. 금전으로 보나 우정으로 보나 난 자네와의 우정을 믿고 내 계획과 의도를 모두 털어놓겠네.

안토니오　여보게, 바사니오. 모두 얘기해 보게. 자네가 그러지는 않을 거라고 생각하지만 체면이 손상되는 일만 아니라면 내 돈주머니고 내 몸뚱이고 내 힘이 닿는 한 자네를 돕겠네.

바사니오　어린 시절 얘기인데 화살을 잃으면 난 그 화살을 찾기 위해 다른 화살을 같은 높이와 같은 방향으로 신중히 겨냥을 하고 쏜 적이 있다네. 이렇게 두 번을 모험한 끝에 화살을 둘 다 찾은 적이 한두 번이 아니었어. 순전히 유치한 내용이지만 이렇게 어릴 때의 경험을 얘기하는 이유는, 고양 말 같지만 그동안 자네한테 진 빚은 떼인 셈 치라는 걸세. 그렇지만 한 번만 더 첫 번째와 같은 방향으로 화살을 쏘아 준다면 과녁은 내가 눈여겨볼 테니 반드시 둘 다 찾게 될 것이네. 적어도 나중 것만이라도 찾아내면 처음 것에 대한 채무만 남게 되지 않는가?

안토니오　나에 대해서는 자네가 더 잘 알지 않나! 그런 식으로 멀찌감치 서서 내 우정을 떠보는 건 시간 낭비네. 첫째, 내가 자네를 위하여 최선을 다해 줄 것인지를 의심하다니, 이건 자네가 내 재산을 몽땅 탕진해 버리는 것보다 더한 모욕이야. 그러니 내 힘으로 할 수 있는 일이라면 말만 하게, 기꺼이 돕겠네. 자, 말해 봐.

바사니오　다른 게 아니라 벨몬트에 엄청난 유산을 물려받은 여자가 있는데 용모도 용모지만 그보다는 인품이 비상하고 고결한 여자라네. 정숙한 그녀에게서 다정한 시선을 느끼곤 했지……. 포셔라는 이름의 케이토의 딸로서, 저 유명한 로마의 브루투스의 아내였던 포셔에 비하여 조금도 손색이 없을 뿐더러 정숙하다는 소문이 세상에 널리 퍼져서 동서남북 할 것 없이 각지로부터 유명한 구혼자들이 밀려들고 있다네. 황금 양털처럼 빛나는 금발이 그녀의 이마에 늘어져 있기 때문인지, 옛날 신화에 제이슨이 찾아갔다는 콜코스 해안처럼 그녀가 살고 있는 벨몬트에는 수많은 구혼자들이 몰려든다지. 내가 말하고 싶은 것은 안토니오, 그들과 경쟁할 만한 재력만 있다면 내 예감이지만 반드시 성공하여 행운을 누릴 수 있을 것 같다는 말이네.

안토니오 그런데 자네도 알다시피 내 전 재산은 바다 위에 있거든. 내 수중에는 현금도 없고 팔 상품도 없으니……. 그럼 돈을 빌리러 가보세. 내 신용을 담보로 베니스 시내에서 돈을 빌려 보자구. 어떻게든 최선을 다해보세나. 벨몬트의 아름다운 포셔를 찾아갈 여비쯤은 어떻게 되겠지……. 어서 가서 돈을 얻을 만한 곳을 알아보게. 나도 알아보겠네. 내 신용으로 나 친분으로나 얼마의 돈은 얻을 수 있을 거네. (모두 퇴장)

제1막 제2장

벨몬트, 포셔의 저택 홀.

무대 뒤쪽에 복도가 있고 그 끝에 구석진 작은 방으로 통하는 입구가 있으며, 이 작은 방은 커튼으로 가려져 있다. 포셔와 시녀 네리사 등장.

포셔 네리사, 작은 내 몸은 커다란 이 세상이 정말로 싫어졌단다.

네리사 그러실 거예요, 아가씨. 아가씨가 누리는 행복만큼 불행도 많다면 그럴지도 모르죠. 사람이란 너무 행복에 겨우면 가난에 쪼들릴 때와 마찬가지로 괴로울 수도 있어요. 그러니 중간 정도의 행복도 흔한 경우가 아니죠. 팔자가 너무 좋아도 머리가 금방 센다니 적당히 행복해야 장수한다지 않아요?

포셔 맞는 이치인데다 말도 잘하는구나.

네리사 이 이치를 잘 지키면 정말 좋을 거예요.

포셔 누가 아니래. 선행을 실천하기가 선행을 알고 있는 것처럼 쉽다면야. 조그마한 예배당도 큰 교회당과 같을 것이고 오두막집도 성이나 다름없을 것 아니냐. 나만 하더라도 이십 명에게 선행을 가르치기는 쉽겠지만 실천을 하라면 손들 거야……. 머릿속에서는 아무리 감정을 억제하는 법칙을 세워도 젊은 혈기는 그런 냉정한 명령쯤 뛰어넘지 않니? 청춘은 미친 토끼 같다고나 할까, 절름발이 같은 이성의 그물쯤은 뛰어넘고 마는 걸. 그렇다고 이런 이치를 따져 봤자 남편감이 골라지는 것도 아니고. 아, 원망스러운 이 고른다는 말……. 마음에 드는 사람을 선택하지도 못하고 싫은 사람을 퇴짜 놓지도 못하는 내 신세 좀 보렴. 살아있는 딸의 뜻이 죽은 아버지의 유언에 이렇게까지 제한을 받아야 하다니……. 얘, 네리사, 선택도 거절도 마음대로 하지 못하다니 좀 가혹하지 않니?

네리사 아버님은 참 훌륭한 분이셨어요. 성인이 운명하실 때는 현명한 생각이 떠오른다고 하잖아요. 그래서 아버님께서는 금과 은과 납, 세 개의 궤 속에 제비를 넣어 놓고 그 어른의 뜻을 고른 사람이라야 아가씨를 차지할 수 있게 해 놓으셨으니, 진정으로 아가씨를 사랑하는 분이라야만 그 제비를 뽑을 수 있을 거예요. 아가씨는 지금까지 찾아온 왕족이나 귀족의 청혼자들 중에 혹시 마음에 드는 분이라도 있으셨는지요?

포셔 그럼 한 분 한 분 이름을 대 봐라. 이름을 대면 내가 그의 인품을 말할 테니 그것으로 내 마음속을 짐작하려무나.

네리사 첫째, 나폴리 왕이 있었습니다.

포셔 아, 그분은 망아지나 다름없었어. 그래서 그런지 밤낮 말 얘기만 하더구나. 말에다 손수 편자를 신길 수 있다는 것을 굉장히 자랑스러워했지. 그분 어머니와 대장장이 사이에 뭔가 있었는지도 몰라.

네리사　다음엔 팔라틴 백작입니다.

포셔　그 사람은 인상을 찌푸리는 것밖에 모르면서 마치 '내가 싫거든 맘대로 하라!'는 것 같지 않았어? 재미있는 얘기를 들어도 웃지 않으니 아마 그런 분이 늙으면 비관 철학자가 되지 않을까. 글쎄, 젊은 사람이 그렇게 청승맞은 표정으로 있어서야……. 그런 이와 결혼하느니 차라리 뼈다귀를 물고 있는 해골하고 결혼하겠어. 그런 작자들은 정말 꼴도 보기 싫어. 하느님, 그런 사람들로부터 저를 지켜주소서!

네리사　그럼 프랑스 귀족 르봉 씨는 어떠세요?

포셔　그분도 신이 만드셨으니까 사람대접은 해 주겠어. 남의 흉을 보는 것이 죄가 된다는 것쯤은 나도 알고 있지만 그분은 참 기가 막힐 정도야. 글쎄, 말에 관해서라면 나폴리 왕을 뺨칠 정도요, 찌푸리는 버릇으로 말하자면 팔라틴 백작보다 한술 더 뜨는걸! 개성이 없는 소인이라서 그런지 지빠귀가 울면 단박 깡충대며 자신의 자화상하고도 싸울 사람이야. 그런 수다쟁이와 결혼한다면 수십 명의 남편을 얻은 거나 마찬가지 아니겠니? 그분이 날 미워하더라도 난 용서해 주겠어. 미칠 듯이 날 사랑하더라도 난 조금도 마음이 없으니 말이다.

네리사　그럼 영국의 젊은 포큰브리지 남작은 어떠세요?

포셔　그 남작과는 어디 말이 통해야지. 그쪽에선 내 말을 못 알아듣고 난 그쪽 말을 못 알아들으니 말이다. 그 남작에게는 라틴 말도 프랑스 말도 이탈리아 말도 통하지 않고, 네가 증인을 서도 좋지만 난 영어라고는 한마디도 모르지 않니? 훤칠한 미남이긴 하지만 벙어리 인형하고야 어디 말이 통해야지. 그의 옷차림은 정말 가관이더라! 아무래도 조끼는 이탈리아에서 바지는 프랑스에서 모자는 독일에서 그리고 예의범절은 세계 곳곳에서 각각 따로 사들인 모양이야.

네리사　그분의 이웃 나라에서 오신 스코틀랜드의 귀족은 어떻게 생각하세요?

포셔 　그 사람은 이웃간에 인심이 좋더구나. 글쎄, 저 영국인한테 따귀를 한 대 얻어맞자 형편이 피면 꼭 갚겠다고 하는 거야. 이 사건은 그 프랑스 나리가 보증을 서고 도장까지 찍은 모양이더군.

네리사 　그럼 색소니 공작의 조카 되시는 저 젊은 독일인은요?

포셔 　그분은 아침에 멀쩡한 때도 고약하지만 저녁때 술에 취하면 이만 저만 고약하지가 않더구나. 가장 좋을 때도 인간 이하이고 가장 나쁠 때 는 짐승이나 별 차이가 없었어! 그러니 최악의 경우가 오더라도 그의 신 세는 지지 않도록 해야지.

네리사 　하지만 만약 그분이 궤를 고르겠다고 덤벼들어서 바른 궤를 골 라냈는데도 아가씨가 거절하시면 그건 아버님의 유언을 거역하는 것이 되지 않을까요?

포셔 　그러니 제발 그런 일이 없도록 엉뚱한 궤 위에 라인산 포도주를 가 득 따른 술잔을 갖다 놓아 줘. 그렇게 하면 그 궤 속에 악마가 들어 있더 라도 술이라는 유혹 때문에 그 궤를 고르고 말겠지. 네리사, 난 무슨 일이 있더라도 그런 술꾼하고는 결혼하지 않을 거야.

네리사 　염려 마세요, 아가씨. 그분들 누구와도 결혼하지 않게 될 테니까 요. 그분들이 다들 고국으로 돌아가면서 말씀하기를, 청혼 문제로 다시는 아가씨를 괴롭히지 않겠다고 했으니까. 물론 궤를 골라야 하는 아버님의 유언 이외에 딴 방법으로 결혼할 수 있다면 얘기가 다르지만요.

포셔 　내가 시빌러처럼 모래알만큼 많은 나이를 먹는다 할지라도 아버지 유언대로 결혼을 하지 못한다면 달의 여신처럼 독신으로 살다 죽을 테야. 어쨌든 구혼자들이 그렇게 체면을 차려 주니 고맙구나. 떠나지 않으려는 사람은 한 사람도 없으니 말이다. 제발 하느님 덕분에 편히 돌아가시기만 바랄 뿐이다.

네리사   아가씨, 혹시 기억하세요? 아버님이 생존해 계실 때 몽페라 후
작과 같이 오셨던 문무를 겸하신 베니스 분을요.

포셔   음, 바사니오 씨? 아마 그런 이름이었을 거야.

네리사   네, 그래요. 어리석은 제가 보기에는 많은 분들 중에 그분이야말
로 아름다운 아내를 맞을 수 있을 만한 분 같았어요.

포셔   나도 기억하고 있지. 네 말마따나 훌륭한 분이신 것 같더구나.

　하인 등장.

포셔   무슨 일이냐?

하인   네 분의 손님이 마지막으로 아가씨를 뵙고 떠나시겠답니다. 그리
고 모로코 왕의 사신이 도착했는데 새 손님으로 모로코 왕께서 오늘 밤
이곳에 도착하신답니다.

포셔   네 분 손님을 보내는 기쁜 마음으로 다섯째 분을 맞을 수 있다면야
오죽이나 반갑겠니. 하지만 그분의 마음이 성자 같을지라도 얼굴이 악당
같다면 날 얻을 생각은 꿈도 꾸지 말고 차라리 내 고해성사를 받을 신부
나 되라고 해야지. 그럼 네리사, 넌 먼저 들어가렴. 청혼자들을 보내고 나
니 또 다른 분이 찾아오는구나. (모두 퇴장)

제1막 제3장

　베니스의 거리, 샤일록의 집 앞.
　바사니오와 샤일록 등장.

샤일록　삼천 더커트라……. 음.

바사니오　예, 그걸 석 달만 좀…….

샤일록　석 달이라……. 음.

바사니오　아까도 말했지만 보증은 안토니오가 서니까요.

샤일록　보증은 안토니오가……. 음.

바사니오　도와주시겠소? 청을 들어주실지 가부를 말씀해 주시오.

샤일록　삼천 더커트를 석 달 동안이라……, 그리고 보증은 안토니오가…….

바사니오　가부를 말씀해 주시라니까요.

샤일록　안토니오는 좋은 분이죠.

바사니오　아니, 좋지 못하다는 평이라도 들으셨단 말이오?

샤일록　원, 천만에요, 천만에……. 내가 그 사람을 좋은 분이라고 한 것은, 그 사람 같으면 틀림이 없는 사람이라는 뜻이외다. 그렇지만 그분의 재산은 확실치가 않소. 그분의 상선 한 척은 트리폴리스로 다른 한 척은 인도로 가는 중이라고 하던데, 그리고 세 번째 배는 멕시코로 네 번째 배는 잉글랜드로 나가 있고요. 거래소에서 듣자니 이 밖에도 그의 자본이 여러 나라에 흩어져 있다더군요. 그런데 배라는 건 나무판대기에 불과하고 선원이라는 것도 보통 사람에 불과하지 않소. 게다가 땅 쥐에다가 물 쥐, 땅 도둑에다 물 도둑 — 해적 말입니다만……, 이런 것들이 있는가 하면 비바람과 암초의 위험까지 있지 않습니까? 그렇더라도 어쨌든 그 사람 같으면 틀림이 없는 사람이지요. 삼천 더커트라……, 그 사람의 보증을 받아 볼까요.

바사니오　그런 건 염려 마십시오.

샤일록　그럼 염려하지 않기로 하죠. 그래도 꼭 그렇게 하자면 생각 좀 해 봐야겠소. 안토니오를 좀 만나 봤으면 싶은데요.

바사니오　좋으시다면 저희들과 같이 식사나 나눕시다.

샤일록　음, 돼지고기 냄새를 맡으란 말인가요? 저 나사렛의 예언자가 요술을 써서 마귀를 돼지 뱃속에 몰아넣었다는 그 마귀의 집을 먹으란 말이죠? 당신네들과 거래도 하고 산책이나 이야기도 하고 이 밖에 다른 일도 다 할 수 있지만 식사나 술은 못하겠소이다. 거래소에 무슨 일이라도 있나? 누구요, 저기 오는 분이?

안토니오 등장.

바사니오　안토니오군요. (안토니오를 한쪽으로 데리고 간다.)

샤일록　(방백) 어쩌면 저렇게 신에게 아첨하는 세리 같은 낯짝을 하고 있을까! 그리스도교도인 저놈은 정말 밉상이란 말이야. 그뿐인가, 어리석은 자비심을 베풀어 무이자로 돈을 대부해 주어 베니스의 우리 대금업자들의 이자율을 떨어뜨리니 더욱 미워 죽겠다구! 나한테 한 번만 약점을 잡혀 봐라, 쌓이고 쌓인 원한을 톡톡히 갚아 주고 말 테다. 저 녀석은 신성한 우리 유대민족을 증오하고 상인들이 모여 있는 곳에서 나나 내 사업을 비난했거든. 게다가 정당하게 모은 내 재산까지 비난하지. 저런 놈을 내버려두면 우리 민족이 계속 저주를 받겠지?

바사니오　이봐요, 샤일록 씨!

샤일록　아, 지금 내 수중의 현금을 따져 보고 있는 중이오. 그런데 아무리 계산을 해 봐도 삼천 더커트라는 거액을 당장 마련하지는 못할 것 같소. 하지만 염려 마시오. 우리 유대인 중에 튜발이라는 부자가 있으니 부탁해 봅시다. 가만있자……, 몇 달 동안 쓰신다고요? (안토니오에게 인사를 하면서) 안녕하시오. 지금 막 댁의 얘길 하고 있던 참이었소.

안토니오　샤일록 씨, 난 금전 거래는 무이자로 해 왔소만 이 친구가 급히 필요하다니 이번만은 관습을 깨뜨리겠소. (바사니오에게) 얼마 필요하다는 걸 얘기했나?

샤일록　아, 예. 삼천 더커트라죠.

안토니오　그걸 3개월만…….

샤일록　아차, 깜빡 잊었었구려. 3개월이라고 했죠? 그럼 댁의 보증을 받기로 합시다. 그런데 가만있자……, 방금 댁의 말씀을 듣자니 이자가 있는 금전 거래는 하지 않으신다고요?

안토니오　예, 그렇소.

샤일록　야곱이 자기 외삼촌 라반의 양을 먹이던 시절의 얘기인데, 이 야곱으로 말하자면 우리의 신성한 조상 아브라함의 3대 상속자가 됐습니다만……. 이건 그의 어머니의 약은 꾀로 그렇게 된 것이지요. 아무튼 3대 상속자가 됐지요.

안토니오　그래, 그분이 어쨌단 말이오? 이자라도 받았단 말이오?

샤일록　천만에요, 이자를 받다니요. 댁처럼 이자를 받은 것이 아니었죠. 그렇지만 그분이 어떻게 했나 좀 들어 보시오. 글쎄, 숙질간에 이런 약조를 하지 않았겠소? 만약 양이 새끼를 낳으면 그중에서 줄이 있는 놈, 점이 박힌 놈들은 모두 야곱 품삯으로 차지하기로요. 그해 늦은 가을에 암양이 발정하여 숫양을 찾아가자 이 약은 목동은 나뭇가지 껍질을 벗겨 가지고 교미가 절정에 달하고 있는 암양 눈앞에 꽉 박아 세워 놓았답니다. 이렇게 하여 암양이 새끼를 배고 해산달이 되자 점박이만 잔뜩 낳아 모두 야곱의 차지가 됐지요. 이것이 부자가 되는 방법이외다. 야곱은 참 복이 많으셨지요. 부자가 되는 건 축복할 일이지요. 도둑질만 하지 않는다면 말이오.

안토니오　야곱이 한 짓은, 그건 일종의 투기요. 순전히 하느님의 손에 의하여 좌우되어야 할 것을 자기 힘으로 그렇게 만든 것이니……. 그래,

이자를 정당화 시키려고 이 성서 얘기를 꺼낸 거요, 아니면 당신네 재물은 전부 암양, 숫양들이란 말이오?

샤일록 글쎄요. 난 돈도 새끼를 치게 합니다만, 어쨌든 내 얘길 들어 보십시오.

안토니오 (바사니오에게) 저 말을 들었나, 바사니오? 악당도 제 잇속을 위해서라면 성서를 인용한다네. 나쁜 놈이 성서의 증거를 들이대는 건 악마의 웃음이나 같은 걸세. 겉보기와 다른 썩은 능금과 같다네!

샤일록 삼천 더커트라······, 상당한 거액이군. 열두 달 중의 석 달이라······. 음, 이자를 좀 계산해 봐야지.

안토니오 그래, 융통 좀 해 주시겠소?

샤일록 안토니오 씨, 당신은 사람들 많은 거래소에서 날 여러 차례 욕하셨지요. 내가 빌려 주는 돈과 이자에 대해서요. 그래도 난 어깨를 웅크리고 다 참았소. 참을성은 우리 민족의 특성이니까요. 나를 이단자니 살인자니 개니 하면서 당신은 우리 유대인들의 옷에 침을 뱉었소, 내가 내 것을 이용하는데도 말이오······. 그런데 이제 와서는 내 것을 빌리자고 하는구려. 내게 와서 '샤일록, 돈 좀 꾸어 줄 수 없겠느냐.'는 말을 하다니······. 당신은 내 수염에 가래침을 뱉고 도둑개를 차듯이 날 문지방에서 차내더니 이제 와서는 돈을 청하시는구려. 글쎄요, 뭐라고 대답해야 좋을까요? '개가 어디 돈이 있나요? 들개가 삼천 더커트를 융통해 줄 능력이 과연 있을까요?'라고 말해야 하나요? 아니면 엎드려 하인 말투로 숨을 죽여 가면서 겸손하게 중얼거릴까요? '나리께서는 지난 수요일에 내게 침을 뱉었고 그전에는 날 발길로 차고 언젠가는 날 개라고 불렀지요. 그런 친절에 대한 보답으로 돈을 빌려 드리다.'라고요.

안토니오 난 이후로도 그렇게 욕을 하고 침을 뱉고 발길로 찰 거요. 이 돈을 빌려 주더라도 행여 친구에게 빌려준 거라고는 생각하지 마시오! 누가 친구끼리 돈을 꿔 주고 이자를 받는단 말이오? 그러니 원수한테 돈을 꿔 주었노라고 생각하구려. 그렇게 여기면 약속을 지키지 못하는 경우에 떳떳이 위약금을 청구할 수 있을 테니까요.

샤일록　　아니, 왜 이렇게 야단이시오? 난 여태껏 받은 모욕일랑 싹 잊고서 댁과 우정도 나누고 이자는 한 푼도 받지 않고 필요하다는 금액을 융통해 드릴 생각이었는데, 막무가내시구려. 이건 내 선심에서 우러난 거라오.

안토니오　　그렇다면 고맙소만.

샤일록　　그럼 나의 친절을 보여 드리리다. 단독 명의도 괜찮으니 공증인에게 같이 가서 차용 증서에 도장을 찍어 주시오. 그리고 이건 장난 삼아 말하는 겁니다만, 만약 증서에 명시된 금액을 정한 시일에 갚지 못할 때에는 위약금조로 댁의 기름진 살을 딱 1파운드만 내 마음대로 베어 내기로 하면 어떻겠소?

안토니오　　아, 물론 좋소. 증서에 도장을 찍으리다. 그리고 유대 사람도 매우 친절하더라고 세상에 광고하겠소.

바사니오　　여보게, 나 때문에 그런 괴상한 증서에 도장을 찍으면 안 되네. 차라리 궁색한 것쯤 내가 참을 테니까.

안토니오　　이 사람아, 걱정할 것 없어. 어차피 위약은 하지 않을 테니까. 두 달 안으로, 적어도 증서의 기한보다 한 달이나 앞서 증서의 아홉 배나 되는 금액이 들어올 예정이라구.

샤일록　　아이고, 아브라함님, 맙소사! 이 그리스도교도들 좀 보게. 자기네들 거래가 빡빡하니 남까지 의심하는 모양이군. 한마디 물어봅시다. 위약을 하면 내게 무슨 소득이 있겠소? 사람 몸에서 베어 낸 살 1파운드는 양고기나 쇠고기나 염소고기보다도 쓸 데도 없고 가치도 없소. 호의를 얻기 위해 이만한 우정을 베푸는데 받아 준다면 좋고 싫다면 할 수 없죠. 그렇지만 제발 날 오해하지는 마시오.

안토니오　좋소, 그 증서에 도장을 찍으리다.

샤일록　그럼 공증인 집에서 만납시다. 이 흥미있는 증서를 공증인에게 작성해 놓도록 지시해 주시오. 난 돌아가서 돈을 마련하리다. 그런데 못된 놈한테 집을 맡겨 놓고 와서 조금 걱정스러우니 집에 좀 다녀와야겠소. 그러고 나서 곧 찾아뵈리다.

안토니오　얼른 다녀오구려. (샤일록 퇴장) 요 유대 놈이 그리스도교로 돌아설 작정인가? 갑자기 왜 이렇게 친절해졌을까.

바사니오　입만 번드르르하고 뱃속이 시커먼 놈은 싫단 말이야.

안토니오　가자구. 걱정할 건 없어. 어쨌든 내 상선들은 기한보다 달포나 빨리 돌아올 거니까. (모두 퇴장)

제2막

제2막 제1장

벨몬트. 포셔 저택의 한 방.
노로코 왕 일행 등장. 포셔, 네리사, 시종들 등장.

모로코 왕 내 얼굴빛을 싫어하지 마십시오. 이건 찬란한 태양이 입혀 준 검은 옷이랄까요. 난 태양의 이웃에서 자랐으니까요. 태양의 열기로도 얼음을 녹이지 못한다는 북쪽 태생의 얼굴이 희디흰 사람들을 불러와 당신의 사랑을 걸고 피를 뽑아 누구의 피가 더 붉은가 시험해 보시죠. 아가씨, 내 얼굴을 보고 장사는 겁을 내고 사실 우리 나라의 가장 아름다운 처녀들도 녹았답니다! 나의 여왕이시여, 이 얼굴빛을 다른 것과 바꾸고 싶지는 않습니다, 당신의 마음을 몰래 훔치기 위해서라면 모르지만.

포셔 저는 철부지 아가씨처럼 얼굴색만 가지고 선택하는 그런 짓은 하지 않아요. 더구나 제비뽑기로 운명이 결정되는 저로서는 마음대로 선택할 권리도 없어요. 이미 알고 계신 바와 같이 제비를 맞춘 남자의 아내가 되라는 아버지의 유언으로 제가 궁색한 제한만 받지 않는다면, 고명하신 전하께서도 제 결혼의 후보자로서 여태껏 뵌 분들과 조금도 손색이 없으십니다.

모로코 왕 말씀만 들어도 감사합니다. 궤 있는 곳으로 안내해 주시오. 나의 운명을 시험해 보겠습니다. 이 언월도……, 터키 왕 솔리먼을 세 번이나 물리치고 페르시아 왕을 죽인 이 언월도를 두고 맹세하지만 아가씨,

당신을 얻기 위해서라면 아무리 무서운 눈하고의 눈싸움을 해도 기를 죽여 놓겠소! 그렇지만 아, 허큘리즈 장사와 그의 하인 라이카스가 주사위를 던져서 결말을 낸다면 운명의 조화로써 약한 쪽으로도 좋은 수가 나올지 모르지요.

포셔 모든 것을 운명에 맡기실 수밖에요. 그러니 애당초 고르기를 그만두시든가 아니면 잘못 고르기 전에 맹세를 하든가 하셔야 합니다. 그러니 잘 생각해 주시기 바랍니다.

모로코 왕 아무렴. 자, 운명을 결정하게 안내해 주시오.

포셔 우선 교회로 가시지요. 운명의 결정은 식사 후에 하세요.

모로코 왕 행운을 빌 따름이오, 이 세상에서 가장 행복한 인간이 될 것이냐, 저주 받는 인간이 될 것이냐. (모두 퇴장)

제2막 제2장

샤일록의 집 앞.
란슬럿트 고보 등장.

란슬럿트 이 유대인 주인의 집에서 달아나야만 내 양심이 후련할 것 아니냐구! 글쎄, 마귀란 놈이 내 팔꿈치 곁에서 유혹한단 말이야. '고보야, 란슬럿트 고보야, 착한 란슬럿트 고보야, 다리를 써, 다리를! 뛰어라, 뛰어서 달아나라니까!' 그런데 내 양심은 이렇게 말하거든. '안 된다. 잘 생각해라, 고보야.' 아니면 아까와는 반대로, '정직한 란슬럿트 고보야, 달아나면 안 돼. 달아나는 건 비겁한 짓이야.' 라고 타이르거든. 마귀 중에서도 두목 마귀 놈은 내게 당장 짐을 싸라는 거야. 글쎄 그놈이 내 귀에 소곤대기를, '야, 뛰어라, 뛰어! 제기랄, 용기 좀 내서 달아나라니까!' 하거든. 그러면 양심이란 놈은 내 염통에 바짝 붙어서 아주 약게 타이른단 말이야. '정직한 친구, 란슬럿트야, 넌 정직한 남자의 아들이 아니냐?' 그렇긴 하지만 정직한 여자의 아들이라는 말이 더 맞지 않을까? 사실 말이지, 우리 아버지는 입맛을 쩝쩝 다시고 냄새도 약간 풍기면서 맛도 살짝 간 셈이니 말이야. 그건 그렇다 치고 양심이란 놈이, '란슬럿트야, 꼼짝 마라!' 하면 악마란 놈은, '달아나라.' 이러고 그러면 양심이란 놈이, '꼼짝 말라니까!' 한단 말이야. 그러면 난 이렇게 말해 주지. '양심아, 네 말도 근사하다.' 그리고 이렇게도 말해 주지. '악마야, 네 충고도 그럴싸하다.' 양심의 말을 듣자니 제기랄, 악마 같은 유대인 주인의 집에 주저앉아야 하고, 이 유대인 집에서 달아나자니 악마 놈의 말을 들어야 하고……. 미안한 말이지만 이 악마란 놈은 마귀가 틀림없어! 그리고 사실 말이지 유대인 주인으로 말하자면 바로 악마의 화신이란 말이야. 좀 무정한 것 같지만 내 양심에 비춰 보건대 아무래도 악마의 말이 더 친절한 것 같아. 그러니 나는 달아나겠다. 악마야, 내 발꿈치는 너의 명령대로 달아나겠다!

　　고보 노인이 바구니를 들고 등장.

고보 노인　　이봐, 젊은이. 말 좀 물읍시다. 이 근처 유대인의 집은 어디로 가면 되우?

란슬럿트　　(방백) 이런, 우리 아버지가 아니신가! 눈 뜬 청맹과니처럼 되어 버려서 날 못 알아보시네. 이분의 혼을 쏙 빼놓을까?

고보 노인　　젊은이, 유대인의 집은 어느 쪽이우?

란슬럿트　　요 다음 모퉁이에서 오른쪽으로 도시오. 그리고 그 다음 모퉁이에서는 왼편으로 도시오. 그리고 그 다음 모퉁이에선 아무 쪽으로도 돌지 말고 꼬불꼬불 내려가면 유대인의 집이라오.

고보 노인　아이고, 찾기가 여간 힘들지 않겠는걸. 그런데 이봐, 그 댁에서 살고 있는 란슬럿트가 지금도 있는지 아시우?

란슬럿트　젊은 란슬럿트 말씀입니까? (방백) 가만있자, 눈물 좀 쏟게 해줄까 보다. 젊은 란슬럿트 나리 말입니까?

고보 노인　나리는 무슨 나리, 그저 구차한 사람의 자식이지. 내가 이렇게 말하는 건 좀 뭣하지만, 그의 정직한 아버지는 찢어지게 가난해도 하느님 덕분에 잘 살고 있다우.

란슬럿트　글쎄 그의 아버지가 어떻게 됐든 간에 젊은 란슬럿트 얘기나 합시다.

고보 노인　댁의 친구인 란슬럿트 나리 말이오?

란슬럿트　그런데 저, 그러니까 젊은 란슬럿트 말입니다.

고보 노인　미안하지만 그저 란슬럿트 녀석이우.

란슬럿트　그러니까 란슬럿트 나리가 말입니다. 란슬럿트 나리 얘기는 그만둡시다! 그 젊은 나리는 글쎄……, 운명인지 천명인지 모르는 그 이상한 말마따나 그리고 운명의 세 여신인지 하는 그 학문에 의거하여……, 실은 작고하였습니다. 우리들 말로 쉽게 말하자면 천당으로 가셨답니다.

고보노인　아이고, 맙소사! 늙은 내가 그 자식을 지팡이나 기둥처럼 얼마나 믿고 있었는데…….

란슬럿트　(방백) 내가 몽둥이나 작대기같이 보인담? 지팡이나 기둥이라고? 그런데 아버지, 절 몰라보시겠습니까?

고보 노인　아이고, 난 모르겠소, 젊은 나리. 그런데 이보시오, 내 자식 놈은……, 하느님이 보살펴 주옵소서! 대체 그놈은 살아 있소?

란슬럿트　아버지, 절 몰라보시겠습니까?

고보 노인　아, 눈이 청맹과니가 되어 댁이 누구신지 모르겠구려.

란슬럿트   아니, 눈이 멀쩡하더라도 절 몰라보실 겁니다. 그러게 자기 자식을 알아보는 아비는 현명한 아비라고 하지 않습니까? 온갖 사건은 백일하에 밝혀질 것이고 살인도 오래 숨기지는 못합니다. 사람의 자식이 아무리 숨어 봤자 결국은 밝혀지고말고요. 그러면 노인장, 자제분의 소식을 얘기해 드리리다. (무릎을 꿇고) 아버지, 절 축복해 주십시오.

고보 노인   이보시오, 제발 일어서시오. 당신은 내 아들 란슬럿트가 확실히 아니니까.

란슬럿트   농담은 이제 제발 그만하시고 절 좀 축복해 주세요. 전 진짜 란슬럿트입니다. 이전에는 아버지의 아들이요, 지금은 아버지의 자식이요, 장차는 내 아이의 아버지가 될 란슬럿트입니다.

고보 노인   아무리 봐도 내 아들 같지가 않구려.

란슬럿트   아무리 보고 간에 난 유대인의 하인 란슬럿트입니다. 노인의 아내 마제리는 제 어머니이죠.

고보 노인   틀림없이 내 마누라 이름이 마제리지. 정말 네가 란슬럿트라면 넌 내 혈육을 이어 받은 내 자식이 분명하구나! (목덜미를 내미는 란슬럿트의 얼굴을 만져 본다.) 아이고, 어쩌면 이렇게 수염이 많이 났느냐? 턱수염이 우리 집 망아지 도빈이란 놈의 꼬리보다도 북슬북슬하구나.

란슬럿트   그렇다면 도빈이란 놈의 꼬리는 거꾸로 자라나는 모양이지요. 요전에 봤을 땐 확실히 고놈의 꼬리가 내 얼굴보다는 더 북슬북슬하던데요.

고보 노인   모습이 아주 많이 변했구나. 그래, 주인나리하고는 사이가 어떠냐? 네 주인나리한테 줄 선물을 가지고 왔다. 주인하고는 어떻게 지내냐?

란슬럿트   예, 그게 저……. 저는 일단 달아나기로 결심했으니 조금이라도 빨리 달아나야겠어요, 그러지 않고서야 원, 속이 풀려야 말이죠! 주인으로 말하자면 지독한 유대 놈이에요. 그놈한테 선물을 다 주겠다니, 목 매달아 뒈지라고 밧줄이나 갖다 주세요. 그놈 집에서 고생을 하자니 배에 서 쪼르륵 소리가 나고, 이것 좀 보세요, 갈빗대를 손가락으로 셀 수 있을 지경이랍니다. 아버지가 오셔서 정말 좋군요. 가지고 오신 선물일랑 바사 니오께 드리세요. 그분은 제게 새 옷을 맞춰 주시겠다고 했어요. 전 땅끝 까지 달아나서라도 기어이 그분 집으로 갈 겁니다! 제기, 누가 그런 유대 놈의 집에서 산다고! 아, 마침 잘됐습니다. 저기 그분이 오고 계십니다.

바사니오가 레오나르도 및 그 밖의 사람들과 함께 등장.

바사니오   (하인에게) 그렇게 해도 좋아. 늦어도 5시까지는 식사 준비가 다 되어 있도록 서두르고 새 옷들로 갈아입게 해라. 이 편지를 그라시아 노 씨에게 전달하고 우리 집으로 곧 오시도록 전해라. (하인 퇴장)

란슬럿트   저분입니다, 아버지.

고보 노인   안녕하십니까, 나리님.

바사니오   안녕하시오. 무슨 하실 얘기라도?

고보 노인   이 애가 변변치 못한 제 자식인뎁쇼.

란슬럿트   변변치 못한 놈이라니요, 부자 유대인 집에서 살던 놈을…….
제 아버지께서 차차 자세히 얘기하실 겁니다만…….

고보 노인   이 애가 글쎄 꼭 나리네 댁에서 일하고 싶어하는뎁쇼.

란슬럿트   요점을 말씀드리자면 전 유대인 집에서 일하고 있는 사람입니 다. 자세한 얘기는 아버지가 하시겠지만…….

고보 노인   주인과 이놈의 사이가 영 언짢아서 글쎄…….

란슬럿트   사실인즉슨 그 유대인이 절 못살게 군답니다. 그러니까 제 아 버지이신 노인네가 확실한 얘기 하시겠지만…….

고보 노인   간단히 말씀드리자면 그 청이라는 것은 저하고는 아무 관계가 없는데요.

란슬럿트   이 늙고 가난하지만 정직한 노인네가 우리 아버진데요……

바사니오   한 사람이 얘기하게나. 그래, 자네 청이 뭔가?

란슬럿트   나리 댁에서 일하고 싶습니다.

고보 노인   그게 바로 요점입니다.

바사니오   자넨 나도 잘 아네. 그렇게 하게나. 실은 오늘 자네 주인인 샤일록을 만났는데 자네를 추천하더군. 돈 많은 유대인의 집을 나와 나처럼 구차한 사람의 집에서 일하는 것을 추천이라고 할 것까지야 하겠나만.

란슬럿트   옛 속담에 있지 않습니까? '하느님의 은총은 재보'라고요. 샤일록 나리와 나리께서는 그 속담을 반반씩 나눠 가졌다고나 할까요. 나리께서는 '하느님의 은총'을 갖고 계시고 샤일록 나리는 '재보'를 갖고 있고요.

바사니오   자넨 말재주가 있군. 노인장, 아들과 이전 주인집에 가서 작별인사를 하고 내 집으로 오도록 하시오. (하인들에게) 여봐라, 이자에게는 다른 하인들보다 술이 훨씬 더 많이 달린 옷을 입혀라, 알았나!

란슬럿트   아버지, 갑시다. 난 말주변도 없으니 다른 일자리를 얻어낼 수도 없고. 그런데……, (손바닥을 들여다보면서) 성서에 두고 맹세해도 좋지만 이탈리아 천지를 찾아봐도 이렇게 좋은 손금은 없습니다. 앞으로 좋은 복이 굴러들어오고말고……. 이 선은 명줄이고 이쪽의 대단치 않은 선은 처복인데……, 원, 여편네가 겨우 열다섯 명밖에 안 된단 말인가. 과부 색시가 열하나에 처녀 색시가 아홉 명이라, 한 사람의 사내 몫으론 참 쓸쓸하군. 그리고 세 번 물에 빠져 죽을 뻔하지만 어쨌든 간신히 목숨을 건지는구나. 그래, 운명의 신이 여신이라면 참 친절한 여자이기도 하지. 아버지, 갑시다. 눈 깜짝할 새에 유대인 주인과 작별하고 오게요. (란슬럿트

와 고보 노인 퇴장)

바사니오　여보게, 레오나르도. 부디 잊지 말게. 이런 물건들은 사들이거든 얼른 배에 실어 놓아야 해. 오늘 밤에 귀한 손님들을 대접하기로 했으니 속히 돌아와야 하네. 얼른 가보게.

레오나르도　예, 다녀오겠습니다.

　　그라시아노 등장.

그라시아노　자네 주인님은 어디 계신가?

레오나르도　저쪽에 계십니다. (퇴장)

그라시아노　바사니오!

바사니오　오, 그라시아노!

그라시아노　부탁이 있는데 거절하면 안 되네.

바사니오　뭐든 들어주지.

그라시아노　다른 게 아니라 나도 벨몬트에 따라가겠네.

바사니오　그거야 따라가다 뿐인가. 그런데 여보게, 내 말 좀 들어 보게. 자넨 너무 무례하고 거칠단 말이야. 그거야 자네다운 성격이기도 하니 우리 친구들 눈에는 그렇게 나쁘게 보이진 않네만, 낯선 땅에 가면 그곳 사람들에게 경솔하게 보일 수도 있지 않나? 그러니 제발 그 날뛰는 성미에다 절제라는 차디찬 냉수를 좀 끼얹으란 말이야. 자네의 그 난폭한 행동 때문에 그곳에 가서 나까지 오해를 받고 끝내는 내 희망까지 망치면 안 되니까.

그라시아노　바사니오, 내 말을 좀 들어 보게. 나는 최대한 성실한 태도로 말도 점잖게 하고 욕도 자제하며, 호주머니 속에는 늘 기도서를 넣고 다니면서 아주 엄숙한 표정을 하겠네. 그뿐 아니라 식사 전후에 기도드릴 때에는 이렇게 모자로 눈을 가린 채 한숨을 내쉬면서 '아멘'도 하겠어. 할머니 마음에 들기 위해 점잖은 사람인 체 시치미 떼기에 능란한 사람처럼 예의란 예의는 모두 지키겠네. 이 말이 거짓말이라면 이제부터 날 전혀 믿지 않아도 좋아.

바사니오   음, 그럼 앞으로 두고 보세나.

그라시아노   하지만 오늘 밤만은 예외일세. 오늘 밤의 내 행동을 가지고 미래를 판단하면 안 되네.

바사니오   그야 물론이지. 오늘 밤만은 오히려 확실하게 놀아 주기를 청하지. 다들 놀기 좋아하는 친구들이 모이니 말이야. 그러면 잘 가게. 난 볼일이 좀 있어서.

그라시아노   나도 로렌조를 찾아봐야겠어. 그럼 저녁 식사 때 다시 만나세. (모두 퇴장)

제2막 제3장

샤일록의 집, 문이 열려 있다. 제시카와 란슬럿트 등장.

제시카   네가 우리 집을 나간다니 정말 안됐구나. 지옥 같은 우리 집에서 그나마 재미있는 네가 있어서 지루한 줄도 몰랐단다. 얼마 안 되지만 이 돈을 받으렴. 그런데 란슬럿트, 오늘 저녁에 네 새 주인댁에 로렌조 씨가 초대되어 오실 테니 이 편지를 꼭 전해 줘. 아무도 모르게 전해야 한다. 그럼 잘 가렴. 너와 이렇게 얘기하고 있는 걸 아버지가 보시면 야단이 날 테니 어서 가.

란슬럿트   안녕히 계십시오! 눈물 때문에 혓바닥도 움직일 수가 없군요.

아름다운 이교도 아가씨, 상냥한 유대인 아가씨! 머지않아 그리스도교도가 그럴듯한 말로 꾀어 아가씨를 채갈 것이 틀림없어요. 그러면 안녕히 계십쇼. 바보처럼 자꾸만 눈물이 쏟아져 나와 대장부의 마음을 눈물 속에 빠뜨리는군요. 안녕히 계십쇼. (퇴장)

제시카 잘 가, 란슬럿트! 이 흉악한 나를 좀 봐……, 아버지의 딸인 것을 부끄러워하다니! 피는 아버지의 딸이지만 행동으로는 이미 아버지의 딸이 아니야……. 오, 로렌조 씨, 당신만 약속을 반드시 지켜 주시면 전 이 고민을 끝내고 그리스도교로 개종하여 당신의 사랑스러운 아내가 되겠어요. (퇴장)

제2막 제4장

베니스의 거리.
그라시아노, 로렌조, 살레리오, 솔라니오 등장.

로렌조 아냐, 우린 식사 때 살그머니 빠져나와 내 집에 가서 변장을 하고 다시 돌아오기로 하세. 1시간이면 충분할 거야.

그라시아노 아직 준비가 충분치 않은데…….

살레리오 횃불잡이 얘기도 아직 못했지 않았나?

솔라니오 잘못되면 망신을 당할 수도 있으니 감쪽같이 하지 않을 것 같으면 차라리 집어치우는 게 나을 걸.

로렌조 이제 겨우 4시야. 아직 2시간의 여유가 있으니 준비는 충분히 할 수 있어. (란슬럿트가 편지를 가지고 등장) 란슬럿트, 무슨 일이냐?

란슬럿트 이 편지를 뜯어보십쇼. 자세한 얘기는 거기 적혀져 있을 겁니다.

로렌조   낯익은 글씨야. 참으로 아름다운 글씨다. 그렇지만 편지보다도 이 글을 쓴 손이 훨씬 더 아름답지!

그라시아노   음, 연애편지로군.

란슬럿트   전 물러가겠습니다.

로렌조   어디로 가려고?

란슬럿트   예, 전 주인 유대인 나리께 그리스도교도인 새 주인댁에 와서 저녁을 드시라고 모시러 가는 길입니다.

로렌조   잠깐만, 이것을 받아. (돈을 준다.) 그리고 제시카에게 이 말 좀 꼭 전해 줘, 틀림없이 찾아간다고 하더라고……. 비밀리에 전해야 해. (란슬럿트 퇴장) 자, 가세. 오늘 밤 가장 무도회 준비는 자네들이 맡아 주게. 횃불잡이는 내가 알아볼 테니까.

살레리오   그럼 됐네. 당장 착수해야지.

솔라니오   나도 시작해야지.

로렌조   그럼 1시간쯤 있다가 그라시아노 집으로 와 주게. 나도 거기 있을 테니.

살레리오   좋아, 그렇게 하지. (살레리오와 솔라니오 퇴장)

그라시아노   아까 그 편지는 제시카한테서 온 편지가 아닌가?

로렌조   자네한테만 얘길 하겠네만, 실은 제시카가 이런 소식을 전해 왔다네. 그녀의 아버지네 집에서 자기를 이러이러한 방법으로 빼내라고 말이야. 약간의 재물과 보석을 가지고 갈 것이며, 소년 복장도 이미 마련했다는군. 만약 그녀의 유대인 아버지가 천당에 간다면 그건 모두 저 정숙한 딸 덕분일 거네. 유대인의 딸이라는 이유로 그녀의 앞길에 불행 같은 건 절대로 없도록 할 거야. 같이 가자구. 가면서 이걸 읽어 보게나. 아름다운 제시카를 횃불잡이로 하는 게 좋겠네. (모두 퇴장)

제2막 제5장

샤일록의 집 앞.
샤일록과 란슬럿트 등장.

샤일록　이제 곧 네 눈으로 판단하고 알게 될 게다. 이 샤일록과 바사니오와의 차이를 말이다. 얘, 제시카야……. 앞으로는 내 집에서처럼 마구 퍼먹지도 못할 거다. 얘, 제시카야……. 코를 골며 자지도 못하고 옷을 함부로 입지도 못한다니까. 얘, 제시카야……, 어디 있느냐?

란슬럿트　(큰 소리로) 이봐요, 제시카!

샤일록　누가 부르라고 그랬어? 너더러 부르라고는 하지 않았다!

란슬럿트　하지만 주인님은 늘 저에게, 시키지 않으면 아무 일도 못하는 놈이라고 야단만 치면서요.

제시카 등장.

제시카　부르셨어요? 무슨 일인데 그러세요?

샤일록　제시카, 이건 집 열쇠다. 저녁 식사에 초대를 받았단다. 하지만 내가 왜 가야 하는지는 모르겠구나. 호의의 초대가 아니라 아첨에 불과한데……. 그렇지만 증오의 마음으로 저 사치스러운 그리스도교도 놈들의 밥을 배가 터지게 먹어주자꾸나. 얘, 제시카야, 집 좀 잘 봐라. 어쩐지 좋지 않은 일이 일어날 것만 같아 정말로 가기가 싫구나. 글쎄, 간밤에는 꿈에 돈 주머니를 보지 않았겠니?

란슬럿트　꼭 가셔야 합니다. 저희 젊은 새 주인님은 주인님이 오시길 기다리고 계시니까요.

샤일록　날 욕보이려고 말이지?

란슬럿트　천만에요, 다들 계획을 짜놓았답니다만, 가장 무도회를 부득부득 보시라는 건 아닙니다. 지난 부활절 월요일 아침 6시에 제가 재수없게 코피를 흘린 것도 까닭이 없는 것은 아니었군요. 글쎄, 그해의 성회 수요일부터 따져보면 오늘 오후로 꼭 4년째 되는군요.

샤일록　뭐, 가장 무도회가 있어? 애, 제시카야. 문단속 잘해라! 북소리나 목을 비트는 듯한 흉악한 피리 소리가 나더라도 그리스도교도 녀석들의 광대 낯짝을 보려고 창틀에 기어올라가 머리를 창문 밖으로 내밀어서는 안 된다. 제발 우리 집의 귀를 —창문 말이다, 전부 틀어막고 점잖은 우리 집 안으로 건달패들 소리가 들어오지 못하게 하란 말이다.— 우리의 조상 야곱의 지팡이를 두고 하는 말이지만 정말 오늘 밤의 연회에는 가고 싶지 않구나. 그래도 가봐야지……. 애, 넌 먼저 가봐라. 가서 내가 간다고 전해.

란슬럿트　예, 먼저 가보겠습니다……. (작은 목소리로) 아가씨, 괜찮으니 꼭 창밖을 내다보십시오. 유대인 아가씨의 눈에 띨 만한 그리스도교도 한 사람이 지나갈 테니까요. (란슬럿트 퇴장)

샤일록　저 팔푼이 같은 바보 녀석이 뭐라고 그러는 거냐. 응?

제시카　'아가씨, 안녕히 계세요.' 했지 뭐예요.

샤일록　저 녀석은 마음씨는 좋지만 먹성이 지나치고 일이라면 달팽이같이 느리고 대낮에도 살쾡이같이 잠만 잔단 말이야. 수벌처럼 퍼먹기만 하는 놈을 계속 우리 집에 둘 수는 없지. 그래서 내보내는 거야. 아무 데나 보내는 것이 아니라 빚쟁이 놈한테로 보내서 빚낸 돈을 낭비시켜야지……. 제시카야, 그만 들어가 봐라. 난 금방 돌아오마. 그리고 내가 이른 대로 문단속을 잘해야 한다. 단단히 단속하면 돈이 모인다지 않니. 주변을 늘

경계하는 사람에게는 언제 들어도 새로운 속담이란다. (샤일록 퇴장)

제시카　안녕히 다녀오세요. 내 운명을 누군가 가로막지만 않는다면 난 아버지를, 아버지는 딸을 영영 잃게 되겠구나. (제시카 퇴장)

제2막 제6장

같은 장소.
그라시아노와 살레리오, 가장을 하고 등장.

그라시아노　로렌조가 우리더러 이 지붕 밑에서 기다리라고 그랬지.

살레리오　약속 시간이 지났는데…….

그라시아노　그 친구가 늦는다는 건 정말 이상하군. 연인들이란 보통 약속 시간보다 먼저 오는 법인데…….

살레리오　사랑의 여신의 수레를 끄는 비둘기는 새로 맞은 사랑의 굳은 약속을 위해 보통보다 열 배나 빨리 날아간다고 하던데? 이미 굳은 사랑의 맹세를 지키기 위해서는 평소와 같지만.

그라시아노　그야 그렇지. 식탁 앞에 앉을 때처럼 왕성한 식욕을 가진 채 자리에서 그냥 일어나는 사람이 어디 있겠나? 말을 길들일 때 보면, 처음 뛰어갈 때의 왕성한 의욕으로 그 지루한 길을 밟아 돌아오는 말이 어디 있겠는가? 세상일이란 쫓는 재미지 일단 손에 넣고 나면 별것도 아니야. 만국기를 달고 고향의 항구를 떠나는 배를 보더라도 어쩌면 그렇게 젊고 건강한 청년처럼 온화한 바람에 부둥켜 안기느냐고! 그런데 돌아올 때 보면 늑재는 비바람에 시달리고 돛은 찢어져 어쩌면 그렇게도 난봉꾼 같냐고 갈보 같은 바람에 시달려 거지처럼 뼈대만 남아서 말이야!

로렌조 등장.

살레리오　저기 로렌조가 오는군. 이 얘기는 나중에 또 하기로 하세.

로렌조　늦어서 미안하네. 일부러 그런 건 아니지만 나의 이번 일이 자네들을 기다리게 했군. 그렇지만 나중에 자네들이 색시 보쌈을 하는 처지에 놓이면 나 역시 자네들처럼 기다려 주겠네. 이리 와 보게, 이게 내 유대인 장인의 집이야. 여! 안에 누구 있소?

소년 복장을 한 제시카가 2층 무대에 등장.

제시카　누구세요? 말씀해 보세요. 목소리로 짐작이 가지만 분명하게 확인하고 싶어서 그래요.

로렌조　로렌조요. 당신의 애인!

제시카　아, 정말 로렌조 씨네요. 아, 나의 연인이여, 제가 이토록 사랑하는 분은 당신밖에 없어요. 그리고 제가 당신의 것임을 아는 사람도 당신밖에 없어요.

로렌조　그건 하느님과 당신의 애정이 증인이오.

제시카　자, 이 상자 좀 받으세요. 무겁기는 하지만 수고할 만한 가치는 있으니까요. (상자를 던진다.) 밤이라 다행이군요. 이렇게 변장한 모습이 부끄러웠는데 당신이 볼 수 없으니 말예요. 그렇지만 사랑은 맹목이라 연인들은 자신이 저지르는 어리석은 짓도 알아보지 못한다잖아요. 그걸 알아본다면 이렇게 남장을 한 나를 보고 큐피드조차도 낯을 붉힐 것 아녜요?

로렌조　어서 내려와요, 당신을 횃불잡이로 앞세울 테니.

제시카　아니, 이 부끄러운 모습이 더 잘 보이도록 횃불을 들어요? 그러지 않아도 너무나 환히 보이는 걸요. 뭐든지 환하게 비추는 것이 횃불잡이의 역할 아닌가요? 그러지 않아도 남의 눈을 피해야 할 제가…….

로렌조 이봐요, 그래서 미소년 복장으로 변장을 한 것 아니오? 얼른 내려와요, 캄캄한 밤은 달음박질치며 지나가고 바사니오 씨 댁의 연회는 우리를 기다리고 있으니.

제시카 문단속 좀 하구요. 그리고 돈도 좀 챙겨서 금방 내려갈게요. (문을 닫는다.)

그라시아노 참 좋은 아가씨군, 유대인 같지가 않아.

로렌조 정말이지 난 저 여자를 진심으로 사랑한다네. 첫째 현명한 여자야, 나의 판단이 정확하다면. 그리고 아름다워, 나의 눈이 틀림이 없다면. 그리고 또한 진실한 여자야, 이건 그녀 자신이 벌써 증명했지. 그러니 난 현명하고 아름답고 진실한 그녀의 천성 그대로를 변치 않는 내 영혼 속에 품겠어! 어서 가세. 지금쯤 가장을 한 친구들이 기다리고 있을 거네. (로렌조, 제시카, 살레리오 퇴장)

안토니오 등장.

안토니오 거기 누구요?

그라시아노 안토니오?

안토니오 아, 그라시아노인가! 그래, 다른 친구들은 어디 있나? 9시라네, 다들 자네들을 기다리는 중이었어. 오늘 밤 가장 무도회는 집어치웠네. 순풍이 불기 시작해 바사니오가 곧 떠나기로 해서 자넬 찾느라고 사람을 스무 명이나 풀었지 뭔가. (모두 퇴장)

제2막 제7장

벨몬트, 포셔의 저택 홀.
포셔, 모로코 왕, 시종들 등장.

포셔 커튼을 열고 왕께 세 개의 궤를 보여 드려라. (하인이 커튼을 연다. 탁자 위에 궤가 세 개 놓여 있다.) 그럼 골라 보세요.

모로코 왕 첫 번째 금궤에는 이런 글이 새겨져 있구나. '나를 고르는 자는 만인이 소망하는 것을 얻으리라.' 두 번째 것은 은궤로 이런 약속이 씌어 있군. '나를 고르는 자는 신분에 응당한 것을 얻으리라.' 세 번째 궤는 둔탁한 납에다 경고문까지 무뚝뚝하군. '나를 고르는 자는 전 재산을 운명에 걸게 되리라.' 그런데 바른 궤를 골랐는지는 어떻게 알아보지요?

포셔 이 셋 중에 제 초상이 들어 있어요. 그걸 고르시면 전 그 초상과 함께 전하의 것이 되지요.

모로코 왕 신이여, 나의 판단을 이끌어 주소서! 그런데 가만있자, 글귀를 다시 한 번 보자. 납궤는 뭐라고 했더라? '나를 고르는 자는 전 재산을……, 운명에 걸게 되리라.' 그래, 전 재산을 내놓아서……, 뭘 위해? 납을 위해 운명에 걸란 말이냐? 협박조로군. 사람이 전부를 내놓고 운명에 걸 때는 무언가 좋은 이익을 바라는 마음으로 그러는 것 아닌가. 황금 같은 나의 마음은 쇠 부스러기 같은 것에 굴복하지 않는다. 그러니 나는 납한테는 아무것도 내놓거나 걸지 않겠다. 그럼 처녀처럼 순결한 빛의 은궤는 뭐라고 했던가? '나를 고르는 자는 신분에 응당한 것을 얻으리라.' 고……. 신분에 응당한 것을? 가만있자, 모로코 왕이여, 공평한 저울로 너의 가치를 달아 봐라. 세상의 평가대로라면 너의 가치는 충분하지만……,

그러나 이 아가씨를 얻을 수 있을 만큼 충분한 것인지? 그렇다고 나의 가치를 의심하는 것은 나를 나약하게 보고 과소평가하는 것밖에 안 되지! 신분에 응당한 것, 그것은 물론 이 아가씨다. 가문이나 재산으로 봐서나 인품이나 교양으로 본다면 나야말로 이 아가씨를 얻을 만하지. 그 무엇보다도 이 사랑을 얻을 만하고말고. 이제 그만 망설이고 이 궤를 고르면 어떨지? 그런데 금궤에 새겨 있는 문구를 어디 다시 한 번 보자. '나를 고르는 자는 만인이 소망하는 것을 얻으리라.'고……. 아! 그건 바로 이 아가씨다! 온 천하가 아가씨를 열망하고 있지 않은가. 세상의 여러 곳으로부터 많은 사람들이 이 신전 아니, 살아 있는 이 성녀에게 입을 맞추려고 모여들지 않는가. 그래서 저 사막도 황량한 아라비아의 광야도, 아름다운 포셔를 찾아오는 귀인들로 인하여 이제는 큰길이 되어버렸지. 파도가 하늘을 찌르는 대양마저도 바다를 건너오는 패기만만한 도전자들을 막아내지 못하니, 사람들은 시냇물처럼 손쉽게 대양을 건너 아름다운 포셔를 만나러 오지 않는가! 이 셋 중 하나의 궤 속에 그녀의 천사 같은 초상이 들어 있다는데 이런 납궤 속에도 들어 있을 수 있을까? 지옥에 떨어지려거든 그런 천한 상상을 하라지. 납궤는 그녀의 수의를 담아 캄캄한 무덤 속에 넣어두기에도 너무 조잡하지 않은가! 그럼 은궤 속에? 금보다 십 분의 1의 가치밖에 없는 은궤 속이라고? 이건 상상만으로도 싫다. 저렇게도 값진 보석이 금이 아닌 궤 속에 들어 있었던 적도 있었나? 영국에는 천사의 모습을 새긴 금화가 있다지만 그건 겉표면에 새겼을 뿐이니, 여기 이 천사님은 황금의 침대에 누워 있지 않겠는가? 열쇠를 이리 주시오. 이것을 고르겠소, 운은 하늘에다 맡기고!

포셔 열쇠는 여기 있어요. 그 궤 속에 저의 초상이 들어 있다면 전 당신의 것입니다. (모로코 왕이 금궤를 연다.)

모로코 왕 에잇, 망할 것! 이게 다 뭐냐? 더러운 해골바가지로구나. 움푹 꺼진 눈 속에 두루마리가 끼어 있군. 어디, 읽어 보자.

　　　빛나는 것 다 금이 아니다.
　　　그 말 종종 들었으리라.
　　　나의 외관에 홀려
　　　목숨을 건 사람도 많다.
　　　황금 무덤에 구더기 구물거린다.
　　　젊은 몸이 그렇게 용감하듯이
　　　현명한 판단을 하였다면
　　　두루마리의 이런 답은 안 받았을 것을.
　　　잘 가오, 그대의 소원은 차디차오.

참 차디차구나, 허탕만 쳤어! 열정아, 가자. 서리야, 내려라……. 포셔 양, 안녕히 계십시오! 가슴이 너무나 아파서 작별 인사를 길게 할 수도 없습니다. 이것이 패자의 작별입니다. (시종을 거느리고 퇴장)

포셔　손쉽게 떼어버렸구나. 커튼을 내리고 들어가자. 저런 피부색을 한 사람은 모두 그렇게 골라 주었으면 좋으련만. (모두 퇴장)

제2막 제8장

베니스의 거리.
살레리오와 솔라니오 등장.

살레리오　여보게, 바사니오는 출항했다네. 그라시아노도 같이 떠났지. 그런데 로렌조는 확실히 그 배에 타지 않았더군.

솔라니오　그 망할 유대 놈이 아우성을 쳐서 결국 공작님까지 깨웠지. 그래서 공작님도 그놈과 함께 바사니오의 배를 찾으러 가셨다네.

살레리오　그건 행차 뒤에 나팔 부는 격이지, 배는 벌써 떠나고 없으니까. 그런데 공작님께 이런 보고가 들어왔다더군. 로렌조와 그의 연인 제시카가 곤돌라를 타고 있더라는 거야. 뿐만 아니라 이들이 바사니오의 배에 타지 않았다는 것을 안토니오가 증언했다네.

솔라니오　그 개새끼 같은 유대 놈이 큰길에서 정신을 잃고 성이 나서 악을 쓰며 펄펄 뛰는데, 나는 그런 기괴망측한 광경을 처음 봤다니까. '내 딸! 오, 내 돈! 오, 내 딸년! 예수쟁이와 달아났구나! 예수쟁이가 가져간 내 돈! 재판을! 법률을! 내 돈, 내 딸년! 꼭 묶어 둔 돈주머니를……, 금화들이 들어 있는 큼지막한 두 개의 돈주머니를 딸년이 훔쳐가버렸어! 그리고 보석도 두 개나……, 값지고 귀한 보석인데 딸년이 훔쳐가버렸어! 재판이다! 그년을 찾아내! 그년이 가지고 있다. 보석도, 돈도!' 이러더라구.

살레리오　음, 베니스 거리의 모든 어린아이들이 그놈의 뒤를 졸졸 따라다니면서 내 보석, 내 딸년, 내 돈, 하고 외치고 있다지?

솔라니오　안토니오도 조심하라고 해. 약속 기일만은 꼭 지키도록 하는 게 좋을 거야. 그러지 않았다간 큰코다치겠네.

살레리오　음, 그리고 보니 생각나는군. 어제 어떤 프랑스인한테서 들은 이야기인데, 그분 말이 프랑스와 영국 사이의 좁은 해협에서 화물을 잔뜩 실은 우리 나라 배 한 척이 난파당했다고 하지 뭔가. 그 소식에 안토니오가 생각이 나서 말이야. 그 친구의 배가 아니기만 바랄 뿐이네.

솔라니오　안토니오에게 말해 주는 것이 좋지 않을까? 그렇지만 섣불리 하지는 말게. 괜한 걱정을 끼쳐선 안 되니까.

살레리오　이 세상에 둘도 없는 좋은 친구들이지. 바사니오와 안토니오가 작별하는 광경을 곁에서 보았다네. 바사니오가 되도록 빨리 돌아오겠다고 하니 안토니오가 이렇게 말하더군. '서두르지 말게. 여보게, 나 때문에 일을 그르치지 말고 때가 무르익을 때까지 기다리게. 행여나 내가 유대인에게 써 준 차용증서는 염두에 두지 말게나. 연심에 가득 찬 자네가 아닌가. 마음을 유쾌하게 갖고 전심전력 구혼에만 힘쓰란 말이야. 그곳에서 자네에게 가장 잘 어울리는 사랑의 표현을 할 수 있도록 온 신경을 쓰라구.' 이러면서 두 눈에 눈물이 꽉 차오르니 얼굴을 돌린 채 우정에 넘치는 손으로 바사니오의 손을 꽉 잡겠지. 그러고 나서야 작별하더군.

솔라니오   아마 그 친구는 바사니오를 돕는 일에 보람을 느끼고 있을 거네. 여보게, 우리 같이 그 친구를 찾아내어 위안의 말이라도 건네 그 친구의 울적한 기분을 풀어 주도록 해 보세.

살레리오   그렇게 하지. (모두 퇴장)

제2막 제9장

벨몬트, 포셔의 저택 홀.
네리사와 하인 등장.

네리사   어서, 자, 어서. 빨리 커튼을 열어요. 아라곤 왕께서 서약이 끝났으니 곧 궤를 고르러 오실 거예요. (커튼이 열린다.)

포셔, 아라곤 왕, 시종들 등장.

포셔   보십시오, 전하. 저기 궤가 있어요. 제 초상이 들어 있는 궤를 골라내시면 우리들의 결혼식이 즉시 거행되겠지요. 그렇지만 실패하신다면 아무 말씀 마시고 곧 이곳을 떠나셔야 합니다.

아라곤 왕 나는 세 가지 약속을 지키겠다고 맹세를 했소. 첫째, 내가 고른 궤를 아무에게도 말하지 말 것. 둘째, 내가 바른 궤를 고르지 못했을 경우에는 앞으로 일평생 처녀에게 구혼하지 말 것, 끝으로 불행히도 선택에 실패할 경우에는 미련 없이 작별하고 이곳을 떠날 것.

포 셔 그만한 약속은 보잘것없는 저를 위해 운명을 거는 분 누구나 다 맹세해야 하는 약속입니다.

아라곤 왕 물론 나도 역시 각오하고 있소. 나의 희망에 행운이 오기를! (궤를 낱낱이 조사해 본다.) 금과 은과 값싼 납이라……. '나를 고르는 자는 전 재산을 운명에 걸게 되리라.'고? 모양이 좀더 아름답지 않고서야 누가 이런 것에 전 재산을 내놓고 운명을 건단 말이냐. '나를 고르는 자는 만인이 소망하는 것을 얻으리라.' 만인이 소망하는 것이라고……. 이 만인이라는 것은 아마 어리석은 대중을 의미하는 것이겠지? 대중들이란 외관만으로 선택을 하고 어리석은 눈으로 보이는 것밖에는 알지 못하면서 내면을 들여다보지는 않거든. 마치 바위제비가 일부러 재앙의 한복판인 비바람 들이치는 외벽에다 집을 짓는 것처럼. 그러니 난 만인이 소망하는 것을 고르지 않겠다. 어중이 떼들과 같이 날뛰고 싶지도 않고 무지몽매한 군중들과 어깨를 나란히 하고 싶지도 않으니 말이다. 그렇다면 은의 보고여! 네 위에 쓰인 문구를 한번 보자꾸나. '나를 고르는 자는 신분에 응당한 것을 얻으리라.'고? 좋은 문구다! 이렇다 할 실력도 없는 주제에 요행을 노리고 영예를 얻으려고 해봤자 그게 될 법이나 한 말이냐? 과분한 지위를 함부로 탐내서는 안 되지. 진정한 신분이나 계급은 부당한 수단으로 얻지 말아야 할 것이며 청백한 영예는 자신의 실력으로만 얻어야 할 것이다! 그렇게 하지 않는다면 맨머리로 있던 사람들이 얼마나 많은 감투를 쓰게 될 것이고, 현재 남을 지배하던 사람들이 얼마나 많은 지배를 받게 될 것인가! 고귀한 가문의 태생 중에 천한 농군 같은 것들이 얼마나 많이 있을 것인가. 반대로 쓰레기나 천한 빈껍데기 같은 놈들 중에서도 영예로운 사람들이 얼마나 많이 나타나 새로운 광채를 띠게 될 것인가! 이제는 내 것을 고르자꾸나. '나를 고르는 자는 신분에 응당한 것을 얻으리라.' 그러면 내 신분에 응당한 것을 받기로 하자. (은궤를 집는다.) 열쇠를 이리 주시오! (은궤를 연다.)

포셔   (방백) 그렇게 시간을 끈다고 별 게 있을 줄 아세요?

아라곤 왕   이건 뭐냐? 바보가 눈을 껌벅이면서 글발을 내밀고 있는 그림이 아닌가? 어쩌면 이렇게도 포셔와는 딴판이냐? 어쩌면 이렇게도 나의 희망과 가치와는 거리가 멀단 말이냐……. '나를 고르는 자는 신분에 응당한 것을 얻으리라.' 고 했는데 그래, 나의 가치가 이 바보의 얼굴만도 못하단 말인가? 내 가치가 겨우 요것밖에 안 된다고? 이게 내가 받을 상이란 말인가?

포셔   재판을 받는 것과 판결을 내리는 것은 그 역할이 다르죠. 아니, 정반대 되는 성질의 것이에요.

아라곤 왕   (종이를 펴 본다.) 어디 읽어 보자.

　　　일곱 번 불에 달군 은궤
　　　판단 또한 일곱 번 단련되어야만
　　　틀림없는 선택이었을 것을.
　　　세상에는 그림자에 입을 맞추고
　　　행복의 그림자만을 얻는 자도 있더라.
　　　세상에는 은으로 겉치레한 바보도 있는데
　　　너도 그중의 하나였다.
　　　네가 어떤 아내를 침실로 데리고 가더라도
　　　나는 영원히 너의 어리석은 머리가 되리라.
　　　속히 떠나라, 네 일은 끝났느니라.

이곳에서 망설이면 망설일수록 난 더욱 바보처럼 보일 테지. 구혼하러 올 때는 바보 머리 하나였던 것이 떠날 때는 두 개가 되었군. 그럼 안녕히 계시오. 약속을 지키기 위해 분한 마음은 꼭 참겠소. (시종을 데리고 퇴장)

포셔 불나방이 촛불에 뛰어드는 격이지. 오, 어리석은 바보들 같으니……. 너무 꾀를 내다 도리어 실패하는 꼬락서니라니.

네리사 옛 속담에도 사형과 결혼은 같은 운명이라지 않아요? 그 말은 정말이에요.

포셔 네리사, 커튼을 내려라.

하인 등장.

하인 아가씨, 어디 계십니까?

포셔 여기 있다, 무슨 일이냐?

하인 아가씨, 방금 문 앞에 젊은 베니스 사람이 말에서 내렸는뎁쇼. 자기 주인이 오시기 전에 미리 알리러 왔다나요. 그 사람은 자기 주인의 정중한 안부 인사 외에도 눈에 보이는 인사를, 그러니까 값진 선물들을 가져왔더군요. 사랑의 사신치고 그렇게 잘 어울리는 사람은 처음 봤습니다. 화려한 여름이 찾아올 것을 미리 알리는 춘삼월이 아무리 상쾌하게 찾아온다 할지라도, 자기 주인보다 먼저 와서 인사를 하는 이 사람보다는 어림도 없죠.

포셔 제발 그만하렴. 네가 있는 지혜를 모두 짜내어 그 사람을 칭찬하는 걸 보니 잠시 후에 네 입에서 그 사람이 네 친척이라는 말이 나올까 봐 두렵구나. 애, 네리사, 나가 보아라. 그렇게도 점잖게 이곳을 찾아온 큐피드의 사자라면 나도 얼른 만나 보고 싶으니…….

네리사 사랑의 신이여……, 제발 바사니오 씨이길! (모두 퇴장)

제3막

제3막 제1장

베니스의 거리.
솔라니오와 살레리오 등장.

솔라니오 거래소에서 소식 들었나?

살레리오 아주 엄청난 소문이던데! 화물을 가득 실은 안토니오의 배가
해협에서 난파 당했다는 소문 말이네. 아마 구드윈에서였다지? 어찌나 험
한 여울이던지 그곳에는 이미 난파 당한 배들의 잔해가 많이 파묻혀 있다
네. 하기야 이건 뜬소문이니, 수다쟁이 노파 말이 정직하다치고 말이네.

솔라니오 그게 제발 거짓말쟁이 노파였으면 좋겠네만. 글쎄, 수다쟁이
노파가 생강을 씹었다고 말해도, 아니면 세 번째 영감이 죽어서 울었다고
말해도, 아무도 그런 말을 곧이듣지 않는 거짓말이었으면 좋겠으니 말이
야. 그런데 현실은 장황한 얘기며 쓸데없는 얘기는 모두 빼고 말인데, 저
친절한 안토니오가 글쎄, 저 정직한 안토니오가……. 원, 뭐라고 불러야
그 사람 이름에 걸맞는 적당한 칭호가 될까…….

살레리오 이보게, 그만하고 어서 결론부터 말해.

솔라니오 글쎄 그게, 결론을 말하자면 그 친구는 배 한 척을 손실했다네.

살레리오 제발 그 친구의 손실이 그것으로 끝나기를…….

솔라니오 나는 얼른 '아멘' 하겠네, 악마한테 기도를 방해 받기 전에. 저
기 유대인의 탈을 쓴 악마가 오는군.

샤일록 등장.

솔라니오   요즘 경기는 어떻소, 샤일록 씨?

샤일록   누구보다도 당신네들이 더 잘 알지! 잘 알고말고, 내 딸년이 달아난 걸…….

살레리오   사실이오. 나만 하더라도 당신 딸이 입고 날아간 날개를 맞춰준 옷 가게를 아니까.

솔라니오   그런데 샤일록씨도 새끼 새에게 날개가 생겼다는 것쯤은 알았을 것 아니오. 새끼 새는 어미 새를 떠나는 것이 천성이거든요.

샤일록   망할 년 같으니…….

살레리오   망할 년이지, 악마의 눈으로 판단한다면.

샤일록   내 핏줄이 배반을 하다니…….

솔라니오   원, 세상에. 그 나이에도 핏줄이 다 배반을 하오?

샤일록   아니, 딸년이 내 핏줄이라는 뜻이오.

살레리오   하지만 당신의 살과 딸의 살은 검은 보석과 상아보다 더 큰 차이가 있소. 당신의 피와 딸의 피만 하더라도 적포도주와 백포도주 이상의 차이요. 그런데 안토니오의 배가 난파 당했다는 소문은 들었소?

샤일록   그것도 나로서는 큰 손해지. 파산자, 내 재산을 축낸 놈 같으니! 이젠 감히 거래소에 얼굴도 못 내밀 것 아닌가. 거지같은 놈이 얼마 전까지만 해도 제법 멋을 내고 거래소를 드나들었지만 그 증서나 잊지 말라지! 그놈이 내게 고리대금업자라고 불렀겠다. 흥, 그 증서나 잊지 말라고 해! 그놈은 예수쟁이의 친절이라며 돈을 거저 꿔 주고는 했지만 흥, 그 증서나 잊지 말라지!

살레리오   그런데 그 친구가 위약을 하더라도 설마 그의 살을 위약금으로 받거나 하지는 않으실 테죠? 그 살을 무엇에 쓰겠소?

샤일록   미끼로 쓰지! 아무 쓸 데가 없다 하더라도 내 복수는 되고말고! 그놈은 날 모욕하면서도 오십만 더커트의 이익을 볼 것을 막았어. 예전에도 내가 손해를 보면 비웃고 이익을 보면 조롱했지. 우리 동족을 멸시하고 내 거래를 방해했겠다. 친구들은 떼어 놓고 원수들을 충동질 시켰지. 대체 무슨 까닭으로? 내가 유대인이기 때문이지! 그래, 유대인은 눈이 없나? 유대인은 오장육부의 육체와 감각이, 감정과 정열이 없나? 똑같은 음식을 먹고 똑같은 연장에도 다치고, 같은 병에 걸리고 같은 약에 낫고, 똑같이 겨울은 춥고 여름은 더워. 어디가 예수쟁이들과 다르단 말인가! 찔려도 우린 피가 안 나나? 간질여도 우린 웃지 않는가? 다른 모든 것이 당신네들 법칙과 한가지라면 이 일에 있어서도 한가지일 것 아니오. 가령 유대인이 그리스도교도에게 모욕을 줬다고 칩시다. 그리스도교도의 법칙은 뭐겠소? 복수가 아니오? 그렇다면 그리스도교도가 유대인을 모욕한 경우에 그리스도교도를 본받자면 유대인은 어떤 법칙을 적용해야 옳겠소? 물론 복수요. 당신네들이 가르쳐준 악행을 나도 실행하겠어. 모든 고난을 무릅쓰고라도 그 교훈을 그 이상으로 철저히 실행하겠다고!

안토니오의 하인 등장.

하인   두 분 나리, 저의 주인 안토니오님께서 돌아오셨는데 두 분을 뵙겠답니다.

살레리오   우리도 그 친구를 무척 찾아다녔다네.

류발 등장.

솔라니오   유대 놈이 또 하나 오는군. 그런데 유대인 사이에서도 저놈을 당해낼 만한 유대 놈은 이 세상에 아무도 없다네. 악마가 유대인 탈이라도 쓰고 나타난다면 몰라도. (솔라니오, 살레리오 퇴장)

샤일록　여보게, 튜발. 제노바에서 무슨 소식이라도? 그래, 내 딸년은 찾았나?

튜발　있을 만한 곳은 다 가봤지만 어디 찾을 수가 있어야지…….

샤일록　아이고, 우리 집안에 이런 천벌이 내릴 줄은 정말 몰랐네그려. 게다가 다이아몬드 보석이 없어졌어. 프랑크푸르트에서 이천 더커트나 주고 산 다이아몬드 보석에다가 이 밖에도 갖가지 귀한 보석들이 없어졌다니까. 제기, 그년이 내 발목 아래에서 뒈져버려도 좋으니 보석들이나 그년 뒤에 남아 있다면……. 내 발목 아래에서 그년이 입관되어도 좋으니 돈이나 관 속에 들어 있다면……. 그래, 아무런 소식도 없다고? 원, 제기. 그년을 찾느라고 돈이 얼마나 들었는지 나도 모르겠어. 손해는 설상가상이로군. 도둑년 찾느라고 손해, 일도 마음대로 안 되고 분풀이도 못해서 손해. 불행이란 불행은 몽땅 내 어깨 위에 내려와 앉고, 한숨이란 한숨은 전부 내가 쉬는 한숨이고, 눈물이란 눈물은 모조리 내 눈에서 쏟아져 나오고…….

튜발　아냐, 불행한 사람은 자네 말고도 또 있다네. 제노바에서 들은 얘기인데 안토니오가…….

샤일록　뭐, 아니, 뭐라고? 불행이 있었다고? 불행이?

튜발　트리폴리스에서 돌아오는 길에 상선이 한 척 파선 당했다네.

샤일록　아이고, 고마워라, 고마워……. 그게 정말인가, 응?

튜발　그 난파선에서 겨우 살아남은 선원 두세 명과 만나서 얘기해 봤다네.

샤일록　고마우이. 튜발, 참 고소한 소식이야, 고소한 소식! 하하, 그래, 어디서 들었나, 제노바에서?

튜발   제노바에서 글쎄 자네 딸이 하룻밤에 팔십 더커트를 썼대나.

샤일록   자넨 내 가슴을 칼로 후비는군. 그 돈은 영영 안녕이군. 팔십 더커트나? 앉은 자리에서……, 팔십 더커트나!

튜발   베니스로 오는 길에 안토니오의 채권자 몇 명과 동행했는데, 그치는 이번에 파산을 면치 못할 거라고 다들 그러더군.

샤일록   그건 반갑군. 그놈, 욕을 좀 보이고 혼을 내줘야지. 아무튼 기쁜 일이야.

튜발   그런데 그 채권자 중 한 사람이 내게 터키석 반지를 보여주더군. 자네 딸에게 원숭이 한 마리를 주고 얻은 것이라나.

샤일록   망할 년 같으니……. 여보게, 튜발. 제발 좀 날 그만 괴롭히게나. 그건 내 터키석 반지야. 그건 총각 시절에 리어한테서 받은 선물인데 나로서는 몇 천만 마리의 원숭이하고도 바꿀 수 없는 물건이라네.

튜발   그런데 안토니오가 망하는 것만은 확실한 모양이야.

샤일록   그렇고말고, 그건 사실이야. 튜발, 자네가 관리를 한 명 매수해서 만기일 2주일 전부터 부탁해 두게. 위약만 해 봐라, 내가 그놈의 염통을 도려내지 않을 것 같으냐! 그놈만 베니스에서 사라지면 난 마음대로 대금업을 할 수 있게 될 것 아닌가. 어서 가보게, 튜발. 나중에 우리 예배당에서 만나세. 어서 가게, 튜발. 예배당에서네, 알았나! (두 사람 퇴장)

제3막 제2장

벨몬트. 포셔의 저택 홀
바사니오, 포셔, 그라시아노, 네리사, 이 밖에 시종과 하인들 등장.

포셔　제발 서두르지 마시고 하루 이틀 묵은 다음에 운명을 시험해 보세요, 네? 잘못 고르시면 당신과 곧 작별해야 되니 말예요. 그러니 잠시만 참으세요. 사랑인지 잘 모르지만 어쩐지 당신과 헤어지기 싫어요. 미움은 절대로 그런 조언을 하지 않을 거예요. 그래도 처녀의 마음은 생각뿐이지 표현을 잘 못해 당신께서 제 마음을 이해하지 못할까 염려가 되어요. 그러니 운명을 시험하시기 전에 저를 위해서라도 한두 달 이곳에 머물러 계시면 좋겠어요. 어떤 궤를 고르시라고 가르쳐드릴 수도 있지만 그러면 제가 맹세를 깨뜨리게 되니 그럴 수는 없어요. 그렇다고 그냥 내버려두면 잘못 고를지도 모르죠. 그렇게 되면 맹세를 깨뜨렸더라면 좋았을 것을, 하며 어리석은 저를 탓하게 되는지도 몰라요. 아, 원망스러워라, 당신의 그 두 눈. 그 눈에 사로잡혀 제 마음은 두 조각이 났어요. 한 조각은 당신의 것, 다른 한 조각도 당신의 것……. 제 것이면서도 제 것은 역시 당신의 것. 그러니 결국은 제 마음 모두 당신의 것이에요. 아, 이 망측한 세상 좀 봐, 소유주의 정당한 권리를 가로막다니……. 그러기에 당신의 것도 당신의 것이 되지 못하고 있지요. 그렇게 되면……, 운명이 지옥에 떨어져야 해요, 제가 아니라요. 제 말이 너무 길었나요? 그렇지만 이것마저도 시간에 추를 달아 시간을 늘리고 질질 끌어서 궤 고르는 걸 지체시키고 싶은 마음에서예요.

바사니오　어서 고르게 해 주시오. 지금 심정으로는 고문대에 걸려 있는 것 같으니까요.

포셔　고문대라고요, 바사니오님? 그렇다면 고백하세요. 당신의 사랑 속에 어떤 거짓이 섞여 있는지…….

바사니오　거짓이라뇨? 나는 다만 당신의 사랑을 놓치지나 않을까 하는 저 끔찍한 의혹밖에는 없습니다. 내 사랑에 거짓이 있다면 차가운 눈과 뜨거운 불이 사이좋게 지낼 수 있을 것입니다.

포셔　그렇지만 그 말씀은 고문대 위에서 하시는 것은 아니군요. 고문대에 서면 무슨 말이나 다 하니까요.

바사니오　살려 주시겠다고만 약속해 주시오. 그러면 진실을 고백하리다.

포셔　살려 드리겠으니 고백을 하세요.

바사니오　'고백하는데 당신을 사랑합니다.' 이것이 내가 고백하고 싶은 전부입니다. 이 얼마나 행복한 고문이냐, 고문하는 분이 구원될 방법을 가르쳐주시다니……. 이제 운명의 궤를 고르게 해 주시오.

포셔　그럼 가세요. 저 세 개의 궤 중에 제가 들어 있어요. 진정으로 절 사랑하신다면 꼭 맞추실 거예요. 네리사, 그리고 다른 사람들도 저만큼 물러서라. 이분께서 궤를 고르시는 동안 음악을 들려 줘. 그래야 만약 실패하신대도 백조의 최후처럼 음악 속에 사라지실 게 아니냐. 좀더 절실하게 말한다면 나의 눈물이 강물이 되어 이분이 내 눈물 속에 빠져 죽을 게 아니냐……. 성공할지도 모르지. 그때의 그 음악은 충성스러운 백성들이 새로 등극한 왕에게 절할 때 울리는 우렁찬 나팔소리 같지 않겠는가. 또는 결혼식 날 새벽, 꿈꾸는 신랑의 귓가에 살며시 찾아와 교회로 불러내는 저 달콤한 음악과도 같은 것 아니겠는가. 이제 고르러 나가시네. 트로이 왕이 아우성치는 바다의 괴물에게 바친 제물의 처녀를 구하러 간 젊은 허큘리즈 못지않게 용감하게 아니, 그보다 더한 애정을 가지고서……. 난 그 제물의 처녀, 그리고 눈물에 젖은 얼굴의 저 여자들은 승부의 결과를 보러 나온 트로이의 부인네들……. 가세요, 허큘리즈! 당신이 살아야만 저도 살아요. 승부를 겨루는 당신보다도 보고 있는 제 마음이 훨씬 더 괴로워요. (음악, 그동안 바사니오는 궤를 보고 혼자 궁리한다.)

　　사랑이 자라는 곳 그 어디냐.

　　가슴속 깊은 데인가, 머릿속인가?

　　어떻게 생겨나 무엇으로 자라나?

대답을 해 다오, 대답을.

사랑이 자라는 곳, 사람의 눈 속.

눈 속에 자라지만 금방 죽어버리네.

누워 있는 요람 속에서…….

자, 치세, 딩, 동, 벨.

모두 딩, 동, 벨.

바사니오 그러니까 겉과 속이 전혀 다를 수도 있지……. 세상은 늘 겉치레에 속고만 있거든. 재판에서는 아무리 썩고 곪은 소송이라도 교묘한 말로 양념을 하면 악행의 표면이 가려지기도 하지. 종교를 보더라도 아무리 무서운 이단설도 엄숙한 얼굴로 축복을 하고 성서를 인용하여 증명을 하면 어떠한 모독이나 겉치레도 아름답게 은폐되지 않던가. 아무리 하찮은 악덕이라도 겉보기에 그럴 듯한 미덕으로 포장하지. 모래로 쌓아올린 제단처럼 말이야. 담력 약한 겁쟁이들도 턱에는 허큘리즈 장사나 눈살 찌푸린 마르스 군신과 같은 수염을 달고 있지만 속을 들여다보면 간덩이는 흰 우유와 같지. 이것들도 영웅인 체 무섭게 보이려는 겉치레에 지나지 않아. 또 미인을 보더라도 저울의 무게로 매매가 되지 않느냐 말이다. 글쎄 여기서는 무게로도 기적이 행해지기는 하지만 가장 무거운 화장을 하는 여자일수록 가장 가벼운 여자란 말이야. 그렇지, 바람과 음탕하게 희롱하는 저 뱀 같은 블론드의 이름난 미인의 곱슬머리도 알고 보면 죽은 사람의 유물이지. 그 금발의 주인공이 해골이 되어 무덤에 누워 있는 일도 흔하지 않은가. 그러니 허식이라는 건 사람을 마의 바다로 유인하는 가짜 해안이요, 인디언 여인의 얼굴을 가리는 아름다운 면사포이기도 하다. 요컨대 허식이라는 건 이 교활한 시대가 현자를 유혹하는 겉치레만의 진실이 아닌가. 그러므로 찬란한 황금, 욕심쟁이 마이더스 왕을 현혹케 한 황금은 내게 소용이 없다! 그리고 너, 창백한 얼굴을 하고서 사람과 사람 사이에 이간질을 하고 다니는 은도 마찬가지! 그러나 보잘것없는 납, 희망을 약속하기보다는 사람을 위협하는 것처럼 보여도 네 솔직함은 거창한 웅변보다도 내 마음을 움직이는구나. 자, 이것으로 하자! 부디 기쁜 결과가 있기를! (하인, 열쇠를 내준다.)

포셔 (방백) 수많은 의심과 경솔하게 품은 절망이며 벌벌 떨리는 공포와 눈이 파래지는 질투 등, 감정이란 감정은 어쩌면 다 순식간에 공중으로 흩어져버릴까! 아, 내 사랑아. 좀 진정하고 흥분을 가라앉히렴. 기쁨의 비도 지나치시 않게 석당히 내려 다오, 넘치는 행복에 견디지를 못하겠구나. 행복에 질리면 안 되니 적당하게 행복을 내려다오.

바사니오 (납궤를 연다.) 오, 이것은? 포셔의 초상이다! 신의 화필이 아니고서야 어떻게 이렇게까지! 눈동자가 움직이는 것인가? 아니, 내 눈동자에 비쳐 움직이는 듯이 보이는군! 달콤한 향기에 입술이 살짝 벌어져 있구나. 이렇게도 다정한 두 입술은 향기로운 입김이라야 떼어놓을 수 있겠지. 이 머리카락은 화가가 거미가 되어 황금의 그물을 친 것 같다, 거미줄에 걸려드는 모기처럼 남자의 마음을 꽉 잡은 황금의 그물…… 무엇보다 이 눈! 이것을 그린 화가의 눈은 끝까지 멀쩡할 수 있었을까? 눈을 그린 화가는 두 눈의 시력을 잃고서 더 이상 그림에는 손을 대지 못했을지도 모른다! 아무리 칭찬을 해도 말로서는 오히려 이 그림에게 모욕이 될 터이나 이 초상화 역시 실물하고는 차이가 나지 않은가……. 여기 나의 모든 운명이 쓰인 두루마리가 있구나.

> 눈으로 고르지 않은 사람은
> 올바르게 고르므로 늘 행복하다.
> 이 행복 네 것이 되었으니
> 만족하고 새 것을 찾지 마라.
> 이제 이를 기뻐하고

이 행복을 하늘의 복으로 여긴다면

저 여인에게로 가서

사랑의 키스를 하고 구혼을 하라.

친절한 글귀로군. 그럼 아가씨, 이 글귀대로 드릴 것은 드리고 받을 것은 받겠습니다. 승부를 겨루던 사람이 잘 싸웠다고 생각하면서도 관중의 박수갈채와 환호성에 정신이 아찔하여, 폭풍 같은 칭찬이 과연 자기를 위한 것인지 한참 동안 어리둥절한 기분, 아가씨, 바로 지금 제가 그렇습니다. 아가씨의 확인과 서명과 조인이 있기 전에는 눈앞의 모든 것이 얼떨떨하고 정신이 멍할 뿐입니다.

포셔   바사니오님, 저는 보시는 바와 같은 사람이에요. 그것도 저 혼자만을 생각한다면 더 이상 훌륭해지기를 바라지 않겠어요. 하지만 당신을 위해서라면 지금보다 삼십 배의 세 곱이나 더 훌륭한 인간, 천 배나 더 예쁜 여자, 만 배나 더 부자가 됐으면 좋겠어요. 오직 당신의 높은 칭송을 받고 싶어 덕으로나 미로나 재산으로나 친구에 있어서 지금보다 훨씬 더 훌륭한 인간이 되기를 원해요. 지금의 저로서는 아무것도 아니에요……. 한마디로 말씀드리면 교양도 학문도 경험도 부족한 여자예요. 그렇지만 다행인 것은 배우지 못할 만큼 나이를 먹지 않았다는 거지요. 그것보다도 더 다행인 것은 배우지 못할 정도로 미련한 여자는 아니라는 거예요. 그리고 무엇보다도 다행인 것은 제 온순한 성품으로 인해 모든 것을 당신에게 맡기고 당신을 저의 주인, 지배자, 왕으로 섬기며 당신의 가르침을 받을 수 있다는 거지요. 제 자신과 저의 재산은 모두 당신 것이 됐어요. 이때까지는 제가 이 집의 주인이고 하인들의 주인이며 저 스스로의 여왕이었지만 지금 이 순간부터는 이 집과 하인들이며 제 자신까지 모두 저의 주인이신 당신의 것이에요! 이 반지도 함께 드리겠어요. 하지만 만약 이걸 손에서 빼거나 잃어버리거나 남에게 주는 경우에는 당신의 사랑이 깨진 증거로 알겠어요. 그러니 그때는 저도 조용히 있지는 않겠어요.

바사니오 포셔, 나로서는 이제 더 이상 할 말이 없소. 다만 내 혈관 속의 뜨거운 피만이 당신께 고백하고 있소. 나는 온통 혼란에 빠져 있소. 마치 국민에게 경애 받는 국왕이 열변을 토하자 기뻐서 어쩔 바를 모르는 군중들에게서 볼 수 있는 그런 혼란이라고나 할까요. 낱낱으로는 표현의 뜻이 있지만 온통 뒤범벅되어 잘 들리지 않아 기쁨의 소리 말고는 무의미한 소리가 되는 그런 혼란 말이오. 어쨌든 이 반지가 내 손가락에서 떠나는 날에는 내 가슴에서 생명이 떠나는 날이오. 아, 그때는 서슴지 말고 이 바사니오는 죽었다고 말하시오.

네리사 나리, 그리고 아씨. 곁에서 두 분이 소원을 이루는 것을 여태 지켜보고 있었지만 이제는 저희들도 축하의 말씀을 올려야겠어요. 축하합니다, 나리, 그리고 아씨!

그라시아노 바사니오, 그리고 상냥한 아가씨! 나 같은 사람이 축하할 말이 있겠소만 두 분께서는 마음껏 기쁨을 누리시오. 그리고 두 분께서 결혼 약속을 하게 되면 나도 결혼을 하게 해주게.

바사니오 좋다 뿐인가. 상대만 있다면.

그라시아노 고맙네. 덕분에 한 사람 찾았다네. 날쌔기로는 내 눈도 자네 눈에 못지 않지. 자네는 아가씨를 보고 있었고 난 시녀를 보고 있었어. 자네가 사랑에 넋이 빠져 있는 동안 나 역시 그러했었고. 자네처럼 나도 성미가 급해서 말이야. 자네의 운명이 저 궤들에 좌우되었다시피 사실 내 운명도 그랬었거든. 진땀을 빼며 구애를 하여 입천장이 마를 정도로 사랑의 맹세를 해서 겨우 사랑의 약속을 —이 약속이 오래갈는지 모르지만— 이 아름다운 여인한테서 얻어낸 것이라네. 자네가 아가씨의 궤를 잘 맞춰냈을 경우라는 조건부로 말일세.

포셔 그게 정말이니, 네리사?

네리사　예, 아가씨께서 허락해 주신다면…….

바사니오　그라시아노도 진심이겠지?

그라시아노　진정이다 뿐이겠나.

바사니오　그럼 우리들의 결혼 축하연은 자네들의 결혼으로 더욱 빛나겠군.

그라시아노　(네리사에게) 우리 천 더커트를 걸고 누가 먼저 첫아이를 낳는지 내기해 볼까?

네리사　어머, 지금 안으시려는 거예요?

그라시아노　물론이지. 그러지 않고서는 이 내기에 이길 수가 없거든.

　로렌조, 제시카, 살레리오 등장.

그라시아노　아니, 이게 누구야? 로렌조하고 유대인 아가씨 아냐? 베니스에 있던 친구 살레리오도 왔군.

바사니오　로렌조, 그리고 살레리오, 어서 오게. 이 집에 온 지 얼마 안 된 내가 환영할 자격이 있는지 모르지만 어쨌든 환영하네. (포셔에게) 포셔, 나의 고향 친구들이오, 환영해 줍시다.

포셔　예, 저도 환영합니다. 참 잘 오셨어요.

로렌조　고맙습니다. 실은 바사니오 씨를 뵐 계획은 아니었는데 공교롭게 도중에 살레리오 씨를 만나 기어이 같이 가자고 해서 이렇게 오게 됐지요.

살레리오　그렇게 됐어. 하지만 다 이유가 있지. 안토니오가 이걸 전해 달라고 하더군. (바사니오에게 편지를 건네준다.)

바사니오　내가 편지를 뜯기 전에 잠깐 얘기해 주게. 그 친구는 요즘 어떻게 지내고 있나?

살레리오   병이 났다고는 할 수 없지만 마음이 편치 않으니 별고 없다고는 할 수 없겠지. 아무튼 이 편지를 보면 요즘 그 친구의 형편을 알 수 있을 걸세. (바사니오, 편지를 뜯는다.)

그라시아노   네리사, 저쪽의 여자 손님 좀 부탁하오. (네리사는 제시카를 맞이하고 그라시아노는 살레리오를 맞는다.) 악수하세, 살레리오. 베니스의 형편은 어떤가? 무역 왕 안토니오는 어떻게 지내고 있나? 그 친구가 우리들의 성공담을 듣는다면 정말로 기뻐할 거야. 우리는 방금 그리스의 제이슨처럼 황금의 양모를 얻고야 말았으니.

살레리오   그러게 말이네. 그것이 안토니오가 잃은 황금의 양모라면 좋겠군.

포셔   저 편지는 불길한 내용인가 보다, 저이의 얼굴빛이 저렇게 창백해지는 것을 보니. 친한 친구라도 죽은 걸까, 그렇지 않고서야 멀쩡하던 장부가 저렇게 기색이 달라지려고……. 세상에, 점점 더 나빠지는 것 같아. 이보세요, 저는 당신의 반쪽이에요. 그러니 저도 당연히 편지 내용을 절반은 알아야겠어요.

바사니오   아, 포셔. 여기 이 몇 마디 되지도 않은 말이 이처럼 불길하게 종이에 쓰인 적은 이전에는 한 번도 없었을 것이오. 포셔, 처음에 내가 사랑을 고백했을 때도 솔직히 말했지만 내 혈관 속을 흐르는 피가 내 전 재산이요, 신사라는 것 다만 그것뿐이었소. 그건 사실이오. 그러나 포셔, 무일푼이라고 했지만 실은 터무니없는 거짓말이었소. 재산은 무일푼이 아니라 그 이하라고 말했어야 했소. 사실은 결혼 비용을 마련하느라 절친한 친구한테서 빚을 냈지요. 그런데 그 돈은 그 친구의 불공대천지 원수에게서 빌린 돈이었소. 자, 이 편지를 보시오. 이 편지의 한마디 한마디는 내 친구의 몸에 난 상처처럼 생명의 피를 토하고 있구려. 그런데 정말인가, 살레리오? 그 친구의 사업이 모조리 실패했다는 말인가? 하나도 성공하지 못했단 말이야? 트리폴리스나 멕시코와 영국과 리즈번, 바바리, 인도 등지에서 아무런 소식도 없단 말인가? 저 무서운 암초에서 한 척도 피하지 못했단 말인가?

살레리오   그렇다네, 한 척도……. 어디 그뿐인가? 지금 당장 빚을 현금으로 갚는다 해도 그 유대 놈은 받지 않을 모양이네. 사람의 탈을 쓴 놈치고 그렇게 악의적으로 욕심 사납게 남을 망치려드는 놈은 처음 봤네. 글쎄 아침저녁으로 공작님을 성가시게 졸라대면서 공정한 재판을 안 한다면 베니스의 자유가 어디 있느냐고 떠들고 다닌다나. 수많은 상인들이나 공작님과 여러 명사들이 아무리 달래 봐도, 벌금을 내라느니 증서대로 재판을 해 달라느니 하며 버티고서 그 잔인한 소청을 굽히지 않는다고 하더군.

제시카   제가 집에 있었을 때 얘기인데 아버지가 유대인인 튜발 씨와 츄즈 씨에게 이렇게 맹세하는 것을 들었어요. 빚 준 돈의 이십 배를 가져와도 받지 않고 기어이 안토니오의 살을 베겠다고 말예요. 그러니 법률이나 세력이나 관권으로 막아내지 않으면 안토니오님은 가엾게도 화를 입게 될 것 같아요.

포셔   그렇게 궁지에 빠진 분이 당신의 친한 친구 분이신가요?

바사니오   제일 친한 친구요. 선한 마음씨에 인품이 고결하고 남을 위한 일이라면 힘든 줄을 모르는 사람이오. 그 사람이야말로 이탈리아의 누구보다 고대 로마 정신을 이어받은 사람이라 해도 좋을 것이오.

포셔   유대인한테 진 빚은 얼마나 되죠?

바사니오   삼천 더커트. 다 나 때문이오.

포셔   겨우 그것뿐인가요? 육천 더커트를 지불하고 증서를 말소시키지요. 아니, 그것의 두 배, 세 배를 지불해서라도 그런 친구 분을 당신 때문에 머리카락 하나라도 잃게 해서는 안 되지요. 무엇보다 우선 교회로 가서 절 아내로 승인해 주세요. 그리고 나서 당장 친구 분을 찾아 베니스로 떠나세요. 불안한 마음을 지니고 이 포셔 곁에 누워서는 안 되니까요. 그 까짓 빚쯤 이십 배라도 갚을 수 있는 돈을 마련해 드릴게요. 다 청산하시 거든 그 친구 분을 모시고 오세요. 그동안 저와 네리사는 처녀나 과부처럼 지내지요. 어서 가세요. 결혼식이 끝나면 곧 떠나셔야 하니까요. 즐거운 얼굴로 친구 분들을 대접하세요. 비싼 대가를 치르고 겨우 제 사람이 된 당신이니 소중하게 모셔야죠. 그러면 그 친구 분한테서 온 편지를 좀 읽어 보세요.

바사니오 (읽는다.) '친애하는 바사니오. 나의 상선은 전부 파선되고 채권자들은 점점 더 박정해지며 사태는 극히 악화되고 있다네. 그리고 유대인에게 준 그 증서 역시 기한이 경과되었다네. 증서대로 채무를 이행해야 한다면 나는 도저히 살아날 길이 없으니 죽기 전에 자네를 한 번 만날 수 있다면 자네와 나 사이의 채무는 모두 청산되겠네. 그렇지만 자네 형편껏 하기 바라네. 만약 자네의 사랑이 내게 오는 것을 허락하지 않는다면 이 편지는 개의치 말게나.'

포셔 세상에, 어서 일을 마치고 곧 떠나세요.

바사니오 떠나라는 당신의 허락을 얻었으니 빨리 떠나겠소. 그러나 다녀올 때까지는 그 어떤 침실에도 머무르지 않겠소. 어떤 휴식으로도 당신과 나와의 재회를 지체하지는 않겠소. (모두 퇴장)

제3막 제3장

샤일록의 집 앞 거리.
샤일록, 솔라니오, 안토니오, 간수 등장.

샤일록   이봐요, 간수. 이놈을 조심하시오. 이놈은 이자도 없이 마구 돈을 빌려 주는 바보 놈이니 내게 동정 따위를 말하지 마시오. 그러니 간수, 조심하우.

안토니오   이보시오, 샤일록 씨. 그러지 말고 내 말 좀 들어 주시오.

샤일록   난 증서대로 할 테니 증서에 위반되는 건 아무 말도 하지 말라니까! 난 맹세했어, 기어코 증서대로 하기로……. 아무 이유도 없이 너는 날 개라고 그랬지? 그러니 내가 개라면 내 이빨을 조심하란 말이야. 공작님께 공정한 재판을 해 달래야지. 제기, 망할 놈의 간수 같으니. 어쩌자고 멍청하게 이놈의 부탁을 들어 주어 이렇게 한길로 데리고 나왔담.

안토니오   제발 내 말 좀 들어 주시오.

샤일록   증서대로 하겠다니까! 네 말을 듣고 싶지 않아. 증서대로 할 테니까 입 닥쳐! 그래, 내가 그리스도교 녀석들의 중재에 넘어가 머리를 끄덕이고 마음이 풀려 한숨을 짓는 바보 멍청이인 줄 알아? 따라오지 말라니까! 말하고 싶지 않아. 증서대로만 할 테다! (퇴장)

솔라니오   개새끼 같으니, 악독한 개새끼 같으니.

안토니오   내버려두게, 아무리 애원해도 소용없으니 이제 그만 쫓아다니겠네. 그자는 나의 목숨이 목적이며 그 이유를 모르는 바도 아니네. 그자한테 진 빚에 몰려 사정하는 채무자들을 도와준 일이 여러 번 있었네. 그래서 날 미워하는 거야.

솔라니오   공작님께서 설마 이 계약 위반에 유효 판결을 내리시지는 않겠지?.

안토니오   아냐, 공작님도 법의 정당성을 굽히실 수는 없지. 외국인들이 베니스에서 갖는 특권을 거부당해 보게. 이 나라 법을 크게 비난할 게 아닌가. 더구나 베니스의 무역과 이권은 여러 민족들의 이해관계로 성립되어 있으니 말일세. 그러니 이만 가세. 파산이니 슬픔이니 해서 몸이 얼마나 말랐는지, 내일 그 잔인한 채권자에게 주어야 할 1파운드의 살조차도 붙어 있을 것 같지 않아…… 간수, 갑시다. 내일 채무를 갚기 전에 그저 바사니오나 한번 만났으면……, 그렇게만 된다면 내가 뭘 더 바라겠나?
(모두 퇴장)

제3막 제4장

벨몬트. 포셔의 저택 홀.
포셔, 네리사, 로렌조, 제시카, 포셔의 하인 밸더자 등장.

로렌조 부인, 이렇게 면전에서 말씀드리기는 거북합니다만, 부인께서는 신성한 우정에 대하여 참으로 훌륭한 생각을 가지고 계십니다. 그것은 이렇게 바사니오님이 안 계실 때 부인의 태도를 보면 잘 알 수 있습니다. 이 호의가 누구를 위한 것이며, 이 구원을 받는 사람이 얼마나 훌륭한 신사이며, 그분이 나리와 얼마나 친한 친구인지 이런 것들을 아시게 된다면 세상의 관례와 다른 두 분의 특별한 우의에 부인께서도 한층 더 자랑스럽게 생각되실 것입니다.

포셔 제가 좋아하는 일을 하고 후회한 적은 없어요. 이번에도 마찬가지예요. 평소 친한 친구라면 영혼이 우정의 구속으로 맺어져 있다고나 할까, 용모나 태도나 정신에도 반드시 공통점이 있는 법이에요. 이런 사실로 안토니오라는 분이 남편의 둘도 없는 친구시라니 그분은 틀림없이 남편과 흡사한 분이실 거예요. 그렇다면 제 생명과 같은 남편과 흡사한 분을 지옥의 참경에서 구해 드리기 위해 그까짓 비용쯤이 무슨 문제가 되겠어요? 그리고 보니 너무 제 자랑만 한 것 같네요. 이제 그만하지요. 그런데 로렌조 씨, 할 말이 있어요. 남편이 돌아오실 때까지 이 집의 가계와 관리를 좀 맡아 주세요. 사실은 저 혼자 맹세를 했어요. 저의 남편과 네리사의 남편이 돌아올 때까지 네리사와 함께 조용히 기도와 묵상의 날을 보내기로 말예요. 이곳에서 2마일 밖에 있는 수도원에 가서 당분간 지낼까 해요. 제발 거절하지 마세요, 네? 로렌조 씨를 믿고, 그리고 긴박한 사정이 있어서 부탁드리는 것이니까요.

로렌조　맡다 뿐입니까, 부인. 분부시라면 뭐든지 하겠습니다.

포셔　하인들은 벌써 제 결심을 알고 있어요. 그러니 제 남편과 저 대신 당신과 제시카를 주인같이 섬길 거예요. 그럼 다시 뵐 때까지 안녕히…….

로렌조　부디 안녕히 잘 다녀오십시오!

제시카　부인, 부디 잘 다녀오세요.

포셔　고마워요, 당신들도 안녕히 계세요. 제시카, 잘 있어요! (제시카와 로렌조 퇴장) 그런데 밸더자, 지금껏 넌 성실했지만 앞으로도 더욱 잘해 다오. 그럼 있는 힘을 다하여 빨리 패듀어로 달려가서 사촌 오라버니 벨라리오 박사에게 이 편지를 꼭 전해 드려라. 박사님께서 서류와 의복을 주시거든 받아서 곧장 베니스로 가는 선착장으로 뛰어오너라. 여러 말 묻지 말고 어서 떠나. 난 한 발 앞서 가 있겠다.

밸더자　예, 아씨. 전력을 다해서 얼른 다녀오겠습니다. (밸더자 퇴장)

포셔　네리사, 이리 와 보렴. 네겐 아직 얘기 못했지만 묘안이 하나 있다. 우리 남편들을 만나 보자꾸나. 물론 저쪽에는 눈치 채지 않게 말이야!

네리사　눈치 채지 않게요?

포셔　물론이지, 네리사. 그이들이 속아 넘어가도록 우리들이 가질 수 없는 것으로 변장을 하면 돼. 내기를 해도 좋지만 우리가 젊은 남자 복장을 하면 내가 더 미남으로 보일걸. 칼을 차도 내가 더 맵시 있고 산뜻할 거야. 어른과 소년 사이의 변성기처럼 갈대 피리 같은 음성으로 말을 하고,

걸을 때는 종종걸음이 아닌 사내처럼 큼직한 걸음으로 걷는단 말이야. 그뿐이냐, 결기 있는 청년처럼 큰소리 탕탕 치며 결투 얘기도 하고 교묘하게 이런 거짓말도 꾸며내는 거야. '실은 부인네들이 사랑을 고백해 왔지만 난 거절했어. 그랬더니 한 부인이 병이 나서 그만 죽고 말았지. 나로서는 어쩔 수 없는 일이었어. 그렇긴 해도 내가 잘못한 것 같아. 죽지 않을수도 있었는데……' 이런 시시한 거짓말을 잔뜩 늘어놓는 거지. 그러면사람들은 내가 수도원을 나온 지 1년은 넘었을 것이라고 단정을 할 게 아니냐. 이런 거짓말쟁이의 실없는 장난이라면 나도 얼마든지 알고 있지. 그걸 한번 써먹어 보자는 거야.

네리사 그럼 우린 남자 노릇을 하나요?

포셔 그런 질문이 어디 있니, 누가 오해하면 어쩌려고! 아무튼 가자. 자세한 계획은 마차 안에서 얘기해 줄게. 대문 앞에 마차가 대기하고 있으니 빨리 가자. 오늘 안으로 이십 마일을 가야 하니까. (두 사람 퇴장)

제3막 제5장

포셔의 저택 마당.
란슬럿트와 제시카 등장.

란슬럿트 정말 그렇습니다. 아버지의 죄는 자식이 물려받게 마련이니까요. 그러니 정말이지 아가씨는 위험하십니다. 전 언제나 아가씨께 숨김없이 말해 왔지만 지금도 이 문제를 신중하게 말씀드린 것입니다. 아가씨는지옥행이 틀림없을 것 같으니 기운을 내세요. 그런데 지옥행을 피할 길이하나 있긴 있습니다요. 떳떳하게 내세울 것은 못 됩니다만…….

제시카   어떤 방법인데?

란슬럿트   말하자면 아가씨는 아버지가 만든 자식이 아니라는, 그러니까 유대인의 딸이 아니라는 그런 소망 말입니다.

제시카   그건 분명히 떳떳치 못한 소망이구나. 그렇게 되면 우리 어머니의 죄 역시 내가 물려받아야 하지 않겠니?

란슬럿트   사실 그래서 걱정이죠. 아버지 쪽으로나 어머니 쪽으로나 어차피 지옥에 떨어지기 마련이니까요. 앞문의 늑대를 피하면 뒷문의 호랑이가 기다리고 있는 셈이죠. 아가씨는 엎으나 뒤집으나 매한가지입니다.

제시카   하지만 우리 그이가 날 도와주실 거야. 난 그이를 따라 그리스도교도로 개종하지 않았니?

란슬럿트   이거 한술 더 뜬 고약한 나리인뎁쇼. 안 그래도 예수쟁이들이 너무 많아요. 같이 살 수 없을 정도로 수가 많은데 또 예수쟁이들을 만들어 놓으면 돼지고기 값만 오르게요. 너도 나도 돼지고기를 먹어 봐요, 나중에는 돈을 아무리 줘도 베이컨 한 쪽 못 얻어먹게 될 테니까요.

로렌조 등장.

제시카   란슬럿트, 네가 방금 한 말을 그이에게 이를 테야. 그이가 저기 오시지 않니?

로렌조   이봐, 란슬럿트, 남의 아내를 그렇게 구석에 몰아 놓으면 조만간 내가 질투하게 될 거다.

제시카   아니에요. 그런 염려는 하실 필요가 없어요. 란슬럿트하고 싸우고 있었어요. 저것이 함부로 말하잖아요. 절더러 유대인의 딸이니 천당은 막혀 있다는 둥, 당신더러는 유대인을 예수쟁이로 만들어서 돼지고기 값만 올라가게 했으니 고얀 시민이라는 둥 말예요.

로렌조 저것이 검둥이 계집의 배를 불려 놓은 것에 비하면 그 정도쯤이야 사회에 대해 간단히 변명이 되지. 얘, 란슬럿트, 그 검둥이 계집의 배가 보통이 아니던데?

란슬럿트 그 검둥이 년의 배가 보통이 아니라면 그것이야말로 보통 일이 아닌데요. 그런데 그 검둥이 년이 그따위 수상한 짓을 했다면 뱃속까지 검은 년인뎁쇼.

로렌조 바보들은 입심도 좋군. 이러다가는 슬기로운 사람은 다 입을 다물고 앵무새만 떠들어서 칭찬받겠구나. 어서 들어가서 식사 준비하라고 일러라.

란슬럿트 식사 준비는 다 되어 있습니다. 다들 허기져 있으니까요.

로렌조 넌 입씨름꾼이냐? 그럼 식탁을 준비하라고 일러라.

란슬럿트 식탁도 준비해 놨죠. 식탁에 가서 앉으시기만 하면 됩니다.

로렌조 그럼 너도 앉겠단 말이냐?

란슬럿트 앉다니 천만의 말씀. 이래봬도 제 분수쯤은 알고 있는 놈입니다.

로렌조 요것 보게, 꼬박꼬박 말대답이군. 넌 가지고 있는 재치를 모두 단번에 털어놓을 셈이냐? 제발 솔직한 사람의 말을 솔직한 귀로 들어 다오. 부엌에 가서 일러라, 식탁에 보를 깔고 음식을 차려 놓으라고. 곧 식사하러 들어갈 테니까.

란슬럿트 식탁을 준비하고 식탁보를 덮어놓게 하겠습니다. 두 분께서 드시러 오시는 건 맘 내키는 대로 하십쇼. (란슬럿트 퇴장)

로렌조 기가 막히는군. 어쩌면 그렇게도 입심이 좋을까. 바보 놈 머릿속에는 괴상한 말을 산더미같이 집어넣고 있나 보지. 그런데 세상에는 저놈보다 나으면서도 저놈과 똑같은 머리를 갖고 있어서 겉멋만 내느라 말의 내용은 무시하는 바보도 얼마든지 있거든. 그런데 어때요, 제시카? 바사니오 씨의 부인이 마음에 드오?

제시카   드니 안 드니 정도가 아니에요. 바사니오님은 정말 올바른 생활을 하셔야 해요. 그렇게 훌륭한 부인을 만난 것은 이 세상에서 천국의 기쁨을 발견한 거나 마찬가지이니 올바른 생활을 하지 않으면 당연히 천국에 가지 못할 거예요. 가령 천상의 두 신이 승부를 건 내기에 지상의 두 여자를 거는데 그중 하나가 포셔님이라면 다른 쪽 여자한테는 무엇이든 더 보태야 할 거예요. 빈약하고 조잡한 이 세상에 포셔님과 견줄 만한 여자는 없으니 말예요.

로렌조   아내로서 말이지? 남편감으로서는 바로 그런 남편을 당신이 얻은 거요.

제시카   뭐라고요? 그것 역시 제 의견을 들어 보셔야죠.

로렌조   곧 들어 보기로 하고 우선 들어가서 식사나 합시다.

제시카   싫어요, 당신 칭찬을 하게 두세요. 그게 더 구미가 당기니 말예요.

로렌조   아니오, 그런 구미는 식사를 들면서 부탁하오. 그렇게 하면 당신이 무슨 얘길 하든 다른 음식들과 함께 소화될 거요.

제시카   좋아요, 그럼 푸짐하게 칭찬해 드릴게요. (두 사람 퇴장)

제4막

제4막 제1장

베니스의 법정.

공작, 고관들, 안토니오, 바사니오, 그라시아노, 솔라니오, 관리, 서기, 기타 등장.

공작　안토니오는 출두했는가?

안토니오　예, 여기 대령하고 있습니다.

공작　참 안되었네. 자네에게 소송을 건 상대방은 목석 같은 인간, 인정이라고는 털끝만큼도 없는 자니 말일세.

안토니오　공작님께서 저자의 가혹한 청원을 완화시켜 보려고 애쓰셨다는 얘기는 저도 들었습니다. 하지만 그 사람은 원래 완고할 뿐 아니라 합법적으로는 도저히 그자의 마수에서 벗어날 길이 없으니 이제는 그의 발악에 인내심을 가지고 그저 조용하게 그자의 포악과 발광을 감수하기로 체념하고 있습니다.

공작　누가 가서 그 유대인을 불러들여라.

솔라니오　그자는 문 앞에 대령하고 있습니다. 아, 지금 들어오는군요.

샤일록 등장.

공작　좀 비켜 주고 내 앞에 세워라. 샤일록, 자네가 이 악의에 찬 태도를 고집하는 것은 이 시간까지이고, 마지막 판결을 내릴 때가 되면 지금의 이 괴이한 잔인성과는 반대로 자비와 연민을 보여줄 것으로 믿네. 지금은 이 불쌍한 상인의 살 1파운드를 벌금으로 강요하지만, 결국 이 벌금을 면해 줄 뿐 아니라 인간적 우정과 애정에 감동하여 원금의 일부까지도 감해 줄 것이라고 세상 사람들은 믿고 있다네. 대체로 무역계의 왕이라고 할 만한 저 상인이 최근에 입은 엄청난 손해를 동정의 눈길로 본다면, 쇠나 돌처럼 냉정한 마음을 가진 사람들이나 친절함 같은 것은 전혀 배우지 못한 인정머리 없는 터키인, 타타르인까지 지금 저 사람의 사정을 동정하지 않을 수 없을 것이네. 여보게, 샤일록. 우리들은 자네의 친절한 대답이 나오기를 기다리고 있네.

샤일록 내 생각은 이미 공작님께 말씀드린 그대로입니다. 그리고 증서대로 벌금을 받겠다는 것도 저희의 안식일에 두고 맹세한 사실입니다. 그래도 거절하신다면 공작님의 권위와 함께 이 도시의 법과 자유가 위태로워지지 않겠습니까? 아마 의아하실 테죠, 왜 내가 삼천 더커트를 마다하고서 기어코 더러운 살 1파운드를 요구하는지. 당장 설명은 하지 않겠습니다. 다만 내 기분 때문이라고 한다면 답변이 될까요? 예를 들어 저희 집에 쥐 한 마리가 돌아다녀 귀찮게 되었습니다. 그래서 내가 일만 더커트를 던져서 그 쥐를 깔려 죽게 했습니다. 어떻습니까? 이만하면 납득이 되십니까? 세상에는 통째로 구워 입이 딱 벌어진 돼지를 좋아하지 않는 사람도 있고, 고양이를 보면 미칠 것 같은 사람도 있으며 그리고 콧소리 같은 자루피리 소리만 들으면 오줌을 참지 못하는 사람도 있습니다. 감정의 동물인 사람의 성격이 제각각 기호를 결정하니 그런 것입니다. 그런데 아까 그 답변 말입니다만, 입이 벌어진 돼지를 왜 좋아하지 않을까요. 무해하면서도 유익한 고양이를 왜 싫어할까요. 천으로 싼 자루피리 소리만 들으면 어째서 견디지 못할까요. 여기에 대한 답변으로 이렇다 할 이유를 들

수는 없지요. 다만 자기도 성이 나고 남까지 성나게 할, 그리고 끝내는 치욕스러움을 피하려 하기 때문이라고나 할까요. 내가 안토니오를 상대로 이렇게 밑지는 소송을 일으킨 것도 따지고 보면 오래 묵은 원한과 증오심 때문이며 다른 이유를 말할 수도 없고 말하고 싶지도 않습니다. 이만하면 납득이 되십니까?

바사니오   에잇, 인정머리 없는 인간 같으니, 그런 대답이 어디 있어? 그걸로 네 잔인성이 변명이 될 줄 아느냐?

샤일록   나는 네 맘에 들 대답을 할 의무는 없다.

바사니오   자기가 싫다고 사람을 죽여도 좋단 말이냐?

샤일록   정말 미우면 죽이고 싶은 것이 사람 아니냐?

바사니오   마음에 안 든다고 처음부터 밉지는 않았을 것 아니냐!

샤일록   그래, 넌 독사한테 두 번씩이나 물려도 좋단 말이냐?

안토니오   여보게, 바사니오. 생각해 보게. 저런 유대인과 시비를 하느니 차라리 바닷가에 가서 만조의 밀물더러 밀려들지 말라고 하는 게 낫지. 늑대더러 왜 어린 양을 잡아먹어 어미 양을 울리느냐고 따지는 것이 낫지. 또 질풍에 흔들리는 산 위의 나뭇가지더러 흔들리지 마라, 소리 내지 마라 하는 것이 낫지. 저 유대인의 마음을 돌리려고 애를 쓰느니……. 이렇게도 지독한 사람은 세상에 둘도 없을 거네. 그러니 자네에게 부탁이네만, 이젠 더 이상 제안을 하거나 손을 쓰는 일 없이 빨리 판결을 보고 이 유대인이 목적을 달성하기만을 바라겠네!

바사니오   자, 네 삼천 더커트 대신 육천 더커트가 여기 있다.

샤일록   그 육천 더커트의 1더커트 1더커트가 여섯 조각이 나서 그 조각 조각이 1더커트씩 된다 하더라도 받지 않겠다. 나는 증서대로만 하겠어.

공작   남을 동정하지 않으면서 자네는 어떻게 신의 자비를 바라려고 하는가?

샤일록　내가 잘못이 없는 이상 무슨 판결이든 두렵지 않습니다. 당신네들 집에서는 노예를 많이 사서 나귀나 개나 노새처럼 천한 일에 혹사시키고 있소. 왜 그렇죠? 돈을 주고 샀으니까 그렇죠. 그런데 어떻습니까. 내가 당신들에게 노예를 해방시켜 당신네 외동딸과 결혼을 시키시오, 어째서 그렇게 무거운 짐을 지워 진땀을 빼게 하오, 그들의 잠자리도 당신네들처럼 안락하게 해 주시오, 이렇게 말한다면 뭐라고 하실 테요? '노예는 우리 것이니까!' 이렇게 대답을 하실 테지. 역시 마찬가지요. 내가 요구하는 살 1파운드는 아주 비싼 대가를 치른 것이므로 그것을 거부하신다면 이 나라 법률은 휴지나 다름없고 베니스의 법령은 허수아비나 마찬가지죠. 나는 공정한 판결을 요구합니다. 어떻습니까, 판결해 주시겠습니까?

공작　내 권한으로 이 법정을 폐정시킬 수도 있는 일이나 이 사건의 판결을 위하여 초청한 석학 벨라리오 박사가 오늘 도착하기로 되어 있네.

솔라니오　공작님, 패듀어에서 박사의 편지를 가지고 지금 막 도착한 사람이 문밖에서 기다리고 있습니다.

공작　그 사람에게 편지를 이리 가져오라고 하게.

바사니오　여보게, 안토니오! 기운을 내게, 이 사람아. 차라리 내 살과 피와 뼈와 그 모든 것을 저 유대 놈에게 주고 말지. 자네가 나 때문에 피 한 방울이라도 흘려서야 되겠나.

안토니오　양 떼로 치면 난 그중에 병든 양이라고나 할까, 죽어도 할 수 없지. 과일 중에서도 가장 약한 놈이 먼저 떨어지지 않던가. 그러니 나를 그냥 두게. 바사니오, 자네는 할 일이 있네. 살아남아서 내 무덤에 비문이나 써 주게.

　네리사가 변호사의 서기 복장을 하고 등장.

공작　그대는 패듀어의 벨라리오 박사가 보낸 사람인가?

네리사　예, 공작님. 벨라리오 박사님의 안부 말씀이 있었습니다. (편지를 내준다.)

바사니오　넌 왜 그렇게 열심히 칼을 가는 거냐?

샤일록　저 파산자한테서 벌금을 베어내려고!

그라시아노　이 지독한 유대 놈아, 네 신바닥에 칼을 가느니 돌 같은 네 가슴에 대고 가는 게 나을 거다. 그렇지만 어떠한 연장도 아니, 사형집행인의 도끼도 너의 그 무서운 악의에 비하면 그보다 날카롭지 못할 것이다. 아무리 애원해도 네놈의 가슴에는 소용이 없단 말이냐?

샤일록　물론이지, 네놈의 머리에서 짜내는 애원은 소용없다.

그라시아노　기가 막히는군. 이 잔인한 개 같은 놈! 너 같은 놈을 살려 두면 법이 욕을 본다! 네놈을 보고 있으려니 내 신앙까지 흔들린다. 피타고라스 말처럼 짐승의 영혼이 사람의 몸 속에 들어올 수 있다는 생각까지 하게 되는구나. 네놈의 그런 근성은 원래 늑대 속에 들어 있다가 사람을 잡아먹은 죄로 교수형을 당할 때 교수대에서 도망쳐 나와 그놈의 흉악한 영혼이 네 몸 속에 들어간 거지 뭐냐. 네가 더러운 네 어미 뱃속에 있을 때 말이다. 그것 때문에 네 욕심이 살에 굶주린 늑대같이 잔인한 거다!

샤일록　그렇게 욕을 한다고 증서의 도장이 지워질 줄 아느냐? 그렇게 고함만 지르다가는 네 목만 아프겠다. 젊은 사람이 그러지 말고 머리나 좀 써. 아주 못 쓰게 부서질라. 난 재판을 해 달라는 것뿐이야.

공작　이 편지를 보면 벨라리오 박사는 박식한 청년 박사 한 사람을 이 법정에 추천한다고 되어 있는데 그분은 어디 있는가?

네리사　바로 이곳에 와 계신데 법정에 들어와도 괜찮은지 공작님의 지시를 기다리고 계십니다.

공작　들어오다 뿐인가. 어서 가서 공손히 모셔오너라. 그동안 여기 계신

분들은 벨라리오 박사의 편지를 들어 보시오. (편지를 읽는다.) 공작님께 이 서한을 올리나이다. 공작님의 서한을 받았을 때 소생은 와병 중에 있었으며, 공작님의 사자가 도착했을 때 마침 로마의 청년 박사 밸더자 씨가 문병 차 소생을 방문 중에 있었습니다. 소생은 유대인과 상인 안토니오 간의 소송 내용을 박사에게 설명한 후 함께 많은 참고 서적을 조사하고 소생의 의견을 박사에게 충분히 피력한 바 있습니다. 이 젊은 박사의 학식은 소생의 추천 여부와 상관없이 박식한 바, 소생의 의견을 부언하고 소생의 대리로서 공작님의 청에 응하고자 그곳에 방문하기로 하였습니다. 박사가 아직 연소하지만 두뇌는 명석하오니 연령을 이유로 박사의 평가에 지장이 없기를 바라나이다. 끝으로 박사를 환대해 주시옵기 바라오며, 소생이 추천한 근거는 미구에 결과를 보시면 판명될 것으로 확신하고 각필하나이다.

석학 벨라리오 박사의 서한 내용이오.

법학 박사 복장을 한 포셔 등장.

공작 이분이 벨라리오 박사의 대리인인가 보오. 악수합시다. 벨라리오 박사한테서 오셨지요?

포셔 예, 그렇습니다.

공작 잘 오셨소. 자리에 앉으시오. 이 법정에서 현재 심의 중인 사건 내용은 이미 알고 계시겠지요?

포셔 내용은 자세히 들었습니다. 그런데 어느 쪽이 상인이며 어느 쪽이 유대인입니까?

공작 안토니오 그리고 샤일록, 두 사람 다 앞으로 나오게.

포셔 당신 이름이 샤일록이오?

샤일록　예, 샤일록입니다.

포셔　당신이 판결을 요구하는 그 소송은 내용이 참 괴이하기는 하나 위법성은 없으니 베니스의 법률상으로 당신을 비난할 수는 없소. 그렇다면 안토니오, 당신의 생사권이 저 사람 손에 달려 있단 말이지요?

안토니오　그런 것 같습니다.

포셔　증서의 정당성은 인정합니까?

안토니오　예, 인정합니다.

포셔　이런 소송이라면 유대인 쪽에서 자비심을 발휘하셔야 되겠소.

샤일록　무슨 의리가 있어서 말입니까? 어디 그 이유나 좀 들어 봅시다.

포셔　자비라는 것은 강요될 성질이 아니며 하늘에서 지상에 내려 주는 단비와도 같은 것이오. 자비는 많은 혜택이 있소. 첫째, 자비를 베푸는 사람에게 혜택이 가고 자비를 받는 사람에게도 혜택이 있소. 자비야말로 권력자의 가장 위대한 미덕이라 할 것이며 군왕을 더욱 군왕답게 하는 것은 왕관보다 이 자비심이오. 군왕의 지위는 지상 권력의 상징이자 위엄의 표지로 불안과 공포를 의미할 뿐이오. 그렇지만 자비는 권력의 지배를 초월하여 군왕의 가슴속 옥좌에 있소. 말하자면 바로 하느님의 덕이라 하겠소. 따라서 자비로써 정의를 완화할 때 지상의 권력은 신의 권력에 가까워지는 것이오. 그러니 이봐요, 유대인. 당신의 주장이 비록 정의에 적합하기는 하지만 생각해 보시오. 사람들이 정의만 좇는다면 인간은 한 사람도 구원되지 못할 것이오. 우리는 하느님께 자비를 기원하지만 이 기원은 곧 우리들 이웃간에 자비를 베풀도록 가르치는 것이오. 내가 이렇게까지 말을 하는 이유는 정의에 대한 당신의 주장을 완화시키려는 것이지만, 당신이 계속 정의만을 고집한다면 베니스의 엄격한 법정은 여기 이 상인에게 불리한 판결을 내릴 수밖에 다른 도리가 없지요.

샤일록　내 행동의 결과는 내가 감수할 테니 어서 재판이나 해 주시오.

증서대로 벌금을 받아야 하겠소.

포셔 상인은 채무를 이행할 능력이 없는가요?

바사니오 아닙니다. 내가 대신 이행하겠다고 했습니다. 두 배를, 그것으로 부족하다면 열 배로 갚겠습니다. 내 손과 머리와 심장을 담보로 해도 좋습니다. 그래도 부족하다면 이건 분명히 악의가 있어서 그런 거라고밖에 볼 수 없습니다. 제발 재판관님 직권으로 한 번만 법을 굽혀 이 악마 같은 놈의 요구를 물리쳐 주십시오.

포셔 그건 안 될 말이오. 베니스의 어떤 권력으로도 기정 법령을 좌우할 수는 없는 일이오. 그런 전례를 만들면 수많은 혼란이 발생하여 국가의 뿌리가 흔들릴 것이오. 그러니 그것은 도저히 안 될 말이오.

샤일록 과연 명판관이십니다. 다니엘 같은 명판관이십니다! 나이는 젊지만 참으로 현명하고 훌륭한 재판관이십니다!

포셔 그럼, 어디 그 증서를 좀 봅시다.

샤일록 이것입니다, 훌륭하신 박사님. 읽어 보시죠.

포셔 (읽는다.) 이보시오, 샤일록. 그래도 증서 대신 원금의 세 배를 지불하겠다는데…….

샤일록 맹세, 맹세합니다. 난 하늘에 맹세를 했소. 내 영혼에 거짓 맹세를 할 수 있겠습니까? 베니스를 통째로 준대도 난 싫소이다.

포셔 이 증서를 보면 분명히 기한이 지났군요. 그러므로 유대인은 증서에 명시된 바에 따라 상인의 심장에서 가장 가까운 곳의 살 1파운드를 베어낼 권리를 요구할 수 있겠군요. 그렇지만 당신이 자비심을 발휘하여 원금의 세 배의 돈을 받고 대신 이 증서는 찢어버리는 게 어떻겠소?

샤일록 찢는 것은 채무가 이행된 다음에 하지요. 보아하니 당신은 훌륭한 판관 같습니다. 법률에도 밝으시고 해석도 지극히 온당하십니다. 당신은 법의 기둥이십니다. 법에 의하여 부탁드리니 어서 판결을 내려 주십시오. 나의 영혼에 두고 맹세하지만 어느 누구도 내 마음을 돌리지는 못합니다. 어서 증서대로 해 주시기 바랍니다.

안토니오　저도 어서 판결을 내려 주시길 간절히 바랍니다.

포셔　정 그렇다면 당신은 어쩔 수 없이 저 사람의 칼을 가슴에 받을 각오를 해야겠소.

샤일록　과연 명판관이다! 젊으신 분이 어쩌면 이렇게 훌륭하실까!

포셔　그야 이 증서대로 판결을 요구하는 것은 법의 취지와 목적에 충분히 합당하니까요.

샤일록　정말 그렇습니다. 어쩌면 이렇게 현명하고 공정하실까! 보기와는 달리 정말로 원숙하십니다!

포셔　상인은 가슴을 여시오.

샤일록　예, 가슴입니다. 증서에 그렇게 씌어 있지 않습니까, 판관님? '심장에서 가장 가까운 곳.' 그렇게 씌어 있죠.

포셔　그렇소. 베어낸 살의 무게를 달 저울은 준비되어 있소?

샤일록　예, 여기 있습니다. (외투 안에서 저울을 꺼낸다.)

포셔　그럼 샤일록, 당신이 비용을 부담하여 의사를 부르시오. 출혈이 심해져서 죽으면 안 되니 상처를 치료하기 위해서요.

샤일록　증서에 그렇게 명시되어 있습니까?

포셔　명시된 것은 아니지만 그렇게 하는 것이 어떻겠소? 그만한 자비쯤은 베풀어도 될 것 같은데요.

샤일록　하지만 그런 말은 증서에 없습니다.

포셔　그건 맞소. 이보시오, 상인. 마지막으로 할 말은 없소?

안토니오　별로 없습니다. 여보게, 바사니오. 잘 있게! 자네 때문에 내가 이렇게 됐다고 해서 슬퍼하지 말게. 운명의 신은 나에게 친절한 셈이야. 보통은 거지꼴이 된 사람을 오래 살려 두어 푹 꺼진 눈과 주름투성이의 얼굴로 말년의 고생을 맛보게 할 텐데, 나는 그렇게 오랜 시간 괴로움을 받는 벌은 면하게 되었으니 말일세. (둘은 포옹을 한다.) 부인께 안부 전해 주게. 내가 자네를 얼마나 사랑했는지도 말해 주고, 내가 자네에게 얼마나 진실한 친구였었는지 부인에게 판단해 보라고 하게나. 이 안토니오가 어떻게 당당하게 최후를 맞이했는지 전해 주게. 자네가 친구를 잃은 것을 진심으로 슬퍼해 준다면, 내 가슴이 저 유대인의 칼에 푸욱 찔려서 내 심장을 바쳐 자네의 부채를 대신 갚게 되는 것을 결코 후회하지 않겠네.

바사니오   여보게, 안토니오. 내가 얻은 아내는 내게 생명과도 같이 소중한 사람이라네. 그렇지만 그 생명도, 아내도 아니, 이 세상 어떤 것도 내게는 자네의 생명보다 소중하지는 않아. 자네를 구할 수만 있다면 나의 모든 것을 잃어도 좋아. 아니, 나의 모든 것을 저 악마에게 다 주어도 상관없네.

포셔   이보시오, 당신 부인이 그 말을 듣는다면 그리 달갑게 생각하지는 않을 것 같군요.

그라시아노   저도 아내를 얻었지요. 그야 물론 아내를 사랑합니다만, 저 개 같은 유대 놈의 마음이 선해지도록 신에게 빌기 위해서라면 아내가 천당에 올라가기를 바랄 것입니다.

네리사   그런 말은 부인이 없는 데서나 하셔야지 괜히 가정불화 일으키겠소.

샤일록   (방백) 예수쟁이 남편 놈들은 다 저 모양이라니까! 나도 딸자식을 가졌지만 예수쟁이 놈보다는 차라리 바라바 같은 강도 놈이 그년의 남편이 되었더라면 좋았을 것 아닌가. (큰 소리로) 이건 쓸데없는 시간 낭비요. 얼른 판결이나 해 주십시오.

포셔   저 상인의 살 1파운드는 당신의 것이오. 이는 법정이 승인하고 국법이 보장하는 바요.

샤일록　과연 공명정대한 판관이십니다!

포셔　그러니 당신은 상인의 가슴에서 살 1파운드를 베어내야 하오. 국법이 이를 승인하고 당 법정이 이를 허락하오.

샤일록　과연 박식한 판관이시오! 이제 판결이 났어. 자! 각오해라! (칼을 빼들고 앞으로 나온다.)

포셔　잠깐 기다리시오! 추가할 말이 있소. 이 증서에는 한 방울의 피도 당신에게 준다는 말이 없소. 여기 쓰인 말은 분명히 '살 1파운드' 요. 증서대로 살 1파운드를 떼어 가시오. 그러나 상인의 피를 단 한 방울이라도 흘리게 하면 당신의 토지와 재산은 베니스의 국법에 의하여 몰수될 것이오.

그라시아노　오, 참으로 공정하신 판관이시다! 들었나, 이 유대 놈아? 정말로 현명한 재판관이시오!

샤일록　이것이 법률이오?

포셔　(법률서를 펼쳐 보이며) 당신 눈으로 법조문을 보시오. 당신은 끝까지 정의를 고집했으니 당신이 요구하는 이상의 정의를 관철시켜 주겠소.

그라시아노　과연 박식한 판관이시다! 이 유대 놈아! 정말로 박식한 판관이시다!

샤일록　그렇다면 아까의 제안대로 하겠으니 증서에 쓰인 원금의 세 배를 받고 저 그리스도교도는 석방해 주십시오.

바사니오　이봐, 돈은 여기 있다!

포셔　잠깐 기다리시오! 유대인에게는 오직 정의대로 하겠소. 서두르지 마시고 조용히 하시오, 증서에 쓰인 벌금 이외는 아무것도 줄 수 없소.

그라시아노　보아라, 이 나쁜 놈아. 참으로 공정하고 현명한 판결이 아니시냐!

포셔　그러니 어서 살을 베어낼 준비를 하시오. 피는 한 방울도 흘려서는 아니 되오. 그리고 살도 꼭 1파운드를 베어내야지 많거나 적어도 안 되오. 1파운드보다 많거나 적거나 할 경우에는 설사 그것이 한 푼쭝의 이십 분의 1이라는 근소한 차라 할지라도, 머리카락 한 올의 차이라도 저울이 기운다면 당신은 사형에 처할 것이며 당신의 전 재산은 몰수할 것이오.

그라시아노　과연 제2의 다니엘이시다! 다니엘과 같은 명판관이다. 야, 이 나쁜 유대 놈아! 맛이 어떠냐!

포셔　유대인은 왜 망설이고 있소? 어서 벌금을 가져가지 않고.

샤일록　원금만 돌려받고 가게 해 주십시오.

바사니오　돈은 여기 있다. 어서 받아라!

포셔　저 사람은 이 법정에서 그것을 거절하지 않았소? 그러니 정의에 합당하게 증서대로만 주면 그만이오.

그라시아노　정말 다니엘 같은 분이시다. 제2의 다니엘이시다! 유대 놈아, 고맙다. 내게 좋은 말을 가르쳐줘서.

샤일록　원금만이라도 받을 수 없을까요?

포셔　증서에 적힌 것 이외는 절대로 안 되오. 그것도 당신 생명을 걸고 말이오.

샤일록　에잇, 제기랄! 더 이상 재판에는 응하지 않겠어!

포셔　잠깐만, 법의 판결을 받을 일이 한 가지 더 있소. (법전을 읽는다.) 이 베니스의 법률에 의하면 외국인이 베니스 시민에 대하여 간접 또는 직접적인 수단을 써서 그 생명을 위협한 사실이 명백한 경우에는 범인의 재산의 반은 피해자가 될 뻔한 사람의 소유가 되고 나머지 반은 국고에 몰수되오. 동시에 범인의 생명은 오로지 공작님의 처분에 달려 있으며 어느 누구도 이에 간여할 수 없소. (법전을 덮는다.) 아시겠소? 지금 당신은 이와 같은 상태에 처해 있소. 왜냐하면 당신이 직접적으로나 간접적으로나

이 상인의 생명을 위협한 것이 명백한 증거에 의하여 분명하게 밝혀졌기 때문에 당신은 법조문에 해당하는 위험에 처해 있는 것이오. 그러니 당신은 어서 무릎을 꿇고 공작님의 자비를 바라야 할 것이오.

그라시아노　네 손으로 목매달아 죽게 해 달라고 청해 보시지! 그나마 국가에 재산을 몰수 당하면 목을 맬 줄인들 살 돈이나 있겠나? 어쩔 수 없이 국가의 비용으로 교수형을 당할 수밖에 없겠구나.

공작　우리의 정신이 그대들과 얼마나 다른가를 보여주기 위해 생명만은 살려 주겠다. 다만 재산의 반은 안토니오의 것이 되며 나머지 반은 국가에 귀속될 것이다. 그러나 반성하는 기미가 보인다면 벌금형으로 감해질 수도 있다.

포셔　예, 국가에 귀속되는 절반은 그럴 수 있습니다. 다만 안토니오의 몫은 별개입니다.

샤일록　아니, 내 생명이고 뭐고 다 가져가 버리시오. 감형이고 뭐고 다 필요 없소. 집을 떠받치고 있는 기둥을 빼버리면 집 전체를 빼 가는 것과 마찬가지 아니오? 제 삶의 기둥인 재산을 빼앗아 가면 제 생명을 빼앗아 가는 것과 마찬가지 아닙니까?

포셔　안토니오, 당신은 저 사람에게 어느 정도의 자비를 베풀 수 있겠소?

그라시아노　목을 맬 끈이나 하나 주고 그밖에는 아무것도 주지 말게.

안토니오　공작님, 그리고 이 법정의 여러분. 국고에 귀속될 저 사람의 재산의 절반은 벌금형이라도 면제해 주시길 바랍니다. 그리고 절반의 재산은 제가 관리하고 있다가 최근에 저 유대인의 딸을 훔쳐낸 그리스도교도에게 양도할 수 있게 승인해 주십시오. 이런 자비에 대한 보답으로 첫째는 저 사람이 즉시 그리스도교로 개종을 할 것, 둘째는 자신의 유산 전부를 딸과 사위 로렌조에게 양도한다는 증서를 이 법정에서 작성할 것, 이

두 가지 조건을 요구하겠습니다.

공작   그렇게 시키겠네. 만약 듣지 않으면 내가 아까 선처했던 말은 취소하겠네.

포셔   유대인은 만족하오? 이의 없소?

샤일록   이의 없습니다.

포셔   (네리사에게) 서기, 양도 증서를 작성하시오.

샤일록   저는 그만 물러가게 해 주십시오. 몸이 좋지 않아서요. 증서는 보내 주시면 나중에 서명해 드리겠습니다.

공작   그럼 가보게. 그러나 서명은 반드시 이행해야 하네.

그라시아노   세례를 받으려면 두 명의 증인이 있어야 하는데……. 내가 재판관이라면 너 같은 놈은 세례식에 데려가지 않고 열 명을 더 불러 교수대로 끌고가겠다. (샤일록 퇴장)

공작   (포셔에게) 우리 집에 가서 식사나 같이 합시다.

포셔   죄송합니다만 오늘 안으로 패듀어에 돌아가야 하기 때문에 지금 곧 떠나야 합니다.

공작   그렇게 시간이 없으시니 참 안됐구려. 안토니오는 이분에게 큰 신세를 졌으니 충분히 답례를 하게. (공작, 고관들, 시종들, 퇴장.)

바사니오   정말 고맙습니다. 오늘 박사님의 덕택으로 저와 제 친구는 무서운 형벌을 면하게 되었습니다. 그 은혜를 보답하는 의미로 이 삼천 더커트를 드리겠습니다. 유대인에게 지불하기로 했던 원금입니다. 약소하지만 박사님의 수고에 대한 성의니 받아 주십시오.

안토니오   물론 이 이상 성심을 다해 박사님의 은혜에 영원히 보답해야 될 줄로 생각합니다.

포셔   마음의 만족을 느끼면 그것으로 충분히 보답된 것이오. 나는 당신들을 구할 수 있어서 만족하고 있습니다. 그러니 이것으로 보답은 충분히 받았다고 생각합니다. 애초부터 그 이상의 보수를 바라지 않았던 사람입니다. 나중에 다시 뵙게 될 때 나를 몰라보지나 마십시오. 그럼 안녕히 계십시오. 이만 실례하겠습니다.

바사니오 실례를 무릅쓰고 떼를 쓰겠습니다. 저의 실례를 용서하시고 제 청을 거절하지 마십시오. 보수라고 생각하지 마시고 그저 성의의 표시로 기념이 될 만한 것이라도 받아 주십시오.

포셔 그렇게까지 말씀하시니 고맙게 받겠습니다. (안토니오에게) 그럼 장갑을 주시오, 기념으로 하겠습니다. (바사니오에게) 그리고 당신에게는 그 반지를 받겠소. 그 이상은 받지 않을 테니 손을 그렇게 뒤로 빼지 마시오. 댁도 성의의 표시이니만큼 거절은 안 하실 테죠?

바사니오 이 반지를 말씀입니까? 실은 변변치 못한 것이라서……, 부끄럽게 이런 걸 드리고 싶지는 않습니다.

포셔 그렇지만 그것이 아니면 받지 않겠습니다. 어쩐지 마음에 드는군요.

바사니오 실은 이 반지는 값이 문제가 아니라 깊은 사연이 있어서요. 베니스에서 가장 비싼 반지를 구해 드리겠습니다. 광고를 해서라도 찾아내겠습니다. 이 반지만은 제발 이해해 주십시오.

포셔 당신은 말씀으로만 보답하시나 봅니다. 처음에는 내게 청하라고 하더니 이제는 청하는 사람이 어떤 꼴을 당하는지 보여 주시는 것 같군요.

바사니오 사실 이 반지는 아내한테서 받은 것입니다. 제 손에 이걸 끼워 주면서 절대로 남에게 주거나 팔거나 잃어버리거나 하지 않겠다는 맹세를 하게 했지요.

포셔 남에게 주기가 아까울 때는 누구나 그런 변명을 하기 마련이죠. 당신 부인께서 정신 나간 부인이 아니라면, 그리고 내가 이 반지를 받을 만하다는 걸 인정하신다면 내가 이것을 갖는다고 해서 부인께서 당신을 원망하지는 않으실 것 같은데요. 그럼 안녕히 계시오! (포셔와 네리사 퇴장)

안토니오 이보게, 바사니오. 그 반지를 드리게나. 자네 부인과의 맹세도 맹세지만 저분의 공로와 나의 우정도 좀 생각해 주게.

바사니오 이봐, 그라시아노. 얼른 뒤쫓아가서 이 반지를 전해 드리게. 그리고 될 수 있으면 그분을 안토니오 집으로 모시고 오게. 어서 가보게. (그라시아노 퇴장) 자, 우리도 가지. 내일 아침 일찍 벨몬트로 떠나세. 가자구, 안토니오. (모두 퇴장)

제4막 제2장

베니스의 법정 앞 큰길.
포셔와 네리사 등장.

포셔 네리사, 그 유대인의 집을 찾아가서 이 증서를 보여 주고 서명을 받아와. 이 증서를 보면 로렌조와 제시카가 얼마나 기뻐할까. 남편들보다 우리가 한발 먼저 집에 도착하려면 오늘 밤에 출발해야 해.

그라시아노 등장.

그라시아노 박사님, 마침 잘 만났습니다. 실은 바사니오 씨가 생각 끝에 이 반지를 드리면서 저녁 식사에 초대하셨습니다.

포셔 저녁 식사는 안 되겠지만 반지는 감사히 받는다고 전해 주오. 그리고 수고스럽겠지만 저 청년을 샤일록의 집으로 안내 좀 부탁하오.

그라시아노 예, 그렇게 하겠습니다.

네리사 저, 잠깐 드릴 말씀이 있습니다. (포셔에게 방백) 저도 저이의 반지를 빼앗아 보겠어요. 죽을 때까지 지니라고 맹세한 반지를요.

포셔 (네리사에게 방백) 틀림없이 뺏어낼 수 있을 거야. 반지를 친구에게 주었다고 둘러대겠지만 나중에 그이들을 면목 없게 만들고 실토를 시키자꾸나. (큰 소리로) 어서 다녀오게. 내가 기다리는 곳은 알고 있겠지?

네리사 그럼 그 집으로 안내를 부탁하오. (모두 퇴장)

제5막

제5막 제1장

벨몬트. 포셔의 저택 앞 길.
로렌조와 제시카 등장.

로렌조　달빛이 참 밝군. 바로 이런 밤, 상쾌한 바람이 소리도 없이 나무들에게 고요히 키스를 하던 이런 밤이 아니었을까? 트로일로스가 트로이의 성벽을 올라가 아름다운 크레시다가 자고 있는 그리스의 진영을 향해 영혼의 탄식을 하던 밤은…….

제시카　이런 밤이었을 거예요. 티스비가 두려움에 싸여 이슬을 밟으며 가다 연인을 보기도 전에 사자의 그림자에 겁을 먹고 달아난 밤은…….

로렌조　이런 밤이었소. 여왕 디도가 버들가지를 들고 사나운 물결이 밀어닥치는 바닷가에 서서 연인 아이네이아스에게 카르타고로 돌아오라고 손짓을 한 밤은…….

제시카　이런 밤이었을 거예요. 마녀 메데이아가 늙은 왕을 마법의 약으로 젊게 해 준다고 속여 죽게 한 밤이…….

로렌조　이런 밤이었어. 제시카가 부유한 아버지네 집을 몰래 빠져나와 베니스를 버리고 가난한 애인과 벨몬트까지 도망왔던 밤도…….

제시카　이런 밤이었어요. 로렌조라는 젊은 청년이 그녀를 깊이 사랑하겠다고 철석같이 한 맹세로 여자의 마음을 빼앗아 갔던 밤도. 그런데 알고 보니 거짓말이었어요.

로렌조   이런 밤이었지. 저 귀여운 제시카가 말괄량이마냥 연인을 마구 놀렸지만 그가 다 용서를 해 준 밤도.

제시카   '이런 밤'을 말하는 시합이라면 나도 얼마든지 계속할 수 있어요. 그런데 누가 와요. 들어 보세요, 사람 발소리가 들려요.

스테파노 등장.

로렌조   고요한 밤에 이렇게 달려오는 사람이 누구요?

스테파노   포셔 집안 하인입니다.

로렌조   집안 하인? 이름을 말하게.

스테파노   스테파노입니다. 소식을 가져왔는뎁쇼. 아씨께서 먼동이 트기 전에 벨몬트에 도착하신답니다. 아씨는 성스러운 십자가 앞을 지날 때마다 무릎을 꿇고 행복한 결혼 생활을 위해 기도를 올리신답니다.

로렌조   누구랑 같이 오시는가?

스테파노   수도사 한 분과 시녀 말고는 아무도 없어요. 그런데 나리께서는 아직 안 돌아오셨습니까?

로렌조   아직 안 돌아오셨네. 소식도 없으시고……. 제시카, 우리는 안으로 들어가서 부인을 맞이할 준비를 합시다.

란슬럿트 등장

란슬럿트   솔라, 솔라! 오, 하, 호, 솔라, 솔라!

로렌조   누구냐?

란슬럿트   솔라! 로렌조 나리 못 봤어요? 로렌조 나리요, 솔라! 솔라!

로렌조　소리 좀 그만 질러! 여기야!

란슬럿트　솔라! 어딥니까? 어디?

로렌조　여기라니까!

란슬럿트　로렌조 나리께 좀 전해 주십쇼. 주인 나리한테서 심부름꾼이 왔습니다. 기쁜 소식을 뿔나팔 속에 잔뜩 담아 가지구요. 나리는 아침까지 돌아오신답니다. (퇴장)

로렌조　제시카, 우린 들어가서 주인 내외분이 오시는 것을 기다립시다. 아냐, 들어가면 뭐하겠소? 그럴 것 없이 이보게, 스테파노. 안에 들어가서 좀 전해 주게, 부인께서 금방 오신다고. 그리고 악대도 밖으로 내보내 주고. (스테파노, 안으로 들어간다.) 아름다운 달빛이 언덕에서 잠을 자고 있구나! 우리 여기 앉아서 흘러나오는 음악 소리나 들어 봅시다. 평온한 밤의 고요함은 감미로운 화음과 더욱 잘 어울릴 거야. 앉아요, 제시카. 저 것 봐, 넓은 밤하늘에 온통 황금을 깔아 놓은 것만 같아요. 눈이 반짝이는 아기 천사들과 함께 음악에 맞추어 노래를 부르는 것 같소. 불멸한 영혼 속에는 다 저런 화음이 있지만 그 영혼은 썩어 없어지는 진흙과 같은 살에 쌓여 있어서 우리 귀에는 들리지 않는 것이오. (악대 등장) 여러분, 찬미의 음악으로 달의 여신을 깨워 보시오! 멋있고 오묘한 음악의 화음을 부인 귀에 울리게 하여 그 음악 소리에 이끌려 집으로 모시도록 해 보시오. (음악)

제시카　전 웬일인지 즐거운 음악만 들으면 슬퍼져요,

로렌조　그건 당신이 너무 긴장하고 있기 때문이오. 글쎄 잘 들어 봐요. 사납게 뛰노는 짐승들이나 길들지 않은 어린 망아지들은 미친 듯이 뛰어 다니며 큰 소리로 울부짖지 않소? 그것은 혈기왕성하기 때문이오. 그러다 가도 나팔 소리를 듣는다든가 음악 소리가 귀에 들리면 그들은 일제히 멈춰 서고 그 사나운 눈까지도 온순한 눈길로 변하고 말지. 이것이 감미로

운 음악의 힘이오. 그러기에 옛 시인이 전하는 말에 따르면 악성 오르페우스는 나무와 돌은 물론 강물까지 끌어당긴다고 했지. 아무리 목석처럼 완고하고 광포한 사람이라도 음악에 잠시나마 감동을 하지 않는 사람은 없으니 말이오. 마음속에 음악이 없는 사람, 감미로운 음악의 조화에 감동하지 않는 사람, 그런 사람은 배신, 음모, 강도밖에 못할 사람이지. 그런 자의 감정은 어두운 밤과 같이 음침하고 황천길같이 컴컴한 사람이야. 그런 사람은 믿지 못할 사람이라오. 우리 조용히 음악을 들읍시다.

  포셔와 네리사 등장.

포셔　저기 저 불빛은 우리 집 홀의 불빛이구나. 저렇게 작은 촛불이 어쩌면 이렇게 멀리까지 비칠까! 선행도 이처럼 험악한 세상에 빛을 던져 주고 있을 테지.

네리사　달이 밝으면 저 촛불도 보이지 않죠.

포셔　그것도 마찬가지야, 큰 영광이 작은 영광을 흐리게 하는 거지. 왕이 없을 때는 대리자도 왕처럼 빛나 보이지만 왕이 나타나면 대리자의 위엄은 시냇물이 바다로 삼켜지듯이 사라지게 마련이야. 음악 소리가?

네리사　아씨, 집 안에서 들려오는 음악이에요.

포셔　뭐든지 좋은 환경이라야 좋아 보이는구나. 낮보다 훨씬 더 아름다운 음악 소리가 들리는 것 같으니.

네리사　밤에는 고요해서 그런 것이 아닐까요.

포셔　곁에 아무도 없다면 까마귀 울음소리도 종달새 노래처럼 아름다울 수 있고 두견새라도 대낮에 거위 떼들 떠드는 속에서 노래해서는 굴뚝새보다 나을 것이 없지. 모든 것은 때와 장소가 조화로워야 정당한 칭찬을 받고 충분히 인정하게 마련이야. 쉿, 조용히! 달님은 아름다운 연인 엔디

미온과 잠을 자는지 깨워도 일어날 것 같지 않구나.

로렌조   저건 틀림없는 부인의 목소리야. 내가 잘못 들었는지 모르겠지만.

포셔   장님이 뻐꾹새의 흉한 울음소리를 알아듣듯 로렌조는 날 알아보는구나.

로렌조   부인, 안녕히 다녀오셨습니까?

포셔   우리는 남편들이 무사하기를 기도드리고 왔어요. 기도 덕택으로 무사하시면 좋겠는데 두 분은 돌아오셨어요?

로렌조   아직 안 돌아오셨습니다. 그렇지만 곧 도착하신다는 기별이 있었습니다.

포셔   네리사, 안으로 들어가서 하인들에게 일러둬. 우리가 집을 비운 것을 조금도 내색 말라고. 그리고 로렌조와 제시카도 아무 내색 하지 말아요. (나팔 소리)

로렌조   나팔 소리가 나는 걸 보니 나리께서 돌아오시나 봅니다. 저희가 함부로 입을 놀리진 않을 테니 부인께서는 염려 마십시오.

포셔   오늘 밤은 창백한 낮과 같구나. 해님이 구름에 숨어버린 낮처럼.

바사니오, 안토니오, 그라시아노, 그리고 하인들 등장.

바사니오   해가 없어도 당신만 이렇게 있어 준다면 해가 지구 반대편을 비추고 있을 때라도 이곳은 낮처럼 밝을 것이오.

포셔   밝게 비추는 것은 좋지만 경박한 여자가 되기는 싫어요. 아내가 경박하면 남편은 침울해진다니 전 바사니오님을 그렇게 만들고 싶지는 않아요. 다 하느님 뜻이긴 하지만……. 무사히 잘 다녀오셨어요?

바사니오   잘 다녀왔소. 이 친구를 환영해 주시오. 내가 큰 신세를 진 친구 안토니오요.

포셔　어느 모로 보나 신세를 졌고말고요. 듣자니 친구 분은 당신 때문에 목숨을 걸었다고요?

안토니오　아닙니다. 목숨을 걸었다지만 이렇게 살아서 돌아왔으니까요.

포셔　참 잘 오셨어요. 환영한다는 말로는 부족하니 인사치레는 그만하겠어요.

그라시아노　(네리사에게) 저기 저 달에게 맹세하지만 정말로 그 반지는 재판관의 서기에게 주었다니까. 당신 너무 하오. 그걸 그렇게까지 분하게 생각한다니 제길, 그걸 받은 그 사람이 고자라면 좋겠군.

포셔　아니, 벌써 부부 싸움이군요! 무슨 일로 그러지요?

그라시아노　글쎄, 하찮은 금반지 하나 때문인데요. 저 사람이 선사하면서 내게 맹세를 시켰는데, 그 맹세라는 것이 칼 장수가 칼에 새겨 놓음직한 '날 영원히 사랑하고 버리지 마세요.'랍니다.

네리사　맹세니 값이니 왜 따지는 거예요? 그걸 받으면서 당신이 맹세하지 않았어요? 죽을 때까지 지니겠다고요. 죽으면 무덤에 같이 묻어 달라고까지 하지 않았어요? 그건 고사하고 당신의 그 열렬한 맹세를 위해서라도 소중히 끼고 있어야 하실 것 아녜요! 재판관의 서기에게 주셨다고요? 거짓말 마세요. 하느님도 아시겠지만 그따위 서기는 생전 가도 얼굴에 수염 하나 나지 않을 걸요?

그라시아노　아냐, 어른이 되면 수염이 날 거야.

네리사　그럴 테죠, 여자가 나이를 먹어서 사내로 변한다면야.

그라시아노　이 손에 걸고 맹세하지만 정말 어떤 청년에게 줬다니까 그래. 아직 앳되고 당신보다 키가 크지 않은 소년 같았어. 재판관의 서기란 청년이 어찌나 재잘대며 사례로 반지를 달라는지 차마 거절할 수가 있어야지.

포셔 그건 그라시아노 씨가 나빠요. 솔직한 말이지만 아내가 처음으로 준 선물을 그렇게 손쉽게 줘버리다니요. 더구나 맹세에 맹세를 거듭하여 손가락에 끼었고 사랑에 의해 당신의 몸에 새겨진 게 아닌가요? 나도 남편에게 반지를 하나 선사하고 절대로 빼지 않겠다는 약속을 받았어요. 여기 남편이 계시지만 이분은 천하의 보배를 다 준대도 절대로 반지를 내놓거나 손가락에서 빼거나 하지는 않으실 거예요. 정말이지 그라시아노 씨, 부인한테 너무하셨어요. 나 같으면 미쳐버릴 거예요.

바사니오 (방백) 차라리 이 왼손을 잘라버릴걸 그랬어. 그랬더라면 반지를 지키려다 손이 잘렸다고 말할 수 있었을 게 아닌가.

그라시아노 바사니오도 꼭 그것만을 갖고 싶다는 재판관에게 반지를 준 걸요. 재판관은 반지를 받을 만했습니다. 그런데 서기라는 그 청년까지 다른 것은 아무것도 필요 없다고 하면서 내 반지를 달라고 졸라대지 않겠어요? 그야 그 청년도 기록을 하느라고 애는 썼지요.

포셔 여보, 무슨 반지를 주셨어요? 설마 저한테서 받은 그 반지는 아니겠지요?

바사니오 실수에다 거짓말을 덧붙여도 괜찮다면 아니라고 부정해 보겠소만, 보다시피 손가락의 반지는 이미 없어졌소. 줘버렸소.

포셔 거짓으로 가득 찬 당신의 마음속에 진실은 비어 있을 거예요. 하늘에 맹세코 그 반지를 다시 보기 전에는 당신과 잠자리에 들지 않겠어요.

네리사 저도 반지를 도로 찾기 전에는 그렇게 하겠어요.

바사니오 이봐요, 포셔. 그 반지를 누구에게 줬는지 그리고 무엇 때문에 줬는지 사정을 알게 되면 당신도 이해할 것이오. 그 반지 말고는 아무것도 필요 없다고 해서 내가 얼마나 마지못해 줬는지를 안다면 그렇게까지 분하지는 않을 것이오.

포셔 그 반지의 가치를, 반지를 선사한 여자의 가치를 절반이라도 아신다면 그리고 그 반지를 간직하는 것이 당신의 명예를 위하는 것임을 아신다면 반지를 그렇게 쉽게 내주지는 않았을 거예요. 당신이 줄 수 없는 이유를 간곡하게 말했다면 염치도 없이 남의 소중한 물건을 억지로 졸라대는 그런 사람이 세상에 어디 있겠어요? 네리사 말이 옳은 것 같아요. 반지를 다른 여자에게 주신 거죠?

바사니오　천만에! 내 명예를 두고, 그리고 내 영혼을 두고 맹세하오. 내가 반지를 준 사람은 여자가 아니라 법학 박사로, 삼천 더커트를 준대도 거절하고 그분은 반지만을 요구했소. 처음에 거절했더니 매우 괘씸해 하는 눈치였소. 그분은 내 친구의 생명을 구해 준 사람이오. 그러니 내가 무슨 말을 할 수 있었겠소. 할 수 없이 사람을 시켜서 반지를 보냈지요. 나의 명예를 위해서라도 배은망덕하다는 오명을 듣고 싶지 않았었는데 죄송하고도 부끄러워 괴로웠소. 그러니 용서해 주오. 오늘 밤의 저 거룩한 촛불을 두고 맹세하지만, 만약 당신이 그 자리에 있었더라면 당신이 먼저 내 반지를 그 훌륭한 박사님에게 주었을 것이오.

포셔　그렇다면 그 박사님을 우리 집 근처에는 얼씬도 못하게 하세요. 제가 소중하게 생각하던 반지를, 당신도 언제까지나 손가락에 끼고 있겠다고 맹세한 반지를 그분이 가지고 있으니, 저도 당신처럼 친절한 마음으로 제 것이라면 뭐든지 이 몸과 당신의 침실까지도 그분에게 거절하지 않을 테니까요. 그분하고는 어쩐지 마음이 잘 맞을 것 같군요. 그러니 하룻밤도 집을 비우지 마시고 눈이 백 개 달린 아르고스처럼 저를 잘 감시하셔야 해요. 그렇지 않고 절 혼자 내버려두면 아직까지 순결한 제 정조를 두고 하는 말이지만 전 그 박사님과 자겠어요.

네리사　저도 그 서기와 잘 테예요. 그러니까 당신도 저 혼자 내버려두지 않도록 조심하시는 게 좋을 거예요.

그라시아노　잘 테면 자라고! 대신 그 젊은 서기 녀석, 잡히기만 해 봐라,

붓대를 꺾어 놓고 말 테니까.

안토니오　불행히도 내가 이 모든 싸움의 원인입니다.

포셔　아니에요, 그런 염려는 행여 마세요. 어쨌든 당신은 잘 오셨어요.

바사니오　포셔, 내가 정말 잘못했소. 어쩔 수 없이 그렇게 된 거니까 용서해 주오. 이렇게 친구들 앞에서 맹세하겠소. 나를 비추는 당신의 아름다운 눈을 두고 맹세해도 좋소.

포셔　그런 말을! 제 눈은 두 개니 제 눈 속에 비치는 당신도 둘이 아니겠어요, 한 눈에 하나씩. 그런 두 갈래의 마음에나 맹세하세요.

바사니오　그러지 말고 내 말 좀 들어 봐요. 이번만 용서해 주면 내 영혼에 걸고 한 맹세를 다시는 깨뜨리지 않을 테니까.

안토니오　나는 이 친구의 행복을 위해 내 몸을 걸었습니다. 그런데 이 친구의 반지를 가져간 박사님이 아니었다면 내 몸은 벌써 사라지고 말았을 것입니다. 그러니 한 번 더 내 영혼을 담보로 맹세하겠습니다만 부인의 남편은 두 번 다시 고의로 맹세를 깨뜨리지는 않을 것입니다.

포셔　그렇다면 안토니오 씨가 보증하시는 거죠? (자기 손가락에서 반지를 빼서) 이걸 저이에게 주세요. 그리고 이전 것보다 더 소중하게 간직하라고 일러 주세요.

안토니오　바사니오, 이 반지를 소중하게 간직하겠다고 맹세하게.

바사니오　물론이지! 아니, 이건 내가 박사에게 드린 바로 그 반지로군!

포셔　박사한테서 얻었어요. 미안해요. 이 반지를 두고 말하지만 전 그 박사하고 같이 지냈단 말이에요.

네리사　저도 미안해요, 그라시아노. 저도 간밤에 박사의 서기라는 그 청년과 같이 잤어요. 이 반지를 얻은 답례로 말예요.

그라시아노　아니, 이건 한여름에 멀쩡한 도로를 보수한 격이 아닌가! 그래, 남모르게 오쟁이를 지다니?

포셔　그렇게 상스러운 말은 하지 마세요. 여기 패듀어의 벨라리오 박사한테서 온 편지가 있으니 천천히 읽어 보세요. 편지를 본 후 이 포셔가 박사였고 네리사가 서기였다는 것을 아시면 모두들 놀라실 거예요. 로렌조 씨가 증인으로서 우리는 당신들을 뒤따라갔다가 방금 막 돌아오는 길이었죠. 아직 집 안에 들어가지도 못했어요. 안토니오 씨, 오셔서 정말 기쁩니다. 안토니오 씨가 상상도 못하실 좋은 소식을 가지고 왔어요. 이 편지를 보세요. 당신의 상선 세 척이 화물을 가득 싣고 입항한다고 하네요. 이 편지가 제 손에 들어온 경위는 묻지 말아 주세요.

안토니오　정말입니까? 놀라울 뿐입니다.

바사니오　당신이 박사였다는 것을 내가 몰라봤단 말이오?

그라시아노　그래, 날 오쟁이를 지게 한 서기가 바로 당신이었소?

네리사　그래요. 그렇지만 서기가 그런 짓은 하지 않을 테니 안심하세요. 자라서 아예 사내가 된다면 모르지만.

바사니오　귀여운 박사님. 내가 집에 없을 때에는 제 아내와 같이 자도 좋소.

안토니오　현명한 부인 덕택에 나는 생명과 재산을 되찾았습니다. 이 편지를 보니 내 배들은 무사히 입항을 한 것 같군요.

포셔　그런데 로렌조 씨, 서기가 당신께도 좋은 소식을 갖고 왔어요.

네리사　그래요. 이번에는 사례도 필요 없이 그냥 드리겠어요. 부자 유대인이 사후에 당신과 제시카에게 유산 전부를 양도한다는 특별 양도 증서예요.

로렌조　부인, 이건 하늘에서 굶주린 사람에게 먹을 것을 내려주신 거나 다름없습니다.

포셔　벌써 새벽이군요. 안으로 들어가시죠. 여러분께서는 이번 일의 경위를 더 듣고 싶으실 거예요. 궁금한 것이 있으면 솔직하게 답변해 드리겠으니 뭐든지 물어보세요.

그라시아노   그렇게 합시다. 그러면 내가 먼저 네리사에게 맹세를 시키고 물어보겠소. 내일 밤까지 참을 것인지 날이 밝으려면 아직도 두어 시간이 있어야 하니 지금 당장 자러 갈 것인지 말이오. 지금 박사의 서기와 자러 간다면 날이 새더라도 캄캄하면 좋겠군. 그건 그렇고 앞으로 다른 염려는 없겠으나 다만 네리사의 반지를 평생 잘 간수할 수 있을지 그게 걱정스럽 군요. (모두 퇴장)

뜻대로 하세요

As You Like It

장 소

아덴 숲

등장인물

올리버 롤랜도 경의 장남

올랜도 올리버의 동생. 로잘린드의 연인

아담
데니스 } 올리버의 하인

찰스 프레데릭의 씨름꾼

로잘린드 추방당한 노 공작의 딸

실리아 프레데릭 공작의 딸

터치스턴 어릿광대

르 보오 프레데릭의 신화

프레데릭 공작 형을 추방한 공작

전 공작 동생 프레데릭에 추방당한 형

코린
실비어스 } 목동

에미언즈
제이퀴즈 } 추방당한 노 공작을 섬기는 귀족

오드리 시골 아가씨

올리버 목사

피비 양치기 아가씨

윌리엄 오드리를 사랑하는 청년

제이크스 드 보이스 롤랜도 경의 차남

그 밖의 귀족들, 시동들

　동생 프레데릭 공작에 의하여 추방된 전 공작은 소수의 귀족들을 데리고 아덴의 숲에 머무르며 사냥과 연회를 즐기며 살고 있다. 전 공작의 딸 로잘린드는 프레데릭의 딸 실리아와 궁에서 살다가 숙부인 프레데릭 공작에게 미움을 받아 궁에서 쫓겨나게 되자 남장을 하고 아버지 곁으로 간다. 실리아 역시 자신의 목숨보다 더 소중히 여기는 사촌언니 로잘린드를 따라나선다.

　한편 형에게 구박 받던 귀족 청년 올랜도는 프레데릭 공작이 주최한 씨름대회에서 씨름꾼 찰스를 이기게 되고, 이 모습을 지켜본 로잘린드와 올랜도는 첫눈에 반해 사랑하게 된다. 올랜도가 씨름대회에서 이기자 형인 올리버의 미움을 산다. 올랜도는 올리버에게 아버지의 유산을 물려 달라고 한다. 하지만 형은 유산을 한 푼도 주지 않고 내쫓는다. 올리버에게 쫓겨난 올랜도는 충복인 아담과 함께 아덴 숲으로 오게 되고 거기서 꿈에 그리던 로잘린드를 만난다.

　동생 올랜도를 쫓던 올리버는 암사자의 위협으로부터 동생에게 구조되어 개과천선하여 실리아와 결혼하고, 프레데릭 공작도 자신의 죄를 뉘우치고 형에게 공작 직위와 전 재산을 되돌려 준다.

제1막

제1막 제1장

올리버의 저택 뜰.
올랜도와 아담 등장.

올랜도 이봐, 아담. 난 확실히 기억하고 있어. 아버지가 돌아가시면서 작은 돈이지만 천 크라운을 내 몫으로 남겨 놓으시고, 또 자네도 알다시피 형님에게 축복을 해 주시면서 나를 잘 키우도록 유언하셨지. 그런데 그게 내 불행의 시초거든. 작은형 제이크스는 학교에 보내 주고 성적도 매우 좋다는 소문인데 나는 그저 시골뜨기처럼 집구석에 처박아두고 있잖나. 아니, 거의 방치해 두는 거지. 이걸 나 같은 출신의 신사에게 어울리는 양육이라고 할 수 있겠나? 이건 소를 우리에 가둬 두는 것과 마찬가지 아닌가? 오히려 형네 말들이 더 좋은 대우를 받고 있지. 그것들은 잘 먹어서 윤기가 흐르고 게다가 잘 길들이려고 비싼 돈을 주면서 기수(騎手)까지 고용한단 말이야. 그런데 동생인 난 단지 형네 집에서 크는 것뿐, 아무것도 누리지 못하고 있지. 그 정도 은혜쯤은 쓰레기통을 뒤지는 가축들도 나보다는 나을 거야. 듬뿍듬뿍 주는 것은 아무것도 없으면서 자연이 내게 내려주신 것조차 뺏어갈 기세란 말이야. 동생 대우를 해 주기는커녕 하인들하고 함께 식사를 하게 하는 둥 어떻게든 날 형편없이 키워 나의 선량한 천성을 파괴하려고 들거든. 아담. 나는 이것이 슬프단 말이야. 내 몸 속에 배어 있던 우리 아버지의 훌륭한 정신이 지금의 이 노예 같은 상황에 반항하려고 든단 말이야. 이제는 더 이상 참지 못할 것 같아. 지금은 어떻게 하는 것이 이 상황을 피할 수 있는 좋은 방법인지 잘 모르겠지만.

올리버가 뜰에 등장.

아담 저기 주인님이, 도련님의 형님이 오십니다.

올랜도 자, 아담. 저리 비켜 서서 형이 날 얼마나 모욕하는지 좀 들어 보게나. (아담이 저만큼 물러선다)

올리버 넌 이런 데서 뭘 하고 있어?

올랜도 아무것도 하지 않고 있어요, 아무것도 배우지 않았으니까요.

올리버 그럼 뭘 부수고 있어?

올랜도 예, 난 빈둥거리면서 형님을 도와 하느님이 만드신 이 보잘것없는 동생을 부수고 있는 중이지요.

올리버 원, 저리 가서 일이나 하고 함부로 내 앞에 나타나지 마.

올랜도 그럼 난 형님네 돼지나 먹이고 과일 껍질이나 먹고 있으란 말이오? 내가 무슨 낭비를 했기에 그런 궁색한 꼴을 당해야 합니까?

올리버 뭐라고? 여기가 어딘 줄 알고?

올랜도 예, 잘 알고 있어요. 형님네 정원이죠.

올리버 도대체 네가 누구 앞에 있는 줄이나 알고 이러느냐?

올랜도 예, 내 앞에 있는 분이 날 알고 있는 것보다는 더 잘 알고 있죠. 형님이 내 큰형님임을 인정합니다. 그러니 형님도 귀족 자제인 날 인정해 주셔야 합니다. 어떤 나라에서나 세상의 관례상 형님은 물론 내 손위입니다, 가장 먼저 태어났으니까요. 그러나 그 같은 관례가 내 혈통을 지우지는 못합니다. 형님과 나 사이에 형제가 이십 명쯤 있어도 말입니다. 내 안에는 형님과 동등하게 아버지가 살아 계십니다. 그야 물론 먼저 태어나신 형님이 아버지의 명성을 이어받는 것은 나도 인정합니다만.

올리버 요 녀석 보게! (동생을 때린다)

올랜도 허허, 큰형님 기운으론 나한테 맥도 못 씁니다. (형의 목을 잡는다)

올리버 이놈아, 네가 감히 내게 손을 대? 이 악당 같으니!

올랜도 악당이라뇨! 난 롤랜도 드 보이스 경의 막내아들이오. 그분이 내 아버지신데 그분에게 악당을 낳았다고 욕하는 자가 몇 배나 너 나쁜 악당이죠! 정말이지 친형만 아니라면 이 손은 목을 틀어쥐고 다른 손으로는 그런 말을 지껄이는 혓바닥을 뽑아버리고 싶지만……. 형님은 형님 스스로에게 욕을 한 거요! (아담이 앞으로 나선다)

아담 두 분, 제발 아버님을 생각하셔서 의좋게 지내십시오.

올리버 (몸부림을 치면서) 놔, 놓으라니까!

올랜도 내 분이 풀릴 때까진 못 놓겠소! 좀 돌이켜 생각해 보시오. 나에게 좋은 교육을 시켜 주라고 아버지가 형님에게 유언하시지 않았소? 그런데 형님은 날 하인처럼 푸대접하면서 신사로서 갖춰야 할 교양은 나와는 거리가 멀게 만들지 않았어요? 내 안에 있는 아버지의 품성으로써 이젠 더 이상 참을 수 없소. 그러니 신사에게 합당한 교육을 받게 해 주시오. 그게 싫다면 아버지가 남겨 주신 얼마 안 되는 내 몫이나마 주시오. 그거라도 가지고 내 운명을 개척하러 나갈 테니까요. (형을 놓아 준다)

올리버 그래, 그 돈을 가지고 뭘 할 참이냐? 돈이 다 떨어지게 되면 구걸이라도 하려고? 좋다, 아무튼 안으로 들어가자. 이젠 너하고 싸우기도 싫다. 네 몫의 유산을 나누어 주겠으니 제발 날 괴롭히지 마라.

올랜도 내 몫만 찾으면 더 이상 괴롭히지는 않을 거요. (가려다 돌아선다)

올리버 자네도 같이 가지, 이 늙은 개.

아담 '늙은 개'가 제 몫인가요? 딴은 그렇죠, 나리네 시중드느라고 이도 빠져버렸으니까. 하느님, 돌아가신 큰 나리님을 보호해 주소서! 큰 나리님은 그런 말을 쓰지 않았답니다. (올랜도와 아담 퇴장)

올리버 이럴 수가 있나? 나한테 이렇게까지 뻔뻔스럽단 말인가? 오냐, 두고 보자. 맛 좀 봐라. 천 크라운을 누가 줄까 봐? 여봐라, 데니스!

데니스가 안에서 나온다.

데니스 부르셨습니까?

올리버 공작님 댁의 씨름꾼 찰스가 날 만나러 오지 않았더냐?

데니스 예, 그 사람이 지금 문 앞에 주인님을 뵈려고 왔습니다.

올리버 들어오라고 해라. (데니스 퇴장) 좋은 생각이 있어. 내일 씨름대회가 있지.

데니스가 찰스를 데리고 등장.

찰스 안녕하십니까?

올리버 아, 찰스. (서로 인사를 한다) 성안에 무슨 새로운 소식이라도 있나?

찰스 새 소식은 없고 묵은 소식뿐입니다. 전 공작님께서 동생인 새 공작님에게 쫓겨나고, 전 공작을 존경하는 서너 명의 귀족들이 자기네 스스로 추방하여 그 뒤를 따라갔답니다. 자연히 그분들의 토지와 수입이 새 공작님의 손으로 들어오므로 공작님은 그분들이 떠나는 것을 모른 척하고 계신답니다.

올리버   혹시 전 공작님의 따님 로잘린드도 아버지를 따라 같이 추방되었나?

찰스   아닙니다. 새 공작님의 따님과는 요람 시절부터 함께 자란 사이로 어찌나 사촌언니를 따르는지, 자기도 언니를 따라가든가 혼자 남느니 차라리 죽어버리겠다는 겁니다. 그 때문에 아가씨는 성안에 머무르면서 친딸 못지않게 삼촌에게 귀여움을 받고 있답니다. 아무튼 이 두 자매처럼 서로를 아끼는 사이는 이 세상에 없을 겁니다.

올리버   전 공작은 대체 어디에 계실까?

찰스   소문으로는 아덴의 숲으로 가서서 여러 부하들과 재미있게 지내신다나요. 옛날 영국의 의적(義賊) 로빈 후드처럼 말입니다. 매일같이 젊은 기사들이 모여들어 마치 옛날의 태평세월을 보내듯이 여유 있는 시간을 보내고 있답니다.

올리버   그런데 자네는 내일 새 공작님 앞에서 씨름을 한다고?

찰스   그렇습니다. 실은 그 일에 관해서 드릴 말씀이 있어서 찾아왔습니다. 듣자니 댁의 동생 올랜도가 이름을 숨기고 나와 승부를 겨룰 생각인 모양입니다. 하지만 내일 난 나의 명예를 걸고 승부를 할 테니 팔다리가 부러지지 않고는 내게서 빠져나간다는 건 여간한 명수가 아니라면 불가능할 것입니다. 댁의 아우님은 아직 어리고 연약한 데다가 댁에 대한 호의를 봐서라도 아우님을 다치게 할 생각은 없습니다만, 제게 도전해 온다면 내 명예를 지키기 위해 어쩔 수가 없습니다. 그래서 댁에 대한 호의로 이렇게 미리 사정을 알려 드리러 온 것입니다. 그러니 아우님을 말려 주십시오. 만약 못 막으신다면 아우님이 받을 치욕도 감내해 주시기 바랍니다. 그건 아우님이 스스로 자처한 치욕이지 나의 뜻은 아니니까요.

올리버   아, 호의는 참으로 고맙네. 조만간 후하게 보답하지. 벌써 내 아우의 의도를 알아채고 사람을 시켜 그만두도록 손도 써 봤지만 그 녀석의 결심이 어찌나 단단하던지. 찰스, 말할 게 있는데……, 그 애는 프랑스에서 제일가는 고집쟁이에다가 야심에 불타오르고 남의 재능만 보면 시기하며 겨루려 들고, 혈육을 나눈 이 형한테 비밀리에 나쁜 음모까지 꾸미고 있다네. 그러니 자네 마음대로 하게나. 그 녀석의 손가락은 물론이고 목이라도 부러뜨려 준다면 속이 시원하겠네! 하지만 조심하게. 만약 자네가 그놈에게 섣불리 망신을 주거나 혹은 그 애가 자네를 넘어뜨리지 못해 명예를 얻지 못한다거나 하면, 자네를 독살할 음모를 꾸미거나 음험한 계략 속에 몰아넣거나 해서 어떤 수단을 쓰든 자네 목숨을 **빼앗을** 때까지는 절대로 그냥 두지 않을 테니까. 한심해서 눈물이 나올 지경이지만 정말이지 요새 젊은이들 중에 이렇게까지 나쁜 놈은 세상에 없을 거네. 그래도 형제간이라고 두둔하고 싶지만 그 애의 정체를 사실대로 털어놓는다면 난 얼굴이 붉어지고 울음이 터질 것이며 자네는 새파랗게 질릴 거네.

찰스 댁을 찾아뵙기를 잘한 것 같군요. 내일 씨름대회에 나오면 톡톡히 맛을 보여 주겠습니다. 그가 제 발로 씨름장을 걸어나간다면 난 다시는 씨름대회에 나가지 않겠습니다. 그럼 신의 은총이 내리길!

올리버 잘 가게, 찰스. (찰스, 인사하고 퇴장) 제발 그 녀석을 해치워 줘야 하는데. 이제부터는 그 애송이 씨름꾼을 부추겨야지. 정말 그 녀석만큼 미운 놈은 없거든. 의젓한 그 녀석은 학교에 보내지 않았는데도 유식하고 훌륭한 분별력을 지닌 데다가 많은 사람들한테 사랑을 받아 인기를 독차지하고 있어. 더구나 내 하인들까지 그 녀석을 따르는 덕분에 난 완전히 무시를 당하고 있지. 하지만 오래 가지는 못하렷다, 아까 그 씨름꾼이 모든 일을 해결해 줄 테니까……. 이제 내가 할 일은 그 애송이 녀석을 선동해서 시합에 나가게 하면 돼. 그럼 착수해 볼까. (안으로 들어간다)

제1막 제2장

공작 저택 앞 잔디밭.
로잘린드와 실리아 등장.

실리아   로잘린드 언니, 제발 얼굴 좀 펴요, 네?

로잘린드   얘, 실리아. 난 항상 밝지 않니? 이보다 더 어떻게 즐거운 표정을 하란 말이니? 추방 당한 아버지를 잊는 방법을 가르쳐주지 않는 한 아무리 큰 기쁨을 줘도 안 될 말이야.

실리아   그렇다면 알겠어요. 내가 언니를 사랑하는 만큼 언니는 날 사랑하지 않는군요. 만약 추방 당하신 큰아버지가 우리 아버지를 추방했더라도 언니만 나랑 같이 있어 준다면 난 언니에 대한 사랑으로 언니 아버지를 친아버지같이 생각할 거예요. 그러니 언니도 나처럼 생각할 수 있을 것 아녜요? 나에 대한 사랑이 내가 언니에 대한 사랑처럼 진실로 순수하다면 말예요.

로잘린드   그럼 난 내 신세를 잊고 네 처지를 함께 기뻐해야겠구나.

실리아   우리 아버지는 나밖에 자식이 없고 앞으로 더 있을 것 같지도 않아요. 그러니 우리 아버지가 돌아가시면 틀림없이 언니가 상속자가 될 거예요. 우리 아버지가 언니 아버지에게서 강제로 빼앗은 것을 난 사랑으로써 언니에게 돌려드릴 테니까요. 내 명예를 걸고 말하지만 난 기어코 그렇게 하겠어. 이 맹세를 깨뜨린다면 난 괴물이 되도 좋아요. 그러니까 자, 로즈 언니, 우리 로즈 언니. 밝게 지내도록 해요. 응?

로잘린드   그래, 이제부터라도 그렇게 하자꾸나. 심심풀이라도 생각해 보자. 연애를 해 보는 건 어떻겠니?

실리아   좋아요, 그게 심심풀이가 된다면. 하지만 진심으로 남자를 사랑해선 안 돼요. 얼굴을 조금 붉힐 뿐, 순결을 지키고 안전하게 되돌아올 수 있는 정도의 재미를 넘어서면 안 돼요.

로잘린드   그럼 우린 무슨 놀이를 할까?

실리아   이렇게 앉아서 저 착한 아낙네 운명의 여신을 조롱하며 그녀의 수레바퀴를 잡아매요. 이제부터라도 누구나 그녀의 혜택을 골고루 입게 되는지 살펴봐요.

로잘린드   그렇게 되면 얼마나 좋겠어. 운명의 여신은 조금도 공평치 못하고 그 관대한 여신이 여자들한테 베푸는 혜택은 정말 엉터리니 말이야.

실리아   정말 그래요. 여신이 예쁘게 만들어 놓은 여자들은 거의 다 정숙하지 못하고, 정숙하게 만들어 놓은 여자들은 몹시 추녀인 걸요.

로잘린드   아냐, 그건 운명의 역할이 아니라 자연의 역할이야. 운명의 여신은 이 세상의 행운이나 불운을 지배하지 자연의 용모와는 상관이 없어.

터치스턴 등장.

실리아   그럴까요? 자연이 미인을 만든다고 할지라도 그 미인이 운명 때문에 불 속에 떨어질 수도 있지 않을까요? 자연은 우리에게 운명조차 조롱할 만큼의 지혜를 부여하지만, 운명 역시 (터치스턴을 보고) 저 바보를 보내서 이 논의를 방해하려는 건 아닐까요?

로잘린드   글쎄, 운명이 자연의 창조물인 바보를 시켜 자연이 준 지혜를 방해한다면, 운명이 자연보다는 훨씬 더 힘이 세지 않을까?

실리아   어쩌면 이건 운명의 소행이 아니라 자연의 소행일지도 몰라요. 자연이 준 우리의 지혜가 하도 둔해서 운명의 여신들에 관해 논의하지 못할 것을 알아채고서 우리의 지혜를 숫돌로 닦으라고 저 바보를 보내신 것이 아닐까요. 아둔한 바보는 이유는 지혜를 닦는 숫돌로 쓰기 위해 필요하니 말예요. 이봐, 영리한 양반. 무슨 일이야?

터치스턴 아가씨, 아버님께 가보셔야 합니다.

실리아 그럼 심부름을 온 거야?

터치스턴 천만에요. 내 명예를 걸고 맹세하지만 그렇진 않습니다. 하지만 아가씨를 불러오라는 명령을 받았습니다.

로잘린드 그런 맹세는 어디서 배웠지?

터치스턴 어떤 기사(騎士)한테서 배웠죠. 그분이 이렇게 맹세를 하더군요. 내 명예를 걸고 이건 맛있는 핫케이크다, 내 명예를 걸고 이 겨자는 엉터리다, 이렇게 말이에요. 그런데 그 핫케이크는 엉터리였고 겨자는 맛있었습니다. 그렇다고 그 기사가 거짓 맹세를 한 건 아니었지요.

실리아 그걸 어떻게 증명하지, 어릿광대의 그 엄청난 지식 더미 속에서?

로잘린드 아, 그대의 지혜를 자유롭게 펼쳐 봐요.

터치스턴 그럼 두 분 다 앞으로 나오셔서 턱을 만지며 턱수염에 대고 맹세를 하십시오. 제가 악당이라고 말입니다.

실리아 우리들이 턱수염만 가졌다면 그 턱수염에 대고 맹세하지, 그대는 악당이라고.

터치스턴 그렇다면 그 악당의 소행에 대고 제가 악당이라고 맹세하죠. 하지만 두 분이 갖고 있지도 않은 것에 맹세한다는 건 거짓 맹세는 아니죠. 그리고 물론 자기 명예를 걸고 맹세했다는건 거짓 맹세는 아니었죠. 그분은 명예를 가지고 있지 않았으니까요. 만약 그가 명예를 가졌다 하더라도 그 핫케이크나 겨자를 보기 전에 벌써 맹세를 박살내 버렸을 테니까요.

실리아 그건 누굴 두고 말하는 거지?

터치스턴 (로잘린드를 보고) 아가씨네 아버지 전 공작님이 총애하는 분이지 누구겠소.

로잘린드 아버님이 총애하시는 분이라면 그것만으로도 충분히 명예가 될 거야. 이제 그만둬요. 더 이상 그 사람에 관해서 말한다면……, 남을 욕한 죄로 언젠가는 매를 맞을 테니까.

터치스턴 현명한 분들이 바보짓을 하고 있는 이때에 바보에게 현명한 말을 하지 말라는 건 너무 심한데요.

실리아 정말 그 말이 맞아. 바보들이 갖고 있는 하찮은 지혜가 봉쇄 당한 이후로 현명한 사람들이 하는 사소한 바보짓이 엄청나게 눈에 띄니 말예요. 저기 르 보오님이 오시네.

르 보오가 이쪽으로 바삐 오고 있다.

로잘린드 새로운 소식을 입에 가득 물고 오는구나.

실리아 비둘기가 새끼들에게 먹이듯이 우리에게 새로운 소식을 집어넣을 테지.

로잘린드 그럼 우린 새로운 소식으로 가득 차게 되겠지.

실리아 그것도 좋잖아요. 덕분에 우린 더 잘 팔리게 될 테니까. 안녕하세요, 르 보오님! 무슨 좋은 소식이라도 있어요?

르 보오 아름다운 공주님들, 좋은 구경거리를 놓치셨습니다.

실리아 구경거리? 무슨 종류의?

르 보오 무슨 종류라뇨? 이걸 뭐라고 말씀드려야 좋을지…….

로잘린드 지혜가 안 되면 운이 시키는 대로 말씀하시죠.

터치스턴 (조롱조로) 아니면 운명이 시키는 대로 하던지.

실리아 말 잘했어, 흙손으로 딱 치는 격이랄까.

터치스턴 뭘요. 내가 내 지혜를 못 지키는 날엔…….

로잘린드 그대의 그 냄새가 없어지겠지.

르 보 오 참, 공주님들 때문에 기가 막히군요. 그건 그렇고, 씨름대회가 있었는데 좋은 구경을 놓치셨다는 말씀을 드리고 싶었습니다.

로잘린드 그럼 어땠는지 얘기나 좀 해 보세요.

르 보 오 시작을 얘기해 드릴 테니 마음에 드시거든 결말까지 구경하시죠. 가장 좋은 구경거리는 지금부터 바로 이곳에서 하기로 되어 있으니까요.

실리아 그럼 벌써 시작한 건가요?

르 보 오 글쎄 어떤 노인과 그 세 아들이…….

실리아 서두가 옛날 이야기 같네요.

르 보 오 체격이 늠름하고 풍채가 당당한 청년 세 사람이…….

로잘린드 목에 '이 당당한 포고로써 만인에게 알리고자 함' 하고 공고라도 붙어 있던가요?

르 보 오 그중 첫째 아들이 공작님의 씨름꾼인 찰스와 겨루었는데, 찰스는 눈 깜짝할 사이에 그를 패대기쳐 갈비뼈를 세 대나 부러뜨려서 반죽음되게 만들었답니다. 그 다음에 둘째도, 셋째도 같은 꼴로 만들어 놓았습니다. 쓰러져 있는 자식들을 보고 늙은 아버지가 어찌나 슬퍼하던지 가엾은 마음에 주위 사람들 모두 함께 눈물을 쏟고 말았답니다.

로잘린드 어머나!

터치스턴 그건 그렇고 아가씨들이 놓치셨다는 구경거리란 대체 뭐요?

르 보 오 그건 방금 말씀드렸지 않나?

터치스턴 그러니 사람은 날이 갈수록 현명해진다고 하는가 보군. 갈비뼈를 부러뜨리는 것이 아가씨들의 구경거리라는 말은 처음 듣는걸.

실리아 저도 그래요, 정말로.

로잘린드 하지만 세상에 누가 자기 옆구리를 부러뜨려서 엉터리 음악을 연주하고 싶어하겠어요? 아니면 남의 갈빗대를 부러뜨리고 싶은 사람이 있겠어요? 실리아, 우리 그 씨름을 구경할까?

르 보오   여기 계시면 구경할 수 있습니다. 이곳에 씨름판이 열리게 되었으니까요. 이제 곧 시작할 것입니다.

실리아   아, 정말 저기 오네요. 그럼 여기 있다가 구경하기로 하죠.

   나팔소리. 프레데릭 공작과 그의 귀족들, 올랜도, 찰스, 시종들, 씨름판을 향하여 잔디밭을 가로질러 온다.

프레데릭 공작   그럼 시작하라! 저 젊은이는 아무리 타일러도 듣지를 않으니 위험을 초래한다 해도 다 제 고집 때문이다.

로잘린드   저 사람이 바로 그 사람인가요?

르 보오   그렇습니다, 제정신이 아닙니다.

실리아   어머나, 너무나 젊은데요. 하지만 이길 것처럼 보여요.

프레데릭 공작   아, 내 딸과 조카딸이구나! 씨름을 구경하려고 왔느냐?

로잘린드   예, 부디 허락해 주세요.

프레데릭 공작   그리 재미는 없을 게다, 한쪽이 워낙 장사라서……. 도전하는 젊은이가 가엾어서 제발 그만두라고 말려도 막무가내로구나. 너희들이 좀 말려 보렴, 혹시 말을 들을지도 모르니.

실리아   르 보오님, 저분을 이리 좀 불러 주세요.

프레데릭 공작   그게 좋겠다. 내가 자리를 피해 줄 테니. (자리를 떠난다)

르 보오   이봐, 도전자. 공주님이 당신을 부르오.

올랜도   (앞으로 나오면서) 예, 경의와 의무를 다하여 분부에 응하겠습니다.

로잘린드   이보세요, 젊은 분. 감히 찰스 장사한테 도전을 한 건가요?

올랜도 (절을 하면서) 아니지요, 아름다운 공주님. 그 사람이야말로 누구한테나 도전해 온 것입니다. 나도 다른 사람들처럼 그자와 싸워서 내 젊음의 힘을 시험해 보자는 것뿐입니다.

실리아 젊은 분이여, 나이치고는 기백이 대담하네요. 상대방의 잔인한 힘에 대해서는 댁도 실체를 잘 보셨잖아요. 눈으로 자신을 잘 살펴보거나 이성으로 자신을 돌이켜보면 이것이 얼마나 위험한 도전인지 알 것이고, 자신에게 좀더 알맞은 다른 일에 마음을 쓸 게 아녜요? 제발 당신을 위해 안전을 생각하시고 이런 모험은 아예 그만두세요.

로잘린드 그렇게 하세요, 네? 그렇게 하셔도 댁의 명예가 손상되지는 않아요. 저희들이 공작님께 여쭈어서 씨름대회를 그만두게 하겠어요.

올랜도 절 무모하다고 책망하지는 마십시오. 아름답고 훌륭하신 공주님들의 뜻을 어기는 것이 죄가 된다는 것은 저도 잘 알고 있습니다. 예쁜 눈과 상냥한 마음으로 시합에 나가는 저를 지켜봐 주시기를 바랍니다. 이 승부에서 지더라도 보잘것없는 사내 한 사람이 수치를 당할 뿐이고, 죽더라도 차라리 그렇게 되기를 원하는 사내가 하나 죽는 것뿐입니다. 나의 죽음을 슬퍼해 줄 사람도 없으니 친구에게 폐를 끼칠 리도 없습니다. 가진 재산도 없으니 세상에 해를 입힐 것도 없습니다. 이 세상에 자리 하나를 차지하고 있는 존재에 불과하니 그 자리를 비우게 되면 더 좋은 사람으로 메울 수 있을 것 아닙니까.

로잘린드 하찮은 힘이지만 당신께 제 힘이라도 보태 드리고 싶어요.

실리아 제 힘도 더해서 보태 드렸으면 해요.

로잘린드 그럼 다시 뵙겠어요. 제발 우리의 예상이 어긋나기를…….

실리아 제발 당신의 뜻대로 되기를!

찰스 (큰 소리로) 여! 어머니 같은 대지의 품에 눕고 싶다는 젊은 호걸은 어디 있나?

올랜도 여기 있소. 하지만 좀더 점잖게 할 작정이오.

프레데릭 공작 승부는 한 판으로!

찰스 예, 염려 마십시오. 첫 시합도 그렇게 간곡하게 말린 공작님께서 2회전까지 청하실 필요는 없으실 테니까요.

올랜도 조롱할 생각이라면 나중에 하고 시합 전에는 허튼소리 마시오. 아무튼 자, 시작합시다.

로잘린드 허큘리즈 장사가 저 젊은 분을 도와주시길!

실리아 남의 눈에 띄지 않게 저 씨름꾼의 다리를 붙잡을 수만 있다면! (씨름이 시작된다. 올랜도가 유리한 태세를 취한다)

로잘린드 어쩌면! 젊은 분이 대단하시네!

실리아 내 눈에 벼락만 가졌다면 이쯤에서 그만 승패를 정하고 싶건만. (두 씨름꾼이 이리저리 밀려다니다가 별안간 찰스가 땅바닥에 털썩 나가 떨어진다. 갈채)

프레데릭 공작 (일어서면서) 이제 그만, 그만두어라!

올랜도 아닙니다, 공작님. 제발……, 저는 아직 기운이 채 솟기도 전입니다.

프레데릭 공작 찰스, 자네는 어떤가?

르 보오 찰스는 말도 못합니다, 공작님.

프레데릭 공작 데리고 나가라. (찰스를 들어내 나간다.) 그런데 젊은이, 이름은 뭔가?

올랜도 올랜도라고 합니다. 롤랜도 드 보이스 경의 막내아들입니다.

프레데릭 공작 다른 사람의 아들이었더라면 좋았을 것을. 세상 사람들은 자네 부친을 훌륭한 분이라고 칭찬하네만 그분은 언제나 내 정적이었지. 다른 가문의 출신이었으면 이번 일로 내 마음이 더 흡족했을 텐데……. 그럼 잘 가게, 젊은이가 참으로 용감하더군. 부친이 다른 분이었더라면

얼마나 좋았을까……. (공작, 르 보오, 귀족들 퇴장)

실리아 아버지가 어떻게 저럴 수 있을까?

올랜도 난 롤랜도 경의 막내아들임을 매우 자랑스럽게 생각합니다. 설사 프레데릭 공작님의 상속자가 된다 하더라도 그 이름을 바꾸고 싶지는 않습니다.

로잘린드 우리 아버지는 롤랜도 경을 당신의 영혼처럼 총애하시고 세상 사람들도 모두 아버지와 같은 생각이었지. 이 젊은 분이 그분의 아드님인 줄 알았더라면 그런 무모한 모험을 하기 전에 눈물로써 말렸을 것을…….

실리아 언니, 우리 저분에게 치하와 격려를 해 줘요. 우리 아버지의 심술궂은 화풀이가 내 마음을 찌르는 것 같아. (두 자매는 일어서서 올랜도에게로 간다) 이보세요, 참으로 훌륭하셨어요. 소문보다 훨씬 더 훌륭하시니 사랑도 그와 같다면 당신의 연인은 정말 행복할 거예요.

로잘린드 (목걸이를 풀어 주며) 이봐요, 제 성의이니 이것을 받아요. 운명에 버림받은 처량한 신세가 아니라면 더 좋은 선물을 드릴 수도 있을 것을……. 실리아, 그만 가자. (돌아서서 간다)

실리아 (올랜도를 보며) 그럼 안녕히 가세요. (언니를 따라간다)

올랜도 내 입에선 고맙다는 말도 나올 수 없단 말인가? 나의 훌륭한 모습은 모두 나가떨어지고 여기 서 있는 것은 멍청한 등신에 불과하단 말인가? 생명도 없는 나무토막에 지나지 않는단 말인가?

로잘린드 이런 운명이라고 이젠 자부심마저 없어졌나 봐. 저이가 무슨 일로 우리를 부른 건지 물어볼까. (돌아서서) 부르셨나요? 아까는 정말로 훌륭하셨어요. 넘어뜨린 건 그 적수만이 아니랍니다. (두 사람이 서로 마주 본다.)

실리아 (언니의 손을 잡아당기며) 그만 가요.

로잘린드 그래, 가자. (올랜도를 보며) 안녕히 가세요. (허둥지둥 퇴장, 실

리아 그 뒤를 따라 퇴장)

올랜도 어떤 감정이 내 혀를 이렇게 무겁게 짓누르는 것일까? 한 마디도 하지 못하다니, 그녀는 나의 대답을 재촉했는데…….

르 보오 다시 등장.

올랜도 아, 불쌍한 올랜도. 너야말로 나가떨어졌어! 찰스보다도 훨씬 약한 어느 분이 너를 정복해버렸어.

르 보오 이봐, 호의로 권하는데 어서 이곳을 떠나시게. 그대는 물론 칭찬과 갈채와 경애를 받을 만하지만 공작님의 지금 기분으로서는 그대가 이긴 승부를 오해하고 있다네. 공작님은 변덕이 심한 분이지. 그것이 어떤 뜻인지는 내가 말하지 않아도 더 잘 알 거네.

올랜도 감사합니다. 그런데 저, 물어볼 말이 있습니다. 아까 씨름을 구경한 두 아가씨 중에 어느 쪽이 공작님의 따님입니까?

르 보오 공작님의 성품으로 봐선 어느 쪽도 공작님의 따님이 아니지만 실은 키가 작은 쪽이 공작님의 따님이네. 다른 한 분은 추방당한 전 공작님의 따님인데, 모든 걸 빼앗은 숙부에게 붙들려 공작님의 따님과 같이 지내고는 있지만……, 두 사람의 우애는 친형제 이상으로 좋다네. 사실을 말하자면 요사이 공작은 그 얌전한 조카딸이 마음에 들지 않는 모양이더군. 별다른 이유가 있어서 그런 게 아니라 사람들이 그녀의 정숙함을 칭찬하고 그 선량한 부친의 불행을 생각해서 그녀를 동정하기 때문이지. 그러니 공작님의 심술이 그 아가씨에게 언제 느닷없이 폭발할지 알 수 없는 일이네. 그럼, 가보게. 나중에 이보다 좋은 세상이 오면 그대와 좀더 친하게 지내 보세.

올랜도 정말 감사합니다. 안녕히 계십시오. (르 보오 퇴장) 그럼 이제 난 연기에서 불 속으로 뛰어들어야 한단 말인가. 포악한 공작으로부터 포악한 형한테로 돌아가야 한단 말인가……. 그건 그렇고, 천사 같은 나의 로잘린드여! (명상에 잠겨서 퇴장)

제1막 제3장

프레데릭 공작 저택 안의 한 방.
로잘린드는 의자에 앉아서 얼굴을 벽에 기대고 있다.
실리아는 몸을 구부리고 로잘린드를 내려다본다.

실리아   아, 언니, 로잘린드 언니……. 큐피드의 동정이 내리소서! 그래, 한마디도 하지 않을 테야?

로잘린드   개한테나 던져 줄 말은 하기 싫어.

실리아   아이, 언니 말은 개한테 던져 주기엔 너무나 아까우니 나한테 던져 줘요. 자, 논리적으로 날 꼼짝 못하게 해 봐요.

로잘린드   그럼 두 사촌 자매가 온전치 못하겠네. 한쪽은 말을 들으면 꼼짝 못하게 되고 다른 한쪽은 말을 못해 답답증이 날 테니.

실리아   이게 다 언니네 아버지 때문이지?

로잘린드   아니, 내 미래의 아이 아버지 때문이야. (일어선다) 아, 괴로운 이 세상에 왜 온통 가시덤불 투성이일까!

실리아   이 정도는 축제 때 장난 삼아 어릿광대들이 내던지는 엉겅퀴 정도밖에 안 되잖아. 가시덤불 길을 헤치며 가다 보면 속치마에 엉겨붙는 가시 정도인걸.

로잘린드   옷에 붙은 것이라면 털어 낼 수도 있지만 내 마음속에 있는 이

가시는…….

실리아 '에헴' 하고 헛기침을 해서 털어버려요.

로잘린드 '에헴'으로 그일 만날 수 있는 일이라면 그렇게라도 해 보겠지만.

실리아 그럼 자, 이제부터는 언니의 연심하고 씨름을 하세요.

로잘린드 하지만 그 연심이 나보다도 장사란 말이야.

실리아 어머, 잘해 보세요! 쓰러지더라도 언니는 잘할 수 있을 거야. 이제 이런 농담은 그만두고 좀더 진지하게 얘기해 줘요. 언니가 이렇게 난데없이 롤랜도 경의 막내아들을 열렬히 사랑하게 되다니, 도대체 어떻게 그럴 수 있어요?

로잘린드 우리 아버지는 그이의 아버지를 무척 총애하셨어.

실리아 그래서 언니도 그분의 아드님을 무척 사랑해야 한다는 결론인가요? 그런 논리라면 우리 아버지는 그의 아버지를 미워하셨으니까 나도 그일 미워해야 하겠네. 하지만 난 올랜도를 미워하지 않아요.

로잘린드 제발 날 위해서라도 미워하지 말아 줘.

실리아 미워하지 않을 수 없잖아요. 그만한 까닭도 있고…….

로잘린드 그러니까 내가 그이를 사랑하게 놔둬. 그리고 내가 사랑하니까 너도 그일 좋아해 줘. (문이 활짝 열리고 프레데릭 공작이 시종들과 귀족들을 거느리고 나타난다) 어머나, 공작님이 오시네.

실리아 화가 나 두 눈에 불을 켜시고서!

프레데릭 공작 (문 앞에 망설이고 서서) 로잘린드, 지금 당장 짐을 챙겨 가지고 이 집에서 떠나는 것이 네 신상에 좋을 것이다.

로잘린드 진심이세요, 숙부님?

프레데릭 공작 그렇다, 앞으로 열흘 후에 이곳의 이십 마일 안에서 네가 발각되면 목숨을 부지하지 못할 줄 알아라.

로잘린드　부탁이니 저의 죄가 무엇인지 알려 주세요. 제가 제 자신을 알고 있는 한, 제 자신의 마음의 움직임을 알고 있는 한, 그리고 꿈속이거나 제가 실성하지 않는 이상 ―절대로 그럴 리는 없습니다만― 숙부님, 전 숙부님을 거역하려는 생각조차 해 본 적이 없습니다.

프레데릭 공작　반역자들은 다 그렇게 말한다. 그 죄가 말로 씻어지는 것이라면 반역자들도 미덕 그 자체처럼 결백할 게 아니냐. 하지만 나는 너를 믿지 않는다. 그것으로 충분하지 않느냐?

로잘린드　하지만 숙부님의 불신 때문에 제가 반역자일 수는 없어요. 어떤 점이 의심스러운지 말씀해 주세요.

프레데릭 공작　넌 네 아버지의 딸이다. 그것만으로도 충분하다.

로잘린드　숙부님이 우리 아버지의 영토를 빼앗았을 때도 전 아버지의 딸이었어요. 혈통을 이어서 반역을 하는 건 아니에요. 설사 친척으로부터 혈통을 이어받더라도 저와는 관계없는 일이잖아요! 우리 아버지는 반역자가 아니었어요. 그러니 숙부님, 제가 궁색하다 해서 반역을 하리라는 오해는 하지 마세요.

실리아　아버지, 제발 좀 언니의 말을 들어주세요.

프레데릭 공작　아, 실리아, 그동안 너 때문에 저 애를 여기 있게 했던 거다. 너만 아니었더라면 저 애는 진작 아버지와 함께 방랑하게 되었을 게 아니냐.

실리아　그 당시엔 제가 언니를 있게 해 달라고 간청하지 않았어요. 그건 아버지 마음에서 우러나서 하신 일이었어요. 그때만 해도 전 너무 어려서 언니의 가치를 몰랐어요. 하지만 이제는 알아요. 만약 언니가 반역자라면 저도 반역자예요. 우린 항상 잠도 같이 자고 같이 일어나 함께 공부하고 놀이나 식사도 같이 하면서 어딜 가나 주노 여신의 백조처럼 항상 둘이 같이 다녔고 잠시도 떨어지지 않았어요.

프레데릭 공작 저 애가 원체 교활해서 너는 잘 모른다. 그 번드르르한 가면하며 정숙한 체 조용한 인내심으로 사람들에게 호소하니 세상 사람들이 저 애를 동정한단 말이다. 이 어리석은 애야. 네가 가질 명성을 저 애가 빼앗고 있단 말이다. 저 애가 없어져야 너의 미덕이 빛을 낼 수 있어. 그러니 넌 조용히 있어라. 저 애한테 내린 선고는 확고부동하니 말이다. 저 애는 이제 추방이다!

실리아 정 그러시다면 그 선고를 제게도 내려 주세요. 전 언니하고 떨어져서는 살 수 없으니까요.

프레데릭 공작 멍청한 소리 하지 마라! 이봐, 로잘린드는 어서 준비를 해라. 네가 지체하면 내가 내린 선고의 중요성과 명예를 걸고 네 생명은 없을 줄 알아라! (돌아서서 귀족들을 데리고 방을 나간다)

실리아 아, 가엾은 로잘린드 언니, 어디로 가야 해요? 우리 아버지를 드릴 테니 아버지를 바꿀 생각은 없나요? 제발 나보다 더 많이 슬퍼하지는 말아요.

로잘린드 슬퍼할 이유가 너보다 더 많이 있는걸.

실리아 아녜요, 언니. 제발 기운을 내요. 모르겠어요? 공작님이 친딸인 나를 추방하신걸?

로잘린드 그럴 리 없어.

실리아 그럴 리 없다구요? 그렇다면 로잘린드 언니는 사랑이 없나 봐. 언니와 난 일심동체라고 알려 주는 사랑이…… 그러니 우리가 서로 헤어져도 좋단 말예요? 안 돼, 아버지에게는 다른 상속자나 물색하시라고 하지 뭐. 그러니 우리 함께 도망갈 방법이나 연구해요. 어디로 갈 건지, 뭘 지니고 갈 것인지 말예요. 제발 언니, 불행을 혼자서 짊어지고 언니 혼자서만 슬픔을 참으며 날 버려두고 가지는 마세요, 네? 지금 우리의 슬픔을 보며 창백해진 저 하늘에 두고 맹세하지만 언니가 뭐라고 말하든 난 언니를 따라가겠어요.

로잘린드 그러면 이제 우리는 어디로 가야 할까?

실리아 큰아버지가 계신 아덴의 숲으로 가요.

로잘린드 그건 너무 위험해. 아가씨의 몸으로 그렇게 먼 곳까지 가다니! 미인은 황금보다 더 쉽게 도둑을 자극 시킨다잖아.

실리아 천한 사람들이 입는 초라한 옷으로 변장하고 얼굴에는 검댕칠을 하겠어요. 언니도 그렇게 해요. 그러면 도둑들에게 습격당할 염려 없이 무사히 갈 수 있을 거예요.

로잘린드 난 키가 큰 편이니 차라리 늠름한 남자로 변장하는 것이 낫지 않을까? 용감하게 단도를 차고 손에는 넓은 창을 들고, 가슴속엔 여자만의 겁이 있을망정 겉모습이라도 으쓱대며 용사처럼 보이게 하는 거야. 세상의 수많은 겁쟁이들이 겉치레로 두려움을 감추듯이 말이야.

실리아 언니가 남자로 변장하면 이름은 뭐라고 부르지?

로잘린드 조브 신의 시동(侍童)보다 못한 이름은 안 되니 날 개니미드라고 불러 줘. 네 이름은 뭐라고 할까?

실리아 내 신세랑 비슷한 이름이 좋겠어. 이제부터 난 실리아가 아니라 외톨이라는 뜻의 앨리너예요.

로잘린드 그런데 애, 너의 아버지네 집에서 저 어릿광대를 꾀어낼까? 우리의 여행에 위안이 될 거 같은데.

실리아 그는 나와 함께라면 이 세상 끝까지라도 같이 갈 거예요. 그를 꾀어내는 일은 나한테 맡겨 둬요. 그럼 우리는 보석이나 패물들을 챙기면서 우리 뒤를 쫓아오더라도 잡히지 않을 좋은 시기와 도망가기에 가장 안전한 길을 생각해 봐요. 이제 우린 기쁜 마음으로 자유의 길을 떠나는 거예요, 추방이 아니라. (두 사람 퇴장)

제2막

제2막 제1장

아덴의 숲.

동굴 입구, 그 앞에는 가지를 펼친 나무가 하나 서 있다. 추방 당한 전 공작, 에미언즈, 사냥꾼 차림을 한 두세 명의 귀족들이 동굴에서 나온다.

전 공작 자, 추방 당한 나를 따르는 동지들이여, 이런 생활이 익숙해지니 저 화려한 성보다 더 상쾌하지 않은가? 저 사악한 성보다 오히려 이 숲이 덜 위험하지 않나? 이곳에서는 아담이 받았던 형벌이라는 사계절의 변화를 뚜렷이 느낄 수 있지 않은가? 겨울철에는 송곳니처럼 날카로운 찬바람이 살을 엘 듯이 불어와 온몸이 오그라들 정도로 추울 때조차 나는 웃으면서 말할 수 있다네. '이것은 아첨이 아니다. 이것이야말로 나의 위치를 뼈저리게 가르쳐주는 진정 어린 충언이다.' 라고……. 아름답도다, 역경의 교훈이란! 이는 두꺼비처럼 흉측하고 독이 있지만 그 머리에는 귀한 보석을 지니고 있단 말일세. 속세와 떨어진 우리의 생활이란 것이 나무의 말을 귀담아 듣고 흘러가는 시냇물에서 책을 보고 작은 돌에서도 가르침을 얻고 삼라만상에서 선(善)을 찾을 수 있지 않느냐. 난 이 생활을 결코 바꾸고 싶지 않구나.

에미언즈 공작님은 행복하시군요. 완고한 운명을 그렇게 여유 있고 아름다운 문장으로 표현할 수 있으시니 말입니다.

전 공작 그럼 사슴 사냥이나 가볼까? 그런데 그 얼룩무늬 멍청이들을 생각하면 참 가여운 일이거든. 이 외딴 숲의 원래 주인이면서도 자기네 영역 안에서 화살에 통통한 넓적다리를 뚫리다니.

귀족 1   사실 공작님, 저 우울한 제이퀴즈도 그것을 한탄하고 있습니다. 그 점에서만 본다면 공작님이 공작님을 추방한 아우보다 한술 더 뜨는 찬탈자라나요. 오늘도 에미언즈 경과 저는 참나무 밑에 누워 있는 그 친구 뒤로 살금살금 가봤죠. 해묵은 그 참나무는 넘나드는 개울가를 내려다보고 뿌리는 이 숲을 둘러싸고 있었는데, 그때 마침 가여운 사슴 한 마리가 사냥꾼의 화살에 상처를 입어 그곳에 와서 신음하고 있겠지요. 아, 공작님, 불쌍한 그 짐승이 얼마나 애절하게 신음하던지, 그 신음 소리는 그놈의 가죽을 찢을 지경이었습니다. 그리고 구슬 같은 눈물 방울이 죄 없는 짐승의 콧등에 줄줄 흘러내리고 있어서 정말 가여웠답니다. 이렇게 우울한 제이퀴즈 눈길을 받은 채 개울가에서 흘리는 얼룩무늬 멍청이의 눈물은 세차게 흘러가는 개울을 불리고 있었지요.

전 공작   그래, 제이퀴즈가 뭐라고 말하던가? 그 광경을 보고 무슨 훈계라도 늘어놓지 않던가?

귀족 1   웬걸요, 수많은 비유를 하더군요. 첫째, 사슴이 울어서 부질없이 개울물을 불리는 데 대해서는 이렇게 말하더군요. '불쌍한 사슴 같으니. 너도 세상 사람들처럼 유산 분배를 하고 있으나 그러지 않아도 너무 많은 데 네 몫까지 덧붙여 주고 있단 말이냐?' 고. 그러더니 벨벳 같은 털을 지닌 친구들에게서 홀로 떨어져 외톨이가 된 것에 대해서는, '그렇지, 이래서 불행이 오면 친구들을 잃는 법이지.' 라고 말했답니다. 이어서 실컷 풀을 뜯어먹는 한 떼의 사슴들이 외톨이가 된 그놈 곁을 무심하게 지나가는 것을 본 제이퀴즈는 이렇게 말하더군요. '어서들 가라, 이 살찌고 기름진 것들아! 세상인심이 다 그렇더라. 글쎄, 저 불쌍하고 비참한 패배자를 돌아볼 필요가 뭐가 있단 말이냐?' 라고요. 이렇게 그 친구는 국가에, 도시에, 성에 할 것 없이 모조리 욕설을 퍼붓더니 우리들의 이 생활에 대해서 조차 비방을 했답니다. 우리 역시 순전히 찬탈자요, 폭군이며 이보다 더 나쁜 점은 짐승들을 위협하고 죽이려고 그것들의 타고난 영역에까지 침입한 것이라고요.

전 공작　그래, 자네는 그 친구를 그와 같은 명상에 잠기게 두고 그냥 왔단 말이지?

귀족 2　예, 신음하는 사슴을 보고 울면서 비방하는 걸 보고 왔습니다.

전 공작　그곳으로 날 좀 안내해 다오. 그처럼 우울증에 걸려 있을 때 그 친구와 얘기해 보고 싶군. 그런 때에 가장 쓸 만한 말을 하니까.

귀족 1　예, 곧 안내해 드리겠습니다. (모두 퇴장)

제2막 제2장

프레데릭 저택의 한 방.

프레데릭 공작, 귀족들, 시종들 등장.

프레데릭 공작　아니, 어떻게 아무도 그 애들을 보지 못했단 말이냐? 그건 있을 수 없는 일이다. 이 성안의 누군가와 공모하여 함께 도망친 것이 분명해!

귀족 1　공주님을 봤다는 사람이 한 사람도 없습니다. 시녀들은 공주님이 잠자리에 드시는 걸 봤다는데 새벽녘에 보니 이부자리 속에 공주님이 계시지 않았다는군요.

귀족 2　공작님, 공작님께서 평소에 웃음거리로 삼던 그 천한 어릿광대도 보이지 않습니다. 공주님의 시녀인 히스페리아가 몰래 엿들었답니다만,

공주님과 조카따님은 지난번에 공작님의 씨름꾼 찰스를 쓰러뜨린 늠름한 용사의 힘과 덕행을 무척 칭찬했다는군요. 히스페리어는 두 분이 어디를 가든 반드시 그 젊은이와 동행할 거라고 믿는답니다.

프레데릭 공작 그 녀석의 형에게 사람을 보내 그 잘난 녀석을 당장 잡아 오너라. 그 녀석이 없거든 형이라도 데리고 오너라. 형을 시켜서라도 찾아내도록 하겠다. 서둘러! 어리석은 도망자들을 빨리 데려오려면 수색과 탐문을 소홀히 하지 말고 철저히 하라구. (모두 퇴장)

제2막 제3장

올리버의 저택 정원.
올랜도와 아담 등장.

올랜도 거기 누구냐?

아담 아! 도련님이십니까? 아, 친절하신 도련님, 상냥하신 도련님. 아, 돌아가신 롤랜도 경의 분신 같은 분……. 그런데 어쩌자고 이곳을? 도련님은 어쩌자고 덕망이 높으실까? 어쩌자고 사람들은 도련님을 좋아할까? 글쎄, 어쩌자고 도련님은 의젓하고 힘도 세며 용감하실까? 어쩌자고 어리석게 변덕이 심한 공작님의 씨름꾼을 쓰러뜨렸을까? 도련님보다 칭찬이 먼저 집에 도착했습죠. 도련님은 그렇게 모르시겠습니까, 사람에 따라서는 미덕이 도리어 해가 된다는 것을? 도련님의 경우가 바로 그렇답니다. 도련님, 도련님의 미덕은 거룩해 보여도 역시 도련님께는 해가 됩니다. 아아, 세상 돌아가는 꼴 좀 보게, 훌륭한 덕을 지닌 사람에게 도리어 큰 화가 오다니!

올랜도 아니, 대체 무슨 일인가?

아담 오, 불행한 도련님, 이 집 문턱에도 들어서지 마십시오. 이 지붕 밑에는 도련님의 미덕을 시기하는 적이 살고 있습니다. 글쎄, 형님이……, 아냐, 형님도 아냐. 글쎄, 아드님이, 아드님도 아니지, 난 아드님이라고 부르지도 않을 테다. 원, 하마터면 그 어른의 아드님이라고 내가 입 밖에 낼 뻔한 그 사람이……, 도련님을 칭찬하는 말을 듣고 나더니 도련님이 주무시는 틈을 타 오늘 밤 도련님 침실에 불을 지를 계획이랍니다. 만약 그 일이 실패한다면 다른 수단을 써서라도 도련님을 죽일 계획이랍니다. 제가 엿들었었지요, 그분의 흉계를……. 이곳은 더 이상 있을 곳이 못 됩니다. 여기는 흡사 도살장 같습니다. 이곳은 추악하고 무서운 곳입니다. 제발 한 발자국도 들여놓지 마세요.

올랜도 그럼 아담, 난 대체 어디로 가면 좋을까?

아담 어디라도 좋습니다, 이곳만 아니라면.

올랜도 그러면 나더러 떠돌아다니면서 밥을 빌어먹으란 말인가? 아니면 비열하고 난폭하게 칼을 가지고 큰길에 나가 강도질을 하란 말인가? 그럼 그렇게 해야 하나? 어떻게 해야 좋을지 모르겠군. 하지만 어떤 짓을 하더라도 그런 짓은 하지 않겠어. 차라리 패륜의 저 잔인한 형의 흉계에 이 몸을 맡길 테다.

아담 그래서는 안 됩니다. 제 수중에 오백 크라운이 있습니다. 아버님 밑에서 받은 품삯을 모은 돈입니다. 늙어서 수족도 말을 듣지 않고 아무도 거들떠보지 않아 구석에 처박히게 될 때 요긴하게 쓰려고 저축해 놓은 돈입니다. 자, 이걸 받으세요. 까마귀들에게조차 먹을 것을 주시고 참새들까지 염려해 주시는 하느님이시여, 저의 노후를 위로해 주소서. (올랜도에게 돈주머니를 준다) 자, 여기 이 돈을 모두 드리겠습니다. 그리고 절 하인으로 데려가 주십시오. 비록 늙은이처럼 보이긴 하지만 아직도 기력은 왕성합니다. 젊은 시절에도 뜨겁게 피를 끓게 하는 술은 전혀 입에 대지 않았고, 뻔뻔스럽게 몸을 축나게 하는 쾌락을 찾아다니지도 않았으니까요. 비록 나이는 먹었지만 왕성한 겨울이랄까, 머리에 서리는 맞았어도 아직은 아무 문제없습죠. 제발 같이 가게 해 주십시오. 젊은 사람 못지않게 도련님을 돌봐드릴 테니까요.

올랜도   오, 착한 영감, 옛사람들의 봉사는 충성을 위해 땀을 흘린 것이지 보수를 위해서가 아니었다는데, 그와 같은 충성심을 바로 영감한테서 찾아볼 수 있군. 요즘의 세태에 영감 같은 하인은 많지 않아. 지금은 누구나 다 출세만을 노려 땀을 흘리고, 일단 목적만 달성되면 그 순간 봉사하기를 멈추니 말이야. 그런데 영감은 그렇지가 않군. 그렇지만 불쌍한 영감, 영감이 가꾸려는 나무는 썩은 나무라 고생해서 돌봐도 꽃 한 송이 피우지 못할 거네. 하지만 아무튼 자, 같이 가자구. 영감이 젊었을 때 모은 돈이 다 없어지기 전에 초라하더라도 만족할 만한 생활을 찾아 떠나자구.

아담   도련님, 가봅시다. 숨이 끊어질 때까지 성의와 충성을 다하여 따라가겠습니다. 열일곱 살 때부터 팔십이 된 이 나이까지 이곳에서 살았습니다만, 이젠 이곳에서 그만 살겠습니다. 열일곱 살 때는 누구나 자기 운명을 개척해 보려고 합니다만, 팔십이 되면 때는 이미 늦습니다. 그래도 저로선 도련님을 위해 충직하게 살다 보람 있게 죽는다면 그보다 더 좋은 팔자는 없을 겁니다. (두 사람 정원을 떠난다)

제2막 제4장

아덴의 숲 변두리의 공터.
개니미드로 이름을 바꾼 로잘린드는 산속의 소년처럼 변장을 하고, 앨리너라고 이름을 바꾼 실리아는 양치는 소녀처럼 모습을 바꾸고 터치스턴과 함께 천천히 들어와 나무 밑 땅바닥에 털썩 주저앉는다.

로잘린드 오, 주피터 신이여! 마음이 정말 피곤하다!

터치스턴 난 두 다리만 피곤하지 않으면 마음은 어떻게 돼도 상관없습니다.

로잘린드 난 이 사내 복장을 무안하게 해도 상관없으니 계집애처럼 실컷 울고 싶어. 하지만 조끼와 바지를 입은 이상 치마 앞에서는 용감하게 보여야 하니 연약한 여자를 위로해 줘야지. 그러니 기운을 내, 착한 앨리너!

실리아 제발 부탁이니 봐줘요. 이제 더 이상 가지 못하겠어요.

터치스턴 아가씨를 업어 드리느니보다는 봐드리겠습니다. 업어 드려도 좋지만 어디 돈이 생겨야죠. 아가씨의 지갑은 텅 비어 있을 테니 말입니다.

로잘린드 아, 여기가 아덴의 숲이로구나.

터치스턴 예, 이제 아덴의 숲에 왔습니다. 참 나도 어리석지, 집에 있었으면 좀더 편했을 텐데. 하지만 여행가는 고생이 되더라도 참아야죠.

로잘린드 음, 그래야지. 착한 터치스턴……. (코린과 실비어스가 다가오고 있다) 저것 봐, 누가 오네. 젊은이와 노인이 심각한 얘기를 하면서.

코린 그렇게 하면 그 여자에게 더욱 멸시만 당하네.

실비어스 아, 코린 영감님, 내가 그 여자를 얼마나 사랑하는지 알기나 해요?

코린 짐작은 가지, 나도 여자를 사랑한 경험이 있으니까.

실비어스 아니오, 코린 영감님. 이젠 늙어버려서 짐작도 못할 거예요. 물론 젊어서는 누구보다도 여자한테 넋을 잃고 밤새 베개를 안고 한숨을 내쉬었을 테죠. 나처럼 사랑에 넋을 잃어 본 적이 있다면 —아니, 나만큼 넋을 잃어 본 사람은 세상에 없을 것입니다.— 대체 얼마나 터무니없는 바보짓을 해 보셨단 말입니까?

코린 그야 무수히 해 봤지, 이제는 다 잊어버렸지만.

실비어스 그렇다면 진정으로 하신 연애는 아니었군요. 연심 때문에 저지른 바보짓을 낱낱이 기억하지 못한다면 그건 연애를 해 보신 게 아니죠. 지금 나처럼 이렇게 앉아서 애인에 대한 칭찬으로 듣는 사람을 싫증나게 할 정도가 아니라면 그건 진정으로 연애를 하신 것이 아닙니다. 또 지금 나처럼 열정 때문에 친구들을 두고 뛰쳐나온 경험이 없다면 그건 연애를 해 보신 게 아니죠. 아, 피비, 피비, 피비! (얼굴을 두 손에 파묻고 숲속으로 달려간다.)

로잘린드 아, 가엾은 목동! 네 상처를 듣는 동안 내 자신의 아픈 상처를 뼈저리게 느끼게 되는구나.

터치스턴 나도 그렇습죠. 지금도 잊히지 않습니다. 연애하던 시절, 난 칼로 돌을 부수면서 한밤중에 제인 스마일한테 가는 놈에게는 그 돌을 먹이겠다고 장담했었지요. 그리고 지금도 기억납니다. 그 애의 빨래 방망이에는 물론, 그 애의 예쁘장한 손으로 짠 젖소의 젖통에까지 키스를 했었지요. 그리고 역시 지금도 기억합니다. 그 애 대신 완두콩 깍지에게 구애를 하기도 하고, 그 깍지에서 알맹이 두 개를 뺐다가 도로 넣어 그 애에게 주면서 눈물을 쏟으며 날 위해 이걸 지녀 달라고 말했지요. 진정으로 연애를 하는 사람들은 그렇듯 괴상한 짓도 다 한답니다. 만물은 무상하다더니 연애를 하면 만물도 무상으로 바보짓을 합니다그려.

로잘린드 그대는 자신이 알고 있는 것보다 재치 있는 말을 썩 잘하는군.

터치스턴 아닙니다. 난 정강이를 재치에다 부딪쳐도 부러지기 전까지는 절대로 내 자신의 재치를 의식하지 못한답니다.

로잘린드 조브 신, 조브 신이여! 저 목동의 정열은 나의 정열과 똑같군요.

터치스턴 아, 내 정열과도 같습니다. 하긴 내 정열은 좀 낡긴 했지만.

실리아 제발 누구든 저 남자에게 좀 물어봐 주세요, 음식을 좀 팔겠는지. 난 허기가 져서 죽을 지경이에요.

터치스턴 여, 바보 양반!

로잘린드 쉿, 이 바보! 저 사람은 그대와 같은 부류가 아냐.

코린 누구요, 날 부르는 사람이?

터치스턴 당신보다는 훌륭한 사람이오.

코 린 나보다도 못하다면 얼마나 비참하겠소.

로잘린드 쉿, 저……, 안녕하시오, 영감님.

코린 아, 안녕하시우. 젊은 분, 그리고 여러분.

로잘린드 영감님, 이 외딴 곳에서 인심으로나 혹은 돈으로라도 대접을 받을 수 있는 곳이라면 제발 좀 안내를 해 주시오. 좀 쉬면서 음식을 먹을 수 있게요. 여기 이 젊은 아가씨는 여행으로 너무 지쳐 죽을 지경이라 당장 도움이 필요하오.

코린 거참 안됐구려. 내 욕심을 위해서가 아니라 이 아가씨를 위해 도와 줄 수 있는 팔자라면 좋겠지만, 남의 양을 돌보는 처지로 내가 먹이는 양의 털도 내 차지가 못 된다우. 게다가 인색한 주인은 자선을 베풀어서 천당에 갈 생각은 거의 없는 사람이죠. 더구나 양 우리며 양들이며 목장을 팔려고 내놓은 형편에다가 주인조차 없는 지금은 먹을 만한 것이 아무것도 없을 거요. 그래도 뭐라도 있나 가봅시다. 나라도 성의를 다하여 대접해 드리리다.

로잘린드 주인의 양들과 목장을 사겠다는 분은 어떤 분인가요?

코린 아까 그 젊은 친군데 실은 정말로 살 의욕은 별로 없는 모양이오.

로잘린드 그럼 다른 지장만 없다면 댁이 그 양 우리며 목장과 양떼를 좀 사 주시겠습니까? 값은 우리가 치러 드리겠소.

실리아   그리고 품삯도 올려 드리겠어요. 난 이곳이 마음에 들어요. 이곳에서라면 즐겁게 시간을 보낼 수 있을 것 같아요.

코린   정말 팔려고 내놓은 물건이랍니다. 나랑 같이 가보시죠. 토지며 수입이며 얘기를 들어 본 다음 이곳 생활이 맘에 드신다면 난 당신들의 충실한 양치기가 되기로 합죠. 그럼 당장 그 돈으로 사기로 합시다. (코린 퇴장, 세 사람이 일어서서 그 뒤를 따라 퇴장)

제2막 제5장

추방 당한 공작의 동굴 앞.
에미언즈, 제이퀴즈, 등나무 아래 앉아 있다.

에미언즈   (노래한다)
　　　　푸른 나무 밑에
　　　　나와 같이 누워서
　　　　새들의 달콤한 지저귐에 맞추어
　　　　즐겁게 노래를 부르고 싶은 사람은
　　　　오라, 오라, 이리로 오라.
　　　　이곳에는 적도 없고
　　　　적이라고는
　　　　겨울철의 한풍뿐.

제이퀴즈   한 곡 더, 한 곡 더요, 어서 한 곡 더 불러 봐요.

에미언즈   제이퀴즈 씨, 한 곡 더 하면 당신이 우울해질 텐데요.

제이퀴즈   그래서 고맙단 말이오. 한 곡 더, 부디 한 곡만 더요. 족제비가 달걀 속을 빨아먹듯이 난 노래에서 우울증을 빨아먹을 수 있거든. 한 곡 더, 제발 한 곡 더요.

에미언즈 내 목소리는 쉬어서 당신 마음에 들지 않을 거요.

제이퀴즈 내 마음에 들기를 바라는 것이 아니라 노래를 불러 주기를 바라오. 자, 한 곡 더, 다른 것으로. 요즘 말로 스탠자[節]인가 뭔가를 말이오.

에미언즈 제이퀴즈 씨, 무얼 부르든 상관없지요?

제이퀴즈 그래요, 명칭은 상관하지 않소. 무슨 대차(貸借) 관계라도 있는 건 아니니까요. 그래, 노래를 해 주겠소?

에미언즈 별로 부르고 싶지는 않지만 요청하시니 한 곡 더.

제이퀴즈 나는 누구한테 감사 인사를 하는 사람은 아니지만 당신에게는 감사하오. 그런데 인사라는 건 원숭이 두 마리가 길에서 만나는 것 같다고나 할까요. 누가 나에게 정말로 고맙다고 인사를 하면 이런 생각이 들거든요. 내게 2펜스를 받더니 거지처럼 굽실거리며 감사 인사를 하는구나, 하고요. 자, 노래를 불러 주시오. 노래를 부르고 싶지 않은 사람은 입을 다물고.

에미언즈 그럼 마지막 절까지 하겠소. 여러분은 주연 준비를 하시오. 이 나무 밑에서 공작님이 한잔 드시기로 했으니까요. 공작님은 하루 종일 당신을 찾더군요. (몇 사람, 나무 밑에 주연을 준비한다.)

제이퀴즈 난 하루 종일 공작님을 피해 다녔지요. 그 어른 입심이 너무 세서 어디 상대할 수가 있어야죠. 나도 그 어른만큼은 사리를 분별할 줄 아는 사람이지만 그저 하느님께 감사할 뿐, 그까짓 것을 자랑 삼진 않소이다. 자, 노래를! (모두 노래를 합창한다.)

야욕을 버리고
자연의 품안에서 즐겁게 살며

내 손으로 준비한 음식으로

기꺼이 만족하는 사람들아

오라, 오라, 이리로 오라

이곳에 적이라고는

겨울철의 한풍뿐.

제이퀴즈　이 곡조에 어울리는 노래를 한 곡 들려드리죠. 부족하지만 즉흥적으로 만든 곡이외다.

에미언즈　내가 부르죠.

제이퀴즈　가사는 이렇소. (노래한다.)

만약에 누가

바보가 되어서

돈도 안락도 버리고

고집대로 살아 만족하고 싶거든

덕대미, 덕대미, 덕대미,

이곳에 와서 보라

이곳은 바보들 천지다.

날 보면 알겠지.

에미언즈　덕대미가 무슨 뜻이지?

제이퀴즈　그건 그리스의 주문으로 바보들을 불러낼 때 쓰는 거요. 이제 가서 잠이나 청해 볼까. 잠이 오지 않으면 우리를 추방한 훌륭한 분들이나 실컷 욕해 줘야지.

에미언즈　나는 공작님을 찾으러 가야겠소, 주연 준비가 다 되었으니. (제각기 다른 방향으로 퇴장)

제2막 제6장

숲 근처의 공터.
올랜도와 아담 등장.

아담　도련님, 이젠 더 이상 한 발자국도 걷지 못하겠습니다. 아, 배고파
죽겠네……. (쓰러진다) 전 여기 누워서 내 무덤의 길이나 재겠습니다. 그
럼 안녕히, 친절한 도련님.

올랜도　아니, 왜 이러나, 아담 영감! 정말 기운이 없단 말인가? 조금만 더
기운을 내게. 마음을 단단히 먹고 좀더 힘을 내게. 이 으슥한 숲에 맹수라
도 있다면 내가 그놈의 밥이 되든가 그놈을 잡아다 영감의 식사로 먹을 수
있게 할 테니까. 영감은 기운이 빠진 것이 아니라 심약해져서 죽으려는 생
각이 드는 거야. (아담을 일으켜 세워 나무에 기대앉게 한다) 나를 봐서라
도 기운을 내고 죽겠다는 생각일랑 잠시 잊어버리게. 금방 다녀오겠네. 먹
을 것을 못 가져오거든 그때 죽어도 좋아. 그렇지만 내가 돌아오기 전에
죽으면 영감은 내 수고를 조롱한 것밖에 되지 않지. (아담, 희미하게 웃는
다.) 자, 어디 숨어 있을 곳으로 데려다 주겠네. 이 황량한 숲에 아무 짐승
이라도 살고 있는 한, 먹을 게 없어서 영감을 죽게 그냥 내버려두지는 않
겠네. 자, 조금만 더 기운을 내, 착한 아담. (아담을 데리고 퇴장)

제2막 제7장

추방 당한 공작의 동굴 앞.

나무 밑 식탁에는 과일과 술이 놓여 있고 공작과 귀족들이 식탁 앞에 앉아 있다.

전 공작 그 친구는 짐승으로 둔갑해버린 모양이군. 사람 모습을 한 그 친구의 꼴은 그림자도 찾아볼 수 없으니 말이야.

귀족 1 공작님, 그 친구는 조금 전에 달아났습니다. 이곳에서 쾌활한 노래를 듣고 있다가요.

전 공작 어울리지 않게 그 작자가 음악을 좋아하다니, 그럼 이제는 우주의 조화가 깨질 판이로군. 가서 찾아보게, 내가 할 얘기가 있다고.

제이퀴즈가 나무 사이로 오고 있는 것이 보인다. 얼굴에는 미소를 짓고 있다. 그 뒤에는 에미언즈가 따라오고 있다. 에미언즈는 다가와서 공작 옆 식탁 앞에 조용히 앉는다.

귀족 1 저렇게 제 발로 오니 제 수고가 덜어졌군요.

전 공작 이것 좀 보게, 대체 어떻게 된 건가? 가련하게도 사람들이 자네와 같이 있고 싶어하다니. 보아하니 자네는 퍽이나 즐거운 모양이네!

제이퀴즈 (웃음을 터뜨리면서) 어릿광대가, 어릿광대가! 숲속에 어릿광대가 있지 않겠어요, 얼룩 옷을 입은 바보가요. 아이고, 비참한 이 세상 좀 보게! 이 눈으로 틀림없이 바보를 하나 봤습니다. 누워서 햇볕을 쬐며 멋들어진 말투로 운명의 여신을 욕하고 있었는데 그게 여간 명문구가 아니었답니다. 하지만 얼룩 옷 입은 바보임에는 틀림이 없죠. '안녕하시오, 어릿광대.' 하고 내가 말을 거니 그 친구는 '아니오, 하느님이 복을 내려주실 때까지는 날 어릿광대라고 부르지 마시오.' 하고 대답하더군요. 그러더니 주머니에서 시계를 꺼내 초점 잃은 눈으로 멍하니 들여다보면서도 말은 아주 똑똑하게 중얼거리더군요. '지금 열 시로구나. 이 사실을 봐도 알겠지만 세계는 움직이고 있다. 한 시간 전만 해도 겨우 아홉 시였는데 이제 한 시간 후에는 열한 시가 되겠구나. 이래서 우린 시시각각 익어 가며 또한 우린 시시각각 썩어 가는구나. 이래서 문제가 생기는 거야.' 얼룩 옷 입은 어릿광대가 시간에 관하여 설교하는 것을 듣고는 바보도 이렇게까지 명상적인가 생각하니 내 허파는 수탉같이 우렁차게 웃음을 터뜨리며 웃어대겠지요. 그 작자의 시계로 한 시간을 계속해서 웃었답니다. 아이고, 고상한 바보 같으니! 정말 훌륭한 바보죠! 진정 바보만이 입을 만한 얼룩 옷입니다.

전 공작 대체 그 어릿광대가 어떻길래?

제이퀴즈 훌륭한 어릿광대입니다. 성에도 있었다는데 젊고 아름다운 귀부인들은 금방이라도 그를 알아볼 수 있다나요. 그 작자의 머리는 항해 후의 먹다 남은 비스킷처럼 바싹 말라 있지만, 그 머릿속 안에는 그가 보고 듣고 경험한 기묘한 얘기들을 잔뜩 처넣어 두었다가 뒤죽박죽 토해 놓는단 말입니다. 오, 나도 그런 어릿광대나 되어 보았으면! 그 얼룩무늬 바보 옷이라도 좀 입어 보았으면……

전 공작 한 벌 입혀 주지.

제이퀴즈 그거야말로 제 소원입니다. 공작님은 절 현자로 생각하시는데 그런 판단은 말끔히 지워버리십시오. 거침없는 바람처럼 크나큰 특권을 가지고 누구한테나 마음대로 퍼부어댈 수 있는 자유를 가진 어릿광대가 되겠습니다. 그런데 내 바보짓에 시달리는 사람들이 가장 많이 웃어야 합니다. 왜 그러냐고요? 그 이유야 마을의 교회 가는 길보다도 더 뻔하죠. 글쎄 어릿광대에게 호되게 공박 당한 사람이 아프면서도 아프지 않은 체하지 않으면 정말 바보 취급을 당하니까요. 그러지 않고서는 현자의 미욱함마저 함부로 내쏘는 바보의 눈총에 샅샅이 드러나고 말 테니까요. 제게 어릿광대의 얼룩 옷을 입혀 주시고 마음대로 지껄이게 해 주십시오. 그러면 전 이 병든 세상의 추악함을 속속들이 씻어 내겠습니다. 저의 쓴 처방을 순순히 받아 준다는 조건 아래 말입니다.

전 공작 자네의 속셈을 나도 짐작할 수는 있지.

제이퀴즈 내기를 걸어도 좋습니다. 제가 좋은 일 말고 다른 짓을 할 것 같습니까?

전 공작 남의 허물을 비난하는 것이 가장 흉악한 죄다. 원래 자네는 동물적인 본능에 충실한 방탕아 아니었나. 자네가 방탕하여 부은 상처며 곪은 종기 등을 몸에 지니게 된 것이면서 이제는 그것들을 온 세상에 토해 놓고 싶어하다니.

제이퀴즈 원 세상에, 제가 이 세상의 오만을 비난한다고 해서 그 어떤 특정인을 책망하는 것은 아니지요. 오만이란 바닷물처럼 도도하게 흘러가다 마침내는 오만이라는 전 재산까지 썰물처럼 말라버리게 하지 않습니까? 이를테면 시장의 아낙네가 주제넘게 왕후처럼 사치스러운 옷을 어깨에 걸쳤다고 비난한다고 해서 내가 시장의 어떤 특정한 여자를 지목한 것은 아니잖습니까? 그 여자의 이웃에도 그와 같은 여자가 또 있을 수 있으니 누가 자신에게 한 말이라고 대들 수 있겠습니까? 또는 천한 직업을 가진 사내가 자신을 두고 말하는 줄 알고 자기가 입은 이 호화스러운 옷은 네 돈으로 산 것이 아니지 않느냐고 따지면, 내 말의 의도대로 자신의 미련함을 나타내는 것 아닙니까? 자, 그렇다면 어떻습니까? 말씀해 보시지요. 어떤 점에서 내 독설이 남에게 해를 끼쳤는지요? 내 독설이 옳다면 그건 상대방이 나쁘다는 증거이며, 비난받을 까닭이 없다면 내 독설은 아무한테도 시비를 걸지 않고 들거위처럼 그냥 날아갈 뿐이죠. 그런데 저기 누가 오는군요.

올랜도가 칼을 빼들고 나타난다.

올랜도　가만있어, 먹지 마!

제이퀴즈　아니, 난 아직 먹지 않았는데…….

올랜도　앞으로도 먹지 말고 이쪽의 허기가 채워질 때까지 기다려!

제이퀴즈　대관절 이 수탉같은 녀석은 어디서 온 거야?

전 공작　이봐, 그대가 이렇게 무례하게 구는 건 궁색하기 때문인가, 아니면 예의범절을 무시하는 천박함 때문인가?

올랜도　첫 번째 이유가 맞소. 날카로운 가시와 같은 궁색 때문에 예절의 체면도 잊어버렸지만 이래 뵈도 귀족 출신으로 예절을 조금은 아는 사람이오. 잠깐만, 내 볼일이 끝나기 전에 이 과일에 손을 대는 놈은 죽을 줄 알아!

제이퀴즈　(건포도를 하나 집어 들면서) 이치가 소용없는 분이라면 죽어도 할 수 없지.

전 공작　그래, 뭘 원하는가? 완력으로 친절을 강요하는 것보다는 점잖게 부탁을 하는 것이 더 낫지 않나?

올랜도　배가 고파 죽을 지경이오. 먹을 것 좀 주시오.

전 공작　식탁에 앉아서 먹게, 환영하겠으니.

올랜도　그렇게 친절하게 말씀하시다니! 제발 용서해 주십시오. 실은 이런 곳은 모두 야만스러운 줄 알고 겉으로 그런 엄포를 놓은 것입니다. 인적이 드문 이 황량한 곳, 음산한 가지 그늘 밑에서 시간이 흐르는 것도 잊고 한가하게 지내는 여러분들이 어떤 사람들인지는 잘 모르겠지만, 당신들도 한때는 교회로 이끄는 종소리가 들리는 곳에 살면서 좋은 나날을 보내며 착한 이들의 잔치에도 가보고 눈시울의 눈물을 씻어 내고 동정과 연민의 정을 나누던 경험이 있을 겁니다. 저의 무례한 행동에 얼굴을 붉히며 칼을 거두겠으니 점잖게 부탁드리면 제 청을 들어주시기를 바랍니다.

전 공작 사실 우리도 한때는 좋은 날도 있었고 거룩한 종소리에 이끌려 교회에도 나가고 좋은 사람들의 연회에도 가보고 신성한 연민의 정에서 우러나오는 눈물을 흘리던 경험도 있었지. 그러니 자, 그대도 마음 편히 앉아서 우리의 환대를 즐거이 받아들이고 실컷 허기를 채우도록 하게.

올랜도 그럼 잠깐만 기다려 주십시오. 실은 새끼 사슴에게 먹이를 가져다주는 암사슴처럼 음식을 기다리는 불쌍한 노인이 한 사람 있습니다. 오로지 저에 대한 충성으로 고단한 다리를 이끌고 온 사람입니다. 노쇠와 허기라는 두 가시의 불행에 지쳐버린 그 영감에게 먼저 먹이기 전에 난 한입도 먹지 않겠습니다.

전 공작 어서 가서 데려오게. 돌아올 때까지 우리도 손을 대지 않을 테니까.

올랜도 감사합니다. 어르신의 친절에 복이 내리소서! (퇴장)

전 공작 알고 보니 불행한 것은 우리만이 아니로군. 이 넓은 세상이라는 무대는 우리가 맡은 장면보다 한층 더 비참한 광경을 보여 주고 있어.

제이퀴즈 세상은 모두 하나의 무대입니다. 모든 남녀들은 배우에 불과하지요. 무대에 등장했다가 퇴장하는 사람은 사는 동안에 여러 가지 역할을 맡는데 일생을 7막으로 구분합니다. 처음에는 아기로서 유모의 팔에 안겨 앙앙 울어대며 침을 질질 흘립니다. 다음은 투덜거리며 책을 든 학생으로서 아침에 빛나는 얼굴을 하지만 달팽이처럼 늑장부리며 마지못해 학교에 갑니다. 그 다음은 연인, 용광로처럼 한숨을 내쉬면서 애인의 이마에 바치는 슬픈 노래를 짓습니다. 다음은 병정인데 해괴한 맹세들을 늘어놓으며 표범 같은 수염을 기른 채 체면을 몹시 차리고, 싸움은 번개같이 재빠르며 물거품 같은 공명을 위해서라면 대포 속에라도 뛰어듭니다. 다음은 법관으로, 뇌물인 살찐 닭 덕분에 배는 제법 뚱뚱해지고, 매서운 눈초리와 깔끔하게 기른 수염에다 현명한 격언과 함께 진부한 문구도 많이 알고 있어 자신의 역할을 잘 맡아 합니다. 그런데 6막에 들어서면 슬리퍼를 신은 말라빠진 어릿광대 노인으로 변하는데, 코 위에는 안경을 걸치고 허리에는 돈주머니를 차고 젊은 시절에 아껴둔 긴 양말은 말라빠진 다리에 너무 헐렁하고, 사내다웠던 굵은 목소리는 아이 같은 높은 음성으로 되돌아가서 피리같이 삑삑 소리를 냅니다. 그리고 파란 많은 이 일대기의 마지막 장면에는 제2의 어린아이랄까, 오직 망각이 있을 뿐, 이도 빠지고 눈도 어두워지고 입맛도 없어지며 일체 무(無)가 되는 것입니다.

올랜도가 아담을 팔에 안고 돌아온다.

전 공작 　어서 오게. 그 노인을 내려놓고 음식을 먹이게나.

올랜도 　노인을 대신하여 깊이 감사드립니다.

아담 　당연합죠. 저야 고맙다고 말할 기운조차 없습니다만.

전 공작 　자, 어서 드시오. 힘들 테니 지금은 그대들의 사연을 묻지는 않겠소. 자, 음악을! 그리고 여보게, 노래를 한 곡 하게.

에미언즈 　(노래한다)

　　　　불어라, 불어, 그대 겨울바람아

　　　　네가 아무리 박정하기로서니

　　　　배은망덕한 놈들보다 더하겠느냐.

　　　　네 호흡은 거칠어도

　　　　사람 눈에 보이지 않으니

　　　　네 이는 날카롭지도 않도다.

　　　　푸른 사철나무여

　　　　헤이 호, 헤이 호, 노래 부르자.

　　　　우정은 허위요, 사랑은 추태로다.

그러니 헤이 호, 사철나무여
이 세상이 낙원이로다.

얼어라, 얼어, 그대 독한 하늘아
네가 아무리 살을 엔들
배은망덕한 놈들보다 더하겠느냐.
너의 날카로운 가시가
물을 얼릴망정
배반한 친구만큼 하랴
푸른 사철나무여
헤이 호, 헤이 호, 노래 부르자.
우정은 허위요, 사랑은 추태로다.
그러니 헤이 호, 사철나무여
이 세상이 낙원이로다.

전 공작　자네가 조금 전에 말한 바와 같이 자네 얼굴 안에 그분의 면모
가 정말 내 눈에 생생히 비치네. 과연 자네가 저 선량한 롤랜도 경의 아들
이라면 진심으로 환영하네. 나는 자네 부친을 총애했던 공작일세. 자, 내
가 거처하는 동굴로 가서 얘기를 마저 들어 보세……. 그리고 착한 영감,
자네의 주인과 똑같이 환영하네. 자, 영감의 팔을 좀 부축해 드려라. (올
랜도에게) 자, 손을 이리 다오. 자네가 겪은 우여곡절을 하나도 빠짐없이
낱낱이 얘기해 보게. (모두 동굴로 들어간다)

제3막

제3막 제1장

프레데릭 공작 저택 안의 한 방.
프레데릭 공작, 귀족들, 올리버, 시종들 등장.

프레데릭 공작 그 후로는 못 봤다고? 그럴 리가 없다. 내가 관대하지만 않았던들 도망간 놈 대신 너에게 복수를 해야 마땅할 것이다. 그러니 정신을 똑바로 차리고 네 동생을 찾아라. 어디에 가 있든지 눈에 불을 켜고 찾아내! 죽었든 살았든 열두 달 안에 찾아와! 그렇지 못하는 날엔 내 영토 안에서 살 생각은 하지도 말란 말이다. 네 소유의 토지와 그 밖의 몰수할 만한 가치가 있는 재산은 모두 다 몰수할 테다. 네 동생의 입을 통해 너에 대한 혐의가 풀리기 전에는 말이다!

올리버 아, 공작님께서 제 심정을 좀 알아주셔야 하는데! 전 동생을 사랑해 본 적이 없습니다.

프레데릭 공작 더욱 악질이로구나! 이놈을 문밖으로 몰아내라. 그리고 관리를 시켜서 이놈의 집과 토지를 몰수하도록 조치를 취해라. 즉시 집행하고 이놈을 추방시켜라! (모두 퇴장)

제3막 제2장

숲 근처의 공터, 양 우리의 부근.

올랜도가 종이 한 장을 들고 등장하여 그것을 나뭇가지에 붙인다.

올랜도　나의 노래여, 거기 걸려서 내 사랑의 증거가 되어 다오. 그리고 세 개의 관을 쓰는 밤의 여왕이신 달님이여, 천상의 궤도에서 순결한 눈길로 봐주소서. 나의 생명을 지배하는 여인이며 사냥꾼 로잘린드라는 이름을……. 오, 로잘린드여. 이 나무를 수첩 삼아 나무껍질에 내 생각을 새겨 놓겠소. 이 숲속에서 사는 모든 눈길이 그대의 미덕을 곳곳에서 알아보도록……. 뛰어라, 올랜도야. 아름답고 정숙하며 말로는 다 표현하지 못할 그녀의 이름을 모든 나무에다 새겨 놓자꾸나. (퇴장)

코린과 터치스턴 등장.

코린　터치스턴, 이 양치기 생활은 마음에 드오?

터치스턴　음, 이런 생활이라는 점에서는 썩 좋지만 양치기라는 점에 있어선 형편없어요. 고독한 점은 퍽 마음에 들지만 너무 적적한 점에 있어선 영 글렀어요. 그리고 전원생활이라는 점은 재미있지만 궁정 생활이 아닌 점은 역시 지루하단 말이죠. 검소한 생활이라 내 기분에는 썩 맞지만 풍족하지는 못해 내 뱃속에서 쪼르륵 소리가 나니 탈이오. 그런데 이봐요, 양치기. 당신은 철학이 있소?

코린　나야 뭘 알겠소만 이 정도는 알고 있죠. 사람이란 병이 깊을수록 고통이 심해지고, 돈과 힘과 만족이 없으면 좋은 친구 셋을 잃는 거나 마찬가지죠. 비의 본질은 적시는 것이요, 불의 본질은 태우는 것이요, 좋은 목장에서는 양들이 살찌고, 밤이 어두운 가장 큰 이유는 해가 없는 탓이요, 천성적으로 지혜가 없는 사람은 멍청한 종자이기 때문이고, 교육을 제대로 받지 못해 지혜가 모자라는 사람은 가문이 시원치 못해서 그렇다고 불평한다는 정도는 알고 있어요.

터치스턴 거참, 천성의 어릿광대 철학자가 아니신가. 양치기, 궁정에서 지내봤소?

코린 아니, 천만에요.

터치스턴 그렇다면 당신은 지옥행이군.

코린 설마…….

터치스턴 정말 지옥행이오, 한쪽만 구워진 달걀이니.

코린 궁정에서 지내보지 못했다고 해서? 그 까닭이나 좀 들어 봅시다.

터치스턴 궁정에서 지내보지 않았다면 예절은 모를 것 아니오. 예절을 모른다면 행실이 나쁠 것 아니오. 그런데 나쁜 행실은 죄악이거든. 죄악은 곧 지옥행이오. 여보, 양치기, 당신은 지금 위험한 상태에 놓여 있소.

코린 천만에, 터치스턴. 궁정의 예의범절이란 시골에서는 우습게만 보이오. 시골에서의 행동이 궁정에 가면 조롱거리가 되다시피. 당신 말마따나 궁정에서는 인사 예절로 손에 키스를 한다지만 양치기한테 그런 인사라면 불결한 게 아니겠소?

터치스턴 이유를 대 봐요, 어서.

코린 그야 우린 항상 양을 만지고 있잖소. 그런데 알다시피 양털은 기름지거든요.

터치스턴 그렇다면 궁정 사람의 손에선 땀이 안 나는가? 양 기름이나 사람의 땀이나 마찬가지잖소? 천박하오, 천박해. 더 좋은 예를 말해 봐요, 어서.

코린 게다가 우리들 손은 거칠거든요.

터치스턴 그렇다면 입술의 감촉은 더욱 예민할 것 아닌가? 역시 천박해. 좀더 고상한 예를, 어서요.

코린   그리고 양의 상처를 치료하다 보면 손은 송진 투성이인데, 그래 송진에 키스하란 말이오? 궁정 사람의 손에서는 사향의 좋은 향기가 난다는데…….

터치스턴   참 천박한 사람이로군! 좋은 고깃덩이에 비하면 당신은 구더기밥이야! 현인에게 배워서 분별 좀 차리시오. 사향은 송진보다도 천한 물건이잖소. 고양이의 더러운 배설물이거든. 이봐요, 양치기. 다른 예를 말해 봐요.

코린   당신의 논리에 난 손들겠소이다.

터치스턴   그럼 지옥행도 불사하겠단 말인가? 하느님, 이 천박한 자를 도와주소서! 하느님, 이자를 개선 시켜 주소서! 원체 나쁜 바탕이니까요.

코린   이봐요, 난 상일꾼이외다. 내가 일을 해서 먹고 입으며, 누굴 미워하지도 않고 남의 행복을 샘내지도 않으며, 남의 좋은 일은 기뻐하면서 나의 고통일랑 참는 사람이외다. 나의 가장 큰 자랑거리는 풀을 뜯어먹은 암양의 젖을 빠는 새끼 양들 모습을 지켜보는 것이라오.

터치스턴   그게 당신의 또 하나의 어리석은 죄란 말이오. 암양과 숫양을 한군데다 몰아붙여 밥벌이를 하다니……. 방울 단 거세한 양의 뚜쟁이 노릇이나 하고, 태어난 지 열두 달짜리 어린 암양을 당치도 않게 속여서는 대가리가 구부러져 버림받은 늙은 숫양에게 갖다 붙이고, 그래, 이래도 지옥행이 아니라면 악마조차도 양치기는 딱 질색일걸. 그래도 피할 수만 있다면 피해 보라고!

코린   아, 개미니드 나리가 오십니다. 저의 새 주인의 오빠되시죠.

　　로잘린드는 이들이 있는 것을 몰라보고, 다가와서 나무에 걸린 종이를 떼어 읽기 시작한다.

로잘린드   (읽는다)

　　　　동인도에서 서인도를 거쳐 다 찾아봐도

　　　　그녀 같은 보석은 없도다, 로잘린드

　　　　그녀의 가치는 바람을 타고

　　　　온 천하에 전해지도다, 로잘린드

　　　　아무리 잘 그려진 그림도

　　　　그녀에 비하면 추하도다, 로잘린드

　　　　다른 어떤 얼굴도 마음에 두지 말고

　　　　그녀의 아름다운 모습만 생각하자꾸나, 로잘린드

터치스턴   (지팡이로 로잘린드의 팔을 툭 치면서) 그런 식의 노래라면 나는 여덟 해라도 계속해서 지어내겠는걸요. 점심과 저녁 식사 때와 잠잘 때만 빼놓고. 이건 마치 버터 장수 아낙네들이 시장에 가는 것만큼 촌스럽군.

로잘린드   저리 가, 바보 같으니…….

터치스턴   예를 하나 들죠. (노래조로)

　　　　수사슴이 암사슴 그리울 때면

　　　　와서 찾아라, 로잘린드

　　　　고양이가 짝을 찾으면

　　　　누구 못지않게 연애를 한다, 로잘린드

　　　　겨울옷에는 안을 넣어야지

　　　　홀쭉한 그녀도 안을 넣어야지, 로잘린드

　　　　베어서 볏단으로 묶어

　　　　마차에 싣자꾸나, 로잘린드

　　　　다디단 알맹이와 쓰디쓴 껍질

　　　　그런 열매로다, 로잘린드

향긋한 장미꽃 찾는 남자는
사랑의 가시 만나리라, 로잘린드

이건 막가는 식의 엉터리 노래지만, 대체 어쩌다가 그런 나쁜 물이 든 게요?

로잘린드 쉿, 미련한 어릿광대 같으니……. 이건 내가 나무 위에서 발견한 거야.

터치스턴 거참, 나쁜 열매가 열리는 나무로군.

로잘린드 그 나무를 그대한테 접붙였다가 다시 또 모과나무에 접붙일 테야. 그렇게 하면 이곳에서 제일 먼저 열매를 맺을 게 아냐. 그러면 그대는 반도 채 익기 전에 썩어버리겠지. 그게 모과나무의 특성이니까.

터치스턴 말씀 잘하셨군. 하지만 그 말을 잘하셨는지 못하셨는지는 이 숲에게 판단하라고 합시다.

실리아가 다가오며 역시 종이쪽지를 읽고 있다.

로잘린드 잠깐! 동생이 뭔가 읽으면서 오는군. 우린 좀 비켜요. (두 사람이 나무 뒤로 숨는다)

실리아 (읽는다)

이곳은 왜 이렇게 쓸쓸할까
사람이 살지 않기 때문에? 아니다
나무마다 글귀를 걸어
세련된 말들을 노래하게 해야지
방랑의 순례 끝나도
한 뼘밖에 안 되는
짧은 인생을 노래하게 하고

혹은 친구 사이에 깨진
영혼의 맹세를 노래하게 하자
그러나 예쁜 나뭇가지에나
좋은 글귀마다
로잘린드 이름을 적어 놓고
읽는 사람 누구에게나 알리자꾸나

하늘은 그 작은 몸에
온갖 정령의 정수를 보여 주시니
하늘은 자연에게 명하여
세상의 모든 아름다움을 모아다
하나의 몸에 채우게 했도다
그리하여 자연이 정수를 빼내니
헬레네의 마음이 아닌 예쁜 볼을
클레오파트라의 존엄을
애틀랜타의 아름다움을
루크리스의 정숙함을
이렇게 로잘린드는
신들의 정성으로 말미암아
얼굴이나 눈이나 마음이나
다시없이 훌륭하게 만들어졌도다.
하느님은 그녀에게 아름다움을 주시고
나는 그녀의 노예로 살다 죽으리라

터치스턴 오, 친절한 연설가여! 그렇게 지루한 사랑의 연설로 청중들을
괴롭히면서도 '여러분! 좀 참아 주시오.' 라는 말조차 하지 않다니.

실리아 (깜짝 놀라서 돌아보다 종이쪽지를 떨어뜨린다) 어머나, 이렇게 숨어서들! 코린, 저쪽으로 가요. 그리고 어릿광대도 저리 가 있어.

터치스턴 이봐요, 양치기. 우린 당당하게 퇴각합시다. 휘장이 아니면 배낭이라도 들고서. (종이쪽지를 주워 들고 코린과 함께 퇴장)

실리아 그 노래 들었어요?

로잘린드 응, 들었지. 너무 많이 들었어. 글쎄 그중에 어떤 노래는 운각(韻脚)이 너무 지나칠 정도야.

실리아 그건 상관없어요. 운각이 노래를 살리잖아요.

로잘린드 하지만 운각이 절름발이라 뜻은 전하지 못하고 노래 속에서 절룩거리기만 하잖아.

실리아 어쨌든 언니 이름이 근처 나무마다 새겨져 있고 언니에 대한 글귀가 걸려 있는 것을 보고 놀라지 않았어요?

로잘린드 네가 오기 전부터 이미 놀라고 있었단다. 글쎄 이것 좀 봐. 여기 이 종려나무 위에도 걸려 있잖니. 윤회설을 말한 피타고라스 시대 이후 이렇게 내 이름이 노래 불린 건 처음이야. 기억할 수는 없지만 그 당시에 난 아이레의 쥐였을지도 모르지.

실리아 누가 이런 짓을 했는지 알아요?

로잘린드 남자일까?

실리아 예전에 언니가 준 목걸이를 차고 있는 사람이 있지요! 어머나, 언니 안색이 달라지네!

로잘린드 그 사람이 누구지?

실리아 오, 하느님, 하느님! 친구와 친구가 만나기는 어려운 일이에요. 하지만 산과 산은 지진으로 움직여 만날 수도 있어요.

로잘린드 얘, 정말 누구냐 말이야!

실리아 설마 언니가 모를라고?

로잘린드 정말 간절히 부탁하니 좀 말해 줘.

실리아 어머나, 이상도 해라. 어쩌면 이럴 수 있을까! 아, 정말 이상해. 뭐라고 말할 수조차 없을 정도로 이상해!

로잘린드 어머나, 내 얼굴을 좀 봐! 내가 조끼와 바지를 입고 있다고 마음까지 남자로 변해 있는 줄 아니? 더 이상 지체하는 건 남태평양 항해만큼이나 지루한 일이야. 제발 어서 좀 말해 봐, 그 사람이 누구인지, 어서. 더듬거리다가 네 입에서 그 비밀의 이름이 쏟아져 나와 줬으면 좋겠구나. 꽉 막힌 좁다란 병목에서 술이 한꺼번에 쏟아져 나오듯이 말이야. 자, 빨리 네 입의 마개를 빼, 그 소식을 마실 수 있게.

실리아 그분을 언니 뱃속에다 넣어버리게요?

로잘린드 그 역시 하느님이 만드신 사람이지? 그이는 대체 어떤 사람이지? 머리에 모자가 어울릴 만한 사람인가? 턱에 수염이 어울릴 만한 사람인가?

실리아 아냐, 수염은 조금 나 있을 뿐예요.

로잘린드 그이가 감사하는 마음만 있다면 수염은 하느님이 더 많이 주시겠지. 네가 그 사람의 수염 얘기로 머뭇거린다면 난 차라리 그이의 수염이 자랄 때까지 기다리겠어.

실리아 올랜도라는 젊은 분이에요. 그때 장사 씨름꾼의 뒤꿈치와 언니의 심장을 한꺼번에 넘어뜨린 젊은 사람이 있었잖아요.

로잘린드 거짓말 하면 죄받아. 그러니 얌전한 얼굴로 정직한 아가씨답게 말해 봐.

실리아 정말이야, 언니. 그분이에요.

로잘린드 올랜도?

실리아 맞아요, 올랜도.

로잘린드 어머나, 남장을 한 이 조끼와 바지를 어떡하면 좋을까? 네가 그 사람을 보았을 때 그이는 뭘 하고 있던? 뭐라고 말하던? 표정은 어땠어? 무슨 옷을 입고 있었지? 이곳엔 무슨 일로 왔을까? 내 소식을 물어보던? 지금 어디에 있니? 너와 어떻게 헤어지고 또 어떻게 만나기로 했지? 한마디로 대답해 봐.

실리아   언니 물음에 대답하자면 먼저 거인 가르간튜어의 입을 빌려야 해요. 보통 사람들의 입으로는 도저히 얘기할 수 없으니까. 질문 하나하나에 대해서 그렇다 아니다로 대답하라는 것은 교리문답보다도 더 어려워요.

로잘린드   그런데 이 숲속에서 내가 남장을 하고 있다는 걸 그이가 알고 있을까? 그인 씨름하던 그때처럼 늠름하던?

실리아   연애하는 사람의 질문에 대답하느니 차라리 수를 세는 게 더 쉽겠어요. 내가 그분을 발견한 것을 고맙게 생각하고 잘 들어요. 내가 볼 때 그분은 나무에서 떨어진 도토리 같았어요.

로잘린드   그런 열매가 떨어지는 나무라면 조브 신의 나무일지도 모르지.

실리아   내 말 좀 잘 들어 봐요, 네?

로잘린드   어디 말해 봐.

실리아   그분은 상처 입은 기사처럼 나무 아래에 축 늘어져 있었어요.

로잘린드   보기엔 딱한 광경일지라도 그 배경에는 너무나 잘 어울렸을걸.

실리아   언니 혀를 좀 나무라 줘요, 함부로 날뛰잖아. 그분은 사냥꾼 옷차림을 하고 있었죠.

로잘린드   아, 불길하게! 내 심장을 맞히려고 왔나 봐.

실리아   그렇게 반주 좀 넣지 마세요. 언니가 리듬을 깨뜨리잖아!

로잘린드   난 여자잖니. 그러니 생각이 떠오르는 대로 말할 수밖에……. 얘, 어서 계속 해 봐.

올랜도와 제이퀴즈가 나무 사이로 오고 있다.

실리아   언니도 참……. 쉿, 그분이 오나 봐요!

로잘린드   그 사람이야. 몰래 숨어서 지켜보자꾸나.

실리아와 로잘린드는 나무 뒤에 숨어서 엿듣는다.

제이퀴즈   이렇게 나와 같이 있어 줘서 고맙소. 하지만 실은 나 혼자 있고 싶었다오.

올랜도   나 역시 그렇소. 하지만 댁하고의 친분을 예의로만 감사드립니다.

제이퀴즈   그럼 안녕히 가세요, 앞으로는 가능한 만나지 맙시다.

올랜도   서로 어색하게 지냅시다.

제이퀴즈   그렇지만 제발 나무껍질에 연가(戀歌)를 새겨서 나무를 상하게는 하지 마시오.

올랜도   당신도 제발 내 노래를 엉터리로 읊어 상하게 하지 마시오.

제이퀴즈   로잘린드가 당신 애인 이름이오?

올랜도   그렇소.

제이퀴즈   그 이름이 마음에 들지 않는군.

올랜도   당신 마음에 들도록 이름을 지은 것은 아니었으니까요.

제이퀴즈   키는 얼마나 되오?

올랜도   꼭 내 가슴에 닿는 키요.

제이퀴즈   대답이 참 근사하군. 그런 말은 대장장이 아낙네들과 사귈 때 반지에 새긴 문구를 외운 게 아니오?

올랜도   천만에요. 그저 벽걸이에 있는 글귀대로 대답하고 있을 뿐입니다. 댁의 질문도 거기에서 배운 것 아닙니까?

제이퀴즈　머리가 잘 돌아가는군. 그대의 재치는 발이 빠른 애틀랜타의 뒤축으로 된 모양이군요. 자, 우리 이곳에 앉아서 인생의 주인이라고나 할 이 세상과 우리들의 불행에 대해 실컷 욕이나 합시다.

올랜도　이 세상에 나 이외는 아무도 욕하고 싶지 않습니다. 나 자신이야 말로 가장 많이 비난 받을 사람입니다.

제이퀴즈　당신의 가장 큰 결점은 연애를 하고 있다는 점이오.

올랜도　그 결점을 당신이 가진 가장 좋은 미덕하고도 바꾸지 않을 거요……. 당신은 답답한 사람이군.

제이퀴즈　실은 어떤 어릿광대를 찾고 있던 중에 당신을 만난 거요.

올랜도　그 어릿광대는 개울에 빠졌답니다. 들여다보시오, 보일 테니.

제이퀴즈　그렇다면 내 자신의 모습이 보일 테지.

올랜도　그 모습이란 게 바보 아니면 영(零)이란 말이오.

제이퀴즈　당신과는 이만 헤어지겠소. 안녕히 계시오, 연애하는 양반. (인사를 한다)

올랜도　떠나 준다니 고맙소. (인사를 한다) 잘 가시오, 우울한 양반. (제이퀴즈 퇴장)

로잘린드　(실리아에게) 되바라진 시동 행세로 저이한테 말을 걸어 장난 좀 칠 테야. (큰 소리로) 이봐요, 사냥꾼 양반!

올랜도　무슨 일이요?

로잘린드　지금이 몇 시인가요?

올랜도　차라리 지금이 며칠인지나 물어보시지, 이 숲속에 시계가 어디 있다고.

로잘린드　그럼 이 숲속에 진짜 연인은 없나 보죠. 그런 사람이 있다면 1분마다 한숨과 1시간마다 신음 소리가 시간의 느린 걸음을 시계처럼 정확히 맞출 수 있을 텐데.

올랜도   시간의 빠른 걸음이라고 하면 안 되는가요? 그런 표현이 더 알맞을 텐데?

로잘린드   절대로 그렇지 않죠. 시간의 걸음은 사람마다 달라요. 시간이란 어떤 분하고는 천천히 걷고 어떤 분과는 빠르게 걷다가 어떤 분하고는 달리기도 하며 어떤 분과는 조용히 멈추기도 한답니다.

올랜도   대체 어떤 사람의 경우에 시간이 천천히 걷는 거요?

로잘린드   젊은 아가씨의 약혼과 결혼 날 사이에서는 천천히 걷지요. 그 사이가 이레밖에 되지 않는다 해도 시간의 속도는 어찌나 느린지 7년처럼 길게 생각되는 법이랍니다.

올랜도   그럼 어떤 사람의 경우에 시간이 빨리 걷는 거요?

로잘린드   라틴어를 모르는 목사나 통풍(通風)을 앓지 않는 부자의 경우가 그래요. 그런 목사는 공부할 수 없으니 잠을 잘 자고, 그런 부자는 아프지 않으니 즐겁게 살잖아요. 목사는 살을 축내며 쓸데없는 공부를 할 필요가 없고, 부자는 비참하고 지루한 가난의 고생을 모르거든요. 그럴 때 시간은 빨리 가는 법이에요.

올랜도   그럼 어떤 사람의 경우에 마구 달리는 거요?

로잘린드   교수대로 끌려가는 강도가 그러겠지. 아무리 천천히 발을 옮겨 디뎌도 순식간에 도착하는 것 같거든요.

올랜도   그럼 어떤 경우에 시간은 조용히 멈춘 것 같을까요?

로잘린드   휴정 중의 판사가 그래요. 개정(開政)과 개정 사이는 잠을 잘 테니 시간이 어떻게 움직이는지도 모르거든요.

올랜도   귀여운 젊은이는 어디 사시오?

로잘린드   누이동생인 저 목동 아가씨와 함께 숲 근처, 속치마 가장자리 같은 곳에서 살고 있지요.

올랜도　이곳 출신인가요?

로잘린드　글쎄요, 토끼가 자기 태어난 곳에서 살고 있듯이.

올랜도　그렇지만 이렇게 외딴 곳에서 배운 말씨치곤 좀 고상한데.

로잘린드　흔히들 그런 말을 하지요. 실은 저의 아저씨인 늙은 목사님이 계시는데 그 어른한테 배웠어요. 젊은 시절에 성에서 지내셨는데 그곳에서 연애도 해 봐서 그런 격식도 잘 알고 계시죠. 나는 그 어른이 연애에 대해 비판하시는 것을 여러 번 들었죠. 여성 전체를 싸잡아 비난하며 끔찍한 죄악의 명칭을 뒤집어씌웠는데 다행히 내가 여자가 아닌 것을 하느님께 감사했었죠.

올랜도　그럼 그분이 여자의 죄악이라고 비난한 것 중에 중요한 점을 기억하고 있소?

로잘린드　중요한 것이라곤 하나도 없었어요. 모두 반 푼짜리 동전처럼 그저 그렇지만 다른 결점 또한 못지않게 망측하거든요.

올랜도　그중 몇 가지만이라도 얘기해 줄 수 없을까?

로잘린드　싫어요, 괜히 상사병에 걸리지 않은 사람한테까지 내 치료법을 말해 주긴 싫어요……. 글쎄, 어떤 남자가 이 숲을 돌아다니면서 나무껍질에다 '로잘린드'라는 이름을 새겨 어린 나무들을 망치면서 모과나무에 시를 걸어 놓기도 하고 가시덤불에 비가(非歌)를 걸어 놓기도 하는데 그게 모두 로잘린드라는 이름을 찬미하는 노래들이랍니다. 그 연애쟁이를 만나면 좋은 처방을 가르쳐 줄 생각입니다. 그 남자는 아마 상사병에 걸린 모양이니까요.

올랜도　내가 바로 사랑의 열병에 걸린 그 사람이오. 제발 좀 치료법을……

로잘린드　우리 아저씨가 말하던 증세를 당신에게선 전혀 볼 수 없는걸요. 사랑에 빠진 남자를 알아보는 방법을 아저씨가 가르쳐주셨는데 당신은 확실히 사랑의 동심초 바구니 속에 갇힌 사람 같지가 않아요.

올랜도　그 증세란 건 어떤 거요?

로잘린드　볼이 여윈다는데 당신은 안 그렇잖아요. 얘기하기도 싫어한다는데 당신은 안 그래요. 수염도 깎지 않는다는데 당신은 안 그러네요. 하지만 이 점은 용서해 드리겠어요. 당신 수염은 막내의 유산 몫처럼 얼마 되지 않으니까요. 그 다음에 당신의 긴 양말은 매어 있지 않아야 하고 모자 끈도 풀어지며 소매의 단추는 끌러져 있고 구두끈도 풀어져 있어야 할 것 아녜요. 그런데 당신은 그렇지 않아요. 아니, 오히려 말쑥한 옷차림에다가 남을 사랑하고 있는 사람이라기보다는 당신 자신을 사랑하는 사람 같은걸요.

올랜도　이봐, 내가 사랑에 빠져 있다는 걸 그대가 믿어 줬으면 좋겠어.

로잘린드　내가 그걸 어떻게 믿어요! 차라리 당신이 사랑하는 그 여자더러 믿어 달라는 것이 더 빠를 거예요. 그 점에 대해서는 내가 보증하지만 그 여자가 말은 하지 않더라도 당신을 믿어 줄 거요. 여자들의 바로 이런 점이 본의 아니게 양심을 속이고 있는 이유랄까……. 그런데 정말로 당신이 로잘린드를 찬미하는 시를 적어 나뭇가지에 걸어 놓은 분이신가요?

올랜도　로잘린드의 하얀 손에 두고 맹세하지만 내가 바로 그 불행한 사람이라네.

로잘린드　노래의 내용처럼 그토록 열렬히 사랑을 하시나요?

올랜도　노래나 이론을 가지고는 그 정도를 모두 표현할 수는 없지.

로잘린드　사랑은 광기에 불과해요. 그러니 미치광이한테 하듯이 어두운 방에 가두어 매로 때려야 해요. 그런데 왜 매질로 연인을 치료하지 않느냐면 이 광증이 너무 흔해서 매를 드는 사람 역시 사랑에 빠져 있으니까 그렇죠. 하지만 난 충고만으로도 사랑의 광증을 치료할 수 있어요.

올랜도　그렇게 치료해 본 경험이 있나?

로잘린드   한 사람 있어요. 이렇게 했지요. 그 사람에게 날 자기의 연인으로 생각하라고 시키고 매일 내게 구애를 하게 했어요. 그런데 난 변덕쟁이라 그때그때 경우에 따라 슬퍼하기도 하고 나약한 척도 하고 변덕스럽게 굴어도 보고, 그리워하며 좋아하기도 하고 거만을 떨기도 하고 별나게 굴기도 하고 장난을 치는 등 경박해 보이기도 했으며 허약하게도 보이고 눈물을 흘리다 벙실벙실 웃는 등 온갖 감정을 조금씩 내보였지만 사실 어떤 감정도 진짜는 아니었지요. 소년들이나 여자들은 대개 그런 종류의 철없는 동물이기 때문에 언세는 누굴 좋아하다가도 금방 싫증내고 환대하다가도 금세 모르는 체하고 그 사람 때문에 울다가도 금방 침을 뱉곤 하잖아요. 이렇게 해서 난 사랑의 광증에 빠진 그 사람을 진짜 미치광이로 몰아넣었었지요. 그래서 분주한 세상사를 완전히 버리고 수도원 구석에서 살게 됐으니 말이에요. 결국 그렇게 치료를 한 셈이지요. 역시 같은 처방으로 당신의 간을 성한 양 심장처럼 말끔히 씻어서 사랑의 티는 한 점도 없게 해 드릴게요.

올랜도   난 그렇게 치료 받고 싶지 않은데.

로잘린드   나를 로잘린드라고 부르면서 날마다 우리 목장의 양 우리에 와서 구애를 하세요. 그러면 치료해 드릴게요.

올랜도   진정한 나의 사랑에 맹세하고 그렇게 해 보겠어. 그래, 어디에 살고 있지?

로잘린드   같이 가시죠, 안내해 드릴 테니. 그런데 당신은 숲속 어디에 살고 계세요? 자, 가보실까요.

올랜도   아무렴, 즐거이 가보고말고. 친절한 청년.

로잘린드   아녜요, 날 로잘린드라고 부르셔야죠. (실리아에게) 애, 가자. (세 사람 퇴장)

제3막 제3장

며칠이 지났다.

양 우리 근처의 공터.

터치스턴과 오드리가 들어온다. 뒤에 좀 떨어져서 제이퀴즈가 따라 들어온다.

터치스턴 이봐, 오드리. 얼른 와요. 염소는 내가 끌어다 줄게. 이봐, 오드리. 역시 내가 호남자지? 조촐한 내 용모가 맘에 들지?

오드리 당신의 용모가? 어머나! 어떤 용모 말예요?

터치스턴 내가 여기 너와 네 염소랑 함께 있는 건 변덕쟁이 시인이며 정직한 오비드가 염소 같은 야만족 고트인과 함께 있는 격이랄까.

제이퀴즈 (방백) 당치도 않은 소리 하는 저 자식 좀 보게! 조브 신이 오두막집에 내려와서 사는 격이랄까!

터치스턴 나의 시가 이해되지 못하거나 나의 훌륭한 기지가 영리한 이해로 뒷받침되지 않는다면 그건 싸구려 여관방에 묵으면서 비싼 방값을 치르는 것처럼 고약한 일이지. 정말이지 하느님이 너를 시적(時的)으로 만들어 주셨더라면 좋았을 것을.

오드리 시적이란 건 뭔가요? 언행이 정직한 것? 겉보기만이 아닌 참된 것?

터치스턴 아니야, 그렇지 않아. 참된 시란 가장 거짓되니 말이야. 연인들은 시에 매혹되고 시를 두고 맹세를 하지만 그건 다 연인들의 거짓말이야.

오드리 그 때문에 하느님이 절 시적으로 만들어 주셨으면 하는군요.

터치스턴 그렇지. 넌 품행이 단정하다고 내게 맹세하지만 네가 만약 시인이라면 그게 거짓말이라는 희망도 가져볼 게 아니냐 말이야.

오드리 품행이 단정하면 안 되나요?

터치스턴 안 되고말고. 네 얼굴이 못생겼다면 모르지만 예쁜 얼굴에다 품행까지 단정하다면 설탕에다 꿀을 가미하는 셈이니까.

제이퀴즈 (방백) 어릿광대가 여간내기가 아닌걸!

오드리 하지만 전 예쁜 얼굴이 아니잖아요. 그러니 정숙한 여자이기를 하느님께 기원한답니다.

터치스턴 사실 못생긴 창녀에게 정숙을 주는 건 더러운 접시에다 맛좋은 고기를 담는 격이랄까.

오드리 전 창녀는 아니에요. 하느님 덕분에 못생기긴 했지만.

터치스턴 그렇다면 네가 못생긴 데 대해 하느님을 찬미하자꾸나! (방백) 창녀가 될 지도 모르지. 그건 그렇고, 나는 너랑 결혼하겠다. 이웃 마을의 올리버 마텍스트 목사님께 부탁했는데 이곳까지 와서 우리를 결혼시켜 주기로 했지.

제이퀴즈 그 결혼식을 좀 구경하고 싶군.

오드리 아, 하느님. 기쁨을 내려주소서!

터치스턴 아멘. 겁 많은 사내 같으면 대개는 망설이다 말 거야. 여긴 교회도 없고 나무만 있잖아. 뿔이 난 짐승들말고 하객도 없으니 말이야. 하지만 그게 다 무슨 상관이야? 용기를 내자구! 뿔이란 징그럽기는 하지만 요긴한 물건이거든. 부자의 욕심은 끝이 없다지 않나. 사실 좋은 뿔을 헤아릴 수 없을 만큼 많이 가진 사내들도 많고말고. 그런데 그건 여편네의 지참금이지 제 것은 아니거든. 오쟁이 지고 돋친 뿔? 그야 그렇지. 그럼 가난뱅이들의 독점물인가? 아냐, 아냐, 아무리 초라한 사슴도 고상한 사슴 못지않게 커다란 뿔을 갖고 있지 않은가. 그럼 홀아비가 가장 행복하단 말인가? 아니지, 성벽으로 둘러쌓인 도시가 시골보다는 훌륭하듯이 결혼한 사내의 뿔난 이마가 총각의 맨송맨송한 이마보단 낫지. 맨손보다는 방어물이 있는 편이 낫듯이 뿔도 없는 것보다는 있는 것이 훨씬 더 좋고말고! (올리버 마텍스트 목사가 다가온다) 아, 올리버 목사님이 오시는군. 올리버 마텍스트 목사님, 잘 오셨습니다. 그럼 이 나무 아래에서 진행을 해 주시겠습니까, 아니면 교회로 같이 가실까요?

올리버 목사 이 부인을 인도해 주는 사람은 없소?

터치스턴 난 누구에게 넘겨받기는 싫습니다.

올리버 목사 그렇지만 인도해 줄 사람이 있어야 하오. 없다면 이 결혼은 합법적이 아닙니다.

제이퀴즈 (앞으로 나와 모자를 벗으며) 어서 시작하시죠, 제가 인도해 드리겠습니다.

터치스턴 누구신지는 모르지만 안녕하시오? 참 잘 오셨습니다. 하느님 덕택에 지난번에도 뵈었지만……, 이렇게 또 만나니 참 기쁘군요. 하찮은 장난인데요, 뭐. 모자는 쓰시죠.

제이퀴즈 결혼을 하려고, 어릿광대 양반?

터치스턴 소는 멍에를, 말은 재갈을, 그리고 매는 방울을 갖고 있듯이 사람은 욕정을 갖고 있거든요. 비둘기도 입을 맞추듯이 남녀도 역시 그렇거든요.

제이퀴즈 그래, 교양이 있는 사람이 부랑아처럼 덤불 아래에서 결혼을 할 참이오? 교회로 가서 결혼에 대해 잘 아는 훌륭한 목사님께 부탁하시오. 이 목사는 그저 널빤지를 붙이듯이 당신들을 붙여 놓을 테니. 그렇게 되면 결국 어느 한쪽은 널빤지같이 오그라들고 다른 한쪽은 생나무같이 휘고 말걸.

터치스턴 (방백) 그렇다 해도 다른 분보다는 이 목사에게 결혼시켜 달라는 게 좋은데……. 이분이 정식 결혼은 안 시켜 줄 테니 말이야. 정식 결혼이 아니라야 나중에 여편네를 버리더라도 좋은 구실이 될 것 아닌가.

제이퀴즈　자, 같이 가봅시다, 충고해 줄 얘기가 있으니까.

터치스턴　갑시다, 예쁜 오드리. 우린 결혼해야 해, 그렇지 않으면 야합이나 할 수밖에……. 그럼 나중에 뵙시다, 올리버 목사님. 그런데 그게 아니라……, (노래하며 춤을 춘다)

　　　　　오, 달콤한 올리버여

　　　　　오, 용삼한 올리버여

　　　　　날 버리지 말아 다오.

　　　　　그게 아니라……,

　　　　　가버려라

　　　　　없어져라

　　　　　네게 결혼 부탁 않을 테니.

(춤을 추면서 퇴장. 제이퀴즈와 오드리도 따라 퇴장)

올리버 목사　쳇, 상관없어. 저런 미친 것들이 모욕한다고 내 성직마저 모욕 당할까 보냐. (퇴장)

제3막 제4장

숲속.

로잘린드와 실리아가 오두막집 앞길을 오고 있다. 로잘린드가 오다가 언덕에 주저앉는다.

로잘린드　아무 얘기도 하지 마, 난 울고 싶으니까.

실리아 실컷 울어도 돼요. 하지만 남자에게 눈물은 어울리지 않는다는 지각쯤은 가져요.

로잘린드 내가 울 만한 이유가 없단 말이니?

실리아 이유야 충분히 있죠.

로잘린드 그의 머리칼 빛깔부터가 새빨간 거짓이란 말이야.

실리아 예수님을 팔아먹은 가룟 유다의 빨간 머리칼보다도 더 진해요. 그러니 그의 키스는 가룟 유다처럼 똑같이 허위일 거예요.

로잘린드 그의 머리 빛깔은 정말 좋아.

실리아 좋은 빛깔이고말고요. 아마 밤[栗] 빛보다 더 좋은 빛깔은 없으니까요.

로잘린드 그리고 그의 키스는 성찬의 빵에 닿는 것처럼 신성할걸.

실리아 달의 여신 다이애나가 내버린 입술을 사셨나 보죠. 차디찬 수도원의 수녀도 그렇게까지 정숙하게 키스하진 않아요. 그의 키스엔 얼음장 같은 정숙함이 들어 있을 거예요.

로잘린드 그런데 그분은 오늘 아침에 오겠다고 맹세해 놓고서 왜 오지 않을까?

실리아 그것 봐요, 성실하지 않은 분이지 뭐예요.

로잘린드 그렇게 생각하니?

실리아 음, 물론 소매치기나 말 도둑 따위는 아니겠지만, 진실 된 사랑이라는 점에서는 뚜껑을 덮은 빈 술잔이나 벌레 먹은 호두처럼 속이 텅 비어 있나 봐요.

로잘린드 그의 사랑이 진실하지 못하단 말이니?

실리아 음, 사랑을 하고 있을 때는 모르지만 지금은 아마 사랑을 하고 있지 않은 것 같아요.

로잘린드 너도 들었으면서…… . 사랑한다고 굳게 맹세했는걸.

실리아 듣긴 들었지만 지금 그렇다는 건 아니잖아요. 더구나 애인의 맹세란 술집 심부름꾼의 말과 같아서 서로 다른 계산서를 가지고 억지를 쓰는 격이지요. 그는 이 숲속에서 언니 아버지인 전 공작님의 시중을 들고 있다면서요.

로잘린드 나도 어제 공작님을 만나서 많은 얘기를 나눴어. 내 가문을 물으시기에 나도 공작님 못지않은 가문이라고 대답했더니 웃으시며 잘 가라고 하시는 거야. 그런데 가문 얘기를 해서 뭘 하려고? 올랜도 같은 분이 있는 이런 때에.

실리아 아, 근사한 분이기도 하지. 근사하게 노래도 짓고 말솜씨도 근사하고, 근사한 맹세를 했다가 근사하게 깨뜨려 연인의 가슴을 조각내 놓고. 미숙한 기사가 말의 한쪽 배에만 박차를 넣어 달리다 창을 부러뜨리듯이 말예요. 하지만 어리석음이 이끌고 젊은 혈기가 뛰는 건 모두 근사하지 뭐야. 어머, 누가 오네!

코린이 다가와서 인사를 한다.

코린 아가씨, 그리고 도련님. 두 분께서 궁금해 하시던 사랑에 고민하는 그 목동 말입니다. 언젠가 저하고 잔디밭에 앉아 있을 때 사람을 깔보는 건방진 양치기 아가씨를 그 목동이 찬양하는 것을 보셨지요?

실리아 아니, 그 사람이 어쨌단 말인가요?

코린 순정으로 창백해진 얼굴빛과 멸시와 거만으로 붉어진 얼굴빛 사이에 벌어지는 구경을 보고 싶거든 같이 가보세요. 안내해 드릴 테니.

로잘린드 얼른 가보자. 연인들을 구경하는 건 연애하는 사람들의 위안이 되거든. 그곳으로 안내해 줘요. 정말이지 나도 그 연극에 한몫 끼어 볼 거야. (모두 퇴장)

제3막 제5장

숲의 다른 곳.
실비어스가 피비의 뒤를 따르며 애걸을 하고 있다.

실비어스 (무릎을 꿇고) 아름다운 피비, 제발 날 비웃지 마. 피비, 날 사랑하지 않는다고 해도 좋으니 제발 말이라도 매정하게 하지 마. 사형에 익숙한 집행인의 마음이 돌 같으면서도 사형수의 수그린 목에 도끼를 대기 전에 먼저 용서를 청한다잖아. 어떻게 네가 피로 밥을 벌어먹는 사형 집행인보다 더 무자비할 수 있겠어?

로잘린드, 실리아, 코린, 뒤쪽으로 몰래 다가온다.

피비 난 너의 사형 집행인은 되고 싶지 않아. 난 네게 해를 주고 싶지 않아서 널 피하는 거야! 내 눈에 살기가 있다지만……. 재미있고 근사하고 참 그럴 듯한 말이군. 둘도 없이 연약하고 부드러운 이 눈길이, 티끌조차 겁이 나서 문을 닫는 이 눈이, 폭군이니 백정이니 살인자니 하는 말을 듣다니! 정말 그렇다면 있는 힘을 다해 널 노려볼 거야. 이 눈이 상처를 입힐 힘이 있다면 널 죽일 수도 있을 거야. 자, 기절한 척 나자빠져 봐. 그럴 수도 없어 부끄러운 줄 알면 내 눈에 살기가 있다는 둥 그런 거짓말은 하지 마! 내 눈이 상처를 입혔다면 어디 보여 줘. 바늘에 긁히기만 해도 상처는 남는 법이야, 잠시 동안이라도 동심초 위에 기대면 눌린 자국이 눈에 띌 정도로 남는 법이고. 그렇지만 내 눈은 아무리 너를 쏘아봐도 상처를 내지 않을 뿐 아니라 정말이지 상처를 낼 힘이 내 눈에는 없다구!

실비어스 아, 그리운 피비. 만약에……, 머지않아 너도 어떤 젊은이의 싱싱한 뺨에 사랑의 마력을 느낀다면 그땐 눈에 보이지는 않지만 사랑의 예리한 화살촉이 만든 상처를 알게 될 거야.

피비 그때까지는 내 곁에 오지 마. 그리고 그때가 오면 날 마음껏 조롱하고 비웃어도 좋아. 날 동정하지 않아도 돼. 나도 그때까진 널 동정하지 않을 테니까.

로잘린드 (앞으로 나오면서) 아니, 도대체 누구 딸이기에 그렇게 잘난 척을 하면서 한 순간에 저 불쌍한 남자를 모욕한단 말인가? 그렇게 예쁜 얼굴도 아니면서. 사실 내가 보기에는 촛불도 없이 침실로 가야 할 용모밖에 못 되는 주제에 어째서 그렇게 거만하고 잔인하게 굴어야만 하나? 왜 그래? 왜 그렇게 날 쏘아보나? 내가 보기에 당신의 눈은 자연이 만든 보통 상품밖에 못 되는데. 이것 보게, 이 여자는 내 눈까지 사로잡을 셈이군. 천만에, 건방진 계집애 같으니, 그 따위 생각은 아예 하지도 마! 당신의 그 먹물 같은 눈썹, 새까만 비단 같은 머리칼, 흑색 유리알 같은 눈, 크림빛 뺨을 가지고 내 마음을 사로잡겠다고? 어림없는 소리지. 이봐, 어리석은 목동. 왜 저런 여자 꽁무니를 따라다니는가? 안개 자욱한 남풍처럼 한숨과 눈물을 쏟아 가며 말이오. 저 여자보다는 당신이 천 배나 더 남자답지 않나! 당신 같은 멍청이들 때문에 못생긴 여자들이 세상에 나와서 득세를 하는 거요. 저 여자가 잘난 척하는 건 거울 탓이 아니라 당신 때문이오. 뻔히 보이는 그 얼굴을 실제보다 더 예쁘게 생겼다고 착각하는 당신 때문이오. 하지만 이봐, 아가씨. 분수를 알아야지. 무릎을 꿇고 좋은 남자의 사랑을 얻게 된 것을 하느님께 감사해요. (피비가 로잘린드에게 무릎을 꿇는다.) 아가씨 귀에 친절하게 얘기해 주겠는데 팔 수 있을 때 팔아요. 그대는 어느 시장에 내놓아도 손쉽게 팔릴 물건이 아니야. 이 사람에게 용서를 구하고 사랑을 바쳐 순순히 이 사람 말을 들으란 말이오. 못생긴 주제에 남을 비웃다니 천하에 못된 짓이지. 그러니 목동, 이 여자를 당신 것으로 만들란 말이오. 그럼.

피비   아, 사랑스러워라. 제발 1년 내내 그렇게 꾸짖어 주세요. 저이의 구애보다 당신의 꾸지람을 듣는 것이 더 좋아요.

로잘린드   (피비에게) 저 남자는 당신의 못생긴 얼굴에 반해 있고 (실비어스에게) 저 여자는 나의 호통에 반한 모양이군. 그렇다면 저 여자가 당신에게 눈살을 찌푸리는 것처럼 나도 독설로 저 여자를 욕보여 줄 테요. (피비에게) 왜 날 그런 눈초리로 보는 건가?

피비   당신을 나쁘게 생각하지 않기 때문이에요.

로잘린드   제발 나에게 반하지는 마. 난 술자리에서 하는 맹세보다 더 믿지 못할 사람이니까. 게다가 난 당신이 싫단 말이야. 내 집을 알고 싶거든 바로 이 근처 올리브나무 곁을 찾아와. (실리아에게) 그만 가자. 이봐, 목동. 열심히 구애해 봐요. 얘, 가자…… 이봐, 양치기 아가씨, 저 사람에게 좀더 잘 대해 주고 그렇게 도도하게 굴지 말라구. 세상 사람들 모두 눈이 있지만 저 사람처럼 그대에게 속고 있는 눈은 없을 거야. 자, 우리는 양떼한테 가자구. (로잘린드, 씩씩하게 걸어 나간다. 그 뒤로 실리아와 코린이 따라 나간다.)

피비   (나가는 사람들의 뒤를 빤히 바라보면서) 고인이 된 전원시인이시여, 이제야 명문구의 위력을 잘 알겠어요. '사랑하는 자, 그 누가 첫눈에 사랑하지 않았던가?'

실비어스   아름다운 나의 피비…….

피비   흥! 뭐라고, 실비어스?

실비어스   피비, 날 불쌍하게 생각해 줘.

피비   참 안되셨군요, 실비어스.

실비어스   동정이 있는 곳에 구원이 있는 법이야. 내 사랑의 아픔을 동정한다면 날 사랑함으로써 너의 미안한 마음도 내 마음의 아픔도 가실 게 아닌가.

피비 사랑해 줄게, 이웃 간의 정으로 말이야.

실비어스 난 당신을 갖고 싶어.

피비 어머나, 욕심도 과하셔……. 이봐, 네가 미웠던 적도 있었어. 그리고 지금도 널 사랑하지는 않아. 하지만 네가 사랑에 관해 좋은 얘기를 하니 이제까지는 귀찮았지만 앞으로는 꾹 참고 너의 친구가 되어 줄게. 그리고 부탁도 하겠어. 그렇지만 내 부탁을 들어주는 정도로 만족하고 더 이상의 욕심을 내지는 마.

실비어스 나의 사랑은 너무나 신성하고 완벽해. 그렇지만 난 애정에 굶주려 있으니 주인이 추수한 뒤에 떨어진 이삭을 줍는 것만으로도 크나큰 수확으로 여기겠어. 그러니 이따금 이삭과 같은 웃음이나 던져 주면 난 그거나 믿고 살지 뭐.

피비 아까 나에게 호통을 친 젊은 분을 알아?

실비어스 잘은 모르지만 가끔 만났지. 그 목동이 일하던 오두막집과 목장을 그 사람이 샀다고 하더군.

피비 내가 그 사람에 대해 물어본다고 해서 그 사람을 사랑한다고는 생각하지 말아 줘. 그 사람은 정말 건방져……. 그래도 말은 잘하더군. 말만 잘해 뭘 한담? 그래도 말을 무시할 수는 없지. 말을 잘하면 듣는 사람을 즐겁게 해 주니 말이야. 곱상한 청년이던데……, 그리 잘난 것도 없으면서 확실히 도도한 것 같아……. 그런데 그 도도함이 잘 어울리더군. 근사한 신사가 될 것 같아. 그의 얼굴은 정말 돋보여. 독설에 부아가 치밀더라도 눈을 보고 있으면 금방 화가 가라앉으니 말이야. 그리 큰 키는 아니나 —나이치고는 큰 편이지. 다리는 그저 그렇지만— 그래도 멋지잖아. 붉은 입술에 뺨은 불그레한 빛보다는 좀더 진하고 빛이 나잖아. 진홍빛과 장밋

빛의 차이랄까. 이봐. 실비어스. 다른 어떤 여자라도 나처럼 그 사람을 자세히 바라봤다면 그에게 반하고 말았을 거야. 하지만 나로선 그를 사랑하지도 미워하지도 않아. 오히려 사랑하기보다는 미워할 까닭이 더 많지. 무슨 이유로 날 그렇게 비난해야 하느냐고. 그는 내 눈이 까맣고 머리칼도 까맣다고 했어. 이제 생각해 보니 날 모욕한 거야. 왜 내가 대꾸를 하지 않았을까? 하지만 상관없어. 말하는 것을 잊었다고 해서 용서한 것은 아니니까. 그에게 비난의 편지를 쓸 테니 좀 전해 주겠어, 실비어스?

실비어스 물론 전해 주고말고.

피비 금방 쓸 거야. 머릿속과 가슴속에 있는 심정을 혹독하게 그리고 아주 냉정하게 써야지. 같이 가, 실비어스. (두 사람 퇴장)

제4막

제4막 제1장

양 우리 부근의 공터.
로잘린드, 실리아, 제이퀴즈 등장.

제이퀴즈 이봐, 잘생긴 청년, 우리 친하게 지내보자구.

로잘린드 당신은 우울한 사람이라고 말하던데요.

제이퀴즈 사실이야, 웃는 것보다 우울한 것이 더 좋거든.

로잘린드 어느 쪽이라도 지나치면 밉살스럽고 주정꾼보다 더한 악평을 받는 법이오.

제이퀴즈 슬퍼하느라 침묵을 지키는 게 나쁠 것도 없지.

로잘린드 그렇다면 차라리 기둥이 되는 게 나쁠 것도 없겠네요.

제이퀴즈 내 우울증은 시기, 질투로 비롯되는 학자의 경우가 아니네. 음악가의 공상 같은 것도 아니고 관리의 거만도 아니고 군인의 야심도 아니며, 변호사의 권모술수도 아니고 귀부인의 괴팍한 것도 아니고 연인의 변덕과도 다르니 그건 이 모든 것이 뒤범벅된 것 중에서 걸러내어 여러 요소로 되어 있는 나만의 독특한 것이오. 사실 인생의 여행길이 수많은 명상에 빠지게 하니 나의 내면을 들여다보노라면 쉽사리 우울증에 휩싸이고 만단 말이지.

로잘린드 여행길이라구요? 당신은 정말 우울증에 빠질 만하군요. 남의 토지를 구경하러 다니려고 자신의 토지는 팔아버린 사람 같아요. 그렇게 구경하러 다니다가 자기 것이 없으니 결국 눈은 부자가 되었지만 손은 가난하지 뭐요.

제이퀴즈　아무렴, 덕분에 경험만 풍부해졌어.

올랜도가 다가온다.

로잘린드　그러니까 그 경험이 당신을 우울하게 한 거예요. 나 같으면 경험을 위해 우울해 하느니보다는 차라리 어릿광대라도 곁에 두고 쾌활하게 지내겠어요. 더구나 여행까지 해서 우울함을 사다니!

올랜도　안녕하시오, 잘 있었소, 로잘린드! (로잘린드가 아는 체하지 않는다)

제이퀴즈　그대가 나의 우울증을 비난하는 노래를 하니 난 그만 가겠소. (제이퀴즈는 돌아선다)

로잘린드　안녕히 가세요, 나그네. 말은 외국어로 하고 옷은 괴상한 것을 입으시죠. 제 나라의 좋은 점을 실컷 욕하고 이 나라에 태어난 것을 한탄하고 물려받은 생김새까지도 하느님께 욕을 하시구요. 그렇지 않으면 곤돌라를 타 보셨다고 해도 믿지 않을 테니까……. (이젠 멀어져서 제이퀴즈 귀에는 들리지 않는다.) 아, 올랜도님이군! 그동안 어디에 가 있었소? 이래도 애인이라고? 한 번만 더 그렇게 날 놀리려거든 다신 내 눈앞에 나타나지 마시오.

올랜도　아름다운 로잘린드, 약속보다 한 시간도 채 늦지 않았어.

로잘린드　연인의 약속을 한 시간이나 어기다뇨? 사랑의 일인데 1분을 천으로 나누어 그 천분의 1이라도 어기는 남자라면 큐피드의 화살로 어깨나 스친 정도이지 심장은 아무렇지도 않을 거요.

올랜도　이거 봐. 용서해 달라고, 로잘린드.

로잘린드 싫습니다. 그렇게 늦게 오시려거든 앞으로는 제 눈앞에 나타나지도 말아요. 차라리 달팽이에게 구애 받는 편이 낫겠군요.

올랜도 달팽이에게?

로잘린드 그래요, 달팽이에게요. 걸음은 느리지만 머리에 집을 이고 오잖아요. 당신이 여자에게 해 주는 재산보다 몇 배 낫지요. 게다가 달팽이는 제 운명까지 머리에 이고 오거든요.

올랜도 아니, 무슨 말이지? (로잘린드가 앉는다)

로잘린드 뿔 말입니다. 당신 같은 분이 부정한 부인 때문에 돋칠 뿔 말예요. 그런데 달팽이는 집뿐만 아니라 부정한 아내 때문에 욕을 보기 전에 미리 머리에 운명의 뿔을 달고 오니까요.

올랜도 정숙한 여자라면 남편에게 오쟁이 진 뿔이 돋치게 하지는 않아. (생각에 잠겨) 나의 로잘린드는 정숙하거든.

로잘린드 음, 내가 당신의 로잘린드라구요. (올랜도의 목을 감는다)

실리아 저분은 오빠가 아닌 진짜 로잘린드를 불러 보고 싶을 거예요. 저분의 로잘린드는 좀더 예쁘겠죠.

로잘린드 자, 그럼 구혼을 해 보시죠, 어서요. 난 지금 기분이 무척 좋아서 당장이라도 승낙할 것 같아요…… 내가 만약 당신의 진짜 로잘린드라면 무슨 말부터 하시겠어요?

올랜도 말보다 먼저 키스를 하겠어.

로잘린드 아니죠. 먼저 말을 하시는 게 좋을 거예요. 그러다가 할 얘기가 없어 난처해지면 그 기회에 키스를 하실 수 있잖아요. 훌륭한 웅변가는 말문이 막히면 침을 뱉는답니다. 연인들이 —하느님, 굽어 살피소서!— 말문이 막히면 키스를 하는 게 가장 좋은 모면책이죠.

올랜도 키스를 거절당하면?

로잘린드 그러면 그대는 애원할 것이고 자연히 새로 할 말이 생기게 되지요.

올랜도　연인 앞에서 말문이 막히는 남자도 있을까?

로잘린드　글쎄 내가 진짜 그대의 애인이라면 그렇게 해 주었으면 해요. 그렇지 않으면 정숙한 여자이긴 하지만 지혜가 모자란 셈이 될 테니까.

올랜도　그렇게 되면 내 사랑의 간청은?

로잘린드　그대의 사랑은 근사해도 사랑의 간청에 대해서는 좀 곤란해요. 내가 그대의 로잘린드가 아니었던가요?

올랜도　그렇다고 해 두는 것이라도 조금은 기쁘지, 어쨌든 그녀의 얘기를 하는 것이 되니 말이야.

로잘린드　그럼 그녀를 대신해서 구혼을 거절하겠습니다.

올랜도　그럼 난 당사자로서 죽고 말겠어.

로잘린드　안 되죠, 죽으시려거든 대리인을 시켜 죽게 하세요. 천지개벽 이래 거의 육천 년이나 됐지만 그동안 당사자가 사랑 때문에 죽은 일은 한 번도 없었어요. 트로일로스는 그리스인의 몽둥이에 맞아 죽었죠. 그런데도 크레시다에 대한 사랑 때문에 죽은 것으로 알고 나중에는 연인들의 귀감이 되었답니다. 리앤더를 보더라도 연인 히어로가 수녀가 되든말든 그 무더운 여름밤만 아니었더라면 더 오래 살았을 거예요. 글쎄, 그 젊은 이는 헬레스폰트에서 수영을 하다가 다리에 쥐가 나서 죽었는데, 당대의 어리석은 역사가들은 '세스토스의 히어로' 때문에 죽었다고 했거든요. 하지만 다 거짓말이랍니다. 예로부터 많은 남자들이 죽어서 구더기의 밥이 되어 왔지만 사랑 때문에 죽은 남자는 한 명도 없었습니다.

올랜도　나의 진짜 로잘린드는 그런 마음이 아니길 바라오. 정말이지 그녀가 얼굴만 찌푸려도 죽을 것 같으니 말이야.

로잘린드　이 손에 두고 맹세하지만 얼굴을 조금 찌푸린다 해도 파리 한 마리 죽지 않습니다. (바싹 다가오면서) 그럼 이제부터는 좀더 친근한 로잘린드가 되어 드릴게요. 뭐든지 청하세요, 다 들어드리겠으니까.

올랜도 그럼 날 사랑해 줘요, 로잘린드.

로잘린드 예, 사랑해 드리죠. 금요일에도 토요일에도 아니, 어느 날이든지.

올랜도 그렇다면 날 남편으로 맞아 주겠어?

로잘린드 예, 당신 같은 분이라면 스무 명이라도요.

올랜도 뭐라고?

로잘린드 당신은 좋은 분 아니신가요?

올랜도 그렇게 생각하지만.

로잘린드 좋은 분이시라면 얼마든지 탐내도 괜찮은 것 아닌가요? (일어서면서) 애, 실리아. 목사님 대신 네가 주례를 좀 서 다오. 올랜도, 손을 이리 주세요. 왜 그러지, 실리아?

올랜도 부탁이니 주례 좀 서 주시오.

실리아 말이 안 나오는걸요.

로잘린드 '올랜도, 그대는……,' 하고 시작하는 거야.

실리아 알았어요……. 올랜도, 그대는 이 로잘린드를 아내로 맞겠는가?

올랜도 예.

로잘린드 그런데 언제?

올랜도 물론 당장이지, 결혼식만 끝난다면.

로잘린드 그럼 이렇게 말씀하셔야 해요. '로잘린드, 나는 그대를 아내로 맞이하겠소.' 라고요.

올랜도 로잘린드, 나는 그대를 아내로 맞이하겠소.

로잘린드 당신에게 그럴 권리가 있나를 물어야 하겠지만……. 아무튼 올랜도, 전 당신을 남편으로 맞이하겠어요. 이런, 신부가 목사님보다 앞질러 가는군. 확실히 여자의 생각이란 행동보다 앞서 달리거든요.

올랜도 생각이란 다 그런 거요, 날개가 돋쳐 있으니까.

로잘린드 그럼 말씀해 보세요. 아내로 삼은 후 언제까지 함께 살겠는지를.

올랜도 영원히, 하루도 빼지 않고.

로잘린드 '영원히' 는 빼고 '하루만' 이라고 말씀하시죠. 틀림없어. 올랜도, 남자가 청혼을 할 때는 4월 같지만 결혼하고 나면 동지섣달이에요. 아가씨 역시 아가씨 때는 5월 같지만 아내가 되고 나면 하늘빛은 변하지요. 난 바바리 지방의 암비둘기가 수비둘기에게 하는 것보다 더 심하게 질투할래요. 비가 온다고 떠들어대는 앵무새보다 더 시끄럽게 떠들래요. 꼬리 없는 원숭이처럼 새 것에 욕심을 내고 변덕을 부릴래요. 그리고 분수대에 조각 되어 있는 다이애나처럼 아무것도 아닌 일에 울어댈래요. 특히나 당신이 쾌활해진 때를 노려서 울어댈래요. 그리고 당신이 졸릴 때를 기다려서 하이에나처럼 웃어댈래요.

올랜도 나의 로잘린드가 설마 그럴라고?

로잘린드 내 목숨을 걸고 단언하지만 반드시 그럴 거예요, 나처럼.

올랜도 그렇지만 그녀는 총명한 여자란 말이야.

로잘린드 총명하지 않으면 그만한 짓을 할 머리조차 없게요. 여자는 총명할수록 제멋대로거든요. 여자의 총명에 문을 달아 보세요, 창문으로 튀어나갈 테니까요. 창을 닫아 보세요, 열쇠 구멍으로 빠져나갈 테니까요. 열쇠 구멍을 막아 보세요, 연기를 타고 굴뚝으로 새나갈 테니까요.

올랜도 그렇게 총명한 아내를 얻은 남자는 매일같이 '총명아, 너 어디로 가느냐?' 하고 물어야겠군.

로잘린드 아녜요, 그런 말은 아껴 두시죠. 당신 부인의 총명이 이웃 남자의 침대로 가는 것을 보기 전에는 말예요.

올랜도 그럼 그때의 총명은 무슨 꾀를 써서 변명할까?

로잘린드 그야 당신을 찾으러온 거라고 변명하겠죠. 혀가 없는 여자가 아닌 이상 변명을 못해 곤란하지는 않을 테니까요. 자기의 죄를 남편에게 뒤집어씌울 줄 모르는 여자는 자식을 키우지 못하게 해야 해요. 그런 여자는 자식을 바보처럼 키울 테니까요.

올랜도 이봐요, 로잘린드. 두 시간쯤 어디 좀 다녀올까 하는데.

로잘린드 어머나, 두 시간이나 헤어져 있을 순 없어요!

올랜도 공작님의 초대에 가봐야 해. 두 시간 후에는 다시 돌아올게.

로잘린드 예, 가세요, 얼른 가요. 그대가 어떤 사람인지 이제야 알았어요. 친구들도 다 그럴 거라고 말하더군요. 나 역시 그렇다고 생각했고요. 그대의 감언이설에 속았어요. 여자 하나가 버림받은 것뿐이죠, 아, 죽고 싶어. 두 시간이라고요?

올랜도 그래, 로잘린드.

로잘린드 진실과 진정과 신에 두고, 그리고 위험하지 않은 온갖 그럴 듯한 맹세에 두고, 만약 그대가 눈곱만큼이라도 약속을 어기거나 1분만이라도 시간이 지체되면 이렇게 생각하겠어요. 당신이라는 사람을 가련한 사람들 중에서도 약속을 깨는 가장 불쌍한 사람, 가장 허무맹랑한 연인, 로잘린드라고 불리는 그 여자에게 가장 어울리지 않은 사람이라고 말예요. 그러니 저의 비난을 각오하시고 약속을 꼭 지키세요.

올랜도 진짜 나의 로잘린드라 생각하고 약속은 꼭 지키겠어.

로잘린드 시간은 그런 사람을 시험하는 노련한 재판관이니 시간에게 맡기겠어요. 잘 다녀오세요! (올랜도 퇴장)

실리아 언니는 사랑이라는 이름으로 우리 여성들을 완전히 모욕했어요. 우린 언니의 조끼와 바지를 머리 위까지 벗겨 올리고 제 둥우리를 망친 새라고 세상에 보여 주겠어요.

로잘린드 오, 얘, 얘. 귀여운 내 사촌아. 너도 알고 있잖니, 내가 그를 얼마나 사랑하고 있는가를! 내 사랑의 깊이는 포르투갈 만처럼 바닥을 알 수 없으니 헤아릴 수도 없어.

실리아　그게 아니라 아예 바닥이 없는 게 아닐까요. 언니가 애정을 쏟는 족족 한쪽에선 흘러가잖아요.

로잘린드　천만에, 비너스의 저 얄궂은 아들 큐피드에게 물어보렴. 사념에서 생기고 분통에서 잉태되어 광증에서 태어나서는 제 눈이 보이지 않는다고 남의 눈을 욕보이는 저 못된 녀석한테 판단해 달라고 하자. 내가 얼마나 깊은 사랑을 하고 있는가를……. 애, 앨리너, 난 올랜도님을 안 보면 못 견디겠어. 그늘에 가서 그이가 올 때까지 한숨이나 짓고 있을래.

실리아　그럼 난 잠이나 잘래요. (두 사람 퇴장)

제4막 제2장

　추방 당한 공작의 동굴 앞.

　사냥꾼들이 가까이 오면서 소란스러워진다. 곧 사냥꾼 복장을 한 에미언즈와 다른 귀족들과 제이퀴즈가 아침에 있었던 사냥 이야기를 하면서 등장한다.

제이퀴즈　그 사슴을 잡은 분이 누구시오?

귀족 1　이 사람이외다.

제이퀴즈　이분을 로마의 용사처럼 공작님께 안내합시다. 이분의 머리에 승리의 월계관 대신 사슴 뿔을 씌우는 게 좋겠군. 사냥꾼 양반, 이런 때에 어울리는 노래는 없소?

에미언즈　아, 있지요.

제이퀴즈　그럼 불러 봐요. 떠들썩하다면 장단은 아무래도 좋소.

　사슴을 잡은 귀족이 뿔과 가죽으로 차려 입었으며, 모두들 그를 높이 들어 올리며 노래를 한다. 에미언즈가 선창을 하고 이어 모두들 합창한다.

　　　　사슴을 잡은 자에게 무엇을 줄까?
　　　　녹비(鹿皮) 입히고 뿔을 돋쳐 주고
　　　　노래하며 집으로 보내자
　　　　자, 모두 함께 후렴을 부르자
　　　　뿔이 돋친다고 창피하게 여기지 마오
　　　　낳기 전부터 가지고 있는 관이니까
　　　　아버지께도 돋쳐 있었고
　　　　아버지의 아버지도 그걸 갖고 있었으니까
　　　　뿔, 뿔, 늠름한 뿔,
　　　　창피해서 비웃을 물건은 아니로다.

　사람들은 나무를 세 바퀴 돌며 후렴을 몇 차례 반복한다. 이윽고 공작의 동굴로 들어간다.

제4막 제3장

숲, 양 우리 부근의 공터.
로잘린드와 실리아가 돌아온다.

로잘린드   이래도 할 말이 있을까? 벌써 두 시간이 지나지 않았니? 어디 봐, 올랜도님은 어디에도 없어!

실리아   정말이네, 그분은 순수한 사랑에 괴로워하다가 활과 화살을 들고 숲속으로 자러 갔나 보죠. 저기 봐요, 누가 오네요.

실비어스가 다가온다.

실비어스   젊은 분께 심부름 왔습니다. 나의 착한 피비가 이걸 전해 달라 던데요. (로잘린드에게 편지를 준다) 사연은 알 수 없지만 이 편지를 쓸 때 이마를 찌푸리고 안달한 걸로 보아 화가 난 듯싶습니다. 하지만 용서 하시오. 난 심부름을 온 죄밖에 없으니까요.

로잘린드   인내 그 자체도 이 편지를 보면 깜짝 놀라고 펄쩍 뛰지 않겠는 가. 이걸 참을 정도라면 뭐는 못 참겠나. 당신 애인이 날더러 못생겼다느 니 무례하다느니 거만하다느니 하면서 남자가 봉황새처럼 드문 세상이더 라도 날 사랑할 수는 없다나. 제길! 나는 그런 계집의 사랑을 쫓는 토끼가 아냐. 왜 이따위 편지를 내게 보낸 걸까? 이봐, 목동. 이건 그대가 꾸며낸 편지 맞지?

실비어스   천만에요, 난 정말 아무것도 모릅니다. 피비가 쓴 거라구요.

로잘린드   하하, 바보같으니. 그대가 사랑에 환장한 사람이란 걸 알아. 내 가 그 여자의 손을 봤지……. 쇠가죽 같은 손이더군. 더러운 석회석 같더 라구. 낡은 장갑을 낀 줄 알았더니 역시 그녀의 손이었어. 손이 하녀 같더 군. 하지만 그런 게 문제가 아니라 아무튼 그녀가 이런 편지를 꾸며낼 리 가 없어. 이건 남자의 머리에서 나온 것이고 남자의 손으로 쓴 편지야.

실비어스   이건 정말로 그 아가씨가 쓴 것입니다.

로잘린드   아니, 이렇게 난폭하고 잔인한 문투라니 정말 도전적이야. 마치 터키인이 그리스도교도에게 덤벼드는 것처럼 완전히 사랑을 무시하고 있잖은가. 상냥한 여자의 머리에서는 이토록 지독한 생각이 나올 수 없는 법이야. 마치 에티오피아인처럼 속은 겉보다 더한층 시커멓지 않은가…….

내용을 읽어 줄까?

실비어스 예, 부디 좀……. 전 내용을 못 봤으니까요. 하기야 피비의 냉정함엔 넌덜머리가 납니다만.

로잘린드 정말 피비답게 지독하군. 이 폭군 같은 말 좀 들어 봐요. (읽는다.) '신이 당신 같은 목동으로 둔갑했기 때문에 이렇게도 아가씨의 마음을 애태우나요?' 이런 악담을 들어 본 적 있나?

실리아 이게 악담인가요?

로잘린드 (계속해서 읽는다.) '제게 남자들이 구애했지만 상처 하나 입지 않은 몸이에요.' 나를 짐승으로 아나 보지? (계속해서 읽는다.) '당신의 맑은 눈의 비웃음조차도 제게 이 정도의 사랑을 일깨워 주시니 아, 다정한 눈빛으로 보아 주시면 얼마나 신비로운 사랑이 될까요? 야단을 맞으면서도 사모하는 이 몸인데 다정하게 구애라도 하시면 얼마나 좋을까요? 이 연애 편지를 당신께 전하는 사람은 저의 이 같은 사랑을 모르고 있으니 당신의 마음도 봉하여 알려주세요. 젊고 친절한 당신의 마음에 저의 진심과 함께 이 몸이 바칠 수 있는 모든 것을 바칩니다. 만약 저의 사랑을 거절하신다면 저는 죽을 일이나 생각해야지요.'

실비어스 이걸 악담이라고 하시는 겁니까?

실리아 아, 불쌍한 목동!

로잘린드 저자를 동정하니? 동정할 만한 위인도 못 되잖아. (목동에게) 아니, 이런 여자를 사랑하겠다고? 당신의 사랑을 이용하여 거짓말만 늘어놓고 있지 않은가! 이걸 다 참나? 보아 하니 그대는 사랑 때문에 얼이 빠진 뱀 같군. 자, 그 여자에게로 가서 이렇게 전해요. 나를 사랑하려거든 그대나 사랑하라고……, 그게 싫다면 나도 그녀를 상대하지 않겠노라고 말이오. 그대가 그녀 대신 간청한다면 모르지만 그대가 진짜 연인이라면 아무 말 말고 당장 물러가시오, 다른 분들이 오는 것 같으니. (실비어스 퇴장)

올리버가 다른 길로 황급히 등장.

올리버 안녕하시오, 아름다운 아가씨들! 이 숲 근처에 올리브나무로 울타리를 친 양 우리가 있다던데 부디 좀 가르쳐주시오.

실리아 이곳에서 서쪽으로 저 아래 계곡이에요. 살랑거리는 개울가에 줄지어 서 있는 버드나무를 끼고 오른쪽으로 가면 곧장 나와요. 하지만 지금 집 안에는 아무도 없을 거예요.

올리버 내가 들은 얘기와 눈이 알아봐도 좋다면 그대들이 내가 찾던 사람들 같소. 그대들 같은 옷차림과 비슷한 나이, 그러니까 '청년은 여자처럼 생겼지만 능숙한 사냥꾼 같으며 여자는 키가 작고 오빠보다는 좀 검은 편'이랍니다. 그대들이 내가 찾고 있는 그분들이 아닌가요?

실리아 자랑거리는 아니지만 듣고 보니 맞나 보군요.

올리버 올랜도가 두 분에게 안부 전하고, 그리고 로잘린드라고 하는 젊은이에게는 이 피 묻은 손수건을 전해 달라더군요. 그대가 그 사람이오?

로잘린드 그렇습니다만 대체 어찌된 영문인가요?

올리버 나로선 좀 부끄러운 얘기요. 내가 어떤 사람인지 그리고 어떻게 하다 왜, 어디서 이 손수건이 피에 젖게 됐는지를 그대가 아시게 된다면 말이오.

실리아 얼른 얘기해 보세요.

올리버 올랜도가 아까 그대들한테 두 시간 이내에 돌아오겠다는 약속을 남겨놓고 작별한 후에 사랑의 달콤함과 쌉쌀한 공상을 음미하며 숲속을 지나가고 있었지요. 그런데 그때 아, 저런! 눈을 들고 보니 뭐가 보였을까요? 오랜 세월에 나뭇가지에는 이끼가 끼고 높은 나무 꼭대기는 해묵어서 시들은 참나무 아래에 머리칼은 자랄 대로 자라고 누더기를 입어 비참한 모습의 한 남자가 쓰러져 잠을 자고 있었지요. 그런데 그때 윤기 흐르는 초록뱀이 그의 몸을 휘감더니 대가리를 쳐들고 무섭게 빠른 속도로 그의 입을 향해 다가오고 있었어요. 그때 마침 올랜도가 나타나자 뱀은 또아리를 풀더니 덤불 속으로 스르르 달아났답니다. 그런데 그 덤불 그늘 아래에는 젖이 바싹 말라붙은 어미사자가 머리를 땅에 대고 쥐를 노리는 고양이처럼 몸을 웅크리고는 잠든 그 사람이 움직이기를 기다리고 있었겠지요. 사자는 동물들의 왕이라 죽은 것은 먹지 않으니 말이오. 이 광경을 보고 올랜도가 다가가 살펴보니 누워 있던 사람은 바로 자기의 형이 아니겠소!

실리아 아, 그분이 자신의 형님 얘기를 하는 것을 저도 들었어요. 듣건대 사람 탈을 쓴 사람치고 자기 형님처럼 비정한 사람은 없다더군요.

올리버 사실 그럴 겁니다. 그자가 비정한 사람이었다는 것을 나도 잘 알고 있으니까요.

로잘린드 그래서 올랜도님은 새끼에게 젖을 빨리고 굶주린 사자의 밥이 되도록 자기 형을 내버려뒀나요?

올리버 그는 두 번이나 돌아서며 그렇게 할 생각이었지요. 그렇지만 복수보다 훨씬 더 강한 정의라는 인간의 고상한 본성은 형에게 복수할 수 있는 좋은 기회를 이용하기보다는 굶주린 사자에게 달려들어 어느새 그놈을 때려눕혔지요. 무서운 소동 틈에 나는 잠에서 깨어났답니다.

실리아 당신이 그분의 형님인가요?

로잘린드 올랜도님이 구해 준 사람이 바로 당신이었어요?

실리아　여러 번 그분을 죽이려고 했던 사람이 바로 당신이었죠?

올리버　과거의 나는 그랬소. 하지만 지금은 전혀 그렇지 않소. 과거의 나를 말하는 것이 부끄럽지 않은 이유는 회개하여 개과천선했기 때문이오.

로잘린드　그 피 묻은 손수건은 어떻게 된 거죠?

올리버　지금 얘기하죠. 우리 두 사람은 따뜻한 눈물을 흘리면서 내가 이 황량한 숲에 오게 된 경위며 자초지종을 얘기했답니다. 그러더니 동생은 나를 친절한 전 공작님께 안내했지요. 공작님은 내게 새 옷을 주시면서 후대하시고 동생의 애정을 달게 받으라는 분부를 내리셨습니다. 동생은 곧 나를 자기 동굴로 안내하더군요. 그런데 동생이 옷을 벗어 팔을 보니 사자가 물어뜯은 상처에서 피가 줄줄 흐르고 있겠지요. 그걸 보더니 동생은 기절하고 말더군요. 그 와중에 로잘린드라는 이름을 부르면서요. 나는 실신한 동생을 겨우 회복 시키고 상처를 동여매 주었지요. 그러자 잠시 후에 원기를 회복한 동생은 이곳 지리도 잘 모르는 나에게 그대들을 찾아가라고 부탁했답니다. 동생 대신 이런 사정을 말하고 약속을 지키지 못한 것에 대해 용서를 구하면서 이 피 묻은 손수건을 장난으로 애인 삼았던 로잘린드라는 젊은 청년에게 전하라고 말입니다. (로잘린드가 기절한다)

실리아　어머나, 왜 그래요. 개니미드 오빠, 아, 개니미드 오빠!

올리버　피를 보면 기절하는 사람들도 있답니다.

실리아　그게 아니라 더 깊은 사연이 있어요. 오빠, 개니미드 오빠!

올리버　아, 깨어나는군요.

로잘린드　집에 가고 싶구나.

실리아　우리가 데려다 줄게요. 이보세요, 팔을 좀 부축해 주시겠어요?

올리버　이봐, 젊은이, 기운을 내요. 남자 아닌가! 남자의 용기는 어디로 갔나!

로잘린드　고백하지만 사실 저는 대담하지 못해요. 아, 이것 봐. 이렇게 기절한 것은 누가 봐도 근사한 연극이라고 생각할 거야. 제발 동생에게 내가 연극을 참 잘하더라고 전해 주세요. 하하!

올리버 이건 연극이 아니오. 얼굴빛이 창백해지니 진실이라는 증거가 확연히 나타났소.

로잘린드 정말로 연극이라니까요.

올리버 좋소. 그렇다면 용기를 내어 남자다운 역할을 해 봐요.

로잘린드 그렇게 하고 있었잖아요. 그렇지만 여자 역을 할 걸 그랬어요.

실리아 어머나, 점점 더 창백해지네. 얼른 집으로 가요. 이보세요, 당신도 같이 가 주세요.

올리버 그렇게 하죠. 로잘린드가 내 동생을 용서해 준다는 대답을 가지고 돌아가야 하니까요.

로잘린드 대답은 생각해 놓지요. 하지만 내가 기절했던 연극은 그에게 꼭 전해 주세요. 자, 가시죠. (모두 오두막집 쪽으로 내려간다)

제5막

제5막 제1장

숲.

터치스턴과 오드리가 나무들 사이로 오고 있다.

터치스턴 이봐, 오드리. 기회는 얼마든지 있을 거야. 그러니 참아요, 얌전한 오드리.

오드리 그 목사님으로도 충분한데 아까 그 영감은 왜 그런 말을 해서는…….

터치스턴 빌어먹을 올리버 목사 같으니. 원, 지독한 엉터리 목사라구…….그런데 오드리, 이 숲속에는 당신을 노리는 젊은 녀석이 있다던데?

오드리 응, 누군지 알고 있어요. 하지만 나하고는 아무 상관이 없어요. 어머나, 당신이 말하시는 그 사람이 오네요.

윌리엄, 공터로 들어온다.

터치스턴 바보를 만나는 건 좋은 연회와 같다고나 할까. 정말이지 우리 같은 기지를 가진 사람들은 장난을 그냥 지나칠 수가 없지. 참을 수가 없거든.

윌리엄 안녕, 오드리.

오드리 아, 안녕, 윌리엄.

윌리엄   선생도 안녕하십니까?

터치스턴   (짐짓 위엄을 차리며) 안녕하시오, 점잖은 친구. 그만 모자는 쓰시오, 제발 쓰라니까. 그런데 친구는 대체 몇 살이오?

윌리엄   스물다섯 살입니다.

터치스턴   성숙한 나이로군……. 이름은 윌리엄이라지?

윌리엄   예, 윌리엄이라고 합니다.

터치스턴   좋은 이름이오. 이곳 숲속 출신이오?

윌리엄   예, 하느님 덕택에요.

터치스턴   하느님 덕택이라고? 그거 좋은 대답이군. 그래, 돈은 많이 가졌나?

윌리엄   그저 그렇습죠.

터치스턴   그저 그렇다고? 그것도 좋군, 아주 좋아. 그런데 그저 그렇다면 별로라는 말이지. 그대는 총명한가?

윌리엄   예, 꽤 총명한 편이죠.

터치스턴   그 말 참 잘했네. 이제 생각나지만 '바보는 자기를 총명하다고 생각하고 현자는 자기를 바보라고 생각한다.' 나……. (이 말을 듣고 윌리엄은 기가 차서 입이 딱 벌어진다.) 어떤 철학자는 포도가 먹고 싶자 입을 벌리고 포도를 집어넣었다는데 포도는 먹히는 것, 입은 벌리는 것이라나……. 그래, 이 아가씨를 사랑하나?

윌리엄   예, 사랑합니다.

터치스턴   그럼 나와 악수하지. 글은 배웠나?

윌리엄   아니오.

터치스턴   그럼 내가 좀 가르쳐주지. 가진다는 것은 곧 가진다는 것이오. 글쎄 수사학의 비유처럼 술을 잔에서 컵으로 옮겨 따르면 한쪽이 가득 차기 때문에 다른 쪽은 비게 된단 말씀이야. 학자들이 동의한 바와 같이 그

까닭이란 자기 자신이 곧 그 사람이기 때문이야. 그런데 그대가 그 사람이 아니라 내가 바로 그 사람이란 말이야.

윌리암　그 사람이라뇨?

터치스턴　내가 이 여자와 결혼해야 할 사람이라고. 그러니 이봐, 청년. 글쎄 이 여성과의 —흔한 말로 하자면 이 여자와의— 교제를 —촌놈들 말로 하면 관계를— 포기하라. 속된 말로 하자면 그만두란 말이야. 이걸 정리하여 말하면 '이 여성과의 교제를 포기하라.' 이거지. 포기하지 않으면 이봐, 청년. 그대는 사라지네. 알아듣기 쉽게 말하면 죽는다는 말이야. 내가 그대를 처치하겠다는 거지. 그대 생명을 없앰으로써 그대의 자유를 구속시키겠다는 얘기야. 독약을 쓸 수도 있고 혹은 계략을 꾸밀 수도 있지. 자네를 없앨 방법은 백오십 가지나 있다구. 그러니 벌벌 떨며 빨리 도망가라니까.

오드리　빨리 달아나, 착한 윌리엄.

윌리엄　그럼 안녕히 계십시오. (퇴장)

코린이 등장하며 부른다.

코린　도련님과 아가씨가 댁을 찾으십니다. 자, 어서 가보세요.

터치스턴　어서 가자구, 오드리……. 가자, 어서 가자. (모두 오두막집 쪽으로 달려간다)

하룻밤이 지난다.

제5막 제2장

숲.

팔을 붕대로 동여맨 올랜도와 올리버가 언덕에 앉아 있다.

올랜도 대체 어떻게 그럴 수가 있지요? 잠깐 얘기해 보고는 가난한 양치기 아가씨를 좋아하게 되시다니, 첫눈에 사랑에 빠지다니요? 그리고는 곧장 구혼을 하셨다니? 게다가 여자 쪽에서도 승낙했다구요? 그래, 형님은 그녀와 정말로 결혼할 생각이십니까?

올리버 이 문제에 관해서는 내가 경솔하다느니 그녀가 가난하다느니 교제가 얕다느니 내 구혼이 난데없다느니 그녀의 승낙도 성급했느니 하고 책망만 할 것이 아니라 내가 앨리너를 사랑한다는 것만 알아 다오. 그리고 우리 두 사람이 서로 사랑할 수 있을 거라고 말한 그녀처럼 너도 우리에게 동의해 다오. 그 편이 네게도 좋은 일일 것이다. 선친의 가옥이며 수입이며 롤랜드 경의 소유는 모두 네게 양도하고 난 이곳에서 양치기로 살다 죽을 생각이니 말이다.

로잘린드, 저쪽에서 오고 있다.

올랜도 동의해 드리겠습니다……. 결혼식은 내일 올리세요. 공작님을 비롯하여 공작님을 따르는 분들을 모두 초대하겠습니다. 그런데 마침 나의 로잘린드가 오는군요.

로잘린드 안녕하세요, 형님.

올리버 안녕하시오, 멋진 동생. (올리버 퇴장)

로잘린드 아, 그리운 올랜도님, 그대 가슴에 붕대가 동여매어 있는 걸 보니 참으로 슬프군요.

올랜도 팔인데.

로잘린드 사자 발톱에 그대의 가슴이 상처 입은 줄로 알았지요.

올랜도 가슴에 상처를 입긴 입었지만 그건 어떤 여인의 눈에 의해서지.

로잘린드 그대의 피 묻은 손수건을 보고 내가 기절한 척 연극을 했다는 얘기를 형님에게 들었나요?

올랜도 음, 그리고 그보다 더 놀라운 얘기도…….

로잘린드 오, 무슨 얘긴지 나도 알아요. 그건 사실이에요. 이렇게 느닷없는 일이 어디 있겠어요. 두 마리의 숫양의 싸움이나 시저의 '왔노라, 보았노라, 이겼노라.' 라는 호언장담 말고요. 글쎄, 당신 형님과 내 여동생은 만나자마자 뜨거운 눈길로 마주 보더니, 마주 보자마자 사랑하게 되고, 사랑하게 되자마자 한숨을 내쉬고, 한숨을 내쉬기가 무섭게 서로 그 까닭을 묻더니 그 까닭을 알게 되자마자 해결책을 강구하지 않겠어요? 그들은 이런 단계를 거쳐 숨 돌릴 새도 없이 결혼의 정상에 올라갈 참이랍니다. 그렇지 못하면 사랑에 미치다시피 한 두 사람은 결혼 전에 기어코 일을 저지르고 말 거예요. 몽둥이를 가지고도 두 사람을 떼어 놓을 수가 없을 것 같네요.

올랜도 결혼식은 내일 올릴 거야. 난 공작님을 결혼식에 초대할 생각이지. 하지만 타인의 눈을 통하여 행복을 바라보는 건 얼마나 가슴 아픈 일인지! 내일 소원을 이룬 형님의 행복을 생각하면 생각할수록 내 마음의 슬픔은 극에 달할 것 아니겠나!

로잘린드 내일이라고 해서 내가 왜 당신의 로잘린드 노릇을 하지 못하겠어요?

올랜도 난 이제 상상만으로는 견딜 수가 없어.

로잘린드 그럼 나도 더 이상 쓸데없는 얘기로 당신을 괴롭히지 않겠어요. 이제부터 내가 하는 말은 진심이니 잘 들어주세요. 우선 내가 그대를 총명한 신사로 생각한다는 점을 인정해 주세요. 이건 내가 그대를 조금 안다고 해서 나를 인정해 달라는 말은 아니에요. 내 명예가 되는 것도 아니고 그저 당신께 좋은 일을 해 드리기 위해서인데 나를 믿어 주기를 바라는 마음 이외는 더 큰 칭찬도 바라지 않습니다. 그러니 괜찮다면 내게 신통력이 있다는 걸 믿어 주세요. 나는 세 살 때부터 어느 마법사의 지도를 받아왔습니다. 그 신통한 마법은 절대 요술로 해를 입히는 것이 아닙니다. 그대의 말과 행동에 명확히 나타나는 것처럼 로잘린드를 진정으로 사랑한다면, 당신 형님이 앨리너와 결혼할 때 당신도 로잘린드와 결혼할 수 있게 해 드리죠. 그녀가 처해 있는 역경을 제가 다 알고 있지만 그대만 괜찮다면 내일 그대의 눈앞에 데려다 놓을 수 있습니다. 평소의 모습 그대로의 진짜 로잘린드를 아무런 위험도 없이 말이에요.

올랜도 진담인가?

로잘린드 목숨을 걸고 맹세합니다. 마법사라고는 했지만 나 역시 목숨은 소중하답니다. 그러니 내일은 제일 좋은 옷으로 골라 입고 친구들도 초대하세요. 그럴 생각만 있으시다면 결혼하게 해 드릴게요. 진정 원하신다면 물론 로잘린드와. (실비어스와 피비가 다가온다.) 저것 보세요, 나에게 반한 여자와 그 여자에게 반한 남자가 오는군요.

피비 이보세요, 그대는 제게 너무하셨어요. 그대에게 보낸 편지를 남에게 보이시다뇨.

로잘린드 그게 무슨 상관이람. 난 일부러 그대를 싫어하고 불친절하게 대하는 거라구. 그대는 충실한 목동에게 구애를 받고 있지 않은가. 다정한 눈으로 그를 사랑해 줘, 그는 그대를 숭배하고 있으니.

피비 이봐, 목동. 이 젊은 분에게 사랑이 뭔지 말씀 드려.

실비어스 사랑은 온통 한숨과 눈물로 범벅이 되어 있지요. 내가 피비에 대해서 바로 그렇습니다.

피비 난 개니미드에 대해서 그래요.

올랜도   나 역시 로잘린드에 대해서 그렇소.

로잘린드   그런데 나는 여자가 아닌 분에 대해서 그렇답니다.

실비어스   그리고 사랑이란 진실과 봉사로 되어 있습니다. 피비에 대한 나의 사랑이 그렇죠.

피비   개니미드에 대한 나의 사랑이 그래요.

올랜도   로잘린드에 대한 나의 사랑이 그렇소.

로잘린드   여자가 아닌 분에 대한 나의 사랑이 그래요.

실비어스   사랑이란 온통 환상으로 되어 있습니다. 또한 정열과 소망 그리고 숭배와 성실과 존경으로 되어 있죠. 사랑은 겸손과 인내 그리고 초조함과 순결, 시련과 헌신으로 되어 있습니다. 내가 피비에 대해서 바로 그렇습니다.

피비   난 개니미드에 대해서 그래요.

올랜도   나도 로잘린드에 대해서 그렇소.

로잘린드   나는 여자가 아닌 분에 대해서 그렇답니다.

피비   (로잘린드에게) 그렇다면 내가 당신을 사랑하는 것을 왜 욕하세요?

실비어스   (피비에게) 그렇다면 내가 왜 당신을 사랑해서는 안 되지?

올랜도   그렇다면 나는 왜 당신을 사랑해서는 안 되는가?

로잘린드   '나는 왜 당신을 사랑해서는 안 되는가?' 라는 말은 누구에게 하는 건가요?

올랜도   이곳에 없어서 내 말이 들리지도 않는 여자에게…….

로잘린드   제발 그런 말은 하지 마시죠. 그건 달을 보고 짖어대는 아일랜드의 늑대들 같으니까. (실비어스에게) 할 수만 있다면 도와주겠네. (피비에게) 그게 가능하다면 사랑해 주지. 모두들 내일 다시 만납시다. (피비에게) 내가 만약에 여자와 결혼하는 일이 있다면 그대와 결혼하겠어. 내일은 나도 결혼을 하니까. (올랜도에게) 내가 만약 남자의 소망을 들어줄 수만 있다면 그대의 소원을 들어드리겠어요. 내일 그대도 결혼을 할 수 있게 하죠. (실비어스에게) 자네가 만족할 수 있다면 원하던 사람을 얻게 해 주겠네. 그리고 자네도 내일 결혼할 수 있게 해 주겠어. (올랜도에게) 로잘린드를 사랑한다면 당신도 꼭 오세요. (실비어스에게) 피비를 사랑하는 자네도 꼭 오게. 여자를 사랑하지 않는 나도 꼭 가겠소. 그럼 모두들 안녕히 가시오. 내 부탁을 잊지 마시고.

실비어스 살아 있는 한 잊지 않겠습니다.

피비 저도요.

올랜도 나도. (모두 퇴장)

제5막 제3장

숲.
터치스턴과 오드리가 들어온다.

터치스턴 내일은 즐거운 날 아닌가, 오드리. 우린 내일 부부가 되거든.

오드리 저도 진정 그걸 바라고 있어요. 아내가 되고 싶다는 게 나쁜 욕심은 아닌 것 같아요. 마침 추방 당한 전 공작님의 시동들이 오네요.

시동 두 사람 등장.

시동 1 잘 만났어요, 훌륭한 분.

터치스턴 정말 잘 만났군. 자, 앉아서 노래나 한 곡하지.

시동 2 말씀대로 하죠. 가운데에 앉으세요.

시동 1 그럼 시작해 볼까요? 헛기침을 하거나 침을 뱉으면서 목이 쉬었다는 둥 목소리가 나쁘다는 둥 변명은 빼고요.

시동 2 그래, 함께 말을 탄 두 집시처럼 합창을 하자. (노래한다.)

　　　　사랑에 빠진 연인들이
　　　　헤이, 호, 헤이 노니노
　　　　푸른 보리밭을 넘어가네
　　　　봄은 결혼하는 계절
　　　　새들도 노래하네, 헤이, 딩, 딩, 딩.
　　　　연인들은 봄을 좋아하네

　　　　귀리밭 사이에
　　　　헤이, 호, 헤이 노니노
　　　　연인들 얼싸안고 누우면
　　　　봄은 결혼하는 계절
　　　　새들도 노래하네, 헤이, 딩, 딩, 딩.
　　　　연인들은 봄을 좋아하네

　　　　그들이 노래 부르네
　　　　헤이, 호, 헤이 노니노
　　　　꽃과 같은 인생
　　　　봄은 결혼하는 계절
　　　　새들도 노래하네, 헤이, 딩, 딩, 딩.
　　　　연인들은 봄을 좋아하네

　　　　그러니 때를 놓치지 마라

헤이, 호, 헤이 노니노

사랑이 한창이로다

봄은 결혼하는 계절

새들도 노래하네, 헤이, 딩, 딩, 딩.

연인들은 봄을 좋아하네

터치스턴　젊은 친구들, 가사는 그럴 듯한 노래인데 리듬이 영 아니군.

시동 1　잘못 들으신 거예요, 우린 리듬을 맞췄어요. 틀리지 않았다니까요.

터치스턴　그렇지 않아. 그 따위 바보 같은 노래를 듣는 건 시간 낭비밖에 안 돼. 그럼 가라구. 하느님께 목소리나 고쳐 달래지! 이리 와요, 오드리. (모두 퇴장)

하룻밤이 지난다.

제5막 제4장

양 우리 근처의 공터.

추방 당한 전 공작, 에미언즈, 제이퀴즈, 올랜도, 올리버, 실리아 등장.

전 공작　이봐, 올랜도. 자넨 믿는가? 글쎄, 그 청년이 약속대로 해낼 수 있을까?

올랜도　믿을 수도 없고 안 믿을 수도 없습니다. 그 두려움을 자신도 알고 있는 사람처럼 믿으면서도 또한 두렵습니다.

로잘린드, 실비어스, 피비, 등장하여 모든 사람과 합세한다.

로잘린드 약속을 다시 한 번 다짐하겠으니 한 번만 더 약속해 주십시오. 제가 만약 로잘린드 공주님을 데려오면 공작님께선 올랜도에게 공주님을 주신다고 하셨지요?

전 공작 물론이지, 내게 여러 왕국이 있다면 공주와 더불어 모두 주고 싶다네.

로잘린드 그리고 그대는 그녀를 데리고 오면 아내로 삼겠다고 하셨지요?

올랜도 물론이오, 내가 모든 왕국의 왕이라 하더라도.

로잘린드 그리고 그대는 나만 좋다면 결혼을 하겠다고 했지?

피비 그럼요, 한 시간 후에 제가 죽는 한이 있더라도.

로잘린드 그렇지만 만약 그대가 나와 결혼하는 것을 거절할 일이 생기면 이 성실한 목동의 아내가 되겠다고 했지?

피비 그렇게 약속했어요.

로잘린드 그대는 피비만 승낙한다면 피비를 아내로 맞겠다고 했지?

실비어스 예, 피비를 아내로 맞기 위해 목숨이 없어지는 한이 있더라도.

로잘린드 나는 이 모든 문제들을 원만히 해결하겠다고 약속을 했습니다. 공작님은 올랜도에게 따님을 주겠다는 약속을 지키십시오. 올랜도는 공주님을 아내로 맞는다는 약속을 지키시오. 그리고 피비는 나와 결혼할 계획이나 그대가 거절할 일이 생긴다면 목동과 결혼한다는 약속을 지켜야 해. 그리고 실비어스는 피비가 날 거절하면 피비와 결혼한다는 약속을 지켜야 한다구. 자, 이제 난 이 모든 문제들을 풀기 위해서 잠깐 어디 좀 다녀오겠습니다. (실리아를 불러내 두 사람 퇴장)

전 공작 생각해 보니 저 청년은 어쩐지 내 딸애와 좀 닮은 것 같군.

올랜도 공작님, 저도 처음에는 공주님의 오빠인 줄 알았습니다. 그런데 저 청년은 이 숲 출신으로 그의 숙부 밑에서 여러 가지 마법의 기초를 공부했답니다. 그의 숙부는 이 숲속에 숨어 사는 굉장한 마법사라고 하던데요.

   터치스턴과 오드리가 공터로 들어온다.

제이퀴즈　틀림없이 제2의 홍수가 있을 것 같군. 저 한 쌍도 노아의 방주에 편승할 모양이지? 참 기묘한 한 쌍이 오고 있는데 저건 어느 나라 말로나 '바보'라고 하는 것들이지.

터치스턴　여러분께 삼가 인사드립니다.

제이퀴즈　공작님, 이 사람을 환영해 주시죠. 숲에서 가끔 만나는 사람인데 뼛속까지 바보의 얼룩 옷을 입고 있지요. 자기 말로는 성에서도 지냈다나요.

터치스턴　그 사실을 의심하는 분이라면 무슨 고문이라도 달게 받겠소. 궁중 춤도 추어 본 이 사람이오……. 귀부인에게 구애도 해 본 이 사람이오……. 친구에게 술책도 써 보고 적과 원만히 지내기도 한 이 사람이오……. 양복집을 세 집이나 파산 시켰던 이 사람이오……. 네 번씩이나 싸움을 일으키고 그중 한 번은 결투까지 갈 뻔했던 이 사람이외다.

제이퀴즈　결투는 어떻게 화해가 됐나?

터치스턴　글쎄, 우리가 결투를 하려고 보니 그 결투가 제7조의 원인에 근거하고 있다는 것을 발견했지요.

제이퀴즈　제7조의 원인이랍니다, 공작님. 재미있는 친구지 않습니까?

전 공작　정말 재미있는 친구로군.

터치스턴　감사합니다. 저도 그렇게 생각하겠습니다. 제가 부랴부랴 여기에 온 것은 시골 결혼식에 한몫 끼어, 결혼하고 싶으면 맹세를 했다가 나중에 변덕이 나면 맹세를 깨뜨릴 수도 있을 것 같아서입니다. (손짓해서 오드리를 부르며) 불쌍하고 못생긴 아가씨입니다만 제 것입니다. 아무도 차지하려고 하지 않는 계집을 아내로 삼으려는 것 역시 나의 하찮은 기분 때문이죠. 정숙한 여자란 구두쇠처럼 가난한 집에나 있거든요. 진주가 더 러운 굴 껍질 속에 들어 있듯이 말입니다.

전 공작   이 친구는 정말 여간 날쌔고 재치 있는 말솜씨를 가진 게 아니로군.

터치스턴   바보의 화살은 날쌔다는 둥 엉터리지만 유쾌한 문구도 있지 않습니까?

제이퀴즈   그런데 제7조에 근거한 결투라는 것을 어떻게 알았지요?

터치스턴   그것은 일곱 단계의 식언(食言, 지키지 않은 약속)에 근거하고 있으니 말입니다. 이봐, 오드리, 몸가짐을 잘 갖춰요. 그건 이렇습니다. 내가 어떤 관리의 다듬어진 수염 모양이 마음에 안 든다고 했더니, 당신 마음에 안 들지 모르지만 자기는 상관없다고 말하는 것이었습니다. 이건 예의적인 답변이라는 겁니다. 그런데 만약 내가 '그건 모양이 흉하다'고 말한다면, 그는 자기 마음에 들도록 깎은 것이라고 대답했을 겁니다. 이건 점잖은 경구라고나 할까요. 내가 한 번 더 '모양이 흉하다'고 한다면 그는 나의 판단이 의심스럽다고 말할 것입니다. 이건 상스러운 대답이죠. 다시 또 내가 '모양이 흉하다'고 하면 그는 당신 말은 진실하지 않다고 대답할 것입니다. 이건 맹렬한 비난이라고 할까요. 다시 한 번 내가 '모양이 흉하다'고 말한다면 그는 나에게 거짓말쟁이라고 할 것입니다. 이건 도전적인 반발이죠. 이렇게 다음에는 간접적 식언과 직접적 식언의 차례입니다.

제이퀴즈   그래, 그대는 그 사람의 수염 모양이 흉하다고 몇 번이나 말했소?

터치스턴 난 감히 간접적 식언의 선을 넘어서지는 못했고 상대편에서도 역시 직접적 식언의 선을 넘어오지는 못했습니다. 그래서 우리는 칼을 맞춰 보기만 하고 그냥 헤어졌지요.

제이퀴즈 한 번 더 그 식언의 등급을 순서대로 말해 줄 수 있소?

터치스턴 그야 우린 일일이 교본에 따라 결투하거든요. 이건 귀족들이 예의범절 교본을 갖고 예법을 지키는 것과 마찬가지입니다. 등급을 말씀해 드리죠. 제1 예의적인 답변, 제2 점잖은 경구, 제3 상스러운 대답, 제4 맹렬한 비난, 제5 도전적인 반발, 제6 간접적 식언, 제7 직접적 식언, 이와 같지만 제7 이상의 경우는 피할 길이 없지요. 그렇지만 제7의 경우도 '만약' 이라는 조건만 붙는다면 피할 수도 있는 일이죠. 내가 알고 있는 어떤 사람들은 이런 적도 있었답니다. 일곱 명의 법관들도 화의 시키지 못한 결투였는데 당사자들끼리 만나더니 한쪽이 먼저 '만약' 이라는 조건이 생각이 나서 '만약에 당신이 그렇게 말한다면 난 이렇게 말하겠소.' 하자 두 사람은 악수를 하고 결의형제의 맹세를 했답니다. 그 '만약' 이라는 말이 유일한 중재자였던 셈이지요. 그 '만약' 이라는 말에는 굉장한 힘이 있는 것입니다.

제이퀴즈 이 사람 참 보기 드문 친구 아닙니까, 공작님? 모든 일들이 그럴 듯한 작자이긴 합니다만 바보는 역시 바보입니다.

전 공작 바보인 척 자신을 숨기며 허튼소리를 마술 도롱이 삼아 마구 풍자를 쏘아대는군.

　　결혼의 신 하이멘의 가면을 쓴 남자와 그의 일행이 본래의 옷차림을 한 로잘린드 그리고 실리아와 함께 등장. 조용한 음악.

하이멘 (노래한다)

지상의 온갖 일들이

화합이 됐을 때

천상에 기쁨 흐르도다.

공작이여, 따님을 받으시라

하이멘이 천상에서 공주를 데려왔으니

신부의 손을 신랑의 손과 맺어 드리라

신랑의 마음, 따님 가슴속에 있으니

로잘린드　(공작에게) 저를 바치겠어요, 저는 아버지의 딸이니까요. (올랜도에게) 저를 바치겠어요. 저는 당신의 아내니까요.

전 공작　이 눈이 틀림없다면 너는 내 딸이로구나.

올랜도　이 눈이 틀림없다면 그대는 나의 로잘린드로군요.

피비　이 눈에 보이는 것이 진실이라면 아, 내 사랑은 안녕히!

로잘린드　(공작에게) 앞에 계신 분이 제 아버지가 아니시라면 전 아버지가 없는 거예요. (올랜도에게) 당신이 그이가 아니시라면 전 남편이 없는 겁니다. (피비에게) 그대가 여자인 이상 난 어떤 여자하고도 결혼하지 않겠어요.

하이멘　쉿, 쉿! 조용히들 하시오. 이제 혼란스러운 문제들의 결말을 지어야 하겠소. 여기 이 여덟 분은 진정으로 거짓이 없다면 하이멘의 인연으로 손과 손을 맞잡으시오. (올랜도와 로잘린드에게) 어떤 불행도 그대들을 떼놓지 못하오. (올리버와 실리아에게) 그대들은 마음이 하나로 합쳐질 것이오. (피비에게) 그대는 목동의 사랑을 따라야 하오. 그렇지 않으면 여자를 신랑으로 삼게 되니. (터치스턴과 오드리에게) 그대들도 굳게 맺어지오, 추운 겨울과 사나운 날씨처럼. 결혼 축가를 부르는 동안 뒤로 물러서서 어떻게 만나고 어떻게 결말이 났는지 서로 물어 그 이유를 알고 의심을 푸십시오. (노래한다)

결혼은 주노 여신의 영광이로다.

함께 먹고사는 행복한 인연이여

마을마다 가족을 늘리는 이는 하이멘이로다.

그러니 찬미합시다, 성스러운 결혼을

찬미합시다, 성스러운 영광을

모든 마을의 수호신, 하이멘을.

전 공작   아, 조카딸, 정말 잘 왔다. 친딸 못지않게 널 환영한다.

피비   (실비어스에게) 전 약속을 지키겠어요. 이제 당신은 내 남편이 되었으니 성심껏 받들겠어요. 당신의 진심이 저의 사랑을 당신께 맺어 놓았어요.

제이크스 드 보이스 등장.

제이크스 드 보이스   몇 마디 알려 드릴 말씀이 있습니다. 소생은 고 롤랜드 경의 차남 되는 사람인데 이 아름다운 모임에 새로운 소식을 가지고 왔습니다. 프레데릭 공작은 이 숲으로 유능한 인사들이 모여든다는 소문을 듣고는, 추방했던 형님을 잡아 목을 벨 작정으로 대군을 몸소 인솔하여 이 황량한 숲 근처까지 찾아왔었습니다. 그런데 그곳에서 늙은 수도승을 만나 문답을 나눈 끝에 회개를 한 후 모든 계획을 중지하고 그와 동시에 속세를 버릴 결심을 하셨지요. 즉 자기의 왕관을 추방했던 형님께 양도하고 형님을 따라간 귀족들에게서 몰수한 토지를 모두 돌려드린다는 것입니다. 이 소식은 사실입니다. 목숨을 걸고 맹세합니다.

전 공작   잘 왔소, 젊은이. 그대는 두 형제의 결혼식에 좋은 선물을 가져왔구려. 이 형제들에게는 몰수 당한 토지를, 그리고 이 사람에게는 토지 전부, 즉 당당한 공국(公國)을 선물로 가져왔소. 우선 이 숲에서 시작하여 사랑의 열매를 맺은 일의 결말을 지읍시다. 그런 다음에 나와 더불어 괴로운 나날을 참아 온 귀족들은 돌려받은 토지의 넓이만큼 되돌아온 행복의 기쁨을 같이 나눕시다. 그전에 뜻밖에 되찾은 권세를 잠시 동안 잊어버리고 우선 이 숲속의 축제를 즐깁시다. 자, 음악을! 기쁨에 넘친 신부와 신랑은 덩실덩실 춤들을 춰 보구려.

제이퀴즈 공작님, 잠깐만……. (음악이 멈추는 것을 기다려 제이크스 드 보이스에게) 내 귀가 틀림없다면 프레데릭 공작은 영화로 가득 찬 성을 포기하고 수도자의 길로 들어섰다고 들었는데 사실입니까?

제이크스 드 보이스 사실입니다.

제이퀴즈 그렇다면 저도 그분을 따라가겠습니다. 그처럼 개심을 한 분께는 보고 배울 점이 많을 테니까요. (전 공작에게) 이전의 영광을 돌려받으신 공작님이니 안심하고 가겠습니다. 공작님의 인내와 덕행은 그만한 가치가 있었습니다. (올랜도에게) 당신은 진정한 믿음으로 아내를 얻게 되었소. (올리버에게) 당신을 영토와 사랑과 훌륭한 동료들에게 맡기겠소. (실비어스에게) 꾸준히 기다려 얻은 아내에게 맡기겠소. (터치스턴에게) 부부간 말싸움에 당신을 맡기겠소, 아마도 사랑의 항로는 겨우 두 달 지탱할 식량밖에 없을 테니. 그럼 여러분들, 즐겁게 지내시오. 이 사람은 춤과는 거리가 멀어서요.

전 공작 잠깐만, 제이퀴즈, 기다리게!

제이퀴즈 이 즐거운 축제를 더 구경하고 싶지 않습니다. 앞으로 공작님의 소식일랑 공작님이 버리고 떠난 동굴에 남아서 전해 듣기로 하겠습니다. (모두에게서 돌아선다)

전 공작 자, 자, 축제는 시작하시오. 모든 일들이 참으로 즐겁게 마무리될 것이오.

끝맺음 말

음악과 춤.

로잘린드 (청년으로 분장) 여인 역이 끝맺음 말을 보여 드리는 것은 격식이 아닙니다만 남자분의 서사(序詞)보다 그리 흉할 것도 없을 것 같습니다. 좋은 술은 광고가 필요 없다는 말이 사실이라면 좋은 연극도 끝맺음 말은 필요 없겠습니다. 그래도 좋은 술에는 광고판에 좋은 나무를 사용하듯이 좋은 연극도 좋은 끝맺음 말의 도움을 받으면 더욱 빛날 것 아니겠습니까. 그렇다면 저는 어떻게 해야 좋을까요? 좋은 끝맺음 말을 올리지도 못하면서 좋은 연극으로 마무리하기 위해 여러분의 호감을 살 방법도 없으니 말입니다. 거지꼴이 아니라 애걸하는 것은 어울리지 않으나 저로서는 여러분께 간절히 청할까 합니다. 부인들에게 먼저 시작하겠습니다. 오, 부인 여러분, 남자에 대한 여러분의 사랑을 걸고 이 연극을 마음껏 애호해 주시기 바랍니다. 다음은 남자 여러분. 당신들의 여자에 대한 애정을 걸고……, 당신들이 웃는 것을 보니 여자를 미워하는 분은 한 사람도 없을 것 같아 하는 말입니다만, 부인들과 함께 이 연극을 애호해 주시기를 간청합니다. 제가 진짜 여자라면 제 마음에 드는 수염을 가지신 분께나 제가 좋아하는 얼굴을 하신 분, 그리고 싫지 않은 입김을 풍기는 분께는 빠짐없이 키스를 해 드리고 싶습니다. 그러니 멋진 수염을 가지신 분이나 잘생긴 분이나 향긋한 입김을 풍기는 분들은 저의 겸손한 마음씨를 보시고 제가 인사하고 나갈 때 틀림없이 많은 박수갈채를 보내 주실 것으로 믿습니다. (퇴장)

십이야

The Twelfth Night

장 소

발칸 반도 서부 일리리아

등장인물

오시노 공작 일리리아의 공작

큐리오우
밸런타인 } 오시노 공작의 시종

바이올라 세바스찬의 쌍둥이 여동생

선장 난파선에서 바이올라를 구해준 친구

토우비 벨치 경 올리비아의 삼촌

마리아 올리비아의 시녀

앤드루 에이규치크 경 토우비 벨치 경의 친구

올리비아 세사리오를 사랑하는 토우비의 조카 딸

말볼리오 올리비아의 집사

안토니오 세바스찬을 구해준 해군 선장

세바스찬 바이올라의 쌍둥이 오빠

큐리오우 오시노 공작의 시종

페이비언 올리비아의 시종

그 밖의 귀족들, 광대, 경관들, 신부, 시종, 선원, 관리, 악사, 하인

　메살린에 사는 세바스찬과 바이올라는 쌍둥이 남매지간이다. 어느 날 세바스찬과 바이올라는 폭풍을 만나 배가 난파되어 일리리아 해안에서 헤어지게 된다. 성난 파도에 휩쓸려 겨우 목숨을 건진 바이올라는 남자 세사리오로 변장하고 올리비아를 좋아하는 오시노 공작의 시동으로 들어간다.

　세사리오가 여자인 줄 모르는 오시노 공작은 세사리오를 올리비아에게 보내 청혼하지만 계속 거절을 당한다. 이 심부름으로 인해 올리비아는 세사리오를 사랑하게 된다. 한편 올리비아의 아저씨인 토우비 경은 부유하나 어리석고 용기 없는 앤드루 경에게 올리비아를 소개해 준다고 한다.

　파도에 휩쓸려 익사한 줄 알았던 바이올라의 오빠 세바스찬은 안토니오 선장의 구조로 목숨을 건져 선장과 함께 일리리아로 온다.

　올리비아가 세사리오에게 적극적으로 사랑을 표시하자 앤드루 경이 실망하여 일리리아를 떠날까 염려한 토우비 경은 세사리오와 앤드루 경의 결투를 주선한다. 두 사람이 결투를 막 시작하려는데 안토니오가 나타나 세바스찬으로 알고 세사리오를 구한다. 이때 일리리아에 온 세바스찬을 세사리오로 착각한 올리비아는 세바스찬을 집으로 데려가 신부를 불러 결혼식을 올린다. 세사리오로 변장한 바이올라와 세바스찬이 쌍둥이 남매라는 것을 알게된 오시노 공작은 자신을 연모하던 바이올라와 결혼을 한다.

제1막

제1막 제1장

오시노 공작의 저택.
오시노 공작, 큐리오우, 귀족들 등장, 악사들이 대령하고 있다.

오시노 공작　음악이 사랑하는 감정을 살찌게 해 주는 음식이라면, 어디 계속해 다오. 이 귀로 실컷 들어 보면 마음이 식상(食傷)을 일으킬까. 그렇게 된다면 사랑의 식성도 또한 식어 사라지고 말 것이 아니겠느냐. 그 가락을 다시 한 번 들려 다오. 사라지는 듯한 그 곡조, 마치 제비꽃 피는 언덕 위에 산들바람이 스쳐 꽃향기를 몰래 훔쳤다가 돌려줄 때 은근히 들려오는 소리와 같구나. 아니다, 그만, 더 듣기 싫다. 아까처럼 은근하지가 못해. 사랑의 감정아, 너는 어쩌면 그렇게도 날쌔고 극성스러우냐. 바다처럼 도량이 넓어 무엇이건 받아들이면서, 일단 그 가슴속에 들어가면 아무리 훌륭하고 값어치가 있은들 순식간에 그 가치가 떨어지고 마니. 아, 어찌된 노릇이냐. 상사병이란 얼마나 상상에 차 있기에 이다지도 생각이 깊은 것일까.

큐리오우　사냥이라도 가시지 않으시렵니까?

오시노 공작　사냥이라고? 무엇을?

큐리오우　사슴이옵죠.

오시노 공작　벌써 하고 있다. 사슴이 아니라 이 가슴속 깊이 둘도 없이 고귀한 사냥을 하고 있구나. 아, 나의 이 두 눈이 올리비아를 보았을 때

첫눈에 천지의 독기가 모두 사라지는 것 같더니만 바로 그때부터였구나. 내 가슴이 사슴으로 둔갑을 해버렸어. 그러고는 이 애욕이 사납고 잔인한 저 사냥개처럼 내 가슴을 몰아대는 것이다.

밸런타인 등장.

오시노 공작　그래, 뭐라더냐, 그분께서는?

밸런타인　죄송하옵니다만 직접 뵈옵지를 못했사옵니다. 다만 시녀를 통하여 받은 회답은 이러하옵니다. 즉 아가씨께서는 향후 7년 동안 저 하늘에게도 얼굴을 가리실 결심으로 나들이하실 때에는 수녀처럼 얼굴을 가리고, 거처하는 방에는 하루 한 번씩 짜디짠 눈물을 뿌리겠다는 각오라고 하옵니다. 이 모든 것이 모두 작고하신 오라버님에 대한 애틋한 사모 때문이오며 그 슬픈 추억을 길이 간직하기 위함이라 하옵니다.

오시노 공작　아, 오라버니에 대한 정리조차 이렇듯 가슴 깊이 애도하고 있는 갸륵한 마음씨이니 사랑의 정이야 어찌 짐작조차 할 수 있을까? 사랑의 신 큐피드의 황금 화살이 그녀의 가슴에 박혀 다른 감정일랑 모조리 죽여 없애버린다면 간장이고 뇌수이고 심장이고 이 모든 옥좌를 사랑이라는 한 왕이 모조리 차지한다면 얼마나 좋을까. 자, 앞서라. 아름다운 꽃밭으로 가자. 사랑의 정은 꽃나무 그늘에서 쉬어야만 두터워지느니. (모두 퇴장)

제1막 제2장

해안.
바이올라, 선장, 선원들 등장.

바이올라 여기는 어떤 나라인가요?

선장 일리리아라는 곳입니다, 아가씨.

바이올라 일리리아 같은 데 와서 뭘 하자는 거죠? 오빠는 이미 저승 땅 엘리시온으로 가버렸는데. 아니, 어쩌면 물에 빠지지 않았을지도 몰라. 여러분들은 어떻게 생각하세요, 네?

선장 아가씨께서 살아난 것만도 운이 좋았던 겁니다.

바이올라 가없은 오빠! 운이 좋아서 살아 계시면 얼마나 좋을까.

선장 암, 그렇죠. 운이 좋았다면야 말이다 뿐인가요. 하긴 이 눈으로 다 보았지요. 우리가 탄 배가 난파한 후에 아가씨와 같이 살아난 몇 안 되는 사람들이 떠내려가는 보트에 매달려 있을 때 말입니다. 오빠께서는 그 위험한 가운데서도 그야말로 용의주도하게, 아마 용기와 희망이 바로 그렇게 시킨 것이겠죠. 물 위를 떠내려가는 튼튼한 돛대에 몸을 잡아매고서 흡사 돌고래 등에 업힌 그리스의 악사(樂士) 아리온처럼 거친 파도를 용감하게 헤쳐가고 있었지요. 그 능숙한 모습을 이 눈으로 틀림없이 봤습니다.

바이올라 듣던 중 반가운 소식, 오빠도 살아 있을는지 모른다고요? 정말 반가워요. 이 몸이 죽지 않고 살아난 것을 보면 방금 하신 말씀이 제 마음에 든든한 다짐이 되는군요. 이 고장을 잘 아세요?

선장 알구말구요. 제가 나서 자란 곳이 바로 여기서 세 시간 거리에 있으니까요.

바이올라 이곳 영주님은 어떤 분이신가요?

선장 가문이며 인품이 훌륭하신 공작님입니다.

바이올라 그분 성함은?

선장 오시노.

바이올라 오시노! 그래요, 아버지한테서 그분 이름을 들은 적이 있어요.

그땐 독신이라고 하던데요.

선장 지금도 그렇습니다. 아니, 최근까지도요. 제가 여기를 떠나온 지 한 달밖에는 안 되었지만 그때 한창 소문이 자자했죠. 공작님께서 올리비아 아가씨에게 청혼하실 거라구요. 거 있지 않습니까? 높으신 분이 하시는 일을 아랫것들이 곧잘 조잘거리죠.

바이올라 그 올리비아란 분은?

선장 약 1년 전에 돌아가신 백작님의 따님으로 재덕을 겸비한 아가씨랍니다. 백작께서는 작고하실 때 이 따님의 후사를 아드님, 즉 오빠 되시는 분에게 의탁하셨는데 그 오빠 되시는 분마저 뒤를 이어 돌아가셨죠. 이 아가씨는 돌아가신 두 분을 기리는 나머지 남자분과의 교제 아니, 만나는 것조차 아예 하지 않기로 맹세하셨다는 소문입니다.

바이올라 그런 아가씨라면 제가 시중을 들 수 없을까요? 적당한 시기가 올 때까지는 제 신분을 감춰야 하니까요.

선장 그건 힘들지 않을까요? 아가씨는 어떠한 청도 듣지 않는 분, 공작님의 청조차도 거절하신 분이니까요.

바이올라 선장님, 보아하니 좋으신 분인 것 같군요. 세상에는 겉치레는 번지르르해도 속이 썩어 있는 경우가 자주 있지요. 하지만 선장님은 겉모습 그대로 아름다운 마음씨를 마음속에 간직하신 분이라고 생각되어요. 그런데 한 가지 소청이 있습니다. 사례는 충분히 해 드리겠어요. 계획이 있어 변장을 해야 하니 제발 제 신분을 감춰 주시고 도움이 되어 주세요. 저는 그 공작님의 시중드는 일을 하고 싶어요. 그분께 저를 시동으로 천거해 주시면 은혜는 저버리지 않을 테니까요. 이래 봬도 노래를 부를 줄도 알고 여러 가지 음악으로 즐겁게 해 드릴 수 있으니 시중드릴 만하지 않겠어요? 나머지 일은 때를 봐서 하기로 하지요. 다만 이런 제 생각을 남에게는 말하지 말아 주세요.

선장　그럽시다. 시동이 되십시오. 나는 벙어리 역을 맡을 테니까요. 이 혀가 나불거리거들랑 이놈의 눈을 뜨지 못하게 해도 좋소.

바이올라　고마워요. 자, 안내해 주세요. (모두 퇴장)

제1막 제3장

올리비아의 처소.
토우비 벨치 경과 마리아 등장.

토우비 경　올리비아 질녀는 왜 저러지, 응? 밤낮으로 세상을 뜬 오빠 생각뿐이니. 근심이 많으면 수명이 줄어든단 말이야.

마리아　토우비 경, 제발 밤에는 좀더 일찍 들어오세요. 질녀이시긴 하지만 아씨는 토우비 경께서 숫제 오밤중에 귀가하신다고 아주 못마땅해 하세요.

토우비 경　무슨 상관인고? 이쪽은 아주 마땅하다는데.

마리아　그야 그렇겠죠. 하지만 점잖은 분이 체모를 차릴 줄 아셔야죠.

토우비 경　차리라고? 멀쩡하게 차리고 다니는데 어떻다는 것인고? 약주 마시기에도 십분 알맞겠다, 이 장화만 해도 그렇지, 안 그런고? 어디 그렇지 않다는 놈이 있으면 나와 보라지. 정녕코 제 구두끈에 목을 매어 뒈질 놈이야.

마리아　그렇게 약주를 숭늉 마시듯 꿀꺽꿀꺽 드시면 몸에 해로우세요. 아씨에게 청혼하시겠다고 해서 데리고 오신 그 얼뜨기 기사(騎士) 말씀을 어제도 하셨어요.

토우비 경　누구? 앤드루 에이규치크 경 말인가?

마리아   네, 그 사람 말이에요.

토우비 경   그 사람이라면 이 일리리아 땅에서 제일가는 대장부인데.

마리아   그래서 어떻단 말이에요?

토우비 경   1년 수입이 자그마치 3천 더커트란 걸 알아두란 말일세.

마리아   그럼 뭘 해요, 아무리 돈이 많더라도 1년을 지탱하지 못하는 사람인데. 바보 천치인 주제에 세상에 그런 팔난봉이 또 어디 있을까.

토우비 경   무슨 말이야, 알지도 못하는 주제에. 아, 그분이야 비올을 켤 줄 모르나, 어학으로 말하면 3, 4개국 말을 한 자도 틀리지 않고서 훤하니 외고 다니는 분이셔. 게다가 타고난 솜씨가 얼마나 좋은데그래?

마리아   아무렴요, 타고난 분이고말고요. 타고난 바보에다 웬 싸움은 그렇게도 잘한담. 거기다 겁쟁이라는 타고난 천질까지 있으니 싸운다고 우쭐거리다 그저 봉창이나 메우는 게 고작이지요. 똑똑한 사람이 보면 벌써 저승길의 타고난 천질이 있다고 했을 거예요.

토우비 경   천만에, 그 따위 말을 하는 녀석은 남을 헐뜯는 악당들이라구. 어떤 놈이야, 그 따위 주둥아리를 함부로 놀리는 녀석이?

마리아   그뿐인 줄 아세요? 당신과 매일같이 어울려 마시고 다닌다면서요?

토우비 경   그거야 우리 질녀의 건강을 빌면서 마시는 거지. 알겠나? 내 목구멍에 길이 틔어 있고 이 일리리아 땅에 술이 동나지 않는 한 우리 질녀를 위해 마시고 또 마실 거라는 것을 알아 줘야 해. 그것도 못한다면 비겁자지. 팽이처럼 머리가 핑핑 돌도록 마시지 않는 인간은 비겁자란 말씀이야. 이것 봐. 언짢은 얼굴을 치울지어다. 아이쿠, 저기 오시는군. 앤드루 에이규치크 아니, 에이규페이스 선생께서 말이야!

앤드루 에이규치크 경 등장.

앤드루 경 토우비 벨치 경, 안녕하시오?

토우비 경 여어, 앤드루 경.

앤드루 경 안녕하시오, 왈패 아가씨!

마리아 안녕하세요?

토우비 경 문안(問安)이라구, 앤드루 경, 문안이오.

앤드루 경 뭐요?

토우비 경 우리 질녀의 시녀라니까.

앤드루 경 문안 아가씨, 잘 부탁드리우.

마리아 제 이름은 메리에요.

앤드루 경 그럼 메리, 문안 아가씨.

토우비 경 이보시오, 그게 아니라구. 문안은 말씀이야, 달려들어 사랑해 주시오, 라는 거요.

앤드루 경 달려들다니, 다들 보는 데서 어떻게 달려들어요? 그게 문안의 뜻이라구?

마리아 전 실례해요.

토우비 경 이보시오, 앤드루 경. 지금 그냥 놓쳐 버리면 장부가 두 번 다시 칼을 빼기는 글렀소.

앤드루 경 아가씨, 이렇게 놓치게 되면 장부가 두 번 다시 칼을 빼기는 글렀다 아니오. 댁은 바보를 상대한다고 생각하시오?

마리아 바보고 뭐고 상대를 않는답니다.

앤드루 경 그럼 상대를 해 주시오. 악수합시다.

마리아 하긴 생각은 자유라지만. 제발 그 손일랑 술통 있는 데로 가져가세요. 손이 술이라도 마시게요.

앤드루 경 왜? 그건 무슨 비유지?

마리아 손에 물기가 없어서요.

앤드루 경 하긴 그렇겠어. 손이 물에 젖도록 바보 멍청이는 아니니까. 한데 그건 무슨 농담이지?

마리아 물기가 없는 농담이죠.

앤드루 경 그런 게 한아름이나 있나 보군.

마리아 암요. 이 손가락 끝에 있어요. 이것 보세요. 하지만 이렇게 손을 놓으면 흥미가 없어지고 말거든요. (퇴장)

토우비 경 노형, 술이 모자랐군. 이거 원, 이만저만 참패가 아닌데.

앤드루 경 아마 평생 처음 볼 거외다. 하기야 술한테 참패 당한 것은 별문제지만 말이오. 어떤 때는 말이오, 나도 보통 사람 꾀 정도밖에는 없구나 할 때가 있다오. 쇠고기를 너무 많이 먹어서 그런가? 그게 머리를 둔하게 하는 모양이지?

토우비 경 암, 그렇고말고.

앤드루 경 그럴 줄 알았으면 치워버릴걸. 토우비 경, 나는 내일 시골로 떠나겠소.

토우비 경 아니, 노형. 그건 pourquoi? (왜, 프랑스어)

앤드루 경 pourquoi가 뭐요? 그러라는 거요, 그러지 말라는 거요? 잘못했어, 검술이니 댄스니 곰놀리기니 하는 동안에 그놈의 어학이라도 배워둘걸. 학문이라도 해 두는 건데.

토우비 경 그랬더라면 하이칼라 머리가 됐을 거요.

앤드루 경 그러면 내 머리가 좋아졌을까요?

토우비 경 그야 여부가 있나. 어디 타고날 적부터 고수머리가 있겠소?

앤드루 경 어때요, 이만하면 고수머리쯤 될까요?

토우비 경 걱정 놓으라고, 꼭 실꾸리에 감긴 아마(亞麻)실 같다니까. 아낙네가 사타구니에 끼고 자아내면 멋지게 어울리겠는데.

앤드루 경 내일은 정말 떠나야겠소. 질녀께서는 만나 주지도 않지, 만나 봤자 싫다 소리는 뻔한 일이지, 바로 가까운 데 있는 공작이 청혼을 했다니.

토우비 경   공작도 싫대요. 저보다 높은 사람하고는 결혼하지 않겠다나, 신분이나 나이나 지혜가 말이오. 그렇게 말하는 것을 이 귀로 들었다고. 그러니 이봐요, 아직 희망이 있단 말이오, 알겠소?

앤드루 경   그럼 한 달만 더 있어 볼까요. 난 말이오, 정말 이상한 성향이 있어요. 어떤 때는 춤을 추어라 술을 마셔라 정신이 없을 때가 있단 말이오.

토우비 경   그런 멋진 솜씨가 있었던가? 이거 미처 몰라봤군.

앤드루 경   이 일리리아 땅에선 날 당할 사람이 없지. 나보다 잘하는 사람은 빼놓고 말이외다. 하기야 잘하는 인간보다야 아무래도 못하겠지만.

토우비 경   노형, 갤리어드 춤(경쾌한 춤곡)에서는 무엇이 장기요?

앤드루 경   케이퍼(높이뛰기)가 일품이외다.

토우비 경   거 양고기 양념으로 일품이겠군.

앤드루 경   그리고 거꾸로 뛰기 춤도 이 일리리아 땅에서는 나를 당할 만한 사람이 없을 걸요.

토우비 경   허허, 그런 솜씨를 왜 숨겨 두셨소? 왜 감춰 뒀느냐 말이외다. 미스트리스 맬의 화상처럼 먼지가 앉을까 염려하셨나? 교회에 다닐 때도 갤리어드로 갔다가 큐란트(뛰어가면서 추는 춤)로 돌아오면 딱 좋을 거요. 나 같으면 영락없이 지그(어릿광대 춤)식으로 걸을 것이고 소변을 볼 때는 싱카페이스(5박자 춤)라야 알맞겠지. 난 말이외다, 노형의 그 미끈하게 뻗은 다리를 보고, 이건 틀림없이 갤리어드 별 아래에서 생긴 물건이로다 생각했다오.

앤드루 경   암, 다리로 말하면야 단단하고말고요. 이렇게 누런 양말에는 환하게 어울리지. 어디 우리 한바탕 놀아 볼까!

토우비 경   여부가 있겠나. 우리야 다 토러스(황소자리) 별 아래 태어난 팔자가 아니오?

앤드루 경　토러스라구? 심장과 옆구리의 별이로군.

토우비 경　아니오, 다리와 허벅지의 별이지. 자, 노형의 케이퍼 춤이나 구경합시다.

　앤드루 에이규치크 경 춤을 춘다.

토우비 경　하하, 더 높이! 하하하, 멋지군. 잘하오. (모두 퇴장)

제1막 제4장

　오시노 공작의 저택.
　밸런타인과 남장(男裝)한 바이올라 등장.

밸런타인　세사리오, 공작님의 총애(寵愛)가 지금처럼 계속된다면 자네는 출세할 걸세. 여기 온 지 사흘밖에 되지 않았는데 벌써 내 집 사람이나 다름없지 않나.

바이올라　공작님의 총애를 말씀하시는 것을 보니 그분께서 마음이 잘 변하시거나 제가 태만해지거나 그 어느 쪽을 염려하시는 모양이군요. 공작님께선 마음이 잘 변하는 분이신가요?

밸런타인　아니, 그럴 리가 있나.

바이올라　염려 감사합니다. 저기 공작님께서 오시는군요.

　오시노 공작, 큐리오우, 하인들 등장.

오시노 공작 세사리오는 어디 있느냐?

바이올라 여기 대령하고 있습니다.

오시노 공작 너희들은 잠시 비켜 다오. 세사리오, 내 마음의 비밀을 속속들이 들춰 보였으니 너도 이제는 잘 알고 있을 것이다. 그러니 네가 그분에게 가보아라. 이제는 거절이고 뭐고 문 앞에 버티고 서서, 뵙기 전에는 발에 뿌리가 박혀 한 걸음도 움직일 수 없다고 여쭈어라.

바이올라 하오나 깊은 시름에 빠져 계시다고 하니 만나 뵙게 해 주실 것 같지 않습니다.

오시노 공작 소득 없이 돌아올 바에야 한바탕 소란이라도 떨어라. 체면이고 뭐고 없다.

바이올라 만약 만나 뵐 수 있게 되면 그때는 어떡할까요?

오시노 공작 아, 그때는 내 사랑의 진심을 털어놓고 이 가슴속에 품은 나의 뜻을 자세히 호소해 다오. 내 사랑의 고민을 대신해 주는 사람으로는 네가 안성맞춤이다. 점잔을 빼는 심부름꾼보다도 너처럼 어린 사람의 이야기를 그분은 더 잘 들어줄 것이다.

바이올라 공작님, 저는 그렇게 생각하지 않습니다.

오시노 공작 아니다, 틀림없어. 너를 어른이라고 생각하는 자가 있다면 그는 너의 그 세상 모르는 순수한 시절을 알아보지 못하는 사람이다. 순결을 상징하는 달의 여신 다이애나의 입술도 네 입술만큼은 매끄럽고 붉지는 못해. 너의 그 갸냘픈 목소리는 마치 처녀처럼 정결하고 상쾌하다. 너는 하나에서 열까지 여자를 닮았어. 그러니 이 일에는 천생 네가 제격이다. 거기 너덧 명 같이 가거라. 아니, 모두 가도 좋다. 이 몸은 어차피 곁에 아무도 없는 게 편하니까. 이번 일은 정말 잘해 다오. 일이 성사만 된다면 이 재산, 내 것 네 것 없이 마음대로 쓰게 하마.

바이올라 제 힘닿는 데까지 청혼해 보겠사옵니다. (방백) 하지만 내겐 힘

든 노릇. 누구에게 청혼을 하든 공작님의 아내가 되고 싶은 사람은 바로 나니까. (모두 퇴장)

제1막 제5장

올리비아의 처소.
마리아와 어릿광대 등장.

마리아 자, 어딜 갔다 왔는지 말해 봐. 말하지 않으면 아씨께 좋게 말씀 드려 줄 것 같아? 털끝 하나 들어갈 만큼도 입을 안 열 테다. 네가 집을 비웠으니 아씨께서는 너를 교수형에 처하실 거야.

광대 달아매 보시라지! 잘만 달아매면 빚을 겁낼 필요가 없어요.

마리아 그건 또 무슨 뜻이니?

광대 그야 눈이 감기니까요. 빛이 보여야 겁이 나지.

마리아 시시한 대답이로군. '빛을 겁내지 않는다.' 는 속담의 뜻을 말해 주지.

광대 무슨 뜻인데요, 메리 아주머니?

마리아 전쟁 때 생긴 말이지. 바보가 그런 말을 쓰다니 용감무쌍하구나.

광대 흥, 지혜 있는 자에게 지혜를 주시옵고 바보에게는 재주를 쓰게 해 주시옵소서.

마리아 어쨌든 너는 이렇게 집을 비웠으니 교수형 아니면 이 댁에서 추방이야. 추방이면 교수형이나 마찬가지지.

광대 상관없어요. 목을 매달린 덕분에 공처가를 면한 사람이 얼마나 많은데. 하지만 쫓겨나는 것은 여름으로 미루면 좋겠어.

마리아 그럼 각오는 돼 있니?

광대 그렇지도 않아. 각오된 것은 두 가지 점이지.

마리아 한쪽이 못 쓰게 되면 다른 것으로 걸어매고 두 쪽이 다 못쓰게 되면 바지가 흘러내린다는 거니?

광대 맞아, 틀림없이 맞았어. 자, 가보슈. 토우비 경이 술만 안 드시면 당신이 이 일리리아 땅에서 제일 똑똑한 아주머니가 되실 텐데, 헤헤.

마리아 시끄러워, 이 악당. 쓸데없는 소리 좀 작작해. 아씨께서 나오신다. 핑계나 잘 생각해 둬. (퇴장)

올리비아와 말볼리오 등장.

광대 지혜 선생, 부탁이니 날 근사한 어릿광대 노릇을 시켜 주게나. 지혜가 있다는 똑똑한 양반들이 바보인 경우가 더 많더군. 그렇다면 틀림없이 지혜가 없다는 이놈이 똑똑한 양반으로 통할는지 모르겠네. 퀴나팔러스 선생이 가라사대, ‘바보 같은 똑똑이가 될 양이면 차라리 똑똑한 바보가 될지어다.’ 아씨, 안녕하시옵니까?

올리비아 이 광대를 저리로 데려가거라.

광대 아니, 다들 뭐해. 아씨를 저리 모셔가라는데.

올리비아 이봐요, 너는 한물간 광대가 됐어. 이젠 소용없어. 게다가 버릇까지 나빠졌단 말이야.

광대 그 두 가지 흠이라면 아씨, 술과 조언(助言)으로 고칠 수 있습니다. 첫째 한물간 바보라니 술을 줘 보세요. 생기가 돌 게 아녜요? 그리고 버릇이 나쁘다니까 그건 고치라고 하시면 돼요. 고치면 버릇이 바로 될 것 아니에요, 못 고치면 양복점에 시키면 될 게고. 대체로 고친 옷이란 얼룩덜룩, 바로 이 광대가 입는 옷이죠. 미덕도 금이 간 것은 지은 죄로 얼룩덜룩 되어 있고, 죄도 고친 것은 미덕으로 얼룩덜룩 된 것이지요. 이 간단한 삼단논법이 도움이 되신다면 좋은 일이고 안 되신다면 어떡합니까? 마누라를 빼앗기는 사내 처지와 같은 재앙도 없거니와 꽃도 아름다울 때가 제일 아니옵니까? 아씨께서 광대를 저리 데려가라 하신다면, 왜들 가만있어, 아씨를 저리 모셔가란 말이야.

올리비아 너를 데리고 가라고 한 거야.

광대 하하하, 이건 이만저만한 실수가 아니시군. 아씨, 속담에도 '승모 (僧帽)가 어찌 중을 뜻하겠느냐.' 고 하지 않습니까? 소인이 비록 얼룩덜룩한 옷을 입고 있다 하나 머릿속까지 얼룩덜룩한 것은 아니올시다. 아씨, 실례입니다만 아씨가 바보라는 것을 증명해 드릴까요?

올리비아 네가 할 수 있겠어?

광대 근사하게 해 드리죠.

올리비아 어디 해 보렴.

광대 우선 아씨에게 교리문답(敎理問答)을 해야 합니다. 귀여운 미덕 아가씨, 대답해 주세요.

올리비아 그럼 어디 심심풀이로 네가 증명하는 거나 들어 볼까?

광대 아씨여, 그대는 왜 슬퍼하는고?

올리비아 바보 선생, 오빠가 돌아가셨기 때문이란다.

광대 그분 영혼은 지옥에 있을 것이오, 아씨.

올리비아 그분 영혼은 틀림없이 천당에 있어, 이 바보야.

광대 그러니까 바보지. 아씨, 오빠의 영혼이 천당에 계시는데 슬퍼하다니. 제군들, 이 바보를 저리 모시고 가시오.

올리비아 말볼리오, 어떻게 생각해요? 이 바보도 조금은 나아졌지, 안 그래?

말볼리오 네, 그렇습죠. 아마 괴로움에 못 이겨 숨을 거두기 전까지 조금씩 나아질 것입니다. 나이가 들어 노망이 나면 똑똑한 사람은 못쓰게 되고 바보는 바보 행세를 더하게 되는 법이니까요.

광대 제발 이분에게 하루바삐 노망이 찾아와 주시옵소서. 그리하여 그 어리석음에 더한층 빛이 나도록 바라나이다. 토우비 경께서 비록 이놈을 약아빠졌다고 장담하시지는 않겠지만 댁이 바보가 아니라는 것은 두 푼을 건다 해도 장담하지 않을 겁니다.

올리비아 말볼리오, 어디 대답해 봐요.

말볼리오 이런 얼간망둥이의 이야기를 좋아하시다니 아씨, 어이가 없소이다. 엊그저께도 이 녀석이 돌대가리만큼의 분수도 없는 녀석에게 마구 당하는 것을 보았습니다. 저것 보세요, 벌써 손을 들지 않았습니까. 아씨께서 좋다고 웃으시거나 사정을 봐주시니 망정이지 그렇지 않으면 입에 재갈이 물린 것이나 다름없는 놈입니다. 정말이올시다. 이따위 어릿광대 녀석들을 좋아해 가가대소(呵呵大笑)하는 똑똑한 분들은 그야말로 광대의 들러리밖에는 아니올시다.

올리비아 말볼리오, 그대는 잘난 척하는 게 병이에요. 그러니 무엇을 먹어도 구미가 돌 리 없지. 그대가 대포알이라고 생각하는 것도, 너그럽고 거리낌이 없고 마음이 엄격하지 않은 사람은 새총의 돌 정도로밖에는 여기지 않는단 말이에요. 세상이 다 알고 있는 어릿광대, 험구말고는 말할 줄 모르는 것 같아도 악의가 있는 것은 아니야. 세상이 다 아는 점잖은 사람이란 남을 비난하면서도 험구는 하지 않지.

광대 자, 그만하면 구변과 계략에 능한 머큐리신에게서 거짓말 솜씨 상이라도 타 오실 만합니다. 바보를 좋다고 말씀하시니.

마리아 다시 등장.

마리아   아씨, 문 앞에 웬 젊은 분이 와서 만나 뵙고 여쭐 말씀이 있다고 합니다.

올리비아   오시노 공작이 보낸 사람 아닐까?

마리아   그건 모르겠어요. 아주 잘생긴 젊은 분인데, 수행도 적지 않습니다.

올리비아   누가 나가서 응대하고 있지?

마리아   아저씨인 토우비 경께서 나가 계십니다.

올리비아   그분 같으면 들어오시라고 해. 도무지 정신 나간 소리밖에는 모르는 분이라 안 돼. (마리아 퇴장) 말볼리오, 가봐요. 공작이 보낸 사람이라면 내가 아파 누웠다든가 집에 없다든가 무어든 핑계를 대서 돌려보내요. (말볼리오 퇴장) 자, 광대야, 네 어릿광대짓도 이젠 낡았어. 모두 싫어하잖아.

광대   아씨께서도 이 바보를 위해 변호가 많으십니다. 마치 맏아드님께서 바보나 된 것처럼 말씀이에요. 하긴 아드님이라도 제발 머리가 제대로 박혀야죠. 왜냐고요? 저기 친척분이 하나 오시는데요. 원, 골통이 저렇게도 허약할 수 있습니까?

　토우비 벨치 경 등장.

올리비아   어머, 또 취했군요! 문 앞에 와 있다는 사람은 누구예요?

토우비 경   신사야.

올리비아   신사? 어떤 신사예요?

토우비 경   신사가 와서 말이야, 제길, 절인 정어에 체했군. 야, 재미 어떠냐? 바보!

광대   토우비 경!

올리비아 토우비 아저씨, 어떻게 된 거예요? 원, 세상에, 아침부터 곤드레가 되어서.

토우비 경 건달이라고? 건달이 어디 있단 말이냐? 대문에 사람이 와 있어.

올리비아 그러니까 누구예요?

토우비 경 그게 지옥의 마귀면 어떠냐, 상관없어. 나에게 신앙을 달라 이 말씀이야. 흥, 아무려면 어때. (퇴장)

올리비아 술수정뱅이는 무얼 닮았지, 바보?

광대 물에 빠져 죽은 놈, 바보, 얼간이 그리고 미친놈을 닮았죠. 얼큰할 때 한 잔만 넘어서면 바보, 얼간이가 되고, 두 잔을 넘어서면 미치광이, 석 잔이 넘으면 물귀신이 된단 말씀이에요.

올리비아 그럼 가서 검시관(檢屍官)을 불러오렴. 그래서 아저씨를 검사해 보도록 해. 벌써 석 잔을 넘어섰으니 물귀신 아냐? 가서 돌봐드려.

광대 아씨, 아직은 미친 정도예요. 그러니까 바보 얼간이가 미친놈 봐주는 거죠.

말볼리오 다시 등장.

말볼리오 아씨, 밖에 와 있는 젊은이가 아씨를 꼭 뵙고 가야겠다는군요. 편찮으시다고 했더니, 그건 다 알고 왔으니까 뵈어야겠다고 합니다. 지금 주무시고 계시다고 하니, 그것도 다 알고 왔다, 그러니까 만나 뵈어야겠다고 합니다. 뭐라고 할까요? 아무리 거절을 해도 절벽이로군요.

올리비아 만나 줄 수 없다고 얘기해요.

말볼리오 그렇게도 말했죠. 그랬더니 관가의 게시판처럼 버티고 서 있거나 걸상 다리가 되는 한이 있더라도 만나 뵙지 않고는 못 가겠다고 합니다.

올리비아 어떤 사람이죠?

말볼리오 보통 인간입죠.

올리비아 거동은?

말볼리오 고약합니다. 어찌됐건 만나겠다는 것이올시다.

올리비아 인품이며 나이는?

말볼리오 글쎄 어른이 되기에는 나이가 모자라고 아이라고 할 만큼 어리지는 않고요. 어머니 젖을 뗐을까말까 하군요. 깍지가 벌어지기 전의 완두콩, 붉은빛이 날락말락한 푸른 능금이라고나 할까요. 어른과 아이 사이의 어중간한 나이입니다. 얼굴은 아주 잘생겼고 입도 곧잘 놀립니다.

올리비아 이리로 오라고 해요. 그리고 시녀를 불러 줘요.

말볼리오 이봐요, 아씨께서 부르셔.

마리아 다시 등장.

올리비아 내 베일을 줘. 자, 얼굴을 덮어 줘요. 오시노의 심부름꾼을 한 번 더 만나겠어.

바이올라 등장.

바이올라 이 댁의 아씨께서는 어느 분이신지요?

올리비아 나에게 말해요, 대신 대답을 해 줄 테니. 용건은?

바이올라 더없이 빛나고 아리따움에 비할 나위 없는 분 제발 말씀해 주세요, 당신께서 바로 이 댁의 아씨이신지? 저는 한 번도 뵌 적이 없어서요. 모처럼의 대사(臺詞)를 헛되게 하고 싶지는 않습니다. 멋지게 만들기도 했지만 외는 데 아주 힘이 들었으니까요. 숙녀 여러분, 저를 너무 멸시하지 마십시오. 저는 조금만 푸대접을 받아도 풀이 죽어버리고 맙니다.

올리비아 어디서 오셨죠?

바이올라 저는 외운 대사 이외는 말을 할 줄 모릅니다. 그 질문에 대한 대답도 제가 맡은 역에는 없습니다. 정숙한 분께서 이 댁의 아씨인지 확인을 해 주시오. 그래야 제가 다음 대사를 계속할 수 있겠습니다.

올리비아 당신은 배우?

바이올라 아니올시다, 매우 주의 깊게 보시기는 하셨습니다만. 욕설을 각오하고 말씀드리자면 저는 결코 이 역을 맡고 싶은 것이 아닙니다. 이 댁의 아씨이십니까?

올리비아 그래요, 내가 나 자신을 앗아간 게 아니라면.

바이올라 아닙니다. 틀림없다면 아씨는 당신 자신을 앗아가고 계십니다. 왜냐하면 당신께서는 응당 인도하셔야 할 것을 여태껏 미루고 계셨습니다. 실례, 이것은 제가 맡은 분부 밖의 일이올시다. 그럼 대사를 계속하겠습니다. 우선 아씨를 칭송한 다음 진짜 용건을 알려 드릴까 합니다.

올리비아 그 칭송인가는 면제해 드릴 테니 용건을 말해요.

바이올라 야단났군요. 그걸 외우는 데 얼마나 힘이 들었는데요. 게다가 매우 시적(詩的)이고요.

올리비아 그러면 더욱 더 가식일 테니 제발 집어치워요. 듣자 하니 당신은 문 앞에서 건방지게 굴었다더군. 여기로 부르게 된 것도 이야기를 듣기 위해서가 아니라 대체 어떤 인간인지 보기 위한 것이에요. 정신이 돌지 않았거든 빨리 돌아가요, 멀쩡한 사람이거들랑 용건만 간단히 말하고. 나는 그 따위 대중도 없는 말을 상대할 만큼 정신이 이상해지지는 않았으니까요.

마리아 자, 이제는 닻을 올리지. 뱃길은 저쪽이에요.

바이올라 천만에, 청소부 선원. 나는 여기 좀더 정박해야겠소. 아씨, 저

대형(大型) 숙녀의 입을 좀 봉쇄해 주실 수 없을까요?

올리비아 자, 마음속에 있는 것을 빨리 말해 봐요.

바이올라 저는 한갓 심부름꾼이올시다.

올리비아 틀림없이 흉측한 이야기를 하려는 거지, 인사말의 범절이 그렇게 무시무시한 것을 보니. 심부름 온 용건을 이야기해 봐요, 어서.

바이올라 당신께만 말씀드려야 할 이야기올시다. 본인은 선전포고를 하기 위해서가 아니고 하물며 항복을 재촉하기 위해 온 것도 아닙니다. 손에는 평화의 상징인 올리브 가지를 쥐고, 말씀의 내용이야 중요하면서도 더없이 평화로운 것입니다.

올리비아 하지만 처음에는 불손했어요. 당신은 대체 누구예요? 어떻게 해 달라는 거지요?

바이올라 제게 무례한 언동이 있었다면 그것은 댁에서 받은 대접에서 배운 것입니다. 제가 누구며 무엇을 바라는가, 그것은 처녀의 정조만큼 남에게 내보일 수 없는 것이요, 당신의 귀에 들려 드리면 신성하지만 다른 사람 귀에 들어가면 모독이 되는 것입니다.

올리비아 모두들 자리를 비켜 다오. 어디 신성한 말씀인가 하는 것을 들어보자꾸나. (마리아, 기타 퇴장) 자, 그 본문(本文)은?

바이올라 아리따운 임이시여……

올리비아 반가운 교리로군요. 얼마든지 늘릴 수 있겠어. 본문은?

바이올라 오시노의 가슴속에요.

올리비아 그분 가슴속에! 그 가슴속 몇 장(章)에?

바이올라 방식대로 말씀드리자면 그분 가슴의 제1장이에요.

올리비아 아, 그것 같으면 벌써 읽어 봤죠. 이단(異端)이더군요. 다른 이야기는 없나요?

바이올라 아씨의 얼굴을 보여 주세요.

올리비아　내 얼굴과 교섭해 보라는 분부를 받고 오셨나? 본문에서 벗어났군. 하지만 베일을 걷어 이 얼굴을 보여 드리지. 자, 봐요. (베일을 벗는다.) 이렇게 생겼는데, 어때요, 괜찮나요?

바이올라　굉장한 솜씨올시다, 하느님이 만드신 그대로라면.

올리비아　바라지 않게 물들여 놓았으니 비바람에도 견뎌낼걸.

바이올라　진정 붉음과 흰 빛깔의 색조를 맞춰 놓은 아리따움, 과연 조화의 묘수라 하지 않을 수 없습니다. 그 아름다움을 고스란히 무덤까지 끌고가 이 세상에 한 장의 사본(寫本)도 남겨 놓지 않으신다면 당신은 천하에 둘도 없는 잔인한 분이올시다.

올리비아　천만에, 그런 매정한 짓은 하지 않아요. 나의 아름다움, 그 여러 가지를 표로 만들어 남겨 두겠어. 한 가지도 빠짐없이 명세서를 작성하여 유언장에 부전(附箋)처럼 달아 놓을 거예요. 이렇게 1. 입술, 상당히 붉은 편, 두 개. 1. 회색 눈 두 개, 단 눈꺼풀도 껴서. 1. 목 한 개, 턱 한 개. 당신은 나를 치켜올리기 위해 심부름 왔나요?

바이올라　이제야 알았습니다. 당신께서는 너무 도도하시군요. 하긴 당신이 지옥의 마귀라 하더라도 아름다운 것만은 틀림없죠. 저의 주인께서는 당신을 사랑하고 계셔요. 당신께서 천하에 견줄 바 없는 미인이시라도 그만한 사랑을 쉽게 갚으실 수 있을까요?

올리비아　어떻게 사랑하기에?

바이올라　사랑이라기보다 숭앙이라고 할까요. 눈물은 비 오듯하고, 안타까워 한숨짓는 소리는 차라리 우레 소리라고나 할까요. 탄식은 불이 붙은 듯하고요.

올리비아　공작님께서는 이미 내 마음을 알고 계세요. 나는 그분을 사랑할 수 없어요. 물론 그분께선 덕이 높고 훌륭하시죠. 젊고 순수하신 분이영토도 많고요. 세상의 평판도 좋고 활발한 성미며 겸비한 학식과 용기,

체격이나 자태의 아름다움을 지닌 분으로 잘 알고 있어요. 하지만 그분을 사랑할 순 없어. 이 대답은 벌써 알고 계실 줄로 아는데.

바이올라 만약 제가 당신을 사랑하여 저의 주인만큼 열정을 쏟고 고민하고 생사를 가릴 수 없을 정도라면 거절의 말이 귓전에 울릴 수 있겠습니까. 아마 무슨 소리인지조차 들으려고도 하지 않을 것입니다.

올리비아 그럼 어떻게 한단 말예요?

바이올라 댁의 문 앞에다 버드나무 가지로 엮은 오두막집을 짓고, 댁 안에 있는 제 영혼에다 호소를 할 것입니다. 버림받은 사랑에 대한 가실 줄 모르는 슬픔을 가사로 지어 오밤중에도 소리 내어 노래할 것이요, 산울림이 울리는 사방의 산을 향해 당신의 이름을 외쳐 부르고, 종알거리는 저 하늘의 메아리로 하여금 '올리비아!' 라고 소리치게 할 것입니다. 그래요, 이 몸을 측은히 여겨 주시지 않는 동안은 이 천지간에 한시라도 편히 쉬게 해 드리지 못할 것입니다.

올리비아 그럼 큰일이군요. 당신은 어떤 신분의 사람?

바이올라 지금의 신분보다는 높은 사람, 하지만 현재 처지도 나쁘지는 않죠. 근본은 신사입니다.

올리비아 가서 주인께 전해 줘요, 나는 그분을 사랑할 수 없다고. 다시는 사람을 보내지 마시라고. 다만 말예요, 혹 당신이 여기 온다면, 이 대답을 어떻게 받아들이셨는지 알려 주러 온다면 그건 별문제예요. 그럼 안녕. 수고했어요. 자, 이 돈을 받아 두세요.

바이올라 저는 품삯을 받기 위해 심부름 온 것이 아닙니다. 그 지갑은 넣어 두세요. 정말 갚아 드려야 할 분은 저의 주인이지 저는 아니올시다. 사랑의 신에게 이렇게 빌겠습니다. 앞으로 당신께서 사랑을 하실 때에는 제발 상대방의 가슴을 차돌처럼 만들어 주시기를! 그리고 당신이 저의 주인의 마음처럼 불타오르더라도 제발 무참히 버림을 받으시기를! 안녕히 계

십시오, 아름답고 가혹한 분. (퇴장)

올리비아 '당신은 어떤 신분의 사람?' '지금 신분보다는 높은 사람, 하지만 현재 처지도 나쁘지는 않죠. 근본은 신사입니다.' 틀림없이 그럴 거야. 그 구변, 그 얼굴, 그 체격, 거동, 마음씨 등 하나도 빠짐없이 이만저만 지체 있는 집안의 사람이 아닌걸. 안 돼요, 조급하게 굴어서는 안 돼. 주인과 하인이 자리바꿈을 하지 않고서는 안 되는 노릇. 내가 정말 어떻게 됐나 봐. 이렇게 난데없이 상사병에 걸리다니. 아마 그 젊은이의 아름다운 모습이 나도 모르게 슬그머니 내 마음속에 숨어 들어온 모양이지. 도리 없어, 될 대로되라지. 이봐요, 말볼리오!

말볼리오 다시 등장.

말볼리오 부르셨습니까?

올리비아 아까 그 건방진 심부름꾼, 공작의 심부름꾼 말예요. 뒤쫓아가요. 내겐 물어보지도 않고 이 반지를 두고 갔어. 가서 이런 것은 받지 않는다고 일러 줘요. 그리고 주인에게 괜히 안심을 시키거나 쓸데없는 희망을 갖게 하지 말라고 다짐해 줘요, 나는 그이가 싫으니까. 그리고 젊은 그 사람이 내일 여기 오거든 그 이유를 말해 주겠다고 해요. 자, 빨리 가봐요, 말볼리오.

말볼리오 네, 분부대로. (퇴장)

올리비아 내가 제 정신이 아니지. 겁이 나. 이 눈이 난데없이 끌려가 내 마음이 걷잡을 수 없게 될 것 같아. 운명이여, 위력을 보여 주세요. 인간이란 정말 제 마음대로 되는 게 아니에요. 인연이라면 어쩔 수 있겠어? 되는 대로 맡길 수밖에. (퇴장)

제2막

제2막 제1장

해변.
안토니오와 세바스찬 등장.

안토니오　더 이상 머무르시지 않겠다는 말씀이오? 제가 따라가는 것도 원치 않으시고?

세바스찬　네, 용서하십시오. 나에겐 불길한 운성(運星)이 따라다니니 상스럽지 못하게 당신의 운명마저 좌우하게 되는지 모릅니다. 그러니 여기서 작별을 하겠소. 나의 불행은 나 혼자 감당하게 해 주십시오. 당신께 누를 끼치는 일이 조금이라도 있다면 모처럼의 호의에 대한 보답의 도리가 아닐 것입니다.

안토니오　어디로 가실지 알려 주십시오.

세바스찬　아니, 안 됩니다. 내가 떠나는 길은 정처 없는 방랑의 길이라서요. 당신께선 온후한 분이시라 내가 감추고 싶은 일은 굳이 캐묻지도 않으실 겁니다. 그렇지만 차라리 솔직하게 말씀드리겠습니다. 안토니오 씨, 내 이름을 로더리고라고 했습니다만 사실은 세바스찬이오. 아버지는 메살린의 세바스찬, 아마 들어서 알고 계실 줄 압니다. 아버지가 돌아가시고 난 다음 뒤에 남은 것이 나와 누이동생, 바로 같은 시각에 태어난 쌍둥이올시다. 할 수만 있다면 죽기도 같은 시각에 죽었으면 오죽이나 좋았겠습니까. 하지만 당신께서 그것을 바꾸어 놓으셨죠. 당신이 나를 거친 파도에서 구해주신 바로 그 시각에 누이동생은 물에 빠져 죽어버렸답니다.

안토니오　아, 딱하기도 하지.

세바스찬　나와 많이 닮았다고는 하지만 누이동생은 사람들에게 미인이라는 소리를 많이 들었죠. 세상 사람들이 칭찬해 주는 것을 곧이곧대로 믿지는 않습니다만 이것만은 자신 있게 말할 수 있어요. 아무리 시기심이 많은 사람이라도 누이동생은 아름답다고 하지 않을 수 없는 착한 마음씨를 지니고 있었습니다. 그런 누이동생이 바닷물 속에 빠져 죽고 말았습니다. 그걸 생각하니 이 눈물너머로 그녀에 대한 기억에 빠지게 되는군요.

안토니오　그동안 대접이 소홀해서 실례가 많았습니다.

세바스찬　천만의 말씀. 안토니오 씨, 폐를 끼친 것을 용서해 주시오.

안토니오　제 호의를 죽음으로써 갚아 주지 않으실 양이면 제가 꼭 수행하도록 해 주십시오.

세바스찬　모처럼 도와주신 일을 헛되이 하지 않으시려거든, 즉 한 번 살려 주신 인간을 다시 죽이지 않으실 양이면 그런 생각일랑 하지도 마십시오. 그럼 이만 실례합니다. 어머니 마음처럼 연약해져서 조금만 가슴이 아파도 눈물을 보이게 될 것 같군요. 저는 오시노 공작 저택으로 갈 작정입니다. 그럼 안녕히 계십시오. (퇴장)

안토니오　신들의 가호가 있으시기를! 오시노 저택에는 내 적들이 많이 있지. 그것만 아니라면 곧 뒤따라가겠는데. 아니다, 천하 없는 일이 생기더라도 내가 아끼는 그대이니 그까짓 위험쯤은 장난거리 이상 무엇이겠느냐. 그렇다, 가자! (퇴장)

제2막 제2장

거리.

바이올라, 뒤따라 말볼리오 등장.

말볼리오 방금 올리비아 아씨 댁에 왔던 분이죠?

바이올라 네, 그렇습니다. 부지런히 걸어서 여기까지 왔죠.

말볼리오 아씨께서 이 반지를 돌려드리라는 분부요. 아까 가지고 갔었더라면 내가 이런 수고를 하지 않아도 됐지. 그리고 아씨 분부가, 이후 절대 공작님의 청은 받지 않을 테니 어김없이 그렇게 전하라는 말씀이오. 또하나, 댁의 주인님 일로는 두 번 다시 찾아올 생각은 말되 그분께서 어떻게 대답을 하셨는지 그 보고를 위해 온다면 상관없다는 말씀이오. 자, 이것을 받으시오.

바이올라 그 반지는 일단 받으신 거요. 제가 가져갈 순 없소.

말볼리오 왜 이러시오. 버릇없이 아씨에게 이것을 던져 놓고 갔지. 그러니까 꼭 그렇게 돌려주라는 말씀이야. 몸을 굽히고서라도 주울 만한 값어치가 있다면, 거기 눈 앞에 있어. 그게 싫거든 누구든지 주워 가지라지. (퇴장)

바이올라 반지를 두고 갔다니, 이상하지, 그게 무슨 뜻일까? 내 얼굴만 뚫어지게 보고 계시더라니, 내 모습이 그분의 마음을 사로잡았다면 큰일인데. 나를 정신없이 바라보느라 얼빠진 사람처럼 혀마저 제대로 돌지 않아 말씀도 토막이 났으니까. 틀림없이 나를 좋아하시는가 봐. 이런 버릇없는 심부름꾼을 시켜 사랑의 계교로써 나를 유인하겠다는 수작이시지. 공작님의 반지를 안 받겠다고? 드린 일도 없는 반지를 말이야. 내가 그분의 연인이 된 게 틀림없어. 그렇다면 가련한 아씨, 차라리 꿈을 사랑하시는 게 나아요. 변장이란 고얀 짓이지. 간계를 일삼는 저 인간의 적 사탄이 제멋대로 일을 꾸미니 말이야. 겉은 말짱하나 가슴은 시커먼 게 여인의 밀초 같은 마음에 그 모습을 찍어 아로새기는 것쯤 문제도 아니지. 아, 원인은 우리들 여자의 약한 마음에 있지, 우리들 자신에게 있는 것은 아니야. 타고난 걸 어떻게 고칠 수가 있겠어, 내버려둘 수밖에. 대체 일이 어떻게 되어 간담. 주인은 저 아가씨를 죽어라 사랑하시고, 이렇게 이상한 옷차림을 한 나는 그에 못지않게 주인을 사모하고, 아씨는 잘 모른 채 나에게 반하셨으니 장차 어떻게 될 것인가? 지금은 남자로 행세하니 아무리 해도 주인의 사랑을 얻기는 가망이 없고 난 사실 여자니 아, 어떡한담! 가련하게도 올리비아 아씨는 쓸데없는 한숨만 짓게 될 게 아냐. 아, '시간'아, 이것은 네가 해결해야겠어. 얽히고설켜서 난 좀체로 풀 수 있을 것 같지 않구나. (퇴장)

제2막 제3장

올리비아의 처소
토우비 벨치 경과 앤드루 에이규치크 경 등장.

토우비 경 자, 이쪽으로, 앤드루 경. 자정이 넘도록 잠자리에 들지 않았으니 이는 곧 일찍 기상한 것이나 다름없어. '일찍 일어난 자는 장수하느니라.' 노형도 아실걸.
앤드루 경 아니, 천만에, 몰라요. 밤늦게까지 자지 않고 있는 거야 늦게까지 자지 않는 것 아니오?
토우비 경 결론이 틀렸구면. 그런 이치는 말이오, 텅 빈 술병 같아서 싫단 말씀이야. 자정이 지나서까지 있다가 자리에 들면 이른 편이지. 그러니까 자정이 지나서 잠자리에 들면 아침 일찍 자리에 드는 것이 아니겠어? 대저 우리의 생명이란 지(地), 수(水), 화(火), 풍(風), 이 네 가지 원소로 되어 있느니라.

앤드루 경 음, 그렇다더군. 하지만 내 생각에는 먹고 마시는 것으로 되어 있는 것 같은데요.

토우비 경 암, 노형은 학자시군, 그러니까 어디 먹고 마시고 해 봅시다. 여, 마리아 군, 술이다, 술.

   광대 등장.

앤드루 경 저기 바보가 오네.

광대 여, 두 분 선생들께서는 '우리들 세 사람' 이란 그림을 못 보셨소?

토우비 경 바보, 잘 왔다. 우리 돌림 노래 하나 하자꾸나.

앤드루 경 정말이지 이 바보는 목청이 좋거든. 사십 실링을 내놓아도 좋으니 저 바보의 미끈한 다리와 근사한 목청을 갖고 싶단 말이야. 너 간밤에는 정말 멋지게 익살을 부리더구나. 그 '피그로그로미터스' 이야기니 베이피어 사람이 퀘버스의 적도(赤道)를 지나간 이야기니 말이야. 재미가 그만이더라니까. 네 색시한테 전하라고 6펜스를 보냈는데 받았나?

광대 댁의 약소한 호의는 소인이 착복(着服)해 버렸소이다. 말볼리오의 코는 회초리 손잡이가 아니요, 우리 아가씨는 손길이 희고 미르미돈가(家)는 선술집이 아니란 말씀이외다.

앤드루 경 음, 멋들어지군! 최고의 익살이야. 자, 노래다, 노래!

토우비 경 자, 해 보라구. 옜다, 6펜스. 어디 들어 보자꾸나.

앤드루 경 자, 나도 6펜스짜리로 한 푼 주지. 저 사람도 주는데 점잖은 체면에……

광대 어디 수심가(愁心歌)를 할깝쇼? 수신(修身)창가를 할깝쇼?

토우비 경   수심가가 좋겠구나.

앤드루 경   그렇고말고. 수신은 질색이야.

광대   (노래한다)

여보소, 정든 임아, 나를 두고 어딜 가오?

가는 걸음 멈추고 이 내 말씀 들어 보오.

높고 낮은 가락쯤은 멋대로 부를 테니

그것을 멈춰 주소, 이 내 임 정든 임,

나그네길 가다 보면 정든 임과 상봉해요.

이걸 누가 모르겠소, 바보 천치 아니라면.

앤드루 경   멋지군, 좋아.

토우비 경   잘해, 잘하고말고.

광대   (노래한다)

사랑이 뭐냐고 물어 무엇 하오리까?

만날 때 웃고 지금 즐거우면 그만일세.

내일 일 누가 알며 알아 무슨 소용인고?

여보소, 어물어물은 아무 소득 없소이다.

자아, 자, 입 맞춰요, 이팔청춘 다하도록!

화무는 십일홍이요, 달도 차면 기우나니.

앤드루 경   음, 그 목청 달콤하기가 흡사 꿀 같군.

토우비 경   곁에 사람이 있으면 전염할 정도로군.

앤드루 경   달콤하고 전염할 것이야, 정말.

토우비 경   코로 들으면 전염이 되어 냄새가 그만이지. 어디 우리 한번 하늘의 별들을 춤추게 해 볼까? 돌림 노래로 밤부엉이 눈을 깨워 볼까? 노래 좋아하는 직공(職工)의 영혼을 흐려 놓아 그 눈을 세 개나 꺼내 보도록 해 볼까? 어때, 해 보지 않으려오?

앤드루 경 여부없지, 하자구요. 돌림 노래라면 최고니까.

광대 아무렴요. 그게 최고죠.

앤드루 경 그렇고말고. 노래 돌림자는 '이 고얀 놈'으로 할까?

광대 '입을 닥쳐라, 이 고얀 놈.' 이렇게 말씀입죠? 그러면 아무래도 나리를 고얀 놈이라고 부르지 않을 수 없는뎁쇼.

앤드루 경 나를 고얀 놈으로 부르는 건 네가 처음이 아니다. 자, 시작해라, 바보. 자, '입을 닥쳐라.'

광대 입을 닥치라시면 어떻게 시작해요?

앤드루 경 헛, 말 잘한다. 자, 시작. (세 사람, 돌림 노래를 시작한다.)

마리아 등장.

마리아 아니, 이건 또 무슨 소동이람. 보세요, 이제 틀림없어요. 아씨께서 집사인 말볼리오를 부르셔서 당신들을 모두 밖으로 쫓아내게 하실 테니.

토우비 경 아씨는 되년이고 우리는 일급 인사들이고 말볼리오는 똥강아지다. (노래한다)

　　　'우리들 세 사람은 유쾌한 세 사람.'

내가 이래 봬도 집안 어른이야, 같은 핏줄이라구. 아씨? 애씨, 오씨라고 그래라. (노래한다)

　　　'일찍이 바빌론에 사나이가 있었도다, 아씨, 아씨요!'

광대 허허! 마음만 내키면 그저 그만이지. 나도 그래. 솜씨는 저 사람이 낫지만 그 대신 나는 더 자연스럽게 한단 말이야.

토우비 경 (노래한다)

　　　'때는 마침 섣달하고도 열이틀이라……'

마리아   제발, 쉿!

말볼리오 등장.

말볼리오   여러분, 정신이 나갔소? 대체 어떻게 된 거요? 이 오밤중에 땜장이처럼 떠들어대다니, 이건 제 정신이고 체면이고 염치고 없는 분들 아니오? 아니, 아씨의 댁을 선술집으로 만들 작정이시오? 구두닦이 아이들이나 부르는 놀림 노래로 개 소리 닭 소리를 고래고래 지르고 있다니, 장소고 처지고 때고 도무지 염두에 두지 않는 것이오?

토우비 경   때를 염두에 안 두다니? 그것도 못 맞추면 어떻게 돌려가며 노래를 부르겠나? 제기랄!

말볼리오   토우비 경, 털어놓고 말씀드려야겠소. 아씨께서 저보고 전하라는 말씀인데, 친척이니까 댁에 모시기는 하겠지만 그 난잡한 행동까지 책임지지는 않으시겠다고요. 그러니 앞으로 그 분별 없는 행실을 삼가 주신다면 기꺼이 모실 것이요, 그렇지 않다면 실례지만 이 댁을 나가 주시도록, 그때는 서슴지 않고 작별을 하시겠다는 분부올시다.

토우비 경   '정든 임아, 작별일세. 너를 두고 나는 간다.'

마리아   아니, 왜 이러세요, 토우비 경.

광대   '눈을 보면 알 수 있지, 남은 날은 며칠 없네.'

말볼리오   이건 정말 너무하군.

토우비 경   '하지만 죽지 않아.'

광대   거짓말. 저렇게 뻗었으니 죽은 거나 일반이지.

말볼리오   잘들 한다, 잘들 해.

토우비 경   '저 임을 작별해 버릴까 보다.'

광대   '작별하고 뒷일을 어떻게 한담?'

토우비 경   '작별해 보내고 용서하지 말까 보다.'

광대   '아니, 아니, 아니, 그건 안 돼요.'

토우비 경   이 바보야, 가락이 안 맞잖아, 거짓말 작작해. 넌 뭐야? 집사 따위가. 그래, 네가 품행이 방정하다고 해서 과자와 술을 금하겠단 말인가?

광대   옳소! 앤 성녀도 아사이다! 그리고 입 안에 매운 생강을 물고 있게 해야 해.

토우비 경   네 말이 옳다. ─가서 그 금줄이나 빵가루로 닦으시지 그래.─ 마리아, 술이다, 술.

말볼리오   마리아 아가씨, 아씨의 총애를 조금이라도 황송하게 생각할 요량이라면 이런 버릇없는 짓을 곁에서 도와주지 않는 게 좋을 것이오. 두고 보시오, 틀림없이 아씨 귀에 들어갈 터이니. (퇴장)

마리아   흥, 가서 나귀처럼 귀나 흔들어 보시라지.

앤드루 경   저 녀석에게 결투를 신청해 놓고 일부러 약속을 안 지켜서 희롱을 하면 재미있겠는데. 시장기에 한 잔 걸치는 맛 못지않을 걸.

토우비 경   그래, 해 봐. 내가 결투장을 써 줄 테니. 아니면 노형이 분격하고 있다고 내가 구두로 전해 줘도 좋지.

마리아   토우비 경, 제발 오늘은 참으세요. 오늘 공작 댁의 젊은이가 왔다 간 후로 아씨께서는 안절부절못하고 계세요. 말볼리오 씨 일은 제게 맡겨 두세요. 제가 꾀를 내어 저이를 속여 가지고 여러분들에게 웃음거리로 만들어 드릴 테니까. 그것도 못하면 혼자서는 이부자리 속에도 들어가지 못하는 바보라고 생각해도 좋아요. 틀림없이 보여 드릴께요.

토우비 경   어디 얘기해 보라구. 그 녀석 이야기로 재미있는 것이 있나?

마리아   저이 말이죠, 이따금씩 청교도같이 굴어요.

앤드루 경   그런 줄 알았더라면 그놈을 개 패듯이 패 줄 것을.

토우비 경 아니, 청교도라니까 팬단 말이야? 노형, 무슨 특별한 이유라도 있는 건가?

앤드루 경 특별한 이유? 그런 것은 없지만 이유는 충분히 있죠.

마리아 사실은 청교도고 뭐고 아무것도 아니고 그때그때의 알랑쇠밖에는 못 되어요. 젠체하고 뽐내는 나귀처럼 휑하니 와서는 야단스러운 말만 마구 지껄여대는 인간이죠. 제가 천하 제일인 줄 알고 있어요. 세상의 좋은 것은 전부 자기에게 꽉 차 있는 줄로 알고 남들이 다 자기에게 홀딱 반할 것으로 알고 있단 말예요. 그런 점을 이용해서 어디 단단히 맛을 한번 보여 주어야겠어요.

토우비 경 좋은 수가 있나?

마리아 저이가 지나다니는 곳에 이름이 없는 편지를 떨어뜨려 놓을 테예요. 편지에 수염의 빛깔이니 다리 모양, 걷는 모습, 눈초리, 이마, 그리고 안색 같은 것을 적어 편지를 본 그가 자기 것이 틀림없다고 믿게 하겠어요. 난 질녀 되시는 아씨와 아주 비슷하게 글씨를 쓸 수 있어요. 전에도 글을 써놓았다가 오래 지나고 났더니 아씨 것과 구별 못할 적이 많았으니까요.

토우비 경 흠, 근사한데. 이젠 짐작하겠군.

앤드루 경 흠, 나도 낌새는 눈치 챘는데.

토우비 경 네가 떨어뜨린 편지를 보고 그 녀석은 질녀가 보낸 것이라고 생각하렷다. 그래서 질녀를 사모하게 된다는 거지.

마리아 비슷한 계획이죠.

앤드루 경 그래서 놈은 바보가 된단 말이렷다.

마리아 틀림없는 바보죠.

앤드루 경 아, 이거 멋지군.

마리아 장난치고는 극상품. 두고 보세요, 내 계략이 잘 들어맞을 테니까.

두 분께 몰래 구경시켜 드리겠어요. 그리고 바보에게는 세 번째로 보여 줄게. 그자가 편지를 줍는 광경을 보고 그걸 어떻게 받아들이는지 눈여겨 보세요. 오늘 밤은 잘 주무시고 어떤 결과가 나올지 꿈에서라도 봐 두세요. 그럼 안녕. (퇴장)

토우비 경   편히 쉬게나, 아마존의 여왕.

앤드루 경   정말 훌륭한 여자인데.

토우비 경   꼬마 사냥개, 순종이지. 게다가 내게 반했거든. 뭐 대수로운 일은 아니지만.

앤드루 경   전에 나에게 반한 적도 있었지.

토우비 경   자, 자러 갑시다. 노형, 돈을 좀더 가져와야겠는데.

앤드루 경   노형의 질녀를 손에 넣지 못한다면 내 돈만 날아갈 테고 이거 무슨 꼴이람.

토우비 경   돈을 보내오도록 해요, 노형. 결국 노형 손아귀에 들어올 거요. 그렇지 않으면 내가 어디 사람 행세나 할 수 있을까.

앤드루 경   그야 여부가 있나. 내가 가만히 있지 않을 거라구.

토우비 경   자, 가서 셰리주나 데워 먹읍시다. 이젠 잠자리에 들기도 늦었어. 자, 갑시다. (모두 퇴장)

제2막 제4장

오시노 공작의 저택.
오시노 공작, 바이올라, 큐리오우, 기타 등장.

오시노 공작   음악을 들려 다오. 자, 세사리오, 그 노래로, 간밤에 들은 고

풍스러운 노래 말이다. 그 노래가 요즘처럼 활발하고 눈부시게 변하는 세상의 가벼운 노랫가락이나 가사들보다 내 사랑의 괴로움을 한결 덜어 주는 것 같구나. 자, 1절만으로도 좋다.

큐리오우 죄송하오나 그 노래를 부를 자가 여기 없습니다.

오시노 공작 그게 누구였지?

큐리오우 어릿광대 페스테올시다. 올리비아 아씨의 아버님 마음에 들었던 바보 말씀입니다. 이 근처 어디에 있을 것입니다만.

오시노 공작 찾아오너라. (큐리오우 퇴장) 올 때까지 그 곡을 연주해 다오.

연주한다.

오시노 공작 이쪽으로 온. 네가 이다음에 사랑하는 사람이 생길 땐 그 달콤한 고민 사이에 나를 생각해 다오. 진정으로 사랑을 하는 인간은 모두 나와 같을 테니까. 자기가 사모하는 사람의 모습만은 언제나 변함없이 눈앞에 있지만 그 밖의 일은 무엇이건 마음이 조마조마하여 평정을 얻기 힘든 법이다. 어떠냐, 이 곡이 마음에 드느냐?

바이올라 마치 사랑이 자리 잡은 그 옥좌에서 곧바로 울려오는 소리 같습니다.

오시노 공작 네 말이 그럴듯하구나. 너는 아직 어리다만 사랑하는 사람에게 눈길을 주어 본 적이 있는 게 틀림없다, 그렇지 않으냐?

바이올라 네, 덕분에요.

오시노 공작 어떤 여자였느냐?

바이올라 공작님 같은 모습의 사람입니다.

오시노 공작 그럼 사랑에 빠질 정도가 못 되는군. 나이는 몇이냐?

바이올라　공작님 연배이죠.

오시노 공작　그래? 나이가 너무 많군. 여자는 자기보다 나이 많은 남편을 맞아야 해. 그래야 부부 사이가 잘 어울리고 남자 마음에 맞춰 균형이 잡힐 수 있는 법이니까. 왜냐하면 우리들 남자란 아무리 좋게 봐주어도 여자보다는 마음이 들떠 있기 쉽고, 사랑이 넘치는 한편으로 흔들리기도 쉽기 때문이다. 마음이 곧잘 가기도 하는 대신 떨어지기도 쉬운 것이 남자거든.

바이올라　정말 그렇다고 생각합니다.

오시노 공작　그러니까 너도 손아래의 연인을 가지도록 해야 해. 그렇지 않았다간 애정이 오래 지탱을 못할걸. 여자란 따지고 보면 장미꽃 같아서 한 번 활짝 피고 나면 곧 지고 마니까.

바이올라　그렇습니다. 아, 얼마나 불쌍한 노릇입니까. 한창 아름답게 피어났다가 곧장 시들어버려야 하니까요.

　큐리오우, 광대를 데리고 등장.

오시노 공작　너 잘 왔구나. 어젯밤에 하던 노래를 들려 다오. 세사리오, 잘 들어 봐라. 오래되고 순박한 노래다. 햇볕에 앉아 실을 잣는 처녀들, 뼈로 만든 바늘로 뜨개질하는 순진한 촌색시들이 흔히 부르던 노래다. 정말 소박하기 짝이 없는 가락으로 천진난만한 사랑을 예전 그대로 노래하고 있구나.

광대　시작할깝쇼?

오시노 공작　오냐, 노래해 다오. (음악)

광대　(노래한다)

　　오너라, 오려무나, 죽음이여,

슬픈 삼목관(杉木棺)에 나를 뉘어 주려무나.
지거라, 지려무나, 숨이여,
매정한 아가씨 손길에 이 목숨 넘어가노라.
마련해 다오, 흰 바탕 수의에 주목나무 장식을,
아, 마련해 주려무나!
죽어 이슬이 되어도 세상에 어찌 있으리오,
이 진심 다한 사랑이.
꽃 한 송이, 한 송이 꽃일랑 뿌리지 말아 다오,
검은 관 위에 아름다운 꽃일랑.
친구 한 사람, 한 사람의 친구 찾지 말아 다오,
이 몸이 재가 되어 흙 속에 묻히더라도.
천 가지 만 가지 근심도 소용없어라.
아, 말없이 묻어 다오.
변함없는 사랑의 슬픔 찾아오지 말고,
아무도, 아무도 울지 말게 해 다오.

오시노 공작　옛다, 수고했다.

광대　수고가 아닙니다. 노래가 즐거움이올시다.

오시노 공작　그럼 그 즐거움의 값을 치러 주마.

광대　정말입니다. 즐거움은 언젠가는 보상을 해야 하는 법이죠.

오시노 공작　수고했다. 그만 이 자리를 물러가 주겠느냐?

광대　그럼 우울의 신의 가호가 있으시기를! 그리고 양복은 오색의 실로 짠 호박단 조끼를 맞추실 것, 마음 변하기가 오팔 못지않으니까. 이런 맘씨를 가진 분은 바다로 가시는 게 좋죠. 어디로 가시든 마음대로, 어느 곳을 향하여도 무방, 아무리 돌아다녀도 뒤에 남는 것이 없는 게 바다 여행의 좋은 점이니까요. 그럼 물러가겠소이다. (퇴장)

오시노 공작 다들 자리를 비켜 다오. (큐리오우와 다른 사람들 퇴장) 세사리오, 한 번 더 저 매정한 아가씨한테 가 다오. 가서 이렇게 말해 라. 내 사랑은 이 세상 그 무엇보다도 고귀하니 이 더러운 땅은 조금도 아랑곳하지 않는다고, 운명이 그녀에게 준 재산쯤이야 운명처럼 헛된 걸로 본다고, 내 영혼이 이끌리는 것은 자연이 부린 솜씨의 그 기적과 같이 훌륭한 주옥, 그 아름다움뿐이라고. 그렇게 전해 다오.

바이올라 하지만 도저히 사랑을 할 수 없다고 하시면?

오시노 공작 그런 대답은 받지 않겠다.

바이올라 하지만 도리 없으시죠. 가령 말씀입니다. 어떤 여인이 있어 —아마 있을 법한 일이죠.— 당신을 사랑하여 당신께서 올리비아 아씨를 사모하시는 것과 같은 마음의 고민을 갖고 있다고 말한다면 당신께서는 그 사람을 사랑하지 못하시죠. 싫다고 말씀하실 겁니다. 그렇다면 그 여인인들 무슨 도리가 있겠습니까?

오시노 공작 여자의 마음으로는 심장을 뛰게 하는 이렇게 강한 정열의 고동을 견뎌 낼 수 없다. 그리고 여자의 가슴으로는 포용력이 없어 이렇게 벅찬 사모를 담을 만큼 크지 못해. 한심한 노릇이나 여자의 사랑이란 식욕이라고 부를 수밖에. 간(肝)의 작용이 아니라 혓바닥의 작용, 포식으로 배가 차면 싫어지고 말지. 그러나 나의 사랑은 바다처럼 끝이 없다. 언제나 배고프고 얼마든지 소화할 수 있어. 내가 올리비아에게 가지는 마음을 여자가 품은 연정과 비교조차도 하지 말아 다오.

바이올라 네, 그렇지만 저도 알죠.

오시노 공작 뭘 안단 말이냐?

바이올라 여자가 남자에게 품는 사랑을 잘 알고 있죠. 그들도 우리 못지않게 진실한 마음을 갖고 있답니다. 제 아버지에겐 딸이 하나 있었는데 어느 남자를 사랑했죠. 제가 여자였다면 공작님을 사모했을 것처럼 그렇게 말입니다.

오시노 공작 그래, 그 사연은 어떻게 됐나?

바이올라 백지였습니다. 그 사랑, 고백하지 않고 가슴속에 묻어 둔 채 벌레가 꽃봉오리를 좀먹듯 그 장밋빛 볼이 상사병으로 창백하게 야위고 우울해져 병색을 띠게 됐습니다. 그리고 돌로 깎아 세운 '인내'의 석상처럼 슬픔에 잠긴 채 웃음을 잃었죠. 이게 진정한 사랑이 아니었을까요? 남자는 입 밖으로 나타내기도 하고 맹세도 하죠. 하지만 그런 겉치장이 사실 야단스럽죠. 맹세는 거추장스럽게 하면서 진정은 그렇지 못한 것이 남자들의 관례 아니겠습니까?

오시노 공작 그래, 네 누이는 그 사랑 때문에 죽었느냐?

바이올라 우리 집에는 이제 잘 모르겠습니다만 아들이고 딸이고 제가 전부올시다. 그럼 아씨에게 다녀올까요?

오시노 공작 그래, 그게 중요한 일이다. 빨리 다녀와라. 이 보석을 전하면서 내 사랑은 양보할 자리도 없거니와 거절은 받지 못하겠노라고 여쭈어라. (모두 퇴장)

제2막 제5장

올리비아의 정원.
토우비 벨치 경, 앤드루 에이규치크 경 및 페이비언 등장.

토우비 경 이리로 오게, 페이비언.

페이비언 가고말고요. 아, 이런 구경거리를 조금이라도 놓치다니, 침울의 담즙(膽汁)에 삶아져 죽는 게 낫지 뭐예요.

토우비 경 저 노랑이 같은 비열한 악당이 톡톡히 창피 당하는 꼴을 보게 되다니, 어때 즐겁지 않나?

페이비언 즐겁다 뿐이에요? 좋아서 어쩔 줄을 모르겠는데. 아시죠? 제가 여기서 곰놀리기 건으로 아씨에게 톡톡히 꾸지람을 당한 일 말예요.

토우비 경 그놈을 곯려 주기 위해서 또 곰을 끌어내 볼까? 놈을 여지없이 농락해 주자구. 어때, 노형?

앤드루 경 암, 해야지. 아니면 평생 유감을 살 일이 될 거야.

마리아 등장.

토우비 경 여기 장난꾸러기 아가씨가 나타나는군, 어때? 황금 아가씨,

마리아 자, 모두들 회양목 그늘에 숨어요. 말볼리오가 오고 있어요. 반 시간 동안이나 땡볕에 서서 자기 그림자를 보며 무어라 인사 연습을 하고 있었어요. 두고 보세요, 이 편지를 읽고 나면 생각에 빠져 바보 얼간이 같은 얼굴을 하게 될 테니. 얼른, 숨으세요. 아주 재미있을 테니까. (편지를 던지면서) 거기 가만히 있어라. 저기 송어 나리께서 나타나셨군. 어디 이것을 미끼로 간질여서 잡아야지. (퇴장)

말볼리오 등장.

말볼리오 운수로군. 다 운수소관이지. 마리아가 언젠가 말한 적이 있었지, 아씨가 나를 좋아하신다고. 또 아씨 자신도 이와 비슷한 말씀을 하신 적이 있지. 만약 사랑을 한다면 이 말볼리오 같은 성품의 사람이라야 한다고. 이 귀로 분명히 들었어. 뿐인가, 시중을 드는 어느 누구보다도 나를 더 공손히 대하시지. 대체 이걸 어떻게 받아들여야 한다?

토우비 경　에잇, 건방진 녀석 같으니라구.

페이비언　쉿, 가만히. 저렇게 생각에 잠겨 있는 꼴이 정말 보기 드문 칠 면조야. 깃을 추켜세우고 우쭐거리는 꼬락서니라니.

앤드루 경　예끼, 저놈을 패 줄까 보다.

토우비 경　쉿, 가만있어.

말볼리오　말볼리오 백작 나리라…….

토우비 경　이놈 봐라!

앤드루 경　쏘아 죽여라, 죽여 버려!

토우비 경　쉿, 쉿!

말볼리오　그런 일이 없는 게 아니거든. 스트레이치네 아씨는 의상실의 하인하고 결혼하셨으니까.

앤드루 경　야, 이 이세벨 같은 악당!

페이비언　가만히 좀 있어요. 녀석, 이젠 푹 빠지고 말았군. 저 우쭐해져 서 부풀어 오른 꼴을 보세요.

말볼리오　결혼해서 석 달만 지나면 천개(天蓋)를 덮은 백작님 의자에 앉 게 된다…….

토우비 경　에잇! 석궁(石弓)이라도 있으면 저놈의 눈깔에다 쏘아 주겠는 데.

말볼리오　좌우에 시종들을 주욱 불러 놓지. 나는 꽃무늬로 장식한 벨벳 가운을 입고 막 낮잠에서 깨어 나오는 길이렷다. 올리비아는 아직도 자고 있고…….

토우비 경　저런 천벌을 받을 놈 같으니!

페이비언　쉿, 가만히 계세요.

말볼리오　그러고는 높은 사람 기분으로 뽐내 본단 말씀이야. 점잖고 위 엄 있게 한 바퀴 쓰윽 둘러보고는 말하지. 나도 내 신분을 잘 알고 있지만 모두들 자기 분수를 지켜야 하는 거요, 그러고는 누가 가서 내 친척 토우비를 불러오너라⋯⋯.

토우비 경 이런 육시를 할 놈 같으니!

페이비언 쉿, 쉿, 좀 가만히 계세요.

말볼리오 그러면 일곱 명의 시종이 머리를 조아리며 찾으러 뛰어나가렷다. 그동안 나는 인상을 찌푸리고 있지. 회중시계 태엽이라도 감아 볼까. 아니면 이 줄 아, 아니지, 근사한 보석이라도 만지작거린다. 그때 토우비가 들어오거든. 공손하게 인사를 올리겠지⋯⋯.

토우비 경 뭐, 이놈을 죽여 줄까 보다!

페이비언 수레 형틀로 고문을 당하는 한이 있더라도 제발 좀 조용히 하세요.

말볼리오 그러면 내가 이렇게 손을 내밀지. 여느 때의 웃음일랑 누르고 집안 어른답게 엄숙한 표정을 지으면서⋯⋯.

토우비 경 그러면 토우비가 네 입을 한 대 갈겨 줄걸.

말볼리오 이렇게 말하지. '토우비 아저씨, 연분이 있어 질녀 아씨와 결혼하게 되었으니 이런 언사를 용서하시오⋯⋯.'

토우비 경 뭐가 어쩌구 어째?

말볼리오 '그 술주정뱅이 버릇은 고쳐야겠소!'

토우비 경 에이, 고얀 놈!

페이비언 제발 참으세요. 이러다 산통 깨겠어.

말볼리오 '게다가 얼간이 기사와 어울려 소중한 시간을 낭비하고 있소.'

앤드루 경 저건 틀림없이 내 얘기로군, 그렇지?

말볼리오 '앤드루 경이라나 하는⋯⋯.'

앤드루 경 내 얘긴 줄 알았다니까. 바보 얼간이라고 부르는 인간이 하나 둘이라야지.

말볼리오 아니, 여기 이것은 무엇일까? (편지를 줍는다)

페이비언 자, 노란 도요새 놈이 덫으로 가는군.

토우비 경 쉿, 조용히 해! 기분의 신이여, 제발 저 녀석이 큰소리로 읽게 해 주시오.

말볼리오 아니, 이건 틀림없는 아씨의 필적. 이 C자며 U자, T자가 모두 아씨 것이고 P의 대문자도 바로 이렇게 쓰지. 이건 의심할 나위 없는 아씨의 필적인데.

앤드루 경 그분의 C자, U사, T사라니 무슨 말이야?

말볼리오 (읽는다) '남모르게 사랑하는 분에게, 진심과 더불어 이 글월을.' 아씨가 쓰시는 문투로군. 실례합니다, 봉랍(封蠟)씨. (편지를 뜯는다) 가만있자. 인장도 '루크레티아'야, 편지를 봉할 때 늘 쓰시던 것이로군. 아씨가 틀림없어. 누구에게 보낸 것일까?

페이비언 휴우, 이젠 넘어갔군. 완전히 걸려들었는데.

말볼리오 (읽는다)

　　　나의 사랑 하느님만 아시지.

　　　누굴까요, 그 사람은?

　　　입이여, 놀리지 말아 다오,

　　　누구도 알아서는 안 돼.

　　　누구도 알아서는 안 돼…….

어디 그 다음은? 가락이 달라졌군. '누구도 알아서는 안 돼.' 이게 말볼리오, 바로 너라면?

토우비 경 야, 이 너구리, 꼴좋구나.

말볼리오 (읽는다)

　　　사모하는 임을 부리는 이 신세여,

　　　말 못하는 이 마음이 루크레티아의 칼처럼

피 흘림 없이 이 가슴을 찌르누나.

M. O. A. I. 이 몸을 좌우하도다.

페이비언   흔해 빠진 수수께끼인데.

토우비 경   그 계집애 꾀가 그만이로구나.

말볼리오   'M. O. A. I. 이 몸을 좌우하도다.' 가만있자. 이게, 음, 흠, 흠.

페이비언   이건 또 굉장한 독을 담았는데.

토우비 경   그렇게 담아 놓은 독을 허욕 덩어리 매란 놈이 저렇게 낚아채는 것 좀 보라지.

말볼리오   '사모하는 임을 부리는 이 신세여.' 그렇지, 아씨가 나를 부리고 있지 않나. 그분은 내 주인이시니까. 이거야 바보 아니면 누구라도 다 알 수 있는 사실이지. 그 점은 의문이 없고 문제는 끝인데, 이 알파벳의 배열에 무슨 뜻이 있을까? 나와 어딘가 비슷한 데만 있다면 가만있자, M. O. A. I.

토우비 경   오호인지 아이고인지 맞혀 보란 말이야. 냄새를 맡으려 해도 코가 말을 듣지 않는 모양이로군.

페이비언   여우 냄새에 홀려도 똥개라 짖어대기는 할 겁니다.

말볼리오   M……, 말볼리오. M이라, 이건 내 이름의 첫 자가 아닌가.

페이비언   보세요. 알아맞힌다니까요. 냄새가 이상한 데를 곧잘 알아차리죠.

말볼리오   M……, 하지만 그 뒤가 잘 맞아 들어가지 않는구나. 조사가 진행이 안 돼. A가 와야 될 텐데 O가 와 있으니.

페이비언   오, 끝에 가서 야단났군.

토우비 경   그렇지, 내가 널 몽둥이찜질을 해 줄까 보다. 그러면 오, 하고 외마디 소리가 나오겠지.

말볼리오   다음에는 I가 온다.

페이비언　아이고라고 해 둬. 눈앞의 신세를 고칠 생각하지 말고 뒤축에 끌리는 창피나 눈치 채지 그래.

말볼리오　'M. O, A. I'이 수수께끼는 앞의 것만큼 쉽지 않은데. 하지만 조금 무리해서 뜯어 맞춘다면 안 될 거야 없겠지. 다 내 이름자 속에 있는 글자니까. 가만있자, 다음엔 산문이 있네. (읽는다)

'이 글월이 당신 손에 들어가거든 심사숙고해 주세요. 비록 운성(運星)은 이 몸이 그대보다 높다 할지라도 부디 그 신분을 두려워 마세요. 사람은 타고남이 잘나는 수도 있고, 힘써 얻어 와 잘나는 사람도 있고, 또한 남이 던져 주어 잘나는 사람도 있답니다. 운명이 쌍수를 들고 있으니 그대의 온 정력을 다하여 맞아 주세요. 장차 그대가 될 신분을 생각하여 거기 익숙해지도록 미천한 구투(舊套)를 벗어버리고 새롭게 보이도록 하세요. 이 몸의 친척에겐 거역을 할 것이요, 하인들에게는 까다롭게 구실 것. 고담준론(高談峻論)을 입에 담고 범상한 인간과는 특이하게 풍도를 차리실 것. 이러한 권유도 그대를 사모하는 나의 뜻이에요. 그대의 노란빛 긴 양말을 찬양하고 그대의 십자 대님을 보고 싶어 한 사람이 누구인지요? 제발 잊지 말아 주시기를. 그대가 마음만 정하면 이미 고친 신세, 부디 잊지 마세요. 만일 그렇게 못한다면 그대는 항상 집사의 자리, 하인의 동배로 대할 것이며 행운의 신의 손을 잡을 자격이 사라질 거예요. 안녕히, 그대와 지위를 맞바꾸기를 원하는 이 몸, 다복한 불행녀 올림.'

대낮처럼 환하고 들판처럼 넓다 해도 이보다 더 또렷할 수야 있겠는가. 명명백백한 사실. 시국을 논한 책을 읽고 뽐내 주자. 토우비 경을 못살게 굴 것이고, 엉터리 녀석들과는 손을 끊어야지. 시킨 대로 그렇게 해야겠다. 이젠 상상에 몸을 맡겨 아무리 엉뚱한 짓을 하더라도 바보가 될 염려는 없겠지. 어느 모로 생각해 봐도 아씨께서 나에게 반한 것은 명약관화하니까. 하긴 근자에 아씨께서 내 노란빛 긴 양말을 칭찬하셨고 다리의 십자 대님도 좋다고 하셨지. 그 말 가운데에는 사랑을 확실히 고백하고 나에게 당신 마음에 드는 옷을 입으라는, 말하자면 명령이라고도 할 수 있지. 운명의 별아, 고맙구나. 나는 행운아다. 자, 내가 보통 녀석들과는 다르다는 것을 보여 주고 나의 잘난 점을 보여 줘야겠다. 노란빛 긴 양말에다 십자 모양으로 대님을 매는 것도 당장에 해야겠군. 하느님과 나의 운성이여, 찬양을 받을지어다! 아니, 또 추신이 있구나. (읽는다) '이 몸이 누구인지 어찌 모를 수 있을 것이오. 그대 만약 이 몸의 사랑을 받아 주신다면 그대의 미소로써 나타내 주시길 바라오. 미소는 그대에게 잘 어울리니 이 몸 앞에서는 언제나 미소를 지어 주시옵기 간절히 바라오.' 하느님, 감사합니다. 자, 미소를 짓겠소. 당신이 바라는 것이라면 무엇인들 못하겠소이까. (퇴장)

페이비언 페르시아 왕으로부터 수천 금의 연금을 받는대도 이 재미에 한 몫 끼어드는 것과 바꿀 생각은 없는데요.

토우비 경 이런 솜씨를 부려 줬으니 이젠 저 계집애에게 장가들어도 좋겠지.

앤드루 경 나도 좋은데.

토우비 경 지참금도 필요 없다. 그저 이런 재미있는 소일거리만 가져오면 돼.

마리아 다시 등장.

앤드루 경 나도 필요 없어.

페이비언 이크, 얼간이 새 갈매기 잡기의 명수, 아가씨가 나타나셨군.

토우비 경 네 발로 내 목덜미를 마구 잡아 다오.

앤드루 경 내 목덜미라도 좋아.

토우비 경　내 자유를 밑천으로 내가 지면 네 종이 되어 줄까?

앤드루 경　좋지. 나도 되어 줄까?

토우비 경　네가 저 녀석에게 얼토당토않은 꿈을 꾸게 했으니 그 꿈이 깨어지는 날엔 정신이 번쩍 들고 말걸.

마리아　정말이에요? 효험이 있어 보였어요?

토우비 경　있다 뿐인가. 산파에게 소주가 잘 듣는 격이었지.

마리아　그럼 이 장난의 결과를 보시겠거들랑 다음에 아씨 앞에 나타날 때를 시켜보세요. 노란 긴 양말을 신고 나타날 거예요. 그런데 이건 아씨가 몸서리를 치는 빛깔이고요. 또 십자 대님을 하고 나오겠죠. 이건 아씨가 무척 싫어하시는 요즘 유행이고요. 그리고 아씨를 보고 히죽거리면서 웃을 게 아니에요? 요즘같이 울적한 아씨에게 세상에 이것처럼 기분에 맞지 않으시는 게 또 어디 있겠어요. 그러니 뻔한 노릇, 조롱거리가 되더라도 이만저만이 아닐 거예요. 구경하시려거든 저를 따라오세요.

토우비 경　이 천하에 영악한 마귀야, 지옥의 문까지라도 따라가 주지.

앤드루 경　나도 따라가 주지. (모두 퇴장)

제3막

제3막 제1장

올리비아의 정원
바이올라와 작은 북을 손에 든 어릿광대 등장.

바이올라 잘 지냈나? 음악도 안녕하시고? 너는 북으로 사나?

광대 아니오. 수도원에 붙어살죠.

바이올라 그럼 수도승이로구나.

광대 천만의 말씀, 난 나대로 살고요. 집이 수도원에 붙어 있단 말씀이에요.

바이올라 그렇게 얘기한다면 거지가 왕 곁에 살고 있으면 왕이 거기 와 붙어사는 게 되겠군그래. 그리고 네 북을 수도원 곁에 세워 놓으면 수도원이 북의 덕을 보는 격이 되지 않겠느냐.

광대 옳은 말씀이오. 요즘 세상이야 그만입죠. 영리한 친구들한테 걸리면 말 한마디가 꼭 키드(염소 새끼) 가죽의 장갑이란 말이오. 안팎을 마음으로 갈아 끼우는 판이니까요.

바이올라 그거 정말이로구나. 말이란 농락하게 되면 화냥기가 금방 심해지기 마련이다.

광대 그러니 내 누이동생도 이름을 지어 주지 말걸 그랬나 보군요.

바이올라 건 왜?

광대 아, 그야 이름도 말 아니오. 그 말을 농락해 보세요. 누이동생에게 화냥기가 생기지 않겠나. 증서니 법령이니, 말이 타락해버렸으니 고약하게 됐죠.

바이올라 이유는?

광대 원, 이유를 대라니. 말을 쓰지 않고서는 이유를 댈 수 없는데 그 말이란 게 도무지 믿을 수 없단 말씀입죠. 말도 이유를 대고 싶지 않소이다.

바이올라 너는 명랑해서 세상에 아랑곳없겠구나.

광대 아니죠. 난들 왜 아랑곳없겠어요. 하지만 솔직히 말해서 댁에게는 아랑곳없습죠. 아랑곳이 없으니까 알 바가 없다면 댁은 없는 것, 즉 없어져 버린 게죠.

바이올라 넌 올리비아 아씨의 바보 아니냐?

광대 천만에, 올리비아 아씨는 얼간이가 아닌데 왜 바보를 두겠어요. 단 결혼하실 때까지 말입죠. 고등어가 청어와 비슷하듯이 얼간이와 남편은 서로 닮았죠. 남편 쪽이 좀더 크다 뿐이지요. 나는 그분의 바보가 아니라 말 장난꾼이라는 말씀입죠.

바이올라 얼마 전에 너를 오시노 공작 댁에서 봤다.

광대 바보 수작은 이 세상을 돌고 돌죠. 마치 저 태양같이 말예요. 태양은 비치지 않는 데가 없거든요. 바보가 우리 아씨 댁에나 마찬가지로 댁의 주인님께도 자주 드나들지 않는다면 미안 천만인뎁쇼. 거기서 영리하신 댁을 제가 뵈었지요.

바이올라 이젠 나를 한 대 갈겨 보겠다고 드는구나. 그건 안 돼. 상대하지 않겠어. 자, 용돈으로 받아 둬라.

광대 하느님, 다음에 털의 여유가 생기시거든 이분한테 수염을 좀 보내주십쇼.

바이올라 아닌 게 아니라 그게 마음에 걸려 견디지 못할 지경이로구나. (혼잣말로) 정말로 내 턱에 났으면 하는 것은 아니지만. 아씨는 계시냐?

광대 (돈을 만지면서) 이걸 짝을 지어 주면 새끼를 치지 않을깝쇼?

바이올라 아무렴, 이자를 낳게 하면 되지.

광대 프리지아의 판다로스 격으로, 뚜쟁이 노릇을 해서 이 트로일로스에게 크레시다를 데려다 줬으면 좋겠는뎁쇼.

바이올라 오냐, 알았다. 구걸하는 품이 됐다. (돈을 하나 더 준다.)

광대 뭐, 대단한 일은 아니죠, 기껏 거지를 구걸해 갔으니. 크레시다는 거지였다죠. 아씨는 안에 계세요. 안에 들어가서 어디서 오셨는가를 말씀 올리죠. 댁이 누구며 소관사가 무엇인지는 물론 내가 알 바 아니외다. 아니, '참견의 밖' 이라 해둘깝쇼. 이 말도 낡았군. (퇴장)

바이올라 저 녀석은 영리하니까 바보 노릇을 하지. 바보도 잘하려면 적잖이 꾀가 필요하단 말이야. 광대 노릇을 하는 동안 상대의 기분이나 인격, 그리고 때를 잘 봐 두어야 되거든. 그러다 날아오는 매처럼 눈 깜짝할 사이에 낚아채는 솜씨가 있어야 해. 이것은 똑똑한 인간의 솜씨 못지않게 힘이 드는 수련인데 저 친구는 때를 잘 맞춰 재치 있게 바보 수작을 해 보인단 말이야. 하지만 영리한 친구가 바보 수작에 넘어가면 이건 꼴이 말씀이 아니렷다.

토우비 벨치 경과 앤드루 에이규치크 경 등장.

토우비 경 안녕하쇼.

바이올라 안녕하시오.

앤드루 경 Dieu vous garde, monsieur. (안녕하십니까?)

바이올라 Et vous aussi, votre serviteur. (댁께서도, 삼가 인사를 올립니다.)

앤드루 경 아, 네, 받지요. 삼가 인사를 드리오.

토우비 경　누옥(陋屋)에 찾아오셨나이까? 혹여나 누옥에 소관사가 있으시다면 질녀가 들어오길 기다리는 중이올시다.

바이올라　네, 그쪽으로 진로를 향하고 있사옵니다. 저의 뱃길이 지향하는 곳이올시다.

토우비 경　시보(試步)를 조심히, 발동을 걸어 보십시오.

바이올라　시보가 무슨 뜻인지 확연치 못하나 행보는 틀림없을 것이오.

토우비 경　아니, 들어가시라고 말한 것이오.

바이올라　그럼 운신(運身)으로써 대답해 드리겠소이다. 한데 먼저 나오시는군.

　올리비아와 마리아 등장.

바이올라　세상에 훌륭하신 숙녀여, 하늘이 향기의 비를 당신 위에 뿌려 주시기를!

앤드루 경　(방백) 저 젊은 친구, 보기 드문 한량이로군. '향기의 비를 뿌려 주시라.' 근사하군.

바이올라　당신께서 손수 경청하여 주시기를 바라옵고 각별히 말씀드릴 것이 있사옵니다.

앤드루 경　(방백) '향기의 비', '경청', '각별히'라……. 어디 적어 두었다가 나도 써 봐야겠어.

올리비아　정원의 문을 잠그고 모두들 여기에서 물러나 주오. (토우비 경, 앤드루 경, 마리아 퇴장) 자, 그 손을 이리 주세요.

바이올라　무슨 분부라도 삼가 따르겠나이다.

올리비아　이름은 무엇이라고 하지요?

바이올라　세사리오라 합니다. 아씨의 하인으로 대령하겠습니다.

올리비아 나의 하인이라고요? 굽실거리는 체하는 게 마치 인사처럼 되고 나니 세상이 재미없어져 버렸어요. 당신은 오시노 공작의 하인 아니었나요?

바이올라 그런데 공작께서는 아씨의 것이니 그분의 것은 곧 당신의 것이 되지 않을 수 없죠. 당신의 하인의 하인은 곧 당신의 하인. 그렇지 않습니까, 아씨?

올리비아 그분은 조금도 마음에 없어요. 그분께서도 나 같은 것을 그렇게 골똘히 생각하실 게 아니라 백지 상태로 있으시기를 바라죠.

바이올라 아씨, 제가 온 것은 다름이 아니오라 그분을 위하여 마음을 부드러이 가지시도록……

올리비아 제발 부탁이에요. 다시는 그분 말씀일랑 입에 담지 말아 주세요. 하지만 또 다른 분의 일로 부탁이 있다면 얼마든지 간청해 주세요. 그쪽 같으면 저 하늘의 별들이 노래하는 음악보다도 더 기꺼이 귀를 기울이겠어요.

바이올라 아씨…….

올리비아 제발, 조금만 더. 지난번에는 당신이 내 마음을 그렇게도 어지럽힌 후에 뒤따라 반지를 보내 드렸죠. 그런 짓을 하다니, 나 자신에게나 심부름 한 사람, 그리고 아마 당신까지도 모욕한 짓이 됐어요. 나의 그런 행동, 아무리 욕을 먹어도 도리가 없게 됐어요. 당신 것이 아닌 걸 잘 아는 물건을 염치도 없이 계교를 꾸며 억지로 떠맡기다니 말예요. 어떻게 생각을 하셨는지, 나의 체면을 말뚝에 매어 놓고 가혹한 심사가 생각해 낼 수 있는 생각이란 생각은 모조리 풀어 그 일을 곯리려고 하지 않으셨을까? 당신처럼 눈치가 빠른 분은 벌써 다 아시고 계실 듯, 이 마음속의 비밀을 감추고 있는 것이라곤 망사 한 겹밖에는 없어요. 뭐라고 말씀 좀 해 주세요.

바이올라 동정합니다.

올리비아 동정이라면 사랑의 첫걸음 아닌가요?

바이올라 아니올시다. 원수에게도 동정을 한다고, 흔히 있는 일이 아닙니까?

올리비아 그럼 도리 없군요. 이젠 웃어넘길 수밖엔. 이 세상에는 못 사는 인간이 잘난 체한단 말이야. 어차피 먹이가 될 바에야 늑대에게 먹히기보다는 사자 앞에 넘어지는 게 차라리 나을는지도 몰라. (시계 치는 소리) 쓸데없이 시간을 보낸다고 시계가 날 나무라네. 젊은 분, 근심할 것 없어요. 내가 단념할 테니까. 하지만 지혜와 청춘이 결실의 때를 맞이하면 당신의 아내가 되는 사람은 훌륭한 남편을 맞게 되는 거예요. 자, 나가는 길은 저쪽, 서쪽이에요.

바이올라 그럼 '서쪽으로 배 떠나오!' 존체 내내 만안하시옵기를. 공작님께는 전하실 말씀이 없으시겠죠?

올리비아 잠깐만, 나를 어떻게 생각하는지 제발 말해 줘요.

바이올라 사실이 그렇지 않은 걸 그렇다고 여기는 것으로 생각합니다.

올리비아 내가 그렇게 생각한다면 당신의 경우도 마찬가지라고 생각해요.

바이올라 그럼 옳게 생각하셨군요. 저는 보시는 바의 제가 아니올시다.

올리비아 당신이 내가 생각하는 사람이 되었으면 좋겠어.

바이올라 그게 지금의 저보다 낫다면 차라리 저도 그렇게 되기를 바랍니다. 지금 저는 당신의 어릿광대밖에는 아니니까요.

올리비아 아, 저 입에서 나오면 아무리 멸시를 당하고 노여움을 사는 말이라도 아름답게 들리는구나. 감추고 싶은 사모의 정은 살인의 죄보다도 더 빨리 드러나고 말아. 사랑은 오밤중이라도 대낮과 같단 말인가. 세사리오, 봄철의 장미꽃과 처녀의 정절, 명예와 진실, 그리고 그 밖의 모든 것에 걸고 말하겠어요. 나는 당신을 사랑해요. 아무리 당신이 교만해도 이젠 지혜고 분별이고, 나의 이 정열을 억누를 수는 없어. 이런 말을 한다고 해서 여자 쪽에서 정을 통했으니 나는 모른다고 이상한 논리로 꾸며대지 마시고 차라리 이렇게 생각해 주시면 좋겠어요. 찾아서 얻는 사랑도 좋지만 찾지 않는데 얻어지는 사랑은 더욱 좋다고요.

바이올라   티 없이 깨끗한 이 젊은 마음에 걸고 맹세합니다. 저에겐 한 줄기 마음, 한 가지 심정, 한 가지 진실밖에는 없습니다. 그리고 그것은 여자에게는 드릴 수 없는 것입니다. 그것을 다스릴 여자란 저밖에 없습니다. 그러니 안녕히 계세요, 아씨. 이젠 두 번 다시 제 주인의 눈물을 당신께 하소연하는 짓은 않겠습니다.

올리비아   또 와 주세요. 지금은 아무리 싫어도 당신의 진심에 넘어가 언제 또 그분의 사랑에 이끌려 갈지도 모를 일이니까. (모두 퇴장)

제3막 제2장

올리비아의 처소
토우비 벨치 경, 앤드루 에이규치크 경, 페이비언 등장.

앤드루 경   안 돼, 이젠 더 이상 머물지 않겠어.

토우비 경   이 독설가야, 이유는? 이유를 대 보시게나.

페이비언   이유를 말씀해 주셔야 될 게 아니오. 앤드루 경.

앤드루 경   이게 뭐냐 말이오. 노형 질녀는 나를 거들떠보지도 않는데 저 공작의 심부름꾼인가 하는 녀석에게는 호의를 보여 주더군. 정원에서 이 눈으로 직접 보았다니까.

토우비 경   노형, 질녀는 그때 당신이 있는 것을 보았소? 얘기해 봐요.

앤드루 경   아, 그야 보고말고요.

페이비언   그게 그분께서 댁을 사랑하시는 큰 증거죠.

앤드루 경   아니, 원! 나를 바보로 만들 작정이오?

페이비언   천만에, 맹세코 그게 사실임을 증명해 드리죠. 판단과 분별에 걸어서 말이오.

토우비 경   그 판단과 분별은 노아가 뱃사공 노릇하기 전부터 배심원이었다는 걸 몰라?

페이비언   아씨께서 댁이 보는 앞에서 그 젊은이에게 아양을 떠는 것은 말이오, 댁을 안달하게 하고 그 졸고 있는 용기를 일깨우고, 댁의 가슴에 불을 지피고 간장에 유황을 들이붓기 위해 하는 짓이에요. 댁은 그때 아씨에게 인사를 해야 했어요. 그리고 마치 조폐공사에서 갓 나온 금전처럼 근사한 익살과 재담으로 그 젊은 녀석을 한 대 갈겨 멍청이로 만들어 버렸어야 해요. 이건 응당 댁이 하실 일이었는데 소홀히 해버렸군요. 이렇게 겹으로 칠한 도금(鍍金) 같은 멋진 기회를 물에 씻은 듯 씻어버렸으니, 지금은 아씨가 보시기에 마치 먼 북극으로 흘러가 버린 거나 마찬가지죠. 당분간은 거기서 네덜란드인 수염 끝의 고드름같이 아슬아슬하게 매달려 있는 판이네요. 이런 판국이니 용기든 책략이든 무슨 수를 써서 다시 칭송을 얻는 길밖엔 없는데요.

앤드루 경   어느 쪽이든 좋다면 나는 용기를 택해야지, 책략은 싫다구. 책략가가 될 양이면 차라리 청교도가 될 걸세.

토우비 경   옳지, 용기를 토대로 한 재산 쌓아올려 보란 말씀이오. 그놈의 공작네 젊은 녀석에게 결투를 신청해 여남은 군데쯤 상처를 입혀 줘. 질녀도 인정하게 될 거요. 중매쟁이라지만 세상에 사내대장부의 용기의 평판만큼 여자의 마음을 사로잡는 든든한 중매쟁이가 또 있을라구. 그걸 알아 둬야 하오.

페이비언 이 길밖에는 도리가 없어요, 앤드루 경.

앤드루 경 자네들 중 누가 그 녀석한테 결투장을 갖다 주겠나?

토우비 경 자, 기사답게 씩씩한 글씨로 쓰라구. 심술궂고 짤막하게 써. 재치 있고 조롱조로, 이놈, 네놈이라는 말은 몇 번을 써도 실언이 되지 않아요. 종이가 넓더라도 —그 영국 웨어의 십이 인용 침대처럼 널찍해도 상관없어— 허풍을 실컷 늘어놓으란 말이야. 자, 쓰라구, 펜은 거위 깃이라도 상관없으니. 잉크에 잔뜩 쓴맛을 들게 해. 빨리!

앤드루 경 어디서 만날까?

토우비 경 방으로 찾아가지. 서둘러. (앤드루 경 퇴장)

페이비언 아주 소중한 노리갯감이로군요.

토우비 경 아무렴, 소중한 노리갯감이지. 아마 이천 더커트는 족히 뜯어냈으니 말이야.

페이비언 그놈의 편지가 큰 구경거리겠는데, 설마 전달은 안 하시겠죠?

토우비 경 그게 무슨 말이야. 무슨 수를 써서라도 그 젊은 녀석을 구슬려 대답을 하게 해야겠어. 하지만 황소에 달구지 밧줄을 달아매도 두 녀석을 맞부딪치게 할 수는 없을 것 같아. 앤드루란 친구를 해부해 보면 아마 간에 벼룩의 다리를 채울 수 있는 피도 없을걸. 있다면 그 남은 몸뚱이를 내가 다 먹어 주겠네.

페이비언 그리고 상대인 젊은 친구도 그 상판 갖고서는 그리 억셀 것 같지도 않죠?

마리아 등장.

토우비 경 여, 저기 굴뚝새의 아홉 번째 새끼가 오시는군.

마리아   웃음보가 터져 지라를 꿰매고 싶거든 따라오세요. 저 얼간이 말 볼리오가 이교도(異敎徒)가 되어 버렸어요. 이단이라도 이만저만이 아니에요. 아니, 세상에 그리스도교가 글쎄 저런 엉뚱하고도 괴상한 짓을 하고서 천당에 갈 마음을 먹겠수? 노란 긴 양말을 신고 있어요.

토우비 경   그리고 십자 모양 대님도?

마리아   네, 그 꼬락서니라니. 딱 수도원의 잘난 체하는 수도사이지 뭐예요. 청부살인자처럼 그이 뒤를 졸졸 따라다녔죠. 그랬더니 내가 편지에 써놓은 그대로 하고 있지 않겠어요? 그러더니 웃는 표정을 짓는데, 이번에 새로 나온 인도를 크게 그린 지도보다도 더 많은 주름을 잡지 않겠어요? 그 꼴이라니, 평생에 그런 구경 못하셨을 거야. 그저 무엇이든 던져주고 싶어서 못 견디겠더라구요. 아씨께서는 틀림없이 그 녀석을 두들겨 패 줄 거예요. 그러면 더욱 웃음을 지으며 총애를 받는 것으로 생각하겠죠.

토우비 경   자, 어디야? 우릴 그곳으로 데려가 다오. (모두 퇴장)

제3막 제3장

거리
세바스찬과 안토니오 등장.

세바스찬   폐를 끼쳐 드리고 싶지는 않으나 수고하시는 게 좋다고 하니 더 이상 말 하지 않겠습니다.

안토니오   당신을 보내 놓고 뒤에 쳐져 있을 수가 없었지요. 줄로 깎아 세운 강철보다도 더 예리한 나의 소망이 나를 몰아세웠어요. 만나 보아야겠다는 마음 ─하긴 이 마음만이라도 오랜 바다 여행으로 나를 이끌어 갔을 겁니다만─ 그게 전부가 아니죠. 당신은 이곳 땅에 생소하니 가시다 어떤 일이 생길는지도 모르겠다는 근심도 있었죠. 인도하는 사람도 친구도 없는 낯선 사람에게는 곧잘 난폭하고 불친절한 일들이 생기기 마련이니까요. 그런 걱정이 앞서 이렇게 당신 뒤를 쫓아오게 되었군요.

세바스찬   친절하신 안토니오 형, 뭐라고 말해야 좋을지 그저 감사하다는 인사에 인사를 거듭하는 수밖에는 없소이다. 이런 푼돈도 안 되는 인사로 고마운 친절을 갚으려는 일은 세상에 흔하죠. 하나 내가 가진 재물이 감사의 크기만큼 든든하게 있으니 좀더 나은 보답을 해 드릴 수 있을 것입니다. 자, 우선 어떻게 하죠? 이 도시의 유적이라도 보러 갈까요?

안토니오   그것은 내일 합시다. 우선 있을 곳을 찾아보는 게 좋겠어요.

세바스찬   아니, 별로 피곤하지도 않고 밤까지는 시간이 많습니다. 어때요, 이 도시의 자랑인 기념비나 명물을 구경하면서 눈요기나 하시지 않겠어요?

안토니오   매우 거북한 이야기지만 저는 이 길거리를 마음대로 다닐 수 없는 몸이올시다. 전에 해전(海戰)이 있었는데 저는 여기 공작의 배를 대적하여 싸웠죠. 그때 제 이름이 알려졌기 때문에 지금 여기서 붙잡히면 무사히 넘어가기는 어려울 듯합니다.

세바스찬   여기 사람들을 많이 죽인 모양이군요.

안토니오   아뇨, 그렇게 피비린내 나는 싸움을 했던 것은 아니었습니다. 하긴 그때의 상황으로는 유혈의 참사가 벌어졌을는지도 모르죠. 또 나중에라도 우리 편이 가져간 것을 돌려만 주었더라도 일은 수습이 될 뻔했죠. 따지고 보면 우리 고향 사람들 대부분이 그렇게 교역(交易)을 한 거라나 혼자만 버텼죠. 내가 여기서 붙잡히는 날에는 비싼 대가를 치러야 할 겁니다.

세바스찬   그렇다면 함부로 길거리를 다녀서는 안 되겠군요.

안토니오   사실 난처하죠. 아, 잠깐. 이 지갑을 가져가시오. 이 도시 남쪽 끝에 코끼리관이라는 여관이 있어요. 거기가 제일 낫습니다. 저녁을 미리 시켜 놓을 테니 그동안에 소일도 겸해 이 도시 구경이나 하시고 정보라도 얻으시오. 나중에 그곳으로 오시면 됩니다.

세바스찬   왜 내가 형의 지갑을?

안토니오   사소한 물건이라도 눈에 띄면 사고 싶을 수도 있지 않소. 형의 재물은 하찮은 물건을 사는 데 써선 안 되니까요.

세바스찬   그럼 지갑을 내가 보관하죠. 한 시간 가량 있다 돌아가겠습니다.

안토니오   코끼리관이오.

세바스찬   알겠습니다. (모두 퇴장)

제3막 제4장

올리비아의 정원
올리비아와 마리아 등장.

올리비아   (혼잣말로) 부르러 뒤쫓아 보냈는데 오면 어떻게 대접할까? 뭘 주는 게 좋을까? 젊은 사람이란 애원이나 사정보다는 무엇인가 주어서 마음을 살 수 있는 경우가 적지 않은 법이거든. 아차, 목소리가 너무 커. (마리아에게) 말볼리오는 어디 있느냐? 사람이 차분하고 공손해서 나 같은 처지에 있는 심부름꾼으로는 그만이지. 말볼리오는 어디 있지?

마리아   곧 와요. 아씨, 그런데 태도가 좀 이상해요. 틀림없이 마귀한테 홀렸나 봐요.

올리비아　아니, 어떻게 됐는데? 헛소리를 하던?

마리아　아녜요. 그냥 히죽히죽 웃고만 있어요. 오거든 곁에 호위라도 두시는 게 마음이 놓일 것 같아요. 아무래도 머리가 돈 사람처럼 이상하거든요.

올리비아　어서 이리 불러 와요. (마리아 퇴장) 미치광이에게 울적해지는 것과 흥이 나는 것 두 가지가 있다면 나도 그에 못지않게 미친 사람이지.

마리아, 말볼리오를 데리고 등장.

올리비아　아니, 어떻게 된 거예요, 말볼리오?

말볼리오　아씨, 호호.

올리비아　뭐가 그렇게 우스워요? 나는 심각한 일이 있어 불렀는데.

말볼리오　심각한 일이라고요? 저도 그런 얼굴을 할 수 있죠. 이렇게 십자대님을 하고 있으면 피가 잘 통하지 않아서요. 하지만 그런 것쯤 문제가 되겠습니까? 어느 한 분의 눈만 즐겁게 해 드릴 수 있다면, 왜 그럴싸한 노래도 있지 않습니까. '한 분이 즐거우면 다 즐거워'라고요.

올리비아　아니, 대체 어떻게 된 노릇이에요?

말볼리오　다리는 이렇게 노란빛이고 마음은 검지 않습니다. 틀림없이 제 손에 들어왔습지요. 분부대로 즉각 시행! 틀림이 없소이다. 그 아리따운 로마식 필체는 세상이 다 알고 있는 것입죠.

올리비아　말볼리오, 그만 잠자리에 드는 게 어때요?

말볼리오　잠자리라고? 네, 사랑하는 임이여, 가겠소이다.

올리비아　아이, 딱해. 왜 그렇게 웃음을 흘리고 손에다 마구 입을 맞추는 거야?

마리아 어떻게 된 거에요, 말볼리오 씨?

말볼리오 홍, 그대가 묻는 건가? 하긴 두견이 갈가마귀에게 대답해 주는 일도 있으렷다.

마리아 아씨 앞에 이런 어이없고 황당한 모습으로 나타나다니, 어떻게 된 셈이에요?

말볼리오 '높은 신분을 두려워 말아 주오.' 멋있는 말이죠.

올리비아 그건 무슨 말이에요, 말볼리오?

말볼리오 '사람은 타고남이 잘나는 수도 있고……,'

올리비아 무슨?

말볼리오 '힘써 얻어 와 잘나는 수도 있고……,'

올리비아 무슨 소리예요?

말볼리오 '또한 남이 던져 주어 잘나는 사람도 있답니다.'

올리비아 아이, 딱하기도 해라!

말볼리오 '그대의 노란빛 긴 양말을 찬양하고……,'

올리비아 그대의 노란빛 긴 양말?

말볼리오 '그대의 십자 대님을 보고 싶어 한 사람을 잊지 말아 주세요.'

올리비아 십자 대님?

말볼리오 '그대가 마음만 정하면 이미 고친 신세……,'

올리비아 내가 신세를 고쳤다고?

말볼리오 '그렇게 못한다면 항상 집사의 자리.'

올리비아 이건 정말 삼복더위의 미치광이로군.

하인 등장.

하인 아씨, 오시노 공작님네 젊은 분이 다시 돌아오셨습니다. 사정을 해서 겨우 오시게 했습죠. 지금 분부를 기다리고 있습니다.

올리비아 곧 그곳으로 가겠어. (하인 퇴장) 이봐, 마리아, 이이를 조심해서 돌봐 다오. 토우비 아저씨는 어디 있니? 누구든 시켜서 각별히 보살펴 주도록 해요. 내 재산의 반을 없애는 한이 있더라도 이이가 이상한 짓을 하는 일이 없으면 좋겠어. (올리비아와 마리아 퇴장)

말볼리오 오, 호호. 자, 이만하면 알 만하지? 나를 돌보는 데 자그마치 토우비 경이란 말씀이야. 어때? 이 점이 바로 편지의 사연과 딱 부합이 된단 말이거든. 아씨께선 일부러 그분을 부르게 했지. 내가 건방지게 대하도록 말씀이야. 편지에도 그렇게 하라는 분부였지. '미천한 구투는 벗어버리고, 이 몸의 친척에겐 거역을 할 것이요. 하인들에게는 특히 까다롭게 구실 것. 고담준론을 입에 담고 범상한 인간과는 특이한 풍도를 차리실 것.' 그 편지의 지시 왈, 엄숙한 얼굴, 의젓한 거조(擧措), 느릿느릿한 말투, 그리고 모모한 분의 의복, 풍채, 기타 등등이렷다. 아씨를 끈끈이로 잡은 것은 나지만 그게 다 하느님 뜻이지. 정말 고마우신 하느님이로구나. 아까 저쪽으로 가시면서 뭐라고 그랬더라? '이이를 잘 돌봐 드려라.' 내 직책을 부르지 않고 이이라고 했단 말이야. 이거 만사가 다 척척 들어맞아. 의심이라니, 의심의 '의' 자라도 붙일 틈이 있느냔 말이다. 문제도 없거니와 이상하거나 마음이 안 놓이는 점이 하나라도 있어야 말이지. 이만하면 됐어. 안 그래? 이젠 내 앞길을 훤하게 틔우는 데 하나도 거슬리는 게 없다니까. 어허, 이게 어디 내 힘인가, 다 하느님 덕택이지. 얼마나 고마운 노릇인고.

마리아가 토우비 벨치 경 및 페이비언과 함께 등장.

토우비 경 대체 어디 있어, 이놈의 친구! 지옥의 마귀란 마귀가 모조리 몰려서 한 덩어리가 되어 그 친구를 홀렸다 해도 나는 말을 걸고 말겠어.

페이비언 여기요, 여기 있어요. 어떻게 된 거예요? 아니, 어떻게 된 거야, 응?

말볼리오 썩 물러가지 못해? 너희들에겐 일 없어. 혼자 있고 싶으니 썩 물러가거라.

마리아 보세요. 마귀가 안에 들어앉아서 허공에 소리를 내고 있지 않아요? 내가 말한 대로죠? 토우비 경, 잘 보살펴 주시라고 아씨께서 분부하셨어요.

말볼리오 하하, 그렇던가?

토우비 경 이봐, 이것 봐. 가만, 가만히. 곱게 다뤄야 해. 나한테 맡겨 둬. 어때, 말볼리오 군? 기분은 어떤가, 응? 이것 봐, 이 사람아! 마귀에게 져선 못써. 알았나? 그게 모두 인류의 적이란 말이야, 응?

말볼리오 임자가 하는 소리는 알고서 하는 말이야?

마리아 것 보세요. 마귀를 나쁘게 말하니 저렇게 벌컥 하지 않아요? 하느님, 제발 마귀에 홀리지 않게 해 주시옵소서!

페이비언 점쟁이 할머니한테 소변을 가져가 봅시다.

마리아 그래요, 내일 아침에 꼭 해요. 아씨께서는 무슨 일이 있더라도 이분을 버리게 할 수는 없다고 하셨으니까.

말볼리오 어때요, 아가씨?

마리아 아이, 참!

토우비 경 제발 조용히들 해요. 이래서는 안 돼, 자꾸 흥분하니까. 나한테 맡겨 둬.

페이비언 곱게 다룰 수밖에 없어요, 곱게. 마귀란 놈은 거칠게 다루면 좋아하지 않는단 말이에요.

토우비 경 어때, 이 사람아! 괜찮나, 친구, 응?

말볼리오   뭐라고?

토우비 경   자, 같이 놀자. 구구, 쯧쯧, 아서. 점잖은 터수에 사탄과 구슬 치기를 해선 못써. 시커먼 광부 녀석[魔鬼]일랑 뒈져!

마리아   기도를 올리게 해 주세요, 네? 기도를 올리게 말이에요, 토우비 경.

말볼리오   기도라고? 왈패 같으니!

마리아   뭐? 하느님 생각은 아예 나지도 않나 봐.

말볼리오   에잇, 다들 뒈져버려! 이 되지 못하게 얄팍한 인간들아, 나는 너희들 따위와는 달라, 알았어? 어디 두고 보자. (퇴장)

토우비 경   허허, 이건 너무했는데.

페이비언   이걸 연극이라고 한다면 당장에 조작이라고 욕했을걸. 어디 있을 법한 일이라야 말이지.

토우비 경   녀석, 꾀에 넘어가도 분수가 있지. 속속들이 걸려들었단 말씀이야.

마리아   곧 뒤따라가 보세요. 모처럼 꾸며낸 꾀, 바람이 들어 허탕을 치면 안 되니까요.

페이비언   그러다간 정말 미치광이가 되게요?

마리아   그러면 집안이 조용해지죠.

토우비 경   자, 저 친구를 묶어 컴컴한 방에 넣어 둬야겠다. 질녀도 저게 정신이 돌았다고 믿고 있으니 그렇게 해 놓으면 우리에겐 소일거리고 저 친구에겐 좋은 약이 되지. 하다가 재미에도 지치고 놈이 불쌍하게 되거든 이번 계략을 재판에 붙여 미친놈을 발견한 공으로 너를 표창하도록 하자꾸나. 아니, 저기 좀 보게.

앤드루 에이규치크 경 등장.

페이비언 5월 명절의 여흥거리가 또 하나 생겼군요.

앤드루 경 자, 결투장이다. 읽어 보게나. 식초와 후추로 단단히 양념을 쳐 놓았다구.

페이비언 아주 맵겠군요.

앤드루 경 아무렴, 여부가 있나. 자, 읽어 보라니까.

토우비 경 어디 보세. (읽는다) '젊은 친구, 네가 어떤 친구인지는 몰라도 야비한 녀석이다.'

페이비언 좋은데요, 씩씩한데.

토우비 경 (읽는다) '내가 이런 말을 한다고 이상하게 여길 것도 놀랄 것도 없다. 나는 어차피 그 이유를 대지 않을 터이니.'

페이비언 좋은 점을 찔렀군요. 그렇게 써놓으면 법에 걸릴 턱이 없지.

토우비 경 (읽는다) '너는 올리비아 아씨한테 온 적이 있지. 아씨께서는 내가 보는 앞에서 너를 후대했다. 너는 천하의 거짓말쟁이다. 하지만 네게 결투를 청하는 이유는 이것 때문이 아니다.'

페이비언 아주 간결해요, 요점도 잘 찌르고. (혼잣말로) 요점이 없어, 요점이.

토우비 경 (읽는다) '너는 악당이나 무뢰한처럼 나를 죽일 것이다.'

페이비언 역시 바람 피하듯 법률을 잘 피하셨는데.

토우비 경 (읽는다) '잘 있어라. 우리 두 사람 중 어느 하나에게 하느님께서 축복을 주시기를! 나에게 축복을 줄는지도 모르지만 내가 이길 가망이 많으니 네가 조심해라. 너의 대접 여하에 따라 너의 친구요, 또한 너의 불구대천(不俱戴天)의 원수인 앤드루 에이규치크.'

이 결투장을 보고도 움직이지 않는 녀석이라면 제 발로도 움직이지 못할 걸세. 내가 전해 주겠네.

마리아 마침 잘 됐어요. 그 사람이 지금 아씨와 얘기를 하고 있는 중이니 곧 가겠죠.

토우비 경 가보우, 앤드루 경. 가서 경관처럼 정원 모퉁이에서 그 녀석을 지켜보고 있으란 말이오. 그러다 때가 오면 닥치는 대로 무조건 칼을 빼. 빼면서 마구 떠들어대란 말이오. 날카로운 목소리로 우쭐거리면서 마구 욕지거리를 하는 것이 실제로 결투를 하는 것보다 위엄을 떨칠 수 있다는 걸 알아야 하오. 자, 가보우.

앤드루 경 좋아, 욕지거리는 내게 맡겨 둬요. (퇴장)

토우비 경 그런데 이 편지는 전해 주지 않겠어. 저 젊은 사람의 행색을 보아하니 재주도 있겠고 범절도 상당한 것 같아. 제 주인이 내 질녀에게 심부름을 시키는 것만 보아도 알 수 있거든. 그러니 이렇게 형편없이 무식한 편지를 가지고는 저 젊은 친구를 놀라게 하지 못할 거란 말이야. 편지를 보낸 자가 바보 천치라는 것을 곧 알게 되지. 그래서 말인데, 내가 이것을 구두(口頭)로 전하겠어. 에이규치크를 세상에서 다 아는 용감한 사나이라고 둘러대고 그 젊은 친구를 얼러서 —젊으니 쉽사리 곧이들을 거야.— 에이규치크를 험악하고 칼 솜씨 좋고 벌컥 하는 성미가 급한 인간으로 생각하도록 만들겠어. 그렇게 하면 서로에게 떨게 되지. 얼굴만 맞대어도 서로들 코커트리스(뱀의 몸에 닭의 머리를 한 전설의 괴물)처럼 죽이려 들 거란 말이야.

올리비아, 바이올라와 같이 등장.

페이비언 아, 저기 그 친구가 아씨와 같이 나옵니다. 작별할 때까지 내버려두었다가 곧 뒤를 따르도록 하세요.

토우비 경 그동안 가슴이 서늘해질 결투 신청의 대사라도 생각해야겠다. (토우비 경, 페이비언, 마리아 퇴장)

올리비아　목석같은 사람에게 자존심도 없이 이 마음을 너무 털어놓았나 봐요. 스스로 생각해 보아도 낯이 뜨거워질 정도니. 하나 아무리 내가 나를 나무란들 어쩔 수 없는 나의 나약한 마음인 걸 어떡해요.

바이올라　아씨의 그 견딜 수 없는 사모의 정이나 제 주인의 야속한 마음이나 다 같습니다.

올리비아　자, 내 화상이 들어 있는 이 보석을 몸에 지녀 줘요. 거절하지 말아요. 이건 입이 없으니 당신을 괴롭히지도 않을 거예요. 그리고 부탁인데 내일도 꼭 와 주세요. 당신이 원하는 걸 싫어할 이유가 뭐가 있겠어요. 정조를 더럽히는 것만 아니라면 무엇이든 드리겠어요.

바이올라　제가 바라는 것은 하나뿐입니다. 공작님을 진정으로 사랑해 주실 것.

올리비아　이미 당신에게 바친 것을 어떻게 그분에게 주어요? 정조를 더럽히지 않고서야.

바이올라　저에게 주신 것은 취소 처분을 하죠.

올리비아　자, 내일 또 오세요, 안녕히. 마귀가 당신 모습으로 유인하면 내 영혼은 지옥에라도 따라갈 거예요. (퇴장)

　토우비 벨치 경과 페이비언 다시 등장.

토우비 경　여, 안녕하시오?

바이올라　안녕하십니까?

토우비 경　피해를 당하지 않도록 서두르시오. 대체 노형이 무슨 짓을 했는지는 모르겠으나 지금 노형을 지켜보고 있는 사나이가 있소. 원한이 치밀어 피에 굶주린 사냥개처럼 정원 끝에서 당신을 기다리고 있소. 자, 그 칼을 빼서 실수 없도록 하시오. 상대는 재빠르고 솜씨가 좋고 사납기 이루 말할 수 없는 놈이오.

바이올라　뭔가 잘못 된 것 아니오? 내 기억으론 싸워야 할 만한 이유가 없소. 털끝만큼이라도 꺼림칙한 일로 남에게 해를 끼쳤다고는 꿈에도 생각하지 않는데요.

토우비 경　그런데 사실은 그렇질 않단 말씀이야. 그러니 조금이라도 목숨이 아깝거들랑 빨리 방비책을 세우시오. 상대방은 젊기도 하거니와 힘이며 솜씨가 좋고 게다가 지금 노발대발하고 있소.

바이올라　대체 어떤 사람이죠?

토우비 경　기사요, 전쟁터의 공적으로서가 아니라 융단 위에서 받은 작위이긴 하지만. 그래도 일대일로 싸움이 붙으면 귀신도 저리 가라는 판. 벌써 세 사람이나 혼령을 만들어 저승길로 보냈다오. 그런 인간인 데다 이번 일에는 특히 노발대발하고 있으니 진정하기는커녕 상대를 죽여 무덤으로 보내지 않고는 시원치 않는가 보오. 해치우느냐 당하느냐, 죽이느냐 죽느냐, 이것뿐이란 말이오.

바이올라　그럼 이 댁에 다시 들어가서 아씨에게 호위를 청하겠소. 나는 싸울 줄 모르는 사람이오. 세상에는 일부러 남에게 싸움을 걸어 용기를 시험해 보자는 따위의 사람도 있다 하던데 그 사람도 그런 괴상한 인간이 아니겠소?

토우비 경　그건 안 돼. 그 친구가 성을 내는 것은 그럴만한 이유가 있어서 그러는 것이오. 그러니 그가 원하는 대로 당당하게 응하시오. 안으로는 다시 들어가지 못해. 아니면 내가 상대를 해 드릴까. 그보다는 그 친구의 결투에 응하는 게 더 안전할 걸. 그러니 저쪽으로 가든가 아니면 자, 여기서 칼을 빼시오. 이젠 아무래도 상관 않을 도리가 없구려. 그게 싫거들랑 앞으로 그 쇠붙이를 차고 다니지 않겠다고 맹세를 하시오.

바이올라　이런 세상에, 고약하고 무례한 이야기로군요. 제발 부탁이오.

그분에게 내가 무슨 실례를 했는지 알아봐 주실 수 없겠소? 혹 실수로 무슨 짓을 했을지는 몰라도 내가 고의로 할 턱이 없어요.

토우비 경   내가 알아봐 드리지. 페이비언 군, 내가 돌아올 때까지 이분 곁에 있게. (퇴장)

바이올라   혹시 이 일에 대해서 잘 알고 있소?

페이비언   제가 아는 것은요. 그 기사가 댁에게 무척 화가 나서 목숨을 걸고라도 결판을 내야겠다는 거예요. 그 밖의 사정은 잘 모릅니다.

바이올라   어떻게 생긴 사람이오, 그 사람은?

페이비언   생김새를 봐서야 그렇게 대단할 것 같지 않죠. 그런데 실상 용기를 나타낼 때 보면 굉장합니다. 그렇게 칼 잘 쓰고 잔인하고 무시무시한 상대는 정말이지 이 일리리아 땅 어디를 찾아 봐도 없어요. 자, 저쪽으로 가봅시다. 힘닿는 대로 제가 중재를 해 드릴 테니.

바이올라   그렇게 해 주신다면 정말 고맙겠소. 나는 원래 기사를 상대하는 것보다 신부님과 교우하는 것이 내 성미에 맞아요. 내 천성이 그렇다는 걸 남이 알아도 상관없소. (퇴장)

    토우비 벨치 경, 앤드루 에이규치크 경과 다시 등장.

토우비 경   아, 그 친구 정말 귀신 같아. 그런 기사는 처음 봤어. 내가 시합을 한 번 해 보았는데, 칼집 채 말이야. 찌르는 솜씨가 어떻게나 날렵한지 받아치기는 생각도 못할 지경이야. 아무튼 칼 솜씨는 이 발이 땅을 밟고 있는 사실처럼 확실해. 페르시아 왕의 검객 노릇을 했다는 소문이던데!

앤드루 경   이거 야단났군. 난 상대하지 않겠소.

토우비 경   이제 와서 가만히 있지 않을걸. 저쪽에서 페이비언이 붙잡고 있지만 진땀을 흘리고 있다구.

앤드루 경　제기랄, 그렇게 세고 검술을 잘하는 줄 알았더라면 결투장을 보내기 전에 그 녀석이 지옥에 떨어지는 걸 볼걸 그랬지. 이번 일은 없던 것으로 말해 줘요. 그렇게 해 주면 내 회색 말 캐필레트를 주겠다고 말이오.

토우비 경　어디 한번 얘기는 해 보지. 여기 서 있어. 그래도 겉보기만이라도 센 체하고 있어요. 아무쪼록 저승에 갔다 오는 일이 없도록 잘 수습해야지. (방백) 자, 자네 말도 어디 한번 타 볼까, 자네를 잡아타듯이.

　페이비언과 바이올라 등장.

토우비 경　(페이비언에게) 싸움을 말리기로 하고 말을 손에 넣었지. 저 젊은 친구를 귀신이라고 말해 줬거든.

페이비언　이 친구도 앤드루를 굉장히 무서워하고 있어요. 곰한테 쫓기는 사람처럼 숨을 몰아쉬고 얼굴은 파랗게 질렸어요.

토우비 경　(바이올라에게) 이거 도리 없소이다. 하긴 곰곰 생각해 보더니 결투의 원인도 거창하게 떠들 만한 것도 못 된다고 하더군요. 그래도 일단 맹세를 했으니 대장부가 안 싸울 수는 없다더군. 그러니 저 사람 맹세를 지켜 주기 위해서라도 칼을 빼시오. 상처는 내지 않겠다니까.

바이올라　(방백) 하느님, 제발 저를 지켜 주시옵소서. 조금만 실수하면 남자가 아니라는 사실이 여기서 드러나고 말겠어.

페이비언　저쪽에서 성을 내어 날뛰거든 뒤로 물러서세요.

토우비 경　(앤드루에게) 자, 앤드루 경. 도리가 없네. 저 사람은 명예가 있으니 시합은 꼭 해야겠다는 거야. 결투의 법칙이 있으니 피할 도리가 없다더군. 그렇지만 자네를 해치지는 않겠다고 했어. 신사로서 또 기사로서 약속을 지키겠다는 거야. 자, 시작하게나.

앤드루 경　하느님, 아무쪼록 약속을 지키게 해 주시옵소서! (칼을 뺀다)

　안토니오 등장.

바이올라　이건 정말 내 본의가 아닙니다. (칼을 뺀다)

안토니오　칼을 치워! 이 젊은 분에게 잘못이 있다면 그 책임은 내가 지겠소. 만약 댁에게 잘못이 있다면 내가 대신 상대를 해 주겠어.

토우비 경　여보시오, 대체 당신은 누구야?

안토니오　이 사람을 위해서라면 무슨 짓이라도 할 사람이오. 지금 당신들에게 어떻게 말했는지 모르지만 그 이상도! 내가 해치울 테다. (칼을 뺀다)

토우비 경　그렇게 간섭을 하고 싶다면 오냐, 내가 상대해 주마. (칼을 뺀다)

　경관들 등장.

페이비언　토우비 경, 멈추세요. 저기 경관 나리들이 오십니다.

토우비 경　(안토니오에게) 나중에 상대해 줄 테다.

바이올라　(앤드루 경에게) 제발 칼을 치우세요, 네?

앤드루 경　네, 네, 치우고말고요. 그리고 약속한 것을 꼭 지키겠소이다. 그 말은 고삐를 당기는 대로 말을 아주 잘 듣는답니다.

경관 1　이 사람이야, 영장을 집행해!

경관 2　안토니오, 오시노 공작의 고소로 체포한다.

안토니오　사람을 잘못 보셨군요.

경관 1　아니야, 틀림없어. 지금은 선원 모자를 안 쓰고 있지만 나는 당신을 잘 알고 있어. 연행해! 내가 알고 있다는 걸 당신도 잘 알고 있겠지?

안토니오 할 수 없군요. (바이올라를 보며) 당신을 찾다가 이렇게 되었습니다. 하지만 이젠 도리가 없군. 각오는 했소. 제 처지가 급하게 되었으니 제 지갑을 돌려주시겠습니까? 제가 이 꼴이 된 것보다 당신을 도와주지 못하는 것이 유감입니다. 아, 너무 놀라지 마시고 그렇게 걱정하지 마세요.

경관 2 자, 빨리 가자.

안토니오 그 지갑에 남은 거라도 돌려주십시오.

바이올라 아니, 무슨 돈인데요? 이렇게 모처럼 친절을 베풀어 주셨고 또 지금 곤란한 처지를 당하시는 것을 보니 별로 힘이 되지 못하지만 조금 드리긴 하겠습니다. 가진 게 약소해서 안됐습니다만 제 것을 반으로 나눕시다. 자, 받으십시오.

안토니오 지금 와서 모른다고 잡아떼는 거요? 제가 당신을 구해 드린 일을 모른 척하시겠다는 말씀이오? 이렇게 불행한 처지에 빠진 사람을 너무 놀리지 마십시오. 그렇게 했다간 정말 마음이 틀어져 제가 여태껏 친절을 베푼 당신을 원망하게 될지도 모르겠소.

바이올라 도무지 알 수 없는 이야기뿐이오. 도대체 목소리고 얼굴이고 나는 댁을 모릅니다. 나도 배은망덕은 싫어요. 거짓말, 교만, 허튼소리, 술주정, 그 밖의 인간의 연약한 본성을 썩게 만드는 어떤 더러운 죄악보다도 배은망덕을 싫어하는 사람이오.

안토니오 아니, 세상에 이럴 수가!

경관 2 자, 갑시다, 가요.

안토니오 안내하시오! (경관들, 안토니오와 함께 퇴장)

바이올라 저렇게 흥분을 해서 지껄이는 것을 보니 진심으로 말하는 것 같아. 그게 정말이라면? 혹시 저 사람이 나를 오빠로 알았을까? 아, 제발 이 상상이 사실이라면? 그렇다면 얼마나 좋을까.

토우비 경   이봐, 이리 와요. 그리고 페이비언도 이리 오고. 우리도 어디 유식한 말씀을 운자(韻字)를 달아 지어 볼까.

바이올라   저 사람은 내게 세바스찬이라고 불렀지. 내 얼굴을 볼 때마다 오빠를 보는 것처럼 그렇게 우리 둘은 똑같이 닮았으니까. 내가 오빠를 그대로 흉내 내어 이 빛깔의 복장, 이런 장식을 하고 있으니. 아, 이게 사실이라면 태풍도 오히려 친절하고 저 짠 소금물의 파도도 달콤한 애정으로 차 있었다고 해야겠군. (퇴장)

토우비 경   비열하기 이를 데 없는 녀석이로군. 게다가 토끼보다도 더 겁쟁이란 말이야. 저놈이 비겁하다는 것은 곤경에 빠진 친구를 내동댕이치고 시치미를 떼는 수작으로 드러났어. 그리고 겁쟁이란 건 여기 페이비언에게 물어보면 알아.

페이비언   겁쟁이 정도가 아니죠. 겁쟁이교(敎)의 열렬한 신자라고 해야 할걸요.

앤드루 경   이 자식, 다시 쫓아가서 패 줘야겠다.

토우비 경   그래, 그렇게 해. 실컷 두들겨 패 줘. 하지만 칼을 뽑진 마우.

앤드루 경   그럼 뽑지 않고!

페이비언   어디 뒤따라가서 볼까요.

토우비 경   돈은 얼마든지 걸어도 좋아, 내 장담하지. 아무 일도 일어나지 않아. (모두 퇴장)

올리비아의 처소 앞.
세바스찬과 어릿광대 등장.

광대 그럼 제가 선생을 모시러 온 것이 아니라고, 저더러 그렇게 믿으라는 말씀이시군요.

세바스찬 바보 같은 수작 좀 작작하라니까. 저리 비켜 줘.

광대 정말 시치미 떼는 데는 뭐가 있군요. 알겠습니다. 저는 댁을 모르고요, 제가 아씨 분부를 받아 잠깐 오시라고 전갈하러 온 놈도 아니고요, 댁의 이름도 세사리오 선생이 아니고요. 그렇죠? 그리고 이놈의 코도 제 코가 아니고요, 즉 사실이 죄다 사실이 아니라는 말씀이죠.

세바스찬 제발 부탁이야, 다른 곳에나 가서 그 바보 같은 소리 작작해. 나를 알 까닭이 없잖아.

광대 바보 같은 소리 작작하라구? 어디 잘난 분한테서 듣고 와서는 이 바보한테 써먹겠다는 거로군. 바보 같은 소리를 작작해라! 허어, 이러다간 세상의 바보 천치가 멋쟁이인 척할라. 자, 제발 모르는 척은 그만하시고 아씨께 뭐라고 작작할깝쇼? 곧 오시겠다고 작작할깝쇼.

세바스찬 부탁이야, 바보 익살꾼. 제발 저리로 가 줘. 자, 돈을 줄게. 어물거리면 푸대접할 거라구.

광대 이거 마음씨 하나만은 아주 후하시군. 바보에게 적선해 주시는 똑똑한 양반은 다들 나중에 좋은 소리를 듣지요. 2할 가량은 더 비싸게 든습죠.

앤드루 에이규치크 경, 토우비 벨치 경, 페이비언 등장.

앤드루 경 이 녀석, 잘 만났다! 어디 맛 좀 보아라. (세바스찬을 친다)

세바스찬 뭐가 어째, 이 녀석? 이 녀석, 이 녀석! (앤드루를 두들긴다) 이 놈 지놈 할 것 없이 다 돌있군.

토우비 경 자, 그만하라구. 말을 안 들으면 당신 단검을 멀리 던져버릴 테니.

광대 아씨에게 곧장 알려야겠다. 돈 2펜스 받았다고 걸려들다니, 하느님 맙소사. (퇴장)

토우비 경 자, 그만하시오, 그만.

앤드루 경 어디 두고 보자, 다른 방법으로 상대를 해 줄 테니. 일리리아에 법률이 없다면 몰라도 구타 상해죄로 고소 못할 줄 알아? 먼저 친 것은 나지만 그까짓 게 상관있나, 뭐.

세바스찬 이 손을 놔!

토우비 경 놓지 못하겠어. 이봐, 용감한 친구, 칼을 치우시지. 그만하면 솜씨를 알았으니까.

세바스찬 이 손을 놓지 못할까? (뿌리친다) 자, 어쩌자는 거냐? 싸움을 걸고 싶거든 칼을 뽑아라!

토우비 경 뭐가 어쩌고 어째? 그럼 좋다. 네놈의 그 건방진 피를 한두 온스 얻어야겠구나. (두 사람, 칼을 뽑고 싸운다)

올리비아 등장.

올리비아   멈춰요, 토우비 아저씨! 싸우지 마세요.

토우비 경   질녀!

올리비아   늘 이 모양이세요! 염치도 없는 분 같으니. 버릇이고 예의고 다 어디 갔어요? 산중이나 야만인 동굴 속에서 사는 게 더 어울리겠어. 그만 물러가요! —노여워 마세요, 네? 세사리오.— 이 버릇없는 사람들, 저리 가버리라니까. (토우비 경, 앤드루 경, 페이비언 퇴장) 제발 부탁이에요. 무례하고 무도한 짓을 당했으니 오죽 화가 나겠어요. 하지만 잘 살펴서 참아 주세요, 네? 같이 집으로 가요. 저 불한당들이 여태껏 얼마나 쓸데없는 장난을 저질렀는지 들어 보세요. 그걸 들으면 이번 일도 웃고 용서해 주실 거예요. 꼭 가셔야 해요, 싫다고 하지 말아요. 정말 어쩔 수 없는 분! 그 바람에 얼마나 놀랐는지, 사냥꾼에게 놀란 사슴처럼 가슴이 뛰네요.

세바스찬   (혼잣말로) 이건 또 어떻게 된 일이지? 강물이 어디로 흐른다? 내가 정신이 돌았거나 아니면 꿈을 꾸고 있는 거야. 상상이여, 내 감각을 언제까지고 망각의 흐름 속에 잠기게 해 달라. 이게 꿈이라면 영원히 깨어나지 않았으면 좋겠구나.

올리비아   자, 이리 오세요. 그저 제 말대로만 해 주세요.

세바스찬   가겠습니다.

올리비아   말로만 그러지 마시구요, 네? (모두 퇴장)

제4막 제2장

올리비아의 처소.
마리아와 어릿광대 등장.

마리아 이봐요, 이 가운을 걸치고 수염을 달아요. 저 사람 앞에서 토오파스 신부님 행세를 하는 거예요. 자, 빨리. 그동안에 토우비 경을 불러올게. (퇴장)

광대 그래, 입어 주겠어. 변장을 합지요. 이런 가운을 입고 변장을 한 게 내가 처음이라면 얼마나 좋을까. 그런데 유감천만이지. 신부님 흉내를 내기에는 키가 좀 모자라고 훌륭한 학자님으로 보이기에는 좀더 수척해야 할걸. 하지만 올바른 인간, 착한 아저씨 소리를 듣는 것도 과히 나쁘지 않지. 훌륭한 학자님만 사람인가. 동지들께서 오시는군.

토우비 벨치 경과 마리아 등장.

토우비 경 안녕하십니까, 신부님?

광대 Bonos dies (좋은 날씨라는 뜻의 라틴어 인사말), 토우비. 일찍이 필묵(筆墨)과 더불어 사귀었다는 프라하의 어느 늙은 은자(隱者)께서 고오버두크 왕의 질녀에게 재담으로 가라사대, '있는 것은 있느니라.' 라고 했지. 그러니까 나도 신부요, 고로 신부님이시다. 대저 그것은 그것이 아니고 무엇이며 있음은 있음 이외의 또 무엇이겠소이까?

토우비 경 토오파스 신부님, 저 사람에게 갑시다.

광대 이봐라. 이 감옥에 평안을!

토우비 경 녀석, 흉내 한 번 근사하게 내는군. 잘해.

말볼리오 (안에서) 거기 누구요?

광대 토오파스 신부께서 얼이 빠진 말볼리오를 보살피러 왔노라.

말볼리오 신부님, 토오파스 신부님. 네, 신부님, 아씨한테 한 번 가 주십시오.

광대 예끼, 방자한 마귀 놈! 왜 이 사람을 이다지도 괴롭히는고. 그대는 아씨 이야기밖에는 할 줄 모르는가?

토우비 경　잘한다, 신부 선생.

말볼리오　(안에서) 토오파스 신부님, 세상에 이런 변을 당할 수가 있겠습니까? 제발 신부님, 제가 미쳤다니 어림도 없는 말이올시다. 그자들이 끔찍하게도 저를 이렇게 컴컴한 곳에 몰아넣은 겁니다.

광대　이놈, 이 무도한 사탄아! 너를 이렇게 불러 주는 것만도 대접을 한 것이야. 에헴, 이래 봬도 마귀에게도 인사를 차릴 줄 아는 신사이시다. 뭐, 방이 컴컴하다고?

말볼리오　지옥같이 어둡습니다, 신부님.

광대　장벽(障壁)처럼 투명한 퇴창이 있고 북남(北南)에 흑단같이 광채가 나는 높은 창이 있는데 빛이 들어오지 않는다니 무슨 말인고?

말볼리오　토오파스 신부님, 저는 미친 것이 아닙니다. 정말 이 방은 컴컴합니다.

광대　미친 자여, 그대가 잘못 알고 있어. 세상에 무지처럼 어두운 것은 없나니. 그대가 그 어둠 속에서 갈피를 잡지 못하는 것은 성경에 나오는 이집트인이 짙은 안개 속에서 헤매는 것보다 더하도다.

말볼리오　무지함은 지옥에 못지않게 어둡다고 하오나 여기는 무지함에 못지않게 컴컴합니다. 그리고 정말이지 저처럼 욕을 본 자는 없을 겁니다. 저는 신부님과 마찬가지로 정신이 돌지 않았습니다. 이치에 합당한 질문을 하셔서 저를 시험해 주십시오.

광대　들새에 관한 피타고라스의 정의는 무엇인고?

말볼리오　저는 영혼을 고귀한 것이라고 생각하기 때문에 그 정의에는 절대 찬성하지 않습니다.

광대　잘 있게나. 그냥 컴컴한 데 있어야겠어. 그대가 피타고라스의 정의를 믿을 때까지는 그대의 정신이 온전하다고 생각지 않겠어. 그리고 노란

도요새란 놈을 죽이지 않도록 조심해야겠어. 잘못했다간 조모님의 영혼을 쫓아버릴는지 모르니까 말이야. 잘 있게나.

말볼리오   신부님! 토오파스 신부님!

토우비 경   토오파스 신부님 만세!

광대   무엇이든 척척, 문제없다니까.

마리아   그 수염이랑 가운은 없어도 괜찮았겠는데. 저쪽에서는 보일 리가 없으니까.

토우비 경   이번에는 네 목소리 그대로 해 봐. 나중에 어떻게 됐는지 내게 알려 다오. 이 장난도 이쯤 해 두어야겠다. 뒤처리만 이상 없다면 그만 풀어 주는 게 좋겠어. 질녀에게 단단히 밉상을 바쳐 놓았으니 괜스레 끝장을 보려다간 무슨 변이 닥칠지도 모를 일이야. 이따 내 방으로 오너라. (토우비 경과 마리아 퇴장)

광대   (노래한다) '이보게 로빈 군, 흥겨운 로빈 군, 자네 색시 재미는 어떠하신가?'

말볼리오   바보!

광대   '우리 색시 요즘은 박정도 하이.'

말볼리오   바보!

광대   '아이구, 그건 또 왜 그렇게 됐나?'

말볼리오   이봐, 바보!

광대   '딴 사내가 생겼다네.' 아니, 누가 나를 부르나?

말볼리오   애, 바보야, 제발 적선하는 셈치고 촛불과 펜, 잉크와 종이를 갖다 주겠나? 네 은공은 잊지 않으마. 점잖은 체면에 거짓말하겠느냐?

광대   말볼리오 나리이시오?

말볼리오   그렇다, 얘야.

광대   에그, 가엾기도 하시지. 어쩌다가 멀쩡한 정신을 그렇게 잃으셨을까?

말볼리오 바보야, 세상에 나처럼 욕을 본 사람이 또 어디 있겠느냐? 네 정신이나 마찬가지로 나도 말짱하단다.

광대 마찬가지라구요? 나리 정신이 이 바보 머리나 다를 바 없다니, 정말 머리가 돌았군요.

말볼리오 그놈들이 나를 인간 대접을 않고 여기 몰아넣어 버렸다. 이런 컴컴한 데다 가두고는 신부 따위를 보내다니, 바보들 같으니라고. 그리고는 저희들 멋대로 나를 미치광이로 몰아세웠어.

광대 말씀 조심합쇼. 신부님이 아직 여기 계시오. (목소리를 바꿔서) 말볼리오, 말볼리오, 제발 하느님이 그대에게 은총을 베푸셔서 제정신이 돌아오기를! 애써 잠을 자도록 하게. 그리고 쓸데없이 주둥이를 놀리면 못 쓰네.

말볼리오 토오파스 신부님!

광대 넌 저 사람하고 말하면 못써. 알았나? (자기 목소리로) 저 말이오? 알았습니다. 안녕히 가세요, 토오파스 신부님. (다시 목소리를 바꿔서) 잘 있어라, 아멘. (다시 자기 목소리로) 네, 네, 알았습니다.

말볼리오 바보, 바보! 얘, 바보야!

광대 아, 왜 이러시오? 가만 계시오. 무슨 말씀을 하려고요? 말한다고 야단맞았어요.

말볼리오 바보야, 부탁이다. 등불과 종이를 가져다 다오. 이것 보라구, 나는 이 일리리아 땅의 누구 못지않게 정신이 말짱하단 말이야.

광대 그렇다면야 좀 좋겠어요!

말볼리오 이 손에 맹세하마! 절대 말짱하다. 제발 펜과 종이, 그리고 등불을 가져와. 그리고 내가 쓴 것을 아씨에게 전해 다오. 여태까지의 편지 심부름보다 훨씬 두둑한 재미를 보게 해 주마.

광대   도와드립죠. 근데 정말이오? 정말 미친 것이 아니라 미친 시늉을 하고 계셨단 말인가요?

말볼리오   나를 믿어. 내 정신은 말짱하다니까. 틀림없어.

광대   (방백) 원, 미친 사람이 하는 말을 어떻게 믿는담. 골통 속이라도 들여다보지 않고서야. (말볼리오에게) 등불과 종이와 잉크를 갖고 오겠소.

말볼리오   바보야, 사례는 톡톡히 해 주마. 제발 다녀오너라.

광대   (노래한다)

다녀오지요.

눈 껌벅할 사이에

곧 돌아오지요.

옛적 광대 '바이스'처럼

댁의 도움이 되지요.

광대 '바이스'는 목검으로

노발대발해서는

이놈, 아, 하!

마귀 보고 호령하죠.

미치광이 꼴을 하고

발톱 깎아라, 아비야.

마귀 아저씨, 잘 가오! (퇴장)

제4막 제3장

올리비아의 정원.

세바스찬 등장.

세바스찬 이건 대기고 저 위에는 빛나는 태양, 저분이 주신 이 진주, 손으로 느낄 수도 눈으로 볼 수도 있어. 그렇다. 나를 이렇게 에워싸고 있는 게 이상하기 짝이 없지만 내 정신이 돈 것은 아니야. 그렇다면 안토니오는 어디 있지? 코끼리관에 가보았는데도 없었어. 아니, 있었기는 했다, 가보니 이 전갈이 있었지. 나를 찾으러 거리에 나가 보겠노라고. 지금 그 사람이 의논 상대가 돼 준다면 내게는 다시없는 도움이 될 텐데. 내 이성이 오감(五感)을 억누르고 다짐하는 것만은 틀림없어. 즉 무슨 착오일는지는 모르지만 내가 정신이 나간 것은 결코 아니라고 말이야. 그렇지만 뜻밖의 사건이며 요행이 무슨 전례가 있는 것도 아니요, 이치에 맞지 않은데도 이렇게 홍수처럼 쏟아지는 걸 보면 이 눈을 의심하지 않을 수 없어. 아무리 내 이성이 그렇지 않다고 우겨대지만 내 정신이 어떻게 되었거나 아니면 이 댁 아씨가 어떻게 된 거라고 믿고 싶어진단 말이야. 그런데 이상하지? 이 댁 아씨가 어떻게 된 거라면 내 눈으로 안 보았으면 모르되, 어떻게 저렇게도 부드럽고 진중하고 차근차근하게 집안일을 돌보며 하인들을 부리며 모든 사무를 빈틈없이 처리할 수 있단 말인가? 아무래도 무슨 꿍꿍이가 숨어 있는 것 같아. 아, 아씨가 이곳으로 오시는군.

올리비아와 신부 등장.

올리비아 이렇게 서둔다고 저를 탓하지 마세요. 당신 말씀이 진실이라면 저와 함께 이 신부님이 계시는 바로 근처의 성당으로 갑시다. 이 신부님 앞에서 그리고 그 성당 지붕 아래서 영원히 변치 않을 당신의 굳은 맹세를 해 주세요. 의심 많고 불안한 제 영혼이 안심하고 살 수 있게 말이에요. 그 맹세는 당신이 세상에 밝혀도 좋다고 하실 때까지 덮어 두도록 신부님께 부탁 드리겠어요. 그러다 때가 되면 제 신분에 합당한 예식을 올리도록 해요. 어떻게 생각하세요?

세바스찬　신부님을 모시고 당신과 함께 가겠습니다. 한번 진실을 맹세하면 평생토록 지켜야죠.

올비아　그럼 신부님, 인도해 주세요. 하늘도 빛을 내어 저의 이 행동을 보살펴 주시옵소서! (모두 퇴장)

제5막

제5막 제1장

올리비아의 처소 앞.
어릿광대와 페이비언 등장.

페이비언 얘, 우리 사이에……, 그 편지 좀 보자꾸나.

광대 그럼 페이비언 씨, 내 청 하나 들어주겠소?

페이비언 들어주고말고.

광대 이 편지를 보자고 하지 마시라는 청이라오.

페이비언 이거 참, 개를 드립니다 하고는 그 대신 개를 다시 돌려주시오 하는 것과 똑같군.

오시노 공작, 바이올라, 큐리오우, 귀족들 등장.

오시노 공작 너희들은 올리비아 아씨 댁 사람이냐?

광대 네, 저희들이야 그저 아씨의 변변치 못한 하인들입죠.

오시노 공작 네 얼굴은 잘 알고 있다. 어떠냐, 요즘?

광대 솔직한 말씀으로 원수 덕택에 잘 되고 친구 덕택에 해를 보고 있는 셈입니다.

오시노 공작 그 거꾸로겠지. 친구 덕택에 잘 될 것 아니냐?

광대 아닙니다. 나쁘게 되죠.

오시노 공작 어떻게 그럴 수가 있지?

광대 그것은 말씀입죠, 친구는 저를 치켜세워 주고 바보로 만듭니다. 그런데 원수는 대놓고 저를 바보라고 하거든요. 그래서 원수의 덕택으로 저 자신을 알게 되니 덕을 보는 것이고요, 친구의 덕택으로는 속는 것밖에 없죠. 결론은 어떻게 되느냐 하면, 이것은 마치 키스와 같아서요, 부정(否定) 네 개가 합치니 긍정(肯定)이 두 개 나오지 않겠습니까? 그러니 친구 덕에 손해 보고 원수 덕에 잘 된다는 말씀이올시다.

오시노 공작 그것 아주 재미있구나.

광대 천만의 말씀을요. 공작님께서는 저의 친구가 되시겠다는 듯합니다만.

오시노 공작 내 덕택에 해를 보아서야 되겠느냐. 옜다, 받아라.

광대 이중 거래만 안 된다면야 한 푼 더 주셔도 좋을 것 같은뎁쇼.

오시노 공작 이 녀석은 좋지 못한 일만 권하는군그래.

광대 이번만은 양심일랑 호주머니 속에 넣어 두시고 인정에 따르십쇼.

오시노 공작 그럼 죄를 짓자꾸나. 이중 거래를 하지. 자, 여기 있다.

광대 '하나, 둘, 셋.' 이것 재미있는 놀이올시다. 또 속담에도 있지 않습니까? '삼세번에 승부를 결한다.'고요. 그리고 3박자가 춤출 때는 그만이올시다. 그리고 또 있죠. 성 베네트의 종소리라면 벌써 짐작이 가시겠죠, 하나, 둘, 셋.

오시노 공작 네 광대 솜씨의 그 수작으로는 호주머니에 다시 손이 들어가지 않는구나. 너의 댁 아씨에게 내가 왔다고 전하고 이리로 모시고 나온다면, 더 보태 주고 싶은 생각이 날지도 모르겠다.

광대 그럼 제가 돌아올 때까지 그 생각일랑 잘 재워 놓으십쇼. 다녀오겠습니다. 하지만 제가 이렇게 바란다고 해서 탐욕의 죄라고는 생각하지 마십쇼. 자, 그럼 베푸시는 마음은 잠시 눈을 붙이게 두시고 제가 곧 와서

깨우겠소이다. (퇴장)

　안토니오와 경관들 등장.

바이올라　아, 저기 저를 구해 준 분이 오시는군요.

오시노 공작　저자의 얼굴은 내가 익히 알고 있다. 하긴 지난번에 만났을 때는 전쟁터 초연(硝煙)에 타서 대장간의 신 불카누스처럼 시커멓게 되었었지. 보잘것없는 배의 선장으로서 바다 위에 얕게 뜬 볼품없는 배를 갖고 우리 함대의 가장 훌륭한 배를 대적하여 산산이 부숴 버린 적이 있었지. 우리는 원한이고 손실을 떠나서 그 훌륭한 솜씨를 칭찬하지 않았던가. 어떻게 된 거냐?

경관 1　공작님, 이자가 안토니오, 실론의 칸디에서 싣고 오는 피닉스 호의 짐을 빼앗은 장본인이올시다. 그리고 타이거 호에 뛰어들어 조카 되시는 타이터스님의 한쪽 다리를 잃게 한 것도 바로 이자올시다. 자신의 처지나 일신의 위험도 제쳐 놓고 노상에서 소란을 피우고 있길래 여기 잡아 왔습니다.

바이올라　이분은 저에게 친절을 베풀어 저를 대신해서 칼을 뽑았죠. 그런데 나중에는 이상한 이야기를 했어요. 아무래도 실성한 것이라고밖에는 생각되지 않습니다.

오시노 공작　이 천하에 악명 높은 해적! 바다의 도둑놈! 대체 얼마나 어리석고 무모하기에 그 흉악한 짓으로 불구대천의 원수가 된 이곳에 스스로 들어오게 되었느냐?

안토니오　오시노 공작, 죄송하오나 지금 불러 주신 칭호는 받을 수 없소이다. 이 안토니오, 오시노 공작의 적이라는 것에는 의심의 여지가 없음을 인정하나 도둑이나 해적이라니 천만의 말씀이오. 제가 여기 온 것은 마귀에 홀린 탓이오. 그 곁에 서 있는 천하에 배은망덕한 젊은이, 그가 거친 바다의 거품이 이는 파도에 허우적거릴 때 건져준 것이 바로 이 몸이오. 도저히 살길 없는 빈사의 몸을 소생시키고 그뿐인가, 정성을 다하여 아낌없이 마음의 전부를 바쳤던 것이오. 저 사람을 위해서, 오로지 그를 아꼈기 때문에 이렇게 위험을 무릅쓰고 이 사지(死地)로 뛰어든 것이오. 게다가 곤경에 빠진 저 친구를 구해 주려고 칼을 뽑았소. 그런데 이 몸이 잡히자 박정한 저자는 자기가 위험에 걸려들까 봐 나를 알지 못한다고 뻔뻔스레 시치미를 떼고 순식간에 이십 년이나 벌어진 사이가 되어 버린 것이오. 그러다가 반 시간도 채 되기 전에 제가 준 지갑을 받은 일이 없다고 시치미를 떼는군요.

바이올라　세상에 이런 일이!

오시노 공작　이자는 언제 이곳에 왔는고?

안토니오　오늘 왔소이다. 지난 석 달 동안 한시도 떨어지지 않고 함께 기거를 해 왔던 것이오.

오시노 공작　저기 백작 댁 아씨께서 오시는군. 천사가 땅 위를 밟는 듯하구나. 여봐라, 네 말은 앞뒤가 맞지 않아. 이 젊은이는 지난 석 달 동안 내 시중을 들어왔다. 그 이야기는 나중에 다시 하기로 하고 일단 이자를 저리 데려가거라.

올리비아와 시종들 등장.

올리비아　무슨 소관이십니까? 제가 절대 드릴 수 없는 것을 빼놓고라면 무슨 심부름이라도 하겠어요. 세사리오, 약속을 해 놓고 안 지키다니.

바이올라　아씨?

오시노 공작　올리비아 아가씨⋯⋯.

올리비아 대답을 해 보세요, 세사리오! (공작에게) 공작님, 잠깐만.

바이올라 제 주인께서 말씀을 하시니 저는 삼가겠습니다.

올리비아 전과 똑같은 소청의 되풀이라면 제 귀에는 음악 뒤의 고함 소리처럼 듣기 따분하고 역겹습니다.

오시노 공작 언제까지나 그렇게 매정하시오?

올리비아 네, 언제나 변함이 없어요.

오시노 공작 그 외고집, 당신은 가혹한 사람이오. 그 은혜도 모른 채 인정머리 없는 당신의 제단(祭壇)에 내 영혼을 바쳐 일찍이 세상에 둘도 없는 정성에 찬 기도를 올렸던 것이오. 이 몸은 이제 어떻게 하란 말씀이오?

올리비아 공작님께 알맞은 일이라면 무엇이든 마음대로 하세요.

오시노 공작 하고 싶은 마음만 있다면야 난들 왜 죽음이 임박한 저 이집트의 도둑처럼 사랑하는 사람을 죽이지 못하겠소. 포악한 질투도 때로는 거룩하게 생각되지 않는 것도 아니오. 그렇지만 들어 보시오. 당신은 나의 진심을 헌신짝 버리듯 거들떠보지도 않고, 또 당신의 애정 한가운데 응당 내가 차지해야 할 자리에서 나를 억지로 몰아낸 이유가 무엇인지도 대강은 알고 있으니, 당신은 언제나 대리석 못지않은 차가운 폭군으로 있으시오. 그러나 당신이 총애하는 이 아이, 이 아이를 사랑하는 줄은 나도 알고 있소. 그리고 확언하지만 나도 아끼고 있는 아이요. 이 아이가 당신의 그 매정한 눈앞에 왕관을 쓰고서 자리 잡고 있어요. 이 주인을 멸시하면서 말이오. 이 아이를 그 눈에서 빼앗겠소. 자, 넌 나와 같이 가자. 나도 좀 고약한 짓을 하고 싶군. 내가 아끼는 새끼 양을 제물로 하여 비둘기 속에 들어 있는 까마귀 같은 마음을 괴롭혀야겠다.

바이올라 저도 당신의 마음을 진정시키는 일이라면 무엇이 싫겠습니까. 천 번 만 번이라도 제물이 되겠습니다.

올리비아 어디로 가죠, 세사리오?

바이올라 사모하는 분의 뒤를 따라갑니다. 이 두 눈보다도, 이 생명보다도, 비록 장차 아내를 사랑하는 일이 있다 하더라도 이 세상 무엇과도 비교가 안될 만큼 제가 사랑하는 분입니다. 이것이 거짓이라면 사랑을 더럽힌 죄목으로 하느님께서 벌을 내려주소서.

올리비아 아아, 야속해라! 내가 이렇게 속아 넘어가다니.

바이올라 누가 속였단 말이오? 누가 해를 끼쳤단 말씀입니까?

올리비아 자신이 모른다구요? 바로 얼마 전 일이 아니에요? 신부님을 불러와 보세요.

오시노 공작 (바이올라에게) 자, 가자.

올리비아 어디로 간단 말이에요? 세사리오, 기다려요, 나의 신랑.

오시노 공작 신랑?

올리비아 그래요, 내 남편이에요. 아니라고는 말하지 못할걸요.

오시노 공작 네가 남편이냐, 응?

바이올라 천만에, 절대 아닙니다.

올리비아 비열한 사람! 떳떳하게 주장하지도 못하다니, 그렇게 두려운가요? 세사리오, 겁낼 것 없어요. 자, 행운은 잡는 거예요. 있는 그대로의 당신이 되세요. 그러면 당신이 두려워하는 그런 신분 못지않게 될 테니까.

    신부 등장.

올리비아 신부님, 잘 오셨어요. 신부님, 어김없이 말씀해 주세요. 당신의 신성한 입으로 여기에 모두 밝혀 주세요. 아까는 그냥 덮어 두기로 했습니다만 지금은 때가 무르익지 않은 채로 드러내겠습니다. 신부님도 아시는 저 젊은 분과 나 사이에 주고받은 언약을 모두 말씀해 주세요.

신부 네, 두 분께서는 영원히 변함없는 사랑의 가약(佳約)을 맺으셨습니다. 서로 손에 손을 맞잡고 신성하게 입을 맞추어 그 증명을 했으며 반지를 교환하여 든든하게 한 약속입니다. 그리고 이 백년가약의 의식 일체는 제가 직책에 따라 입회하였으며 충분히 확인한 것이올시다. 제 시계로 보아 그때로부터 불과 두 시간밖에는 경과하지 않았군요.

오시노 공작   에이, 이 녀석, 시치미를 떼고 있었구나. 그 낯가죽에 백발이 희끗거릴 때에는 어떤 인간이 되어 있을 건가? 아니면 네 잔꾀가 멋대로 자라나 남을 옭아매려는 수작에 네 스스로 걸려들고 말 것이니라. 가거라! 가서 잘 살아라. 하지만 네 발길을 조심해, 두 번 다시 나와 마주치지 않도록!

바이올라   공작님, 절대 그런 일은…….

올리비아   그만 맹세해요. 아무리 겁이 많더라도 조금은 자신을 가져 보세요.

앤드루 에이규치크 경 등장.

앤드루 경   큰일 났어. 빨리 의사를! 곧 토우비 경에게 보내 주시오.

올리비아   아니, 어떻게 된 일이에요?

앤드루 경   그놈이 내 머리를 깨고 토우비 경의 대가리를 피투성이로 만들어 놓았소. 제발 덕분에 살려 주시오. 이럴 줄 알았다면 사십 파운드를 날리더라도 집에 있을걸.

올리비아   이런 짓을 한 사람이 누구예요, 앤드루 경?

앤드루 경   공작을 시중드는 세사리오란 놈이오. 겁쟁이인 줄 알고 덤볐더니 이게 마귀가 사람으로 둔갑한 놈 아니겠소?

오시노 공작   내 시종 세사리오라고?

앤드루 경   이크, 여기 와 있군. 댁은 왜 이유도 없이 남의 골통을 깼소?

내가 댁에게 한 짓은 토우비 경이 시켜서 한 것이오.

바이올라   그 이야기를 왜 나에게 하시오? 나는 당신을 해친 일이 없소. 당신은 이유도 없이 칼을 빼고 내게 달려들지 않았소? 그래도 내가 좋게 말해서 조금도 다친 일이 없었지 않소!

앤드루 경   아니, 그 따위 말이 어디 있어! 대가리를 온통 피투성이가 되게 하고도 다친 일이 없다고? 그까짓 것쯤은 아무것도 아니란 말씀인가? 저기 보라구, 토우비 경이 다리를 절면서 오고 있잖나. 저 사람에게 물어 보면 나 알 서요. 서 사람이 술만 취하지 않았더라면 당신 같은 것은 뼈도 추리지 못했을 걸세.

　　토우비 벨치 경과 어릿광대 등장.

오시노 공작   아니, 어떻게 된 일이오? 무슨 일이지?

토우비 경   어떻게고 뭐고 없소. 당했어요, 당했어. 그뿐이지. 야, 바보. 덕 선생을 만났나?

광대   토우비 경, 그 선생은 한 시간 전부터 곤드레만드레죠. 아침 여덟 시에 벌써 눈이 저물었다니까요.

토우비 경   에이, 고얀 놈. 8박자의 느림보 녀석 같으니라구. 난 말이야, 주정뱅이 고얀 놈이 제일 싫다.

올리비아   저리 데려가거라. 누가 저렇게 상처를 입혔느냐?

앤드루 경   내가 도와주겠네, 토우비 경. 같이 붕대를 감도록 하지.

토우비 경   도와주겠다구? 이 바보 천치 나리야, 돼먹지 못한 양반, 얼빠진 말라깽이!

올리비아   빨리 눕혀서 상처를 돌봐주도록 해요. (어릿광대, 페이비언, 토우비 경, 앤드루 경 퇴장)

세바스찬 등장.

세바스찬 아씨, 죄송합니다. 댁의 친척 분에게 그만 상처를 입혔습니다. 하지만 비록 저와 피를 나눈 친형제라 하더라도 목숨을 건지려면 도리가 없는 노릇이었습니다. 아니, 왜들 이상한 눈으로 저를 보시지요? 아무래도 제가 저지른 일에 기분이 많이 상하셨군요. 용서해 주시오, 바로 조금 전에 맺은 언약을 생각해서라도 말입니다.

오시노 공작 같은 얼굴, 같은 목소리, 같은 복장! 그런데 사람은 둘이라니, 이 무슨 변화가 만든 조화의 거울인가. 한 얼굴이 둘로 보이다니!

세바스찬 안토니오! 아, 안토니오 형! 당신과 헤어지고 난 뒤 이 몇 시간을 나는 고문이나 당하듯 얼마나 괴로웠는지 모른다오.

안토니오 당신이 세바스찬?

세바스찬 왜, 무슨 이상한 데라도 있나요?

안토니오 어떻게 두 사람으로 되었소? 사과 한 알을 두 쪽으로 갈라놓은들 이렇게 꼭 닮을 수가 있을까. 어느 쪽이 세바스찬이오?

올리비아 세상에나, 신기한 일도!

세바스찬 여기 서 있는 내가, 내가 아니란 말인가? 나는 형제가 없는 사람이오. 그렇다고 여기저기를 맘대로 왔다 갔다 하는 신술(神術)을 타고난 인간도 아니오. 오직 누이동생이 하나 있었지만 매정한 파도가 그만 삼켜버리고 말았소이다. (바이올라에게) 부디 말해 주시오. 당신은 나와 무슨 연고가 있습니까? 출신은? 이름은? 그리고 양친은?

바이올라 메살린 출신, 아버님 이름은 세바스찬이오. 오빠도 같은 이름의 세바스찬, 바로 그런 복장으로 바닷속 무덤을 찾아갔었죠. 만약 혼령이 모습과 복장을 그대로 차리고 나올 수 있다면 당신은 우리를 놀라게 하려고 나타났다고밖에는 할 말이 없군요.

세바스찬　내가 혼령이라고? 아마 그럴 지도. 하지만 어머니 뱃속에서 물려받은 이 몸뚱이, 아직은 그냥 지니고 있소. 나머지 점은 모조리 부합되는 것이니 그대가 만약 여자라면 그대 얼굴에 눈물을 뿌리면서 이렇게 말할 테요, '죽은 줄 알았던 바이올라, 살아 돌아와 얼마나 반가우냐.'고.

바이올라　저의 아버님은 이마에 사마귀가 있었어요.

세바스찬　나의 아버지도 있었지.

바이올라　그리고 돌아가신 것은 바이올라가 태어난 날부터 헤아려 꼭 십삼 년 되던 날이죠.

세바스찬　아, 그 기억이 내 마음속에도 역력히 살아 있구나! 그렇다. 아버지는 누이동생이 열세 살 되던 바로 그날에 이승을 하직하셨다.

바이올라　우리 두 사람을 행복하게 해 주는 데 방해되는 것이 다만 남자를 가장한 이 복장뿐이라면 조금만 기다려 주세요. 장소와 때, 그리고 운명이 하나에서 열까지 척척 들어맞으니 제가 바이올라라는 것을 밝혀 드리겠습니다. 확실히 하기 위해 이 도시에 있는 선장님에게 안내해 드리겠습니다. 그곳에 가면 제가 입었던 옷이 있어요. 그분의 친절하신 도움으로 목숨을 보전하고 이 공작님의 시중도 들게 되었답니다. 그 뒤 제게 일어난 운명은 모두 이 아씨와 공작님 사이에서 생겼지요.

세바스찬　(올리비아에게) 그러니까 당신께서는 저를 잘못 아신 것입니다. 하지만 그것은 자연의 섭리가 그렇게 인도한 것이죠. 그렇지 않았더라면 당신은 숙녀와 결혼을 하실 뻔했어요. 하긴 그렇다고 해서 속은 것은 결코 아닙니다. 숙녀인 동시에 남자인 저와 약혼을 했으니까요.

오시노 공작　놀랄 것 없소. 그 집안이라면 훌륭한 혈통의 가문이오. 아무튼 이렇게 되고 보니 조화의 거울은 역시 진실을 비춰 준 것 같군. 나도 이 행복한 파선(破船) 사이에 한몫 끼어듭시다. (바이올라에게) 너는 여러 번 내게 말했었지. 나를 사랑하는 만큼 여자를 사랑하지 않는다고.

바이올라　되풀이했던 말씀을 제가 다시금 맹세하겠습니다. 그리고 그 모든 맹세를 마음속의 진실로 지켜 나가겠습니다. 낮과 밤을 가르는 저 태양이 언제나 타오르는 불을 간직하고 있듯이 말입니다.

오시노 공작　그 손을 이리 다오. 어디 여자의 복장을 한 모습을 보고 싶구나.

바이올라　저를 이 해변으로 처음 데리고 온 선장님이 제 드레스를 보관하고 있습니다. 지금은 무슨 사건에 휘말려 아씨의 시종되는 말볼리오 씨가 고소하여 감옥에 갇혀 있답니다.

올리비아　곧 방면하도록 하겠어요. 말볼리오를 이리로 데려와요. 참, 이제야 생각이 나는군. 가엾게도 실성했다던데.

　어릿광대, 페이비언과 같이 등장.

올리비아　그동안 내가 정신이 없는 바람에 그의 실성을 깜박 잊고 있었구나. 그래, 그 사람은 좀 어떠냐?

광대　아씨, 마귀 벨제법을 가까이 오지 못하게 하느라고 무척 애를 쓰고 있습니다. 저렇게 된 인간치고는 매우 신통합죠. 아씨께 드린다고 편지를 썼어요. 그걸 제가 아침에 드렸어야 했을 것이오나 미친 사람의 편지가 복음서만큼이야 될 수 있겠습니까? 그래서 언제 전해 드려도 별 상관이 없을 거라 생각했습죠.

올리비아　어디 그 편지를 꺼내서 읽어 봐.

광대　자, 그러면 잘 듣고 교훈을 얻으십죠. 바보가 읽는 미치광이의 글이옵니다. (읽는다) '오호라, 아씨 전…….'

올리비아　아니, 너도 미쳤니?

광대　천만에, 미친 사람 편지를 읽으니까요. 정신 나간 사람의 편지답게 읽으려면 이만한 소리는 용서해 주셔야죠.

올리비아 제발 제정신으로 읽어 줘.

광대 제정신으로 읽죠. 그 미친 사람 것을 제정신으로 읽으면 이렇게 밖에는 안 되는뎁쇼. 그러니 자, 심사숙고하시어 경청해 주시옵기를.

올리비아 (페이비언에게) 네가 읽어 다오.

페이비언 (읽는다) '오호라 아씨 전, 과하신 처사, 세상도 다 알 것입니다. 소인을 어둠 속에 가둬 놓으시고 주정뱅이 친척 분으로 하여금 소인을 감시케 하오나, 소인의 오감(五感)인즉 건전하기가 아씨와 조금도 다를 바 없사옵니다. 소인이 그와 같은 괴상한 복장을 한 연유인즉 다름 아닌 아씨의 친필 서신의 종용 때문이오, 그 서신은 소인이 보관 중으로 이로써 소인의 면목은 십분 설 것으로 아오며 아씨에게는 큰 수치로 생각합니다. 소인에 대하여는 분부대로 생각하십시오. 본분을 약간 벗어난 바 없지는 않다고 생각하나 소인이 당한 이 모욕을 간과할 수 없어 일필 상서 올립니다. 광인 취급을 받은 인간 말볼리오 올림.'

올리비아 본인이 직접 쓴 것인가?

광대 네, 그렇습니다.

오시노 공작 실성한 사람 같지는 않군.

올리비아 페이비언, 그곳에서 풀어 주도록 해. 그리고 이리로 데려와요. (페이비언 퇴장) 공작님, 지금 들으신 대로 그동안의 경과를 두루 참작하셔서, 어떠세요? 저를 남의 아내 이전에 누이라고 생각해 주신다면 같은 날 서로 간의 인연을 맺는 예식을 올리는 것이. 저의 집에서 하고 비용도 제가 부담하겠습니다.

오시노 공작 그 말씀 나도 기꺼이 받아들이겠소. (바이올라에게) 이제부터 너는 내가 부리는 사람이 아니다. 그동안 네 타고난 성(性)을 어기고, 곱고 부드러이 자라온 태생에 맞지 않게 이 주인을 위해 힘겨운 일을 많이 해 주었다. 그 인사로 자, 이 손을 잡아 다오. 이제부터 너는 네 주인의 여주인이다.

올리비아   그리고 나의 시누이예요.

페이비언, 말볼리오와 등장.

오시노 공작   이 사람이 바로 그 실성했다는 사람인가?

올리비아   네, 바로 그래요. 말볼리오, 어떻게 된 거예요?

말볼리오   아씨, 너무하십니다. 세상에 이럴 수가 있습니까?

올리비아   내가? 아니야.

말볼리오   아니, 정말입니다. 제발 이 편지를 읽어 보십시오. 설마 친필이 아니라고는 못하실 것입니다. 필체건 문구건 이것과 다르게 한번 써 보십시오. 이래도 아씨의 봉인이 아니고 아씨께서 쓰신 것이 아니라고 말씀하시겠습니까? 그런 말씀은 조금도 못하실 것입니다. 그렇다면 그 점은 확실히 인정하시고 아씨의 인격을 걸고 대답해 주십시오. 왜 이렇듯 뚜렷한 총애의 표시를 보여 주시며 저에게 웃음을 짓고 오너라, 십자 대님을 매고 노란빛 긴 양말을 신어라, 토우비 경과 하인들에게 인상을 찌푸리라고 시키셨는지요? 그래서 이 분부를 기꺼이 받들어 시키신 대로 하였는데 왜 저를 감방에 가두어 컴컴한 방에 처넣고는 신부가 찾아오게 하셨습니까? 희롱을 하셔도 분수가 있지, 왜 세상에 둘도 없는 멍청이 얼간이로 만드셨죠? 자, 그 이유를 대답해 주십시오.

올리비아   에그, 이것은 내 글씨가 아니야, 말볼리오. 확실히 글체가 비슷하지만 이것은 틀림없는 마리아의 솜씨예요. 그래, 지금 생각이 나는군. 그대가 실성했다고 맨 먼저 말해 준 것이 바로 마리아였어요. 그런데다 이상한 웃음을 짓고 나타나지 않나, 편지에 써놓은 그대로 괴상한 옷차림을 하고 나오지 않나……. 하지만 이제 그만 참아요. 너무 심한 장난에 속아 넘어간 거예요. 장난의 동기와 일을 꾸민 사람을 알게 되면 그대를 이 사건의 원고 겸 재판관으로 시켜 주겠어요.

페이비언 아씨, 제가 올리는 말씀을 들으시고 이 경사스러운 때에 사실이지 저도 아까부터 듣자니 경탄을 금하지 못하고 있는 참입니다만, 소란이나 언쟁이 일어나지 않도록 해 주시기 바랍니다. 소란을 피하기 위해 솔직하게 털어놓고 말씀드립니다만, 말볼리오 씨에게 이런 장난을 꾸민 것은 바로 저와 토우비 경 두 사람이올시다. 그 연유인즉 이분의 지나치게 완고하고 무례함을 겪었기 때문입니다. 편지는 토우비 경의 간청으로 마리아가 썼습니다. 그 보상이라고나 할까요. 토우비 경께선 마리아와 결혼하셨습니다. 그 뒤의 일이 얼마나 흥에 겨운 장난이었는가를 아신다면 분풀이니 뭐니 하기보다는 한바탕 웃음거리로 돌리는 게 좋을 듯합니다. 불평이야 어차피 쌍방에 다 있었으니 피장파장 아니겠습니까?

올리비아 아이, 딱하게도! 얼마나 욕을 당했을까.

광대 에, '사람은 타고남이 잘나는 수도 있고, 힘써 얻어 와 잘나는 사람도 있고, 또한 남이 던져 주어 잘나는 사람도 있느니라.' 저도 이 연극에 한몫 거들었습죠. 토오파스 신부님 역으로요. 하지만 그건 아무래도 좋습니다. '바보야, 나는 절대 미치광이가 아니야.' 하지만 기억 나시나요? '아씨, 왜 저 따위 얼간망둥이를 보고 웃으시죠? 웃지만 않으시면 저놈은 재갈이 물린 것이나 마찬가지가 됩니다.' 그러시더니 보시오, 세상은 돌고 돈다고, 이게 다 인과응보라는 것입죠.

말볼리오 두고 보자, 너희들 한 놈도 빼놓지 않고 원수를 갚아줄 테다. (퇴장)

올리비아 정말 지독하게 당하기도 했어요.

오시노 공작 뒤쫓아가 잘 달래어 사이좋게 지내도록 하오. 선장의 말은 듣지도 못했군. 자세한 이야기는 나중에 듣기로 하고, 길일을 택하거든 사랑하는 영혼들 인연 맺는 예식을 엄숙하게 올리기로 합시다. 그때까지 아리따운 누이동생이여, 우리도 이곳을 떠나지 않겠소. 자, 세사리오, 네가 남자의 모습으로 있는 동안은 그렇게 부르자꾸나. 그러나 옷을 갈아입고 나타날 때에는 오시노의 사랑하는 여인, 사모하는 여왕이 되는 것이다. (어릿광대만 남고 모두 퇴장)

광대   (노래한다)

이놈이 꼬마둥이 어릴 적엔
헤이야 호오, 바람에 비,
어리석은 짓을 해도 약과더니
날마다 비가 와요, 비만 오시네.

하지만 이놈이 어른이 되니까
헤이야 호오, 바람에 비,
나쁜 놈의 도둑놈은 대문이 철썩
날마다 비가 와요, 비만 오시네.

하지만 야단났네, 장가드니까
헤이야 호오, 바람에 비,
허풍 떨고는 먹고 살기 글러버렸네.
날마다 비가 와요, 비만 오시네.

하지만 자리 속에 들어갈 때는
헤이야 호오, 바람에 비,
곤드레만드레 골치만 지끈

날마다 비가 와요, 비만 오시네.

까마득한 일이죠, 이 세상 시작이
헤이야 호오, 바람에 비,
하지만 상관없어, 연극이 끝났네.
여러분 모시고자 온갖 힘을 다해요. (퇴장)

셰익스피어(William Shakespeare) 연보

1557년　아버지 존 셰익스피어 메리 아든과 결혼, 영국 중부 워릭셔 주(州) 스트랫퍼드에 자리 잡다.

1558년　존의 맏딸 조운 태어나다(9월 15일 세례 받다). 존, 시(市)의 보안관에 선출되다.

1561년　존, 시의 재무관에 임명되다(2기 동안 근무).

1562년　존의 둘째 딸 마거릿 태어나다(12월 20일 세례 받고 다음 해에 죽다).

1563년　존의 첫째 딸 조운 사망(4월 30일 매장).

1564년　존의 맏아들 윌리엄 셰익스피어 태어나다(4월 26일 홀리 트리니티 교회에서 세례 받다).

1565년(1세)　존, 시의회 참의원에 선출되다.

1566년(2세)　존의 둘째 아들 길버트 태어나다(10월 12일 세례 받다).

1568년(4세)　존, 시장에 선출되어 취임.

1569년(5세)　존의 셋째 딸 조운(맏딸이 죽음에 따라 같은 이름을 지음) 태어나다(4월 5일 세례 받다).

1571년(7세)　존, 시의회 의장 및 시장 대리에 선출되다. 존의 넷째 딸 앤 태어나다(9월 28일 세례 받다).

1574년(10세)　존의 셋째 아들 리처드 태어나다(3월 11일 세례 받다).

1576년(12세)　존, 문장(紋章) 사용의 허가원을 내다.

1578년(14세)　존, 집을 담보로 40파운드를 빚내다.

1579년(15세)　존, 아내의 재산 일부를 팔다. 넷째 딸 앤 사망.

1580년(16세) 존의 넷째 아들 에드먼드 태어나다(5월 3일 세례 받다).

1582년(18세)　윌리엄 셰익스피어 여덟 살 위인 앤 해서웨이와 결혼하다(11월 27일 결혼허가증 발행되다).

1583년(19세) 맏딸 수잔나 태어나다(5월 26일 세례 받다).

1585년(21세) 쌍둥이 남매 햄넷(남)과 주디스(여) 태어나다(2월 2일에 세례 받다).

1587년(23세) 존, 시의회에서 해임.

1589년(25세) 《소네트집》 완성.

1590년(26세) 《헨리 6세》 2·3부 초연.

1591년(27세) 《헨리 6세》 1부 초연.

1592년(28세) 《리처드 3세》《실수의 희극》 초연. 《비너스와 아도니스》 집필.

1593년(29세) 《말괄량이 길들이기》《타이터스 앤드러니커스》 초연됨. 《루크리스의 능욕》 집필.

1594년(30세) '궁내대신 소속 극장' 의 간부로서 주주가 되다. 《타이터스 앤드러니커스》《루크리스의 능욕》 출판. 《베로나의 두 신사》《사랑의 헛수고》《로미오와 줄리엣》 초연됨.

1595년(31세) 《존 왕》《베니스의 상인》 초연됨.

1596년(32세) 쌍둥이로 태어났던 맏아들 햄넷 죽다(8월 11일 매장). 10월 20일 존에게 문장 사용의 허가가 내려지다. 《리처드 2세》《한여름 밤의 꿈》 집필.

1597년(33세) 스트랫퍼드의 제일가는 저택을 60파운드로 사들이다. 《리처드 2세》《리처드 3세》《로미오와 줄리엣》 출판. 《헨리 4세》 1부·2부 집필.

1598년(34세) 벤 존슨의 희곡《십인십색(十人十色)》에 출연하다. 《헨리 4세》 1부·2부 출판. 《사랑의 헛수고》 출판. 《헛소동》《헨리 5세》 초연.

1599년(35세) '글로브 극장' 개관되다. 글로브 극장 공동 경영자 중 한 사람이 되다. 《뜻대로 하세요》《십이야(夜)》 초연. 《로미오와 줄리엣》 출판. 《줄리어스 시저》 집필.

1600년(36세) 《뜻대로 하세요》《헛소동》《한여름 밤의 꿈》 출판. 《윈저의 즐거운 아낙네들》 초연.

1601년(37세) 2월 7일 '글로브 극장' 에서《리처드 2세》 초연. 아버지 존 타계하다(9월 8일 매장). 《햄릿》 집필. 《트로일러스와 크레시다》 초연.

1602년(38세) 스트랫퍼드 에이번 가까운 교외의 토지 107에이커를 320파운드로 사들이다. 《윈저의 즐거운 아낙네들》《헨리 6세》2부 출판. 《끝이 좋으면 다 좋아》초연.

1603년(39세) 5월 19일 '궁내대신 소속 극장'을 '국왕 극장'이라 개칭(改稱)하다. 《트로일러스와 크레시다》《햄릿》출판.

1604년(40세) 《되는대로》《오셀로》집필.

1605년(41세) 스트랫퍼드 에이번 부근 토지의 권리를 440파운드에 사다. 《리어 왕》초연.

1606년(42세) 《맥베스》《안토니와 클레오파트라》초연.

1607년(43세) 6월 5일 맏딸 수잔나를 의사인 존 홀과 결혼시키다. 동생 에드먼드는 런던에서 죽다. 《아테네의 타이먼》《코리올레이너스》초연.

1608년(44세) 수잔나의 첫딸 엘리자베스 태어나다(2월 3일 세례 받다). 어머니 메리 세상을 떠나다(9월 5일 매장). 《리어 왕》출판. 《페리클레스》초연.

1609년(45세) '국왕 극장'이 옥내(屋內) 극장 '블랙 플라이어스'를 흡수, 따라서 '글로브 극장'과 함께 두 개의 극장을 소유하게 되다. 《트로일러스와 크레시다》《페리클레스》출판. 《심벌린》초연.

1610년(46세) 은퇴 후 고향으로 돌아가다. 《겨울 이야기》초연.

1611년(47세) 《템페스트》집필.

1612년(48세) 동생 길버트 죽다. 《헨리 8세》집필.

1613년(49세) 3월 런던에 140파운드를 주고 집을 사다. 6월 29일 《헨리 8세》공연 도중 '글로브 극장'이 화재로 타버린다. 동생 리처드 죽다.

1614년(50세) 6월 '글로브 극장'을 다시 준공.

1616년(52세) 2월 10일 둘째 딸 주디스가 토머스 퀴니와 결혼하다. 3월 15일 유서(遺書)를 작성하다. 4월 23일 셰익스피어 세상을 떠나다(4월 25일 고향 홀리 트리니티 교회에 안장).

1622년 《오셀로》출판.

1623년 아내 앤 해서웨이 죽다(8월 6일 묻히다).

세상을 보는 눈과
마음을 키우는 책!

세상을 움직이는 책 시리즈

※세상을 움직이는 책 시리즈는 계속 출간됩니다.

서울 마포구 월드컵로 11길 35, 101동 502호 | T · 02-336-9948 | F · 02-337-4315   육문사 Yukmoonsa

미래를 위한 과거로의 산책

세상을
움직이는 책